Über den Autor

Hinter dem Pseudonym William Sarabande steckt in Wirklichkeit eine Frau, und ihr klangvoller Name – nach Meinung ihres amerikanischen Verlegers zu romantisch angehaucht, um damit als seriöse Autorin Fuß fassen zu können – lautet: Joan Lesley Hamilton Cline.

Geboren und aufgewachsen in einer Schauspielerfamilie in Hollywood, konzentrierte sich Joan Cline schon früh auf ihre schriftstellerische Karriere. Bereits mit siebzehn veröffentlichte sie ihre erste Kurzgeschichte, mit *The Lion and the Cross* folgte ihr erster Roman, bevor sie sich dann ganz ihrer Leidenschaft für die Prähistorie Amerikas verschrieb. Mit *Wolves of the Dawn* schuf Joan Cline ein eindrucksvolles Epos über Britannien, wie es viertausend Jahre vor unserer Zeit gewesen ist – eine Saga, die von Heldentum, Magie und der großen Herausforderung des Schicksals eines mutigen jungen Mannes erzählt.

Joan Cline ist verheiratet, hat zwei Kinder und lebt in dem kalifornischen Ort Fawnskin, der im Big Bear Valley in der Nähe von Los Angeles liegt.

BASTEI LÜBBE

WILLIAM SARABANDE IM
TASCHENBUCH-PROGRAMM:

DIE GROSSEN JÄGER

13 432 Land aus Eis
13 465 Land der Stürme
13 510 Das verbotene Land
13 554 Land der vielen Wasser
13 610 Land der Heiligen Steine
13 662 Land des Donners
13 705 Land am Ende der Welt
13 793 Land des Wachenden Sterns
13 839 Land der aufgehenden Sonne

William Sarabande

WÖLFE DER DÄMMERUNG

Roman

Ins Deutsche übertragen von Bernhard Kempen

BASTEI LÜBBE

BASTEI LÜBBE TASCHENBUCH
Band 13 993

Erste Auflage: August 1998
Zweite Auflage: November 1998

Deutsche Lizenzausgabe 1998 by
Bastei-Verlag Gustav H. Lübbe GmbH & Co.,
Bergisch Gladbach
Originaltitel: Wolves of the Dawn
Lektorat: Beate Stefer
Titelbild: Archiv für Kunst und Geschichte, Berlin
Umschlaggestaltung: QuadroGrafik, Bensberg
Satz: Kremerdruck GmbH, Lindlar
Druck und Verarbeitung: 44789
Groupe Hérissey, Évreux, Frankreich
Printed in France
ISBN 3-404-13993-3

Der Preis dieses Bandes versteht sich einschließlich der gesetzlichen Mehrwertsteuer

Für Dorothy und John,
meine beiden.

Danksagungen

Dieser Roman hätte nicht ohne die Unterstützung durch Lyle Kenyon Engel geschrieben werden können, der dem vorgeschlagenen Projekt zustimmte und diesen Autor so freundlich in seine »Familie« bei Book Creations aufnahm. Mein Dank gilt dem Hauptredakteur Philip Reich für seinen geduldigen Rat in der Anfangsphase. Und der Lektorin Laurie Rosin, die mit ihrem scharfen Auge, ihrem Verständnis und ihrem Sinn für Humor den Autor führte und achtgab, daß die »Wölfe« in angemessener Lautstärke heulten. Ich danke weiterhin allen meinen Freunden bei Book Creations und Charles Cline, der dabei half, die Kampfszenen zu retuschieren, und Antonita Holdren, die absolut nichts beigetragen hat – außer ihrer unermüdlichen Ermunterung und Freundschaft.

William Sarabande

Es ist Weh in der Welt,
Die Zeit der Axt, die Zeit des Schwerts,
Die Zeit des Sturms, die Zeit des Wolfs.
Bevor die Welt zerbricht,
Wird keine Schonung, keine Gnade
Ein Mann dem andren gewähren.
Die Sonne wird finster,
Die Erde versinkt im Meer,
Die hellen Sterne
Fallen vom Himmel.
Dann wird der Mächtige sein Königreich begründen.

Völuspa – *Der Seherin Weissagung*

Land des Nordwindes
Land der Zwölf Winde
Großes Meer
Meer der Nebel
Goldene Ebene
NORD
Die Insel Tory
Ireann
Albion
Westliches Meer
Enges Meer
Ende des Landes
Achaia
Orte in Albion
○ Ebene des Großen Steinkreises
△ Alhorn
Farnmoor

Prolog

Am Abend des steinernen Zeitalters und am Morgen des bronzenen Zeitalters wurde im Volk der Axt ein Junge geboren. Der schreiende Säugling war der Enkel von Manannan, dem Kriegsherrn der Fernen Insel, und der Sohn von Fomor, dem Wolf der Westlichen Stämme, vom kriegerischen Clan MacLir. Doch das Kind war auch das Erstgeborene der Sklavin Huldre aus dem Land Boreas, dem Land des Nordwindes, so daß niemand wußte, ob der Junge ein Segen oder ein Fluch für das Volk der Axt sein würde ... wenn er überlebte.

Er wurde Balor genannt. Ein passender Name für den Sohn eines Kriegsherrn, ein Name, der mit Glück und Macht und Zauber zu tun hatte. Im Augenblick seiner Geburt nahm seine Mutter ihn und hob ihn zum stechenden Licht der aufgehenden Sonne empor, um ihn der Macht der Zwölf Winde zu weihen.

»Dieses Kind soll ein Krieger sein!« verkündete sie.

Doch der Vater riß ihr den Säugling aus den Händen und hob ihn empor. Während der Weise zusah und die Frauen sich duckten, da sie es nicht wagten, sich gegen den Willen ihres Häuptlings einzumischen, wandte er das Kind dreimal dem Abend zu, um die Weihe der Mutter ungeschehen zu machen. Dann sprach er die Worte, von denen manche behaupteten, daß sie dem Clan ewiges Unglück brachten.

»Möge er in Frieden leben. Möge er nie den Krieg erfahren. Möge er lange leben und nicht den Tod im Kampf finden.«

Doch die Mutter hatte zuerst gesprochen, und ihre Weihe ließ sich nicht mehr ungeschehen machen. Die Macht der Zwölf Winde würde von ihm Besitz ergreifen. Er würde ein Krieger werden.

Dies ist seine Geschichte.

Erstes Buch

1

Der Sturm kam aus dem Norden. Er kam über das Meer der Nebel, über die Moore und das Hochland, und jetzt toste er mit voller Gewalt über Albion, jene sagenumwobene Insel, die von Menschen späterer Zeiten England genannt werden würde. Der Sturm war gnadenlos und verwüstend, ein riesiges schwarzes Ungeheuer, das wild durch die Niederungen raste, das Licht der Morgendämmerung verschlang und den Frühling hinwegfegte. Blitze zuckten durch den Himmel und rissen die Bäuche der Wolken auf, während Schnee, Hagel und windgepeitschter Regen auf die Erde niederstürzte, die darin zu ertrinken drohte.

Unter dem sturmzerfetzten Himmel drängten sich die kleinen Rundhäuser des Dorfes Farnmoor dicht innerhalb eines Palisadenzauns aus Holzpfählen zusammen. Ein schäumender Bach teilte das Gut des Herrn des Clans MacLir in zwei Hälften. Überall war Schlamm, so zäh wie Pudding, so dunkel wie geronnenes Blut. Er spritzte auf die Häuser und die Bohlenwege, während der Regen in den Boden schlug, sich zu Pfützen sammelte und einen prasselnden Lärm verursachte, der mit dem Heulen des Windes wetteiferte.

Der Regen trommelte auf das kegelförmige, stabile Strohdach des Rundhauses, das der Häuptling bewohnte, und der Wind zerrte wütend an den Wänden aus geflochtenen Zweigen, die mit Lehm verschmiert waren. Es war dunkel im Rundhaus. Nur ab und zu erhellte ein Blitz das Innere und schien grell durch die Lider des schlafenden Jungen, doch es war der Wind, der ihn weckte. Er drang durch die Ritzen und Lücken des Hauses in den Innenraum. Dort streifte er wie ein gefährliches, unsichtbares Raubtier umher, das der Luft die Wärme entzog und dem Jungen seine Krallen des Schreckens um die Kehle legte.

Ein ohrenbetäubender Donnerschlag erschütterte die Welt. Das Knurren eines Wolfes schien darin mitzuschwingen, eines Wolfes, der so wild, weiß und tödlich wie der Blitz war, der den Donner geboren hatte. Und der Junge hörte deutlich, wie er seinen Namen rief.

»Balor!«

Erschrocken richtete er sich aus den Felldecken seines Bettes auf. Doch dann stellte er fest, daß es nur Elathan gewesen war, sein kleiner Bruder, der neun Jahre alt und somit ein Jahr jünger als Balor war, der ihn gerufen hatte. Seine Erleichterung drängte das Bild des Wolfes weit in den Hintergrund. Die zwei Söhne von Fomor, dem Herrn des Clans MacLir, saßen gemeinsam in der stürmischen Dunkelheit und lauschten dem Wind und dem Regen. Elathan ließ sich von der Wärme und Nähe seines älteren Bruders trösten, auch ohne daß Balor ihn mit Worten zu beruhigen versuchte. Er spürte immer noch die Krallen des Wolfes an seiner Kehle. Auf eine Weise, die er nicht benennen konnte, ahnte er, daß dieser Sturm bedrohlicher als alles andere war, das jemals die verregneten Moore heimgesucht hatte.

»Der Gott zieht über das Land ...«

Aus der Dunkelheit drang die Stimme ihrer Mutter zu ihnen, und gleichzeitig mit ihr kam sanftes, flackerndes Licht. Huldre, die zweite Frau seines Vaters, kniete vor der steinernen Einfassung der Feuerstelle, wie Balor nun sah. Durch die zitternde Dunkelheit des großen, runden Raumes konnte er ihr blasses Gesicht erkennen, als sie sich niederbeugte, um behutsam die Glut der letzten Nacht wieder zu entfachen.

»Es ist nur ein Sturm, nichts weiter!« erwiderte die erste Frau MacLirs.

Balor sah nun, daß beide Frauen mit Hausarbeiten beschäftigt waren. Mealla entzündete die Talglampen und sprach mit sich selbst, was sie immer tat, wenn sie sich über Huldre ärgerte. Bald würde Balor den Duft von heißem Ziegenfett und Frühstücksbrei riechen, wenn sie die Tontöpfe auf das Feuer gestellt hatte. Balor entspannte sich, als er sah, wie sie mit den Vorbereitungen für einen neuen Tag beschäftigt war. Die Hauptfrau seines Vaters hatte auf ihn immer diese Wirkung. Die rothaarige Mealla, die selbst kinderlos war, hatte die Söhne genährt, die Huldre dem Herrn des Clans MacLir geboren hatte. Mealla war ihnen Mutter gewesen, hatte sie nach Alpträumen wieder in den Schlaf gewiegt und sich um sie gekümmert, wenn sie krank waren. Huldre hatte das nie getan.

Aber es war Huldre, die jetzt Balor anstarrte, seine Gedanken erriet und seine Furcht von neuem entfachte. Plötzlich nahm er fast schmerzhaft die Gerüche des Raumes wahr, die brennenden Kohlen und das schwelende Sumpfgras der Feuerstelle, den Geruch des feuchten Lehmfußbodens und des modrigen Schilfes, der darauf lag, den feuchten, schweren Atem des auflebenden Sturmes, ein Atem, der wie der Atem eines Tieres roch. Balor griff nach seiner Kehle. Der Wolf war wieder da, und er hatte ihn gepackt.

Seine Mutter lächelte. »Ja«, sagte sie sanft, und sah ihn an. »Du fühlst, daß er da ist. Hab keine Angst. Gott spricht zu dir durch den Sturm ... mit der Stimme des weißen Wolfes, seines ständigen Begleiters.«

Ihre Worte waren ein Flüstern. Sie hauchte sie in ihrer Muttersprache, einer Sprache, die seinem eigenen Volk fremd war, die von den Bewohnern des weit entfernten Nordlandes gesprochen wurde, aus dem man Huldre geraubt und als junges Mädchen in die Sklaverei verschleppt hatte. Das war vor langer Zeit geschehen. Sie sprach nie darüber, aber Balor wußte aus dem wenigen, das Mealla ihm erzählt hatte, daß seine Mutter die Liebessklavin eines mächtigen und grausamen Herrn eines fernen Landes gewesen war, bevor sein Vater sie entführt und in seinen Besitz gebracht hatte. Das war in einer Zeit geschehen, die von den Alten die Tage des Ruhms genannt wurde, bevor Balor geboren wurde und sein Vater mit dem Clan MacLir von seinen Ländereien auf eine Insel gekommen war, die sie die Ferne Insel nannten, um sich dann hier anzusiedeln, im Sumpfland von Albion. Die Geschichtenerzähler sagten, daß dies damals ein gutes Land gewesen war. Sieben lange Jahre war es dem Clan gutgegangen, bis sich vor drei Wintern aus Gründen, die niemand kannte, das Wetter langsam änderte.

Wieder zuckten Blitze. Ein Donnerschlag ließ den Himmel erzittern. In der Luft lag ein Geruch nach Schneeregen. Balor atmete ihn ein und mußte sich ins Gedächtnis rufen, daß es Frühling war.

»Donar ...« Huldre sprach den Namen des Gottes und befahl ihrem erstgeborenen Sohn in ihrer fremden Sprache zu lauschen. Balor wollte sie nicht verstehen. Sie hatte sich nie bemüht, ihn oder den anderen ihrer Söhne diese Sprache zu lehren. Dennoch verstand Balor sie. Gegen seinen Willen verstand er diese Sprache. Er hatte sie genauso selbstverständlich wie das Atmen gelernt.

Eine heftige Windböe schüttelte das Rundhaus. Elathan drückte sich zitternd gegen die Wand, als er seinen Bruder fragte, was ihre Mutter gesagt hatte.

Balor beachtete ihn nicht. Er starrte Huldre unverwandt an. Er dachte, daß sie recht hatte. Donar, der Gott ihres Volkes, der Gott des Donners, des Sturms, der Blitze und der Sternschnuppen, der Beschützer derjenigen, die ihn erfreuten, und der Zerstörer derjenigen, die es nicht taten – er *war* da, heute nacht. Das spürte er, genauso wie er schon Tage im voraus gespürt hatte, daß dieser Sturm kommen würde. Er hatte es gewußt, nicht wegen der Wolkenzeichen oder einer plötzlichen Änderung der Windrichtung, auch nicht wegen der Unruhe des Viehs. Er hatte es einfach gewußt, lange bevor Munremar, der Weise, den Sturm angekündigt hatte, lange bevor die alten Männer und Frauen ihn in ihren Knochen gespürt hatten und bevor die kleinen Kinder begonnen hatten, die Würmer zu zertreten, die sich auf ihrer Suche nach lockerer Erde aus dem Boden wühlten.

Ebenso wie seine Mutter spürte auch er manchmal solche Dinge. Er wußte, daß etwas geschehen würde, und dann geschah es. Dies war eine unwillkommene Gabe, und er zitterte, wenn er daran dachte. Noch mehr als sein Aussehen kennzeichnete ihn diese Gabe als ihren Sohn.

Sie kauerte reglos an der Feuerstelle und sah dabei angespannt und schön wie ein Reh aus, bevor es zum Lauf ansetzt. Im flackernden Licht des Feuers schimmerte ihr langes Haar mondbleich um ihren Kopf und ihre Schultern. Aber Balor hatte keinen Sinn für ihren Liebreiz. Er sah nur, daß sie anders war. Sie hatte nicht das grobgliedrige, untersetzte und rötlich-behaarte Aussehen derjenigen, die dem Clan angehörten. Huldre war blaß wie der Wintermond, schlank wie ein Reiher, und sie hatte Augen, die so zartblau waren, daß sie manchmal farblos zu sein schienen.

Als ihre schlanke rechte Hand das Bernsteinamulett umfaßte, das an einem schmalen Lederriemen um ihren Hals hing, waren ihre Augen geschlossen. Es war das einzige, das Huldre aus ihrem Heimatland hatte mitnehmen können, als sie vor langer Zeit aus ihrem Volk geraubt und zur Sklavin gemacht worden war. Während eines Sturmes schien sie immer Beruhigung darin zu finden, wenn sie es berührte. Es war klein und wie ein Falke im Flug geformt, und sein winziges Wolfsauge bestand aus einem blutrot funkelnden Stein aus Karneol. Es versagte ihr nie den Trost. Sie nannte es das Auge des Donar. Als Balor es durch die Dunkelheit anblickte, empfand er eine fremdartige, kalte Beklommenheit. Es war, als ob das Auge zurückstarrte. Es schien zu leuchten, was es oft tat, wenn ihre Finger es in der Dunkelheit rieben. Er mochte das Amulett seiner Mutter nicht – und er mochte auch seine Mutter nicht. Sie war eine kalte Frau ohne Liebe. Der Weise hatte flüsternd Gerüchte verbreitet, die besagten, daß sie und ihr fremder Gott das Schicksal gegen den Clan wendeten. Diese Gerüchte machten Balor verlegen und beunruhigten ihn.

Er schluckte. Er spürte nicht mehr einen solchen Druck auf der Kehle. Der Wolf hatte ihn losgelassen. Doch er wünschte sich, er wäre seinem Vater gegenüber nicht so unverfroren gewesen, ihm den Gehorsam zu verweigern, als er vor Zeugen den Sturm vorausgesagt hatte, noch bevor Munremar, der Weise, dies getan hatte. Es war nicht viel dazu nötig, den alten Priester gegen ihn aufzubringen. Sowohl Mealla als auch sein Vater hatten ihn ermahnt, vorsichtig zu sein und seine Vorahnungen lieber für sich zu behalten. Doch für Balor war es schon immer schwer gewesen, das zu tun, was ihm gesagt wurde.

Er runzelte die Stirn. Er konnte nicht verstehen, was der alte Munremar gegen ihn hatte. Es war nicht seine Schuld, daß er – im Gegensatz zu Elathan – das fremde Aussehen seiner Mutter geerbt hatte und daß er – genauso wie sie – Geschehnisse erriet, die der Priester in seinen Beschwörungen nicht vorausgesagt hatte. Balor sah keinen Grund, diese Dinge für sich zu behalten – außer um andere davon abzuhalten, mit dem Finger auf ihn zu zeigen und zu sagen, daß er seiner Mutter zu ähnlich sei.

»Balor!«

Der Befehl seines Vaters schreckte ihn auf. Er wandte den Blick von seiner Mutter und ihrem Amulett ab und sah, wie sich der Häuptling von seinem Bett aus Fellen erhob. Schließlich stand er groß und aufrecht da, ein nackter Mann mit gelber Mähne und einem Bart in der Farbe sommertrockenen Weizens und einem Körper, der in seiner Größe der absoluten Macht eines Clansherrn entsprach.

Als Balor ihn anblickte, dachte er nicht mehr an seine Mutter. Er vergaß den alten Munremar, den Weisen, und das falkenförmige Bernsteinamulett, das Auge des Donar. Sollte doch der Gott des Donners brüllen! Sollte der Gott der Blitze sich in der weiten, schwarzen Ebene des Himmels selbst jagen! Er hatte keine Angst. Er war Balor, der erstgeborene Sohn von Fomor MacLir, dem Wolf der Westlichen Stämme, und Enkel von Manannan, dem sagenumwobenen Herrn der Fernen Insel, der in der Morgendämmerung nach den Tagen des Ruhms den Heldentod gestorben war, um für alle Zeiten die zu ehren, die nach ihm kommen würden.

»Gib mir meinen Umhang, Junge. Auf der Stelle und

schnell!« Fomor MacLir zog hastig seine Kleider an, einen mit Ärmeln versehenen knielangen Überwurf aus gegerbter Hirschhaut und Beinwärmer aus Hasenfell, die am Knie geschnürt waren. Er trug sie über Schuhen, die er unterhalb der Knöchel mit Lederriemen festband.

Es war ein unmißverständliches Drängen in den Worten des Häuptlings. Balor war stolz, daß sein Vater nicht auch Elathan gerufen hatte, um seine Befehle auszuführen. Er war augenblicklich auf den Beinen, ein schmaler, weißhäutiger Junge mit einem Schopf aus farblosen, widerspenstigen Haaren, die zu sehr denen seiner in der Fremde geborenen Mutter glichen, um ihm Freude zu bereiten. Er war nackt wie sein Erzeuger, und obwohl ein kalter Luftzug ihm eine Gänsehaut verursachte, spürte er nichts, als er über die unruhigen Terrier seines Vaters hinwegsprang. Die großen, zotteligen Hunde jaulten protestierend auf und schnappten nach seinen Fersen.

Der Umhang des Häuptlings hing an einem Gestell aus Elchgeweih an einer Seite des engen Eingangs, der mit einem Ochsenfell verschlossen war. Balor griff danach, rannte durch den Raum zurück und hielt ihn seinem Herrn entgegen, während er sich bemühte, das Zittern seiner Hände zu unterdrücken. Der Umhang war aus vier Wolfshäuten zusammengenäht worden, an denen sich noch die Klauen und Schwänze befanden. Die Köpfe der zwei größeren Tiere, deren Unterkiefer man zuvor abgetrennt hatte, bildeten die Kapuze. Es war Kriegskleidung, wie es sie im ganzen Land nicht ein zweites Mal gab. Jedes Mitglied des Clans wußte, daß Fomor die wilden Tiere selbst erschlagen hatte, vor langer Zeit ... Er war damals nicht mehr als ein prahlerischer junger Mann gewesen, der mit bloßen Händen in einer umzäunten Kampfgrube gegen vier männliche Wölfe gekämpft hatte. Das war in einer der Städte gewesen, in denen das Volk der Becherleute siedelte und Handel trieb. Jetzt nahm er dem Jungen den Umhang ab, warf ihn sich über und befestigte ihn oben an der Schulter mit einer großen, runden Spange aus geschnitztem und poliertem Knochen. Als er sich die

Kapuze tief in die Stirn zog, hielt Balor unwillkürlich vor Stolz und Bewunderung den Atem an.

Als Balor zu seinem Vater aufblickte, sah er in ihm mehr als nur einen Mann. Er sah den Wolf der Westlichen Stämme, den Herrscher, über den wunderbare Geschichten erzählt wurden und von dem die ehemaligen Krieger des Clans MacLir mit fast verklärender Ehrfurcht sprachen. Er sah diesen Mann, der ein Krieger gewesen war, ein Seeräuber und ein Stammeshäuptling auf Eireann, der Fernen Insel, auf welcher der Clan viele Generationen lang gelebt hatte, bevor Fomor ihn ostwärts über das Enge Meer nach Albion geführt hatte, auf die Große Insel. Hier sollten sie rauben, plündern und die Traditionen pflegen, die ihnen vom Volk der Axt überliefert waren, der alten Kultur, von der Balor wußte, daß sie schon seit Anbeginn der Zeiten existiert hatte.

Das Volk der Axt war vom Land jenseits des Meeres gekommen und immer weiter westwärts gezogen, meilenweit über unerforschte Meere und Flüsse, während sie sich das, was sie brauchten, von den Stämmen nahmen, die zu schwach waren, um sich ihnen zu widersetzen. Sie waren unter den ersten, die im Kampf Pferde einsetzten und die Metallverarbeitung zu einer Kunst entwickelten. So waren sie wie ein Sturm durch die Geschichte gebraust, bis die Saat ihres Volkes schließlich in die Zwölf Winde verstreut worden war. Jeder Stamm schwor nur seinem eigenen Herrscher die Treue, und bald bestanden sie aus tausend Clans, die in tausend Ländern siedelten, jeder für sich, jeder einzigartig, jeder unabhängig.

Balors Vorfahren hatten die Küsten des Westlichen Meeres erreicht und blickten westwärts auf entfernte Inseln. Es drängte sie danach, auch diese in Besitz zu nehmen. In diesen frühen Tagen war der Gründer des Clans Lir geboren worden, der zu einem Kriegsherrn wurde, wie es noch nie einen zuvor gegeben hatte, als er das erste Piratenschiff des Clans gebaut hatte. Seine Söhne wurden als die MacLirs bekannt und errichteten eine große Festung an der Westküste der Fernen Insel. Sie unterwarfen die Ureinwohner, bis lange nach Lirs Tod – während der Herrschaft Manannans – Eroberer über das Meer kamen, die den Clan herausforderten. Es gab einen großen Krieg, in dem mit magischen Waffen gekämpft wurde. Die alten Männer sprachen von einem Wunderschwert, das mit Hilfe von Zauberei aus einem Metall geschmiedet worden war, wie es das Volk der Axt noch nie zuvor gesehen hatte.

Nach dem Tod seines Vaters wurde Fomor, der Sohn des Manannan, in den Tagen des Ruhmes Stammeshäuptling. Er stahl dem gefürchtetsten Feind des Clans das große Schwert und nannte es »der Rächer«. Über diese Ereignisse wußte man nicht viel. Die Männer, die mit Fomor gekämpft hatten, waren auf seltsame Weise wortkarg, genauso wie die Geschichtenerzähler. Aus Gründen, die Balor nicht kannte und sein Vater nicht nennen wollte, hatte Fomor die große Festung aufgegeben, sein Volk von etwa fünfhundert Menschen in die großen Segelboote des Clans verladen und sie ostwärts nach Albion geführt. Nach vielen Schlachten hatten sie sich auf dem hart erkämpften Besitz angesiedelt, in diesem trostlosen, von Stürmen heimgesuchten Dorf, das sie Farnmoor nannten, um Viehzüchter zu werden und das Land zu bestellen.

Im Jahr, als Balor geboren wurde, hatte sich Fomor MacLir, der Sohn des Manannan und Nachfahre des sagenumwobenen Kriegsherrn Lir, von den Traditionen seiner Vorfahren abgewandt und sogar die großen Segelboote verbrannt. Lange bevor seine Jugend zu Ende war, hatte er seine Waffen weggeschlossen und war ein Mann des Friedens geworden. Sein Volk hatte ihn verehrt. Aber nun lebten sie in Zeiten des Hungers und der Krankheit, und eine weitere Ernte drohte zu verderben. Balor konnte beim besten Willen nicht verstehen, warum sein Vater so entschieden hatte.

»Es ist nicht nötig, in den Sturm hinauszugehen, um nach deinem wertvollen Vieh zu sehen, Fomor.«

Balor drehte sich in die Richtung, aus der die Stimme seiner Mutter kam. Sie hatte in der Sprache des Clans gesprochen, und ihre ersten Worte waren so fließend, als hätte sie in ihrer Muttersprache gesprochen. Es war ein flacher, schneidender Unterton kaum verhüllter Verachtung in ihrer Stimme, und Balor haßte sie dafür. Er blickte sie zornig an, als sie wieder in die Hocke ging. Trotz des Überwurfs aus dunkler, zottiger Kuhhaut, der ihr als Kleid diente, konnte er die ersten Anzeichen ihrer Schwangerschaft erkennen. Er fragte sich, ob sie diesmal gut verlaufen würde. Bei den meisten ihrer Schwangerschaften war dies nicht der Fall gewesen. Vielleicht war sie zu alt, um Kinder zu bekommen. Sie hatte ihm gesagt, daß sie schon siebenundzwanzig Sommer erlebt hatte. Damit war sie fast so alt wie Mealla. Balor nahm an, daß dies für eine Frau ein beträchtliches Alter war. In den Mooren lebten Frauen nicht sehr lange, und obwohl Huldre seine Mutter war, war er in ihrem Fall sogar froh darüber.

Der Häuptling nahm ein schweres Seil und antwortete Huldre, als ob er ihren Ton nicht bemerkt hätte: »Ich muß hinausgehen, Frau, und die anderen Männer wecken. Falls das Vieh die Gatter durchbricht, wird es blindlings in die Sümpfe rennen und für uns verloren sein.«

Mealla war nahe an ihn herangetreten. Auf ihrem roten Haar spielte der Schein des Feuers, und die grauen Strähnen darin schimmerten silbrig. Sie bot MacLir einen Becher mit kaltem Met an, den sie hastig für ihn eingeschenkt hatte. Wie immer kann man sich auf ihre Unterstützung verlassen, dachte Balor. Der Junge liebte sie wegen ihrer Freundlichkeit und Wärme, als sie Fomor versicherte: »Du hast die besten Wächter aufgestellt, mein Herr, und du selbst warst die halbe Nacht bei ihnen, bis der alte Falcon darauf bestand, dich abzulösen. Niemand versteht mehr vom Vieh als der alte Falcon. Mit Sicherheit würde er dich warnen, wenn es in Gefahr wäre.«

Der Häuptling schlürfte den Met und gab den Becher zurück. »Trotzdem. Vielleicht ist schon ein Mann unterwegs. Nach den letzten Regenwochen frage ich mich, ob die Gatter einer solchen Wasserflut standhalten werden. Wenn das Vieh beim Geräusch des Donners in Panik gerät, könnten die Erdwälle zusammenstürzen. Die Erde, in der sie verankert sind, ist aufgeweicht. Ich will nicht so lange warten, bis Falcon Alarm schlägt. Ich mag den Gestank dieses Sturms nicht.«

»Der Wind riecht nach Eis.« Huldre hatte sich erhoben. Sie stand unbeweglich neben der Feuerstelle. Ihre rechte Hand lag an ihrer Kehle, und mit den Fingern streichelte sie langsam über das Bernsteinamulett.

Balor fühlte, wie sich Scham und Ärger in seinem Unterleib zusammenballten. Er wußte, daß die nächsten Worte seiner Mutter verhängnisvoll sein würden, daß sie nicht auf wahren Vorahnungen, sondern auf bösen Wünschen begründet sein würden. Mealla hatte ihm erzählt, daß Huldre sogar während der Jahre, in denen es dem Clan gutging, Verderben vorausgesagt hatte, wenn sie die Moore nicht verließen und wieder so lebten wie ihre kriegerischen Vorfahren. Es hatte etwas mit einer irrationalen Furcht vor einem Feind zu tun, der schon lange tot war, hatte Mealla erklärt. Das Volk des Clans hatte Huldre zunächst bedauert, und über die Jahre waren ihre Wahrsagereien fast verstummt. Doch in jüngster Zeit gab es einige, zu denen auch der Weise gehörte, die sagten, daß sie schuld an der Veränderung des Wetters war. Balor verfluchte sie dafür, denn wenn es stimmte, war sie die Ursache dafür, daß sich das Glück von ihrem Herrn abgewandt hatte, und hatte es nicht einfach nur vorausgesagt. Er fragte sich, ob der alte Munremar, der Weise, mit seiner Meinung über sie möglicherweise recht hatte.

Wieder blitzte es. Huldre preßte ihre Hand fest um das Amulett. Beschwor sie den Namen und die Macht ihres Nordlandgottes, um seine Wut zu zügeln, oder benutzte sie ihren Talisman dazu, seinen Zorn herbeizurufen?

»Der Sturm spricht zu dir, Fomor. Das Eis wird alle Hoffnung auf eine Ernte zunichte machen. Die Saatpflanzen, die mit solcher Sorgfalt in die Erde gebracht wurden, werden die Gewalt dieses Regens nicht überleben. Drei Jahre hatte dein Volk nun schon keine gute Ernte. Dein Vieh ist krank und stirbt. Dein Volk hungert – die Alten sterben, die Kinder werden schwach und die Kleinsten verkümmern. Im letzten Winter sind zu viele Säuglinge gestorben, und zu viele Frauen haben ihre ungeborenen Kinder verloren.«

Meallas Gesicht verzerrte sich, so aufgewühlt war sie. »Sag nicht so etwas, Huldre! Wirst du niemals lernen, daß das Schicksal sich rächt, wenn man es herausfordert?«

Huldre hörte nicht auf sie. Sie fuhr mit leiser und schleppender Stimme fort, in der Versprechen und Warnung lagen. »Das Land hat sich gegen dich gekehrt, Fomor MacLir. Höre auf den Sturm, mein Herr. Die Zeit ist gekommen, aufzubrechen und die alten Lebensweisen wieder anzunehmen. *Der Wolf ist dazu geboren, herumzustreunen und sich seinen Teil von denen zu nehmen, die nicht gelernt haben, daß das Leben den Starken gehört.* Laß dein wertvolles Vieh in den Sümpfen ertrinken. Sammle deine Männer um dich. Öffne die Kriegstruhen. Nehmt alle eure Äxte und Speere. Laß den Rächer seine Arbeit tun. Erinnere dich an die Vergangenheit. Erinnere dich, daß es Siedlungen im Süden gibt, in denen verweichlichte Männer dick werden unter einer freundlichen Sonne, die für dich nicht mehr scheint. Für dich ist die Zeit gekommen, wieder den Weg des Kriegers zu beschreiten, um deiner Söhne willen … bevor es zu spät ist.«

Der Rächer.

Das immer wieder beunruhigende Wort setzte sich in Balors Bewußtsein fest. Er hatte das Schwert nie gesehen, das seit dem Ende der Tage des Ruhms eingeschlossen war in der Kriegstruhe seines Vaters. Das Bild des Schwertes glitt durch seinen Geist, wie ein gut geschärftes Messer in eine Scheide glitt, die eigens für diese Klinge gemacht war. Doch jetzt war nicht die richtige Zeit, dieses Bild festzuhalten. Er ließ es verblassen, während die grünen Augen seines Vaters enger und so dunkel wie das Meer beim Sturm wurden.

»Um meiner Söhne willen sage ich dir jetzt, Huldre, daß der Wolf in mir gestorben ist, genauso wie ich es bei

Balors Geburt geschworen habe. Gerade weil ich mich an die Vergangenheit erinnere, will ich kein Krieger mehr sein.«

Ihre weit auseinanderliegenden Augen starrten ihn an. Es waren fremde Augen, blaßblau wie der Schatten des Eises. »Der Wolf in einem Mann stirbt niemals, Fomor MacLir. Er schläft nur, bis er geweckt wird. Bald wirst du es erfahren. Um unser aller willen *mußt* du es erfahren.«

Draußen grollte der Donner. Oder war es Fomors Ärger, den man hörte, als dieser durch den Raum zum Ausgang ging und seinen Hunden pfiff, ihm zu folgen. Balor wußte es nicht.

»Warte, Vater. Ich will mit dir gehen.«

Fomor MacLir blickte auf seinen Erstgeborenen herab. »Nein, Balor. Ich muß es verbieten. Du bist noch zu jung für diese gefährliche Aufgabe.«

»Ich bin doch keine Frau, die in Sicherheit am Feuer sitzt«, protestierte der Junge.

»Du bist aber auch noch kein Mann, mein Sohn.«

»Er wird niemals ein Mann werden ... nicht, wenn wir hier bleiben ...« In Huldres Stimme zitterte ein warnender Ton.

Doch nur Mealla und die Jungen hörten ihre Warnung. Fomor ging in den Sturm hinaus, ohne sich noch einmal umzublicken.

2

Balor stand im Eingang des Rundhauses, während ihm Wind und Regen ins Gesicht schlugen und er in sich eine tiefe Enttäuschung verspürte. Es ärgerte ihn, daß sein Vater ihn zurückgelassen hatte. Schließlich war er es doch gewesen, der diesen Sturm vorausgesehen hatte. Er war kein Baby mehr, dem man alles verbieten mußte. Er war schon größer als die meisten Jungen seines Alters, und auch wenn er nicht so kräftig gebaut war, wußte er doch, daß er stark war. Er konnte seinen Leuten wirklich helfen!

Er wußte es! Er hatte die Ochsenhaut, die als Tür diente, um seinen Körper gelegt, während er nach draußen und in den Sturm blickte. Er zitterte vor Verlangen, dem Häuptling zu folgen.

Fomor hatte bereits den schmalen Weg aus halb versunkenen, vom Moos schlüpfrigen Bohlen überquert, durch den jedes Rundhaus mit der großen Ratshalle im Zentrum des Dorfes verbunden war. Durch die Ritzen im Flechtwerk der Wände dieses Hauses drang gelblicher Lampenschein. Fomor ging gar nicht erst hinein, sondern wartete einfach ab, während die anderen Männer aus ihren Rundhäusern geeilt kamen und sich zu ihm gesellten.

Als ein Blitz durch den Himmel zuckte, konnte Balor die Männer für einen Augenblick deutlich sehen. Er erkannte Draga, den großen, muskulösen und rotbärtigen jüngeren Bruder seines Vaters. Er sah Dathen und Lomna Ruad, Broen und Echur, allesamt Männer, die in den Tagen des Ruhms große Kämpfer gewesen waren. Andere hatten ihm den Rücken zugekehrt. Es waren große, breitschultrige Männer und ein paar stramme Jugendliche, die sich alle mit schweren Mänteln vor dem Wind schützten. Sie hatten Seile und Stöcke in die Hände genommen, um sich den Herausforderungen des Tages zu stellen. In den Gürteln trugen sie zweifellos ihre Dolche und die kurzstieligen Äxte. Sie hatten ihre Hunde dabei, hauptsächlich Terrier, große, geschickte und gefräßige Tiere, die darauf abgerichtet waren, eine Kuh oder einen Bullen genauso eifrig in die Herde zurückzutreiben, wie sie Dachse oder Füchse hetzten.

Eine schlanke, gebeugte Gestalt kam aus der Ratshalle hervor und hob sich als Schattenriß im Licht des niedrigen und schmalen Eingangs ab. Balor erkannte ihn sofort an seinem wilden, ungekämmten Haar und dem dicken, knorrigen Stab, auf den er sich stützte. Es war Munremar. Der Weise. Der Junge runzelte die Stirn, als er sah, wie der weißhaarige alte Mann den Stab hob und drohend schüttelte – jedoch nicht gegen den Sturm, sondern gegen Fomor MacLir. Balor fragte sich, was der alte Mann gesagt haben mochte. Vermutlich etwas gegen Huldre, ein anklagender Vorwurf, daß sie für diesen Sturm verantwortlich sei. Der Häuptling stand reglos da. Balor konnte seinen Zorn und auch seine Beherrschung spüren. Aus Gründen, die Balor nicht verstand, verehrte Fomor MacLir seine zweite Frau. Er ließ es nicht zu, daß jemand auch nur ein böses Wort über sie sprach. Er duldete es nicht einmal von Munremar, der schon neben Manannan MacLir der Hohepriester gewesen war und der nun Fomors wichtigster Berater war, seit Fomor durch Manannans Tod zum Anführer des Clans geworden war.

Ganz gleich, was der alte Mann gesagt haben mochte, er erhielt keine Gelegenheit, es noch einmal zu wiederholen. Fomor wandte sich von ihm ab und ging quer durch das Dorf zu einer anderen Gruppe von Männern, die mit einigen Pferden neben dem offenen Tor des Palisadenzauns auf ihn warteten. Einer von ihnen hielt ein großes, dunkles, langhaariges Pferd am Zaumzeug – eins der wenigen Überlebenden einer Herde, die bis zum letzten Winter eine beträchtliche Größe gehabt hatte.

Als Kriegspferde waren sie äußerst wertvoll gewesen, doch für ein seßhaftes Volk von Bauern hatten sie nur wenig Nutzen. Sie humpelten ob der langwierigen Qualen durch Huffäule und ständiger Lungenentzündungen. In drei Jahren schlechter Ernten und endlosen Regens hatten die Pferde Weideland beansprucht, das eigentlich für das nützlichere Vieh benötigt wurde. Da er keine andere Möglichkeit mehr sah, hatte Fomor angeordnet, daß die meisten von ihnen geschlachtet und das Fleisch eingesalzen wurde. Einige Mitglieder des Clans – allen voran Draga – waren wegen der Tötung der Pferde empört gewesen. Balor konnte sich noch gut daran erinnern, wie sein Onkel düster bemerkt hatte, daß Fomor MacLir ausgerechnet in einer Zeit ständiger schlechter Ernten mit ihrem Leben als Nomaden brechen wollte, das sie einst als Krieger des Volkes der Axt geführt hatten. Ein Leben, das sie vor Hunger und Krankheit bewahren könnte, die ihnen drohten, wenn sich das Wetter nicht besserte. Fomor hatte auf der Ansicht beharrt, es könnte nur eine Frage der Zeit sein, bis das Wetter wieder besser wurde. Die Mehrheit der Mitglieder des Clans hatte ihn unterstützt. Trotzdem hatte Draga gemurrt, daß sie ohne Pferde für immer in den Mooren gefangen sein würden, daß sie alle dazu verdammt waren, im Schlamm des Sumpflandes zu sterben, so wie seine beiden Zwillingssöhne erst vor wenigen Wochen gestorben waren.

Der Junge empfand wegen des Todes der Zwillinge vorübergehend ein mitleidsvolles Verständnis für den Zorn seines Onkels auf Fomor, doch dann besann er sich eines Besseren. Selbst in sehr guten Zeiten war es nicht ungewöhnlich, daß Babys starben, bevor sie ihre ersten Schritte gemacht hatten. Fomor hatte viele Male erleben müssen, wie Huldre Fehlgeburten gehabt hatte und drei Babys tot auf die Welt gekommen waren. Der Häuptling trauerte um den Verlust, den sein Bruder hatte erleiden müssen, doch genauso trauerte er um seinen eigenen Verlust.

Jetzt sah Balor zu, wie sein Onkel sich dem Häuptling näherte. Worte wurden ausgetauscht. Fomors Reaktion konnte Balor entnehmen, daß es irgendwie um die Pferde ging. Dieses Thema war immer noch ein heikler Punkt, der ihre ehemalige Verbundenheit zerstört hatte. Es stimmte zwar, daß die Arbeit der heutigen Nacht mit vielen Pferden einfacher und weniger gefährlich gewesen wäre, doch wenn Fomor und die Ältesten zum Wohl des Stammes beschlossen hatten, die Pferde zu töten, dann wußte Balor, daß es damit seine Richtigkeit hatte. Draga hatte kein Recht, ihre Entscheidung zu kritisieren, vor allem nicht, weil Fomor erlaubt hatte, daß Dragas Fuchs am Leben bleiben durfte.

Und jetzt mußte die Herde zum Wohl des Stammes um jeden Preis gerettet werden. Wenn sie die Ernte dieses Jahres verloren, brauchten sie jedes auch noch so kranke oder verhungernde Tier, wenn die Menschen noch einen weiteren Winter überleben wollten. Fomor hörte nicht mehr auf die weiteren Worte seines Bruders, sondern schwang sich einfach auf den Rücken des schwarzen Pferdes. Es war ein Hengst, der auf Bestimmung des Häuptlings zur Zucht verwendet werden sollte. Das Tier war bereits durch das Getöse des Sturms gereizt, und als es nun im selben Augenblick blitzte, während Fomor aufstieg, scheute das Pferd wiehernd zurück, bäumte sich auf und schlug mit den Hufen durch die Luft.

Der Häuptling war ein vortrefflicher Reiter und hob einen Arm, worauf er seine Leute durch das Tor in die stürmische Dunkelheit führte.

Balor sah zu, während er den schmerzhaften Drang verspürte, ihm zu folgen. Der Junge erzitterte, während er sich fragte, wie es ihnen ergehen mochte. Wenn der runde Erdwall den Regen heil überstand, würden sie und die Wächter das Vieh stillhalten können, bis der schlimmste Sturm vorbei war. Doch wenn der Ringwall aufbrach, wären sie gezwungen, dem Vieh ins wilde, tückische Sumpfland zu folgen. Selbst bei bestem Wetter wagten sich die Männer nur ungern in die Sümpfe, und schon gar nicht allein. Zu viele waren dort bereits verlorengegangen. Zu viele waren nie von dort zurückgekehrt.

Dennoch beschloß Balor, ihnen zu folgen. Ein wilder, ungezügelter Drang trieb ihn, als er hastig seine Kleidung anlegte, seinen Umhang und die Ochsenhaut nahm und ohne auf die Ermahnungen von Mealla und die unverbindliche Wachsamkeit seiner Mutter zu achten, lief er in den Sturm hinaus.

Als Elathan ihm auf den Fersen folgte, blieb er stehen und schlug nach dem Jungen.

»Geh nach Hause! Du bist zu klein, um mir folgen zu können.«

»Ich bin nur ein Jahr jünger als du!«

»Ein Jahr jünger, ein Jahr kleiner und ein Jahr weniger an Tapferkeit!«

»Ha! Das werden wir ja sehen!«

Sie standen auf den Bohlen – auf halbem Weg bis zur

Einzäunung. Im nunmehr schiefergrauen Licht des Morgens rüttelte der Wind an ihnen und trieb ihnen Schneeregen in die Gesichter. Auf der anderen Seite des Dorfes, vor der Wand der Ratshalle, hatten sich einige Jungen um den alten Munremar versammelt. Balor erkannte Dianket, seinen besten Freund, der ihm zuwinkte, während die anderen zu einem hohen Giebel des Daches hinaufstarrten. Der Wind hatte ein größeres Stück der Strohbedeckung aufgerissen.

Elathan schirmte seine Augen mit der Hand vor dem Wetter ab. »Schau dir das an!« rief er. »Wenn der Wind anhält, wird er bald das ganze Dach abgedeckt haben.«

Balor runzelte die Stirn. Jemand rief seinen Namen. Es war Munremar. Er wußte genau, was der Alte von ihm wollte, nämlich daß er auf das Dach stieg und neue Seile befestigte, während die anderen sie von unten strammzogen. Wenn die Seile gesichert und das Loch mit frischem Reet ausgefüllt waren, wäre das Dach so gut wie neu. Bei diesem eisigen Wolkenbruch war es eine gefährliche Arbeit. Der Weise war zu alt und durch seine Knochenfäule behindert, um auf das Dach klettern zu können. Da die Männer und Jugendlichen zum Viehwall unterwegs waren, standen nur die Jungen für diese Arbeit zur Verfügung. Zusammen mit Dianket war Balor der älteste, größte, stärkste und wagemutigste der Jungen.

Doch Dianket hatte niemals die Beschwörungen des Weisen vorausgesehen, wie Balor es getan hatte, und Dianket hatte auch nicht das blasse, andersartige Aussehen Huldres geerbt, die Munremar doppelt haßte, wegen ihrer eigenen Prophezeiungen und wegen der Liebe, die der Häuptling für sie empfand. Als Balor den finsteren Blick des Weisen sah, breitete sich hinter seinen Augen etwas Tiefes und Schmerzhaftes aus, das zu einem hellen Bild seiner Mutter wurde ... einem Bild, das seinem eigenen so ähnlich war.

Die Blässe ihres Haars und ihrer Augen – war sie nicht genauso wie seine? Ihr langes, schmales Gesicht mit der hellen, hohen Stirn, einer Nase, die gerade wie ein Pfeil war, mit dem vollen Mund und dem eckigen Kinn – blickte ihn nicht dasselbe Gesicht an, wenn er im Wasser des Bachs sein Spiegelbild betrachtete? Ihr großer, schlanker Körper mit der Haut in der Farbe von frisch gewonnenem Rahm – sah er nicht jedesmal dasselbe, wenn er sich entkleidete? Wenn seine Clansgenossen ihn anschauten, sahen sie gleichzeitig Huldre, so wie der Weise auch jetzt seine Mutter in ihm sehen mußte?

Balor schauderte. Hatte der alte Zauberer ihn dazu auserwählt, auf das Dach zu steigen, weil er sich erhoffte, der Junge würde von der Höhe herabstürzen und sich das Genick brechen? Einen Moment lang überlegte er, ob Munremar den Sturm gerufen hatte, um ihn mit seiner Hilfe loszuwerden, doch dann tadelte er sich selbst wegen eines solchen Gedankens. Schließlich war er doch der Erstgeborene des Häuptlings; eine Tatsache, die für den Magier von nicht unerheblichem Gewicht sein dürfte.

Dianket rief nach ihm. »Balor, komm schnell! Das Dach der Ratshalle muß repariert werden. Der Weise braucht dich. Und Elathan, hol Stricke aus dem Haus deines Vaters – und noch mehr von jedem anderen Haus, in dem du etwas bekommen kannst!«

Wieder zuckte ein Blitz, diesmal jedoch sehr nahe. Balor verzog vor Verzweiflung das Gesicht. Er mußte hinausgehen und seinem Vater und seinen Clansgenossen helfen. Was ging ihn das Dach irgendeines Hauses an? Sollte Dianket sich darum kümmern! Er prahlte doch immer damit, daß er Balor in jeder Aufgabe überlegen war, der sie sich widmeten. Nun, dann sollte er sich an dieser beweisen! Sollte er doch seinen Hals riskieren. Balor hatte wichtigere Dinge zu erledigen.

Er drehte sich zu Elathan um und befahl ihm: »Geh und mach dich nützlich, indem du den anderen hilfst. Sag ihnen, daß ich ihnen Seile bringen werde! Ich bin schneller als du, und ich weiß besser, was nötig ist.«

Elathan durchschaute Balors Trick nicht und rannte sofort los, um zu helfen. Balor wartete keinen Augenblick länger. Ohne auf Diankets Rufen und das wütende Gebrüll Munremars zu hören, wirbelte er herum und rannte zum Rundhaus des Häuptlings zurück. Er hatte keinesfalls die Absicht, Seile für Munremar zu holen. Es wäre nicht das erste Mal, daß er offen die Anweisungen des Weisen mißachtet hätte.

Als er das Rundhaus des Häuptlings erreicht hatte, rannte er im Bogen herum und hielt dann direkt auf die nördliche Rundung der Palisade zu, wo sich, wie er genau wußte, ein kleines Loch im Zaun befand. Er und die anderen Jungen hatten den Befehl erhalten, es zu flicken, sobald das Wetter es zuließ. Er lachte laut auf, als er daran dachte, und dankte den Zwölf Winden, daß sie den wütenden Sturm geschickt hatten, denn jetzt würde er, obwohl er erst zehn Jahre alt war, die Gelegenheit erhalten, seinem Erzeuger zu beweisen, was in ihm steckte. Er würde Fomor zeigen, daß kein Grund dazu bestanden hatte, ihn zu Hause zu lassen. Er lief schneller und hatte bald das Loch im Zaun erreicht. Es war gerade groß genug, daß sich ein Junge seines Alters hindurchzwängen konnte. Es dauerte kaum länger, als er gebraucht hätte, um durch das Tor zu gehen, wenn es ihm erlaubt gewesen wäre, bis Balor den Zaun hinter sich gelassen hatte und sich auf den Weg ins Moor machte.

Die Männer waren ihm ein Stück voraus. Balor lief ihnen nach, in einem beständigen Tempo, bei dem schon bald sein Herz pochte und sein Atem keuchend durch seine Kehle pfiff. Doch er war so sehr auf sein Ziel konzentriert, daß er seine Beschwerden kaum bemerkte.

Irgendwann wurde ihm klar, daß er überhaupt keine Ahnung hatte, was er tun sollte, wenn er auf seine Leute stieß. Fomor hatte ihm die deutliche Anweisung gegeben, bei Elathan und den Frauen zu bleiben. Und wenn der Häuptling feststellte, daß er schon wieder ungehorsam gegenüber dem alten Munremar gewesen war, würde er wütend werden – sehr wütend. Er hatte Balor in der Vergangenheit schon oft wegen seines Ungehorsams ermahnt.

Doch falls das Vieh sich aus dem Ringwall befreien sollte, würde man wahrscheinlich sogar die Frauen und Mädchen rufen, damit sie halfen. Und wenn der Sturm tatsächlich nachließ, hätten die Männer ohne eine ausreichende Anzahl von Pferden Glück, wenn sie vor dem Abend ein Viertel der Herde wieder einfangen konnten. Balor wurde bei den Männern gebraucht. Er wußte es. Und wenn Fomor erkannte, daß er nur deshalb ungehorsam gewesen war, weil er seinem Erzeuger und Herrn dienen wollte, würde Fomor nicht böse auf ihn sein. Jedenfalls nicht allzu böse.

Er rannte mutig weiter, wich Schlammsuhlen und Morastlöchern aus, die durch Leute aus dem Clan markiert worden waren, indem sie ringsum Warnpfosten in den Boden geschlagen hatten. Es waren lange Stäbe aus Eichenholz, an denen Bänder mit Kaninchenknochen im Wind klapperten und die von einer Rabenfeder gekrönt wurden, als Warnzeichen für Todesgefahr.

Balor wurde langsamer und wischte sich mit dem Handrücken den Regen aus dem Gesicht. Er konnte jetzt die Umrisse der Männer erkennen, die sich auf Pferden und zu Fuß ein Stück vor ihm bewegten. Wenn es blitzte, konnte er hinter ihnen die Anhöhe des Ringwalls sehen.

Er blieb stehen, um sich auszuruhen und nach Luft zu schnappen. Seine Gedanken kehrten zu Dianket zurück. Inzwischen hockte sein bester Freund bestimmt rittlings auf dem First der Ratshalle und stopfte neues Reet in das sturmzerfetzte Dach, während er auf den klitschnassen Sparren sein Gleichgewicht zu halten versuchte. Es war eine Herausforderung, der auch Balor sich gerne gestellt hätte, doch er hatte sich statt dessen einer Aufgabe verschrieben, die viel wichtiger für den Clan war.

Er ging weiter, hielt dann jedoch plötzlich inne, als er einen lauten, befehlenden Ruf hörte, in dem leichte Panik mitschwang. Obwohl die Leute des Clans ihn noch nicht entdeckt hatten, konnte er die Gruppe jetzt gut erkennen. Ein Mann schlitterte hektisch den schrägen Wall herunter. Er lief gebückt unter einer schweren Regenplane und winkte aufgeregt dem Häuptling zu. Da der Wind vom

Ringwall her direkt in Balors Gesicht wehte, konnte der Junge jedes Wort verstehen und die Stimme als die des alten Falcon erkennen, des Aufsehers der Männer und Jugendlichen, die während der Nacht das Vieh bewacht hatten.

»Mein Herr ...« Die Worte des alten Mannes kamen schnell und mit keuchender Erleichterung. »Der Junge hat dich gerade noch rechtzeitig alarmiert!«

»Junge? Was für ein Junge?« fragte Fomor.

»Ich habe Rinn geschickt, um dich zu warnen. Wir konnten das Vieh kaum noch ruhighalten. Der Ring ist sicher, mein Herr, doch die Fundamentsteine für die Torpfosten schwimmen im Schlamm. Sie werden nachgeben, wenn das Vieh weiter dagegendrängt. Ich habe dem Jungen gesagt, er soll ...«

»Wir haben nichts von Rinn gesehen«, teilte Draga mit, der sein Pferd im Zaum hielt, während die anderen ihm murmelnd zustimmten.

Der alte Mann war unter dem Regenschutz kaum zu erkennen, doch jeder hörte seinen langgezogenen, bebenden Seufzer. Rinn war sein Enkel. »Dann hat er sich von den Sümpfen verschlingen lassen?«

Niemand sprach ein Wort. Das Schweigen wirkte düsterer als der Donner, bedrohlicher als das Heulen des Windes, lähmender als die Kälte des niederprasselnden Regens.

Schließlich sprach Fomor zu einem seiner Männer: »Echur, suche nach dem Jungen, so gut du kannst.« Dann wandte er sich an den alten Mann. »Begleite ihn, wenn du es wünschst. Wir werden hier gebraucht, und wir müssen uns beeilen.«

Der alte Mann griff nach dem Zaumzeug des Hengstes. Die Plane glitt von seinem Rücken, und der Regen strömte durch die Falten seines Gesichts und durchnäßte seine langen, dünnen Zöpfe.

»Ich wäre bei der Suche nur hinderlich. Ich werde bei der Herde bleiben, Herr. Ich kenne mich mit den Tieren aus. Wenn die Jungen und die starken Männer mir helfen, kann ich verhindern, daß sie Panik im Wind wittern. Du mußt deine berittenen Männer dort vor dem Tor aufstellen. Wenn es nachgibt, besteht eine kleine Chance, daß gut geführte Pferde wenigstens einen Teil der Herde in den Ring zurücktreiben können.« Er schüttelte den Kopf und holte Luft, um sich zu beruhigen. »Da uns nur so wenige Pferde zur Verfügung stehen, mein Herr, fürchte ich, daß wir viele Tiere verlieren werden, wenn das Vieh ausbricht.«

Balor hörte auch Dragas Erwiderung. »Ja. Habe ich nicht immer gegen das Töten der Pferde gesprochen? Ich habe den Herrn gewarnt, aber er wollte nicht auf mich hören.«

»Und ich sage immer noch, daß ich gut daran tat, nicht auf dich zu hören!« Unter seiner Kapuze aus den zähnefletschenden Wolfsköpfen arbeiteten die Muskeln an Fomors Schläfen. »Es gäbe nicht mehr viel Vieh, um das wir uns kümmern müßten, Bruder, wenn die Pferde am Leben geblieben wären, um das wenige Weideland, das wir haben, kahlzufressen!« Er gab Draga keine Gelegenheit zu einer weiteren Entgegnung, als er losritt und den Hengst im vollen Galopp zum Ringwall preschen ließ.

Die Männer folgten ihm unverzüglich, die Hunde dicht auf den Fersen. Nur Draga und drei andere blieben zurück. Mit herabgezogenen Mundwinkeln und düsterem Zorn im Blick sah Draga auf die drei unberittenen Männer herab.

Balor hatte sie erkannt. Es waren Gar, Donn und Nia. Sie waren im selben Alter wie sein Onkel, ein paar Jahre jünger als der Herr und somit Anfang Zwanzig. Gemeinsam mit Draga bildeten sie ein mürrisches, streitsüchtiges Quartett, das der Junge in den vergangenen Monaten oft zusammen gesehen hatte.

Wieder stach ein Blitz durch die Wolken. Draga blickte auf und musterte den Himmel. »Bei der Macht der Zwölf Winde ...«, zischte er voller Verzweiflung. »Er prüft mich ... er prüft uns alle ...«

Gar, Donn und Nia warfen sich Blicke zu. Dann sprach

Gar, und seine Worte stachen wie Dornen: »Willst du seine Häuptlingsmacht anzweifeln, Draga?«

Die Frage hing einen Augenblick lang in der Luft, bevor der Regen sie in der Erde versickern ließ. Balor starrte atemlos, während er darauf wartete, daß Draga antwortete. Doch der große rotbärtige Mann schwieg. Er blickte auf seine Gefährten herab und wrang sich geistesabwesend das Wasser aus dem Bart.

Wieder zuckte ein Blitz, diesmal genau über ihren Köpfen. Balor schrak keuchend zusammen, und Dragas Hund, der genauso breit und kräftig wie sein Herr gebaut war, drehte seinen großen grauen Kopf in Balors Richtung. Seine Augen glühten so gelb wie der Blitz, und er zog die Lefzen hoch, um die langen Zähne zu fletschen. Als der Hund knurrte und losspringen wollte, riß Draga das Tier an der Leine zurück.

»Wer ist da?«

Balor wußte, daß er Worte mitgehört hatte, die nicht für seine Ohren bestimmt waren, und schob langsam die Kapuze seiner Ochsenhaut zurück, während sich ein dicker Kloß in seiner Kehle bildete. Er versuchte ihn hinunterzuschlucken, doch er rührte sich nicht von der Stelle.

Sein Onkel und die anderen hatten ihn sofort erkannt. Draga zog genauso wie sein Elchhund kurz zuvor die Oberlippe hoch. Seine großen weißen Zähne schimmerten zwischen dem Rot seines durchnäßten Vollbarts.

Balor blickte seinem Onkel in die Augen, und sein Herz wurde plötzlich eiskalt. Was er sah, war etwas Dunkles und Gefährliches.

»Bist du es, Onkel? Ich bin's, Balor, und ich bin froh, dich zu sehen! Ich befürchtete schon, ich hätte mich verlaufen!«

Dragas Augenbrauen senkten sich mißtrauisch und entspannten sich dann wieder, als er nickte und die Lüge akzeptierte. »Wenn du weißt, was gut für dich ist, was ich bezweifle, wirst du zum Dorf zurückkehren, Balor.«

Doch der Junge war diesen weiten Weg nicht gegangen, um jetzt wieder umzukehren. »Bitte, Onkel! Ich werde mit Gar, Donn und Nia gehen und euch nicht im Weg sein. Ich schwöre es!«

Draga zuckte die Schultern. »Geh zurück oder bleib hier. Es ist gleich, denn auf beiden Wegen lauern Gefahren. Tu, was du willst, Junge, aber gib mir nicht die Verantwortung dafür!«

Da sie ihn schnellstmöglich loswerden wollten, sagten sie ihm, er solle auf den Ringwall steigen und außerhalb der Gefahrenzone bleiben. Oben auf dem Wall verlief ein schlammiger Weg, der kaum breiter als der Junge hoch war. Er stand im Regen da und blickte enttäuscht in den Innenbereich der kreisförmigen Einfassung, wo zwei ältere Jungen und der alte Falcon langsam zwischen dem unruhigen, muhenden Vieh umhergingen. Sie mischten sich unter die Tiere, berührten sie und sprachen zu ihnen. Balor wußte, daß starke und ruhige Nerven nötig waren, um sich zwischen den hohen Flanken, den scharfen Hufen und gekrümmten Hörnern zu bewegen. Obwohl Falcon und die Jungen in tiefem, sanftem Tonfall sprachen, waren ihre Augen unnatürlich hell vor Besorgnis. Eine falsche Bewegung oder ein zu lautes Geräusch und sie würden von den Beinen gerissen und unter den Hufen zermalmt werden. Jedesmal, wenn ein Blitz durch die Wolken schlug, schraken die Jungen zusammen und sprachen schneller, während sie sich die feuchte Furcht von den Lippen leckten. Doch Balor wollte sich trotzdem zu ihnen gesellen und hätte es auch getan, wenn der Junge, der oben auf dem Ringwall Wache hielt, ihn nicht zurückgehalten hätte.

»He, du! Wo willst du hin?«

»In den Ring. Ich werde nicht hier herumstehen und nichts tun.«

Der Name des Jungen war Mael. Er war vierzehn Jahre alt, hatte eine Stupsnase und war kurz und stämmig gebaut und genauso kampflustig wie ein junger Bulle. Er blieb vor Balor stehen und blickte ihn mit großspuriger Verachtung an. »Nichts tun? Du denkst also, daß ich hier nichts tue?«

Balor blickte auf das Vieh im Ring hinab und dann zu den Männern des Clans, die den Schaden begutachteten, den der Sturm am Fundament des Tores angerichtet hatte. »Ja«, sagte er offen. »Jedenfalls im Vergleich zu dem, was die anderen dort tun.«

»Es sind Männer. Du jedoch bist ein kleiner Junge. Und wenn du schon einmal hier bist, kann ich gut ein weiteres Paar Augen gebrauchen, um mir dabei zu helfen, ›nichts‹ zu tun.« Er nahm mehrere Lederbeutel, die um seinen Hals hingen, und drückte sie Balor boshaft in die Hände. »Such auf dem Wall nach weggespülten Stellen. Wenn du welche findest, stopfe sie, so gut es geht, mit Erde und Steinen aus diesen Beuteln zu. Wenn du feststellst, daß dir dieses ›Nichtstun‹ zu schwerfällt, sag mir Bescheid, damit ich dir helfen kann.«

Balor stieß einige der Beutel wütend zu Mael zurück. »Ich bin nicht das Wagnis eingegangen, allein durch das Moor zu laufen, um von einem halb Erwachsenen herumkommandiert zu werden! Wir werden diese Arbeit gemeinsam erledigen, oder ich werde dir überhaupt nicht helfen!«

Mael betrachtete den Jüngeren mit widerwilliger Bewunderung. Balor war als dickköpfiger und hartnäckiger Junge bekannt. Es würde nichts einbringen, ihn zu schikanieren. Mael nahm die Beutel mit einer Mischung aus gedämpfter Verärgerung und gutem Willen entgegen. »Dann sei es so«, gab er sich geschlagen.

Balor blickte zum Himmel hinauf. »Was geschieht, wenn der Schlamm und die Steine nicht genügen, um die Abtragungen aufzuhalten?«

»Dann sollen wir die Männer rufen. Dann müssen wir eine Kette bilden und unsere Mäntel und Hemden als Säcke benutzen, um soviel Erde heranzuschaffen, wie wir tragen können. Wenn wir alle zusammenarbeiten, können wir das Loch vielleicht wieder schließen, damit es hält, bis der Sturm vorbei ist. Später können wir die Stelle ordentlich reparieren. Aber bei unserem Unglück in den vergangenen Jahren hört der Regen vielleicht nie auf! Doch der Herr MacLir würde es sicher erst bemerken, wenn die

Flut uns alle ins ferne Meer gespült und ertränkt hat!« Noch während er sprach, schalt er sich selbst einen Narren. Er hatte für einen Moment völlig vergessen, daß Balor der Sohn des Häuptlings war.

Balor blies sich entrüstet auf. »Du wirst sofort diese Worte zurücknehmen!«

Mael geriet in Wut, sowohl auf sich selbst als auch auf den Jungen. Er konnte immer noch nicht vernünftig damit umgehen, wenn ein Kind ihm drohte. Er, der bei Dragas Übungswettkämpfen immer erster wurde, verspürte das unbändige Verlangen, Balor in seine Schranken zu weisen. »Was soll ich mich mit dir abgeben, Abkömmling einer fremden Zauberin! Ich würde dir nur allzu gerne zeigen, was du wert bist!«

Balor knirschte mit den Zähnen. Es war nicht das erste Mal, daß er hörte, daß man seine Mutter als Zauberin oder als Hexe bezeichnete. Es war zu einer üblichen, wenn auch verstohlen geflüsterten Verleumdung geworden, seit der Weise diese Bezeichnung erstmals gebraucht hatte. Huldre ging darüber hinweg und reagierte mit derselben unnahbaren, verächtlichen Duldung, die sie gegenüber jedem außer dem Herrn an den Tag legte. Sie hielt sich abseits. Sie hatte keine Freunde und versuchte auch keine zu gewinnen. Ihre Liebe und Wärme zeigte sie nur Fomor, doch in letzter Zeit schien es, daß sich sogar dieser kleine geöffnete Teil ihres Herzens verschlossen hatte und kalt geworden war. Aber sie war keine Hexe, keine Zauberin, keine böse Geisterbeschwörerin. Sie war eine Frau. Eine fremde und ausweichende Frau, die gelegentlich mit ihren Vorahnungen richtig lag, mehr nicht. Und der Häuptling hatte sie zu seiner Frau erwählt. Wer Huldre beleidigte, beleidigte damit gleichzeitig die Weisheit des Herrn. Er mußte Mael dazu zwingen, seine Worte zurückzunehmen und an seiner eigenen Überheblickeit zu ersticken.

»Sprich gegen meine Mutter, und du sprichst gegen den Willen des Herrn, denn sie ist seine Frau und lebt nach seinem Willen unter uns.«

»Nur weil sie ihn verhext hat!« erwiderte Mael. Er duckte sich schnell, als er Balors Schlag kommen sah.

Es war eine gut gezielte, kräftige Rechte, die Mael genau am Kinn getroffen hätte, wenn er nicht pariert hätte. Als Balor zurücktrat, um sich wieder zu fangen, gelangte er mit der Ferse seines linken Fußes zu weit über den inneren Rand des Ringwalls hinaus. Er verlor das Gleichgewicht und wedelte verzweifelt mit den Armen, um sich abzufangen. Doch er konnte seinen Sturz nicht verhindern und keuchte schockiert auf, als er die innere Böschung herunterpurzelte.

Er landete mit Gesicht und Bauch tief im stinkenden Schlamm aus Erde, Urin und Kot. Das plötzliche Eindringen eines Menschen in die Viehherde verwirrte die Tiere. Sie rempelten sich an und muhten nervös. Einige richteten sich unbeholfen auf und warfen sich auf andere Tiere, als wollten sie ihnen auf den Rücken steigen.

Balor lag ein paar Fuß weit vom Rand des Ringwalls entfernt. Ein scharfer Druck verursachte einen stechenden Schmerz in seinem Rücken, als ein Kalb übermütig über ihn hinwegtanzte. Einen Moment lang glaubte er, er müsse sich vor Schmerz und Schreck übergeben, dann rollte er sich hektisch zum Wall und versuchte vergeblich, wieder auf die Beine zu kommen. Er würgte vor Ekel, spuckte Schlamm und Schleim aus und wurde durch eine Färse erneut zu Boden geworfen, die es sich offenbar in den Kopf gesetzt hatte, ihn wie einen Pfannkuchen plattzutreten. Sie hätte es fast geschafft, bevor sie dann doch weiterlief. Balor rappelte sich auf, warf sich gegen den Ringwall und suchte nach einem Halt. Dann drängte sich eine ausgewachsene Kuh rückwärts mit ihrer kotverschmierten Hinterseite gegen ihn.

Er fiel beinahe in Ohnmacht, als ihm die Luft aus den Lungen gepreßt wurde. Ihm war übel und schwindlig, und er bekam keine Luft mehr, während die Kuh ihn mit ihrem ganzen Gewicht gegen die Böschung drückte. Er war überzeugt, daß sie ihn einfach durch den Ringwall quetschen würde, da er bereits spürte, wie Steine in seine

Magengrube stachen. Er hörte kaum, wie Mael erschrocken und in reuiger Zerknirschung zu ihm herabrief.

»Geh von der Wand weg! Pack einen Schwanz und zieh dich hoch! Na los! Zieh dich wie ein Reiter auf einen Rücken! Sie werden dich zertrampeln, wenn du es nicht tust!«

Doch Balor konnte nicht atmen und erst recht nicht die Arme heben. Die Kuh hatte ihn eingekeilt, so daß sein Kopf im Nacken lag, und es brannte, wo sich sein Hinterkopf und sein Genick berührten. Jeden Augenblick konnte sein Kiefer brechen, und sein Kopf würde wie eine Nuß unter dem Schlag eines Holzhammers zerplatzen. Dann wäre alles vorbei. Dann wären auch diese höllischen Schmerzen vorbei.

Schließlich setzte sich das Tier in Bewegung. Urplötzlich. Balor schnappte nach Luft, und der widerliche Gestank der Herde drang in seine Lungen. Darin lag auch der Geruch nach erneuertem Leben, so daß er ihn tief einsog und erleichtert feststellte, daß er sich noch unter den Lebenden befand.

Doch wie lange noch? Das Vieh verhielt sich wie gefangene Fische, die in einem Netz zappeln. Im Drang nach Freiheit waren die Tiere blind und rücksichtslos. Sie standen kurz vor der Panik – es war nur noch ein Donnerschlag nötig, bis sie ausbrechen würde.

Und dann kam er.

In diesem Augenblick hörte Balor jemanden rufen: »Alles ist verloren! Das Tor … geht zurück … es bricht unter der Herde zusammen!«

Und dann hatte er das Gefühl, aus der Nacht würde ihn eine Schlange anspringen, als etwas gegen seine Wange peitschte. Er blickte auf und sah Gar, Mael und den alten Falcon über sich auf dem Ringwall stehen. Sie hatten ein Seil zu ihm hinuntergeworfen. Er griff danach und hielt sich mit aller Kraft daran fest, als sie ihn nach oben in Sicherheit zogen.

Niemand sprach ein Wort. Nun stand er atemlos da

und blickte in den Ring hinunter. Er sah, daß die Jugendlichen – offenbar auf Falcons Anweisung – die Herde ihrer Panik überlassen hatten. Es bestand keine Hoffnung mehr, sie jetzt noch zurückhalten zu können. Die schweren Pfähle, die das Tor gestützt hatten, hatten unter dem Druck der Herde nachgegeben und sich nach außen geneigt. Die Öffnung, in der das Tor aufgehängt worden war, war recht schmal, kaum weiter als die Spannweite der Hörner des größten Tieres. Bis zu Balors unglücklichem Sturz hatte der Anblick der Reiter, die sich davor bewegten, genügt, um das Vieh zurückzuhalten. Doch nun brüllte ein Bullenkalb auf und warf sich gegen das Tor. Es kippte um, während das angstvolle Kalb nach draußen in den Sturm raste und es völlig zu Boden riß.

Balor und die anderen sahen zu, wie Fomor seinen großen schwarzen Hengst in das offene Tor trieb, um einen kühnen Versuch zu wagen, die Herde davon abzuhalten, dem Kalb zu folgen. Doch das Pferd war genauso wie die Rinder wahnsinnig vor Angst. Der Hengst bäumte sich auf, verlor das Gleichgewicht und stürzte rückwärts zu Boden. Dabei wurde Fomor abgeworfen, während der Rest der Herde durch die Öffnung stürmte.

»Das ist das Ende für uns alle«, murmelte Falcon. »Nichts kann sie jetzt noch aufhalten …«

Balor würde niemals vergessen, was als nächstes geschah. Sogar der Sturm schien fassungslos den Atem anzuhalten. Fomor MacLir erhob sich aus dem Schlamm und stellte sich vor dem zertrümmerten Tor auf, genau in den Weg des Sturzbaches aus Fell und Horn, der ihn in den sicheren Tod davonzureißen drohte. Doch er wurde nicht fortgeschwemmt. Er hielt sein Gleichgewicht, als er mit wedelnden Armen versuchte, das Vieh in den Ring zurückzutreiben.

Draga, der immer noch auf seinem Pferd saß, drängte sich durch den Strom der Herde und streckte seinem Bruder eine Hand hin. Er mußte schreien, um sich verständlich zu machen.

»Nimm meine Hand, Fomor! Steig auf und bring dich

in Sicherheit! Wir können hier nichts mehr tun. Dein Sohn hat alles verdorben. Es ist so, wie ich immer wieder gesagt habe – wir haben nicht genügend Pferde, um die Rinder zur Umkehr zu zwingen.«

Die Worte lösten im Häuptling eine Flut des Zorns aus. Sie brach als qualvoller Schrei hervor, schwoll zu einer unmenschlichen Tonhöhe an und ging dann in einen Laut über, der mit dem Dröhnen des Donners wetteiferte.

»Nein! Bei der Macht der Zwölf Winde, ich werde es nicht zulassen!«

Er kämpfte sich weiter voran, ohne auf die Hörner zu achten, die an seinem Umhang rissen und seine Kleidung zerfetzten. Schlamm- und blutverschmiert setzte er seinen Körper mit gesenkten Kopf als Rammbock ein und drängte mit nackter Gewalt eine panische Kuh zurück, die den anderen Tieren durch das zerstörte Tor zu folgen versuchte. Als sie bockte und ihm Widerstand leistete, brüllte er vor Wut und Verärgerung auf. Erschrocken warf sie den Kopf zurück, machte kehrt und stürmte in den Ring zurück, worauf Fomor sich mit ausgebreiteten Armen und Beinen in der Toröffnung einkeilte.

»Bist du wahnsinnig, Bruder!« Dragas Worte waren keine Frage, sondern die Feststellung einer Erkenntnis, zu der er längst gekommen war.

»Er wird in Stücke gerissen werden«, flüsterte Gar voller Ehrfurcht über Fomors unerschrockene Tapferkeit.

Doch der alte Falcon hob den Kopf. »Nein, Fomor MacLir wird nicht in Stücke gerissen werden. In den vergangenen Tagen gab es viele, die sich fragten, ob er mehr als nur ein Mann sei, stark genug, um die Macht der Zwölf Winde herauszufordern und sie seinem Willen zu unterwerfen.«

Während sie zusahen, war es, als hätten die Naturgewalten entschieden, die Worte des alten Mannes zu bestätigen. Genauso schnell, wie er zugeschlagen hatte, zog der Sturm sich plötzlich zurück, so daß das Moor feucht und dampfend und stumm vor Erschöpfung dalag.

Fomor stand immer noch als lebendes Tor da und versperrte dem größten Teil der Herde den Weg nach draußen, während Draga und die übrigen Reiter mit Unterstützung der geschickten Arme und schnellen Beine der Männer, die zu Fuß waren, mindestens die Hälfte der entflohenen Tiere einfingen und in die Sicherheit des Ringwalls zurückbrachten.

Insgesamt waren weniger als ein Dutzend Tiere an die Sümpfe verlorengegangen, und als der Morgen heller wurde, sahen alle zu ihrer Erleichterung, daß der alte Falcon wieder unter den Männern arbeitete, an seiner Seite der verdreckte und durchnäßte Enkelsohn Rinn. Der Junge entschuldigte sich dafür, daß er erschrocken in die falsche Richtung weitergelaufen war, nachdem ein Blitz ihn beinahe getroffen hätte.

In Balors Augen brannten Tränen der Scham – weil er für die Panik der Tiere mitverantwortlich war –, als er auf den Häuptling starrte, der in der Lücke im Ringwall stand, während Draga und Dathen und Lomna Ruad daran arbeiteten, das herausgebrochene Tor wieder zu errichten und zu befestigen. Niemand zog Balor zur Rechenschaft, so daß er vor Stolz zitterte, als er seinen Vater betrachtete.

Fomor MacLir war ein großartiger Mann, sein gewaltiger Körper standhaft und unnachgiebig, stärker als das Holz, das er ersetzte.

Nie zuvor hat es einen solchen Mann gegeben, dachte Balor.

Und von diesem Augenblick an würde es niemals einen gehorsameren Sohn geben.

3

So wurde die Herde gerettet, und die alten Männer im Dorf erhielten neue Nahrung für ihre Gerichte aus wundersamen Geschichten.

Der Sturm war ein Bote der Zwölf Winde gewesen, der den Herrn prüfen sollte. Und als die Prüfung ergeben hatte, daß der Herr ein würdiger Mann war, hatten sich die Wolken verzogen und einem unermeßlichen, klaren, blauen und sorglosen Himmel Platz gemacht. Hinter dem Moor und dem gewellten Heideland sang eine Lerche Loblieber auf den Wolf der Westlichen Stämme. Das Gras, das von Regen und Hagel niedergeschlagen, geknickt und verletzt worden war, richtete sich wieder auf und gab den Duft nach Thymian an das warme, sanfte Gesicht der Sonne ab, ein Geschenk an den Häuptling, um ihm diesen Tag des Heldenmutes zu versüßen. Und die Männer von Fomor MacLir, die ihn oft kritisiert hatten, beugten ergeben ihre Knie, da sie davon überzeugt waren, daß seine starke und mutige Tat nichts Geringeres als ein Wunder gewesen war. Er hatte wie in den Tagen der Vergangenheit die Zwölf Winde seinem Willen unterworfen und die Welt wieder ins rechte Lot gebracht.

So erzählten es die Geschichtenerzähler.

Und so war es tatsächlich geschehen.

Doch wenn Balor in den kommenden Jahren vom Kampf erschöpft und fern vom Land seines Vaters sein würde, sollte er sich voller Verbitterung an diesen Tag erinnern. Denn ein Krieger weiß, daß nichts für ewig ist. Wenn ein Sturm bezwungen wird, lauert bereits der nächste hinter dem Horizont … wo er in der nebligen, dunklen Zukunft wartet, die kein Mensch kennen kann … bis sie zur Gegenwart wird und so schnell durch seine Finger rinnt, daß er sie weder festhalten noch beherrschen kann.

Sie arbeiteten noch den ganzen Tag daran, das Tor und den Ringwall zu reparieren. Balor wurde von Fomor wegen seines Ungehorsams gehörig verprügelt und zusammen mit Mael wegen ihres Verhaltens gerügt, das sie beinahe die Herde gekostet hätte. Sie standen stumm und beschämt wie zwei ausgeschimpfte Welpen da. Doch beide waren so eifrig darauf bedacht, sich für die Zukunft als vertrauenswürdig zu beweisen, daß man ihnen erlaubte, zu bleiben und mit den anderen Jugendlichen zusammenzuarbeiten. Diesmal spottete Mael nicht über Balors Herkunft, und Balor stellte nicht ein einziges Mal die Autorität jener in Frage, die ihm Arbeiten auftrugen, die seinem Alter und seiner Größe angemessen waren.

Die Arbeit war anstrengend und schmutzig. Doch beschwingt durch Fomors unvergleichliche Kraft und Tapferkeit beugten sie sich dem Willen des Häuptlings, um ihn zufriedenzustellen. Unter Fomors Anleitung legten die Männer Furchen an, in denen das Regenwasser aus dem Fundament des Ringwalls ablaufen konnte. Schlamm und Sturmtrümmer wurden aus dem Graben geräumt, in dem sich das Wasser sammeln würde, so daß sich eine Barriere ergab, die das Vieh zuerst schwimmend überwinden mußte, wenn es noch einmal aus der Einfassung ausbrechen sollte. Da die Tiere sich nur ungern ins Wasser wagten, würde der neue Graben mit großer Sicherheit künftige Ausbruchversuche verhindern.

Bald war der größte Teil der Arbeit getan, und alle waren zufrieden, daß die Herde sicher im Ring untergebracht war, bis es wieder möglich war, sie in den Morast zurückzutreiben, in den der Sturm das Weideland verwandelt hatte. In der Zwischenzeit wollte man dem Vieh Futter bringen, und im Morgengrauen des folgenden Tages würde man damit beginnen, einen zweiten Ring um den ersten anzulegen, als weitere Absicherung gegen den instinktiven Trieb der Herde, sich im Sturm selbst in Gefahr zu bringen.

Die Frauen hatten den Arbeitern am frühen Nachmittag etwas zu essen gebracht, und es war schon fast dunkel, als sie hungrig und erschöpft ins Dorf zurückkehrten.

Die Kohlen glühten in der Feuergrube des Rundhauses des Häuptlings, bis Mealla sie schürte und hohe Flammen erweckte. Sie gab Schilf hinzu, das aus den sorgfältig geschnürten Bündeln stammte, die im Lagerraum trocken aufbewahrt wurden. Ein Brei aus Markbrühe, leicht gemahlenem Emmerweizen und in Stücke geschnittenen

Sumpfwurzeln blubberte im glockenförmigen Tonkessel, der auf einem Dreifuß aus Steinen von gleicher Höhe über den Flammen stand.

Huldre benutzte eine lange Geweihzange, um zwei flache Kuchen aus feuergehärtetem Lehm aus der Glut zu holen. Vorsichtig legte sie sie auf den länglichen ebenen Steinen des Herdes ab, damit sie abkühlten. Dampf, der nach Kräutern und Sumpfbeeren und stark gesalzenem Fisch duftete, stieg durch feine Risse im Lehm auf.

Vor Stunden hatte sie zwei lange, getrocknete und geräucherte Filets aus dem Lagerraum geholt, wo sie auf Gestellen unter den Dachbalken hingen. Diese hatte sie in klarem Wasser getränkt, bis sie weich geworden waren und jeglicher Schimmel mühelos abgewischt werden konnte. Nachdem sie das Wasser in den Breitopf gegossen und die Filets wieder getrocknet waren, hatte sie jedes um einen Laib aus trockenen Beeren und Mehl mit einer Prise kostbaren Salzes gewickelt. Dann wurde jedes Filet völlig von einer feuchten Packung aus Lehm umschlossen. Mitten in der Glut des Feuers hatten sie in ihrem eigenen Saft gebrutzelt, während sie das Aroma der Kräuter und Beeren und auch den sauberen, erdigen Geschmack des Lehms aufnahmen. Wenn der Lehm abgekühlt war, würde man ihn aufbrechen, und der Fisch wäre dann zum Verzehr bereit.

Balor war erschöpft, und sein Körper schmerzte von unzähligen Prellungen, Abschürfungen und überspannten Muskeln, doch der Duft des dampfenden Fisches war beinahe genauso berauschend wie der heiße, gewürzte Met, den Mealla ihm gereicht hatte. Das Getränk im Becher mit dem verzierten Rand floß zäh und warm durch seine Kehle, um ihn aufzuwärmen und zu entspannen, als es sich in seinem Bauch und seinem Blut verteilte. Sein Körper und sein Kopf wurden angenehm taub von seiner Süße.

Das Getränk bestand aus gegorenem Honig – eine reiche, dunkle Brühe, die schwach nach Schimmel schmeckte, ein unerfreulicher Beigeschmack, den die Gewürzkräuter nicht überlagern konnten. Balor leckte sich über die Lippen. Er dachte, daß der Met schon zu lange im Krug gestanden hatte. Erst gestern hatte Huldre sich beklagt, daß das alte Gefäß nichts mehr taugte und ersetzt werden mußte. Doch unter den Menschen von Farnmoor gab es keinen Töpfer, der genügend Geschick besaß, einen so großen, kunstvoll angefertigten Krug herzustellen. Er stammte aus einem der fernen Handelsposten der Becherleute. Doch Fomor hatte bestimmt, daß niemand das Dorf zum Handel verlassen sollte. Balor hatte ihn nach dem Grund gefragt, weil er dies für keine großartige Idee gehalten hatte, doch der Herr hatte seine Beweggründe für sich behalten. Als die Jungen Mealla ausfragen wollten, hatte sie ihnen gesagt, dieses Thema nie wieder anzusprechen. Doch Huldre, die das Gespräch mitgehört hatte, meinte dazu, daß Fomors Söhne früher oder später, ob es ihm gefiel oder nicht, ohnehin die Gründe ihres Vaters erfahren würden ... was keineswegs hieß, daß die Jungen sie für sinnvoll halten würden – genausowenig wie Huldre selbst.

Jetzt saß der Herr schweigend auf einer langen, mit Lederriemen verschnürten Truhe aus hartem Holz. Darüber lag ein abgenutztes Seehundfell, doch Balor wußte, daß die Truhe darunter wunderbar geschnitzt und mit kunstvoll bearbeiteten Kupferscharnieren versehen war, die im Laufe der Zeit zu einem kräftigen Grün angelaufen waren. Die Truhe war nicht mehr geöffnet worden, seit die Krieger des Clans MacLir das Dorf Farmoor seinen früheren Bewohnern abgerungen und für sich in Besitz genommen hatten. In Balors metseligem Geist blitzten strahlende Gedanken an diese Tage auf. Wie sehr er sich wünschte, er wäre schon damals ein Mann gewesen, um an der Seite seines Vaters und seiner Gefolgsleute kämpfen zu können! Wie tapfer er gewesen wäre! Wie heldenhaft! Wie gehorsam! Und wie stolz Fomor dann auf ihn wäre!

Seine Augenlider wurden immer schwerer und schlossen sich. Er versuchte sich den Inhalt der Kriegstruhe bildlich vorzustellen. Magische Waffen, die aus einem magischen Metall geschmiedet waren. Ein großes, glänzendes Schwert. Der Rächer. Warum und gegen wen sollte es Rache und Vergeltung ausüben? Er hatte seinen Vater danach gefragt, und seine Antwort war dieselbe wie auf seine Frage nach dem Handelsposten gewesen, nämlich Schweigen. Hinter seinen Lidern nahm eine Erinnerung deutliche Formen an. Er dachte daran zurück, wie Fomor seinen Söhnen mit allem Nachdruck verboten hatte, jemals die Kriegstruhe zu öffnen. Er hatte gesagt, daß ein Fluch schwärzer als der Tod auf jene fiel, die die Waffen in die Hand nahmen, die sich darin befanden. Der Inhalt der Truhe war für sie verboten, mehr als alles andere. Als er es das einzige Mal gewagt hatte, einen Blick hineinzuwerfen, hatte Mealla ihn erwischt, bevor er es geschafft hatte, die Lederriemen zu lösen. Es war das einzige Mal in seinem Leben gewesen, daß sie ihn mit einem Stock verprügelt und den Jungen verflucht hatte, falls er es noch einmal wagen sollte, das strengste Gebot seines Vaters zu verletzen.

Fomor, der auf der anderen Seite des Raumes immer noch auf der Truhe saß, stieß einen erschöpften Seufzer aus. Balor öffnete die Augen und blickte seinen Vater an. Die Kleidung des Häuptlings war zerfetzt und mit trockenem Schlamm und dunklem Blut verschmutzt. Sein wundervoller Umhang aus Wolfsfellen war zerrissen. Er stützte sich mit den mächtigen Unterarmen auf seine Schenkel. Auch er hatte einen Becher mit erhitztem Met geleert, dessen dunkles Feuer schwach in seinen Augen glomm, als Huldre sich nun von dem mit Binsen bedeckten Fußboden vor der Feuergrube erhob und zu ihm ging. In den Händen hielt sie eine hölzerne Schüssel mit warmem Wasser und ein Tuch aus flauschiger Wolle.

Sie kniete sich vor ihn, stellte die Schüssel ab und begann damit, die Riemen seiner Beinwärmer zu lösen.

»Die Leute sagen, daß du heute wieder wie in den alten Zeiten warst.« In ihrem Tonfall lag etwas Seltsames, etwas Hungriges, obwohl ihre Stimme sanft war und mit einem tiefen Schnurren aus ihrer Kehle kam.

Er sagte kein Wort. Seine Erschöpfung hatte ihm jede Lust am Sprechen genommen. Er saß reglos da, während ihre Hände ihn geschickt bearbeiteten, ihn säuberten und seine Wunden mit so zarten Berührungen wuschen, daß er überhaupt keinen Schmerz empfand, sondern nur eine angenehme Freude.

Mealla, die vor dem Feuer hockte, stand auf und ging zum Häuptling, während sie sich die Hände an ihrer Schürze aus Hirschleder abwischte. »Alle, die an der Weisheit des Herrn gezweifelt haben, werden jetzt klar sehen. Die schweren Jahre liegen jetzt hinter uns. Der Sturm ist vorbei. Es wird sein, wie Fomor versprochen hat. Die Sonne wird wieder für uns scheinen. Jetzt werden die Felder wieder fruchtbar werden. Wir haben noch genügend Saat, um die Felder zu bestellen, und wir werden in diesem Jahr eine gute Ernte erleben. Ich weiß es ... ich spüre es in meinen Knochen!«

Huldre blickte zu Mealla auf. Balor sah ihrem Gesicht an, wie sehr sie sich beherrschen mußte, als sie sagte: »Ich würde mich noch nicht nackt ausziehen und um den Erntepfahl tanzen, Mealla. Die Sonne hat erst seit heute für uns geschienen. Aber was wird morgen sein? Willst du den Herrn dazu drängen, ein Versprechen für den morgigen Tag abzugeben?«

Meallas Augen weiteten sich, und ihr Gesicht flammte rot auf, doch es war Fomor, der erzürnt sprach.

»Sei still, Frau!«

Sein Tonfall hätte jeden anderen sofort eingeschüchtert, jedoch nicht Huldre. Sie schüttelte ihr dichtes, hüftlanges Haar zurück und setzte sich über seinen Befehl hinweg. »Hör nicht auf sie, Fomor. Sie ist wie schon immer nur ein Echo deiner eigenen Wünsche. Doch ein Echo hat keine Substanz ... es bestätigt überhaupt nichts. Du mußt mir zuhören, mein Herr. Ich spreche Worte voller Wahrheit und Substanz zu dir. Der Sturm hat den Wolf in dir erweckt. Sogar Balor hat ihn an seiner Kehle gespürt. Jetzt ist die Zeit, um weiterzuziehen, mein Herr, wo es keinen einzigen Mann, keine Frau und kein Kind gibt, wo es niemanden gibt, der dir nicht folgen würde. Niemand würde zweifeln, niemand hätte Angst, wenn sie wissen, daß der Wolf wiederauferstanden ist, um sie zu führen.«

Fomors Blick war unverwandt auf ihr Gesicht gerichtet. »Und wohin sollte ich sie führen, Frau?«

»Irgendwohin! Nur fort von Farnmoor! Fort vom Schlamm und vom ewigen Regen, bevor es zu spät ist, bevor …«

»Es regnet nicht mehr!« unterbrach Mealla sie, als wollte sie verhindern, daß Huldre zuviel sagte.

Balor bemerkte es nicht. Er blickte nur seinen Vater an. Der Häuptling hatte sich erhoben und seinen Sitzplatz verlassen, um in den offenen Eingang des Rundhauses zu treten. Er starrte ausdruckslos in das rasch schwindende Tageslicht hinaus.

»Warum haben sich so viele Jungen vor dem Haus des Heilers versammelt?«

Balor wurde plötzlich eiskalt, als er sich auf seinen Bettfellen aufrichtete. Aus irgendeinem Grund wußte er, wie die Antwort auf diese Frage lautete, bevor Mealla sie ausgesprochen hatte.

»Einer der Jungen hat sich durch einen Sturz verletzt, während er versuchte, das Dach der Ratshalle zu reparieren. Elathan ist schon seit Stunden drüben und hält neben ihm Wache.«

»Dianket!« Balor war plötzlich auf den Beinen, worauf ihm so schwindlig wurde, daß er beinahe seinen Becher mit Met fallengelassen hätte.

»Ja«, antwortete Mealla. In ihren Augen lag tiefes Mitleid. »Dein guter Freund, der Sohn des Heilers. Es ist schon traurig genug, daß sein Vater im letzten Jahr starb. Munremars Geschick in den Heilkünsten ist begrenzt, und der Junge ist sehr schwer verletzt. Ich wollte es nicht erwähnen, um nicht deine Zufriedenheit zu verderben, weil die Herde gerettet werden konnte. Es heißt nämlich, daß der Junge bis zum Ende seiner Tage ein Krüppel sein wird, wenn er überlebt.«

Balor trat zitternd an die Tür und war auf einmal völlig nüchtern. Fomor versperrte ihm den Weg.

»Ruhig, Junge. Du kannst jetzt nichts für ihn tun, und du bist sehr erschöpft. Wenn er überlebt, kannst du morgen zu ihm gehen. Was geschehen wird, wird geschehen.«

»Aber es ist meine Schuld!« Die Worte kamen ohne seinen Willen über seine Lippen. »Ich wurde dazu bestimmt, das Dach zu decken, aber statt dessen lief ich aus dem Dorf fort!«

Fomor trat zur Seite und ließ seinen Sohn vorbei.

Das Haus des Heilers war klein und moderig. Es befand sich am Ende einer Reihe mehrerer ähnlicher Rundhäuser auf der anderen Seite des Dorfes, genau gegenüber dem Rundhaus des Häuptlings. Ein Feuer brannte schwach in der Feuergrube in der Mitte des Innenraumes, und verschiedene Töpfe, Krüge und Körbe standen rings um das Feuer. Der mittlere Dachpfosten war nicht annähernd so hoch wie der im Rundhaus des Häuptlings. Wo die Sparren auf die Wandpfähle stießen, war die Decke so niedrig, daß ein durchschnittlicher Mann des Clans nicht mehr aufrecht stehen konnte, aber schließlich war der Heiler ein kleiner Mann gewesen, der behauptet hatte, keine großen Bedürfnisse zu haben – nur ein Haus, das leicht zu heizen war, in dem es Platz gab, um seine Kräuter zu trocknen und die Wurzeln, Werkzeuge und anderen Dinge unterzubringen, die für seinen Beruf nötig waren. Ein Haus mit einem festen Dach und einer gut zu lüftenden Herdstelle, eine gute Frau, die nicht viel sprach und sich um seine Bedürfnisse kümmerte.

Die Frau war vor elf Jahren gestorben, als sie Dianket, den einzigen Sohn des Heilers, zur Welt gebracht hatte. Dann war erst im vergangenen Jahr auch der Heiler gestorben, so daß der Junge nun ganz allein im Haus wohnte. Dianket hatte versucht, die Kunst seines Vaters zu erlernen. Er hatte zarte, geschickte Hände, aufmerksame Augen und eine Begabung zum Heilen, die ihn jede Krankheit, ob bei Mensch oder Tier, schon am Geruch erkennen ließ, wie es schien. Doch er war schließlich nur ein kleiner Junge und war oftmals wegen seiner Bemühungen verspottet worden. Der alte Munremar, der Weise, hatte die Aufgaben des Heilers übernommen und sich in den vergangenen Monaten um den Jungen gekümmert. Er hatte prophezeit, daß Dianket mit der Zeit wahrlich ein Heiler von großem Wert für den Clan sein würde.

Doch Dianket hatte sich bei seinem besten Freund Balor darüber beklagt, daß er in einem Dorf am Rande des Nirgendwo festsaß, viele Meilen von den Handelswegen zivilisierter Menschen entfernt, wo er nichts dazulernen würde und wo das wenige, was er wußte, bald abgestanden sein würde wie Regenwasser in einem stehenden Teich. Er hatte Balor anvertraut, daß er davonlaufen wollte, wenn er alt genug war, und wenn er die Geheimnisse der großen Heiler der ganzen Welt gelernt hatte, würde er zurückkehren, um sein Wissen zum Wohl des Stammes einzusetzen.

Jetzt lag er verletzt und blutig auf einem Lager aus Fellen über einer Matratze aus schimmeligem Adlerfarn. Sein Atem war ein leiser, schmerzhafter Rhythmus, der pfeifend und gurgelnd durch zerfetzte Lippen und einen gebrochenen Kiefer ging. Seine Nase war ebenfalls gebrochen und seine Wangenknochen angeschwollen, so daß sie sich seinen aufgeschlagenen Brauen näherten und seine Augen fast völlig einschlossen.

Die meisten der Jungen, die vor seinem Sturz mit Dianket zusammengearbeitet hatten, waren in ihre eigenen Häuser zurückgekehrt, nachdem ihre Väter eingetroffen waren. Ein paar hielten sich noch in der Nähe des Eingangs auf, während Tethra und Indech, zwei Jungen in Balors Alter, mit Elathan hinter dem alten Munremar standen. Der Weise saß auf Diankets Pritsche. Er hielt das rechte Handgelenk des verletzten Jungen in den knorrigen Händen und zählte den Puls. Seine jüngste Tochter, die neunjährige Morrigan, kniete am Kopfende der Pritsche und strich Dianket mit den Fingerspitzen irgendeine lindernde Salbe auf die Stirn.

Sie blickte Balor mit Augen an, die so saftig und grün

wie ein Frühling im Hochland waren. Während der langen, wolkenverhangenen Tage hatte ihre Haut die goldbraune Farbe des Sommers behalten. Sie war klein und schwarzhaarig und so scharfzüngig wie ein Rabe. Balor hatte sie noch nie gemocht. Sie hatte ein fremdländisches Aussehen, das ihm immer wieder unangenehm an seine eigene, vom Clan abweichende äußere Erscheinung erinnerte. Ihre Mutter war eine Eingeborene der Moore gewesen, eine Sklavin, die Munremar sehr geschätzt hatte. Sie hatte zu einem Stamm gehört, der besiegt und fast vollständig ausgelöscht worden war, als der Clan MacLir das Dorf Farnmoor in Besitz genommen hatte. Die Mutter war an der siechenden Krankheit gestorben, als das Mädchen fünf Jahre alt gewesen war. Sämtliche Mitglieder des eingeborenen Stammes waren irgendwann daran gestorben, als würden sie den Tod der Gefangenschaft vorziehen, ganz gleich, wie gnädig man sie behandelte. Doch Morrigan hatte ihr Aussehen bewahrt. Sie war eine kühne, dunkle Rose unter ihren blonden Halbschwestern. Und Balor wußte nur zu genau, daß diese Rose Dornen hatte.

Sie stachen ihn, als sich jetzt ihre Blicke trafen, und sie sprach mit einer arglosen Offenheit, die ihm einen tieferen Stich versetzte, als es eine Messerklinge getan hätte. »Hättest du den Befehlen der Ältesten gehorcht, würdest du jetzt hier liegen.«

Sein Gesicht brannte vor Scham, als er spürte, wie die anderen ihn ansahen. In den tiefen Schatten des Rundhauses saß ein zartes kleines Mädchen mit grauen Augen und goldenem Haar auf einer Holzbank und hatte einen Mörser aus Granit auf dem Schoß. Obwohl sie im selben Jahr wie Morrigan geboren war, hätten die zwei Mädchen kaum unterschiedlicher sein können. Wie Sonne und Mond. Wie Licht und Schatten. Sie hielt einen steinernen Stößel in der Hand und zerrieb damit heilende Wurzeln und Kräuter zu Pulver. Balor bemerkte sie erst jetzt, als sie leise, schüchtern, aber zu seiner Verteidigung sprach.

»Es war nicht deine Schuld, Balor. Du darfst dir keine Vorwürfe machen.«

Dana war die Tochter Dragas und sein einziges überlebendes Kind. Man konnte sich darauf verlassen, daß sie jeden anderen freundlich unterstützte, auch wenn sie genau wußte, daß der Betreffende gar keine Unterstützung verdiente. Obwohl Danas sanfte Worte ihn hatten trösten sollen, machten sie ihm nur stärker bewußt, wie nahe Morrigans offene Worte dem Herz der Wahrheit gekommen waren. Danas Augen waren von Tränen gerötet, die sie zweifellos über Diankets Unglück vergossen hatte – und über den Schmerz, den Balor dieses Unglück bereiten mußte.

Langsam und zögernd trat er vor, bis er an der Pritsche stand. Er blickte auf Dianket herab und war so erschüttert über den Anblick seines Freundes, daß er kein Wort herausbrachte.

Der alte Munremar musterte seinen Gesichtsausdruck und sagte leise: »Der Junge hat sich ordentlich und tapfer verhalten – genauso wie du es hättest tun sollen.«

Balor wurde übel. »Wird ... wird er überleben?«

»Ja, aber das ist nicht dein Verdienst!« erwiderte Morrigan.

»Sei still, Mädchen!« brachte Munremar sie schroff zum Schweigen. Er ließ Balor nicht einen Moment lang aus den Augen. »Warum bist du nicht gekommen, als ich dich gerufen habe?«

»Ich wollte bei den Männern sein ... um ... um meinem Vater zu helfen, um an seiner Seite zu sein, falls er mich braucht. Aber er hat mich nicht gebraucht ... überhaupt nicht.«

Munremars schmale, dunkle Augen blinzelten nicht ein einziges Mal. Sie brannten mit unverhüllter Feindseligkeit gegenüber dem Jungen. »Dianket hat an deiner Stelle gute Arbeit geleistet. Das Dach wurde repariert. Die Sakristei der Zwölf Winde wurde vor der Zerstörung bewahrt. Doch nur um den Preis von Diankets Unglück, das nun auf deinen Schultern lastet.«

Balor senkte beschämt den Kopf. »Wenn ich hier gewesen wäre, wäre Dianket nicht gestürzt. Ich nehme die

Schuld auf mich, und ich würde auch seine Verletzungen auf mich nehmen, wenn ich es könnte ... wenn ich es doch nur könnte!«

»Tapfer gesprochen«, sagte der alte Mann mit beißendem Spott. Balor erstarrte einen Augenblick lang, als er damit rechnete, daß der Weise seinen Zauber einsetzte, damit er statt Dianket verletzt und bewußtlos auf der Pritsche lag. Doch nichts geschah. Munremar beschwor keine magische Verwandlung herauf. Er sprach zu dem Jungen, der vor ihm stand, ohne einen Hehl aus seiner Feindseligkeit zu machen. »Bedauerlicherweise können wir die Vergangenheit nicht zurückrufen, um es zu ändern, bis das Geschehene unserem Sinn für Gerechtigkeit entspricht. Wir müssen in der Gegenwart weiterleben und zum Wohl der Zukunft hoffen, daß wir weise genug sind, um aus unseren Fehlern zu lernen.«

»Ich werde lernen, das schwöre ich. Ich werde lernen!«

»Sein rechtes Bein ist völlig zertrümmert, Balor«, teilte Elathan ihm mit.

»Schenkel und Wade, Ferse und Knie«, fügte Tethra hinzu.

»Ja«, sagte Indech. »Er stürzte vom höchsten Punkt des Daches ab. Sein Fuß verfing sich in einem Seil, das ihn von den Beinen riß. Er fand keinen Halt mehr. Der starke Wind ließ ihn wie einen Stein zu Boden fallen. Er hat Glück, daß er noch am Leben ist!«

»Glück?« Morrigan keuchte das Wort, als wäre es eine Obszönität. »Willst du es so bezeichnen, wenn er bestenfalls für den Rest seines Leben ein Krüppel sein wird, selbst wenn er das Bein nicht durch eine Entzündung verliert?«

»O nein, er wird sein Bein nicht verlieren! Er wird kein Krüppel sein!« rief Dana, als würde ihr das Herz brechen. Ein Krüppel konnte nie zu einem vollwertigen Mann des Clans ernannt werden. Ein Krüppel würde immer als Außenseiter leben. Es wäre ihm verboten, mit seinen Altersgenossen Rat zu halten, und er durfte nicht an den Freuden der Clansfeste teilnehmen, damit die Schicksalsmächte, die ihn gezeichnet hatten, nicht durch seine Anwesenheit beleidigt waren und Unglück über den ganzen Clan brachten.

Diese Erkenntnis traf Balor genauso schmerzhaft und grausam wie der Schlag einer Axt. »Ich werde ihn pflegen«, erklärte er unverzagt. »Tag und Nacht. So lange, wie es sein muß! Ja, ihr werdet sehen. Es wird ihm bald besser gehen, wirklich.«

Munremars Augen schienen ihn verächtlich anzuspucken. »Du wirst deine Schuld nicht so einfach sühnen können, Balor, erstgeborener Sohn des Herrn.«

»Ich könnte es versuchen!«

Der alte Mann schüttelte den Kopf. »Wie willst du es schaffen? Durch deine Meisterschaft in der Kunst des Ungehorsams hast du deinen Freund in diese Lage gebracht. Was geschehen ist, kann nicht mehr ungeschehen gemacht werden. Man muß irgendwie damit zurechtkommen. Aber du wirst es nicht tun. Ich werde mich um Dianket kümmern. Die Frauen des Clans werden mir dabei helfen und die Mädchen ebenso, denn sie sind mit zarten und fühlenden Händen gesegnet. Wenn er sich auf dem Wege der Besserung befindet, kannst du kommen und ihm Gesellschaft leisten, da er allein lebt. Du und jeder andere der Jungen, dem der Sinn danach steht, ihm die Last der Stunden zu erleichtern. Seine Heilung wird lange dauern. Doch fürs erste habe ich ihm den Met des Schlafes und der Schmerzlosigkeit gegeben. Er soll sich ausruhen, wie du es auch tun solltest. Dieser Tag hat uns allen viel abverlangt.«

Balor zitterte vor Verzweiflung. »Aber ich will bleiben! Ich kann ihn doch nicht einfach so zurücklassen! Ich kann es nicht!«

Der alte Mann musterte ihn mit einem ernsten Blick voller Tadel. »Wagst du es schon wieder, dich meinem Willen zu widersetzen, Balor? Hast du an diesem Tag überhaupt nichts gelernt? Wirst du niemals lernen, die Weisheit der Menschen, die über dir stehen, zu akzeptieren? Du magst der erstgeborene Sohn des Häuptlings sein, doch du solltest lernen, daß du noch nicht der Herr des Clans bist!«

In dieser Nacht veranstalteten die Menschen des Clans MacLir ein Festmahl. Sie tranken den Met des Vergessens und ließen die Freudenfeuer mit hohen Flammen brennen. Sie vergaßen die Missetaten des Jungen, dessen Ungehorsam ihnen allen beinahe zum Verderben geworden wären. Sie tanzten. Sie sangen die Lieder der Ahnen und ergänzten sie um neue Worte, um die Taten ihres Häuptlings zu ehren, der die Zwölf Winde seinem Willen unterworfen hatte.

Die Kinder erhielten einen starken, zusätzlich gesüßten Met, damit sie in einen frühen Schlaf fielen, aus dem sie erst nach Sonnenaufgang erwachen würden, damit sie ihre Eltern nicht aus dem Schlaf der Trunkenheit weckten und sie ungewollt den bösen Geist der Metübelkeit riefen.

Balor trank gierig. Er sehnte sich nach dem Schlaf – nach einem tiefen, dunklen und gedankenlosen Schlaf, in dem er seine Schuldgefühle wegen Dianket ertrinken konnte. Er legte sich auf sein Fellbett und schloß die Augen. Hinter seinen Lidern tanzten Bilder des Dorfes im Feuerschein, genauso wild, wie die Menschen seines Clans tanzten. Dann erloschen sie wie die ausgebrannte Glut eines Feuers und versanken in Finsternis.

Worte. Leise. Zischend. In der tiefen, schweren Dunkelheit, die bereits die Dämmerung ankündigte, weckten sie Balor aus seinem mettrunkenen Schlaf.

»Hör mir zu, mein Herr. Ich habe einen Traum gehabt.« Es war Huldres Stimme.

Balor lauschte.

»Ich habe ein Königreich gesehen, das auf dich wartet ... jenseits des Nordwindes. Jenseits des Meeres der Nebel. Am Geburtsort der Legenden und des Ruhms, die aus den Tagen stammen, als Riesen durch die Welt zogen. All die vielen Jahre lang hat es auf einen Herrn gewartet, der mächtig genug ist, es in Besitz zu nehmen. Auf dich, Fomor MacLir.«

Die Worte gingen in ein zitterndes Seufzen der Entschlossenheit über, als Huldre sich rührte und sich nackt neben ihrem Herrn aufrichtete.

»Hast du mir zugehört, Fomor? Du mußt weiterziehen. Du mußt dem Traum folgen.«

»Ach, Huldre. Kannst du es denn niemals vergessen?« Fomors Erwiderung kam in schläfriger Langsamkeit. Er seufzte nachsichtig und rührte sich unter dem Haufen aus Fellen, die ihn bedeckten. »Komm zurück unter die Decken, Frau. Wir werden einem anderen Traum folgen.«

Sie zog sich zischend vor ihm zurück. Bei diesem Geräusch öffnete Balor die Augen. Er blinzelte den Schlaf fort und starrte in die Dunkelheit, bis er Huldre sah. Sie war völlig weiß. So weiß wie ausgebleichte Knochen. So glatt und schimmernd wie poliertes Eis. Abgesehen von ihrem Bernsteinhalsband war ihr Haar ihr einziger Schmuck. Es hüllte sie ein wie ein Mantel aus Mondlicht.

Er schloß die Augen, um das Bild seiner Mutter nicht mehr zu sehen. Er wollte sie nicht mehr sehen. Er wollte schlafen, in die Vergessenheit sinken, die ihn von seinen Gedanken an Dianket befreite. Er hielt die Augen geschlossen, aber er konnte nicht schlafen. Elathan lag zusammengerollt wie eine Welpe neben ihm, und nicht weit entfernt lag Mealla auf ihrer eigenen Pritsche, wo sie prustend schnarchte und im Traum zuckte. Doch er lag wach.

Huldre sprach mit schleppender Stimme weiter. »Das Land, von dem ich spreche, ist wirklich, Fomor. Es liegt hinter dem Wasser eines toten Meeres, unter dem Gesicht der kalten Sonne, eine Insel, die warm und süß im Licht des nebelumhüllten Mondes schimmert. Und dort neben dem Singenden Stein des Schicksals, bewacht von einer Jungfrau, wohnt das Tier, das Einhorn, von dem auch die Händler aus dem Süden erzählen.«

Fomor seufzte geduldig. »Du hast zuviel Met getrunken, Huldre. Einhörner, singende Steine, verzauberte Inseln – ach, Frau! Ich habe diese Geschichte zum erstenmal gehört, als meine Mutter mich an ihren Brüsten säugte. Hör jetzt auf mit diesem kindischen Unsinn. Es war ein langer Tag. Willst du diesem erschöpften Mann nicht seine Ruhe gönnen?«

»Wie kannst du ruhen, wenn du genau weißt, daß du in diesem Dorf erwachen wirst, in dem dir nur Kühe und Schweine Ehre erweisen?«

»Ich bin der Häuptling dieses Dorfes, Frau. Ich bin der Herr dieses Clans. Damit bin ich zufrieden.«

»In meinem Traum habe ich dich als Herrn der ganzen Erde gesehen.«

»Dann träume weiter. Und laß mich schlafen.«

Balor öffnete die Augen wieder. Die Glut in der Feuergrube warf gelegentlich Funken, die dünne Lichtnadeln in die Dunkelheit schnitten.

Er kuschelte sich tiefer in seine Bettfelle, zog sie sich über die Ohren, bedeckte seine Nasenspitze und starrte zum Reetdach hinauf, wo helle, funkelnde Punkte aus Sternenlicht durch das undichte Flechtwerk aus Schilf und Gras schienen.

Seine Mutter sprach immer noch leise weiter – es war kaum mehr als ein Flüstern, doch ihre Worte waren Stöße, die so heiß wie die Kohlen in der Feuergrube brannten.

»Du, Fomor MacLir, den die Menschen des Clans bald wieder den Wolf der Westlichen Stämme nennen werden, du, der es gewagt hat, gegen die Zwölf Winde aufzubegehren, hier in Albion und an den Küsten der Fernen Insel Eireann, hast du Angst, nach dem Land der Versprechen zu suchen?«

Fomor setzte sich knurrend auf und strich mit den Fingern die widerspenstigen Strähnen seines gelben Haars zurück. »Ich habe keine Angst, mich auf eine Suche zu begeben, Frau! Von allen Menschen solltest du diese Wahrheit am besten wissen! Doch bei der Macht der Zwölf Winde, ich habe jetzt genug von deinen Worten!«

Eine schlanke, bleiche Hand suchte nach seiner breiten, nackten Schulter. »Hast du nicht auch von diesem Leben hier genug? Ich sage dir, Fomor MacLir, deine Leute mögen dich heute abend vielleicht verehren, doch wenn sich das Wetter erneut verschlechtert, werden sie über dich flüstern. Sie haben nicht vergessen, daß sie einmal Krieger waren und nicht als Viehzüchter und Bauern geboren wurden. Das Blut des Volkes der Axt fließt in ihren Adern. Denk nach, wie es wäre, sich das zu nehmen, was in dieser Welt rechtmäßig ihnen gehört.«

»Ich denke daran, Huldre. Deshalb bin ich Häuptling. Ich bin kein ungestümer Junge, der sein Volk den Gefahren des Unbekannten aussetzt. Zu viele meiner Krieger verloren das Leben, als wir dieses Dorf einnahmen. Ich werde meinen Clan nicht in den Krieg und auf ruhelose Wanderschaft führen, nur um eine gedankenlose Laune nach der Eroberung von Ländern zu befriedigen, die sie gar nicht brauchen.«

»Wenn das Wetter sich …«

»Wenn! Wenn meine Eier schrumpfen, werde ich ein Eunuch sein! Dann kannst du um mich weinen, aber nicht vorher! Ich sage dir, Huldre, finde dich mit meiner Entscheidung ab. Dahinter stehen Gründe, die du nicht verstehst.«

»Ich verstehe nur, daß du Herrscher über die Welt sein könntest. So war es früher fast einmal. Es gab Menschen, die dich mit den Göttern verglichen! Es könnte wieder so sein, wenn du es wagst, dein Volk auf dem Rücken der Zwölf Winde in die Welt zu führen, bis du das Land des Versprechens erreicht hast. Wenn du nur die Geheimnisse des Stehenden Steins ergründen und das Geschenk der Macht erringen könntest, das dem Mann versprochen ist, der das Einhorn einfängt und wagt, darauf zu reiten!«

Sogar im flackernden, düsteren Feuerschein konnte Balor die Verärgerung auf dem rötlichen, bärtigen Gesicht seines Vaters erkennen. »Ich hätte dir niemals beibringen dürfen, die Sprache meines Volkes zu sprechen, Huldre. Oft wünsche ich mir, ich hätte dich gemeinsam mit deinem ganzen Volk in die Sklaverei verkauft.«

»Es war nicht mein Volk. Ich war eine Sklavin dieser

Menschen und ihres Häuptlings, so wie ich jetzt deine Sklavin bin. Aber ich hege keinen Groll. Mein Herr war ein niederträchtiger Mann, genauso überheblich und grausam wie seine Stammesgenossen. Ich habe mir oft bei meinem Amulett gewünscht, daß ein Übel über sie kommen möge. Doch mein Amulett kann dich nicht vor ihrer Rache bewahren. Wenn wir hierbleiben, mein Herr, werden sie uns finden und …«

Er zuckte bei ihren Worten zusammen. »Still, Frau! Du beleidigst mich mit Erinnerungen, die ich sofort wieder vergessen will. Du und dein verfluchter Talisman aus Bernstein … Schwarze Magie und eine weißhaarige Hexe aus dem Nordland, deren Zunge so ununterbrochen wie ein angeschwollener Fluß redet. Vielleicht haben meine Clansgenossen recht … vielleicht bin ich doppelt verflucht und sollte euch beide loswerden!«

Sie starrte ihn unerschüttert an. »Bernstein besitzt einen seltenen und besonderen Zauber, und das Auge des Donar ist etwas ganz Besonderes. Aber in Wahrheit ist es nicht seltener oder kostbarer für dich, als ich es bin.«

Fomor schnaufte voller Verachtung. »Steine würden mir nicht den Schlaf rauben!«

Sie lehnte sich ein Stück zurück. Ihre zarten, langfingrigen Hände lagen auf den glatten Rundungen ihrer Schenkel. Ihre Brüste schimmerten im Licht des Feuers, die Brustwarzen waren rund und hart und dunkel wie Bronze. Dazwischen hing an einer Schnur aus geflochtenen Sehnen ihre Perle aus Bernstein, die zum Bildnis eines Falken im Fluge geschnitzt war und wie Honig im Sonnenlicht leuchtete. Sie tastete mit den Fingern danach. »Dieser Stein, den ich aus dem Land meines Volkes mitgenommen habe, spricht durch mich. Es ist deine Bestimmung, seine Worte zu hören, Fomor MacLir: Wer die Geheimnisse des Stehenden Steines ergründet, wer es wagt, das Einhorn zu suchen und zu fangen, dieser Mann soll die Erde gewinnen und die Unsterblichkeit erlangen. Warum willst du nicht dieser Mann sein?«

»Weil ich zufrieden bin. Weil ich nicht an Steine glaube,

die irgendwelche Geheimnisse bewahren. Ich glaube nicht an verzauberte Tiere. Und du auch nicht, Huldre, wie ich denke. Du bist nicht mehr als eine ehrgeizige Frau, die hofft, daß ich entweder deine Habgier befriedige, indem ich die Welt erobere, oder daß ich dich heim in dein kaltes und fernes Nordland bringe, wo die Menschen deines Volkes zweifellos *mich* zu einem Sklaven machen würden!«

»Niemals! Ich bin deine Frau. Für immer. Ich habe es beim Auge des Donar geschworen.«

Er funkelte sie in der Dunkelheit an. »Und welche Überheblichkeit verleitet dich zu der Überzeugung, daß ich dich noch an meiner Seite dulden würde, wenn ich diesem wahnsinnigen Traum folgte und zum Herrscher über die ganze Welt werden würde?«

Sie lächelte. Sie erwiderte seinen Blick unverwandt mit Augen, in denen der Feuerschein die Farbe ihres Amuletts angenommen hatte. Ihre Zungenspitze befeuchtete ihre Lippen. Sie schüttelte ihr Haar zurück. Langsam reckte sie den Oberkörper und legte die Hände unter ihre Brüste. Sie hob sie an und bot sie ihrem Herrn dar. »Du wirst mich immer wollen, Fomor MacLir. Immer. Es ist ein Bann, mit dem ich dich verzaubert habe.«

Balor vergrub sich unter den Bettfellen und zog sie sich über den Kopf, weil er weder sehen noch hören wollte, was nun zwangsläufig folgte. Er steckte sich die Daumen in die Ohren und schloß die Augen. Fest. Noch fester. Ein goldenes Leuchten erstrahlte und breitete sich in der unermeßlichen Phantasie des Jungen aus. Er ließ seine Gedanken so weit davontreiben, wie es ging, bis sich die Wirklichkeit langsam in die warme Substanz eines Traumes auflöste.

Dort war er ganz allein, während er auf der goldenen Ebene unter dem schwarzen Himmel stand. Die Farben der Nordlichter wirbelten über ihm davon. Vor ihm lag eine Insel, die sich hoch aus einem nebligen Meer erhob. Er ritt darauf zu, auf dem Rücken eines großen weißen Pferdes. Die Augen des Tieres glühten wild, es schnaufte Dampf aus seinen Nüstern, es schüttelte seinen gewaltigen Kopf und schlug seine Hufe in die Erde, bis sie bluteten. Es zitterte unter dem Gewicht des Reiters und ließ seine Macht warm in die angespannten Schenkel des Träumers fließen.

Ein Geräusch drang in den Traum ... ein fernes Brüllen? Ein Stöhnen? Ein Klagen? Oder war es ein Siegesruf? Der Träumer wußte es nicht.

Er ritt kühn weiter auf das neblige Meer zu, während er seine Hand fest um das einzelne, gewundene Horn aus Gold schloß, das sich wie ein verdrehter Speer aus der Stirn des Tieres erhob.

Er war kein kleiner Junge mehr. Er war ein Mann. Er war Balor, der Sohn des Fomor, der Häuptling des Clans MacLir. Er war ein großer, mächtiger Herr, so wie sein Vater. Er ritt auf dem Einhorn. Er war der Herrscher der Welt.

Und er spürte keine Furcht.

4

Tagelang schien die Sonne. Es waren lange, herrliche Tage. Endlich hatte der Sommer begonnen – die helle Hälfte des Jahres, wenn die Nacht nur noch ein flüchtiger Seufzer der Stunden war und der Winter so leicht vergessen werden konnte wie ein langer, dunkler Traum.

Mealla hatte recht gehabt, es war wirklich noch genügend Zeit zum Säen. Jetzt, viele Wochen später, waren die Felder voller Versprechen ergrünt. Durch Flechtzäune oder Steinwälle vor umherstreifendem Vieh geschützt, wuchsen die Feldfrüchte hoch und standen kurz vor der Ernte. Bald würde sich das Grün in Gold verwandeln, und dann würde es vier Getreidesorten geben, die zum Ernten bereit waren, einschließlich der schmackhaften und stärkereichen Gerste, die das Volk der Becherleute nach Albion eingeführt hatte, genauso wie das ebenfalls sehr schmackhafte Ale, das aus dem zu Maische zerstampften Brei gebraut wurde.

Um den reifenden Weizen vor Vögeln, Hasen, Feldmäusen und dreisten, wühlenden Sumpfratten zu beschützen, waren Fallen aufgestellt worden, und die Jungen in Balors Alter wurden jeden Tag mit Pfeil und Bogen und Fangnetzen hinausgeschickt. Damit sie ermuntert wurden, ihr Geschick als Jäger und Bogenschützen zu vervollkommnen, wurde jeder Fang der Jungen nach Hause gebracht und stolz ausgestellt, damit jeder ihn bewundern konnte. Auch die kleinsten Plünderer und Ernteräuber, die Ratten und Mäuse, waren willkommen. Sie wurden an die Hunde des Clans verfüttert. Kleine saatfressende Vögel wurden in Lehm gepackt und in der Glut der Feuergrube geröstet. Wenn sie aus ihren in der Hitze hart gewordenen Lehmpackungen geholt wurden, lösten sich die Federn von der köstlichen, leicht fasrigen Haut. Dann wurden die Vögel verzehrt, auch die Knochen, Schnäbel und Füße, die eine knusprige Delikatesse ergaben. Größere Vögel und Hasen wurden gerupft oder gehäutet und im Topf gedünstet oder am Spieß gebraten. Das beste Fleisch – Brust oder Keule – erhielt der Junge, der das meiste für die Familienküche beigesteuert hatte.

Im Rundhaus des Häuptlings war es Balor, der jedesmal die besten Stücke erhielt. Als Erstgeborener hatte er den Bogen bekommen, der Fomor gehört hatte, als der Häuptling noch ein Junge gewesen war. Der kleine Bogen aus federndem Eschenholz war mit einer geflochtenen und eingefetteten Sehne bespannt, die aus den Eingeweiden einer jungen Hirschkuh hergestellt worden war. In das Holz waren feine, stilisierte Schnitzereien eingeritzt, von Hase und Frettchen, von Wolf und Fuchs, von Dachs und Vogel, die von der laufenden Figur eines Bogenschützen verfolgt wurden. Jedem Tier hatte ein Pfeil das Herz durchbohrt, als Zeichen der erfolgreichen Jagd. Von diesem Bogen war eine Kopie für Elathan angefertigt worden, doch dem kleineren Jungen hatte das Modell nur wenig Glück gebracht, da er weder das Auge noch das Gefühl für die Jagd hatte.

Beide Jungen waren ähnlich ausgerüstet. Sie hatten

schöne, langschäftige Pfeile mit herzförmigen Spitzen aus blauem Feuerstein, die Oblin, der Steinmetz, für sie gefertigt hatte. Beide trugen den Handschutz eines Bogenschützen am Handgelenk, einen dicken Lederstreifen mit einem flachen, länglichen Stein, der mit vier Kupfernieten in das Leder eingearbeitet worden war. Damit wurden die Innenseiten der Arme vor einer Verletzung durch die Bogensehne geschützt. Doch es war Balor und nicht sein Bruder gewesen, der den Bogen bereits beherrscht hatte, bevor er groß genug gewesen war, um ihn anzuheben. Außerdem war er mit der linken Hand genauso gut wie mit der rechten. Seine Pfeile trafen immer wieder Fleisch, das zum Rösten geeignet war. Kein Tag verging, an dem er nicht mit mehreren fetten Hasen heimkehrte. An jedem Abend erhielt er den Anteil, der ihm als Jäger zustand.

Die Abenddämmerung milderte die sommerliche Helligkeit der Felder, als die Jungen des Clans zum Dorf zurückkehrten. Balor und Elathan blieben ein Stück hinter den anderen zurück, denn der Abend und die frühesten Stunden des Morgens waren die Zeiten, in denen die Brüder ihre Beute am leichtesten erlegten. Die Vögel versuchten hastig noch einen letzten Bissen zu erwischen, und die Hasen waren im sanften, schattigen Licht der Dämmerung am kühnsten.

Also warteten die Jäger noch eine Weile ab, während sie die letzten Fallen aufstellten, die ihre Arbeit in der Nacht fortsetzen sollten. Balor schoß noch einen Hasen, ein schönes Weibchen mit fetten Schenkeln, und Elathan fing mit dem Netz zwei Vögel.

Dann erstarrte Balor plötzlich. Auf der anderen Seite des bepflanzten Landes hatte sich ein großer Hirschbock mit rotem Fell und großem Geweih aus der Heide hervorgewagt. Er hatte eine undichte Stelle im Flechtwerk gefunden und versuchte sich mit dem Kopf durch den Zaun zu drängen, damit er vom köstlichen, fast reifen Weizen fressen konnte.

Hirsche waren in diesen Tagen ein seltener Anblick geworden. Nachdem sie früher einmal zahlreich gewesen waren, hatte das schlechte Wetter ihre Zahl verringert, genauso wie es auch mit dem Clan geschehen war. Obwohl jeder Mann, jede Frau und jedes Kind des Dorfes von einer Mahlzeit aus dem würzigen, mit Honig, Met und süßen Kräutern gerösteten Fleisch begeistert gewesen wäre, war es andererseits ein Segen, daß nur noch wenige Hirsche aufzuspüren und zu jagen waren. Denn kein anderes Tier konnte die Getreidefelder so schnell und gründlich verwüsten.

Die Jungen wußten dies. Elathan folgte Balors starrendem Blick und keuchte vor Aufregung und Bedauern auf. »Wir müssen das Dorf alarmieren. Jemand muß diesen Hirschbock erlegen, und zwar schnell!«

Doch Balor schüttelte den Kopf, während seine Augen vor Erregung glühten. »Wenn wir vorsichtig sind, können wir uns vielleicht gegen den Wind anschleichen ...«

Elathan blickte seinen Bruder mit geweiteten Augen an. »Du willst doch nicht etwa vorschlagen, *wir* sollten ihn jagen! Ich habe nur ein Fangnetz dabei, und du hast nicht genügend Kraft, um den Hirsch mit einem so kleinen Pfeil zu töten.«

Balors Hand klammerte sich um den schlanken Griff seines Bogens. »Wenn wir nur nahe genug herankommen ...«

Elathan wurde wütend, als er den Ausdruck fester Entschlossenheit im Gesicht seines Bruders sah. Es war schon spät. Er war müde und hungrig. Die Riemen, die er zusammengeknotet über seiner Brust und seinen Schultern trug, waren straff gespannt vom Gewicht der Vögel, die er gefangen, getötet und mit den Schnäbeln an der Schnur aufgereiht hatte. Daran hing auch eine große, ungewöhnlich fette graue Taube, auf die Elathan besonders stolz war. Sie waren äußerst wachsam und sehr schwierig mit dem Netz zu fangen – und zudem genauso schmackhaft wie Balors Hasen.

Als er zum Hirschbock hinüberstarrte, der fröhlich die hohen Halme des kostbaren Weizens verspeiste, runzelte er vor tiefer Verärgerung die Stirn. Wenn Balor sich gegen den Wind anschlich, könnte er es vielleicht tatsächlich schaffen, einen tödlichen Schuß anzubringen. An jedem anderen Tag hätte Elathan seinem Bruder den Erfolg von Herzen gegönnt. Aber nicht heute … nicht wenn es seine Taube war, die auf dem Ehrenplatz am Herd liegen sollte! Eine Taube mochte einem Hasen gleichkommen, doch ein Hirsch wäre die Jagdbeute eines Mannes, ein Anlaß für eine Feier des ganzen Dorfes. Der Hirschkopf samt Geweih würde über den Sturz der Tür des Häuptlingshauses aufgehängt werden, und seine Hufe würde Balor als Talisman an seinem Gürtel tragen. Wenn Balor es schaffte, diesen Hirsch zu erlegen, konnte Elathan seine Taube genausogut an die Hunde verfüttern. Fomor würde seiner Beute überhaupt keine Beachtung schenken. Dazu wäre er viel zu trunken vor Stolz auf seinen Erstgeborenen. Elathan knirschte mit den Zähnen.

»Ho!« rief er mit voller Lautstärke und wedelte mit den Armen, bis der Hirsch erschrocken aufsprang und mit erhobenem Schwanz in der Heide verschwand.

Balor war fassungslos. »Warum hast du das getan?«

Elathans vorübergehendes Erfolgsgefühl wurde durch ein schlechtes Gewissen getrübt. »Was soll's? Der Hirsch ist weg, das ist doch die Hauptsache.«

»Meinst du, er wird nicht zurückkehren, um im Schutz der Dunkelheit die ganze Nacht lang weiter zu grasen?«

Wieder zuckte Elathan die Schultern. »Wir werden den Leuten Bescheid sagen, die heute nacht Wache halten. Sie werden ihn töten.«

»Wie kannst du dir so sicher sein?«

»Deshalb.«

Balor geriet allmählich in Rage. »Deshalb? Was für eine idiotische Antwort soll das sein?«

»Eine, die dir zusteht«, erwiderte er, und noch während er sprach, wußte er, daß Balor ihn schlagen würde. Es war ein heftiger Stoß mit der offenen Hand gegen seine linke Schulter, doch sein eigener Zorn wurde dadurch nicht geweckt. Er wußte, daß die Reaktion seines

Bruders gerechtfertigt war. Er errötete, als er sich über sein egoistisches Verhalten ärgerte. »Komm jetzt, Balor. Es wird bald dunkel sein. Es ist Zeit, daß wir nach Hause gehen.«

»Dann geh, wenn du zu mehr keinen Mut hast!«

Elathan blinzelte verblüfft, als Balor sich die Riemen mit seiner Beute von den Schultern riß und sie ihm zuwarf.

»Hier, nimm! Ich werde diesen Hirsch verfolgen!«

Elathan wurde plötzlich nervös. Er kannte den Gesichtsausdruck Balors nur allzu gut, und das beunruhigte ihn. Balor hatte sich entschlossen, und niemand konnte ihn jetzt noch von seinem Vorhaben abbringen. Elathan blickte zum dunkler werdenden Heideland hinter den Feldern hinüber. Es war eine wilde und gefährliche Gegend mit Sümpfen. Niedrige Sträucher und kleine Gruppen windgebeugter Bäume gingen allmählich in den dichten Wald des Hochlands über, in dem es vor Wölfen wimmelte.

»Es ist zu gefährlich, Balor! Es ist verboten, allein fortzugehen, und ich werde nicht mit dir gehen ... nicht, solange ich nur ein Fangnetz dabei habe.«

»Ich habe dich nicht darum gebeten, mich zu begleiten. Geh zurück ins Dorf. Wenn ich bei Anbruch der Dunkelheit nicht zurückgekommen bin, kannst du ihnen sagen, was ich vorhatte.«

»Balor ...«

»Geh schon! Ich habe den Hirsch als erster gesehen, und ich will die Ehre erlangen, ihn töten zu dürfen, bevor er sich an unserem Getreide sattfrißt und unsere Ernte vernichtet.«

»Aber nur ein Mann hat die Kraft, um einen tödlichen Pfeil in eine so große Beute zu schießen.«

Balor grinste. Dieser Gedanke stellte für ihn eine einzige Herausforderung dar. »Das werden wir ja sehen«, erwiderte er und drehte sich mit einem verschwörerischen Augenzwinken um. »Mach dir keine Sorgen«, rief er zurück. »Ich bin sicher, daß der Hirsch noch ganz in der

Nähe ist. Und ich werde im Dorf sein, bevor es dunkel geworden ist ... und Hirschfleisch für alle dabeihaben!«

Balors Unerfahrenheit führte dazu, daß er die Schnelligkeit unterschätzte, mit der der Hirsch sich vom Weizenfeld entfernen konnte. Der Junge folgte im Dauerlauf, während er weder auf die Zeit noch auf seine Richtung achtete.

Die Felder lagen auf erhöhtem Grund, ein gutes Stück vom Dorf entfernt und viel höher als der Ringwall für die Viehherde und das Weideland. Dahinter war das Land wild – es war unbebaut, unerforscht und äußerst unfreundlich. Es war ein Labyrinth aus Heide und Moor, Wald und Gestrüpp, an dieser Stelle flach und an einer anderen gewellt oder fast steil. Es war das Reich der Tiere, nicht der Menschen, doch Balor war so sehr davon überzeugt, daß er den Hirsch bald sichten und töten würde, daß er nicht einen Moment lang zögerte, die Verfolgung fortzusetzen.

Der Hirsch war in einem hohen, duftenden, fast endlosen Dickicht aus Stechginster verschwunden. Die Blüten an den Sträuchern leuchteten in der tiefen orange-gelben Farbe des Feuers, und als Balor sich seinen Weg durch das immer dichtere, schulterhohe Gestrüpp erkämpfte, rochen die Blüten, die noch warm von der Hitze des Tages waren, wie im Feuer geröstete Nüsse.

Die Sonne war schon untergegangen, doch Balor wußte, daß der Himmel zu dieser Jahreszeit noch eine Weile hell bleiben würde. Er hatte noch genügend Zeit. Davon war er überzeugt, auch wenn das verfilzte Unterholz ihn nun zu einem erheblich langsameren Tempo zwang.

Als Balor einer Schneise folgte, die deutlich nach einer Hirschfährte mit angeknickten Zweigen aussah, spürte er das beruhigende Gewicht seines Pfeilköchers, den er sich fest auf den Rücken geschnallt hatte. In der Hand hielt er locker einen Bogen und zwischen den Fingern einen Pfeil, den er im Nu einlegen konnte. Bald würde er mit einem frisch erlegten Hirsch auf dem Rücken nach Hause zurückkehren, und Fomor würde so stolz auf ihn sein, daß er gar nicht daran dachte, ihn zu tadeln, weil er sich allein in verbotenes Land gewagt hatte, um seine Beute zu verfolgen.

Doch zu seiner Bestürzung hatte er die Fährte bald wieder verloren. Er hielt an, als er plötzlich ohne jede Orientierung war. Er keuchte und schwitzte, blinzelte und drehte sich in alle Richtungen, um im besorgniserregend schwachen Licht die Spur wiederzufinden. Von den blütenbesetzten Zweigen schien die Dämmerung auf einmal jede Farbe gewaschen zu haben. Die Luft, die noch vor wenigen Augenblicken so duftend und warm gewesen war, hatte nun eine feuchte, unangenehm bittere Kühle angenommen.

Wie hatte es so unvermittelt dunkel werden können? Er konzentrierte sich auf sein Gehör und suchte nach einem Anzeichen, daß sich der Hirsch irgendwo vor ihm durch das Gestrüpp kämpfte. Aber er hörte nichts – außer dem hämmernden Pochen seines Herzens und dem angestrengten Keuchen seines Atems.

In diesem Moment wußte er, daß er den Hirsch niemals wiederfinden würde – ganz zu schweigen davon, ihn zu töten. Und er wußte auch mit einem unangenehmen Gefühl in der Magengrube, daß er sich sehr beeilen mußte, wenn er noch vor Anbruch der Dunkelheit ins Dorf zurückkehren wollte.

Sein Mund war wie ausgetrocknet.

Zurückkehren? Wie? Als er sich auf der Suche nach der Hirschfährte in verschiedene Richtungen gewandt hatte, hatte er jede Orientierung verloren. Aus welcher Richtung war er gekommen? In welche sollte er gehen?

Sein Körper erzitterte, da er nur sein leichtes, ärmelloses Sommerhemd trug. Er rieb sich mit der linken Handfläche über den rechten Oberarm, um sich zu wärmen, und blickte dann überrascht nach unten. In seiner Aufregung hatte er überhaupt nicht bemerkt, daß die dichten Zweige seine Arme und die Beine über den Strümpfen aufgekratzt hatten. Einige Kratzer waren so tief, daß Blut hervorgesickert war – das die Aufmerksamkeit jedes Raubtieres anziehen würde, das zufällig nahe genug vorbeikam, um es zu riechen.

Dieser Gedanke war erschreckend. Wieder erzitterte er. Er durfte hier nicht bleiben. Er mußte schnellstens nach Hause zurückkehren, bevor Elathan ihrem Vater verriet, was sein Bruder sich in den Kopf gesetzt hatte. Wieder wurde ihm übel vor Besorgnis. Was wäre für ihn angenehmer? Hierzubleiben, ganz allein und als leichte Beute für wilde Tiere, oder im Fackelschein ins Dorf zurückgezerrt zu werden, wo der Zorn seines Vaters ihn erwarten würde? Und was würde Munremar zu seiner jüngsten Gehorsamsverletzung sagen?

Diesmal erzitterte er vor Selbstverachtung. Er holte tief Luft, um sich zu beruhigen, befeuchtete seine Lippen und blickte zum Himmel hinauf. Die Sterne würden ihm den Heimweg zeigen. Das war allgemeine Sternenweisheit, welche die jungen Männer als Teil der Clansrituale erlernten, die mit der Initiation ihren Höhepunkt fanden. Er wußte nicht, ob die Mädchen ebenfalls die Weisheit erlernten, doch er wußte, daß das Volk der Axt seit Anbeginn der Zeiten zu den Sternen aufgeblickt hatte, um sich auf dem Weg der Eroberung ferner Länder führen zu lassen. Balor jedoch war ein Junge und noch kein Mann. Als solcher war ihm die Sternenweisheit noch ein Geheimnis.

In der Nähe bewegte sich etwas im Unterholz. Balor erstarrte vor Schreck und Überraschung. Waren es hungrige Wölfe, die sich gleich auf ihn stürzen würden? Er hob seinen Bogen, legte einen Pfeil ein, spannte die Sehne an und machte sich bereit. Sein Herz pochte, bis eine Maus an seinen Füßen vorbeihuschte und dann in einem Gestrüpp aus Wurzeln verschwand.

Balors Herzschlag setzte beinahe aus, so erleichtert war er, als seine Hand den Bogen entspannte.

»Was für ein Wolf!« Er sprach die Worte laut aus, um sich dafür zu tadeln, daß er sofort das Schlimmste angenommen hatte. Doch noch während er den Bogen sinken ließ, ertönte der unheimliche Ruf einer Eule in der Dunkelheit über ihm. Balor blickte auf. Ein stummer Schatten mit weiten Schwingen bewegte sich durch die Nacht, verdeckte im Vorbeiflug die Sterne und war dann verschwunden.

Balor fragte sich, ob die Maus die Anwesenheit der Eule spürte, so wie der Wolf bestimmt auch ihn spürte.

Er war allein ... ein kleiner, verletzlicher Junge, der zur Verteidigung gegen die Raubtiere der Nacht nicht mehr als einen Kinderbogen und leichte Pfeile hatte. Dieser Gedanke trieb einen Schauer der Furcht über den Nacken und die Schultern. Tränen der Angst und der Verzweiflung brannten zwischen seinen Lidern.

»Bei der Macht der Zwölf Winde, wie soll ich nur den Weg nach Hause finden?« rief er in die bittere Schwärze der Nacht hinaus.

Und dann geschah es so plötzlich, daß es einen Herzschlag später schon wieder vorbei war. Eine gewaltige Feuerspur brannte sich grellweiß in den Himmel. Eine Sternschnuppe. Ein Zeichen. Eine Antwort auf seine Frage.

Balor staunte mit offenem Mund. Noch nie zuvor hatte er einen so hellen Stern gesehen. Er starrte ehrfürchtig und ungläubig nach oben, bis er zu verstehen begann und ihn die Kraft einer neuen Entschlossenheit wärmte.

Er war der erstgeborene Sohn des Häuptlings, und die Zwölf Winde hatten seinen Ruf gehört. Die Macht der Zwölf Winde war genauso sicher zu ihm gekommen, wie sie zu Fomor MacLir gekommen war, als dieser es gewagt hatte, sich gegen den Sturm zu stellen.

Jetzt hatte er keine Angst mehr. Die Zwölf Winde hatten ihre Antwort auf seine Frage mit Feuer an den Himmel geschrieben, damit er sie sah. Sie hatten ihm den Weg nach Hause gezeigt.

Ohne weiteres Zögern folgte Balor dem Zeichen.

Die Nacht wurde immer tiefer, und obwohl er schon seit Stunden lief, wie es ihm schien, hatte er noch kein Anzeichen des Dorfes gesehen. Er ging weiter, während er das unangenehme Gefühl hatte, beobachtet zu werden. Er blieb stehen und lauschte. Er drehte sich um und starrte in die Finsternis. Sein Herz klopfte in seiner Kehle, und Schweiß perlte auf seiner Stirn, als seine Augen nach den Gestalten von Raubtieren suchten, die in der Nacht lauern könnten. Doch da war nichts, sagte er sich, nur die Ungeheuer, die aus seiner eigenen Phantasie geboren wurden. Er rief den Namen seines Vaters, falls es der Zufall wollte, daß der Häuptling sich nahe genug aufhielt, um seinen Ruf zu hören. Doch es kam keine Antwort. Es gab nur das Schweigen der Nacht und all ihre eingebildeten Schrecken. Er schluckte und schüttelte sich, um dann allein weiterzugehen. Er hoffte wider besseres Wissen, daß er vielleicht nur weit genug gehen mußte, bis die Zeit und die Zwölf Winde seine Schritte heimwärts lenken würden.

Seine Augen hatten sich an die Dunkelheit gewöhnt, sein Geist jedoch nicht. Es war ein kleines, eingeschüchtertes Wesen, daß sich vor Angst zitternd tief in seinen Bauch zurückgezogen hatte. Das Gefühl, beobachtet zu werden, wollte nicht verschwinden. Er führte Selbstgespräche, um sich gegen die Schrecken der Nacht Mut zu machen. Er hetzte wie ein gejagtes Tier weiter, den Bogen schußbereit in der Hand, bis der Stechginster sich lichtete und das Land sich weit vor ihm öffnete und sich wie die Schulter eines Riesen erhob.

Balor hielt an. Plötzlich wurde ihm übel, als er erkannte, daß er sich nicht irgendwo in der Nähe des Dorfes befand. Die Zwölf Winde hatten seine Schritte in ein Land gelenkt, das ihm völlig unvertraut war, in gewaltige und feindselige Hügel, die sich weit ins Unbekannte erstreckten. Er hatte sich verlaufen. Er war hoffnungslos verloren. Und erschöpft. Und hungrig. Und kalt.

Er mußte immer noch das Gefühl verdrängen, daß er verfolgt wurde, als er ziellos einen kleinen, gewundenen Bach entlanglief, der ihn in ein Land führte, wo sich massive Felsbuckel wie die Versammlung fremdartiger, stummer Wesen aus dem Boden erhoben. Hier hielt er an, als ihn seine Erschöpfung übermannte. Er ging in die Knie und trank aus dem Bach. Der Wind pfiff um die Felsformationen, bis es schien, als würden sie sich gegenseitig etwas zuflüstern in einer Sprache, die er nicht verstehen konnte. In der Ferne bellten und heulten Wölfe in der Erregung eines erfolgreichen Jagdzuges. Balor schauderte, als er sich fragte, welches arme Geschöpf ihren schnappenden Kiefern und reißenden Zähnen zum Opfer gefallen war.

Sein Magen knurrte. Er dachte an die fetten Hasen, die er während des Tages an seinen Riemen geknüpft hatte. Inzwischen waren sie zweifellos aufgegessen, genauso wie Elathans Vögel. Ihm kam die Idee, daß er versuchen könnte, einen weiteren Hasen zu erlegen. Aber er verfügte nicht über das nötige Geschick, das Tier ordentlich zu häuten und auszunehmen, und er hatte keine Ahnung, wie er sich Feuer machen sollte, ohne Glut aus einer Feuergrube nehmen zu können.

Er stand auf. Mittlerweile hatte sich sein Vater vermutlich auf den Weg in die Wildnis gemacht, um nach ihm zu suchen. Wenn er nach dem brennenden Stechen tief in seinen Waden ging, war er schon eine ganze Weile hügelaufwärts gelaufen. Er stand hoch über dem Ginsterwald, doch als er hinabblickte, sah er nur ein Meer aus Dunkelheit. Nirgendwo der Schein einer Fackel. Niemand suchte nach ihm. Der Clan hatte ihn offensichtlich seinem Schicksal überlassen, das er selbst über sich gebracht hatte.

Er fühlte sich im Stich gelassen. Nur wenige Stunden zuvor war er sich seines Weges so sicher gewesen. Er war so sehr davon überzeugt gewesen, daß die Sternschnuppe ihm den Heimweg gezeigt hatte. Doch jetzt stand er allein und verloren in der Wildnis. Die Sterne gaben ihm kein weiteres Zeichen.

Ein Stück weiter oben bildete eine Gruppe aus hohen runden Felsen einen natürlichen Steinkreis im Heideland. Sie sahen aus wie eine Versammlung dicker, tratschender Frauen, die sich aneinander gekauert hatten und in der

Zeit erstarrt waren. Balor kam die Idee, daß der Steinkreis womöglich ein guter Schutz vor Raubtieren wäre.

Er ging weiter, als dieser Gedanke ihm neuen Auftrieb verschaffte. Ja, die Steine würden ihn schützen. Und am Morgen würde alles schon viel besser aussehen. Dann würde er mühelos den Weg zurück nach Hause finden, falls seine Leute ihn nicht schon vorher fanden, und dann würde er nie wieder gegen die Gesetze des Clans verstoßen. Nie wieder!

Doch plötzlich schien ihm der Morgen genauso weit entfernt wie der schützende Steinkreis, denn aus der Nacht tauchte ein Wolf auf, der zwischen den Felsen und dem Jungen stand.

Nein, es war gewiß viel mehr als nur ein Wolf. Es war der größte Wolf, den Balor jemals gesehen hatte. Er war so weiß wie Sternenlicht. Der Junge blinzelte und hoffte halbherzig, daß er sich in Luft auflösen und sich als ein weiterer eingebildeter Schrecken erweisen würde, doch als er die Augen öffnete, war er immer noch da. Völlig reglos. So langbeinig und hochschultrig wie ein Elch. Sein Schwanz war eingezogen. Sein großer weißer Kopf war vorgereckt. Seine Ohren waren aufgerichtet und durchsuchten die Nacht nach Geräuschen, während seine schwarzen Nüstern gebläht waren, um den Geruch des Jungen aufzunehmen und seine Furcht zu wittern.

Balor starrte. Und der Wolf starrte zurück, mit Augen, in denen Sternenfeuer stand, und da wußte der Junge, daß er diesen Wolf schon einmal gesehen hatte. Dieser weiße Wolf, diese Bestie hatte ihn angeknurrt und nach seiner Kehle geschnappt, während Blitze durch eine stürmische Morgendämmerung zuckten. So langsam, daß er seine eigenen Bewegungen kaum spürte, hob Balor den Bogen und legte einen Pfeil an die Sehne. Er schob einen Fuß vor, bis er die nötige Standfestigkeit hatte, zielte und zog den Bogen straff. Doch er ließ den Pfeil nicht los. Er stand wie erstarrt da. Er fühlte sich irgendwie mit dem Wolf verbunden. Genauso wie mit den Sternen und Steinen und dem gewaltigen, gewölbten Land unter seinen

Füßen. Er hatte keine Angst mehr. Er spürte nur noch ein alles durchdringendes Gefühl der Einheit mit diesem Augenblick. Darin lag ein großer Zauber. Es war, als wären er und der Wolf in der Nacht eins geworden, als hingen sie gemeinsam in einem dunklen Netz, das sie beide gefangen hielt und so eng zusammenpreßte, daß jeder sehen konnte, wie er sich im Auge des anderen spiegelte.

Das, was Balor in den Augen des Tieres sah, erschreckte ihn zutiefst. Es war eine Ahnung von Macht und Dunkelheit. Er wußte nicht mehr, wann er den Pfeil von der Sehne schnellen ließ. Es war ein reiner Reflex, der ihn auf den Weg brachte. Er wußte nur, daß es ihm einen hellen, furchtbaren Augenblick lang vorkam, als hätte sich die Nacht plötzlich auf ihn gestürzt, um ihn zu zermalmen, das Leben aus ihm herauszuquetschen, als ein Schmerz in seiner rechten Schulter aufflammte, so heftig, daß er aufschrie und danach griff, als er herumwirbelte und keuchend in die Knie ging.

Als er wieder aufblickte, war der Wolf verschwunden. Genauso wie sein Schmerz, aber nicht seine Furcht. Sie war größer als zuvor, nachdem sie sich mit seiner Verwirrung verbündet hatte. Hatte sein Pfeil das Tier getroffen? Was hatte den Schmerz in seinem eigenen Körper aufflammen lassen, als hätte sich sein Pfeil irgendwie gegen ihn gewendet, um ihn an Stelle des Wolfes zu treffen?

Er sah sich nach dem Tier um, als er auf die Beine kam und einen neuen Pfeil aus dem Köcher auf seinem Rücken zog. Mit zitternden Händen legte er ihn an und spürte, wie die Angst in seinem Genick kribbelte und seine Haut vereiste, während er sich in schnellem Lauf auf den Weg zum schützenden Kreis der stehenden Steine machte.

Er mußte sich seitwärts zwischen den Felsen hindurchzwängen, also konnte der Wolf hier nicht eindringen. Bei dieser Erkenntnis entspannte er sich. Tränen der Erleichterung traten in seine Augen, während er spürte, wie seine Angst nachließ. Hier war es etwas wärmer, da der leichte Nachtwind abgehalten wurde. Dankbar und plötzlich so erschöpft, daß er kaum noch die Augen offenhalten konnte, sank er auf den steinigen Boden. Er streifte seinen Köcher mit den Pfeilen ab und lehnte sich gegen einen flechtenbewachsenen Felsen. Seinen Bogen legte er mit einem schußbereiten Pfeil in den Schoß. Selbst wenn der Wolf es irgendwie schaffte, hier einzudringen, hätte er einen Pfeil in der Kehle, bevor er wußte, wie ihm geschah. Dieser Gedanke war tröstlich. Er versprach sich selbst, einen leichten Schlaf zu haben, und es gelang ihm eine Weile. Doch dann kamen die Träume und zogen ihn so tief in eine Finsternis herab, daß es schien, als wäre er lebendig begraben. Er konnte sich weder rühren noch daraus entkommen. Und während der ganzen langen Nacht streifte ein weißer Wolf umher, in dessen Augen Tod und Sternenfeuer standen.

Er erwachte im ersten blaßblauen Licht der Morgendämmerung, überrascht und bestürzt, daß er so fest geschlafen hatte. Außerhalb des Steinkreises pfiff ein kalter Wind über das Heideland, und obwohl es jetzt hell genug war, um alles zu sehen, empfand er keinen Drang, den Schutz des Kreises zu verlassen. Es war das beste, wenn er in der sicheren Wärme der Steine blieb, bis der weiße Wolf und seine räuberischen Artgenossen weitergezogen waren und die Sonne die Heide aufgewärmt hatte, die ihm dann auch den Weg nach Hause zeigen würde.

5

In Balors Alpträumen wechselten sich düstere, blutige Bilder von fallenden Sternen und wütenden Wölfen ab, von einem fremden Land, das sich unter seinen Füßen erhob, verzerrte und öffnete, worauf er in den weiten, bodenlosen Abgrund des Vergessens fiel.

»Balor ... Balor ...«

»Nein!« schrie er und erwachte dabei vor Schreck zitternd. Er blickte sich hastig um, bis er erkannte, daß er geträumt hatte. Er kam sich dumm vor.

Er stand auf. Seine Beine waren steif und wund vom langen Aufstieg des gestrigen Tages. Die Kratzer an seinen Gliedmaßen waren verschorft, doch als er sich bewegte, platzten die Wunden wieder auf. Er zuckte vor Schmerz zusammen, als er seinen Köcher mit den Pfeilen aufhob, wobei er überrascht feststellte, daß tief im Muskel seiner rechten Schulter ein Schmerz steckte, der sich bis zum Schlüsselbein hinzog. Als er sich den Köcher auf den Rücken schnallte, dachte er an den weißen Wolf, den er in der vergangenen Nacht gesehen hatte. Er fragte sich, ob er ihn verwundet hatte. Vielleicht war das Tier bereits tot. Seltsamerweise beunruhigte ihn dieser Gedanke fast genausosehr wie die Vorstellung, daß der große Wolf noch irgendwo in der Nähe auf ihn lauern mochte. Mit einem Seufzer faßte er den Entschluß, keine Angst mehr zu haben, und blickte zwischen den Steinen nach draußen. Er konnte nichts erkennen. Dann trat er auf das sonnige Heideland hinaus. Er blieb stehen und sah sich noch einmal um. Seltsam, er hätte schwören können, daß die Steine in der Nacht so eng zusammengestanden hatten, daß er nur seitwärts hindurchgepaßt hatte. Doch jetzt war er ganz normal hindurchgegangen, während zu beiden Seiten noch genügend Platz gewesen war. Es war, als hätten sich die Steine bewegt. Was in der Nacht wie ein schützender Kreis ausgesehen hatte, war jetzt nicht mehr als ein offener halbmondförmiger Bogen. Balor runzelte die Stirn. Seine Erinnerung war offenbar durch die Erschöpfung und den Hunger getrübt worden. Er mußte in Zukunft besser achtgeben.

Jetzt sah er, daß der Boden rings um den Steinkreis voller frischer Blutflecken war. Also war sein Pfeil doch ins Ziel gegangen! Merkwürdig war nur, daß er nirgendwo die Spuren eines Wolfes finden konnte. Aber schließlich war der Boden steinig, so daß Spuren dort nicht sehr gut auszumachen waren. Er ging in die Knie und legte seine Hand auf die Erde. Er blickte hinunter und dann in den offenen Kreis, in dem er unbehelligt die Nacht verbracht hatte. Was hatte den Wolf zurückgehalten? Er hätte ihn jederzeit angreifen können.

Doch jetzt lag ein neuer Tag vor ihm. Die Nacht und ihre Schrecken, ob sie nun wirklich oder eingebildet gewesen waren, waren vorbei.

Zu seinem Kummer war das Land bei Tageslicht genauso unvertraut, wie es in der Dunkelheit gewesen war. Nur eine einzige Landmarke weckte seine Hoffnung. In einiger Entfernung erhob sich ein hoher, grauer Granitberg vor dem Horizont. Er war so hoch, daß der Monolith die Wolken berührt hätte, wenn es welche am strahlend blauen Himmel gegeben hätte.

Balor wußte, was er jetzt tun mußte. Wenn er den Gipfel des Berges besteigen konnte, hätte er von dort aus einen ungehinderten Ausblick, so daß er bestimmt die Weideländer seines Volkes und auch das Dorf ausmachen konnte. Dann wäre er lange vor Anbruch der Nacht wieder zu Hause.

Mit erneuerter Hoffnung ging er zum Bach, trank ausgiebig, spritzte sich Wasser ins Gesicht und wusch behutsam seine zerkratzten Arme und Beine, bis die Kühle des Wassers ihm Linderung verschaffte. Er sah, daß am felsigen Bachufer Adlerfarn wuchs und grub einige stärkehaltige Wurzeln aus, um sie zu essen. Sie waren faserig und geschmacklos, aber eßbar. Im Nu war sein Magen zufrieden verstummt, und er fühlte sich gekräftigt und bereit, sich auf den Weg zum zerklüfteten Berg zu machen.

Mittag war bereits vorüber, als er schließlich voller Erregung und mit einem Hochgefühl zitternd auf dem Gipfel stand. Er hatte eine Ewigkeit gebraucht, wie es ihm schien, bis er den Fuß des Berges erreicht hatte, und dann noch einmal doppelt so lange, um sich durch die Felsen nach oben zu kämpfen. Er war viel breiter und flacher, als er sich vorgestellt hatte. Der Berg war eine Insel hoch über der Welt, wo die windgebeugten Bäume nur wenig Schatten und Schutz spendeten und seltsame Ritzzeichnungen in den Felsen darauf hindeuteten, daß schon zuvor Menschen an diesem Ort gewesen waren. Doch Balor war zu müde, um seine neue Umgebung zu erkunden. Er stand da und blickte auf eine Welt von so unermeßlicher Schönheit hinab, daß er bei diesem Anblick vor Ehrfurcht und Erstaunen bebte.

Heide und Ginsterdickicht ... Wald und Moor ... Weideland und eingezäunte Felder ... und das Dorf selbst, so winzig wie eine Festung für Ameisen ... der Ringwall, das in der Nähe grasende Vieh, so klein wie Insekteneier auf der grünen Fläche eines Blattes ... und hinter dem Dorf weitere Hügel ... das tiefgrüne, moosfarbene Gras der Sümpfe ... das Silber der gewundenen Bäche und der breite, schiefergraue Kanal eines Flusses, der in die gewaltige Fläche des Meeres mündete.

Das Meer. Er hatte noch nie zuvor das Meer gesehen. Und er hatte sich auch niemals vorstellen können, daß irgendein Gewässer so riesig und so überwältigend sein konnte. Es erstreckte sich ohne Ende bis zum Horizont, und die Küste Albions war ein Labyrinth aus steilen Landspitzen und Buchten und weiten, dunklen Stränden, die sich nach Norden und Süden im Nebel der Ferne verloren.

Hoch über ihm zerriß der schrille Schrei eines Falken die Stille. Balor blickte auf und folgte seinem Flug, während der Vogel mit reglosen Flügeln auf den warmen Aufwinden trieb. Immer höher und weiter, völlig frei vor der blauen Unermeßlichkeit des Himmels. Das Licht der Sonne glänzte auf dem Rücken des Falken und strahlte einen Atemzug lang golden, in einer Explosion aus Licht und Schönheit ... als wäre das Bernsteinamulett, das seine Mutter trug, zum Leben erweckt worden und in die Luft aufgestiegen. Der Falke rief, lockend und auffordernd. Das Herz des Jungen machte einen Satz. Seine Seele sehnte sich danach, ihm nachzufliegen, hinauf und immer weiter fort. Fort von den sturmgeplagten Mooren, in denen sein Volk lebte. Fort über die Welt. So frei und ungezügelt wie die Zwölf Winde.

Er stand gebannt da, als der Falke kreischte und abdrehte, so plötzlich, daß der Sonnenglanz verschwand und er selbst unsichtbar zu werden schien.

Der Junge hielt den Atem an und kniff die Augen zu schmalen Schlitzen zusammen, denn in der unendlichen Ferne, in die der kleine Falke seinen Blick gelockt hatte, erkannte er nun die Umrisse eines anderen Landes, einer anderen Küste. Es war eine Insel mit steil aufragenden Bergen – und dieser Anblick weckte eine Erinnerung in seinem Geist.

Er erinnerte sich an die flüsternd gezischten Worte seiner Mutter: *Das Land, von dem ich spreche, ist wirklich, Fomor, und es liegt hinter dem Wasser des Meeres der Nebel … eine Insel, die warm und süß schimmert. Und dort neben dem Singenden Stein des Schicksals wohnt das Einhorn, von dem auch die Händler aus dem Süden erzählen … und wer die Geheimnisse des Stehenden Steines ergründet, wer es wagt, das Einhorn zu suchen und zu fangen, dieser Mann soll die Erde gewinnen und das Erbe der Unsterblichkeit erlangen …*

»Balor!«

Der Ruf löschte den Tagtraum aus. Der Falke verschwand hinter dem Horizont. Balor blickte die senkrechte Wand des Berges hinab und sah Fomor MacLir unter sich stehen. Neben ihm waren seine Terrier, hechelnd und schwanzwedelnd.

»Vater!« Das Wort war ein Ausruf der Freude.

Fomor blickte finster. Er schirmte seine Augen mit der Hand vor dem grellen Licht des späten Nachmittags ab und rief hinauf: »Bei der Macht der Zwölf Winde, Junge, ich habe deine Spur seit dem gestrigen Anbruch der Dunkelheit verfolgt. Hast du nicht gehört, wie ich dich gerufen habe? Und durch welchen Schwarzen Zauber bist du an diesen Ort gelangt?«

»Letzte Nacht sah ich eine Sternschnuppe«, antwortete Balor. »Ich folgte ihr, weil ich dachte, sie würde mich nach Hause führen. Doch statt dessen führte sie mich hierher.«

Einen Moment lang rührte sich Fomor nicht. Er stand reglos da und starrte nach oben.

»Hast du mich verstanden, Vater?«

»Ja, das habe ich.« In seinen Worten lag ein schwerer, düsterer Tonfall. »Ich komme hinauf!« rief er dann.

Er befahl den Hunden zurückzubleiben. Sie setzten sich winselnd, aber sie gehorchten. Fomor ging ein paar Schritte nach rechts und begann dann mit dem Aufstieg. Zu Balors Erstaunen schien er genau zu wissen, wo er Halt fand, und kletterte den zerklüfteten Berg so mühelos hinauf, wie er eine Leiter bestiegen hätte. Als er sich auf den Gipfel zog und neben seinen Sohn trat, war er nicht einmal verschwitzt.

Balor starrte ihn an. »Ich habe eine Ewigkeit für den Aufstieg gebraucht!«

»Ich kenne den Weg. Du nicht.«

»Du bist schon einmal hier gewesen?«

»Ja, vor langer Zeit.«

Balor schluckte. Seine Freude, wieder bei seinem Vater zu sein, wurde plötzlich durch Fomors ernsten, tadelnden Blick getrübt. Genauso wie in der Nacht des Sturmes hatte sein Ungestüm ihn zum Ungehorsam verleitet, und sein Ungehorsam hatte ihn in Gefahr gebracht. Er ließ den Kopf hängen. »Es tut mir leid, Vater. Ich habe einen Hirsch gesehen, und als Elathan ihn verscheuchte, dachte ich, daß ich nicht lange brauchen würde, um ihn im Heideland wiederzufinden und zu jagen. Ich dachte daran, wie stolz du sein würdest, wenn ich ihn hätte töten können. Ich dachte, ich wäre bis zum Anbruch der Dunkelheit wieder im Dorf. Ich dachte …«

Fomors brennender Blick ließ ihn verstummen. »Genug! Elathan hat mir gesagt, was du gedacht hast. Aber genau das ist dein Problem, Junge. Du denkst überhaupt nicht nach! Du handelst, ohne die Konsequenzen zu bedenken. Und immer müssen andere hinter dir herlaufen, um deinen Leichtsinn wiedergutzumachen!«

Balor war von dieser Wahrheit tief getroffen. Sein Vater hatte recht, und er wußte es. »Es tut mir so leid«, flüsterte er. »Es wird nicht wieder geschehen.«

Fomor knurrte unzufrieden mit dieser Antwort. »Genau dieselben Worte hast du auch das letzte Mal benutzt, als wir durch deine Torheit beinahe die Herde verloren hätten – und du dein Leben!«

»Ich weiß, aber diesmal meine ich es wirklich so. Wirklich! Ich schwöre es.«

»Das sagst du jetzt, Junge. Das sagst du jetzt ...« Er schüttelte den Kopf, dann griff er nach dem Haar seines Sohnes und strich darüber. »Als ich dich gestern bei Anbruch der Dunkelheit nicht gefunden hatte, befürchtete ich, die Wölfe hätten dich als Abendmahlzeit geholt. Warum hast du nicht auf meine Rufe geantwortet?«

»Ich habe niemanden rufen hören – außer in meinen Träumen.«

Fomor umfaßte mit beiden Händen zärtlich Balors Kopf, als müßte er sich auf diese Weise vergewissern, daß sein geliebter erstgeborener Sohn wirklich, lebendig und gesund vor ihm stand. »Der Wind spielt seltsame Streiche in der Wildnis, Balor. Es ist nicht der rechte Ort für einen unerfahrenen Jungen, um dort umherzustreifen, vor allem nicht in der Dunkelheit. Siehst du diese Weisheit jetzt ein?«

»Ja. Ich hörte die Wölfe und hatte Angst, sie würden mich fressen. Als dann der weiße Wolf aus der Dunkelheit auftauchte, verletzte ich ihn mit einem Pfeil und suchte Zuflucht im Steinkreis hinter dem Heideland und ...«

»Ein weißer Wolf?« Fomor blickte stirnrunzelnd auf den Jungen hinab. »Und ein Steinkreis? Ich kenne keinen solchen Kreis auf der Heide.«

Balor wollte seinem Vater zeigen, wo er sich befand, doch er hatte kaum den Arm angehoben, als er ihn auch schon wieder sinken ließ. Er starrte über das Heideland. Es war so, wie Fomor gesagt hatte. Es gab nur verstreute Granitfelsen, und neben dem Bach standen ein paar hohe, runde Blöcke dicht in einer Reihe zusammen. Er schüttelte verwirrt den Kopf.

»Aber der Steinkreis war da. Letzte Nacht war er noch da. Er hat mich beschützt.«

»Du warst müde und hungrig. Ganz allein in der Dunkelheit, ängstlich und orientierungslos. Da hast du dir zweifellos das eingebildet, was du sehen wolltest.«

Fomor nahm seinen Jägerriemen von seinem breiten Rücken, zusammen mit seinem Speer, seinem Pfeilköcher und seinem langen, wunderschön geschnitzten Bogen. Balor sah, daß drei fette Hasen an Fomors Riemen hingen. Sein Hunger meldete sich schmerzhaft zurück, als sein Vater seine Beute zu ihren Füßen auf den Boden warf.

»Die habe ich heute früh erlegt«, sagte er und zog sein Messer aus der ledernen Scheide , die an seinem breiten Gürtel befestigt war. Dann warf er einen prüfenden Blick zur Sonne hinauf. »Es ist zu spät, um sich noch auf den Rückweg zum Dorf zu machen. Wir können genausogut die Nacht hier verbringen, wo die Wölfe uns nicht erreichen können. Wir werden diese Hasen jetzt rösten und das Kochfeuer vor der Dunkelheit löschen. An diesem Ort sind Flammen über viele Meilen hinweg zu sehen.«

Balor war so hungrig, daß er nicht auf die Idee kam, ihn zu fragen, warum Fomor MacLir Wert darauf legte, daß ihr Feuer von niemandem gesehen wurde.

Als sie gemeinsam vor der knisternden Feuerstelle knieten, bemerkte Fomor Balors Bogen, der jetzt neben seinem eigenen lag. »Warum hast du dir nicht etwas gejagt, als du hungrig wurdest?«

»Welchen Sinn hatte es zu jagen, wenn ich weder ein Feuer machen noch das Fleisch zubereiten konnte? Zu Hause erledigen Frauen diese Arbeiten. Das gehört nicht zu den Aufgaben eines Mannes.«

Fomor lehnte sich zurück und balancierte sein Gewicht auf seinen Fußballen, während er die Arme auf den Oberschenkeln abstützte. »Nun, wir sind auch jetzt nicht zu Hause, oder? Und wir haben auch keine Frauen dabei, die uns umhegen könnten.«

Balor sah zu, wie Fomor aufstand, einen der Hasen nahm und ihn an den Hinterbeinen hochhielt.

»Beobachte gut die Kunst des Enthäutens, mein

Junge«, sagte er, während er mit seiner freien Hand eine kleine Rolle mit Sehnenschnur löste, die in einer Schlaufe an seinem Gürtel befestigt war. »Gib gut acht, denn es kann nicht schaden, wenn du die Geheimnisse der Jäger schon jetzt lernst, damit sie dir nützlich sind, wenn du das nächste Mal den Befehl des Häuptlings mißachtest.«

Balor wurde knallrot. »Es wird kein nächstes Mal geben!«

Fomor blickte ihn mit einem seltsam sarkastischen Ausdruck an. »Das wollen wir hoffen, Balor, aber wenn wir beide ehrlich sind, muß ich sagen, daß du ein genauso sturer Dummkopf bist, wie ich es in deinem Alter war.«

Dieses Eingeständnis verblüffte und befriedigte den Jungen gleichzeitig.

Fomor ging zum größten der Bäume in der Nähe und knüpfte den Hasen mit der Sehnenschnur kopfüber an den Hinterpfoten an einem kräftigen Ast fest. Er winkte Balor heran.

»Sieh zu, wie es gemacht wird, denn ich werde es dir nicht zweimal zeigen.«

Geschickt schnitt er mit dem kupfernen Messer das Fell rund um die Hinterpfoten des Hasen auf. Dann klemmte er sich das Messer zwischen die Zähne und suchte mit den Fingern Halt im Hasenfell, bis er es mit einem festen Ruck herunterriß. Es löste sich vom Fleisch des Tieres, und als es bis zum Kopf und den Vorderpfoten heruntergezogen war, streckte Fomor das Tier lang aus, um dann den Kopf und die Pfoten mit dem Messer abzuschneiden. Dies warf er über den Abhang des Berges zu den Hunden hinunter. Als nächstes weidete er den Hasen aus und warf auch die Eingeweide den Hunden zu. Das Herz und die Leber hatte er jedoch zurückbehalten und stopfte sie nun in die Körperhöhlung zurück.

Gefolgt von Balor kehrte er zum Feuer zurück, ging wieder in die Knie und steckte den Hasen auf einen Spieß, den er dann über die Flammen hielt.

»Dieser ist für mich. Du wirst deinen selbst enthäuten und ausnehmen.«

Obwohl Balors Knie vor Enttäuschung weich wurden und sein Magen protestierend knurrte, war er fest entschlossen, seinen Vater mit seinem Gehorsam zu beeindrucken. Auch wenn die Arbeit wegen seiner Unerfahrenheit nur langsam voranging, verlor er nicht die Geduld, bis er es geschafft hatte. Er spießte den Hasen auf und hockte sich neben seinen Vater, worauf er das Fleisch über das Feuer hielt, bis es zu brutzeln und zu tropfen begann. Bald stieg ein so verlockender Duft auf, daß er es nicht länger aushielt. Er zog den Spieß aus den Flammen und hätte gierig seine Zähne in das Fleisch geschlagen, wenn Fomor es ihm nicht aus den Händen gerissen hätte.

»Es ist noch nicht gar«, sagte er. »Mit dem Fleisch eines Hasen ist es fast genauso wie mit dem Fleisch eines Schweines. Es muß gründlich gekocht werden, bevor man es unbesorgt essen kann.«

»Die Hunde essen es auch roh und haben damit keine Probleme!«

Fomor zog die rotblonden Augenbrauen hoch. »Bist du etwa ein Hund, Balor? Bist du ein undisziplinierter Köter, der lieber wild durch die Gegend rennen will? Oder bist du der erstgeborene Sohn der MacLirs, der die Weisheit der Wildnis erlernen will, die seit Anbeginn der Zeiten in unserem Volk vom Vater zum Sohn weitergegeben wurde?«

Obwohl ihm vor Hunger das Wasser im Mund zusammenlief, wehrte Balor den Spieß ab, den Fomor ihm hinhielt. Würde er denn niemals lernen, das zu tun, was ihm befohlen wurde? »Wie du gesagt hast, ist es noch nicht gar«, entgegnete er beschämt über sich selbst.

Doch Fomor zog den Spieß mit dem Fleisch nicht zurück. »Nimm es. Röste es, bis der Saft klar wird und sich die Keule mühelos vom Gelenk lösen läßt.«

Balor nahm den Spieß an und hielt ihn wieder über die Flammen. Als der Häuptling ihm schließlich mit einem Nicken die Erlaubnis erteilte, zog Balor den Spieß aus dem Feuer. Auch wenn ihm schwindlig vor Hunger war, stürzte er sich nicht auf das Fleisch, um es gierig von den Knochen zu reißen, wie er es gerne getan hätte. Er zwang sich dazu, es langsam und fast wie ein Genießer zu essen. Diesmal wollte er gehorsam sein!

Fomor beobachtete seinen Sohn aus dem Augenwinkel. Er hatte seinen ersten Hasen bereits aufgegessen und röstete nun den letzten. Er sah Balor mit unerschütterlicher Ruhe zu, solange er konnte, bis er in lautes Gelächter ausbrach.

»Bei der Macht der Zwölf Winde, Junge! Du beschämst mich mit dieser Demonstration der Selbstbeherrschung! Das ist unmenschlich! Ich hätte den Hasen in einem Stück hinuntergeschlungen, wenn ich so hungrig wie du gewesen wäre!« Er hob den fast garen dritten Braten vom Feuer und sagte augenzwinkernd. »Dieser ist für dich, mein Junge! Du hast ihn dir verdient.«

Balor grinste seinen Vater über die Reste einer Keule hinweg an. »Ich will wirklich lernen, Vater! Eines Tages will ich ein Mann wie du sein und meinen Weg bei Tag oder bei Nacht finden und ein Feuer entfachen, auch wenn es keine Glut in der Nähe gibt, und ein Tier fangen und töten, enthäuten und zubereiten, wenn ich Hunger habe. Und eines Tages will ich ein Häuptling sein, ein Herr, der soviel weiß, daß kein Mann auf der ganzen Welt es wagt, meine Weisheit zu kritisieren! Ach, Vater, es gibt soviel, das ich unbedingt lernen muß! Es gibt soviel, was ich noch nicht weiß!«

Liebe, Mitgefühl und eine warme, melancholische Traurigkeit standen in Fomor MacLirs dunkelgrünen Augen, als er sagte: »Wenn du dieses Eingeständnis machen kannst, mein Sohn, dann hast du die größte und wichtigste Lektion vielleicht schon gelernt.«

Vater und Sohn saßen zusammen, nachdem ihr Hunger gestillt war. Während ihr Kochfeuer langsam niederbrannte, sahen sie zu, wie die Sonne hinter den Gipfeln der Insel am fernen Horizont unterging. Die Welt flammte rot auf, kühlte dann zu Rosa ab, zu sanftem Gold, Violett und Grau – zu zarten, immer dunkler werdenden Farben, die über das Gesicht der Erde zogen, bis sie schließlich im dünnen, kalten Blau des Abends versanken. Wind kam auf, der vom fernen Hochland herabwehte, in Böen um den Gipfel des Berges strich und dann seinen Weg nach Westen zum Meer fortsetzte.

Balor starrte in die Ferne, über das Meer bis zur Insel am Horizont. Ihre Berge türmten sich wie Sturmwolken vor dem Himmel auf. Es waren hohe, gezackte Berge mit spitzen und runden Gipfeln, die nackt und stolz im kalten Meereswind standen.

»Ist das die verzauberte Insel, von der Huldre träumt?« fragte er.

Der Häuptling schüttelte geringschätzig den Kopf. »Hör mir gut zu, Junge. Die Insel, von der sie träumt, ist nichts als ein Gespinst, das die Frau des Nordlandes aus ihrer eigenen überfließenden Phantasie gesponnen hat. Sie existiert überhaupt nicht, außer in ihrem Kopf. Doch jene Insel dort« – er streckte den Zeigefinger aus – »ist durchaus wirklich. Ein großes, wildes Land, von Bergen umringt und mit einem hohlen Bauch in der Mitte, von dem ich gehofft hatte, seine verfluchte Küsten nie wiederzusehen.«

»Warum? Warst du schon einmal dort?«

»Ja, vor langer Zeit, in den Tagen, als die Menschen unseres Clans Seeräuber waren. Es ist die Insel Eireann, Junge. Die Heimat vieler kriegerischer Clans ... wie sie einst auch die Heimat des Clans MacLir war, vor langer Zeit ... in den Tagen des Ruhms.«

Ein kribbelnder Schauer der Erregung lief Balors Rücken herab. Er saß völlig still da, so angespannt und erwartungsvoll wie ein Pfeil, der bereit war, von der Bogensehne zu schnellen. »Ich wünsche mir, ich wäre in jenen Tagen bei dir gewesen! Ich wünsche mir, ich hätte auf deinen Kriegsschiffen mitfahren können, als du und die anderen Männer des Clans noch Krieger waren. Ich hätte viele Feinde getötet und ihre Schätze in Besitz genommen. Ich wäre tapfer gewesen und hätte dich stolz gemacht. Ich weiß, daß es so gewesen wäre!« Er hielt inne und schnappte nach Luft. »Erzähl mir, wie es in jenen Tagen war, Vater! Erzähl mir, warum wir keine Krieger mehr sind und warum wir keine Schiffe mehr haben und ...«

Der Häuptling ließ ihn mit einer Handbewegung verstummen. »Vergiß nicht das Atmen, Junge, bevor du erstickst oder in Ohnmacht fällst!« Seine Stirn legte sich in tiefe Falten, und ein trauriger Blick stand in seinen Augen. »Wir sind keine Krieger mehr, weil es für uns nicht mehr sinnvoll ist, auf Raubzüge zu gehen. Wir haben keine Schiffe mehr, weil sie auf meinen Befehl verbrannt wurden.«

Balor war fassungslos. »Du hast unsere Schiffe verbrennen lassen? Warum?«

»Aus einem guten Grund, Junge.« Fomors Gesicht spiegelte Verbitterung, als er über das Meer blickte. »Ach, ein Mann muß diese verfluchte Insel nur ansehen, und schon muß er an den Krieg denken. Vielleicht ist Eireann tatsächlich in gewisser Weise verzaubert, aber nicht so wie in Huldres törichten Träumen. Es gibt dort keine Zaubertiere, keine gehörnten Pferde, keine magischen Geschöpfe, deren Fang einem Mann die Unsterblichkeit verspricht. Aber hör mir gut zu, Balor. Es gibt dort wirklich Ungeheuer – denn jeder Mann, der seinen Fuß auf dieses verfluchte Land setzt, wird in eine Bestie verwandelt ... nicht durch Magie oder Zauberei, sondern durch seine eigene schwarze Gier nach Gold und Macht.«

Fomor sah den Ausdruck des ehrfürchtigen Erstaunens auf dem Gesicht seines Sohnes und murrte. »Ja, Balor. Gold. Große, glänzende Klumpen. So groß wie die Faust eines Mannes, zahlreicher und strahlender als die Sterne am Himmel. Das Gold liegt am Grund aller Flüsse und Bäche dieser Insel, wo es jeder sehen kann. Das Gold wartet in den Bergen, in Adern, die so dick wie der Oberschenkel eines Kriegers sind. Und Kupfer gibt es auch! Und Zinn! O ja, alle Elemente des Wahnsinn. Man muß sie sich nur nehmen.«

Balor neigte den Kopf zur Seite, weil er nichts verstand. »Warum hast du dann unsere Schiffe verbrannt? Warum haben wir uns in den Mooren Albions niedergelassen?

Wenn es soviel Gold an den Küsten Eireanns gibt, warum hast du es dir nicht geholt?«

»Ich habe es mir geholt, mein Junge. Ich habe es geraubt. Und der Fluch dieses Raubes verfolgt mich bis zum heutigen Tag. Mit Blut und Tod habe ich für das Gold und die Macht bezahlt, die ich auf jener Insel gewonnen habe. Also sprich mir nicht vom Gold, Junge. Sprich nie wieder mit mir vom Gold.«

Die Warnung in den Augen des Häuptlings war so schwarz und scharf wie eine Dolchklinge.

Balor schluckte tausend Fragen hinunter und erzitterte im plötzlich kühler gewordenen Nachtwind, als Fomor den Reiseumhang aus weichem Elchfell entrollte, den er mitgebracht hatte. Er hüllte sich in den Mantel und ordnete ihn wie ein Zelt an, bis er seinen Sohn mit einem Winken aufforderte, er solle näherkommen.

»Ich hatte schon vergessen, wie kalt die Nächte hier oben sein können. Wir müssen uns gut einpacken, wenn wir in Ruhe etwas schlafen wollen«, sagte er.

Als Balor sich dankbar an ihn kuschelte, deckte Fomor ihn mit seinem Mantel zu und legte seinen großen Arm schützend um seine Schultern. Der Junge genoß den Augenblick und vergaß alle Gedanken an Gold und Inseln in der Ferne. Er war noch nie zuvor ganz allein mit seinem Vater gewesen. Er schmiegte sich an Fomors schlanken, kräftigen Körper, sog den Geruch seiner Männlichkeit ein, nach warmer Haut und eingeöltem Leder, nach Fellkleidung, die so weich und duftend wie frisch gesprossene Blätter war. Er blickte voller Bewunderung zu seinem Erzeuger auf, zur breiten Stirn, zur kühlen, schmalen Nase, zu den grünen Augen, die durch Wimpern in die Ferne blickten, die genauso rotbraun wie sein Bart und die langen, armdicken Zöpfe waren, die mit Sehnenschnur umwickelt nach vorne über seine muskulösen Schultern fielen. Balor atmete tief durch, während er sich fragte, ob jemals die Zeit kommen würde, wo er ein genauso herrlicher Mann wäre.

Fomor spürte das Zittern in Balors Atem und blickte

mit väterlicher Sorge auf ihn hinab. »Du frierst, Junge. Zieh das Elchfell fester um dich. Der Mantel und die Hitze meines Körpers werden dich bald wärmen.«

Der Junge befolgte seinen Rat, fragte jedoch: »Warum willst du das Feuer nicht brennen lassen? Es ist genügend Holz da, um es die ganze Nacht lang am Leben zu erhalten.«

»Ein Feuer könnte Wölfe anlocken, mein Junge.«

»Kein Wolf könnte auf die Spitze dieses Berges steigen!«

»Zumindest nicht die vierbeinige Art.«

»Gibt es noch andere Arten?« fragte Balor verwundert, während er sich achtbeinige Wölfe vorstellte, die so flink wie Spinnen liefen.

Fomor bemerkte seine Reaktion und lächelte, doch als er antwortete, lag eine besorgte, angespannte Zurückhaltung in seinem Tonfall. »Ja, mein Junge. Es gibt noch die Art der zweibeinigen Wölfe. Fremde Wölfe, die in der Gestalt von Menschen durch das Land streifen. Sie haben scharfe Augen und ein gutes, unversöhnliches Gedächtnis und die starken Hände eines Krieger, mit denen sie diesen Berg genauso mühelos wie ich besteigen können.«

Balor blinzelte ungläubig. »Sind es Menschen oder Geister?«

»Sie bestehen aus Fleisch und Blut, genauso wie du und ich.« Beunruhigt über die Richtung, die das Gespräch genommen hatte, stand er plötzlich rastlos auf. »Schlaf jetzt. Es ist spät, und ich bin der Worte überdrüssig.« Er überließ Balor den Mantel, als er sich direkt an den Rand des Gipfels stellte, um verdrossen in die dunkler werdende Welt hinauszustarren.

Der Junge blieb, in den Mantel gehüllt, vor der Feuerstelle sitzen und wartete darauf, daß Fomor zurückkam. Doch der Herr rührte sich nicht von der Stelle, die Arme über der Brust verschränkt, das Gesicht ernst und abweisend.

Balor starrte seinen Vater an, bis die Nacht mit Sternen

gesprenkelt war, deren winzige Lichter wie Herzen pulsierten. Die Müdigkeit verschleierte seinen Blick, und flüchtige, gestaltlose Träume zogen durch seinen Geist.

Dann verfestigten sich die Träume langsam zu einem gewaltigen schwarzen Himmel, an dem die Sterne wie Nomadenstämme ins Gesicht der Unendlichkeit wanderten. Balor sah die Sonne und den Mond, und er sah seinen Vater, der mit seinem erhobenen Jagdbogen dazwischen stand. Er hatte einen Pfeil eingelegt und die Sehne straff gespannt. Dann ließ Fomor sie los. Der Pfeil flog in einem hohen Bogen. Doch dann wurde der Pfeil zu einer Sternschnuppe, die durch die Dunkelheit flammte und einen glühendweißen Weg beschrieb, auf dem Balor um sein Leben lief! Er wurde von Wölfen verfolgt, von knurrenden, hungrigen Wölfen, die von einem riesigen weißen Tier mit Blut und Sternenfeuer in den Augen angeführt wurden! Der große bleiche Wolf sprang ihn an, und dann folgten die anderen, die seine Schultern packten und sich bereitmachten, ihn zu zerfleischen.

»Nein!« schrie er.

Er wachte von seinem eigenen Schrei auf. Er blickte sich um und stellte überrascht fest, daß die Sonne bereits aufgegangen war. Sein Vater hatte sich über ihn gebeugt und ihm eine große schwere Hand auf die Schulter gelegt.

»Es ist Zeit für uns, von diesem Ort aufzubrechen, Junge.«

Balor war dankbar, aus seinem Alptraum befreit worden zu sein, und stand auf. Er streckte seinen steifen Rücken und seine schmerzenden Glieder, rieb sich den Schlaf aus den Augen, nahm seinen Bogen und folgte dann seinem Vater.

Als sie am Rand des Berggipfels standen und bereit für den Abstieg waren, blickte Balor noch einmal durch den neuen Tag zum Meer. Wie wunderschön die Welt war, wie gewaltig und wie verlockend. Nebel verschleierte den Horizont und verbarg die ferne Insel. Er sah winzige, flackernde Lichter, wo sich das Dorf befinden mußte. Und weit im Süden an einem Gebirgszug, der sich als Landspitze weit ins Meer schob, waren ... Waren es wirklich ... Schiffe?

Balor blinzelte und strengte seine Augen an, um sicherzustellen, daß sie ihm keinen Streich spielten. Ja! Sie waren so klein, daß er sie beinahe übersehen hätte. Doch sie waren durchaus wirklich. Sie trieben auf dem Meer, kreuzten langsam gegen den Wind südwärts die Küste entlang. Vom hohen Berggipfel aus wirkten sie nicht größer als winzige Fetzen roter Blätter, die auf einem Bach dahintrieben. Doch es waren Schiffe mit Segeln in der Farbe des Blutes. Und genau in der Mitte jeder roten Segelfläche konnte Balor gerade noch ein großes schwarzes Rad erkennen, das wie ein dunkler wirbelnder Strudel im Auge eines Zauberers ausgeschmückt war.

Er zeigte darauf. »Schau, Vater! Segelschiffe! Hast du sie gesehen? Fahren sie zu einem anderen Dorf, so nahe bei unserem gelegen? Die Lichter auf der fernen Landspitze scheinen doch kaum mehr als ein paar Tagesreisen von unseren eigenen Feldern entfernt zu sein!«

Fomors Gesicht war so grau wie alte Asche. »Ja, ich habe sie gesehen. Ich habe sie seit dem ersten Licht der Dämmerung beobachtet. Und die Schiffe ... ja, ich habe diese Schiffe mein halbes Leben lang immer wieder in meinen Träumen gesehen.« Er schüttelte den Kopf, als wollte er sich von einer bösen Erinnerung befreien. Dann legte er müde, aber mit großer Entschlossenheit seine Hände auf die Schultern seines Sohnes. »Vergiß niemals diesen Augenblick, Balor. Bei der Macht der Zwölf Winde, dir wurde ein großes Geschenk zuteil. Die Sternschnuppe, die dich an diesen Ort führte, war ein Zeichen, mein Sohn – ein Zeichen, wie auch ich es erhielt, als ich vor vielen Jahren ebenfalls einen solchen Stern sah und ihm zu eben diesem Ort folgte ... als ich zum erstenmal auf Farnmoor sah und wußte, daß ich meinen Clan dorthin führen mußte, tief in die Hügel und Sümpfe, um in Frieden zu leben ... für immer in Frieden, wenn die Zwölf Winde es erlauben würden. Und jetzt bin ich durch dich erneut von einem Stern an diesen Ort geführt worden, damit mir in der Dämmerung eine

Botschaft zuteil wird. Wärst du dieser Sternschnuppe nicht gefolgt, Balor, hätten wir die Warnung nicht erhalten. Wir würden es erst wissen, wenn es schon zu spät ist.«

»Eine Warnung? Wovor?«

»Vor den Wölfen, mein Sohn. Vor wahnsinnigen, rachsüchtigen, menschenfressenden Wölfen! Sie ziehen unter den Farben Rot und Schwarz, angeführt von einem Kriegsherrn namens Nemed MacAgnomain, einem Mann, der geschworen hat, sich meinen Kopf zu holen und die Erde mit dem Blut meiner Familie zu tränken.«

6

An diesem Tag veränderte sich Balors Welt. Doch genauso wie die Gezeiten vollzog sich die Veränderung mit unaufhaltsamer Langsamkeit. Der Junge hätte die Wandlung weder aufhalten noch ihre Richtung ändern können, genausowenig wie er die Sonne oder den Mond am Himmel anhalten könnte.

Bald hatten sie den Abstieg vom Berg geschafft und machten sich über das Heideland auf den Heimweg. Stunde um Stunde verging, und Meile um Meile ließen sie hinter sich. Die Hunde schienen überhaupt nicht zu ermüden. Sie waren damit zufrieden, ihrem Herrn dicht auf den Fersen zu bleiben, während Balor sich anstrengen mußte, um mit seinem Vater Schritt zu halten. Fomors Schweigen frustrierte ihn. Der Herr war seit dem Sonnenaufgang in düsterer Stimmung und beschäftigte sich verbittert mit seinen eigenen Gedanken, wobei er so heftig ausschritt, daß der Junge ihm nur im Dauerlauf folgen konnte. Seit gestern wirkte der Häuptling auf eine seltsame, schwer faßbare Weise älter. Seit sie vom Berg heruntergestiegen waren, war er in sich gekehrt, bewegte sich grübelnd in seiner eigenen Welt – einem einsamen und trostlosen Ort, der von hohen Mauern aus Gedanken befestigt wurde, die er seinem Sohn nicht mitteilen wollte. Balor erinnerte sich an ihre Nähe in der vergangenen

Nacht und emfand seine Unnahbarkeit genauso schmerzhaft und unerträglich wie sein Tempo.

Er zerrte an Fomors Hemd. »Bitte, Vater, ich kann nicht mehr! An meinen Fersen sind Blasen so groß wie Kräheneier! Und wir haben seit gestern abend nichts mehr gegessen. Laß uns eine Weile rasten. Bitte!«

Der Häuptling hielt inne und sah seinen Sohn an, als wären seine Worte in einen tiefen, dunklen und unangenehmen Traum eingedrungen. Er nickte. »Ja. Natürlich werden wir rasten. Aber nur kurz. Ich will vor der Dunkelheit die Sümpfe durchquert haben und wieder in der Sicherheit des Dorfes sein. Heute abend muß ich eine Versammlung aller Clansmitglieder einberufen, und Munremar braucht einige Zeit, um die Ratshalle zu weihen.«

Balor erschrak bei diesen Worten. Mit Ausnahme der Besprechungen vor Festen und heiligen Feiertagen wurden Versammlungen nur dann einberufen, wenn es schwerwiegende Angelegenheit zu diskutieren gab, die den gesamten Clan etwas angingen.

Der Häuptling sah die Besorgnis in den Augen seines Sohnes. »Wölfe verfolgen vielleicht unsere Spur. Vielleicht durchstöbern sie die Heide, während wir hier sprechen. Ich muß die anderen so schnell wie möglich warnen, damit wir eine angemessene Entscheidung treffen können, wie wir mit ihnen umgehen sollen. Wir werden etwas essen, wenn wir das Dorf erreicht haben. Wenn du nicht mit mir Schritt halten kannst, werde ich dich wie einen Säugling tragen.«

Balors Gesicht flammte vor Entrüstung auf. »Ich bin kein Baby, das getragen werden muß! Ich werde es schaffen!«

»Gut.«

Mißmutig lief Balor wieder neben dem Herrn her, fest entschlossen, mit ihm Schritt zu halten, und er versuchte, nicht auf das Brennen seiner Blasen, die Leere in seinem Magen und die tiefen Schmerzen in seinem Rücken und seinen Gliedern zu achten.

»Du könntest mir wenigstens verraten, wer diese

›Wölfe‹ sind. Und woher du weißt, daß Nemed Mac ... wie auch immer sein Name ist ... daß er bei den Schiffen vor der Küste ist?«

Fomor wurde nicht langsamer, als er haßerfüllt antwortete. »Ich weiß es nicht. Nemed MacAgnomain sollte eigentlich längst tot sein, doch der Tod kommt nicht so schnell zu einem Mann, der durch seinen Haß stark wurde. Bevor wir uns in Farnmoor niederließen, hatte ich gehört, daß Nemed seine Freiheit wiedergewonnen und eine Königin aus Achaia geheiratet hatte. Die Schiffe der achaischen Königshäuser kann man an ihren roten Segeln erkennen. Und das Symbol des Hauses des Vaters von Nemed war das schwarze Rad. Die Schiffe lagen im Hafen der neugegründeten Siedlung der Becherleute, auch wenn ich niemals gedacht hätte, sie würden sich so weit nach Norden wagen. Dennoch hätte ich wissen müssen, daß dieser Tag kommen würde, denn es gibt auf der ganzen Welt keine habgierigeren Händler als sie. Sie werden ihre Händler in die Moore und Sümpfe schicken, um neue Einkunftsquellen zu erschließen. Und wenn Nemed noch am Leben ist – irgendwie bin ich mir sicher, daß er es noch ist –, wird er seine Spione unter sie mischen. Schon bald werden sie Farnmoor finden und erfahren, wer als Häuptling über das Dorf herrscht.«

»Und dann?«

Jetzt blieb der Herr stehen, seufzte und blickte aus erschöpften Augen auf seinen Sohn hinab. »Dann werden sie zu uns kommen und uns töten, Junge. Jeden Mann, jede Frau und jedes Kind des Clans.«

Ein ungläubiges Zittern durchlief den Jungen. »Aber warum?«

Fomor kniff die grünen Augen leicht zusammen. Doch als der Junge hineinsah, war er entsetzt über das, was er darin erkannte: Schmerz und Macht, Verbitterung und Reue und gefährliche Wellen aus purem, schwarzem Haß. Dann keuchte er fassungslos auf, denn er sah noch etwas anderes, etwas Undenkbares. Etwas so Widerliches, daß ihm vor Ekel übel wurde. Er sah Angst.

»So wie du redest, klingt es, als hättest du uns in die Sümpfe geführt, damit wir uns hier verstecken … als hättest du Angst, dich diesem Nemed MacIrgendwas zu stellen! Aber das kann nicht sein. Nicht du! Nicht Fomor MacLir! Nicht der Wolf der Westlichen Stämme!«

Einen Moment rührte sich der Häuptling nicht, schien nicht einmal zu atmen. Die Traurigkeit in seinen Augen war so groß, daß Balor fast darin ertrunken wäre. Dann holte Fomor langsam Luft, hielt sie eine Weile an und atmete sie mit seiner Antwort wieder aus. »Aber du hast recht, Balor. Genau das ist der Grund, warum ich meinen Clan in das Moorland geführt habe. Damit wir uns hier verstecken können. Damit wir möglichst weit vom Wahnsinn der Welt der Menschen entfernt leben können. Um in friedvoller Anonymität zu leben, von all jenen vergessen, die sich vielleicht noch an den Namen und die Taten des Wolfs der Westlichen Stämme erinnern.«

Balors Mund stand offen. Er fühlte sich verraten. »Ich glaube dir nicht.«

»Es ist wahr, mein Sohn. Doch meine Gründe sind nicht so, wie du vielleicht denkst. Ich habe keine Angst, mich Nemed MacAgnomain zu stellen. Ich habe Angst vor mir selbst … vor dem, wozu ich werden muß, wenn Nemed und ich uns je wieder begegnen sollten.«

Balor blinzelte die Tränen weg, die plötzlich zwischen seinen Augenlidern brannten. »Das verstehe ich nicht.«

»Nein. Natürlich verstehst du es nicht.« Fomors sanfte Worte waren voller Mitgefühl. »Und wenn die Macht der Zwölf Winde noch auf meiner Seite ist und wenn ich den Rat heute abend überzeugen kann, sich meiner Meinung anzuschließen, dann wirst du es auch niemals verstehen.«

Sie kehrten zur Abenddämmerung ins Dorf zurück, zu einer sanften, violetten, windlosen Stunde, während die Nacht ihre langen Schatten vorauswarf und der Duft des sommerlichen Sonnenlichts noch von den reifenden Feldern duftete. Doch Balor bemerkte nichts davon. Und er achtete auch nicht auf den verdienten Tadel, den seine Clansgenossen über ihn ausschütteten. Er dachte nur daran, daß die langen Qualen des Tages vorbei waren und er sich endlich ausruhen konnte.

Doch für Fomor gab es keine Ruhe. Ohne den Männern des Clans eine Erklärung abzugeben, kündigte er eine Versammlung an, während er durch das große Tor im Palisadenzaun schritt. Die Menschen, die gekommen waren, um ihn zu begrüßen, sahen ihm in verblüfftem Schweigen nach, als er zum Badehaus weiterstapfte, wo er sich reinigen wollte, bevor er seinen Platz vor dem Altar der Zwölf Winde einnahm. Ein fragendes Murmeln ging durch die Menge, als Mealla vortrat und Balor holte. Sie drängte ihn über den Bohlenweg, der zum Rundhaus des Häuptlings führte, und ermahnte ihn, still zu sein. Die Menge schob sich näher heran und bedachte beide mit Schimpfworten, als Mealla sich weigerte, ihre Neugier zu befriedigen.

»Was ist geschehen?« wollte der alte Falcon wissen, und ein Dutzend Stimmen wiederholten die Frage als Echo.

»Welchen Ärger hat der Welpe diesmal über uns gebracht?« fragte Mael.

Balor wurde wütend, als er den unverhohlenen Spott und die Feindseligkeit in der Stimme des Jungen hörte. Er blieb stehen, drehte sich um und suchte in der Menge nach seinem knollennasigen Widersacher, aber er war zu klein. Von allen Seiten drängten sich Körper heran. Meallas starke Hände packten seine Schultern und schoben ihn ungeduldig weiter. »Komm jetzt, Balor. Du mußt dich ausruhen!«

Ausruhen ... ja. Und wenn er ausgeruht war, würde er dafür sorgen, daß Mael an seinen eigenen Worten erstickte.

Der Weg zum Rundhaus war ihm noch nie so lang vorgekommen. Die kleine Dana tauchte aus der Menge auf und nahm freundlich seinen Arm, um ihn fröhlich hüpfend zu begleiten. Bunte Feldblumen waren in ihr goldenes Haar geflochten, und ihr Lächeln war eine schönere Begrüßung, als sie ahnen konnte, während sie ihrer

Freude über seine sichere Heimkehr Ausdruck verlieh. Dann entdeckte er Morrigan, die mit Elathan neben dem offenen Eingang zum Rundhaus stand. Sie trug das knielange, lockere Jungenhemd, das sie weiblicherer Kleidung vorzog. Ihr wildes, schwarzes Haar war wie das eines Jungen geflochten, und ihre waldgrünen Augen mit den schwarzen Wimpern schienen ihn wie Spieße zu durchbohren.

»Wir haben Wetten abgeschlossen, ob du diesmal zurückkehren würdest. Indech und Tethra und alle anderen Jungen waren sicher, daß die Wölfe dich gefressen haben. Nur ich wußte, daß du wieder zurückkommst. Welcher Wolf könnte auch schon Geschmack an dir finden?«

Trotz seiner Müdigkeit knurrte er sie wütend an, doch sie tat es mit einem Lachen ab.

»Vater meint, du bist allmählich wie ein Knochen, der dem Clan in der Kehle feststeckt«, sagte Morrigan ohne Scherz. »Wenn ich du wäre, Balor, würde ich mich in Zukunft etwas vorsichtiger verhalten ... damit er nicht irgendwann beschließt, dich auszuspucken!«

Mealla warf dem Mädchen einen vernichtenden Blick zu, stieß es mit dem Ellbogen beiseite und schob Balor ins Haus. Elathan und die Hunde folgten, doch Morrigan, Dana und die anderen hielt Mealla zurück, als sie die Wettertür schloß.

Die anbrechende Dunkelheit des Abends hatte das Innere des Rundhauses bereits verfinstert, als Balor den Raum durchquerte und sich bäuchlings erschöpft auf seine Bettfelle fallen ließ. Das große Terrierweibchen Scharfe Schnauze legte sich mit einem Seufzer neben ihn. Die Talglampen waren noch nicht entzündet, und die einzige Beleuchtung innerhalb des Hauses kam als sanfter rötlicher Schimmer von der Feuerstelle.

Huldre stand neben dem Feuer, aufrecht und völlig ruhig. Sie starrte ihn an, als könnte sie gar nicht genug von seinem Anblick bekommen.

Balor schloß die Augen. In seiner Müdigkeit war ihm alles gleichgültig. Er lag ausgestreckt auf dem Bauch da und ärgerte sich, daß er noch zu jung war, um sich mit den Männern versammeln zu dürfen. Er fühlte sich verletzt, weil Fomor ihn nicht in seine Geheimnisse eingeweiht hatte, und obwohl er es niemals zugegeben hätte, war er froh, daß er nach Hause geschickt worden war. Sein Körper brauchte dringend Ruhe. Jeder Muskel tat weh. Seine Blasen an den Füßen schmerzten pulsierend. Sein Hunger drängte bohrend nach Befriedigung.

Huldre kniete neben ihm und bot ihm eine kalte Hasenkeule an. Sie tippte damit gegen seine Schulter und riß ihn aus seiner Trägheit, während sie den Hund verscheuchte.

Er blickte über die Schulter auf das Fleisch und seufzte zitternd vor Erleichterung, als er es annahm. Er war so müde, daß er sich nicht einmal aufzusetzen versuchte oder über den Grund für ihre ungewöhnliche Freundlichkeit nachdachte. Er rollte sich auf die Seite und lag wie ein Baby im Mutterleib da, während er hungrig kaute und versuchte, seiner Mutter nicht in die Augen zu blicken.

Doch wie jedesmal, wenn ihre blassen, weit auseinanderstehenden Augen seinen Blick suchten, war es für ihn unmöglich, ihn nicht zu erwidern. In dieser Hinsicht hatte Huldre ihn in ihrer Macht. Manchmal wachte er in der Nacht auf und wußte dann, daß sie ihn anstarrte. Dann spürte er, wie ihr Blick über seine Haut wanderte und in seinen Körper und seine Seele eindrang, als könnte sie nach Belieben an seinen Gedanken und Träumen teilhaben.

Doch jetzt hatte er gar nicht den Wunsch, ihrem Blick auszuweichen, denn was er darin sah, besorgte und verblüffte ihn zugleich. Der flackernde Feuerschein zeichnete tiefpurpurne Schatten unter ihre Augen. Unter ihren Wangenknochen waren dunkle Höhlen. Sie wirkte erschöpft, ausgezehrt, bleicher als gewöhnlich und irgendwie verletzlich, wie ein schwaches Kind, das zu viele Nächte ohne Schlaf verbracht hatte. War es die Sorge um ihn gewesen, die sie dazu veranlaßt hatte, nachts wachzuliegen? Nein! Huldre sorgte sich nicht auf die Weise um ihre Kinder, wie es andere Mütter taten. Dessen war sich Balor sicher. Es war ihre Schwangerschaft, die ihr so zusetzte. Obwohl sie sich dem Ende näherte, verlief sie nicht gut. Huldre war immer noch genauso kränklich und ermüdet wie in den ersten Wochen, als das Kind in ihr die Wurzeln des Lebens geschlagen hatte. Selbst der spezielle Medizinmet, den Mealla für sie zubereitet hatte, schien ihr nicht zu helfen.

»Hör mir zu, Balor«, sagte sie, und ihre Worte waren wie der Nebel aus den Sümpfen, der sich schlängelnd durch die Dämmerung bewegte. Kalt, ohne Form und Substanz, aber dennoch wirklich. Vom selben Wesen wie ihre fremdartigen Geschichten voller Magie und Zauber. »Er, der Donnerer ... der die Sterne beherrscht und mit den Augen des Falken und des Adlers auf die Welt hinabblickt ... er, Donar, der mit dem weißen Wolf geht und immer den Blitz an seiner Seite hat, er hat dich gerettet und dir sein Zeichen aufgedrückt. Der Gott hat durch dich seinen Willen verwirklicht. Und jetzt mußt du tun, was ich dir sage, Balor, damit du seine Gunst nicht wieder verlierst.«

»Nein!« Mealla war nähergekommen, hatte die Stirn vor Sorge gerunzelt und sich wie eine Glucke aufgeplustert, die Hände in die Hüften gestemmt. »Hör nicht auf sie, Balor. Huldre, geh weg von dem Jungen. Du bist verzweifelt. Du mußt dich ausruhen, Schwester meines Hauses, damit das Kind, das du in dir trägst, nicht genauso wie das letzte tot auf die Welt kommt.«

»Kind ...« Das Wort kam über ihre Lippen, wie Blut aus einer Wunde sickerte. Sie hatte eine bleiche Hand schützend auf ihren Bauch gelegt, die andere löste sie von ihrem Amulett, um ihren Sohn an der Schulter zu berühren. »Es *ist* Donar, der dich gerettet hat. Er wird uns alle durch dich retten!«

Balor schauderte. Ihr Blick hielt ihn immer noch gefangen. Wie blau ihre Augen waren, wie bleich, beinahe durchsichtig. Es waren kristallklare Teiche, in deren Mitte ein dunkler Fleck schwebte, wie ein Rabe, der auf einem kalten Wind flog. Einen Augenblick lang dachte er, er hätte einen Blick auf ihre Seele geworfen, bevor er diesen törichten Gedanken abtat. Nein, das konnte nicht sein. Keine Seele der ganzen Welt konnte so schwarz sein, so voller Furcht ... so verzweifelt einsam und so voller untröstlicher Liebe zu ihm.

Huldre und Liebe? Nein. »Mir liegt nichts an Donar. Ich brauche die Gunst deines fremden Gottes nicht! Laß mich jetzt ausruhen!«

Er hatte mit dem Mund voller Fleisch gesprochen und wollte ihr schon den Rücken zudrehen, um in Ruhe weiterzuessen, wenn sie ihm nicht die Hasenkeule entrissen und Balor mit der anderen Hand festgehalten hätte. »Dummer Junge! Du bist doppelt gesegnet! Die Götter zweier Völker stehen dir bei. Wenn du auch nur einen von ihnen zurückweist, beleidigst du die Schicksalsmächte und forderst das Unheil heraus! Sag mir, Balor, Sohn des Fomor, Enkel des Manannan, der du nichts vom Volk deiner Mutter wissen willst, glaubst du wirklich, daß es nur ein gewöhnlicher Hirsch war, der dich in die Wildnis geführt hat?«

Ihre plötzliche Heftigkeit überraschte ihn. »Was soll es sonst gewesen sein?«

»Elathan sagte mir, daß sein Fell so rot wie Blut war, doch ich sage, daß es so rot wie Donars Bart war, mit einem Geweih so gezackt wie der Blitz, den Donar durch den Himmel schleudert. Ich sage dir, Balor, daß er Donar war! In Gestalt eines Hirsches führte er dich in die Wildnis, damit sich durch deinen Ungehorsam endlich die Unzufriedenen gegen meinen Herrn erheben können, die Aufrührer, die damit drohen, seine Herrschaft durch Gewalt zu brechen ... durch eine Gewalt, die ihn vielleicht zu der Lebensweise zurückführt, für die er geboren wurde – als Krieger der Zwölf Winde!«

Er starrte sie fassungslos an. Hatten sich die Männer des Clans tatsächlich während Fomors Abwesenheit versammelt, um gegen seinen Vater zu sprechen? Er erhielt keine Gelegenheit, diese Frage zu stellen, denn Mealla beantwortete sie bereits völlig außer sich.

»Du darfst nicht so reden, Huldre! Du darfst nicht mehr von fremden Göttern und fremdem Zauber sprechen. Wenn schon nicht unseretwillen, dann um das Wohl des Jungen. Munremar spricht gegen euch beide und hat verlangt, daß Balor vor den Rat gebracht wird. Sein ständiger Ungehorsam gegenüber dem Clansgesetz hat den Weisen erzürnt.«

Ein Blick tiefster Verachtung trat auf Huldres Gesicht. »Ich fürchte mich nicht vor Munremar.«

»Du solltest dich aber vor ihm fürchten!« Mealla wandte sich an Balor. »Und du auch! Was soll ich bloß mit dir machen? Du bist der erstgeborene Sohn des Herrn. Und du hast diesen Umstand auf schändliche Weise ausgenutzt. Zuerst hast du dich dem Befehl des Weisen verweigert, als du deinem Vater folgtest, obwohl er es dir verboten hatte. Und daraufhin wäre beinahe das Verderben über uns gekommen! Doch Munremar hat dir verziehen, wie er dir immer wieder deine Mißachtung der Gesetze und der Weisheit der Älteren verziehen hat. Doch dieser letzte Akt des Ungehorsams ... Ach, Balor, als Fomor sich deinetwegen in Gefahr begab, als er sich von der Suchgruppe trennte und nicht mehr zurückkehrte, wurden dunkle, häßliche Dinge über dich und die Mutter gesagt, die dich geboren hat. Von Munremar. Von Draga. Und von all den anderen, deren Treue nach diesen langen Jahren der Dunkelheit und des endlosen Regens immer mehr dem Bruder deines Vaters gilt.«

Trotz regte sich in Balor. »Es ist mir gleichgültig, was Munremar denkt! Oder Draga und seine Leute. Ich bin Fomors Sohn ... der Erstgeborene des Häuptlings. Nur das zählt.«

Mealla stieß schnaubend einen bösen Tadel aus, reckte die Arme himmelwärts und verdrehte die Augen. »Mögen die Zwölf Winde mir Geduld gewähren! Bei den Schicksalsmächten, Balor, verstehst du nicht, daß sogar der Erstgeborene eines Häuptlings den Bogen überspannen kann? Als dein Vater sich deinetwegen in Gefahr begab, brachte er gleichzeitig den Clan in Gefahr. Wäre er nicht mehr zurückgekehrt, hätte der Streit um die Häuptlingswürde begonnen. Draga hätte zweifellos versucht, sie für sich zu beanspruchen, damit er uns wieder in den Krieg und in ein unstetes Leben führen kann. Die älteren Männer, die deinem Vater treu ergeben sind, die in den Tagen des Ruhms an seiner Seite kämpften und die Gründe verstehen, warum er sein Volk zu einem seßhaften und friedlichen Leben führte, sie hätten sich erhoben, um gegen Dragas Herrschaft zu kämpfen. Das Blut von Brüdern wäre von Brüdern vergossen worden. Die Einheit des Clans wäre für immer zerstört worden. Und alles nur deinetwegen!«

Balor wurde übel. »Ich wollte doch nicht ...«

Er hatte keine Gelegenheit, den Satz zu beenden, denn in diesem Augenblick rief eine Stimme in das Rundhaus. Es war Lomna Ruad. Mealla bat ihn einzutreten.

Lomna Ruad war ein wenig älter als der Herr und ein großer, breitschultriger Mann mit braunem Bart. Er bückte sich, als er die Ochsenhaut zur Seite schob und hereinlugte. Er war offensichtlich direkt aus der Ratshalle gekommen, denn sein Gesicht war mit zeremoniellen Mustern bemalt, die die Männer zu jeder Versammlung auftrugen.

»Der erstgeborene Sohn des Häuptlings soll mir folgen.«

Mealla baute sich in Verteidigungshaltung zwischen dem Mann und Balor auf. »Was willst du von ihm? Der Häuptling hat ihn in sein Haus geschickt, damit er schlafen kann!«

»Schlafen?« Die Frage kam wie grollender Donner über Lomna Ruads Lippen. »Frau, er wird auf ewig schlafen, wenn er nicht mit mir kommt, und zwar schnell! Munremar fordert den Kopf des Jungen, doch der Herr hat ihn überzeugt, zuerst Balor zu seiner Verteidigung sprechen zu lassen, bevor ein Urteil über ihn gefällt wird.«

»Ein Urteil?« rief Elathan entsetzt, der auf Fomors Kriegstruhe hockte.

Mit weichen Knien stand Balor auf. Der Raum schien

sich um ihn zu drehen. Alles war plötzlich so hell. Dann legte Huldre ihm die Hände auf die Schultern, und als ihre Berührung seinen Blick auf sie lenkte, schien alles wieder in die normale Perspektive zurückzufallen.

»Der Herr ist dein Erzeuger, Balor. Er wird nicht zulassen, daß dir etwas angetan wird. Vergiß das nicht. Genauso wie du nicht vergessen darfst, daß es Donar war, der Wächter über die ganze Welt, der dich in verbotenes Land führte. Er war für dich da, und er wird auch jetzt für dich da sein. Hab keine Angst. Du wirst in der Sakristei der Zwölf Winde sein, weil du ihr Sohn bist ... so sicher wie sie Donars Kinder sind.«

»Du! Sohn des Herrn! Tritt vor!«

Munremars erzürntes Gebrüll war zweifellos ein Befehl, doch Balor schaffte es einfach nicht, ihm zu gehorchen. Im großen Raum der Ratshalle stand er wie gelähmt und mit aufgerissenen Augen neben Lomna Ruad am Eingang, während die Blicke der versammelten Männer des Clans sich ihm zuwandten. Sie saßen mit verschränkten Beinen auf Fellen am Boden. Im Feuerschein glitzerte Gold an ihren Ohren und Kehlen, auf ihren Armen und in ihrem Haar. Ihre Gesichter und Körper waren bemalt. In ihren Augen glommen düstere Feindseligkeit und Neugier.

Balor zuckte unter ihren prüfenden Blicken zusammen, und sah sich lieber in der großen Halle um. Noch nie zuvor war er hier drinnen gewesen, und nicht einmal in seinen wildesten Phantasien hatte er sich etwas vorstellen können, was auch nur annähernd der Wirklichkeit entsprach. Ehrfürchtig starrte er in die unmögliche Höhe der gewölbten Decke. Im Schatten des Feuerscheins schien sie bedrohlich über ihm zu hängen wie das aufgerissene Maul eines Raubtieres, das ihn verschlingen wollte.

Er schauderte und wandte seinen Blick ab, doch nirgendwo sah er etwas Tröstliches. Alles wirkte bedrohlich, wie es im Licht der zwölf heiligen Talglampen schimmerte, die jeweils in die zwölf Pfosten eingelassen waren, die das Dach stützten. Jede Lampe brannte mit einer rauchenden, unnatürlichen Flamme. In Blau, Grün, Purpur, Grau. In ungewöhnlich intensivem Orange, Scharlachrot, glühendem Gelb und einem so reinen Weiß, daß es in den Augen brannte. In diesen Flammen mußte ein Zauber wohnen, genauso wie ein Zauber in den zwölf Pfosten sein mußte, denn jeder war so dick wie der Oberschenkel eines Kriegers und kunstvoll geschnitzt. Schlangen und Seeungeheuer, seltsame Vögel und Tiere, rankende Reben und körperlose Augen und Hände, Geschöpfe, die einem urzeitlichen Alptraum entstiegen schienen. In der pulsierenden Beleuchtung der Lampen sahen sie aus, als lebten sie. Sie atmeten. Sie blickten böse. Sie wanden sich. Sie sprangen. Sie winkten ihn heran.

So wie Munremar ihn nun von der anderen Seite des unermeßlichen Raumes heranwinkte. »Balor! Tritt vor!«

Er starrte hinüber, wo der Weise in seinem zeremoniellen Gewand an der rechten Seite des Häuptlings stand, genau vor dem verhüllten Altar der Zwölf Winde. Zweifellos war der Schrein zugedeckt worden, damit er nicht entweiht wurde, wenn jemand, der seiner Macht noch nicht würdig war, ihn erblickte. Doch selbst wenn die Verhüllung abgefallen wäre, hätte sich der Blick der Augen des Jungen nicht auf den Altar gerichtet – und auch nicht auf den Weisen. Er sah nur seinen Vater an und war wie gebannt.

Fomor saß auf dem zeremoniellen Stuhl des Clansherrn. Er hatte die schwere goldene Halskette und die Armreifen angelegt, die seine Stellung verkündeten. Bis auf die Kette und einen breiten, kupferbeschlagenen Ledergurt, der über einer Schulter lag, war sein Oberkörper nackt. Dazu trug er einen knielangen Lederrock mit Fransen und einen weiteren schweren Gürtel, an dem in zwei goldenen Haken seine beiden zeremoniellen Dolche hingen. In der linken Hand hielt er eine kunstvoll gearbeitete Kriegsaxt mit Doppelklinge aus Stein, die auf einem feingeschnitzten Schaft aus Geweihknochen steckte. Auf seinem Kopf ruhte der Schädel eines riesigen Wolfes, dessen

Augen durch Steine aus blutrotem, poliertem Karneol ersetzt waren und der der Versammlung die gebleckten Zähne seines Oberkiefers zeigte. Es war eine eindrucksvolle, wilde Krone, und das ernste, bemalte Gesicht darunter, das Balor aufmerksam musterte, schien ein Ebenbild seiner Großartigkeit zu sein.

Der Junge hielt den Atem an. Alle Furcht verließ ihn, als er wieder jenen Stolz empfand, der ihn überwältigte, wenn er seinen Erzeuger anblickte. Doch in den Augen des Häuptlings lag keine Bestätigung, kein Trost, keine Wärme.

»Balor!« Munremars Befehl war wie ein Schlag. »Komm her!«

Der Junge war bis ins Mark erschüttert, doch er tat wie befohlen, da seine Angst viel zu groß war.

Munremar funkelte ihn mit wütend glühenden Augen an. »Du! Beuge dein Knie vor deinem Herrn! Willst du den Zorn der Zwölf Winde als Strafe für dein ungehöriges Benehmen über uns bringen?«

Balor wurde es schwindlig. Er kniete und senkte den Kopf. Dann wartete er darauf, daß Fomor ihm sagte, er könne wieder aufstehen, doch der Herr sprach kein Wort. Eine Weile verging. Eine lange, atemlose Weile. Er war immer noch hundemüde nach seinem langen Marsch vom Berg zum Dorf. Sein Knie begann zu schmerzen. Sein Schenkel begann zu brennen und zu jucken. Langsam und vorsichtig, ohne seinen Kopf zu heben, suchten seine Augen angestrengt nach dem Blick seines Vaters, damit Fomor verstand, wie erschöpft er war. Doch der Häuptling sah in eine ganz andere Richtung, und plötzlich dämmerte es Balor, daß sein Wille zum Gehorsam geprüft wurde. Er beschloß, seine Beschwerden stumm zu erdulden. Er schwankte ein wenig, behielt aber seine Stellung bei, während das Bein, das den größten Teil seines Gewichts trug, allmählich taub wurde. Schließlich hörte er ein zustimmendes Gemurmel von den Männern des Clans hinter seinem Rücken.

»Genug!« Munremar forderte ihn widerstrebend auf,

sich zu erheben. Sein Tonfall hätte nicht feindseliger sein können. Er hatte dem Jungen eine Falle gestellt und fühlte sich nun offensichtlich um seine Genugtuung betrogen. »Es scheint, daß dein Vater recht hat. Du hast tatsächlich aus deinen Irrtümern der vergangenen Tage gelernt. Vor dem Altar der Zwölf Winde gebe ich zu, daß ich niemals gedacht hätte, den Tag zu erleben, an dem du einem Befehl ohne Widerspruch gehorchst! Steh jetzt auf, Junge, bevor du noch in Ohnmacht fällst.«

Das Murmeln der Männer wurde lauter. Balor stand gehorsam auf und rieb seinen steifen Schenkel, bevor es zu einem Krampf kommen konnte. Als er diesmal den Blick seines Vaters suchte, sah er Anerkennung in seinen Augen. Erleichterung überwältigte ihn und verflüchtigte sich genauso schnell, wie sie gekommen war. Fomor kniff die Augen leicht zusammen, und Balor sah tief im Grün der Augen des Häuptlings eine Warnung: *Nimm dich in acht! Sei auf der Hut!*

Die Worte, ein Geschenk von seinem Vater, rüttelten ihn auf.

Ein Blick auf Munremar verriet ihm, warum er dieses Geschenk erhalten hatte. Er wußte, daß der alte Mann ihn noch nie gemocht hatte, doch er hatte nie zuvor erkannt, wie groß die Abneigung des Weisen war. Munremar faßte ihn ins Auge, so grausam, als wäre er ein Opfertier, das ausgeweidet werden sollte, damit magische Vorzeichen aus seinem Todeskampf abgelesen werden konnten. Also hatte Mealla recht gehabt, um seine Sicherheit zu fürchten. Ihm stand eine Strafe bevor, und wenn Munremar sich durchsetzte, würde sie so unangenehm wie möglich werden. Nicht einmal der Häuptling konnte die Entscheidung des Weisen umstoßen, wenn die Männer des Clans sie unterstützten. So wurde es seit Anbeginn der Zeiten im Clan MacLir gehalten.

Balor konnte kaum noch atmen. Er versuchte sich zu beruhigen und rief sich ins Gedächtnis, wie Huldre ihm versprochen hatte, daß Fomor nicht zulassen würde, daß ihm etwas angetan wurde. Es war einfach unmöglich, daß alle Männer des Clans mit Munremar gegen ihren Herrn stimmten! Der Häuptling hatte zu viele Verbündete, zu viele alte Freunde. Außerdem fragte er sich, was er als kleiner Junge schon so Furchtbares getan haben konnte? Dann erinnerte er sich an Meallas Worte: *»Als der Herr sich deinetwegen in Gefahr begab, brachte er gleichzeitig den Clan in Gefahr. Wäre er nicht mehr zurückgekehrt, hätte der Streit um die Häuptlingswürde begonnen. Das Blut von Brüdern wäre von Brüdern vergossen worden. Die Einheit des Clans wäre für immer zerstört worden. Und alles nur deinetwegen …«*

Er erschauerte, als er entsetzt erkannte, daß er tatsächlich kaum ein größeres Verbrechen hätte begehen können. Und alles nur, weil er wieder einmal ein ungehorsamer Dummkopf gewesen war.

Munremar stieg vom Altar hinab und beugte sich so nah über ihn, daß der Junge seinen üblen Atem riechen konnte und die Wärme spürte, die seine dünne, gealterte Haut ausströmte.

»Sieh mich an, Balor, Sohn des Fomor, Enkel des Manannan.«

Balor sah ihn an. Das Haar und der Bart des Weisen wirbelten wie Rauch um sein runzliges Gesicht. Seine Augenbrauen waren zerrissene Wölkchen auf seiner gefurchten Stirn. Die fransigen, zeremoniellen Häute, die er trug, waren mit schnörkeligen Flammenmustern bemalt. Balor hatte tatsächlich den Eindruck, der Alte könnte jeden Augenblick in Flammen aufgehen. Unwillkürlich trat der Junge einen Schritt zurück, aus Angst, sich zu verbrennen.

Munremar riß ihn wieder vor. »Weiche nicht vor mir zurück, Junge! Du wirst uns jetzt sagen, aus welchem Grund – falls es überhaupt einen Grund gibt – du allein in das wilde Land hinausgegangen bist, warum du wieder einmal den Befehl deines Häuptlings und die Gesetze deines Clans mißachtet hast!«

»Ich …«

»Sprich es aus!« Der lange, krumme Zeigefinger des

Weisen schoß aus seiner geballten rechten Faust hervor und stach in Balors Schulter, um ihm weh zu tun. »Erkläre dich!«

»Ich ...«

Wieder stieß der weiße Finger mit den knorrigen Gelenken nach ihm. »Was du getan hast, ist verboten. Das wußtest du. Sag nein, und ich werde dich einen Lügner nennen!«

»Ich ...« Balors Zunge schien an seinem Gaumen festzukleben. Sein Geist war völlig leer, dennoch drängte ihn der alte Mann weiter auf seine grausame Art, indem er seinen Finger wie eine Messerklinge zustechen ließ, bis der Häuptling sich erhob und vortrat, um seine Hand zurückzuhalten.

»Geh behutsamer vor, Weiser, damit die Männer deines Clans nicht nachdenklich werden, ob dein Titel unpassend ist. Der Beschuldigte ist noch ein Junge und soll dementsprechend behandelt werden.«

»Junge ...«, zischte Munremar in tiefster Verachtung. Es war ein häßliches Geräusch. »Es gibt viele andere Jungen in diesem Dorf, Herr, von denen sich jeder gerne mit dem Bogen oder der Schlinge, mit dem Messer oder dem Fangnetz beweisen würde. Doch keiner von ihnen hat wissentlich das Clansgesetz übertreten. Du hast geschworen, daß du für ihn keine Sonderrechte gelten lassen willst, obwohl er dein Erstgeborener ist.«

»So soll es sein. Aber ich werde auch keine ungerechte Behandlung dulden.«

»Ungerecht?« kreischte Munremar protestierend. »Er kannte das Gesetz, Herr. Und dennoch verfolgte er einen Hirsch, den er niemals mit seiner Kinderwaffe hätte erlegen können, und brach damit mutwillig das Gesetz, wodurch andere ihr Leben riskieren mußten, damit er sicher heimgeholt werden konnte. Männer hätten seinetwegen sterben können! *Du* hättest seinetwegen den Tod finden können! Und es ist nicht das erste Mal, daß sein gedankenloser Ungestüm uns beinahe ins Verderben gerissen hätte!«

»Nein. So ist es nicht. Denn diesmal könnte sein Verhalten unsere Rettung bedeuten.«

Die Männer des Clans warfen sich Blicke zu und flüsterten.

Fomors Gesicht war ausdruckslos, als er weitersprach. »Ich habe euch gerufen, damit wir uns hier in der ehrwürdigen, heiligen Stille der Sakristei der Zwölf Winde versammeln. Ihr habt euch gebadet und die Totemzeichen eurer Familien auf eure Körper gemalt. Glaubt ihr wirklich, ich hätte euch nur deswegen gerufen, um einen kleinen Jungen zu verurteilen? Glaubt ihr, daß ich, der erwählte Herr des Clans MacLir, nicht mehr in der Lage bin, selbst über eine angemessene Bestrafung meines eigenen Sohns zu entscheiden?«

Die Frage war eine gefährliche Herausforderung. Niemand sprach. Balor spürte das Schweigen auf ihm lasten, bis der große, schattige Raum plötzlich klein und erstickend wirkte. Er drehte sich um und überblickte die Versammlung. In der Menge sah er Draga und seine Anhänger Donn, Gar und Nia. Auch Lomna Ruad, Broen, Bahur, Echur, Dathen und der alte Falcon und Oblin waren anwesend. Die scheinbar vertrauten Gesichter musterten ihn prüfend wie die Tierfratzen an den Dachpfosten – bemalt, gefühllos und düster.

»Es ist unser Recht, jede Bestrafung, die du für ihn wählst, zu bestätigen oder abzulehnen«, sagte Munremar. »So ist das Gesetz des Clans.«

»Ich bin der Herr des Clans, Munremar. Du mußt mich nicht an unsere Gesetze erinnern.«

Das Gesicht des alten Mannes zuckte vor Zorn. »Ich bin der Weise! Ich bin der Wächter des Wissens des Clans MacLir! Ich bin der Nährer des Glaubens und der Weisheit unseres Volkes! Ich war es, der in den Tagen des Ruhms an der Seite deines Vaters stand, und als er getötet wurde, war ich es, der dein Leben rettete und dich, als du ein junger König warst, zum Mann erzog … zum Herrn … damit du Kraft aus den Gesetzen und Traditionen unserer Vorfahren gewinnst!«

Der Häuptling stieß einen Seufzer aus, den Seufzer eines Sohnes, der sich zur Geduld mit einem Vater zwingen muß, dem die Anerkennung der Tatsache schwerfällt, daß sein Kind längst zu einem erwachsenen Mann geworden ist. »Ja ... und nochmals ja. Aber ich bin kein junger König mehr, Munremar, Lehrer meiner Jugendzeit. Ich bin der Häuptling des Clans MacLir und der Gebieter jeder Gerechtigkeit, die du als Weiser vorschreiben darfst.« In seiner Stimme lag immer noch Geduld, doch jetzt war eine angespannte Härte dazugekommen, die zweifellos ein Tadel war, trotz des respektvollen Tonfalls, in den er seine Worte kleidete. »Während meiner Abwesenheit, Munremar, hast du deine Befugnisse überschritten. Du hast meine Rolle angenommen. Du hast zu den Männern meines Clans gesprochen, als hättest du das Recht, jemanden zu einer Strafe zu verurteilen, dem noch nicht einmal erlaubt wurde, zu seiner Verteidigung zu sprechen. Das ist kaum ein angemessenes Verhalten für einen Mann, der behauptet, der Wächter der Traditionen und Gesetze seines Volkes zu sein ... ein solches Verhalten ist eines Weisen unwürdig.«

Der alte Priester schrak zusammen, als ihn diese erniedrigende Wahrheit traf. Noch nie hatte Fomor ihn vor Zeugen getadelt. Noch nie. Doch auch er hatte die Geduld des Herrn noch nie so stark herausgefordert. Trotzdem mußte es sein! Zum Wohl des Clans. Ja. Er mußte Fomor überzeugen. »Mein Herr!« sagte er und verbeugte sich mit tiefster Ergebenheit. »Meine Taten wurden durch deine Abwesenheit nötig ... die durch die wiederholte Mißachtung der Gesetze durch deinen erstgeborenen Sohn verursacht wurde. Du warst so lange fort. Wir fürchteten, du wärst für uns verloren, als Draga und die anderen ohne dich ins Dorf zurückkehrten. Der Junge ... er stiftet nur Unheil ... immer wieder und unablässig.« Er hielt inne und holte Luft. Er hielt den Atem an, als benötigte er alle Kraft, die darin lag. Langsam atmete er wieder aus und hob den Kopf, um dem Häuptling in die Augen zu blicken. »Mein Herr, es muß eine Entscheidung getroffen werden. Nichts anderes darf jetzt Vorrang haben. Mit dieser Überzeugung stehe ich nicht allein da. Es gibt hier keinen Mann, der meine Besorgnis nicht teilt. In der Nacht des großen Sturms ... hat sich der Junge mir da nicht offen widersetzt, um zum Ringwall hinauszugehen, obwohl du ihm befohlen hattest, zu Hause zu bleiben? Ja. Das hat er getan. Und ist der junge Dianket durch den Ungehorsam deines Sohnes nicht zum Krüppel geworden? Ja. So ist es geschehen. Und als Balor sich nicht dem Befehl Maels beugen wollte, hätten wir da nicht beinahe die Herde verloren, weil sie durch ihn in Panik geriet? Ja. Es wäre beinahe geschehen. Und du wärst beinahe zu Tode getrampelt worden, wenn nicht die Zwölf Winde zu deinen Gunsten eingegriffen hätten. Sie haben sich dir unterworfen ... aber wie lange noch, Herr ... wie lange noch?«

Wieder machte er eine Pause. Sein Mund war trocken geworden. Er schluckte und versuchte Feuchtigkeit zu sammeln, doch ohne Erfolg. Zum Wohl des Clans, dachte er, während er sich seine nächsten Worte überlegte. Doch aus seinem Hinterkopf drängten bohrende Erinnerungen nach vorn. Ein kleiner Junge mit bleichem Haar und bleichen Augen, der seine Weissagungen vorwegnahm. Heute wird die kranke alte Frau im Haus des Steinmetzes sterben. Morgen wird die Sonne den ganzen Tag lang scheinen. Zum Mittag wird der gescheckte Ochse lahmen. Kleine Dinge. Zufallstreffer. Jeder lag hin und wieder mit seinen Vermutungen richtig. Doch mit dem Jungen war es etwas anderes. Genauso wie mit seiner Mutter. Und beide hatten ihm die Zuneigung des Herrn geraubt. Er, der für den Häuptling wie ein Vater gewesen war, der ihm das Leben gerettet und in den Tagen des Ruhms für ihn regiert hatte, hatte in letzter Zeit überhaupt keinen herrschenden Einfluß mehr ausüben können. Er war nur noch ein Schatten seiner früheren Persönlichkeit, ein Schatten, der dazu verdammt war, immer blasser zu werden, bis der Junge alle Bewunderung des Herrn für sich beanspruchte und völlig an seine Stelle treten würde. Dieser

Gedanke ließ ihn vor Verachtung und Eifersucht erzittern. Nein. Das durfte er nicht zulassen. Zum Wohl des ganzen Clans. Ja. Natürlich. Der Weise mußte immer nur an das Wohl des Clans denken.

»Herr«, sprach er umsichtig weiter, und die neue Entschlossenheit ließ die Säfte in seinen Mund zurückfließen, so daß seine Rede wieder flüssig wurde und seine Worte sich wie Öl auf dem Wasser eines sonnengewärmten Baches verteilten. »Es fällt mir nicht leicht, so zu sprechen – und ich tue es auch nicht gern –, aber als Weiser *muß* ich sprechen. Der anhaltende Ungehorsam des Jungen ... er läßt nur einen Schluß zu. Es ist ja nicht so, daß er dein einziger Sohn wäre. Du hast noch einen zweiten. Elathan ist ein kräftiger und kluger Junge. Ein Segen für den Clan. Doch Balor ... wenn dieser Erstgeborene uns nur Unglück bringt, was nützt uns dann irgendeine Bestrafung? Wie können wir noch dulden, daß er unter uns lebt?«

Keine Worte der ganzen Welt hätten Balor mehr erschrecken können. Unglück war angeboren. Jeder wußte das. Niemand konnte etwas daran ändern, genausowenig wie man etwas gegen seine Augenfarbe tun konnte. Ein solcher Mensch war ein Fluch für jeden, der mit ihm in Kontakt kam, und es gab nur eine Möglichkeit, wie man ihn loswerden konnte – ein Unglücksbringer mußte lebendig im Moor begraben werden, mit den sieben Zauberhölzern festgespießt, damit er sich nie wieder erheben konnte. Es war gefährlich, wenn man ihn schon vorher tötete. Wie für alles Böse gab es auch für einen Menschen, der als Unglücksbringer geboren war, keinen Tod. Es war wichtig, daß er lebendig begraben wurde, damit seine Seele den Körper nicht verlassen konnte, sondern für immer in der Tiefe des Sumpfes gefangen war.

»Nein!« rief er. »Das ist nicht wahr! Ich habe meine Lektion gelernt! Ich werde nie wieder ungehorsam sein! Ich schwöre es! Bitte, ihr müßt mir glauben!«

Fomors Hand schloß sich um seine Schulter. »Sei still, Balor. Keiner meiner Söhne muß um Gnade flehen. Kein Enkel Manannans ist ein Unglücksbringer. Und kein Sohn des Wolfes wird je lebendig im Sumpf begraben werden, denn jeder mit dem Ansinnen, etwas Derartiges zu tun, muß sich zuerst mir im Kampf stellen!«

Draga brach in johlendes Gelächter aus. »Dafür würde sich das Risiko lohnen ... um noch einmal zu sehen, wie du die Waffen eines Kriegers in die Hand nimmst!« Dragas unerwarteter, nicht ernstgemeinter Zwischenruf löste die Spannung des Augenblicks, worauf die anderen Männer dankbar schmunzelten. Doch Munremar wurde dadurch um so wütender.

Fomor warf seinem Bruder einen nachdenklichen Blick zu und lächelte dann. »Ich habe immer wieder gesagt, mein Bruder, daß es ein großes Glück war, als ich meine Waffen ablegen konnte. Jetzt sage ich, wie ich es schon seit eurem Eintreten in die Ratshalle zu sagen versucht habe, daß es ein großes Glück war, daß Balor in verbotenes Land gelockt wurde.«

»Glück? Im Zusammenhang mit diesem Jungen?« Munremars Frage troff vor Unglauben und Häme.

»Niemand kann sich dem Ruf der Zwölf Winde entziehen. Sie waren es, die Balor riefen, damit er das Dorf verläßt. Wenn du darauf bestehst, ihn zu bestrafen, muß ich dich warnen, daß du den Zorn der Macht über uns bringen wirst, die dem Clan MacLir durch Balor solches Glück gewährt hat.«

Niemand war verblüffter als Balor. Als Fomor wieder auf dem Stuhl des Häuptlings Platz nahm und den Jungen aufforderte, zu ihm zu kommen, gehorchte er ihm voller Furcht und Verwirrung. Er blickte seinem Vater in die Augen und sah darin wieder eine Warnung ... so hell und dringend wie die Mittagssonne an einem Sommertag.

»Du mußt es ihnen erzählen, Balor. Sie müssen es aus deinem Mund hören. Laß nichts aus. Erzähle ihnen, wie es war, vom ersten bis zum letzten Augenblick. Erzähle ihnen vom Hirsch, der keine Spuren hinterließ ... von der Sternschnuppe, die dir den Weg zeigte ... von den Steinen, die sich bewegten, um dich auf der Heide zu schützen … vom weißen Wolf, der von deinem Pfeil getroffen wurde, aber keine Spur hinterließ, auf der man ihm hätte folgen können … erzähle ihnen vom Berg und von den Schiffen, die wir in der ersten Dämmerung dieses Tages an der fernen Küste sahen. Erzähle es ihnen, mein Junge. Von den Schiffen, die wir auf dem Meer sahen … die unter roten und schwarzen Segeln fuhren, die sie südwärts gegen den Wind trugen. Erzähle es ihnen. Hab keine Angst.«

Balor hatte Angst. Er wurde von einem entsetzlichen Schrecken erschüttert. Dennoch wußte er, daß er gehorchen mußte. Mit trockenem Mund begann er langsam zu erzählen, und schon bald war die Geschichte zu Ende, und er stand blinzelnd vor der Versammlung, als wäre er gerade aus einem Traum erwacht. Später erfuhr er, daß er großen Zauber in seine Worte gelegt hatte, daß er den Hirsch als Donar benannt hatte, den roten Gott des Donners, den Vater der Zwölf Winde. Es waren Huldres Worte, als hätte sie unsichtbar an seiner Seite gestanden und ihre Gedanken in seinen Geist fließen lassen, damit seine Lippen sie aussprechen konnten. Diese Vorstellung verursachte ihm einen eiskalten Schauer.

Und als Balor seine Geschichte mit einer Beschreibung der roten und schwarzen Segel abgeschlossen hatte, raunte die Versammlung mit einer Stimme: »Nemed MacAgnomain.«

Dieser Name huschte durch den Raum wie eine Ratte, die über ein Feld flüchtet, bis Draga ihr nachsetzte und sie verscheuchte.

»Schiffe mit roten Segeln, vor einer Art Siedlung … aber was macht dich so sicher, daß Nemed MacAgnomain damit zu tun hat? Sein Haus ist nicht das einzige mit den Farben Rot und Schwarz. Und wie kannst du bei der großen Entfernung sicher sein, daß du wirklich ein Rad gesehen hast?« Er forderte Fomors Glaubwürdigkeit unverhüllt heraus. »Und du zögerst nicht, die Geschichte des Jungen ernst zu nehmen? Er hat sie sich zweifellos ausgemalt, damit er nicht zur Rechenschaft gezogen wird. Ich sage euch, daß sein Hirsch ein ganz gewöhnliches Tier aus Fleisch und Blut war, und nur sein eigenes Ungeschick hat verhindert, daß er seiner Fährte folgen konnte. Es hat keinen weißen Wolf gegeben. Es hat auch keine stehenden Steine gegeben. Und er hat den Berg nicht bestiegen, weil ihm ein Stern den Weg zeigte, sondern weil jeder Dummkopf weiß, daß man sich von einem erhöhten Ort aus einen Überblick über seine Umgebung verschaffen kann.«

»Aber wie können wir sicher sein?« fragte Oblin, der Steinmetz, ein schlanker Mann in mittlerem Alter mit ausgedünntem und verblaßtem gelben Haar. »Ich sage, daß der Herr, Fomor, recht hat. Wir dürfen den Jungen nicht bestrafen, damit wir die Mächte nicht beleidigen, die unser Schicksal bestimmen.«

»Die Steine im Heideland ...«, sagte Dathen nachdenklich, während er die Enden seines blonden Schnurrbarts langsam zwischen den großen, stumpfen Fingerspitzen drehte. »Im Volk der Moore hieß es, daß die Steine im Heideland verzaubert sind. Daß sie jene erkennen und beschützen, die von den Göttern erwählt wurden. Das könnte der Grund dafür sein, daß sie einen Kreis bildeten.«

Balor starrte fassungslos. Er hatte noch nie von einer solchen Geschichte gehört. Er hatte noch nicht einmal von Steinen im Heideland gewußt, bevor er sie mit eigenen Augen gesehen hatte.

»Vor langer Zeit, auf einer fernen Ebene«, erzählte Lomna Ruad, »war ich mit Fomor unterwegs, als er eine Sternschnuppe sah. Es war eine seltene und wunderbare Erscheinung, ein großer, heller Finger aus weißem Feuer. Er zeichnete einen Weg zum Berg. Der Herr stieg allein hinauf – und von dort aus sah er zum erstenmal die Heide und das Moor und das Dorf Farnmoor. Dieser Stern hat unser Leben verändert. Damals war er ein Vorzeichen. Vielleicht ist er heute wieder ein Vorzeichen.«

»Aber für was?« fragte der stets pragmatische Draga. »Falls die Schiffe, die vom Berg aus gesehen wurden, tatsächlich Nemed MacAgnomains sind und falls er wirklich noch am Leben ist und an seinem Racheschwur festhält, dann sind wir alle in tödlicher Gefahr, meine Freunde. Und darin erkenne zumindest ich kein Glück!«

»Dann siehst du nicht mehr als ein neugeborenes Baby, das blind an der Mutterbrust nuckelt!« Fomor stieß einen wortlosen Fluch der Verärgerung aus. »Erkennst du es denn nicht, Draga? Wir werden niemals wissen, ob es ein Gott oder ein Hirsch war, ein Zeichen oder ein Stern, aber das spielt überhaupt keine Rolle. Eine Rolle spielt nur, daß Balor uns durch seine Tat vor einer alten und beinahe vergessenen Drohung gewarnt hat. Gerade du, der du in all den vergangenen Jahren des Friedens so rastlos warst, solltest zufrieden sein. Unsere Tage des seßhaften Lebens könnten sehr schnell vorbei sein, Bruder. Wenn wir uns nicht sofort gegen diese Gefahr wappnen, wachen wir eines Morgens auf, wenn uns Angreifer an die Kehle springen.«

Balor erkannte, daß die Angreifer, die als letzte über dieses Dorf hergefallen waren, genau die Männer waren, die sich jetzt in diesem Raum versammelt hatten. Es war ein beunruhigender Gedanke und seltsamerweise gleichzeitig ein berauschender.

Draga stand auf. Sein rotes Haar hing locker bis auf seine breiten, unbekleideten Schultern herab. Es war eine wilde und rauhe Mähne von dunklerer Farbe als sein bronzeroter, zu vielen Zöpfen geflochtener Bart. Er schwitzte, und sein Gesicht und sein behaarter, dunkel bemalter Oberkörper glänzten im Licht der Talglampen. »Dann ist es soweit!« sagte er vor Erregung zitternd, so daß er um seine Beherrschung kämpfen mußte. »Ich wußte, daß es eines Tages soweit sein würde. Bei den Zwölf Winden, wenn wir nur mehr Pferde hätten!« Sein Bart teilte sich und enthüllte ein breites, strahlendes Grinsen, als er Balor anblickte und den Kopf schüttelte. Zum erstenmal seit dem Tod seiner Zwillingssöhne sah Balor in Dragas Augen Zuneigung für ihn. »Bei allem, was mir heilig ist, Neffe, ich schwöre, daß Munremar und ich dich falsch eingeschätzt haben! Von jetzt an werde ich dich Balor, den Glücksbringer, nennen! Dank dir können wir endlich wieder unsere Kriegstruhen öffnen. Wir werden unsere Schwerter und Äxte und Waffen von verbotener Macht herausnehmen, die schon viel zu lange Jahre nicht mehr das helle Licht eines Kriegertages gesehen haben. Wir werden …«

Fomor unterbrach ihn gelassen. »Wir werden uns wie ungestüme kleine Jungen verhalten, wenn wir jetzt nicht innehalten und über die Situation nachdenken.«

»Nachdenken?« schnaufte Draga. Das Wort widerte ihn offensichtlich an. »Es gibt keine ›Situation‹, Bruder. Die Zeit zum Handeln ist gekommen!«

»Ja«, stimmte der Herr zu. »Aber für eine andere Art von Handlung, als du dir vorstellen kannst.«

7

Balor fühlte sich erleichtert, erschöpft, entlastet. Sie schickten ihn aus der Ratshalle. Ach, wie sehr er sich wünschte, ein Mann zu sein! Ach, wie er sich wünschte, Fomor hätte ihm nicht befohlen, sofort nach Hause zu gehen und sich auszuruhen. Er hatte bleiben wollen. Jetzt würden sie den Altar der Zwölf Winde enthüllen. Jetzt würden sie den heiligen Met der Besinnung trinken und die heiligen Gesänge anstimmen, die nur jene kannten, die der Macht der Zwölf Winde geweiht waren.

Es war jetzt völlig dunkel. Eine mondlose, wolkenlose Nacht, in der die Sterne wie Schneeflocken strahlten, die vor dem schwarzen Mantel der Ewigkeit wirbelten. Balor lief über den Bohlenweg zum Häuptlingshaus. Um ihn herum war das Dorf still, alles schlief. Versammlungen dauerten die ganze Nacht. Die nicht daran teilnahmen, legten sich gewöhnlich früh zur Ruhe.

Ein scharfes, trockenes Knacken, wie von einem zerbrechenden Zweig, schreckte ihn auf. Obwohl keiner der Hunde bellte, wirbelte er herum und sah gerade noch, wie ein Schatten an der Wand der Ratshalle herunterfiel. Es war klein, schwarz und behaart. Es fiel wie ein Stein und stieß ein unterdrücktes Pfeifen des Schmerzes aus, als es auf den Boden traf. Es lag einen Moment lang da, eine formlose Masse, weder Mensch noch Tier. Dann erhob es sich, auf allen vieren kauernd, und blickte sich hastig um. Balor sah kurz ein häßliches Gesicht voller Runzeln in unnatürlichem Weiß und ein Gewirr aus dichtem schwarzen Haar. Dann verschwand das Ding, die Wand der Ratshalle hinauf ... und hinein, als wäre es ungehindert durch die Wand gegangen.

Balor stand verblüfft da, blinzelte und starrte in die Dunkelheit, während er sich überlegte, ob seine Müdigkeit ihm seinen Verstand geraubt hatte. Doch der Schatten, worum es sich auch immer gehandelt haben mochte, war wirklich gewesen. Er konnte jetzt auf keinen Fall einfach nach Hause gehen. Er mußte der Sache auf den Grund gehen!

Sein Magen krampfte sich zusammen, als er zurückging und dann den erhöhten Gehweg verließ, um den Schatten bis zur Stelle zu verfolgen, wo er auf den Boden gefallen war. Er ging in die Knie und berührte mit tastenden Fingern die Erde. Ja. Hier war etwas gewesen, und sogar seine ungeübten Finger spürten die Fußabdrücke. Sie führten direkt auf die Wand der Ratshalle zu. Er folgte ihnen und hielt kann keuchend an. Etwas bewegte sich über ihm an der Wand der Ratshalle. Sogar in der Dunkelheit konnte er es jetzt erkennen – eine leichte Veränderung von Helligkeit und Form. Eher Dunkelheit auf Dunkelheit. Ein langes, dünnes, wurmartiges Ding, das sich am Flechtwerk der Wand hinaufzog. Ohne einen Gedanken an seine eigene Sicherheit zu verschwenden, griff Balor danach. Es wand sich ruckend in seiner Hand, wollte sich aus seinem Griff befreien. Doch er ließ nicht los, weil er das Gefühl hatte, dieses fremde Wesen, was immer es sein mochte, war gekommen, um der Versammlung etwas Böses anzutun.

Dann schalt er sich einen Narren. Er starrte auf das

Ding in seiner Hand und wußte jetzt, was es war. Es war die Hälfte einer Strickleiter, die jemand – oder etwas – an der Wand heruntergelassen hatte.

Wieder ruckte sie in seiner Hand, doch er wollte nicht lockerlassen. Er tastete nach dem zweiten Strang, bekam ihn zu fassen, zog kräftig daran und suchte dann mit dem rechten Fuß, bis er die erste schmale Sprosse aus hartem Holz fand. Er hängte sich mit seinem ganzen Gewicht an die Strickleiter und begann dann hinaufzuklettern, während ihm das Herz in der Kehle pochte.

Auf halbem Wege stieß sein linker Fuß auf eine zerbrochene Sprosse. Sein angeborener Gleichgewichtssinn bewahrte ihn vor einem Sturz, und er wußte jetzt, daß der Schatten, den er gesehen hatte, an dieser zerbrochenen Sprosse gescheitert war. Er hielt in der Dunkelheit inne und war dankbar, daß er nicht auch gestürzt war. Eine kurze, unangenehme Erinnerung an Dianket, wie er ausgesehen hatte, nachdem er vom First des Daches dieses selben Hauses gefallen war, ließ ihn erschauern. Er fragte sich, was für ein Geschöpf auch nur einen Sturz aus halber Höhe schadlos überstehen könnte. Plötzlich erschien etwas über ihm – ein kleines, weißes, widerwärtiges Gesicht, das wie ein geisterhafter Mond durch zerzaustes schwarzes Haar schien. Es blickte aus der Wand auf ihn hinab und zischte boshaft einige Worte, so leise, daß er sie kaum verstehen konnte.

»Du unverbesserlicher Dummkopf! Willst du die ganze Nacht lang da draußen an der Leiter hängen? Ich schwöre dir, ich werde die Seile zerschneiden. Dann bist du tot, und niemand wird je mein Geheimnis erfahren.«

Er hätte es wissen sollen. Es war Morrigan. Niemand sonst, nicht einmal ein böser Geist, konnte so abscheulich sein. Sie wich auf den Knien kriechend vor ihm zurück, als er in das Loch in der Wand kletterte, wo er zu seiner Überraschung einen mit Binsen bestreuten Boden vorfand, statt in den Innenraum der Ratshalle zu fallen. Ebenso erstaunte ihn, daß er überhaupt nicht in die Halle sehen konnte, denn das Loch in der Wand war in Wirklichkeit der Eingang zu einem kleinen Raum, der sich hinter dem Altar verbarg. Gemeinsam zogen sie die Leiter hinauf, und dann holte Morrigan leise eine Art geflochtener Platte, mit der sie das Loch verschloß. Nun befanden sie sich völlig abgeschieden in warmer, enger Dunkelheit.

»Von draußen kann uns jetzt niemand mehr sehen«, flüsterte sie. »Und von drinnen auch nicht, solange wir es nicht wollen.«

Er hörte, wie sie sich in der Finsternis bewegte, und dann flammte ein winziges Licht auf, das jedoch genügte, um ihre Umgebung sichtbar werden zu lassen. Es war ein enger Raum, wie eine Höhle, der mit Töpfen, Beuteln und Bechern vollgestopft war. Ein vertrauter, beißender Geruch hing in der Luft. Er schnupperte und versuchte ihn zu identifizieren.

»Das ist der Rauch aus der großen Halle unter uns«, sagte sie. »Wir sind genau über dem Altar. Sprich leise, sonst werden sie glauben, die Zwölf Winde hätten ihre Stimme erhoben.«

Sie sah seine Verwirrung und winkte ihn weiter. »Komm hierher. Leg dich flach hin. Wenn ich es dir sage, öffne die Augen.«

Er tat, was sie ihm sagte, wobei er jedoch nicht Morrigan, sondern seiner eigenen Neugier gehorchte. Sie löschte das Licht, und dann spürte er, wie sie sich dicht neben ihn legte. Sie machte sich in der Dunkelheit zu schaffen und schob ein kleines Stück der geflochtenen Wand beiseite, worauf sich ein schmaler Schlitz öffnete, durch den er die große Halle überblicken konnte.

»Wenn ich hier drinnen das Licht lösche, kann ich die Versammlung und meinen Vater beobachten, ohne daß mich jemand sieht. Er sagt mir durch geheime Handzeichen, was ich tun soll.«

Er drehte den Kopf zur Seite und sah erschrocken, daß ihr Gesicht trotz der Finsternis des Raumes neben ihm weiß leuchtete und wie ein gräßlicher Mond in der Schwärze schwebte. Dunkle Linien strahlten von ihren Augenbrauen und von den Nasenlöchern bis zum Kinn aus. Ihre Lippen schimmerten grün, und ihre Augen waren rot umrandet.

Sie bemerkte seine entsetzte Reaktion und grinste verstohlen. »Man nennt es Lumineszenz. Munremar mischt die Farben aus besonderen Stoffen, die aus zerriebenen seltenen Insekten und aus dem Pulver noch seltenerer Steine gewonnen werden.«

Sie verstummte, und ihr Lächeln verschwand. Ihre Augen waren halb geschlossen und glühten in der Dunkelheit mit einer sanften Wärme, die nichts mit der Leuchtfarbe zu tun hatte. Sie seufzte und rückte etwas näher an ihn heran. »Ich würde dir alle meine Geheimnisse verraten, Balor … alle … was immer du wissen willst …«

Ihr Tonfall irritierte ihn. Darin lag etwas so Sanftes. Etwas so Offenes, Verletzliches und Vertrauensvolles. Etwas, das überhaupt nicht zu dem kühnen, unverfrorenen Mädchen zu passen schien, gegen das er eine solche Abneigung hatte. »Was kannst du schon wissen, das mich interessieren könnte!« erwiderte er und verfluchte sich selbst – und sie – im selben Augenblick, weil er das Zittern in seiner Stimme hörte und wußte, wie tief ihre Maskerade ihn erschüttert hatte.

»Ich kenne alle Geheimnisse der Zauberkunst meines Vaters.«

»Das kann nicht sein. Er ist der größte Zauberer der ganzen Welt! Der ganze Clan weiß das! Er würde seine Geheimnisse niemals einem kleinen Mädchen anvertrauen! Und dir schon gar nicht!«

»Was paßt dir an mir nicht?« wollte sie wissen, und die Frage klang nachdrücklich und fest, obwohl sie sie flüsterte und die Dunkelheit ihren verbitterten Gesichtsausdruck verbarg.

»Alles!« erwiderte er und war froh, als sie den Sichtschlitz schloß und davonkroch. Kurz darauf hatte sie die Lampe wieder entzündet und setzte sich neben ihn, wenn auch nicht mehr so nahe wie zuvor. Sie blickte ihn nicht an, als sie müßig an den zottigen, abgewetzten Haaren ihres Kleides aus schwarzem Bärenfell zupfte.

»Du enttäuschst mich, Balor. Ich dachte, wir beide hätten soviel gemeinsam, weil wir immer wieder Fragen stellen. Doch wie du mich vorhin angesehen hast! Du bist genauso wie die anderen ... genauso leichtgläubig wie ein Säugling.«

Er funkelte sie böse an und spürte, wie er errötete, weil es ihm nicht gefiel, mit der Wahrheit konfrontiert zu werden. »Du hast mich überrascht, das ist alles. Ich wußte die ganze Zeit, daß du nicht ... das warst, wonach du aussiehst. Ich habe gesehen, wie du gestürzt bist, und wollte dir helfen.«

»Pah! Versuch dich nicht herauszureden. Die meisten Menschen hätten nicht den Mut, einem Geist zu folgen. Außerdem hat mein Vater sich alle Mühe gegeben, damit niemand je entdeckt, daß ich ihm dabei helfe, den Zauber zu bewirken, der den Zwölf Winden zugeschrieben wird.«

Diese Worte waren mehr, als er verdauen konnte. »Ich glaube dir nicht. Munremar würde ...«

Sie legte ihren rechten Zeigefinger auf seine Lippen, um ihn verstummen zu lassen. »Aber es ist wahr. Sieh dich um. Überall ist Zauber.«

Er blickte sich um, doch er sah nichts – nur eine winzige Kammer, die mit ganz gewöhnlichen Dingen angefüllt war. Sie schüttelte den Kopf, als würde sie ein unwissendes Kind tadelnd.

»Die Lampen in der großen Halle ... ich habe gesehen, wie du sie bestaunt hast, als Lomna Ruad dich zur Versammlung führte. Die Dinge, die blau, grün und weiß brennen, sind alle in diesem Raum, einfache Sachen, die in meinen Töpfen und Beuteln und Bechern zur Verfügung stehen. Falls mich jemals irgendwer dabei ertappen sollte, wie ich die Lampen auffülle, wird mein Vater rufen: ›Verschwinde, Geist!‹ Und schon bin ich weg. Niemand würde es wagen, mir zu folgen, wenn Munremar es verbietet. Also ist mein Geheimnis recht gut gehütet – zumindest war es das, bis die Leitersprosse zerbrach und du meinen Sturz beobachtet hast.«

Er schüttelte den Kopf, weil er ihr einfach nicht glauben wollte.

Sie schürzte die Lippen. »Wenn du zweifelst, reich mir bitte den kleinen Lederbeutel mit der Falkenfeder an der Kordel.«

Die Beutel standen in einer ordentlichen Reihe auf dem Boden. Balor fand den gewünschten und gab ihn ihr. Unwillkürlich sah er ihr fasziniert zu, wie sie die Schnur löste und ihre starken Finger mit stumpfen Nägeln eine Prise eines dunkel glänzenden Pulvers aus dem Beutel nahmen. »Wenn mein Vater vor der Versammlung steht und die Macht der Zwölf Winde ruft, wirft er das hier heimlich ins Altarfeuer, damit es so aussieht, als hätten die Zwölf Winde ihm ein Zeichen gegeben.« Sie wischte die Binsen auf dem Boden beiseite und nahm ihre kleine Talglampe, um sie vor sich auf den Boden zu stellen. Dann schnippte sie mit den Finger, worauf sich das Pulver in der Luft verteilte. Als es in die Flamme rieselte, leuchteten goldene Funken auf, die wie Sterne glitzerten.

Balor beobachtete das Spektakel mit aufgerissenen Augen voll ehrfürchtiger Begeisterung. »Das ist wunderbar!«

»Ja, und jene, die nicht verstehen, was sie sehen, halten es für Zauber. Vater gibt sorgsam darauf acht, daß niemand sieht, wie er das Pulver benutzt. Ansonsten würden sie es bald verstehen. Jeder kann es tun. Es kommt nur darauf an, das richtige Pulver zu verwenden. Sie brennen alle ganz unterschiedlich, weißt du. In Gold, Orange, Silber. Jede Farbe ist ein anderes Pulver oder eine bestimmte Mischung, und je feiner die Körnchen, desto eindrucksvoller die Flamme. Schon die Hitze eines Dochts genügt, um die meisten zu entzünden. Dieses hier wird aus einem bestimmten harten, schwarzen Stein gemahlen. Es ist selten, genauso wie die meisten Metalle, aus denen die Pulver bestehen. Um ehrlich zu sein, unsere Vorräte gehen allmählich zur Neige. Doch notfalls kann man sogar mit fein gemahlenem Mehl einen hübschen Feuerzauber veranstalten.« Sie nahm eine weitere Prise aus dem Beutel und schnippte sie in die Flamme. Sofort glitzerten goldene Funken auf. »Es ist wirklich hübsch, nicht wahr?«

Als die goldenen Funken verglühten, schien es Balor, daß gleichzeitig etwas Helles in ihm verblaßt war. »Du meinst, es ist alles nur ein Trick? Alles?«

Ihre Augen wirkten plötzlich traurig. »Alles, was der Weise je bewirkt hat ... alles, wobei ich ihn beobachtet habe ...«

Balor hatte noch nie zuvor einen traurigen Ausdruck auf ihrem Gesicht gesehen. Zu seiner Überraschung rührte es ihn. Hinter der grotesken Geistermaske schien sie ein ganz anderes Mädchen zu sein, genauso verletzlich und gutmütig wie die helle und zarte Dana. »Warum hast du mir deine Geheimnisse verraten, Morrigan?«

Sie blickte ihn an, als hätte er ihr eine Ohrfeige gegeben. Jegliche Sanftheit verschwand aus ihrem Gesicht. »Also bist du doch nur ein dummer Junge! Ich habe dir überhaupt nichts verraten! Und falls es dir je in den Sinn kommen sollte, etwas anderes zu behaupten, muß ich leider vor meinem Vater und deinem Vater und allen Männern des Clans behaupten, daß du wieder einmal die Befehle des Häuptlings mißachtet hast, um deine selbstsüchtigen Launen zu befriedigen!«

»Du warst es, die mich hierher gelockt hat! Ich habe nichts Unrechtes getan!«

»Trotzdem. Man hat dir gesagt, du solltest nach Hause gehen. Statt dessen bist du hierher gekommen. Du hast Dinge erfahren, die jedem außer dem Weisen und seiner Gehilfin verboten sind. Ach ja, diesmal werden sie dich wirklich lebendig im Sumpf begraben! Mein Vater wird schon dafür sorgen!«

Sie saßen sich gegenüber, wie zwei junge, kampfbereite Tiere. Dann löste sich die Spannung, als sie Stimmen aus der Halle unter ihnen hörten. Balor schob sich Richtung Ausgang.

»Bleib noch eine Weile«, sagte Morrigan mit sanfter, fast flehender Stimme. »Ich bin nicht wütend auf dich. Wirklich nicht.«

»Ich will nicht bleiben. Nicht hier bei dir.«

Er wollte sich erheben, doch ihre kleine Hand schloß sich um seine. »Bitte, Balor. Ich werde dich nicht verraten. Wirklich nicht. Ich weiß, daß du gerne bleiben würdest ... um zu hören, was die Männer sagen. Sie haben bereits den heiligen Krug herumgereicht und vom Met der Besinnung getrunken. Sie werden debattieren, bevor das Ritual weitergeht. Dann kannst du gehen. Es wird noch genügend Zeit sein. Bitte, bleib! Ich werde dich nicht verraten. Ich würde dich *niemals* verraten.«

Er warf ihr einen Blick zu. »Wenn sie gewollt hätten, daß ich ihre Besprechung mithöre, hätten sie mich nicht aus der Halle geschickt.«

Sie zuckte die Schultern. »Was soll's? Jetzt bist du hier. Außerdem werden sie es niemals erfahren ...«

Die Männer des Clans waren im Fieber. Es brannte hell in Dragas Augen. »Vor langer Zeit, als ich kaum mehr als ein kleiner Junge war und wir wie räuberische Wölfe durch das Land streiften, hieß es, Nemed MacAgnomain sei noch am Leben und mit einer Armee achaischer Krieger unterwegs, die uns damals in die Flucht schlugen, worauf wir uns in den Sümpfen versteckten. Und jetzt ist es wieder ein Gerücht, das uns zur Tat schreiten lassen muß. Fomor hat recht. Wenn die Schiffe, die er vom Berg aus sah, wirklich von einer neuen Händlersiedlung der Becherleute kommen und wenn Nemed MacAgnomain noch lebt, dann wird er seine Spione ausgeschickt haben. Sie werden überall nach uns Ausschau halten, denn Nemed kann auf keinen Fall seinen Schwur vergessen haben, uns alle zu töten, zur Begleichung des Preises, den sein eigenes Volk für unsere ruhmreiche Rache zahlen mußte.«

»Ruhm ...« Fomor sprach das Wort nachdenklich aus, als wäre er sich nicht ganz über seine Bedeutung im klaren. »War es wirklich so ruhmreich ...?«

»Wie kannst du nur danach fragen?« erwiderte der Rotbart ungeduldig. »Du hast uns selbst in den Kampf geführt! Du warst es, der sich weigerte, Nemed zu töten, um ihm statt dessen eine Sklavenkette um den Hals zu legen, damit er die tiefste Erniedrigung erleidet, während du seine Frau nahmst und den Männern befahlst, vor seinen Augen seinen Vater und seine Leute zu töten und seine Schwestern zu schänden. Du ließest ihn weinen und um den Tod betteln, bevor du ihn und seine Schwestern in Ketten an fremde Händler verkauftest. Und es war ruhmreich, Fomor! Es war ein grausamer und gerechter Ruhm. Denn kein Mann auf der ganzen Welt hätte das Schicksal mehr verdient, zu dem du Nemed MacAgnomain an diesem Tag verurteiltest, als du den Mord an unseren Eltern rächtest und damit für immer die Treue der Männer des Clans MacLirs gewannst!« Er erschauerte vor Stolz auf seine Erinnerungen. »Ach, Bruder, du hättest nicht wissen können, daß er überleben würde … oder daß er zurückkehren würde, um uns wie ein Geist aus den schwarzen, bodenlosen Bauch der Anderen Welt heimzusuchen. Doch ich bin froh darüber, denn jetzt werde ich endlich den Mann wiedersehen, der du in diesen lange vergangenen Tagen warst.«

Dragas Offenbarungen ließen Balors Herz so laut klopfen, daß er sicher war, Morrigan könnte es hören. Sein Atem kam in kurzen, schnellen Stößen, und ihm schwindelte vor Aufregung, während ihm Bilder von Kampf und Blutvergießen durch den Kopf schossen, von seinem Vater, wie er ihn schon immer hatte sehen wollen – als Kriegsherrn und nicht als Viehzüchter. Ein Sohn der Axt, nicht des Pfluges. Ein gnadenloser Rächer an seinen Feinden, ein Plünderer von Dörfern, der Wolf, vor dessen Namen und Macht alle Menschen zitterten.

Einer der jüngeren Männer des Clans meldete sich zu Wort. »Jene von uns, die hier in den Mooren zu Männern geweiht wurden, verfügen nur über bruchstückhaftes Wissen von der Geschichte des Clans. Wir wissen, daß wir ein Clan der Krieger sind. Aber der Herr hat viele der Geschichten verboten. Nemeds Name war uns bis zum heutigen Tag unbekannt, doch es scheint, daß er für uns eine tödliche Bedrohung darstellt. Wenn dem so ist, Herr, warum haben wir dann nicht schon vor langer Zeit unsere Waffen genommen, ihn gesucht und ihn getötet?«

Draga war so berauscht von diesem Augenblick, daß er an Fomors Stelle antwortete. »Es war der Wille des Häuptlings, daß wir unsere Vergangenheit als Krieger vergessen, damit wir in Frieden eine neue und dauerhafte Zukunft für unser Volk aufbauen können. Doch jetzt scheint es, daß wir die Vergangenheit nicht ruhen lassen können, wenn wir überhaupt noch eine Zukunft haben wollen. Und es war wirklich eine ruhmreiche Vergangenheit. Nemed MacAgnomain ... dieser Name blieb viel zu lange unausgesprochen.«

»Dann sprich von ihm«, befahl Fomor mit erbitterter Entschlossenheit. »Die Zeit ist gekommen, die Überlieferung an unsere jüngeren Männer weiterzugeben.«

Draga fuhr fort, während er sich begeistert von seinen Erinnerungen mitreißen ließ. »Nemeds Vater war Partholon, einer der mächtigsten Häuptlinge von Eireann, der Fernen Insel. Er und unser Vater Manannan MacLir waren seit vielen Jahren Feinde. Von allen Häuptlingen der fernen Insel weigerte sich nur Partholon, an Manannans Seeräuberschiffe Tribut zu zahlen. Im Verlauf der Jahre starben auf beiden Seiten viele Männer bei endlosen Kämpfen und Schlachten. Und nachdem sie es nicht geschafft hatten, eine Armee aufzustellen, um gegen Manannan zu ziehen, überfiel Partholon mit Nemed an seiner Seite Manannans geheimen Pilgerort. Er lag weit im Westen von Eireann, auf der fernen Insel Tory ...

Nie werde ich diesen Ort vergessen. Er war baumlos und trostlos. Große, ungeheure Klippen erhoben sich wie Säulen aus den Tiefen des Meeres. Es heißt, daß es auf der ganzen Welt keine Klippen gibt, die wie die der Insel Tory sind. Ich sehe sie immer noch in meinen Träumen, wie sie an jenem Tag waren, als ich mich mit Manannan und Munremar, mit meiner Mutter und Fomor und meinen fünf anderen älteren Brudern dorthin aufmachte. Es waren junge Männer – kräftig und mutig und voller spöttischem

Lachen und Spaß. Ich war acht in jenem Sommer und Fomor gerade dreizehn geworden. Man ließ uns an Seilen an den Klippen herunter, damit wie die Eier der Meeresvögel sammelten. Unsere Mutter schrie auf vor Angst um unser Leben, doch wir waren sehr stolz und sagten ihr, sie solle sich nicht fürchten. Die Seile waren so stark und zuverlässig wie die Hände unserer Brüder. Und wir waren Manannans Söhne, die Sprößlinge eines Kriegsherrn, so daß wir uns keine Angst anmerken ließen, obwohl es von oben bis zum Meer tausend Meilen zu sein schienen. Und wenn ein Junge von der Höhe herabfiel, würde er ein alter, grauer Mann sein, wenn er schließlich auf den unteren Felsen in den sicheren Tod stürzte. Doch unsere Brüder hielten uns sicher, und wir sammelten die Vogeleier aus Nestern im zerklüfteten Steilhang und lauschten auf die Stimmen der Zwölf Winde, die uns umwehten. Wir waren froh, Manannans Söhne zu sein und uns an diesem heiligen Ort aufzuhalten, zu dem nur er und sein Priester und seine direkten Verwandten Zutritt hatten.

An jenem Abend hielten wir ein Festmahl aus gekochten Eiern und Fisch, der in Sandgruben geröstet wurde, die mit feuchtem, köstlichem Seegras ausgelegt waren. Und Manannan erzählte die uralte Geschichte unseres Volkes, des Volkes der Axt und wie wir schon immer, seit Anbeginn der Zeiten, als Krieger durch die Welt zogen, die Zwölf Winde im Rücken. Munremar segnete uns alle, als die Mahlzeit vorbei war. Im Sternenlicht wanderten wir zum heiligen Schrein an der Landenge der Insel und blickten westwärts über das Große Meer. Und wir fragten uns, ob es dort Land geben mochte, das eines Tages der Macht des Volkes der Axt durch die Söhne des Clans MacLir unterworfen werden würde.

Es lag Zauber in dieser Nacht. Wir entzündeten das heilige Feuer und opferten Teile unserer Mahlzeit. Der Wind nahm die Flammen mit und riß sie hoch in die Luft, um dann kehrtzumachen und uns Rauch und Asche in die Gesichter zu blasen. Munremar war besorgt. Es war ein schlechtes Vorzeichen. Er blieb in dieser Nacht neben dem heiligen Feuer, um zu meditieren und den Met der Besinnung zu trinken, damit er die Bedeutung dieses Vorzeichens ergründen konnte. Dort ließen wir ihn allein. Für uns war die Nacht viel zu schön, um nach Schatten zu suchen. Wir begleiteten meine Mutter zurück zu unserem Lager. Sie war müde und hochschwanger und voller Hoffnungen und Träume von den Reichtümern, die wir alle eines Tages gewinnen würden, wenn Manannan die Oberherrschaft über Eireann gesichert hatte. Gold, Zinn, Kupfer. Und Macht. Ja. Macht, um die Clans zu einigen. Um allen Frieden zu bringen. Und um dann gemeinsam die langen Schiffe mit den großen grünen Segeln zu bauen, mit denen die Söhne Manannans es eines Tages wagen würden, die fernen Horizonte jenseits des Großen Meeres zu erkunden. Wer konnte wissen, welche Reichtümer dort auf uns warteten? Nur jene, die es wagen, danach zu suchen.

Wir schliefen tief und fest in dieser Nacht. Unbewaffnet und unbeschützt durch die Männer unseres Clans, die in unserer Festung an der Westküste von Eireann zurückge blieben waren. Tory war heiliger Boden, den Zwölf Winden geweiht. Kein ehrenhafter Herr würde einen anderen angreifen, während er dort Zuflucht suchte. Doch Partholon kannte nicht die Bedeutung der Ehre. Und er war auch nicht von unserem Volk. Er kannte keine Furcht vor den Göttern der Zwölf Winde. Mit Waffen, die er von Menschen seines Volkes im fernen Achaia gekauft hatte, zog er gegen uns. Ich erinnere mich nicht mehr, wie viele Krieger in seinem Trupp waren. Viele, das kann ich euch sagen. Dunkle Männer und helle Männer, aus allen Ländern unter den Sternen, die je ihre machthungrigen Söhne gegen die Völker der Westlichen Inseln sandten, die alle unter den roten und schwarzen Segeln fuhren, die die Farben seines Clans sind. Bei ihm war sein jüngster Sohn. Ein Junge in Fomors Alter. Nemed. Mit schwarzen Augen, der Bastard einer Hexe aus Eireann, deren Clan sich MacAgnomain nannte. Es war ihr Volk, das Partholon zu einem Häuptling auf der fernen Insel machte. Und sie kamen in der Morgendämmerung, unter dem Zeichen des großen schwarzen Rades, dem Symbol des ewigen Lebens und der Macht, auf ihre Schilde und Segel gemalt.

Sie kamen, und Manannan erhob sich von seinem Nachtlager, um zu ihnen zu gehen und ihnen zu sagen, daß sein Volk ohne Waffen auf diese heilige Insel kam, um sie nicht zu entweihen. Er bat nur um das Recht eines Kriegers ... sich Partholon im Zweikampf Mann gegen Mann zu stellen, mit bloßen Händen oder mit gleichen Waffen. Er sagte, Partholon hätte die freie Wahl, denn er könne mit jeder Waffe kämpfen. Doch Partholon lachte nur, und während seine Männer mich und meine Brüder ergriffen und festhielten, schlug er Manannan ohne Vorwarnung den Kopf ab, mit einem Schlag seiner Klinge ... einer Klinge, wie wir vom Clan MacLir sie noch nie zuvor gesehen hatten ... es war kein Dolch, sondern ein magischer Schaft, der im fernen Land Achaia aus dem Blut eines Gottes und Sternenfeuer geschmiedet worden war. Ein Schwert. Ja, so nannten sie es und sagten, daß sie damit die Welt erobern würden! Dann erschlugen sie meine Brüder einen nach dem anderen mit ähnlichen Waffen ... und als sie nicht für sich selbst um Gnade flehen wollte, zerspaltete Partholon mit eigener Hand unsere schwangere Mutter in zwei Hälften, so daß sie ihr ungeborenes Kind sah, bevor sie starb. Dann wurden Fomor und ich durch die Dämmerung davongeschleppt, während Partholon Manannans Kopf auf einem Spieß trug, ihn schwenkte, damit alle ihn sahen, bevor er ihn von den Klippen ins Meer warf, wo er zur Nahrung der Fische werden sollte ... entehrt ... der Unsterblichkeit beraubt.«

Dragas Stimme brach. Er schnappte nach Luft und hielt den Atem eine Weile an, um sich zu beruhigen, bevor er weitersprach. »Weil wir kleine Jungen waren, tötete er uns nicht sofort. Sie verspotteten uns. Sie erniedrigten uns. Sie zerstümmelten den Körper unserer Mutter vor unseren Augen und lachten, als Fomor wahnsinnig vor Zorn wurde. Dann prügelten sie ihn und trieben uns beide an den Rand der hohen Klippen. Sie ließen uns in den Tod blicken, der uns erwartete. Sie ließen uns dicht am Abgrund stehen und die Tiefe spüren. Dann lachten sie und sagten, wir sollten die Zwölf Winde rufen, damit sie uns retteten, denn wir waren doch die Söhne des großen Manannan, des Herrn des Clans MacLir, und für uns als ›Söhne des Meeres‹ sei es angemessen, uns in seine Obhut zu begeben.

Dann stießen sie uns hinunter. Und bis zum heutigen Tage steigt mir der Schrecken bitter wie Erbrochenes hoch, wenn ich nur daran denke. Wir fielen. Der Sturz schien eine Ewigkeit zu dauern. Zweimal schlug ich gegen die Felsklippen und versuchte danach zu greifen, doch es hatte keinen Sinn. Sie schickten uns einen Regen aus Pfeilen hinterher, und ich hörte sie vor Begeisterung johlen, während wir in den sicheren Tod stürzten, wie es schien. Ein Pfeil traf mich in den Rücken und ein weiterer drang durch meine Schulter. Ich spürte nichts davon, denn als ich zum drittenmal gegen die Felswand schlug, verlor ich das Bewußtsein. Ich erinnere mich nicht mehr, wie ich ins Meer stürzte. Ich erinnere mich nur noch an das Gefühl des Ertrinkens. An eine schreckliche, tiefe Kälte. An verkrampfte Glieder und Lungen, die zu platzen drohten. Es war Fomor, der mich aus der Tiefe emporzog, obwohl er von einem Pfeil in den Schenkel getroffen worden war und durch die Prügel und den Sturz so geschunden und verletzt war, daß ich weiß, daß wir nur überlebten, weil die Zwölf Winde uns tatsächlich zu Hilfe kamen.

Die Brandung der Wellen rettete uns vor den Felsen. Wenn wir einen Augenblick später oder früher ins Wasser getaucht wären, wären wir auf den scharfen Steinen zerschellt. Doch die Wellen nahmen uns und trugen uns sicher in eine Höhle tief in der Klippe. Partholon und seine Männer waren sicher, daß wir den Tod gefunden hatten. Wir lagen aneinandergekauert und schmerzend am Ufer und lauschten stundenlang auf den Lärm ihrer Festlichkeiten. Sie dauerten den ganzen Tag lang. Und die noch längere Nacht. Als wir schließlich sahen, wie ihre Schiffe davonsegelten und unser eigenes Schiff wie ein gefangenes Tier mitschleppten, hatte uns beide das Fieber ergriffen. Wir wären gestorben, wenn Munremar uns nicht gefunden hätte. Er hatte sich gut versteckt und alles beobachtet. Es war seine Weisheit, die unsere Körper heilte, während er gleichzeitig den Haß in unseren Seelen nährte.

Es dauerte Tage, bevor die Männer des Clans auf die Insel kamen, um nachzusehen, ob Munremar noch am Leben war. Unsere Festung auf Eireann war überfallen worden. Viele waren gestorben. Die Angreifer waren zurückgeschlagen worden, aber sie hatten geschworen, daß sie mit Verstärkung wiederkommen würden. Sie waren überzeugt, daß Manannans Clan nach seinem Tod bald Tribut an seinen Mörder zahlen würde. Ohne ihren großen und legendären Herrn von der fernen Insel als Anführer hätten sie nicht den Mut zum kämpfen. Seine Söhne waren tot. Und seine Frau. Es wäre das beste für sie, einem neuen Herrn die Treue zu schwören.

Doch sie schätzten die Söhne des Meeres falsch ein. Unter Munremars Führung verließ der Clan die Festung und fuhr mit seinen Schiffen nordwärts die feindselige westliche Küste Eireanns entlang, im Gefolge der Stürme und Nebel, die sich aus dem Großen Meer erheben. Dort lebten wir versteckt und kamen wieder zu Kräften – und schlossen Bündnisse mit den Clans im Westen, deren Haß auf Partholon fast genauso groß wie unserer war. Viele Jahre lang regierte Munremar, der Weise, während Fomor, der älteste überlebende Sohn Manannans, zum Mann heranwuchs und Rache an jenen schwor, die seinen Vater und seine Mutter und zu viele andere seines Clans getötet hatten. Trotz seiner Jugend bestand kein Zweifel daran, daß die Seele Manannans aus dem Meer emporgestiegen war, um durch Fomors Mund mit der Weisheit eines Häuptlings zu sprechen. Die Macht des Herrn der fernen Insel lebte in seinem Körper. Vier Jahre nach der Dämmerung, in der wir beide von den Klippen der Insel Tory stürzten, als Spione uns verrieten, daß Partholon überzeugt war, er hätte den Clan MacLir restlos und für immer ausgelöscht, da stand Fomor von den ›Toten‹ auf, um unsere Feinde zu zerschmettern.

Im tiefsten Winter, den schwarzen Zorn der Macht der Zwölf Winde in unserem Rücken, holten wir unsere Schiffe aus dem Versteck und fuhren zu Partholons Festung an der Ostküste Eireanns. Mit den Kämpfern von der Westküste als unsere Verbündeten schlugen wir Partholon. Mit seinen eigenen Händen stahl Fomor die große, magische Klinge aus Achaia und nannte sie den Rächer, als er Partholons Kopf abschlug. Nemed mußte zusehen, wie der Kopf seines Vaters ins Meer geworfen wurde, und im Namen der Zwölf Winde übten wir mit Ruhm und Blut unsere Gerechtigkeit!« Draga zitterte aufgewühlt von den Gefühlen, die die Geschichte in ihm wieder hatte hochsteigen lassen.

Fomor saß regungslos da, das Gesicht zu einer Maske der Verbitterung verzogen. »Und trotzdem … anschließend … lebten wir weiter als Kämpfer und Räuber.«

Draga atmete erregt aus. »Natürlich! Ist ein anderes Leben für das Volk der Axt vorstellbar? Hatten wir nicht bei der Ehre des Clans MacLir geschworen, den Traum unserer Eltern zu erfüllen … alle Reichtümer Eireanns für uns in Besitz zu nehmen … eine große Flotte von Schiffen zu bauen … über das Große Meer zu segeln und nach unbekannten Ländern zu suchen, nach Beute und Reichtümern, die unsere Vorstellungskraft übersteigen?«

Ein Raunen ging durch die Halle, als Dragas Zuhörer durch seine Worte aufgerüttelt wurden. Balor spürte es in sich selbst. Ein warmes Prickeln. Als hätte er einen Becher mit Met zu schnell hinuntergestürzt.

Fomor überblickte die Versammlung und nickte. »Ach ja!« bemerkte er sarkastisch. »Die Tage des Ruhms. Wie leicht du vergißt, Draga – und ihr anderen auch –, daß Partholon nur einer der vielen kriegerischen Häuptlinge Eireanns war, der Herr eines einzigen von vielen Clans des Südens und Ostens … von denen sich keiner mit der Rolle des Besiegten abfinden wollte, die sie in unseren

Träumen des Ruhms spielen sollten. Sie lehnten sich gegen uns auf, und sie kämpften gut. Schon bald arbeiteten die Clans der Westküste im geheimen gegen uns, um ihre eigenen Ziele auf unsere Kosten zu befriedigen. Und ich, der Wolf der Westlichen Stämme, erfuhr bei meinem Versuch, zum Herrn über alle zu werden, sehr bald, daß eine falsche Bewegung genügte, damit sich das ganze Rudel auf mich stürzte, worauf ein noch grausamerer Wolf meinen Platz einnehmen würde. O ja, Draga, es waren in der Tat ruhmreiche Tage. Aber du gehörtest auch nicht zu den Wölfen, stimmt's?« Fomor verließ seinen Platz und lief durch die Versammlung, um vor seinen Bruder zu treten. »Sag mir, wie viele Wölfe habe ich töten müssen, um das Rudel in Schach zu halten? Wie viele unserer Männer haben wir verloren, während wir versuchten, die Clans von Eireann zu einigen, damit wir mehr vom Gold des Landes in unseren Besitz bringen konnten? Du warst damals noch sehr jung – kaum zwölf Jahre alt, als wir uns an Partholon rächten, wie ich mich erinnere –, und du warst nicht an den Kämpfen beteiligt. Ruhm wirkt immer viel begehrenswerter, wenn man ihn aus einiger Entfernung betrachtet, vor allem durch Augen, auf denen der Schleier der Zeit liegt und die durch die Begeisterung der Jugend verklärt sind. Das Blut deiner Clansbrüder, das in jenen Tagen vergossen wurde, sieht in deinen Augen heute vielleicht nicht mehr so rot aus, wie es damals war.«

Draga schnaufte wütend. »Ich weiß nur, daß wir vor elf Jahren, als der Wolf noch der Wolf war, uns alles, was wir haben wollten, von einer Welt nahmen, die es nicht wagte, sich gegen uns zu erheben.« Draga kehrte dem Häuptling den Rücken zu und wandte sich an die Männer des Clans. »Bis auf einer Handelsreise ein Händler aus dem Süden von einem ehemaligen Sklaven aus Eireann erzählte, der seine Herrin geheiratet hatte, eine reiche achaische Königin. Er war zu einem Herrn geworden, dieser Sklave, zu einem Prinz der Völker der weinroten Meere, zum Anführer von Kriegertruppen und einer Handelsflotte, so mächtig und gut bewaffnet wie keine andere auf der Welt. Er hatte nur ein Ziel, dieser ehemalige Sklave, ein Ziel, das ihm mehr als alles andere auf der Welt bedeutete ...« Er wandte sein Gesicht Fomor zu. »Den Mann zu suchen und zu vernichten, der als Wolf der Westlichen Stämme bekannt war. Der Name dieses ehemaligen Sklaven war Nemed MacAgnomain.«

Die Erregung schien den ganzen Raum vibrieren zu lassen. Balor sah zu und wartete atemlos ab.

Der Rotbart nahm nichts zurück. Er drehte sich wieder zur Versammlung um. »Ja, wir hatten zahllose Männer im Kampf verloren. Aber es brach auch eine Krankheit im Lager aus, die viele Leben forderte. Und wir hatten uns viele Feinde unter den Clans der Westküste gemacht, die dem Wolf die Gefolgschaft verweigerten. Wir wußten, daß wir im Vergleich zu Nemeds Streitmacht nur wenige waren, und wenn wir in den Kampf gegen die Achaier gezogen wären, hätten wir es mit seinen Waffen aus dem neuen Metall zu tun gehabt – dem magischen Metall, den großen, harten, goldenen Klingen aus purer Macht, gegen die unsere Äxte und Speere und selbst unsere Kupferklingen nichts hätten ausrichten können. Also taten wir das einzig Vernünftige. Wir gingen mit unseren Schiffen auf Nordkurs und machten uns auf den Weg in Länder, wo Nemed niemals nach uns suchen würde ... trostlose, von Unwettern heimgesuchte Länder, weit von den Handelsposten der zivilisierten Welt entfernt. Wir hielten Rat und beschlossen, daß es Zeit für uns war, in Frieden zu leben. Also verbrannten wir unsere Schiffe und zogen ins Land, fern in den Norden, durch wildes und unbesiedeltes Land, bis wir hier in Farnmoor ein Dorf entdeckten, es überfielen und für uns in Besitz nahmen. Wie Fomor versprochen hatte, lebten wir hier in Frieden, wenn nicht sogar in Wohlstand, bis zum heutigen Tag, als das Gespenst Nemed MacAgnomain sich wieder erhob, um uns heimzusuchen.«

»Ja«, stimmte der Häuptling zu und kehrte zu seinem Stuhl zurück. »Und damit, Bruder, stecken wir im Dilemma, von dem ich vor einer Weile gesprochen habe.«

»Dilemma!« schnaufte Draga wütend. »Es gibt überhaupt kein Dilemma! Für mich besteht kein Zweifel, wie wir jetzt handeln müssen! Unsere Frauen haben seit Ewigkeiten keinen neuen Glitter und Tand erhalten! Unser Metkrüge sind gesprungen und schmutzig. Wir haben so lange kein gutes, frisches Gerstenbier mehr getrunken, daß ich schon fast vergessen habe, wie es schmeckt. Und warum? Weil wir so große Angst vor Nemed MacAgnomain haben, daß wir uns keinen Schritt aus den Mooren hinauswagen. Doch jetzt ist dank Balor, dem Glücksbringer, die Zeit für uns gekommen, diese Angst zu überwinden und gegen Nemed zu ziehen, bevor er uns zerstört! Die Zeit ist gekommen, unsere Kriegstruhen zu öffnen und unsere Gewänder und Waffen herauszuholen! Wir können unsere wenigen Pferde satteln und als Krieger zu diesem neuen Handelsposten der Becherleute ziehen. Wenn Nemed sich dort aufhält, werden wir ihn töten. Wenn seine Spione sich dort herumtreiben, werden wir sie verfolgen und ihnen die Kehlen durchschneiden. Und wenn irgend jemand in der Siedlung es wagt, uns aufzuhalten, werden wir das Dorf plündern und es bis auf die Grundfesten niederbrennen!«

Alle Männer des Clans sprangen gleichzeitig auf die Beine, jubelten begeistert über Dragas Worte und bekundeten laut ihr Vertrauen in ihren Herrn, der wieder zum Wolf der Westlichen Stämme werden sollte. Sogar der alte Falcon war aufgestanden, hüpfte von einem Fuß auf den anderen und schüttelte die Fäuste. Balor war so aufgeregt, daß ihm Tränen des Glücks in die Augen traten. Morrigan legte ihm eine warme, feuchte Hand auf den Unterarm.

»Warte«, flüsterte sie. »Sieh zu. Der Herr erhebt sich. Er wird wahre Weisheit sprechen.«

Doch was Balor hörte, gefiel ihm überhaupt nicht – eine kalte, verächtliche Zurückweisung von Dragas überschwenglich vorgetragenen Vorschlägen. Auch wenn einige von ihnen vom friedlichen Leben in Farnmoor gelangweilt sein mochten, erwiderte Fomor MacLir mit beißendem Spott, durften sie nicht vergessen, daß eine reiche Ernte eingebracht werden mußte. Er sprach von ihren schwangeren Frauen und den neugeborenen Kindern. Er sprach von den Alten, die zum erstenmal seit mehreren Jahren gesund waren. Er sprach von der Herde mit ihren neuen Kälbern und schlanken jungen Bullen und fruchtbaren, fetten Färsen. Er sprach von den Jungen des Clans MacLir, die es geschafft hatten, zu Männern heranzuwachsen, ohne im Kampf erprobt und verstümmelt worden zu sein. Er sprach von den jungen Mädchen, die zu Frauen erblüht waren und niemals die Trauer um einen Geliebten oder Vater erfahren hatten, der im Krieg verkrüppelt oder getötet wurde.

Stille breitete sich in der Halle aus.

»Warum, meine Freunde«, fragte er ruhig, »seid ihr so versessen darauf, euch in den Kampf und den Tod zu stürzen? Es gibt bestimmt angemessenere Mittel gegen die Langeweile. Und es gibt einen viel besseren Weg, um herauszufinden, ob Nemed MacAgnomain wirklich noch am Leben ist und eine Bedrohung für uns darstellt.«

Draga meldete sich wieder zu Wort. »Wir könnten die Schwänze einklemmen, fortlaufen und uns wieder verstecken. Aber dann würde er uns wieder aufspüren. Wenn er wirklich noch lebt, müssen wir früher oder später gegen ihn kämpfen.« Schließlich setzte er sich wieder hin und brummte ein paar Flüche in seinen Bart.

»Vielleicht.« Dann begann Fomor ruhig den Plan vorzutragen, mit dem er sich offenbar die ganze Zeit beschäftigt hatte, seit er vom Berg herabgestiegen war.

»Da ich euren Tatendrang kenne und zu schätzen weiß, muß ich mich für die Behutsamkeit meines Planes entschuldigen. Doch solange ihr mich als euren Herrn bezeichnet, werde ich euch nicht ohne Überlegung in den Kampf führen. Unser Ziel besteht darin festzustellen, ob Nemed MacAgnomain noch lebt. Ich habe beschlossen, mit einer handverlesenen Gruppe von Männern zur neuen Siedlung zu reisen. Wir werden unsere ärmlichste, schäbigste Kleidung anlegen. Wir werden Ochsen und Wagen mitnehmen, keine Pferde. Wir werden den Handelsposten aufsuchen, um Vieh und Gegenstände von geringem Wert gegen Dinge wie Becher und Bier und auch ein paar Knöpfe und Perlen zu tauschen, um unseren Frauen eine Freude zu machen. Wir werden nur so lange bleiben, bis wir herausgefunden haben, was wir wissen wollen. Wir werden ein wenig spielen, trinken und uns mit Frauen vergnügen, damit wir nicht versehentlich auf uns aufmerksam machen und unsere wahre Identität enthüllen.«

»Und was geschieht, wenn Nemed am Leben ist? Was geschieht, wenn er sich tatsächlich in der Siedlung aufhält?« fragte Lomna Ruad. Sein Bruder war einer von Manannans besten Kämpfern gewesen. Er war vor langer Zeit gestorben, als Partholons Männer die Festung des Clans an der Küste von Eireann angegriffen hatten.

Dragas Miene hellte sich auf. »Dann müssen wir gegen ihn kämpfen.«

»Gerne!« sagte Lomna mit einem Grinsen, in dem keine Spur von Humor war. »Wir werden gut bewaffnet sein. Er wird nicht mit uns rechnen. Wir werden unsere besten Kämpfer dabeihaben und ...«

»Ich habe nicht die Absicht, gegen ihn zu kämpfen. Ich habe die Absicht, ihn zu überlisten. Du vergißt, alter Freund, daß Nemed jetzt ein reicher Achaier ist. Er wird nicht allein unterwegs sein. Und er wird in jeder Siedlung seine Verbündeten haben. Mit unseren Waffen können wir nichts gegen ihn ausrichten. Nein, er hat jeden Vorteil auf seiner Seite, und wenn er so lange überlebt hat, kannst du sicher sein, daß er andere mit seinem Haß auf den Clan MacLir angesteckt hat. Selbst wenn wir Nemed töten könnten, würden seine Männer uns überwältigen, und kurz darauf hätten sie auch unser Dorf gefunden, um alles zu vernichten, wofür wir so hart gearbeitet haben.«

»Dann werden wir einen günstigen Augenblick abwarten, bis einer von uns ihn ohne Begleitung antrifft«, sagte Draga. »Dann werden wir ihn töten, und niemand wird je erfahren, wer ihm das Leben genommen hat!«

Fomor warf seinem Bruder einen düsteren Blick zu. »Und wenn man es doch herausfindet, gibt es Krieg.«

»Ich bin bereit, dieses Risiko einzugehen!« entgegnete der Rotbart.

»Ja, natürlich. Du würdest das Risiko eingehen, und ich als Häuptling müßte die Verantwortung tragen. Nein, wir werden es auf meine Weise machen.«

»Und wie willst du ihn überlisten?« fragte Munremar mit unverhohlener Neugier.

»Es sind viele Jahre vergangen, seit Nemed und ich uns das letzte Mal begegneten. Zweifellos hat die Zeit uns beide seit jenen düsteren Tagen verändert. Ich glaube nicht, daß ich sein Gesicht wiedererkennen würde – und er meins auch nicht. Aber ich würde ihn an seinen Augen erkennen ... denn niemals, nicht einmal im Gesicht eines Kriegers mitten im Kampf, habe ich solche Augen gesehen. Sie waren schwarz – wie die Augen eines Raben. Schwarz wie der Tod, der sein Lebenselixier zu sein scheint.«

Munremars Stirn legte sich in tiefe Falten. »Und ein solcher Mann hat geschworen, dich zu töten. Uns alle zu töten.«

»Ja, und deshalb werde ich ihm ein großes Geschenk machen, nämlich unseren Tod«, sagte Fomor mit ironisch verzogenen Mundwinkeln.

Niemand sprach. Die Männer waren viel zu verblüfft.

Fomor lächelte. Dann lachte er herzhaft. »Es ist der einfachste Plan der Welt! Während wir uns in der Siedlung aufhalten, werden wir in beiläufigen Gesprächen erwähnen, daß vor langer Zeit jeder Mann, jede Frau und jedes Kind des Clans MacLir durch eine Seuche dahingerafft wurde. So etwas geschieht immer wieder. Niemand hätte Grund, daran zu zweifeln. Wenn Nemed lebt, wird er früher oder später von unserer Lüge hören. Und dann, meine Freunde, können das Volk von MacAgnomain und das Volk von MacLir in Frieden leben, frei von jedem Haß, der sie an die Vergangenheit fesselt.«

»Solange ich lebe, kann ich nicht frei von diesem Haß sein!« entgegnete Draga erregt. »Solange ich lebe, werde ich mich daran erinnern, wie sie unseren Vater, unsere Mutter und unsere Brüder töteten und uns ins Meer stürzten, wo wir den nahezu sicheren Tod finden sollten! Ich werde niemals Frieden finden, Bruder, bis Nemed MacAgnomain im Namen der Gerechtigkeit durch die Hände des Clans MacLir den Tod gefunden hat und die Zwölf Winde in unserem Land das süße Lied der Rache singen!«

Fomor betrachtete Draga, wie ein Vater sein geliebtes, aber in die Irre geführtes Kind betrachten mochte. »Ist die Rache wirklich so süß? Ich war es, der Huldre raubte, Nemeds Frau. Ich war es, der seinen Vater enthauptete und befahl, daß seine Leute entweder getötet oder versklavt wurden. Ich habe in diesem Leben genug Rache an Nemed MacAgnomain geübt. Vielleicht sollten wir uns erst im nächsten wiedertreffen und weiterkämpfen. Ich weiß es nicht. Doch im Augenblick wäre ich damit zufrieden, wenn ich wüßte, daß er keine Bedrohung mehr für uns darstellt. Ich habe nicht den Wunsch, gegen ihn zu kämpfen.«

Balor war übel vor Enttäuschung. Als Draga sich zu Wort meldete, sprach er dem Jungen aus der Seele.

»Ist das die Weisheit des Wolfes, der uns einst zum Ruhm führte? Du wirst uns jeder Ehre berauben, wenn du eine solche Täuschung anwendest!«

Balors Augen brannten, und ein heißer, erstickender Schluchzer der Scham drang aus seiner Kehle. Er schluckte ihn herunter, als er plötzlich das Gefühl hatte, in diesem kleinen Raum keine Luft mehr zu bekommen.

»Wohin gehst du?« fragte Morrigan. »Die Debatte hat doch gerade erst begonnen!«

Er reagierte nicht auf ihre Worte, sondern suchte in der Dunkelheit nach der aufgerollten Strickleiter und öffnete die Klappe in der Wand. Die frische, klare Nachtluft kühlte sein Gesicht, als er die Leiter vorsichtig hinunterließ.

Morrigan flüsterte anklagend: »Du bist genauso wie die anderen. Du denkst, man könne durch großes, mutwilliges Blutvergießen zu Ruhm kommen. Doch der Herr weiß, daß es für alles eine rechte Zeit gibt. Hast du überhaupt nicht zugehört? Wir sind Nemed hoffnungslos unterlegen. Unsere Zeit für den Kampf ist vorbei. Es war sehr mutig von ihm, vor dem Rat eine solche Entscheidung zu vertreten. Der Wolf wird seine gesamte Klugheit benötigen, wenn er die anderen von seiner Ansicht überzeugen will. Ich glaube, ich werde in meinem ganzen Leben nie einen weiseren und mutigeren Mann als ihn kennenlernen.«

Balor war dankbar für die Dunkelheit, weil er nicht wollte, daß Morrigan seine Tränen sah. »Er ist nicht mutig. Er ist nicht weise. Er ist nicht klug.« Er weinte und verfluchte sich für seine Schwäche. »Er ist all das, was ich hasse! Er ist ein Feigling!«

Mit diesen Worten kletterte er nach draußen in die Nacht. Morrigan beugte sich aus dem Loch in der Wand, schüttelte den Kopf und flüsterte voller Verachtung: »Und du, Balor, Sohn des Fomor, Enkel des Manannan, bist ein Dummkopf!«

Balor wurde durch Gesänge, die aus der Ratshalle kamen, aus dem Schlaf geweckt. Er erinnerte sich nicht mehr, wie er nach Hause gekommen war. Er erinnerte sich an gar nichts mehr – außer an die Worte seines Vaters: *»Ich habe nicht den Wunsch, gegen ihn zu kämpfen.«* Er kniff seine Augen fest zu und versuchte Bilder heraufzubeschwören, Bilder von seinem Vater als Wolf, Bilder, die die Scham eines kleinen Jungen auslöschen sollten. Schließlich gelang es ihm, und er sah seinen Vater, wie er sich bereit gemacht hatte, gegen den großen Sturm zu kämpfen. Doch dann hörte er auch die Worte, die der Herr zu Huldre – zu Nemeds Frau – gesprochen hatte: *»Der Wolf in mir ist gestorben. Ich will kein Krieger mehr sein.«*

Obwohl Balor ihm nicht hatte glauben wollen, wußte er, daß es stimmte. Balor starrte auf die verschlossene Kriegstruhe des Häuptlings. Er hatte einen bitteren Geschmack im Mund, als er mit den Zähnen knirschte und mit einer Entschlossenheit, die ihn erzittern ließ, schwor. »Eines Tages«, flüsterte er der Macht der Zwölf Winde zu, »eines Tages werde ich Manannans Tod rächen. Wenn ich eines Tages ein erwachsener Mann bin, werde ich die Truhe öffnen und das große Schwert herausnehmen. Dann wird die Macht der Zwölf Winde auf meiner Seite sein, und der Rächer wird wieder das Lied des Kampfes singen. Dann werde ich mein Volk zum Ruhm führen, und ich werde keine Angst haben!«

8

Es geschah so, wie Fomor es geplant hatte. Innerhalb eines Tages wurden ein paar Leute ausgesucht, und die dünnsten Kühe wurden von der Herde getrennt, damit sie in der Handelssiedlung getauscht werden konnten. Die Gruppe verließ das Dorf, während die Vögel erwachten und das Aufgehen der Sonne ankündigten. Es war eine Dämmerung mit der ersten Andeutung herbstlicher Kühle. Als die Gruppe in den erwachenden Tag hinauszog, kondensierte der Atem der Menschen vor ihren Gesichtern.

Balor lief mit dem großen Terrier Scharfe Schnauze dem schwer beladenen vierrädrigen Ochsenkarren hinterher. Er hatte gar nicht mitkommen wollen, doch da das Unternehmen nicht ganz gefahrlos war, hatte man die zwei Jungen, die als Laufburschen für die Frauen dienen sollten, die für den Trupp kochten, durch das Los ausgewählt. Kein Freiwilliger war angenommen worden, und es hatte sich auch kein Junge verweigern dürfen, der bei guter Gesundheit war. Der Beutel mit den Wahlsteinen war von Munremar herumgereicht worden, während jeder Junge, die Augen geschlossen, hineingegriffen und einen Stein gezogen hatte. Bis auf zwei waren alle Steine schwarz gewesen. Tethra hatten einen weißen Stein gezogen und vor Begeisterung gejubelt, denn er hätte sich sofort freiwillig gemeldet, wenn diese Möglichkeit bestanden hätte. Als Balor an der Reihe gewesen war, hatte er ebenfalls einen weißen Stein aus dem Beutel genommen, doch es war Draga gewesen, der laut aufgelacht und mit einer Herzlichkeit, in der sich leichter Spott verbarg, verkündet hatte: »Es scheint, daß die Schicksalsmächte dich wieder einmal begünstigt haben, Neffe! Du bist wirklich der Glücksbringer!«

Balor fühlte sich überhaupt nicht glücklich. Nun, es war zwar eine durchaus angenehme Vorstellung, von den Mooren bis zur fernen Küste des Westlichen Meeres zu reisen, Länder zu durchqueren, in denen er noch nie zuvor gewesen war, und die Siedlung der Becherleute mit all ihren Wundern und Verlockungen zu sehen. Aber er war in Lumpen gekleidet, und man hatte ihm den Körper und das Haar mit Schlamm beschmiert. Er reiste nicht stolz und unerschütterlich, wie es dem erstgeborenen Sohn des Wolfs der Westlichen Stämme angemessen war. Nein. Er reiste heimlich und in Verkleidung, weil der Wolf, den er noch vor wenigen Tagen so sehr bewundert hatte, nun eindeutig kein Wolf mehr war. Er war nicht mehr als ein Feigling, der Angst vor einem Feind hatte, der nach allem, was er wußte, schon vor langer Zeit zu Staub oder Asche zerfallen war.

Balor schloß die rechte Hand um das kleine falkenförmige Amulett, das Huldre ihm aufgedrängt hatte. Sie hatte es ihm um den Hals gelegt, als er sich zum Aufbruch aus dem Dorf bereit gemacht hatte. Sie waren allein im Rundhaus des Häuptlings gewesen.

»Dies mußt du tragen«, hatte sie gesagt. »Es ist das Auge des Donar. Genauso wie der Falke, dessen Gestalt der Gott oft annimmt, sieht auch der Bernsteinfalke alles. Sorge dafür, daß niemand es zu Gesicht bekommt, damit seine Macht nicht gegen dich gewendet wird. Dieser Zauber soll nur für dich sein.«

Sie legte ihm die Hände auf die Schultern und blickte ihn an, während sich in ihren blassen Augen sein Gesicht spiegelte, daß ihrem so ähnlich und dem Rest des Clans so unähnlich war. »Obwohl es nicht dein Wunsch ist, mußt du gehen, Balor! Draga hat nämlich recht. Die Schicksalsmächte haben dich tatsächlich begünstigt. Ich habe es schon seit dem Tag deiner Geburt gewußt. Du mußt jetzt die Welt außerhalb der Moore kennenlernen, Balor. Als erstgeborener Sohn des Wolfes wird sie eines Tages dir gehören.«

»Ich glaube nicht, daß der Wolf noch ein Wolf ist«, erwiderte er. »Und ich glaube auch nicht, daß er je wieder ein Wolf sein wird.«

Sie zog die blonden Augenbrauen nach oben. Etwas stieg düster in ihren klaren blauen Augen empor – wie ein Schwarm halb durchsichtiger Fische sammelte es sich und zerstreute sich dann, wodurch das Blau funkelnd schimmerte, wie Regentropfen auf der Oberfläche eines Teiches im Schatten eines Sturms.

Ohne es zu wollen, hatte er eine Wahrheit ausgesprochen, die er eigentlich niemandem anvertrauen wollte. »Ich bin nicht mehr stolz darauf, ihn meinen Vater nennen zu dürfen.«

Sie holte Luft und nahm die Hände ihres Sohnes. »Wenn Nemed noch lebt, wird der Wolf wiederauferstehen. Daran darfst du nicht zweifeln. So muß es einfach sein.«

»Und wenn Nemed tot ist?«

»Ein Mann muß das sein, wozu er geboren wurde, Balor. Der Wolf kann nur als Wolf leben. Wenn er sich in eine fremde Haut hüllt, wird er irgendwann darin ersticken.«

Die Erinnerung an das Gespräch mit Huldre beunruhigte ihn. Während er hinter dem Ochsenkarren herlief, klammerte sich seine Hand fester um das Amulett. Wie warm es sich anfühlte, als hätte ein Geist ihm Leben eingehaucht. Spürte er seinen eigenen Pulsschlag im Stein, oder war es der Herzschlag des Amuletts? Er ließ den Talisman los, worauf er unter sein Hemd fiel, so heiß wie das herausgerissene Herz eines lebenden Tieres.

Er blieb abrupt stehen. Was war, wenn das Amulett wirklich magische Kräfte besaß? Wenn es wirklich das Auge des Donar war? Dann könnte es doch bestimmt in sein Herz blicken und hätte auch die Macht, ihm einen Wunsch zu erfüllen!

Morrigan würde sich über eine solche Idee lustig machen, aber sie war auch nur ein neun Jahre altes Mädchen – auch wenn sie die Tochter des Weisen war. Warum sollte er ihr glauben? Munremar hatte darauf bestanden, daß sie an der Reise teilnahm, damit sie gewisse Dinge kaufen konnte, die er für seine Arbeit als Heiler brauchte. In seinem hohen Alter wäre eine solche Reise für ihn viel zu anstrengend, also hatte Fomor eingewilligt, das Mädchen als Munremars Vertreterin mitzunehmen. Ihr Wissen über die Arzneien des alten Mannes war außergewöhnlich gut für ihr Alter. Doch im sanften blauen Licht des Morgens war sie nirgendwo zu sehen.

Er zitterte leicht, als er zunächst zögernd, dann fest entschlossen die Hand unter sein Hemd schob und die Finger um den kleinen Talisman in Form eines Falken legte. Er schloß die Augen so fest, daß seine Lider schmerzten und bunte Sterne darunter entflammten. Nur der Gott, Donar, der Falke, der Donnerer, der Wächter über die ganze Welt, würde von seinem Wunsch erfahren.

»Mach, daß Nemed noch am Leben ist! Mach, daß der Wolf wiederaufersteht, um gegen ihn zu kämpfen! Mach, daß die Männer des Clans MacLir wieder ein stolzes Leben voller Ruhm führen können!«

Die Sterne unter seinen Lidern strahlten plötzlich hell und brennend heiß auf, mit einer Hitze, die seine Augen zu verschmelzen schien. Er sah die Sonne und den Mond, die über einer riesigen schwarzen Ebene schienen. Fomor stand zwischen ihnen und hatte seinen angespannten Bogen mit einem Pfeil erhoben. Und dann flog der Pfeil. Doch es war gar kein Pfeil. Es war eine Sternschnuppe. Und Fomor war gar nicht Fomor. Er war ein blonder Fremder mit den Körpermaßen eines Gottes, und an seiner Seite lief ein weißer Wolf mit Sternenfeuer in den Augen.

»Donar!«

Erschrocken öffnete er die Augen. Er hatte den Namen laut gerufen. Als er sich in der gewohnten Welt wiederfand, kam er sich unglaublich dumm vor. Seine Vision war überhaupt keine Vision gewesen. Es war nur ein Tagtraum gewesen. Ja, er war sehr müde, und es war sehr früh am Morgen. Diese vernünftige Erklärung war beruhigend, gleichzeitig aber auch enttäuschend. Blaheen, eine der zwei Köchinnen, die neben Tethra auf dem Ochsenkarren saß und die Zügel hielt, blickte sich zu ihm um.

»Was hast du gesagt, Junge?«

»Ich? Ich ... äh ... nichts ...«

»Hast im Stehen gedöst, was? Du kannst gerne auf dem Wagen mitfahren, wenn du möchtest. Aber wenn du lieber auf eigenen Füßen gehen willst, paß auf, wohin du trittst. Wir haben die Sümpfe noch nicht hinter uns gelassen.«

Von Anfang an gaben die Köchinnen ihm und Tethra mit den haselnußbraunen Augen und dem sandfarbenen Haar jede Menge Arbeit, doch die Jungen beschwerten sich nicht darüber. Schließlich war es das erste Mal in Balors Leben, daß er eine längere Reise unternahm, und außerdem befand er sich in Gesellschaft von Männern, von denen jeder seine Aufgabe und Verantwortung in der Gruppe hatte. Es war ein berauschendes Gefühl, wie ein Erwachsener behandelt zu werden, und befriedigender als Essen, Met oder Schlaf. Warum, fragte er sich, ist es nur so unangenehm, ein kleiner Junge zu sein?

Die Tage waren lang, während sie immer weiter nach Süden zogen und das Vieh vor sich hertrieben. Draga war dabei, zusammen mit Gar und Nia. Dathen und eine Handvoll anderer Veteranen hielten sich in Fomors Nähe. Der umsichtige und vertrauenswürdige Lomna Ruad war zurückgeblieben, um die Verantwortung für das Dorf zu übernehmen, doch der alte Falcon war mitgekommen und kümmerte sich um das Vieh. Er hatte Mael und seinen Enkel Rinn an seiner Seite. Oblin war ebenfalls dabei. Nachts schlief er bei seiner Frau Enda im Wagen, aber es wurde jedesmal spät, weil er sich gewöhnlich an den Glücks- oder Geschicklichkeitsspielen der Männer beteiligte. Jeden Tag waren sie bis kurz vor Sonnenuntergang unterwegs, worauf sie dann im Freien ihr Lager aufschlugen und sich nicht nur durch ihre nächtlichen Lagerfeuer, sondern auch durch Geselligkeit und das Bewußtsein einer gemeinsamen Aufgabe warmhielten.

Aus Gründen, die Balor nicht verstand, schien von allem, was er sah oder roch, berührte oder schmeckte, eine berauschende Wirkung auszugehen. Nicht einmal Morrigans Nähe konnte seine Tage trüben. Die Farben des Landes waren ihm nie zuvor so klar und deutlich vorgekommen. Haferschleim hatte noch nie so gut geschmeckt. Die Berührung der Riemen, mit denen die Ochsen geführt wurden, das Gefühl des Haars zwischen seinen Fingern, wenn er es jeden Morgen zu einem Zopf flocht, der gute, grobkörnige Sand an seinen Händen, wenn er damit nach der Abendmahlzeit die Kochtöpfe sauber scheuerte, all dies erregte seine Sinne. Er sprang eifrig von einer Aufgabe zur nächsten und war so lebhaft wie eine Wasseramsel auf einem Teich.

»Wer hat dir denn Feuer unter dem Hintern gemacht?« fragte Enda. Die Frau mit dem Pferdegebiß trug eine kleine Lederkappe auf dem Kopf. Sie hatte sie fest unter dem Kinn verschnürt, um ihren Haarausfall und ihren Kehllappen zu verbergen. Balor hatte sie schon immer gemocht.

Sie und ihre Freundin Blaheen waren mit großer Sorgfalt ausgewählt worden. Sie waren nicht nur ausgezeichnete Köchinnen, sondern vor allem würden sie in der Siedlung der Becherleute keine Verehrer anlocken, die leicht zu einem Problem werden konnten. Enda war schlicht und nicht mehr die Jüngste, während Blaheen das genaue Gegenteil der Vorstellung von vollendeter Weiblichkeit darstellte. Sie wurde im Dorf oft verspottet, weil ihr Name »kleine Blume« bedeutete, obwohl sie groß und muskulös wie ein Mann war und ein sonnengebräuntes Gesicht besaß, das so fleischig wie das eines Schweins war. Sie hatte Warzen am Kinn, auf denen harte, weiße Haare sprossen. Wenn sie den Kopf zurückwarf, um lauthals zu lachen, was sie oft tat, wackelten ihre Ohrläppchen, und ihre Zähne sahen aus wie Pilze, die in einem grünen Moosteppich wuchsen. Doch sie war eine robuste und gutmütige Seele voller Humor und Lebensfreude, die überall willkommen war. Sie hatte zwei Ehemännner überlebt und liebte Kinder, ob es nun ihre eigenen oder fremde waren.

Sie mochte sogar Morrigan, was Balor überhaupt nicht verstand, und bemutterte das Mädchen geradezu, während sie mit den Jungen strenger umging als Enda und sie von morgens bis abends antrieb. Doch es war Blaheen, die persönlich dafür sorgte, daß Balor und Tethra mehr als ihren rechtmäßigen Anteil aus dem Topf mit Haferschleim und von den Bratspießen erhielten, und sie sorgte dafür, daß sie nachts Platz unter dem Ochsenkarren fanden, um geschützt schlafen zu können. Sie behandelte sie mit gleicher Härte oder Freundlichkeit und behandelte Balor keinesfalls anders, weil er der Sohn des Häuptlings war. Der Junge war ihr dafür dankbar.

Er fühlte sich beschämt und verraten, wenn er den Häuptling nur ansah, und betete, daß Donar und die Zwölf Winde den Wolf aus dem Fell des Feiglings befreiten. Bis dieser Tag kam – falls er jemals kam –, wollte Balor den Männern seines Clans beweisen, daß er keineswegs ein Feigling war, auch wenn er Fomor zum Vater hatte. Und er würde sich auch niemals vor seinen Pflichten drücken, so wie es sein Vater getan hatte, als er sich geweigert hatte, gegen den Todfeind des Clans zu kämpfen und ihn zu töten.

Die Tage vergingen wie im Fluge. Wenn Balor und Tethra nach Anbruch der Dunkelheit die Ochsen versorgt und verschlungen hatten, was immer in den Töpfen oder an den Spießen für sie übriggelassen worden war, krochen sie unter den Ochsenkarren und bemühten sich nach Kräften, die allgegenwärtige Morrigan abzuwehren. Sie schmollte, wich aber nicht von der Stelle, während die Jungen sie ignorierten und mit Scharfe Schnauze an Balors Seite die Männer beobachteten, die am Lagerfeuer saßen. Gelegentlich kam es zu spontanen Ringkämpfen, oder zwei Männer maßen ihre Kräfte mit Knüppeln. Die Jungen sahen begeistert zu, während die anderen Wetten über den Sieger abschlossen. Aus dem Ringkampf ging jedesmal Draga als Gewinner hervor, bis auf eine Gelegenheit, als Dathen ihn niederwarf und zu Boden drückte.

Am dritten Abend wurde Fomor von den Männern dazu gedrängt, seinen »kleinen Bruder« in die Schranken zu weisen. Der Herr zog es gewöhnlich vor, sich abseits zu halten, früh schlafen zu gehen und die Männer den Clans mit ihrer abendlichen Unterhaltung alleinzulassen. Doch jetzt wollten Draga und die anderen keinen Widerspruch mehr dulden. Also stand er schließlich auf und legte seinen Umhang und sein Hemd ab. Die Männer jubelten, als er sich schüttelte wie ein Jagdhund, der aus dem Wasser kommt. Er war für jeden Wettkämpfer bereit und fand offensichtlich Gefallen an der Herausforderung.

Balor konnte kaum noch atmen. Fomor und Draga hatten sich schon seit mehr als einem Jahr nicht mehr im Wettkampf gegenübergestanden. Dathen warf dem Häuptling einen Knüppel zu. Es war ein langes, im Laufe der Zeit abgewetztes Stück aus hartem Holz, das halb so dick wie das Handgelenk eines Mannes und halb so lang wie ein ausgewachsener Kämpfer war. Fomor prüfte das Gewicht des Knüppels und war damit einverstanden. Draga und er umkreisten sich gegenseitig im Schein des Lagerfeuers, und jeder sah das breite Grinsen des Rotbarts, als er leise zu seinem Bruder sprach, um ihn herauszufordern.

»Es ist wie in alten Zeiten, Bruder. Ich habe schon eine Ewigkeit nicht mehr gesehen, daß du dich wie ein Krieger verhältst.«

»Ja ... vielleicht hast du recht. Ich denke, es wird mir Spaß machen, dir wieder einmal eine Tracht Prügel zu verabreichen.«

Sie umkreisten sich weiter. Dann hielten sie an, um die Bewegung in entgegengesetzter Richtung auszuführen.

»Nimm dich in acht, Fomor. Der Wolf ist älter geworden, und dieser Welpe ist gewachsen, seit wir uns das letzte Mal gemessen haben.«

»Richtig«, stimmte der Herr zu, während er Dragas Gesicht nicht einen Moment lang aus den Augen ließ. »Aber der Wolf hat immer noch seine Zähne. Und die Welpen ... sind ihre Muskeln oder ihr Hirn gewachsen? Da ich den kleinen Wolf gut kenne, bezweifle ich, daß er seinen Kopf trainiert hat. Sei also auf der Hut, Bruder. Der Wolf ist dir sowohl an Gewicht als auch an Geist überlegen.«

Die Männer reagierten mit lautem Gelächter auf die üblichen Sticheleien, die zwei Gegner vor – und auch nach – den ersten Schlägen austauschten.

Balor kroch unter dem Ochsenkarren hervor und sah gebannt zu. Er starrte die lauernden Gegner so unentwegt an, daß er zu blinzeln vergaß, bis seine Augen brannten und tränten. War es das, worum er gebetet hatte? Schlüpfte sein Erzeuger nun aus der Haut des Feiglings und wurde wieder zum Wolf, wie Huldre prophezeit hatte?

Jetzt bewegten sich die Kontrahenten etwas langsamer und überlegter, bis Draga plötzlich mit einem lauten Schrei aufsprang und der eigentliche Kampf begann. Sein Knüppel sauste durch die Luft und hätte Fomor das Genick gebrochen, wenn er ihn getroffen hätte, doch er parierte den Hieb meisterhaft, worauf Draga lachend zurücktrat und mit einem Nicken seine Anerkennung über Fomors Reaktion ausdrückte.

»Gut gemacht!« rief Dathen.

»Ja!« pflichtete Draga bei. »Der Wolf hat noch nicht vergessen, wie man kämpft. Wie ist es, Bruder? Gerät dein Blut bei dieser Erinnerung schon in Wallung?«

Doch er erhielt keine Antwort, als der wilde Tanz der Kraft weiterging. Sie sprangen und wirbelten herum. Die großen Holzknüppel krachten und wurden beansprucht, wenn die zwei riesigen Männer ihr gesamtes Körpergewicht einsetzten. Im Licht des Kochfeuers glühten die zwei schweißüberströmten Brüder golden vor der Dunkelheit der Nacht, und ihre langes, gelöstes Haar schien in Flammen zu stehen.

Es war schnell vorbei. Es folgten ein paar weitere Schläge, und dann war plötzlich ein Keuchen zu hören wie von einem Bullen, der in die Knie ging, als Draga flach auf dem Rücken landete und Fomor über ihm stand. Der Häuptling hielt seinen Knüppel wie einen Speer und zielte damit genau auf die Kehle des Rotbarts. Ein kurzer Stoß, und Draga wäre tödlich verwundet worden.

»Ich ergebe mich«, sagte der Mann am Boden mit einem breiten Grinsen. »Du hast gewonnen.«

Fomor streckte Draga lächelnd seine freie Hand hin und lachte herzhaft, als er seinen Knüppel zurückzog. »Gut gekämpft, Bruder. Wirklich, es war ein guter Kampf.«

Draga nahm die Hand seines Bruders an und ließ sich von ihm auf die Beine helfen. Er war schweißnaß und versuchte keuchend, seinen Atem zu beruhigen. Er schlug seinem Bruder zufrieden auf den Rücken. Es war ein guter, sauberer Kampf gewesen, und Draga war begeistert, weil er den Häuptling endlich wieder einmal mit einer Waffe in der Hand gesehen hatte. Er blickte Fomor mit leuchtenden Augen an und sagte: »Wäre ich Nemed gewesen, hättest du mich in Stücke schlagen können. So hätte es sein können. So könnte es noch werden! Bei der Macht der Zwölf Winde, Bruder, wenn er noch am Leben ist, dann stelle dich ihm und töte ihn! Vernichte ihn ein für allemal!«

Es wurde still. Balors Hand tastete in der Dunkelheit nach seinem Amulett.

Jetzt, dachte er. *Jetzt! Bei der Macht der Zwölf Winde ... im Namen Donars, des Wächters über die ganze Welt ... laß jetzt den Wolf wiederauferstehen!*

Doch der Wolf zeigte sich nicht. Fomor MacLirs Gesicht wurde hart, bis es völlig ohne jeden Ausdruck war. Er blickte Draga wie einen Fremden an. »Du hast gelernt, wie ein Wolf zu kämpfen, kleiner Bruder. Es ist schade, daß du erst noch lernen mußt, wie ein Wolf zu denken. Ich hoffe, ich habe keinen Fehler gemacht, als ich dachte, du seist eine Bereicherung für diese Gruppe.« Er warf angewidert seinen Knüppel fort, verließ den Kreis des Feuerscheins und verschwand in der Finsternis.

Balor war nicht an den weiteren Kampfspielen interessiert. Nachdem er seine Arbeit erledigt hatte, nahm er seinen Mantel und suchte die Einsamkeit am Rand des Lagers, dicht gefolgt von Scharfe Schnauze, der ihn wie ein Schatten begleitete. Als die Feuer niedergebrannt waren, stöberte Blaheen ihn auf und scheuchte ihn zurück unter den Ochsenkarren, damit er sich schlafen legte. Zu diesem Zeitpunkt waren Tethra und Morrigan längst eingeschlafen. Dankbar, daß er mit niemandem reden mußte, lag Balor wie in jeder Nacht noch lange wach und beobachtete, wie die Sterne in ihrer langsamen, unaufhaltsamen Prozession über den Himmel wanderten, bis er schließlich einschlief.

Eines Morgens, nach einigen Tagen, hatte die Welt plötzlich einen anderen Geruch und einen anderen Klang. Balor schob seinen Kopf unter dem Karren hervor und sah, daß dichter Nebel auf dem Land lastete. Irgendwo hoch oben in den grauen Nebelwolken kreisten und riefen Seemöwen, und in der Ferne rauschte und zischte etwas Gewaltiges wie der pfeifende Atem eines Riesen.

Balor sprang auf und atmete tief durch. Die Luft war schwer und kalt und schmeckte nach Salz.

Tethra war bereits aufgestanden. Er stand neben Blaheen und Morrigan und schnupperte wie ein neugieriger junger Hund. »An diesem Nebel ist irgend etwas anders.«

Blaheen schnaufte und sah Tethra an, als könnte sie nicht fassen, daß jemand so dumm war. »Das ist das Meer, Junge! Das weite, dunkle Meer!«

Der Häuptling hatte sie weit nach Süden geführt, bevor sie sich nach Westen wandten. Jetzt setzten sie ihren Weg nordwärts die Küste entlang fort, damit sie sich dem Handelsposten aus dem Süden näherten. Das gehörte zu Fomors Plan, so daß kein Fremder die Richtung erraten konnte, aus der sie wirklich gekommen waren.

Zum erstenmal, seit sie das Dorf verlassen hatten, bekamen sie andere Menschen zu Gesicht. Winzige Fischerdörfer lagen verstreut auf den Klippen und an den Buchten, und hier und dort befand sich ein einsamer Bauernhof auf einer Landspitze. Obwohl die Reisenden jeden unnötigen Kontakt vermieden, begrüßte Fomor jeden Fremden, der in ihre Nähe kam.

Balor wand sich jedesmal, wenn es zu einer solchen Situation kam, denn der Herr des Clans MacLir verhielt sich dabei überhaupt nicht wie ein Häuptling. Er benahm sich wie ein unterwürfiger Hund und sprach wie ein Bauer von geringer Geburt, wie ein Dummkopf, der sich selbst für gerissen hielt, und stellte sich mit dem Namen vor, den er für die Dauer der Reise gewählt hatte.

»Einen guten Tag«, sagte er dann. »Ich bin Scallatha, das Oberhaupt dieser guten Menschen. Wir sind aus dem Süden gekommen, weil wir unsere Kühe gegen schöne Sachen eintauschen wollen. Wir haben gehört, im Norden gibt's einen Handelsposten, wo die Leute Fleisch brauchen.«

Die Antwort war jedesmal dieselbe. »Ja. Dann müßt ihr bis nach Alhorn weitergehen! Da haben sich Becherleute niedergelassen.« Dann kicherten sie, aber nicht immer auf höfliche Weise. »Und sie haben Badehäuser gebaut!«

Fomor strich sich dann über die Lippen und erwiderte mit einem idiotischen Lachen. »Badehäuser, sagt ihr? Nun, wie ihr sicher seht, halten meine Leute und ich nicht viel von so etwas. Aber wir wissen, was man mit einem guten Horn Ale macht, was?«

Die Männer des Clans bestätigten Fomors Worte mit begeistertem Gegröle. Offenbar machte ihnen dieses Spiel großen Spaß. Balor jedoch war übel vor Scham. Der Häuptling hatte den Namen Scallatha mit großer Sorgfalt ausgesucht. Er bedeutete »schmutzig« oder »verdreckt«. Und Fomor hatte Wert darauf gelegt, daß seine Leute genauso aussahen. Sie hatten sich nicht mehr waschen dürfen, seit sie vom Dorf aufgebrochen waren. Sie trugen ihr Haar und ihre Bärte ungekämmt und ungeflochten. Sie stanken, und ihre Kleidung lockte die Fliegen bereits scharenweise an. Um die Erniedrigung vollkommen zu machen, hatte Fomor sich als Kopfbedeckung zum Zeichen seiner Stellung den unansehnlichsten Helm ausgesucht, den Balor jemals gesehen hatte – mit Hörnern, Ohrenschützern aus zerfranstem Leder und einem Kinnriemen aus Kuhschwänzen. Ein Horn war ausgebleicht, hatte einen Sprung und zeigte leicht nach vorne, von dem anderen war die Spitze abgebrochen, und der Stumpf zeigte nach unten. Gelegentlich überkam es Fomor, und er blies auf diesem Horn, worauf er wie ein albernes Kind kicherte.

Balor konnte darüber nicht lachen – genausowenig wie Draga, wenn der Junge den mürrischen Gesichtsausdruck seines Onkels richtig deutete –, doch alle anderen schienen sich über Fomors Possen prächtig zu amüsieren. Niemand auf der ganzen Welt würde jemals auf die Idee kommen, daß diese buntscheckige Horde aus Mitgliedern des Clans MacLir bestand oder daß der verdreckte, alberne Narr, der sie anführte, in Wirklichkeit der Wolf der Westlichen Stämme war.

Sie sahen Alhorn, den Handelsposten der Becherleute, zum erstenmal an einem Mittag, als die Wolkendecke gerade aufriß, die Möwen über ihnen kreisten und ein Regenbogen am Himmel stand.

Enda zügelte die Ochsen und zeigte mit ausgestrecktem Finger. »Seht! Das ist ein gutes Vorzeichen!«

Die gesamte Gruppe machte halt, während Falcon und Mael und Rinn sich an die Spitze der Gruppe stellten, um das Vieh anzuhalten. Da sie seit der Morgendämmerung unterwegs waren, ließen sich die ermüdeten Tiere ohne Mühe zu einer kleinen Herde zusammentreiben. Sie standen träge herum und senkten die Köpfe, um vom trockenen Gras und den zarten Wildblumen der Küste zu fressen.

Die Siedlung war immer noch ein Stück entfernt und erhob sich auf einer breiten und flachen Halbinsel, die sich ins Meer hinausschob. Balor starrte voller Erstaunen, denn noch nie hatte er so viele Gebäude an einer Stelle gesehen. Es gab hohe Palisaden und Häuser, Zelte und kleine eingezäunte Gärten. Doch seine Aufmerksamkeit wurde viel stärker von der ruhigen, blauen Bucht angezogen, die windgeschützt vor dem Komplex des Handelspostens lag.

Was vor dem schmalen Strand dieser Buch lag, raubte Balor den Atem. Schiffe, Boote, Wasserfahrzeuge in jeder Größe und Gestalt fuhren ein und aus oder lagen wie schlafende Vögel auf dem Wasser. Das Herz des Jungen erfüllte sich bei diesem Anblick mit Ehrfurcht.

Welche davon waren so wie die Schiffe seines Vaters?

Ein heftiges und heißes Zittern lief durch seinen Körper, als er sich für einen Augenblick vorstellte, wie die Schiffe in Flammen aufgingen und verbrannten. Die Schiffe seines Vaters. Manannans Schiffe. *Seine* Schiffe. Ja! Sie hätten eines Tages ihm gehört, wenn sein Vater nicht befohlen hätte, sie zu verbrennen. Als Erstgeborenem der MacLirs wären sie eines Tages seine geworden! Sein Vater hatte an jenem Tag sein Erbe zerstört, sein Recht, als Seeräuber über die Meere zu kreuzen, sein magisches Schwert auf einen roten Horizont gerichtet, auf der Fahrt zu noch unentdeckten Feinden …

»Balor!«

Eine Hand hatte seine Schulter berührt. Er drehte sich überrascht um. Fomor war neben ihn getreten.

»Ich möchte mit dir reden, Balor.«

Der Junge blickte zu ihm auf, zu seinen Lumpen, seinem ungepflegten Haar und seiner Hand mit dem Helm, der die denkbar widerwärtigste Verspottung für einen Krieger darstellte. Etwas wand sich in seinen Eingeweiden, etwas Häßliches, Schwarzes, das vor Haß und Verzweiflung stank. »Warum sollte ich mit dir reden wollen? Ich will dich nicht einmal ansehen! Du bist nicht mehr mein Vater!«

Dann floh er. Er lief, bis sein Herz in seinen Ohren pochte und er dachte, er müßte an Erschöpfung sterben. Er lief, bis er stolperte und zu Boden fiel, und erst, als er benommen im tiefen, kitzelnden Gras des Küstenlandes lag, bemerkte er, daß er wie ein Baby heulte.

Balor erhielt keine Gelegenheit, seine Unbeherrschtheit zu bereuen. Blaheen rief ihn zurück an die Arbeit.

Die Reisegruppe schlug gerade ihr Lager auf den Klippen in Sichtweite der Siedlung auf, als Balor zögernd zum Ochsenkarren zurückkehrte. Er war rechtzeitig eingetroffen, um zu sehen, wie Vertreter des Handelspostens auf ihren Pferden gebieterisch zwischen die Leute des Clans galoppierten.

Es waren sechs Männer, die auf großen, schönen Pferden saßen, deren kunstvoller Schmuck in der Sonne glänzte. Zwei der Männer bestaunte Balor mit offenem Mund, denn er hatte noch nie so dunkelhäutige Menschen gesehen. Sie hatten runde Gesichter mit ausgeprägten Zügen, kurze gestutzte Bärte, aber ohne Haare auf der Oberlippe. Ihr Haar glänzte genauso wie der eingeölte Bart und war rabenschwarz und so lockig wie Schafwolle. Alle trugen beeindruckende Speere mit kupfernen Spitzen als Waffen, dazu Messer in Gürtelscheiden und seltsame, ungewöhnlich kleine Bogen, die sie an einem Gurt auf dem Rücken trugen. Einer der hellhäutigeren Männer – der Anführer der Gruppe, wie Balor an der überheblichen Haltung auf dem Pferd erkannte – hatte eine Axt mit dem Schaft durch seinen Gürtel gesteckt. Tethra stieß Balor an und flüsterte: »Schau dir diese Axt an! Hast du so etwas schon einmal gesehen?« Balor hatte es nicht. Die Klinge der Axt bestand nicht aus Stein, sondern aus Kupfer, und sie lag wie der schimmernde Kopf einer goldenen Schlange am Körper des Mannes. So, wie es im Sonnenlicht glänzte, vermutete Balor, daß ihr Biß tödlich sein mußte.

Der Mann, der diese Waffe trug, brachte sein Pferd mit einem heftigen Ruck an den Zügeln zum Stehen. Er war groß und sonnengebräunt, hatte vortretende wasserblaue Augen, einen gewellten Schnurrbart und lange, vom Wetter gebleichte braune Zöpfe. Unter seiner guten Kleidung neigte sein muskulöser Körper leicht zur Fettleibigkeit. Das Leben in der Siedlung der Becherleute war offensichtlich angenehm.

Fomor näherte sich ihm mit der Unterwürfigkeit eines Hundes, der nicht weiß, ob man ihm einen Fußtritt versetzen wird. »Einen guten Tag«, sagte er. »Und mit wem habe ich die Ehre, und was könntet Ihr wohl von so armen und einfachen Leuten wollen?«

Der Mann musterte ihn mit unverhohlener Verachtung. Als er antwortete, sprach er mit einem Akzent, den Balor später immer wieder bei bestimmten Völkern aus dem Land jenseits des Meeres hören sollte. »Ich bin – ich meine, ihr habt die Ehre mit Horsa, dem Faktor von Alhorn. Und was ist euer Ansinnen?«

»Nun, ich bin Scallatha, das Oberhaupt dieser guten und friedliebenden Menschen«, antwortete Fomor, während er sich nicht wie ein Mann, sondern wie ein Mädchen verbeugte. »Wir sind nach Alhorn gekommen, um unser Fleisch gegen Bier und Vergnügungen einzutauschen und was es sonst noch an schönen Dingen geben mag, die arme Seelen wie wir uns leisten können.«

Der Faktor erhob sich in seinem Sattel und überblickte mit geübtem Blick die Herde, die ein Stück entfernt graste. Dann verzog er das Gesicht. »Auf diesen Hufen steht mehr Haut und Horn als Fleisch, Mann.«

»Wir sind von weit her gekommen«, sagte Fomor.

»Nun, ihr steht offenbar in der Gunst eurer Götter, wie sie auch immer heißen mögen, denn wir haben gerade eine große Gruppe von Steinanbetern auf irgendeiner Pilgerreise die Küste hinauf. Sie sind mit ihrem Essen nicht sehr wählerisch. Ein seltsamer Haufen. Sie studieren und messen die Sternbewegungen. Halten nicht viel vom Handel und den Vergnügungen eines Mannes. Aber sie müssen essen. Und zu dieser Jahreszeit ist in der Stadt am meisten los. Wir können jedes bißchen Fleisch gebrauchen, mag es noch so dürr sein. Aber rechnet nicht damit, einen großen Gewinn zu erzielen!«

Fomor stöhnte auf und reckte seine Hände mit gespreizten Fingern hoch. »Aber es ist bestes Vieh!« jammerte er wie ein Kind, das Vater, Mutter und alle Verwandten verloren hatte. »Wir haben so einen weiten Weg hinter uns. Ihr wollt uns doch wohl nicht um die Früchte unserer Arbeit betrügen, oder?«

»Betrügen?« Der Faktor schnaufte verächtlich. »Ich bin es, der von einem stinkenden Hund betrogen wird! Wir können mehr Fleisch aus einen Pfund Meerwasser auswaschen, als wir von euren Kühen abkratzen können!«

Die Sonne stand hoch am Himmel, als die ersten Händler herauskamen, um sich die Herde anzusehen, und die Sonne war noch nicht untergegangen, als fast alle Tiere verkauft und von ihren neuen Besitzern zu den Schlachtställen fortgetrieben wurden, die sich am Rand der Siedlung befanden. Nicht einmal Fomor hatte damit gerechnet, einen so schnellen und erfolgreichen Handel abzuschließen. Der Faktor hatte offenbar nicht übertrieben, als er vom hohen Fleischbedarf der Siedlung gesprochen hatte. Zweifellos würde das Fleisch der meisten Kühe bereits auf Bratspießen stecken, wenn es dunkel wurde.

Die Jungen standen da und sahen zu, während Morrigan, ebenfalls wie ein Junge gekleidet und mit zerzausten Zöpfen, ein Stück abseits blieb. Sie alle staunten über den Anblick so vieler fremdartig aussehender Menschen im Lager. Horsa war persönlich mit seinen Männern zurückgekehrt, um darauf zu achten, daß er nicht um seinen Anteil an den Profiten betrogen wurde.

Sie sorgten für Ordnung und führten Buch, während sich kleine Gruppen von Menschen verschiedener Gestalten und Hautfarben versammelten, um sich mit Fomor und den Männern des Clans zu streiten. Gelegentlich führten laute Meinungsverschiedenheiten in fremden Sprachen fast zu Prügeleien. Und dann war es, als wäre ein unsichtbares Zeichen gegeben worden, als der Tauschhandel plötzlich besiegelt war und Horsa mit seinen Männern das Vieh und die lauten, streitsüchtigen Menschenmassen zur Siedlung zurücktrieb.

Obwohl die Jungen nicht viel von dem verstanden, was sie gerade erlebt hatten, betrachteten sie erstaunt die vielen Körbe und Becher im Lager, und Fomor MacLir war von der Nasenspitze bis zum Bauchnabel mit Halsketten aus kleinen Muscheln behangen. Er stand fröhlich mit ausgebreiteten Armen da und drehte sich langsam, damit jeder die Ketten sehen und bewundern konnte.

»Schaut nur, was wir alles bekommen haben!« flötete Blaheen strahlend, als die Kinder zu ihr neben den Wagen traten. »Und wir haben noch nicht einmal das Zeug im Karren eingetauscht. Da staunt ihr, was? Aber jetzt an die Arbeit, Jungs! Und du auch, Morrigan! Wir gehen jetzt in die Siedlung. Es ist ein schöner Anblick für jeden, der in den letzten Jahren nur mit Sumpffröschen plaudern konnte!«

Tethra starrte stirnrunzelnd auf Fomor, der sich angeregt mit Draga und Dathen unterhielt. Die beiden Männer schienen völlig von den kleinen Halsketten fasziniert zu sein und waren geradezu begeistert, als der Häuptling sie an seine Männer verteilte. »Wozu in aller Welt sind diese Muscheln zu gebrauchen?« fragte der Junge.

Blaheen hatte gerade einen kleinen, hübsch verzierten Becher begutachtet, als sie sich zu Tethra umwandte. »Diese Halsketten bestehen aus Kauris. Das ist ein Fremdwort, Kauri. Es bedeutet kleines Schwein, weil manche Leute meinen, daß sie so aussehen. Sie sind so wertvoll wie Gold, diese Kauris. Man benutzt sie als Geld, wißt ihr.«

Balor und Tethra warfen sich einen ratlosen Blick zu. Dann brach Balor das Schweigen. »Was ist Geld?« wollte er wissen.

Sie ließ beinahe ihren Becher fallen. »Bei den Zwölf Winden! Wir haben wirklich zu lange in den Sümpfen gelebt!«

Als es bereits dämmerte, verließen sie das Lager. Lose waren gezogen worden, so daß nun Dathen mit den Hunden zurückbleiben mußte, um den Rest der Viehherde und den restlichen Besitz zu bewachen. Morgen wäre er mit Vergnügungen an der Reihe, wenn die anderen auslosten, wer zurückbleiben würde. Als die Sonne hinter dem westlichen Rand der Welt unterging, wurde das ruhige, tiefe Wasser der Bucht im sanften Licht des zu Ende gehenden Tages so dunkel und glatt wie eine Schieferplatte.

Fomor hatte jedem Mann, jeder Frau und jedem Jungen gleiche Anteile an den Kauri-Halsketten gegeben. Dann versammelte er seine Leute, um sie zu warnen: »Vergeßt nicht, falls irgend jemand von euch Ärger macht, werde ich persönlich dafür sorgen, daß der Unruhestifter bis auf die Knochen enthäutet und filetiert wird. Horsa hat uns in der Stadt willkommen geheißen, aber er hat mir gleichzeitig versichert, daß die Ehrengesetze streng eingehalten werden. Diebe werden in der Öffentlichkeit geblendet. Mörder werden aufgespießt. Jeder Mann, der sich einer Frau mit Gewalt nähert, wird kastriert. Und wer absichtlich die Waren eines anderen beschädigt, wird eine Hand verlieren. Also seid vorsichtig. Und vergeßt nie den Zweck unserer Reise. Ihr sollt auf jedes Wort über Nemed MacAgnomain lauschen, und falls jemand in eurer Nähe den Namen des Clans MacLir erwähnt, sollt ihr den Leuten sagen, ihr hättet gehört, daß er nicht mehr existiert. Jetzt wollen wir gemeinsam trinken, um uns an diese Ziele zu binden.« Er nickte Enda zu, was das Signal für sie war, das Methorn zu holen. Sie eilte zum Karren, wo der große, inzwischen fast leere Mettopf aus dem Dorf im Schatten eines Rades stand. Am Krug hing ein Trinkgefäß, das Horn eines Bullen, an einem Haken. Enda füllte das Horn bis zum Rand. Als sie zur Gruppe zurückeilte, schwappte die dunkle Flüssigkeit, die mit dem Bodensatz vom Grund des Kruges durchsetzt war, über ihre Finger und lief ihren Unterarm hinab.

Balor wand sich vor Abscheu über den Trinkspruch, den der Herr nun mit erhobenem Horn ausbrachte.

»Wir werden noch einmal bekräftigen, wozu wir alle vor dem heiligen Altar der Zwölf Winde unser Einverständnis gegeben haben. Um das Überleben des Clans zu sichern, wollen wir jetzt auf seinen ›Tod‹ trinken und auf die Hoffnung, daß Nemed MacAgnomain ebenfalls tot ist, so daß wir nach Farnmoor zurückkehren können, um dort in Frieden weiterzuleben.«

Er trank. Das Horn wurde im Kreis herumgereicht, damit jeder daraus trinken konnte. Draga blickte finster in das Gefäß, als er es an die Lippen setzte, einen Schluck nahm und dann den Handrücken auf den Mund legte, als müßte er einen Würgereiz unterdrücken. Balor konnte die Gefühle seines Onkels sehr gut verstehen, und als er das Horn erhielt, starrte er eine Weile hinein, als würde es Gift enthalten. Alle beobachteten ihn, bis Blaheen, die neben ihm stand, ihn anstieß und gebieterisch aus dem Mundwinkel flüsterte: »Was ist los mit dir, Junge? Trink! Alle müssen trinken!«

Ihre Warnung war unmißverständlich, und er war dankbar dafür, denn er hatte für einen Moment völlig vergessen, daß Fomor alle Leute im Kreis versammelt hatte. Dies war nicht ohne Grund geschehen, denn der Kreis war das Symbol des ewigen Lebens, das durch Geburt und Tod und Wiedergeburt in einem endlosen Band ineinander verwoben war. Wer sich weigerte, auf einen Schwur zu trinken, verließ den Kreis und damit auch die Bruderschaft des Clans. Trotz Balors Bedenken wegen der Strategie seines Vaters würde er so etwas niemals riskieren.

Also trank er – auch wenn er den Met beinahe wieder erbrochen hätte.

Die Halbinsel, auf der die Siedlung erbaut worden war, ragte wie der Rücken eines riesigen gestrandeten Wals ins Meer. Wo sich der Rücken absenkte und in den schmaleren Schwanz auslief, berührte er die Küste und bildete so einen natürlichen Windschutz für den einladenden Hafen, wie ihn sich kein Seemann besser wünschen konnte.

Sogar jemand, der nicht zur See fuhr, konnte die Möglichkeiten erkennen, die dieser Ort bot, und während sich die Reisenden näherten, erklärte der Häuptling den jüngeren Männern, daß die Siedlung zweifellos eine Zwischenstation für jene darstellte, die auf dem Weg zur fernen Insel oder dem Großen Tal waren, dem wichtigsten Handelsweg entlang der weiten Meeresbucht, die in das nördliche Rückgrat der Insel Albion einschnitt.

»Die Welt treibt immer mehr Handel«, sagte er. »Fluten von Menschen strömen über das Land und die Meere ... ständig hungrig und begierig auf Dinge, die es in ihren Heimatländern nicht gibt.«

Als sie über den ausgetretenen Weg gingen, der an den Klippen entlang und dann nach unten zum langen Küstenbogen verlief, wo er sich mit dem Hauptweg traf, der direkt in die Siedlung führte, sahen sie, daß sie nicht die einzigen Händler waren, die ihre Lager außerhalb der Stadt aufgeschlagen hatten.

»Nur die Götter wissen, wie weite Wege einige von ihnen zurückgelegt haben«, bemerkte Fomor. »Aus Magan, Tarshish, Ophir, Thule ... ja, ihr werdet Menschen aus allen Himmelsrichtungen finden. Und ihr werdet jede Menge Vergnügungen in der Siedlung antreffen. Ich möchte zwar, daß ihr sie nach Belieben nutzt, aber ihr sollt nicht vergessen, zu welchem Zweck wir gekommen sind.«

Balor war nicht in Stimmung, ihm zuzuhören oder sich in der Nähe eines anderen aufzuhalten. Er schrie Morrigan an, als sie versuchte, mit ihm Schritt zu halten, und seine schlechte Laune hatte bald auch Tethra von seiner Seite vertrieben. Als sie den Strand erreichten, blieb Balor hinter den anderen zurück und begaffte ungeniert die Fischhändler. Sie waren sogar noch verdreckter als Fomors Gruppe. In der Abenddämmerung hockten sie in verwahrlosten kleinen Hütten, während ihre Frauen an rauchenden Feuern aus Treibholz und trockenem Seegras hockten und winzige Fische auf Spießen brieten und lautstark ihre Ware jedem anboten, der vorbeikam. Der Fisch roch so köstlich, daß Balor sich von einer alten Vettel anlocken ließ. Sie musterte seine Kauri-Halskette mit unverhohlener Gier und gab ihm durch Gesten zu verstehen, das sie eine Kette gegen einen Fisch tauschen würde. Er wollte gerade den Handel abschließen, als der alte Falcon dazukam und sich einmischte.

»Gib ihr drei Kauris für den Fisch, Junge. Keine Muschel mehr!«

Die Frau sah den alten Mann an, als würde sie ihn am liebsten aufspießen und rösten. Sie schrie ihm etwas in einer fremden Sprache zu, worauf er nur mit einem Kopfschütteln antwortete. Er stieß Balor an, als Zeichen, daß sie weitergehen sollten, und als sie es taten, kreischte die Frau plötzlich auf, als wäre sie tödlich verwundet worden. Mit einem verzweifelten Seufzer hielt sie drei Finger hoch.

Balor löste drei Muscheln von der Kette, verknüpfte die Schnur wieder, gab der Frau ihre Kauris und nahm den Fisch. Zu seiner Überraschung begann sie plötzlich zu heulen.

»Achte nicht darauf«, riet Falcon, als er ihn wegführte. »Du mußt lernen, mit diesen Leuten zu feilschen, Junge. Es sind gerissene Händler, die deine Unerfahrenheit ungeniert ausnutzen. Wenigstens eins solltest du auf dieser Reise lernen: Wenn du dich selbst für stark und klug hältst, werden es auch andere von dir glauben … und wenn sie es glauben, wirst du bestätigt, daß es wirklich so ist! Also geh stolz und selbstbewußt, Junge, als wüßtest du genau, wohin du gehst und was dich dort erwartet! Aber sei nicht zu stolz und mutig, damit andere nicht auf die Idee kommen, dich in deine Schranken zu weisen. Bleib immer in der Nähe des alten Falcon. Ich werde dafür sorgen, daß du nicht auf die Nase fällst, während du deine Lektionen lernst.«

Sie gingen schweigend weiter, während Balor seinen Fisch aufaß. Dann bückte er sich, um sich die Schuhe auszuziehen, da er den Wunsch verspürte, das Meer auf der Haut zu spüren. Der Strand war steinig und schmerzte an den Füßen, doch das Wasser war so klar wie der Bernstein von Huldres Amulett und genauso kalt und farblos wie ihre Augen. Es war ein angenehmes Gefühl, hineinzuwaten und sich die leichte Brandung um die Waden spülen zu lassen.

Der Fisch hatte ihn durstig gemacht. Er bückte sich und schöpfte eine Handvoll Meerwasser. Als er davon gekostet hatte, leckte er sich über die Lippen.

»Es ist salzig«, sagte er lächelnd, »und köstlicher als Met.«

Der alte Falcon stand am Wasser und betrachtete den Jungen mit feuchten Augen. »Du sprichst wie ein wahrer Sohn des Clans MacLir«, sagte er. »Söhne des Meeres. Ja, dieser Name paßte einmal zu uns wie eine gute, straffe Haut – in den Tagen, als wir noch Seeräuber waren.«

Bei diesen Worten erhob sich der Junge und blickte den Strand hinunter, wo hinter den kleinen Booten die ersten Kais ins Meer hinausragten und größere Schiffe vor Anker lagen. »Welche von diesen Schiffen sind wie Manannans?«

Der alte Mann sah blinzelnd in die Ferne und gleichzeitig in die Vergangenheit. »Keine. Unsere waren auch viel größer. Mit schlankem Kiel, doppeltem Bug und breitem Deck. Und mit langen Schnäbeln und geschnitzten Wolfsköpfen am Bug. In den meisten gab es Platz für dreißig Ruderer, und manche waren sogar noch größer. Es waren große, stolze Schiffe mit grünen Segeln, und Manannans eigenes Schiff, der *Wellenbrecher*, war das größte von allen. Sein Anblick sollte jedem, der es sah, Furcht einflößen. Viele von uns weinten, als der Herr es in Brand steckte. Aber er hat richtig gehandelt. Ja, so ist es, obwohl ich damals nicht weise und mutig genug war, um es zu verstehen. Laß uns jetzt weitergehen. Die Tage der MacLirs sind für immer Vergangenheit. Wir sind jetzt die Männer Scalthas! Und dort oben in der Siedlung wartet gutes Ale auf uns, und es gibt tausend Dinge und Erlebnisse, um einen Jungen zu faszinieren und zu bilden, der nie zuvor die Moore verlassen hat!«

Der alte Falcon hatte recht. Obwohl er Balor versicherte, daß Alhorn für einen Handelsposten verhältnismäßig klein war, wurde es für Balor ein überwältigendes Erlebnis.

Als sie die Hälfte des Aufstiegs vom Strand geschafft hatten, verloren sie den Geruch des Meeres und wurden in eine Flut verschiedenster Düfte gehüllt. Von der gegenüberliegenden Seite der Siedlung trug der Wind den Gestank der Viehställe und Schlachthöfe heran, der sich mit dem Geruch der gegerbten Häute und der trocknenden oder in Bottichen gefärbten Wolle vermischte. Es roch auch nach Nahrung, nach Fisch und Fleisch, gekocht, gebraten und geröstet, und nach gebackenem Brot. Es gab den reinen, üblen Geruch der Menschen, gewaschen und ungewaschen, duftend und übelriechend. Und über allem lag ein durchdringender Gestank, der Balor völlig unbekannt war.

Die schlaffen Nasenflügel des alten Falcon blähten sich auf. Er grinste wie ein glücklicher Idiot. »Riechst du das, Junge? Ah! Dieser Geruch ist einzigartig auf der ganzen Welt! Das ist gebrautes Gerstenbier, und niemand versteht sich besser auf diese Kunst als die Becherleute.«

Balor rümpfte die Nase. »Puh!«

»Genau, es ist eine Schande! Sie haben die Vormachtstellung in fast allen großen Handelsposten von den Westlichen Inseln bis zu ihrem Heimatland am großen Fluß, den sie Rhein nennen. Aber nicht etwa, weil sie für die schönen Töpfe und Becher berühmt sind, die ihre Frauen herstellen, oder wegen ihres Rufs als gute Kupferschmiede, die sie zweifellos sind ... Aber welcher durchschnittliche Mensch kann sich schon Kupfer leisten? Und genau das ist der Punkt! Jeder kann sich einen Becher Gerstenbier leisten! Heutzutage kann kein Händler einen Verkauf besiegeln, ohne einen Becher Ale darauf zu trinken, wenn er ernst genommen werden will.« Falcon deutete auf die Hauptpalisade. »Dort stehen die Bottiche, in denen sie es brauen. Und wenn du in die Bucht hinunter schaust, siehst du die großen Töpfe, die aufgereiht an den

Kais stehen. Sie sind voller Ale, möchte ich wetten, und werden zu allen bekannten Häfen der Welt verschifft!« Er hielt inne, um den Geruch tief einzuatmen. »Ach, wie berauschend! Hast du jemals etwas Derartiges gerochen, Junge?«

Balor schnupperte und nickte dann. Mit einem Schulterzucken zeigte er, wie wenig er beeindruckt war. »Für mich riecht es wie Pisse. Du wirst mich nie dazu bringen, dieses Zeug zu trinken!«

Der alte Mann schnappte nach Luft, als hätte der Junge die Götter beleidigt. Er versetzte den Jungen einen heftigen Rippenstoß. »Paß auf, was du sagst, Junge. Hier könnte dich eine solche Meinung gut den Kopf kosten!«

9

Wenn Balor einen ganzen Monat zur Verfügung gehabt hätte, um den Handelsposten zu erkunden, hätte er sich immer noch darin verirrt. Die Siedlung war völlig planlos angelegt worden. Alles stand willkürlich durcheinander. Eine Hauptpalisade war rings um eine Ansammlung älterer Gebäude errichtet worden, und dort befand sich auch die Wohnung des Faktors, mit Blick auf das Meer, um sofort auf jeden Neuankömmling – ob freundlich gesonnen oder nicht – aufmerksam zu werden. Es gab Festungsanlagen und gepflasterte Gehwege, doch alles andere war ein einziges Chaos.

Es gab Rundhäuser und Langhäuser, offene Plätze und eingezäunte Bereiche. Es gab Läden und Stände und Speiselokale, die jedoch kaum mehr als mit Zeltplanen überdachte oder offene Flächen waren, in denen man ein paar Bänke um Kohlenfeuer aufgestellt hatte. Es gab Töpfergeschäfte, in denen Becher und Gefäße in allen Formen und Größen hergestellt und zum Verkauf angeboten wurden. Es gab Getreideverkäufer und Bäckereien und Herbergen, die kaum mehr als Reetdächer darstellten, unter denen ermüdete Reisende zum Preis weniger Kauris Zuflucht suchen konnten. Es gab Spielhöllen, wo Tiere in Gruben gegeneinander kämpften, während die Männer ringsum Wetten abschlossen. In der Nähe wohnte ein Heiler, der sich auf Krankheiten kleinerer Tiere spezialisiert hatte. Er behandelte Wunden, Räude, Federfäule, und Gerüchten zufolge verkaufte er die Tiere, die er nicht heilen konnte, an seinen Nachbarn, der Fleischpasteten anbot.

Es gab Händler, die Schuhe oder Kleidung verkauften. Es gab Frauen, die Männern die Haare wuschen und gegen eine Kaurimuschel extra mit kupfernen Pinzetten die Nissen herauszupften. Es gab Badehäuser und Spielhäuser und Häuser, wo man, wie der alte Falcon behauptete, Frauen kaufen konnte, aber nur für eine begrenzte Zeit. Es gab große, mit Seilen abgesperrte Bereiche, in denen Ring- und Boxkämpfe abgehalten wurden. Nicht weit entfernt verkaufte eine bucklige Frau Geflügel. Ein zerlumptes Kind mit grausamen Augen humpelte hinter ihr her, um einen verkauften Vogel sofort mit einer stumpfschneidigen Steinaxt zu töten, worauf der Käufer ihn nebenan zu einem günstigen Preis von einer blinden alten Vettel abbrühen, rupfen und braten lassen konnte.

Balor blieb immer in Falcons Nähe, während er all dies begierig mit Augen, Ohren und Nase in sich aufnahm. Als es dunkel wurde, erhellten Fackeln die Straßen und Gassen, die mit Bohlen und Flechtwerk ausgelegt waren. Balor und Falcon blieben stehen, um einem Kupferschmied zuzusehen, der das geschmolzene Metall in Formen goß, damit es abkühlte und später weiterverarbeitet werden konnte. Balor starrte auf die gestapelten Metallbarren und berührte dann voller Ehrfurcht mehrere Beispiele der ausgestellten Kunstwerke des Schmiedes. Messer, Armreifen und eine Axt, die sein Herz vor Begehren rasen ließ, denn sie war so erhaben und tödlich und schön wie die Axt, die er an Horsas Hüftgürtel gesehen hatte. Doch bevor er fragen konnte, wie viele Kauris sie kosten sollte, hatte Falcon seine Gedanken gelesen. Mit einem unmißverständlichen Ellbogenstoß in die Rippen verhinderte er, daß der Junge den Mund aufmachte.

»Was ist los mir dir, Junge?« schimpfte er. »Du raubst mir hier meine kostbare Zeit! Was sollen Viehzüchter wie wir mit solchen verschwenderischen Dingen anfangen? Das ist Schmuck für reiche Leute. Komm jetzt. Hier gibt es nichts, was einen gewöhnlichen Mann interessieren könnte.«

Widerstrebend gehorchte Balor.

Alegeschäfte gab es fast an jeder Ecke, und an jedem nahm Falcon mindestens einen randvollen Becher mit Bier zu sich. Obwohl der Junge sich weigerte, vom säuerlichen Gebräu zu kosten, machte es ihm nichts aus, auf den alten Mann zu warten. Er nutzte die Zeit, um nach den unzähligen Dingen zu schielen, die in den Geschäften und an den Ständen in der Nähe zum Verkauf angeboten wurden. Er tauschte fast die Hälfte seiner Kaurimuscheln für eine Rolle mit hervorragend bearbeiteter und gewickelter Sehnenschnur ein, die er nach seiner Rückkehr ins Dorf dazu benutzen wollte, seinen Bogen neu zu bespannen. Dann kaufte er eine Schale mit heißer, gewürzter Milch, in der Austern gekocht waren. Er trank die Brühe und schlürfte das köstliche, schlüpfrige Fleisch aus den Muscheln. Dann ging er weiter zu einem Stand, wo Schmuckstücke ausgestellt waren. Er hätte sie sich gerne genauer angesehen, doch ein kräftiger, pockennarbiger Mann mit Adleraugen und einem Ring in der Nase scheuchte ihn fort.

Er fand den alten Falcon ganz in der Nähe wieder, wo er mit Oblin, dem Steinmetz, vor dem großen Stand eines Feuersteinhändlers plauderte. Es war ein gewaltiger Stand mit einer ledernen Plane als Dach, mit vollen Beuteln und Körben, in denen sich verschiedene Feuersteinsorten befanden. Am Boden lagen auf Brettern verschiedene Rohlinge, die man kaufen und sich nach seinen Wünschen bearbeiten lassen konnte. Falcon und Balor sahen zu, wie Oblin seine Muscheln gegen einige kleine Knollen eintauschte, die er zu Pfeilspitzen verarbeiten wollte. Dann begann er mit dem Feuersteinhändler um ein größeres, wohlgeformtes Stück zu feilschen. Balor erkannte sofort, daß es eine hervorragende Axt ergeben würde.

Er hörte fasziniert zu, wie sich die zwei Männer stritten.

»Das hier ist ein gutes Stück«, sagte Oblin, während er den grob behauenen Rohling hochhielt. »Aber du verlangst viel zuviel dafür. Siehst du den Schatten, der hier kreuzweise durch den Stein verläuft? Hier wird die Knolle aufbrechen und in Stücke gehen, sobald jemand den Stein bearbeitet. Es gibt auf der ganzen Welt keinen Steinmetz, der mehr als eine Kinderaxt heraushauen könnte, und selbst dafür müßte man sich alle Mühe geben.«

»Komm morgen zur Mittagszeit wieder, und ich werde dir eine Männeraxt daraus gemacht haben. Aber dazu müßtest du einen ehrlichen Männerpreis bezahlen.«

»Danke, ich bin selbst Steinmetz. Ich gebe dir die Hälfte des Preises, den du verlangt hast. Und selbst damit hast du mich noch übers Ohr gehauen!«

Der Feuersteinhändler ließ keins von Oblins Argumenten gelten. »Wofür hältst du mich? Das ist Porphyr, was du da in der Hand hast, Mann! Das ist fast genauso selten wie Grünstein aus dem Land des Nordwindes. Dieser Stein hat einen weiten Weg hinter sich. Er stammt aus den Minen südlich der großen Ebene, wo die Steinanbeter den größten ihrer Tempel gebaut haben. Sie kaufen sämtlichen Feuerstein auf, den sie kriegen können, diese Leute. Guter, feinkörniger Porphyr ist heutzutage nur noch schwer zu bekommen. Ob er nun einen Makel hat oder nicht, er ist jede Kaurimuschel wert, die ich dafür verlange.«

»Ich werde dir zwanzig weniger geben und keinen Kauri mehr.«

»Ich bin Händler, Mann, kein Dummkopf!«

»Da wäre ich mir nicht so sicher, mein Freund. Für deinen Preis könnte ich mir eine Kupferaxt kaufen. Und zwar gleich dort drüben hinter der Ecke!« Er drehte sich um und winkte Falcon und Balor, ihm zu folgen.

»Warte! Ich bin einverstanden. Ihr verdammten Schmiede werdet mich noch in den Ruin treiben! Ich komme dir mit zehn Kauris entgegen. Aber keinen Kauri mehr, sonst würde ich sie dir mit Verlust verkaufen!«

Oblin blieb stehen, brummte und wog die Feuersteinknolle noch einmal in der Hand, während er die Stirn runzelte und mürrisch die Augen zusammenkniff. Er seufzte. Er fluchte. Und er brummte wieder. »Also gut, ich schlage ein. Aber du hast mich übervorteilt und solltest dich dafür schämen.« Er bezahlte den abgemachten Preis und nahm den Feuerstein an, während er den Kopf schüttelte, als könnte er seine eigene Dummheit nicht verstehen.

Als sie sich ein Stück vom Stand entfernt hatten und außer Hörweite des Händlers waren, stieß Oblin einen leisen Freudenschrei aus.

»Bei den Zwölf Winden, daraus werde ich eine Axt machen, die eines Häuptlings würdig ist! Ich habe noch nie einen schöneren Rohling aus Porphyr gesehen!«

Balor runzelte die Stirn. »Ich dachte, du hättest gesagt, der Stein wäre fehlerhaft!«

Oblin blinzelte. »Der einzige Fehler war im Auge des Händlers, mein Junge. Und ich hoffe, du hast gut achtgegeben, wie ich sein Auge getäuscht habe. Ich bin sehr zufrieden mit mir. Kommt jetzt. Zur Feier des Tages werde ich euch beiden ein Bier ausgeben!«

Oblin und Falcon machten sich auf zum nächsten Alestand, gefolgt von Balor, der protestierte, daß er gar kein Bier wollte. Oblin gab ihm daraufhin den Gegenwert eines Bechers Met und schickte ihn fort, doch Balor wurde bald von etwas Hellem tief in einem mit Wolle verhängten Stand abgelenkt.

Er betrat das Geschäft, das sich ein Stück hinter den anderen Ständen an der Straße befand. Es war überfüllt mit Tuch und Kleidern, wie Balor sie noch nie zuvor gesehen hatte – und sich niemals erträumt hätte. Ballen aus weichem, geschmeidigem Stoff in wunderbaren Farben – ganz anders als der derbe, verzogene und löchrige Stoff, der von den Frauen in Farnmoor gesponnen wurde – hing von Gestellen herab, die bis zum Baldachin über dem Dachstuhl hinaufreichten.

Mit grenzenloser Bewunderung ging Balor zwischen dem Tuch hindurch und bemerkte überhaupt nicht die angewiderten Blicke einiger Kunden, die die Nase rümpften, wenn er vorbeikam ... bis er das Stück erreichte, das seine Aufmerksamkeit erregt hatte.

Es war ein Umhang aus einer so schönen und dichten Wolle, daß er überzeugt war, es könnte auf der ganzen Welt kein überragenderes Beispiel vollendeter Webkunst geben. Der Stoff war zu einem Rot gefärbt worden, das so kräftig und dunkel wie Blut war. Auf dem Rücken war ein großes schwarzes Rad als Symbol des Lebenskreises hineingewoben worden. Balor berührte es mit der Hand. Die Wolle fühlte sich unter seinen Fingern gleichzeitig warm und kühl an. Er wußte, daß er diesen Umhang haben mußte, selbst wenn er dazu den letzten Kauri, den er besaß, hergeben mußte.

»He, du da! Laß die Finger von dem Stück! Verschwinde!«

Er drehte sich um und entdeckte zu seiner Überraschung einen Mann mit wütendem Gesichtsausdruck, der sich durch die ausgestellten Stoffe schob und wie ein großer, fleischgesichtiger Bär aus einem Wald auf ihn zukam.

Balor sah keinen Anlaß, vor ihm zurückzuweichen. Er erinnerte sich an die Ratschläge, die er vom alten Falcon und von Oblin erhalten hatte, und raffte sich zu einer überheblichen Haltung auf. »Dieser Mantel ist nicht von schlechtester Qualität. Ich möchte ihn haben.«

Der Mann war vom selben Volk wie Horsa, einer der Becherleute. Mit rotem Gesicht und leicht schielenden Augen unter buschigen gelben Brauen, die mit Grau durchsetzt waren, musterte er Balor. »Du möchtest ihn haben? Siehst du nicht, daß dieser Umhang für einen Mann ist? Er ist viel zu groß und zu gut für einen Floh wie dich. Außerdem ist er längst einem anderen versprochen – einem Herrn, einem Prinz aus einem fernen Land, dessen Familie zu den wichtigsten Händlern in dieser Stadt gehört. Er wurde als Geschenk für ihn in Auftrag gegeben, zu Ehren seines Besuchs aus dem fernen Land Achaia. Jetzt verschwinde aus meinem Laden, bevor die Waren deinen Gestank annehmen und du meine Kunden abschreckst!«

Niemand, nicht einmal Munremar, hatte je mit solcher Verachtung zu ihm gesprochen. Balor holte tief Luft, um sich zu beruhigen, während er sich ins Gedächtnis rief, daß diese Beleidigungen zur Kunst des Feilschens gehörten. »Ich möchte ebenfalls ein Kunde werden«, sagte er und versuchte, genauso selbstsicher aufzutreten, wie er es bei Falcon und Oblin beobachtet hatte. »Ich möchte diesen Mantel haben, Händler! Oder einen anderen in dieser Art. Ich bin nicht ohne Kauris, wie sogar ein Mann mit nur einem halben Auge sehen kann.« Er sprach voller Selbstbewußtsein, denn er war schließlich der erstgeborene Sohn eines Häuptlings.

Doch der Weber ließ sich davon nicht beeindrucken. Sein Gesichtsausdruck wechselte von Verachtung zu offener Feindseligkeit. »Du unverschämter kleiner Hosenscheißer! Gib deine Kauris lieber für ein ordentliches Bad aus! Du hast nicht einmal genügend Muscheln am Hals, um dir auch nur einen einzigen Faden von meinen Stoffen zu kaufen! Such den räudigen Hund, von dessen Rücken du gefallen bist, bevor ich dich zertrete und dein Insektenblut als Farbe benutze!«

Jemand lachte.

Balors Zorn wurde so rot wie der Mantel. Noch nie war er so wütend gewesen. Er konnte sich nicht mehr beherrschen, als er von seinen Gefühlen mitgerissen wurde.

Die Worte sprudelten aus ihm heraus, ohne daß er darüber nachdachte. Er hörte wie aus der Ferne, was sein Mund brüllte, als würde jemand anderer sprechen. »Weißt du überhaupt, wen du als Hund zu bezeichnen wagst, du schweinsgesichtiger Sohn einer ...«

Er spürte zunächst gar nicht, daß ihn etwas von hinten umgeworfen hatte, bis er aus der Dunkelheit aufwachte und wie eine Puppe an einer starken Faust Dragas hing. Über dem schmerzhaften Rauschen in seinen Ohren hörte er, wie der Rotbart sprach.

»Ein nichtsnutziger kleiner Bengel, nicht wahr? Entschuldige bitte, falls er dir Probleme gemacht hat. Bisher ist es mir nicht gelungen, ihm gutes Benehmen beizubringen. Er ist das Geld nicht wert, das ich für ihn bezahlt habe, das kann ich dir sagen!«

Und dann kam die gemeine Stimme des Webers durch den rauschenden Nebel seines Geistes. »Ganz gleich, wieviel du für ihn bezahlt hast, es war auf jeden Fall zuviel. Er ist nicht einmal sein Gewicht in Kuhmist wert! Jetzt verschwindet von hier, denn wie Kuhmist stinkt ihr beide auch!«

Draga sprach nicht mit seinem Neffen. Er stellte ihn auf die Beine und trieb ihn mit brutalen Stößen fort, die ihn beinahe umwarfen, bis sie zwei Straßen und eine Gasse zwischen sich und den Stand des Webers gebracht hatten. Während er eine Hand in die Schulter des Jungen gekrallt hatte und ihn nicht losließ, blieb Draga an einem Alestand stehen, und erst als man ihm zwei randvolle Becher hingestellt hatte, ließ er den Jungen frei. Er drehte ihn herum und schickte ihn mit einem heftigen Tritt zu einer von mehreren unbesetzten Bänken auf der anderen Seite des Bierausschanks.

Draga folgte ihm und setzte sich. Mit einem Kopfnicken deutete er an, daß Balor dasselbe tun sollte. Als der Junge zögerte, knurrte der Rotbart.

»Setz dich hin, oder ich sorge mit einem Faustschlag dafür, daß du es tust!«

Balor tat wie befohlen.

Draga schob ihm einen Becher hinüber. »Trink!«

»Mir wird schon übel, wenn ich das Zeug nur rieche.«

Das Gesicht seines Onkels zuckte vor unterdrückter Wut, als er den Becher mit einem Ruck gegen Balors Brust stieß, wobei Bier auf sein Hemd schwappte. »Trink es bis zum letzten Tropfen aus! Und hör nicht eher auf, bis ich ›Halt‹ sage. Wenn du in den Becher kotzt, wirst du auch das trinken. Ein für allemal, Balor, du wirst tun, was man dir sagt, oder ich werde, bevor diese Nacht vorüber ist, meinem Bruder Mitteilung machen, daß sein erstgeborener Sohn von einem Bullen in den Viehhöfen zu Tode getrampelt wurde.«

Der Junge beobachtete seinen Onkel mißtrauisch, während seine Hand an die Kehle griff, in der ein dicker Kloß steckte. »Und dieser Bulle wirst du sein?«

»Es wird mir das größte Vergnügen bereiten, darauf kannst du dich verlassen.«

Ihre Blicke trafen sich, und Balor wußte, daß es besser für ihn war, wenn er trank.

Draga sah ihm zu, bis der Becher fast geleert war und die Augen des Jungen von der Anstrengung hervortraten.

»Gut«, sagte der Rotbart. »Es reicht. Ich will nicht, daß du mich vollkotzt.«

Balor ließ den Becher sinken, und als er seinen Onkel ansah, stellte er zu seiner Überraschung fest, daß er jetzt offenbar in dreifacher Ausführung vorhanden war.

Draga musterte ihn mit finsterer Miene. »Gut. Jetzt bist du betrunken. Das wird deinen Übermut ein wenig dämpfen. Jetzt verrate mir, was der Weber gesagt hat, daß du die Beherrschung verloren hast!«

»Er hat mich einen Hosenscheißer genannt … und einen Floh … und dann sagte er mir, ich sollte zu dem räudigen Hund gehen, von dessen Rücken ich gefallen bin.« Die Worte kamen nur widerwillig hervor, als würden sie an seiner Zunge oder in seiner Kehle festkleben.

Dragas Miene wurde noch finsterer, und er senkte seine Stimme, so daß sie kaum noch zu hören war. »Und dann hättest du beinahe gesagt, daß der Hund der Wolf ist, um deinen Stolz wiederherzustellen?«

»Ich war wütend. Ich habe nicht nachgedacht.«

»Ich sage dir jetzt, Neffe, daß es eine glückliche Fügung für uns alle war, daß ich dich gerade noch rechtzeitig zum Schweigen bringen konnte! Auch wenn mir der Plan meines Bruders nicht gefällt, habe ich bei den Zwölf Winden geschworen, daß ich nichts unternehmen werde, um ihn zu vereiteln. Genauso wie du.«

Diese Wahrheit war ernüchternd. Die Welt nahm allmählich wieder ihre gewohnte Perspektive an, während die Taubheit in seinem Gesicht nachließ. In seinem Genick schmerzte es. Er fühlte vorsichtig mit den Fingern nach der verletzten Stelle. Am unteren Hinterkopf hatte er eine angeschwollene Beule, aus der es blutete.

Draga kippte sein Ale mit mehreren lauten Schlucken hinunter und schüttelte dann den Kopf, als er sich den Schaum aus dem Schnurrbart wischte. »Tut mir leid, daß ich dir einen so heftigen Schlag verpassen mußte.«

»Schon gut«, sagte der Junge, dem plötzlich müde und schwindlig vom Bier wurde. Er blickte seinem Onkel genau in die Augen. »Ich war wütend, weil ich mich schämte, wie ich für unser komisches Spiel aussehen, handeln und riechen muß. Und ich schäme mich, daß Fomor mein Vater ist. Onkel, wie schaffst du es, diese Schande zu ertragen?«

Diese Frage traf den Rotbart völlig unvorbereitet. Er legte dem Jungen seine starke, breite Hand auf den Oberschenkel, seufzte und nickte ihm freundschaftlich zu, der viel zu lange kein Freund mehr gewesen war. »Ich glaube, daß wir beide vielleicht gar nicht so verschieden sind. Du weißt, was ich von dieser Farce halte, Neffe. Ich habe nie ein Geheimnis aus meinen Gefühlen gemacht. Aber es ist nun einmal das Spiel des Häuptlings, und solange der Rat seine Entscheidung unterstützt, müssen wir mitspielen.«

Sie saßen eine Weile schweigend da. Dann besetzte eine Gruppe lachender und grölender junger Männer die Bänke neben ihrer. Balors Kopf schmerzte immer heftiger, und als der Rotbart es bemerkte, ließ er ihn stillsitzen, während er die Verletzung untersuchte. Er stieß einen leisen Pfiff aus und schnalzte mit der Zunge.

»Ich hab's dir ganz schön gegeben, was, Junge? Wenn ich das nächste Mal Verwandte verprügele, sollte ich vorher meinen Ring abnehmen. Komm mit, Balor, der Glücksbringer. Ich kenne einen Ort, wo wir etwas bekommen, womit sich deine Schmerzen lindern lassen. Du wirst dich in kürzester Zeit völlig losgelöst von dieser Welt fühlen!«

Sie liefen gemeinsam durch die Straßen, die nun nicht mehr so überfüllt waren. Balor sah, daß einige Geschäfte bereits zur Nacht geschlossen waren. Man hatte Planen heruntergelassen, um sie zu verschließen, oder die Verkäufer hatten einfach ihre Lampen gelöscht und sich in der Dunkelheit neben ihren Waren schlafen gelegt.

In einer besonders schmalen Sackgasse hielten sie vor einem Stand an, von dem ein länglicher Wimpel hing, der den Passanten verriet, was es hier zu erwerben gab. Der ausgefranste Stoff hatte eine tiefe purpurne Farbe, die in der Dunkelheit der Straße unangenehm aussah, und darauf war eine exotisch wirkende, schwellende Samenkapsel auf einem langen Stiel gestickt.

»Wir sind da«, verkündete Draga. »Das auf dem Wimpel ist die Kapsel des Friedens. Ein Schluck vom Nektar, der aus ihrem Öl hergestellt wird, wird dich jeden Schmerz vergessen lassen, Neffe! Das garantiere ich dir!«

Sie betraten den Stand. Das einzige Licht spendete eine Talglampe im Hintergrund des Raumes. Im Gegensatz zu anderen Verkaufsständen war dieser rundum mit schweren Stoffen verhangen, und der Boden war mit Schilfmatten bedeckt. Körbe und Säcke standen ordentlich aufgereiht an der einen Wand, Becher und Töpfe auf der anderen. Getrocknete Kräuter hingen von den Dachsparren, daneben tote, ausgedörrte Vögel und Fledermäuse und andere Dinge, die Balor nicht genauer identifizieren wollte. Er zuckte bei ihrem Anblick zurück und verspürte Ekel, denn obwohl der Raum sauber und aufgeräumt wirkte, war die Luft mit fremdartigen, schweren Gerüchen verpestet. Sein Hinterkopf begann pulsierend zu schmerzen, während er darum kämpfen mußte, sich nicht zu erbrechen.

Mehrere Pritschen standen in einer Reihe an der hinteren Wand. Zwei waren von Männern belegt, die wie bewußtlos dalagen. Der Kopf des einen war in blutige Verbände gewickelt, und der andere hatte sogar in der schwachen Beleuchtung den grau-grünen Farbton einer frischen Leiche. Balor war überzeugt, daß der Mann tot war, bis er schnaufte, sich auf die Seite drehte und seinen Schlaf schnarchend fortsetzte.

Etwas Warmes und Weiches wickelte sich mit einem leisen Vibrieren um Balors Bein. Erschrocken trat er danach, und mit einem Laut, wie er ihn noch nie zuvor gehört hatte, kreischte es auf und flüchtete in die Schatten. Es sprang in einen großen Korb, drehte sich um und starrte ihn aus der Dunkelheit an. Die Augen leuchteten gelblich, und die senkrechten Pupillen waren kaum mehr als schwarze Schlitze. Es fauchte und gab dann wieder diesen seltsamen Laut von sich. *Maauuchch!* Der ungewöhnlich lange Schwanz zuckte.

»Was im Namen der Zwölf Winde ist das?« fragte er, während er erschrocken nach Dragas Arm griff.

Der Rotbart lachte. »Hast du noch nie eine Katze gesehen, Balor?«

Balor schluckte. Nein, das hatte er nicht. Es gab keine Katzen in den Mooren, und er war froh darüber.

Jemand kam aus der Dunkelheit auf sie zu, ein Mann mit einer Lampe, die er so hielt, daß das Licht nach vorne schien und er selbst im Dunkeln blieb. »Geht denn niemand in dieser Siedlung jemals schlafen? Wer seid ihr? Seid ihr krank oder verwundet?« Die Stimme sprach im abgehackten Tonfall, der typisch für jemanden war, der eine Sprache gut beherrschte, die nicht seine eigene war.

»Ich habe hier einen Jungen, der etwas von beidem ist. Er könnte gut einen Schluck Mohnnektar vertragen.«

Der Mann zischte verärgert durch die Zähne, als er die Lampe auf einem kleinen, niedrigen Tisch zu seiner Linken abstellte. Jetzt konnte Balor ihn erkennen. Er war ein hellhäutiger, glattrasierter Mann im mittleren Alter und so kahl wie ein Ei. Sein Unterkiefer wies die bläuliche Schattierung auf, wie sie typisch für die Männer war, die ihre Bärte abrasierten. Er trug ein langes, gut gearbeitetes Gewand, das aus Leinen zu bestehen schien und an den Hüften von einer einfachen Schärpe zusammengehalten wurde. Er musterte sie sorgfältig. »Mohnnektar, so so! Alle wollen Mohn, und jeder weiß, wo er danach fragen kann! Ich bin Heiler und kein Traumverkäufer. Aber komm mal her, Junge, und laß mich deine Wunde sehen und ob deine Augen geweitet sind.«

Balor wollte sich nicht von der Stelle rühren, doch Draga stieß ihn vorwärts. Plötzlich hatte der Heiler ihn gepackt und befühlte ihn mit starken Händen und tastenden Finger, die so unerbittlich wie die Krallen eines Raubvogels waren. Balor schrie auf und wollte sich losreißen, doch der Heiler hielt ihn so lange fest, bis er die Verletzung untersucht und ihm tief in die Augen geblickt hatte, wobei er einen Finger vor seinem Gesicht hin und her bewegte.

»Hmmm«, sagte er schließlich, als er den Jungen entließ. »Du bist in Ordnung. Du wirst den Mohn vertragen. Aber die Wunde ist recht tief. Sie sollte gesalbt und genäht werden.«

Und so geschah es. Wie Draga versprochen hatte, spürte Balor überhaupt keine Schmerzen mehr, nachdem er aus einem Fläschchen mit Mohnsaft getrunken hatte. Er hielt still, während er genäht wurde, und lächelte sogar, als er Dinge sah, die eigentlich gar nicht vorhanden waren. Die Katze, so schwarz wie die Schatten des Raumes, sah ihn an und lächelte. Balor lächelte wie ein Trottel zurück und mußte dann laut lachen, weil die Nadel des Heilers ihm ein unerträgliches Kitzeln verursachte. Er verkrampfte sich kichernd. Der Heiler sagte ihm, er solle sich ruhig halten. Das tat er. Er war so reglos wie ein Stein und dann genauso schwer. Er sah fasziniert zu, wie die Katze aus dem Korb zu fließen schien und dann in einem See aus Schatten auf dem Boden zwischen zwei mannsgroßen Krügen zerschmolz. Erschrocken glaubte er ein Gesicht zu sehen, das zwischen den Krügen über dem Schattensee schwebte und ihn anstarrte. Es war weiß und hatte große Augen, die so wachsam wie die Augen einer Nachteule waren. Es war Morrigans Gesicht. Ein Blitzschlag des Entsetzens durchzuckte ihn. Er blinzelte, und da war das Gesicht plötzlich verschwunden. Nur noch die Katze lag zusammengerollt am Boden und schnurrte laut, während sie sich die Pfoten leckte.

»Er hat noch nie zuvor Mohn genossen, wie ich sehe«, sagte der Heiler. »Halte ihn während der nächsten paar Stunden in deiner Nähe, bis er wieder er selbst ist.«

Balor wußte nicht genau, wann er wieder zur Besinnung kam. Er wußte nur, daß er irgendwann wieder hellwach war und die Welt wieder wie gewohnt aussah. Er lag auf der Seite, in seinen Umhang gehüllt, neben einer größeren Versammlung vieler Männer. Er hörte sie reden, die leisen Gespräche der späten Nacht, vor Müdigkeit in die Länge gezogene Worte, tiefes und etwas gedämpftes Lachen, wie gelegentliche Funken in einem Feuer, das schon fast erloschen war.

Einige Zeit war vergangen. Wieviel, konnte er nicht sagen ... vielleicht mehrere Stunden. Der Himmel über ihm lag hinter einem dünnen Grauschleier, durch den die Sterne wie weit entfernte Lagerfeuer schimmerten. An ihrer Stellung erkannte er, daß es bald dämmern würde.

Noch bevor er in der Lage war, aufzustehen und sich umzusehen, wußte er, daß Draga ihn aus der Siedlung in die Nähe der Viehställe gebracht hatte. Er konnte die Tiere riechen, und gelegentlich muhte eine Kuh oder wieherte ein Pferd. Da war auch das ferne, beruhigende Rauschen des Meeres und das Flüstern des Windes im hohen Gras. Doch es waren die Männerstimmen, die ihn aus der schweren, schwarzen Bewußtlosigkeit geweckt hatten, in die ihn der Mohn hatte fallen lassen. Das und noch etwas anderes ... das Gefühl, daß jemand in seiner unmittelbaren Nähe war, sein Amulett betastete, das ihm während des Schlafs aus dem Hemd gerutscht war.

Er setzte sich mit einem Ruck auf, griff nach dem Talisman und stopfte ihn hektisch wieder unter sein Hemd.

Wütend starrte er auf den Eindringling – das Kind mit den grausamen Augen, das er früher am Abend im Gefolge der buckligen Frau gesehen hatte, die Geflügel verkaufte.

»Was machst du da?« wollte er wissen.

Die grausamen Augen waren so weit aufgerissen wie die einer Schlange. »Dein Onkel hat mich bezahlt, damit ich über dich wache, solange du schläfst. Er ist mit den anderen zum Spielen gegangen. Das ist ein seltenes Amulett, das du da trägst. Ich habe noch nie ein reineres Stück Bernstein gesehen und auch noch keins von so ungewöhnlicher Form. Komisch, daß jemand aus einem so armen Clan so etwas besitzt. Und dazu noch jemand, der so weit von Süden kommt. Es würde dir ein Vermögen einbringen, wenn du es eintauschen würdest. Ich könnte dir zeigen, wo du den besten Preis dafür bekommst, gegen einen kleinen Anteil, versteht sich.«

»Es ist unverkäuflich!« Balor starrte seinen Aufpasser an, als ihm allmählich eine erstaunliche Erkenntnis kam. Dieses Kind war überhaupt kein Kind. Der Junge war mindestens sechzehn Jahre alt, ein Mann, aber ein Zwerg. Und er hatte etwas an sich, das ein beunruhigendes Gefühl in Balors Eingeweiden aufsteigen ließ.

Der Zwerg musterte ihn mit einem Blick, der bis auf die Knochen zu gehen schien. Seine Augen waren so grau wie die tiefen, dunklen Höhlen, in denen sie lagen, und so scharf wie die dünnen, aufgesprungenen Lippen, die sich nun teilten und die großen, krummen Zähne eines Erwachsenen enthüllten. »Entschuldigung«, sagte er. »Ich wollte dich nicht wütend machen.«

»Wo ist mein Onkel?« fragte Balor und stand auf. Er verspürte den Drang, aus der Nähe dieses mißgestalteten Mannes zu verschwinden.

»Beim Spiel, das ihm bisher jedoch nicht viel Glück gebracht hat. An deiner Stelle würde ich ihn jetzt nicht unbedingt stören ... es sei denn, du kannst die Zauberkräfte deines Amuletts zu seinen Gunsten einsetzen.«

Balor zog seinen Umhang an und überprüfte, ob der unangenehme Fremde ihn etwa um seine Kauri-Halsketten oder die Rolle Sehnenschnur an seinem Gürtel erleichtert hatte. »Was ich kann oder nicht kann, geht dich gar nichts an. Laß mich jetzt allein. Ich will nichts mit dir zu tun haben.«

Vielleicht übte das Amulett wirklich seine Zauberkräfte aus. Balor wußte es nicht. Er wußte nur, daß Fomor und die anderen Männer des Clans nirgendwo zu sehen waren, und von dem Augenblick an, als er hinter Draga trat, begann der Rotbart zu gewinnen. Alles, was er anfaßte, brachte ihm einen Gewinn nach dem anderen ein. Er versuchte sein Geschick mit dem Bogenschießen, dem Axtwerfen und der besonders schwierigen Kunst, einen Stein mit einer Schlinge auf ein Ziel zu schleudern. Als es ihm zu langweilig wurde und seine Trunkenheit zunahm, wandte er sich wieder herkömmlicheren Wurfspielen zu und hatte bald ein gutes Paar neuer Sandalen von einem Schuhmacher und einen kupfernen Ohrring von einem mürrischen Schmied gewonnen. Dann zog es ihn wieder zu den Kampfspielen, und nach einer ausgedehnten, heißen Wettkampfrunde im Speerwerfen erhielt er von einem Pferdehändler ein schönes graues Pony. Der Pferdehändler erlitt beinahe einen Schlaganfall und schwor, daß er den Einsatz verdoppeln würde, wenn Draga sich auf eine weitere Runde einließ. Doch der Rotbart hatte längst das Interesse an diesem Spiel verloren. Es wurde spät, und er sagte Balor, daß er sich bereits darauf freue, wenn er das Pony nach Farnmoor bringen und es seiner Tochter Dana zum Geschenk machen könnte, um ihr zu zeigen, welche Reichtümer es in der Welt hinter den Mooren gab.

Außerdem hatte etwas anderes seine Aufmerksamkeit erregt und gefesselt. Ein Händler war mit zwei Frauen eingetroffen, die wie Hunde an Halsbändern angeleint waren. Beide waren von Kopf bis Fuß in Mäntel mit Kapuzen gehüllt, die nicht nur die Kühle der Nacht und der Meeresbrise abhalten, sondern auch die Neugier auf das verborgene Geheimnis entfachen sollten. Er führte sie in den Bereich, wo die Männer sich zum Spielen versammelt hatten, und verkündete, welche außerordentlichen Vergnügungen jene erwarteten, die bereit waren, für seine Ware zu bezahlen.

Jemand lachte und spottete: »Komm schon, Mann! Du hast die zwei jetzt schon seit Mittag durch die Siedlung geschleift. Läßt du die armen Mädchen denn niemals schlafen? Schau sie doch nur an! Wie sollen sie unter einem Mann tanzen, wenn sie viel zu müde sind, um sich zu bewegen?«

Der Händler grinste und zeigte dabei die Lücken in seinen grauen Zähnen, als er protestierte: »Meine Mädchen schlafen in den Morgenstunden, wenn die meisten von euch ihren Geschäften nachgehen. Doch von Mittag bis Mitternacht ... das sind die Stunden, in denen ich meinem Gewerbe nachgehen muß und Zeit auf diesen guten und dienstbeflissenen ›Tänzerinnen‹ verkaufe. Gibt es keinen guten und anständigen Mann unter euch, der mir meinen Lebensunterhalt sichern will? Ist niemand von euch bereit, einem hart arbeitenden Mann ein paar Kauris zuzuwerfen, damit er euch wenigstens seine Waren vorführen kann?«

Ein paar Muscheln flogen durch die Luft – nicht viele, aber genügend für den Mann, um sie lächelnd und nickend aufzusammeln und sie gierig in den kleinen Beutel an seinem Gürtel zu stecken. Dann zerrte er die angeleinten Frauen vor, bis sie im Schein eines großen, fast niedergebrannten Lagerfeuers standen.

Balor und Draga hatten sich gerade auf den Weg zum Lager des Clans gemacht, als der Frauenhändler eingetroffen war. Sie wären vielleicht längst außer Hörweite gewesen, wenn das Pony nicht gebockt hätte. Das Tier hatte sich gegen sein Halfter gewehrt, das es bereits wundgescheuert hatte, und Draga, der Pferdeliebhaber, hatte innegehalten, um das Halfter ordentlich zurechtzurücken und das nervöse Tier mit sanften Worten und streichelnden Händen zu beruhigen.

Der Frauenhändler hatte offenbar das glänzende Kupfer an Dragas Ohr gesehen und die Kauri-Ketten bemerkt, die demonstrativ um seinen Hals baumelten. »Du dort, Rotbart! Willst du die letzten flüchtigen Stunden der Nacht in der Gesellschaft eines Jungen und eines Ponys vergeuden? Warum willst du nicht auf einer gescheckten Stute in die Dämmerung reiten, deren Farbe zu dir paßt? Oder du könntest dich auf eine schwarze Stute schwingen, die aus dem fernen Hafen Punt kommt, südlich von Theben, wo das Gras brennt und Männer ihr Leben aufs Spiel setzen, um mit Elfenbein zu handeln!«

Freundliches Gelächter erhob sich in der Versammlung. Balor hörte, wie jemand amüsiert rief: »Nimm dich in acht, Rotbart! Es heißt, daß die ›gescheckte Stute‹ heute schon einem Mann die Nase abgebissen hat, und die schwarze könnte dir ein doppeltes Geschenk für dein Geld machen, nämlich Vergnügen und die Pocken! Aber bei deinem Glück bist du vermutlich immun gegen die Pocken, oder du könntest die ›gescheckte Stute‹ zureiten, damit wir anschließend nicht mehr abgeworfen werden!«

Der Händler schrie protestierend auf, doch er konnte sich nicht gegen das Gelächter durchsetzen, bis jemand rief, daß er endlich die Ware vorzeigen oder die Kauris zurückgeben sollte. Er setzte den zwei Frauen mit seiner Reitpeitsche zu, bis sie ihre Umhänge abwarfen und nackt im Feuerschein standen.

Balor hatte noch nie eine auf diese Weise vorgeführte Frau gesehen, und er hatte auch noch nie einen völlig schwarzhäutigen Menschen gesehen. Die Haut der Menschen, die er bisher in der Siedlung gesehen hatte, war immer noch heller als die dieser Frau gewesen. Im schwachen Licht des Feuers war sie nahezu unsichtbar, wenn nicht das Öl auf ihrer Haut, ihr Sklavenhalsband und die dünnen Kupferreifen um ihre Kehle und die Knöchel gewesen wären. Sie hielt den kurzgeschorenen Kopf gesenkt und stand mit hängenden Schultern und gekrümmten Beinen wie ein müdes Weidetier da. Balor empfand unwillkürlich Mitleid für sie, als der Händler sie mit der Peitsche schlug, damit sie aufrecht stand und ein vorteilhafteres Bild abgab.

Die Männer reagierten unterschiedlich, als der Händler den Preis bekanntgab, den er für eine gewisse Zeit mit diesem Mädchen verlangte. Sie waren alle schon recht müde. Nur zwei der jüngeren Männer feilschten ernsthafter um das Mädchen. Sie konnten sich nicht einigen, wer zuerst an der Reihe sein sollte, bis sie lachend gemeinsam aufstanden und mit ihr in den Schatten verschwanden, um einige Zeit mit ihr zu verbringen.

Jetzt konnte die zweite Frau begutachtet werden. Wie der Händler versprochen hatte, entsprach ihre Hautfärbung der Dragas. Sie war so weiß wie Kalk und sah so wild wie eine windige Seeoberfläche aus. Ihr Haar verbarg ihren Körper bis zu den Schenkeln, und es war so bronzerot und voller Feuer wie ihre Augen. Erst als der Frauenhändler brutal an ihrem Halsband riß, öffnete sie ihren Umhang aus flammendem Haar, damit alle sehen konnten, daß ihr Meister nicht zuviel versprochen hatte. Es gab keinen Zoll an ihr, der nicht mit Sommersprossen übersät war. Sie war in der Tat eine gescheckte Frau, und die Männer lachten und machten obszöne Bemerkungen, während sie auf das unmißverständliche rote Dreieck zwischen ihren Schenkeln und ihrem weißen Bauch zeigten.

Balor errötete und fragte sich, was für ein Gefühl es sein mochte, so ohnmächtig wie das sommersprossige Mädchen zu sein, sich dem Willen anderer unterwerfen zu müssen, auch wenn es zutiefst erniedrigend war. Er drehte sich um, weil er nichts damit zu tun haben wollte.

Doch Draga stand wie angewurzelt da und starrte mit einem Blick auf die gescheckte Frau, den Balor sofort erkannte. Er hatte ihn des öfteren – während die anderen glaubten, er würde schlafen – in der Dunkelheit des Rundhauses gesehen, wenn Huldre nackt vor den Herrn trat und ihm ihre Brüste entgegenreckte, wenn sie ihren Körper auf eine Weise bewegte, daß Balor errötete und sich unter seinen Bettfellen vergrub. Als Draga nun hungrig auf die gescheckte Frau starrte, wurde sein Atem flacher und schneller.

»Bring das Pony ins Lager, Neffe. Sorge dafür, daß es an einer trockenen Stelle angeleint wird und einen warmen Getreidebrei aus dem Hafersack bekommt.« Er trat aus dem Schatten und ging wie in Trance durch die Versammlung, ohne auf die Kommentare der Leute zu hören, die ihm Platz machten. Er hatte nur noch Augen für die gescheckte Frau.

Der Händler kniff gerissen und nachdenklich die Augen zusammen, als er ihn betrachtete. »Nicht so schnell, mein Freund. Diese Stute ist nicht billig. Sie wird dir einen wilden Ritt verschaffen, und es wird dich alle deine Kauris kosten – und deinen kupfernen Ohrring, wenn du sie besteigen willst!«

Die anderen johlten und warnten Draga, daß er übers Ohr gehauen wurde. Doch Draga hörte sie entweder nicht oder wollte gar nicht auf sie hören. Er blieb vor dem Mädchen stehen und ließ es nicht aus den Augen, als er den Kupferring vom Ohr und die Kauris vom Hals nahm und sie dem Händler gab, während er im gleichen Moment nach der Leine des Mädchens griff und es in die Dunkelheit außerhalb der Versammlung führte.

Balor wandte sich ab. Mit einem resignierten Seufzer führte er das widerstrebende Pony langsam fort und fragte sich, von welchem Wahnsinn ein ansonsten vernünftiger Mann getrieben wurde, daß er sein gesamtes Geld weggab, nur um auf einer Frau liegen zu können.

10

In der Dunkelheit ohne Sterne, die hinter der Wolkendecke verborgen waren, war sich Balor nicht sicher, welcher Weg ihn zurück zum Lager seines Clans führen würde. Als er mit dem Pony im Gefolge durch die Nacht irrte, bemerkte er, daß der Zwerg ihn beobachtete. Er beschleunigte seine Schritte und überquerte einen Hügel mit hohem, trockenem Gras, um sich dann hinter einer Gruppe windschiefer Bäume auf die Lauer zu legen. Wie er erwartet hatte, stapfte der Zwerg bald in seinem merkwürdigen, wiegenden Gang an ihm vorbei. Balor konnte den angestrengten Atem des kleinen Mannes hören, als er in die Dunkelheit davonhumpelte. Er bekam eine Gänsehaut, die sich im Genick schmerzhaft in seiner frisch genähten Wunde bemerkbar machte.

Er streichelte beruhigend das Pony, damit es sich nicht rührte oder wieherte und ihn verriet, während er sich fragte, warum er eine solche Abneigung gegen den Zwerg hegte, der nicht mehr getan hatte, als ein völlig verständliches Interesse an Huldres Amulett zu zeigen.

Es war etwas zutiefst Beängstigendes an dem unförmigen Gnom, das überhaupt nicht mit seiner Mißbildung zu tun hatte ... eine unterschwellige Andeutung von Gefahr und Bedrohung. Balor hatte die Grausamkeit in seinen Augen gesehen und mit Ekel auf die bloße Berührung seiner Hände reagiert. Er beschloß, ihm in Zukunft aus dem Weg zu gehen.

Erst als er überzeugt war, daß der Zwerg ihn verloren hatte, machte er sich auf den Weg durch das Gras. Doch nach einer Weile erkannte er, daß es sich nicht um eine Abkürzung handelte, wie er gedacht hatte, weil er sich immer noch nicht auf dem Weg befand, über den er und der alte Falcon vom Strand heraufgekommen waren. Er befand sich auf den Klippen, und das Meer war nun tief unter ihm. Er konnte die Brandung hören und sah links das orangefarbene Glühen der Lichter in der Siedlung auf der Halbinsel.

Dann blieb er stehen. *Links?* Die Siedlung sollte rechts von ihm liegen, wenn er nach Süden wollte. Dann hörte er plötzlich eine Stimme. »Halt!« rief sie, und dann kam ein Mann aus der Dunkelheit, um ihm den Weg zu versperren.

Es war eine Begegnung, die sein Leben verändern sollte, obwohl Balor es zu diesem Zeitpunkt noch nicht ahnen konnte. Es sollte mehrere Jahre dauern, bis er es verstand, denn an diesem Mann gab es nichts Außergewöhnliches. Er war ein dürrer Kerl, dessen bleiche

Hautfarbe und Kleidung ihn in der Dunkelheit leuchten ließ, obwohl nicht einmal der Mond schien.

Das Pony scheute, bäumte sich auf und wollte umkehren, wobei es Balor fast die Leine aus der Hand gerissen hätte. Er brauchte seine gesamte Kraft und die Hilfe des Fremden, um das Tier zu beruhigen.

»Es tut mir leid«, sagte der Mann. »Ich wollte dich nicht erschrecken – sondern nur warnen. Der Weg endet nämlich dort drüben. Wo er früher einmal zur Bucht hinunterführte, hat es vor einiger Zeit einen Erdrutsch gegeben. Der Weg führt direkt in einen tiefen Abgrund. Bei Tageslicht kann man sich dort problemlos zurechtfinden, doch in der Nacht hättest du die Klippe niemals gesehen, wenn du nichts von der Gefahr ahnst.«

Das Pony warf den Kopf hoch. Balor zog das Halfter so nah heran, daß die Wange des Pferdes an seiner Schulter lag und er den Atem des Tieres spüren konnte. Er dankte dem Mann und wollte gerade umkehren, als der Fremde ihn zurückhielt, indem er ihm behutsam eine Hand auf die Schulter legte.

»Warum bist du diesen Weg hinaufgekommen, Junge? Dort gibt es nichts außer dem Lager meiner Mitreisenden. Welches Anliegen könnte dich zu ihnen führen?«

»Ich habe kein Anliegen. Ich nicht weiß nicht einmal, wer diese Leute sein könnten. Ich will nur zurück zum Lager meiner Leute auf den Klippen über dem Strand südlich des Handelspostens. Ich muß irgendwo hinter den Viehhöfen auf einen falschen Weg geraten sein.«

»Nicht unbedingt«, sagte der Fremde in einem seltsamen, nachdenklichen Tonfall.

Trotz der Dunkelheit spürte Balor, daß der Mann ihn ansah, ihn musterte, ihn einschätzte. Das Pony stampfte unruhig, und Balor verspürte den plötzlichen Drang, schnellstens zu verschwinden. »Ich muß jetzt gehen«, sagte er, machte unvermittelt kehrt und empfand Erleichterung, als die Hand des Fremden sich von seiner Schulter löste.

»Der Weg durch die Dunkelheit ist gefährlich, Junge.

Warum wartest du nicht mit mir bis zum ersten Licht der Dämmerung? Ich habe nicht weit von hier ein Feuer gemacht. Außerdem sollte der linke Huf deines Ponys so schnell wie möglich versorgt werden. Es wird noch lahmen, wenn sich niemand darum kümmert.«

Die Einladung klang recht freundlich, aber Balor fühlte sich dennoch unwohl. Warum sagte der Fremde, daß das Pony lahmte, wenn es offensichtlich gar nicht zutraf? Wenn der Mann nun ein Dieb war? Oder ein Sklavenhändler? Balor war völlig allein und wehrlos, hier auf diesen dunklen und verlassenen Klippen. Nur die Zwölf Winde wußten, was der Fremde mit einem unachtsamen Jungen und einem wertvollen Pony im Sinn haben mochte, wenn er es erst einmal geschafft hatte, sie in sein Lager zu locken.

»Ich muß weiter«, sagte Balor und ging den Weg zurück, den er gekommen war, während das Pony ihm dichtauf und mit sicheren und festen Schritten folgte. Dann blieb er kurz stehen, bis das Pony an seiner Seite war, schwang sich auf den Rücken des Tieres, drückte ihm die Fersen in den Bauch und trieb es mit einem Schrei zu einer schnelleren Gangart an.

Doch der Junge war kein Reiter. Das Tier ging in schnellen Galopp über, raste eine Weile durch die Nacht und blieb dann abrupt stehen. Balor verlor den Halt und landete flach auf dem Rücken am Boden, während sich die ganze Welt um ihn drehte. Benommen sah er, daß das Pony mit gesenktem Kopf in seiner Nähe stand und leise schnaufte, während der Fremde neben dem Tier kniete. Es rührte sich nicht von der Stelle und hatte das linke Hinterbein erhoben, dessen Huf der Fremde sachkundig untersuchte. Er warf Balor einen Blick zu und schnalzte tadelnd mit der Zunge.

»Habe ich dich nicht gewarnt, es würde lahmen? Hier ist ein kleiner Stein. Als du geritten bist, hast du ihn tiefer in den Huf getrieben. Er muß herausgeschnitten werden, wenn das Tier keinen Schaden davontragen soll. Was ist los mit dir? Hältst du mich für einen Dieb, der vorhat, dein Pony zu stehlen und dich tot auf den Klippen zurückzulassen?«

»So ist es. Und wer weiß, ob du es nicht wirklich bist und genau das vorhast?«

»Das weiß niemand auf dieser Welt, Junge. Aber wenn es so wäre, hätte ich dich längst getötet und ins Meer geworfen, während dein Pony an meinem Lagerfeuer grasen würde, in Sicherheit und wohl versorgt.« Dann erhob er sich, nahm die Leine des Ponys in die Hand und ging durch die Nacht davon. Das Pony trottete vertrauensvoll hinterher. »Mein Lagerfeuer ist gleich da hinten«, sagte der Fremde, ohne sich noch einmal umzublicken. »Auf der anderen Seite der kleinen Anhöhe. Ich werde mir den Huf deines Ponys im Feuerschein genauer ansehen. Du kannst mir folgen oder es bleiben lassen. Das liegt ganz bei dir.«

Balor verzweifelte angesichts seiner Ungewißheit. »Woher weiß ich, ob ich dir trauen kann?«

Der Fremde setzte seinen Weg unbeirrt fort. »Das kannst du nicht wissen. Aber so ist es nun einmal im Leben, Junge. Wir wissen nie, was uns hinter der nächsten Biegung der Straße erwartet. Nur eins ist gewiß: Was immer dort geschieht, es ist unser Schicksal. Also hat es gar keinen Sinn, davonzulaufen oder sich zu fürchten. Auf lange Sicht können wir unserem Schicksal nicht entkommen.«

Balor folgte ihm. Er war nicht sicher, ob es eine gute Idee war, aber er sah keine andere Möglichkeit.

Falls Balor sich nicht sehr in seinem Onkel täuschte, sollte das Pony, ob verletzt oder nicht, im Lager sein, wenn der Rotbart von seinem Ritt auf der gescheckten Frau zurückkehrte – ansonsten wäre es für Balor wahrscheinlich besser, wenn auch er nicht zurückkehrte. Diese Aussicht war ziemlich ernüchternd.

Balor folgte dem dürren Mann über die Anhöhe und sah zu seiner Erleichterung, daß er Fremde tatsächlich allein an seinem kleinem Lagerfeuer war. Das Feuer war so gut gemacht, daß es fast überhaupt keinen Rauch abgab, und es brannte in einer natürlichen Mulde. Auf dem Hügel dahinter zeichnete sich ein hoher, schmaler Stein als Schattenriß vor dem Nachthimmel ab.

Das Pony war an einem umgestürzten Baumstamm angebunden, und der Fremde saß am Feuer, wo er sich mit äußerster Konzentration dem Huf des Tieres widmete. Obwohl er nicht aufblickte, spürte der Mann Balors Anwesenheit aus der Ferne und durch die Dunkelheit.

»Komm näher, Junge«, rief er. »Wie du siehst, bin ich allein. Dir wird nichts geschehen, und ich könnte gut zwei Hände gebrauchen, die mir dabei helfen, das Pony zu beruhigen, während ich den Schaden wiedergutzumachen versuche, der ihm durch Nachlässigkeit verursacht wurde.«

Also ging Balor weiter, wenn auch vorsichtig, bis er neben dem Fremden stand und tat, worum er ihn gebeten hatte. Der Stein wurde aus dem Huf des Ponys entfernt, der Huf mit einer heilenden Salbe eingerieben und in ein sauberen Leinenstreifen gewickelt, den der Mann von einem Tuch aus seinem Reisesack abgerissen hatte.

»Du kannst das Pony in etwa einer Stunde zurückbringen. Bis dahin wird es hell genug sein, daß du deinen Weg sehen kannst.«

Balor schämte sich wegen seines anfänglichen Mißtrauens und sagte es dem Mann, als er ihm dankte und ihn für seine Dienste mit den wenigen Kauris bezahlten wollte, die ihm noch geblieben waren.

»So ein Unsinn! Ich würde mich niemals für eine Tat bezahlen lassen, zu der ich mich aus reiner Freundlichkeit entschlossen habe.«

Im Licht des Feuers konnte Balor den Mann zum erstenmal deutlich erkennen. Er war alt, weit über Vierzig, den vielen Falten um seine Augen nach zu urteilen. Seine Nase krümmte sich bucklig über breiten, wettergegerbten Lippen, während die Mundwinkel wie die Enden eines halb gespannten Bogens nach oben zeigten. Er war ein breitschultriger, dürrer Mann mit gelbem Haar, das beinahe zu Weiß ausgebleicht und auf Höhe der Ohren abgeschnitten war. Darüber war es lang über seine Schädeldecke gekämmt, um die beginnende Kahlheit zu verdecken. Er trug ein einfaches, kurzärmliges Sommerhemd aus ungefärbter Wolle, die sorgfältig gebleicht und ohne Verzierungen war. Seine Arme und Beine waren lang und sehnig, doch an den straffen Muskeln unter der sonnengebräunten Haut erkannte Balor, daß er überraschend stark, schnell und zäh sein konnte.

Wind war aufgekommen, der kühl vom Meer aufs Land wehte. Als Balor sich neben dem Feuer niederkniete, um sich zu wärmen, blickte er über die glühende Feuerstelle auf den Fremden und fragte ihn nach seinem Namen.

»Man nennt mich Sterngucker«, antwortete er. »Obwohl das nicht mein Name ist. Es ist mein Beruf. Ich gucke in die Sterne und versuche sie zu verstehen.«

»Das scheint mir ein merkwürdiger Beruf zu sein. Deine Gefährten, die weiter drüben ihr Lager aufgeschlagen haben, wie du sagst, sind sie auch Sterngucker?«

»O ja! Nacht für Nacht – falls die Wolken es uns erlauben, versteht sich.« Er beugte sich auf seinem Sitzplatz, dem umgestürzten Baumstamm, vor und stützte sich mit den Unterarmen auf den Schenkeln ab. Seine Augen suchten Balors Blick und hielten ihn nachdenklich fest. »Nachdem wir den Stein aufgestellt und die notwendigen Ausrichtungen durchgeführt hatten, wollte ich eine Weile allein sein. Deshalb bin ich an diesen Ort gekommen. Außerdem wußte ich wohl, daß du kommen würdest.«

Balor runzelte die Stirn. »Ich bin vom Weg abgekommen. Niemand hätte wissen können, wohin ich mich verirren würde.«

»Ich wußte es trotzdem.«

Der Junge kaute an seiner Unterlippe. Das Gespräch führte ihn in Bereiche, in denen er sich unwohl fühlte. Es wäre wohl besser, das Thema zu wechseln. »Du sagst, du hättest einen Stein aufgestellt. Was für einen Stein und warum?«

»Den hohen Stein auf dem Hügel hinter dir. Zum erstenmal wurde er von den Anhängern meines Glaubens vor über tausend Jahren aufgerichtet. Dann hörten wir, er sei in den Stürmen des vergangenen Winters umgestürzt. Da haben wir uns auf den Weg hierher gemacht, um ihn wieder aufzustellen und uns zu vergewissern, daß er richtig ausgerichtet ist ...«

Balor unterbrach den Mann, als ihm eine plötzliche Erkenntnis kam. »Du gehörst zu den Steinanbetern! In der Siedlung sagten die Leute, eure Anhänger hätten entlang aller Küsten der Welt Tempel gebaut und daß ihr an einem großen Steinkreis weit im Süden arbeitet, auf einer Ebene, die ein heiliger Ort ist. Man sagt, ihr verfügt über Zauberkräfte, um die Steine aufzurichten, denn kein gewöhnlicher Mensch könnte sie von der Stelle bewegen!«

Der Mann wirkte verärgert. »Was für ein dummer, abergläubischer Unsinn! Wir beten keine Steine an, Junge, also nenn uns nicht Steinanbeter. Wir richten sie auf, das stimmt, aber um den Weg der Sterne zu verfolgen, die Bewegungen von Sonne und Mond. Wir sind das Volk des Steins, Mathematiker und Gelehrte der Sterne. Wir beschäftigen uns weder mit Magie noch mit Zauberei.«

Balor war enttäuscht. Magie war wesentlich interessanter als Mathematik. »Ich fürchte, ich habe meinen Lektionen in Sternenweisheit nie sehr viel Aufmerksamkeit geschenkt.«

Der Fremde lächelte belustigt. »Das habe ich mir bereits gedacht, als offensichtlich wurde, daß du nicht einmal Norden und Süden unterscheiden kannst. Ich hoffe, deine mangelnde Aufmerksamkeit ist auf die Unfähigkeit deines Lehrers zurückzuführen, die Lektionen interessant zu gestalten, und nicht auf die Unfähigkeit deines Gehirns.«

Balor errötete verlegen und war froh über die Dunkelheit. Er bemerkte, daß Sterngucker ihn immer noch ruhig und fast ohne zu blinzeln ansah. Er wünschte sich, der Mann würde aufhören, ihn so anzustarren. Vielleicht würde der Sterngucker sich einem angenehmeren Gesprächsthema zuwenden, wenn er etwas Intelligentes sagte. »Ich habe immerhin gelernt, daß ein Mensch sich nur auf die Erde und den Himmel verlassen kann, wenn er nach Beständigkeit sucht. Dazu raten die Ältesten meines Volkes. Wenn ich älter werde, werde ich naturgemäß mehr Interesse an diesen Dingen entwickeln. Sternenweisheit ist schließlich nichts für Kinder.« So!

»Dein Volk sollte erfahren, daß die Sternenweisheit, wenn sie nicht von Dummköpfen gelehrt wird, nur eine Wahrheit beweist, daß es nämlich nirgendwo Beständigkeit gibt, weder auf der Erde noch am Himmel. Die Menschen und Tiere, die Erde und das Meer, die Sterne, die Sonne und der Mond ... alles wird von den ewig fließenden Gezeiten der Veränderung erfaßt, von Geburt und Wiedergeburt. Ich frage dich, Junge, wenn die Erde so beständig ist, warum gibt es dann Orte auf der Welt, wo sie sich brüllend erhebt, um das Leben und die Werke jener zu zerstören und zu verspotten, die darauf wohnen? Und wenn der Himmel beständig wäre, wie würdest du dann eine Sternschnuppe erklären?«

Balor erstarrte entsetzt über diese völlig neuen und unerwarteten Vorstellungen. »Die Erde kann sich nicht bewegen! Und Sternschnuppen sind Zeichen, die die Götter an den Himmel schreiben, damit Menschen sie sehen. Jeder weiß das!«

»Wirklich? Nun, mein Junge, die Erde bewegt sich doch. Und die Sterne sind in der Tat Zeichen, aber sie sind nicht für die Unwissenden oder die Abergläubischen bestimmt. Wer sie verstehen will, muß zum Mathematiker und Sternengelehrten werden, damit er das ewige Walten der Schöpfung beobachten und aufzeichnen kann.«

Balor sträubte sich. »Ich bin zwar kein Gelehrter, aber erst vor kurzem habe ich einen Stern gesehen, der hell und weiß über den Himmel fiel. Ich hatte mich verlaufen, also folgte ich ihm. Er führte mich zu einem Kreis aus Stehenden Steinen, und am nächsten Tag fand mich mein Vater. Jeder sagte, daß der Stern ein Zeichen gewesen war. Und so ist es auch, denn seitdem hat sich einiges für mein Volk verändert.«

Sterngucker saß völlig reglos da, so daß er wie eine Statue aus Stein oder Holz wirkte, wenn der Wind nicht sein Haar bewegt hätte. Erschaudernd schloß er die Augen und sog den Atem ein, wobei er zur Bestätigung eines offensichtlich beunruhigenden Gedankens nickte. »Nach all den Jahren ... fast einem ganzen Lebensalter ... ja, ich hätte es wissen müssen. Auch ich sah diesen hellen und wunderbaren Stern. Er war wirklich ein Zeichen ...« Er öffnete die Augen, und obwohl sie auf den Jungen gerichtet waren, schienen sie in weite Fernen zu blicken. »Im Volk des Steins gibt es eine Weissagung, daß sich eines Tages die Sonne verfinstern wird ... daß die Erde im Meer versinken wird. Und wenn helle Sterne vom Himmel fallen, werden sich Wölfe erheben, und die Welt dieses Zeitalters wird vergehen. Dann wird der Mächtige kommen und sein Königreich übernehmen. Dann werden alle Menschen in Finsternis leben ...«

Balor sah atemlos zu, wie der Fremde aufstand und langsam wie ein Schlafwandler den Hügel hinaufstieg, auf dem der hohe Stein stand, der sich als dunkle und formlose Masse vor der Nacht abzeichnete. Balor wußte nicht, warum er dem Fremden folgte, denn er war recht müde und von den Worten des Mannes verwirrt, so daß er lieber allein am Feuer sitzen geblieben wäre. Mit dem aufragenden Stein im Rücken standen sie eine Weile schweigend da und blickten zur Küste, wo sie die Lichter der Siedlung sahen, das gelegentliche Aufflackern eines Lagerfeuers und die Lichter der Schiffe, die sich draußen auf dem Meer bewegten.

»Die Tage der Menschen sind vergänglich«, sagte Sterngucker. »Heute habe ich erfahren, daß einer der größten Kriegsherren aller Zeiten gestorben ist – nicht im Kampf, nicht in Erfüllung eines Schicksal, das er sich erwählt hatte, sondern ohne Ehre an der Pest. Er und alle Menschen seines Clans, wie Sandkörner, die von einer Welle fortgespült werden. Wie sinnlos alles erscheint! Und doch steht hinter allem ein Muster.«

Balor erzitterte. Also hatte Fomor das Ziel seiner Unternehmung erreicht. Für die übrige Welt waren der Clan MacLir und der Wolf der Westlichen Stämme nun tot.

Der Mann legte dem Jungen eine Hand auf die Schulter, als er zu ihm sprach, behutsam und auf väterliche Art. »Hör mir gut zu, mein junger Freund. Die Welt wird nicht von Menschen bewegt. Selbst die größten und mächtigsten von ihnen sind den Mächten der Schöpfung wehrlos ausgesetzt. Eines Tages wird es die Erde nicht mehr geben, und kein Mensch wird mehr am Leben sein, nur noch jene, die es für die Bestimmung der Menschheit halten, sich auf die Wege der Sterne zu begeben.«

Balor blickte auf. Diese Worte ergaben für ihn keinen Sinn. Er war müde, und die Schmerzen in seinem Kopf hatten wieder eingesetzt. »Ihr sprecht in Rätseln, Sterngucker.«

»Das ganze Leben ist ein Rätsel, Junge. Und wir können nur versuchen, es irgendwie zu lösen, bevor es zu spät ist.«

»Ich nicht. Ich bin zu müde. Es dämmert schon bald. Ich sollte jetzt gehen.«

»Warte noch«. Es war kein Befehl, sondern eine Bitte. Sterngucker wandte den Blick vom Meer ab und ging vor dem Jungen in die Knie. »Wenn ein Mensch sieht, wie ein Stern vom Himmel fällt, hat er einen Blick in seine Zukunft und seine Vergangenheit geworfen, und er ist mit den Mächten seiner eigenen Schöpfung in Verbindung getreten. Die Menschen aus dem Volk des Steins, die solche Sterne gesehen haben, und die es wagten, ihnen zu folgen, wurden vom Unendlichen gerufen, nach der Rettung der Menschheit zu suchen, und zwar in der großen Wahrheit, vor der sich die meisten Menschen erschrocken abwenden.«

Balor schüttelte den Kopf. »Ich verstehe dich wirklich nicht. Ich muß jetzt gehen, bevor meine Leute sich fragen, was mir zugestoßen sein könnte.«

Sterngucker erhob sich und reckte seine Hände zum Himmel hoch. »Ist es so schwierig zu verstehen? Die Sterne sind eine Spiegelung unserer Welt. Wir sind ein

Teil des ewigen Zyklus. Der Wechsel von Licht und Dunkelheit, von Dürre und Sturm, den wir erleben ... ihm liegt ein Muster zugrunde, und wir beginnen es langsam zu verstehen. Vielleicht wird unser Wissen niemals vollständig sein, denn soviel gerät in Vergessenheit, wenn ein Zeitalter endet und ein neues beginnt. Doch unser Glaube hat seit Anbeginn der Zeiten überlebt, seit die Menschen zum erstenmal den Wechsel der Jahreszeiten beobachteten, seit die Welt kalt war und Eis über die Erde wanderte und Wolken den Himmel vor uns verbargen. Menschen, die um ihr Überleben kämpfen mußten, haben die Vergangenheit vergessen, weil sie nicht erkannten, daß es ohne sie keine Zukunft geben kann.« Seine Hände lagen nun auf dem Kopf des Jungen und übten nicht mehr Druck als der Wind aus. »Die Dunkelheit kommt. Die Zeichen sagen sie voraus. Schließ dich uns an, Junge. Du hast den Stern des Schicksals gesehen. Bleib bei mir. Ich werde dich unterrichten. Du wirst ein Priester des Steins werden, von den Sternen erwählt, ein Mann des Friedens.«

Es war, als hätte dieses letzte Wort den Augenblick verändert. Irgendwo draußen auf der Halbinsel blies jemand in ein Horn, um die Geburt eines neuen Tages zu verkünden. Die Nähe des großen, dunklen Steins hinter ihm jagte Balor einen Schauer der Abscheu über den Rücken. Es war ein Zeichen des Friedens, nicht der Macht, und deshalb wollte er nichts damit zu tun haben.

»Ich muß gehen«, sagte er.

Sterngucker kniff leicht die Augen zusammen, als er seine Hände zurückzog und nickte. »Wie du willst, Junge.«

Sie gingen zum Feuer zurück, und Sterngucker stand schweigend neben der verblassenden kleinen Lichtquelle, als Balor die Leine des Ponys nahm, dem Mann für seine Gastfreundschaft dankte und sich dann auf den Weg machte.

»Sei vorsichtig, Junge.«

Balor drehte sich noch einmal um. »Jetzt ist es hell genug, um den Weg deutlich zu sehen. Ich werde schon zurechtkommen.«

»Ich hoffe es, Sternseher. Obwohl es dämmert, wird die Welt immer dunkler. Der Mächtige erhebt sich. Bald werden Wölfe über das Land hetzen. Wenn du es leid geworden bist, mit ihnen zu laufen, denk immer daran, daß jene, die den Stern des Schicksals gesehen haben, jederzeit im Volk des Steins willkommen sind.«

11

Das Pony humpelte wieder, als Balor endlich in Sichtweite des Lagers kam. Die Sonne war längst aufgegangen, und Blaheen hatte bereits nach ihm gesucht. Er war noch nicht einmal in Rufweite, als sie ihm schnaufend und mit gerötetem Kopf entgegenstapfte.

»Bei den Zwölf Winden, Junge! Wo bist du gewesen? Draga ist schon vor einigen Stunden zurückgekehrt, und er tobte vor Wut, als er dich nirgendwo finden konnte. Er wollte dieses Pony gegen eine Frau tauschen – eine gescheckte Frau, wie er sagte. Warum einem geistig gesunden Mann etwas an so einem Geschöpf liegen sollte, ist mir ein Rätsel. Und weil du nicht aufgepaßt hast, lahmt das Pony jetzt. Ach! Vielleicht hat es gar keinen Sinn mehr, sich deswegen aufzuregen. Draga hat bis vor kurzem in rasender Verzweiflung auf dich gewartet. Dann ist er wieder losgestürmt, weil er die Frau irgendwie um jeden Preis gewinnen wollte. Dathen hat versucht, ihn zu beruhigen, doch Draga hat ihn einfach zu Boden gestoßen. Dann ist Dathen losgezogen, um nach Fomor zu suchen. Der Herr hat die Nacht in der Siedlung verbracht, und wie ich gehört habe, verbreitet er das Gerücht von unserem ›Tod‹. Wenn Nemed MacAgnomain noch lebt, muß die Nachricht vom Ende des Clans MacLir irgendwann an sein Ohr dringen. Das heißt, wenn Draga nicht vorher alles ruiniert! Er ist betrunken, ungestüm und kampflustig. Es wird Ärger geben, das kann ich dir sagen!

Er wird unweigerlich unsere Identität verraten, wenn ihn niemand aufhält.«

Obwohl er in den vergangenen Stunden weder geschlafen noch etwas gegessen hatte, ließ Balor das Ponys in Blaheens kundiger Obhut zurück und machte sich sofort auf den Weg in die Siedlung. Mit pochendem Hinterkopf lief er die Klippen entlang, den Pfad zum Strand hinunter, an den Ständen der Fischhändler vorbei, und wich dem Hafen aus, wo es nun vor Menschen wimmelte. Nicht einmal die Anwesenheit großer, prächtiger Schiffe mit eingerollten roten und schwarzen Segeln, die vor kurzem angelegt hatten, konnte seine Aufmerksamkeit ablenken.

Als er schließlich in der Siedlung eintraf, brannte seine Haut unter der körperlichen Anstrengung, und sein Herz pochte rasend in seiner Kehle. Er hielt kurz an, um nach Luft zu schnappen, und lief dann weiter. Er dachte, daß er Draga vielleicht beruhigen konnte, wenn er ihm die Sache mit dem Pony erklärte und sich für sein Ungeschick entschuldigte. Außerdem könnte er ihm versichern, daß sich das Tier schon bald für einen gewinnträchtigen Handel verwenden ließe.

Er vermutete, daß sich Draga im Spielbereich auf der anderen Seite der Stadt aufhielt, in Sicht- und Riechweite der Viehställe. Damit behielt er recht. Draga war dort, mitten in einer großen, lärmenden Menge.

Doch er vertrieb sich die Zeit nicht mit unauffälligen Glücksspielen. In seiner Verärgerung hatte er offenbar vergessen – oder wollte sich absichtlich nicht mehr daran halten –, daß Fomor befohlen hatte, keine Aufmerksamkeit zu erregen. Draga hatte sich fast nackt ausgezogen, und während Gar und Nia seine Kleidung hielten, die Gewinne verwalteten und ihn mit betrunkenem Gegröle anfeuerten, forderte er alle Anwesenden heraus, ihn in einer beliebigen Kampfsportart zu schlagen.

Als Balor sich durch die Menge schob, hörte und spürte er die Erregung der Leute, die sich versammelt hatten, um zu sehen, wie Draga sich in Szene setzte. Das Mädchen hatte er offenbar schon gewonnen, denn es stand mit gesenktem Kopf neben Gar und war an seinen Gürtel angeleint. Balor trat zu ihm und zupfte an seinem Ärmel. Der junge Mann mit den haselnußbraunen Augen blickte auf ihn herab und grinste wie ein Idiot, als er ihm mitteilte, daß Draga gerade dabei war, ein reicher Mann zu werden.

»Er hat jeden Herausforderer im Speer- und Axtwerfen geschlagen, und jetzt will er ihnen zeigen, was er vom Ringkampf versteht. Siehst du den Mann, der gerade vorgetreten ist? In der Stadt ist er der Meister im Ringen!«

Balor blickte auf den freien Platz, wo Draga vorgebeugt mit einem großen Mann rang, dessen Haut in Wülsten über seinem Bauch lag und an seinen gewaltigen Schenkeln wabbelte. Die beiden standen mit gespreizten Beinen Kopf an Kopf da und hatten sich gegenseitig mit den Armen gepackt. Ihre Körper waren angespannt, während jeder nach einem Ansatzpunkt suchte, um den anderen aus dem Gleichgewicht zu werfen. Der Herausforderer hatte den Vorteil von mehr Körpermasse, doch Draga war größer, jünger und eindeutig beweglicher. Seine Trunkenheit mochte sein Urteilsvermögen beeinträchtigt haben, aber die Anwesenheit der gescheckten Frau hatte seinen Kampfgeist offenbar wieder angestachelt.

Mit geschickter Beinarbeit konnte er den fetten Mann täuschen und umwerfen. Ein atemloser Schock ging durch die Menge. Der Herausforderer stürzte wie ein Fels zu Boden, und obwohl er sich verzweifelt bemühte, sich vor dem Rotbart in Sicherheit zu bringen, war Draga im nächsten Augenblick über ihm und hielt ihn mit einem lauten Triumphschrei fest, bis der Zwerg in die improvisierte Arena sprang und den Unterlegenen auszählte. Draga riß den Arm im Siegestaumel hoch, und die Menge jubelte vor Begeisterung.

Draga sprang auf und ging mit stolz geschwellter Brust umher. Das war es, was er am meisten liebte – seine körperliche Kraft zu erproben und zu beweisen.

In diesem Augenblick schoben sich Wolken vor das Gesicht der Sonne, so daß die Welt plötzlich grau und trostlos wurde. Als Wind aufkam, trat ein vornehm gekleideter Mann durch die Menge. »Du! Tu nicht so selbstgefällig! Ich werde dich packen und in die Knie zwingen!«

Hinter ihm standen viele Männer, die nach Leibwächtern aussahen. Sie waren schwer bewaffnet und trugen kegelförmige Helme, die aus einem dunklen polierten Metall bestanden, das Balor noch nie zuvor gesehen hatte. Jeder Leibwächter hielt einen langen, tödlich aussehenden Speer mit einer scharfen Spitze, die aus demselben Metall wie die Helme hergestellt war. Im Gürtel jedes Mannes steckte ein Dolch und in einer Scheide aus rotem Leder eine Waffe, die es eigentlich gar nicht geben konnte. Sie war so lang wie der Unterarm eines Mannes und gleichzeitig kaum breiter als ein Ruderblatt. Über den Schultern trugen sie Bogen, und in schön gearbeiteten Köchern bewahrten sie ihre Pfeile auf, die mit roten oder schwarzen Federn verziert waren. Balor hatte noch nie eine so beeindruckende Truppe gesehen. Doch es war der Mann, dem sie diente, der in erster Linie seine Aufmerksamkeit auf sich zog.

Er war ebenfalls bewaffnet, wenn auch nur leicht. Er trug weder einen Bogen noch einen Speer oder einen Helm. An seiner Seite stand Horsa, der seine beste Kleidung angelegt und sich wie ein Gänserich aufgeplustert hatte. Offensichtlich fühlte er sich gleichzeitig stolz und nervös in der Nähe des Edelmannes. Dieser trug ein ärmelloses Hemd auf weißem Leinen und eine Schärpe aus roter Wolle, und neben Horsas Gewand aus knalligem Grün mit blauen Streifen wirkte es in seiner Schlichtheit um so beeindruckender. An seiner Hüfte hing ein juwelenbesetzter Dolch und an einer schweren goldenen Kette eine Waffe, wie sie auch seine Leibwächter trugen, in einer roten Scheide, die mit einem schwarzen Rad in der Mitte und mit Gold an den Nähten und Rändern geschmückt war und bis zum Knie hinabreichte.

Balor starrte gebannt. Das Symbol auf der Scheide war ihm bekannt. Er hatte es auf dem prächtigen roten Umhang im Geschäft des Webers gesehen ... auf demselben

Umhang, der jetzt über den Schultern des Neuankömmlings lag.

Balor schauderte. Dies war also der Herr, von dem der Weber mit solcher Ehrfurcht gesprochen hatte, der Prinz aus einem fernen Land, dessen Familie zu den wichtigsten Händlern der Stadt gehörte. Kein Wunder, daß Horsa so nervös wirkte. Wenn seinem Mentor gefiel, was er sah, würde Horsa dafür belohnt werden. Wenn es ihm dagegen nicht gefiel, wurde wahrscheinlich ein anderer Faktor mit der Verwaltung von Alhorn betraut, und nur die Zwölf Winde wußten, wie es Horsa dann erging.

Balor musterte den Edelmann und beneidete ihn um den schönen Mantel. Er dachte, daß der Mann so kalte und düstere Augen wie die schwarzen Wolken hatte, die die Ankunft des Nordwindes ankündigten. Um die Unterarme trug er spiralig gewundene Goldreifen, an einem Ohr hing ein Goldring, und der Umhang war mit zwei runden Goldbroschen befestigt. Er war älter als Draga, vermutlich über dreißig, also eher in Fomors Alter. Obwohl er nicht groß war, hatte er kräftige Proportionen, wirkte aber trotzdem schlank und anmutig. Er hatte sein dichtes, gelocktes Haar nach der Mode der Männer aus dem Süden kurz geschnitten, und sein Bart war sorgsam gestutzt und eingeölt. Man hätte ihn als ausgesprochen gutaussehend bezeichnen können, wenn da nicht die lange weiße Narbe gewesen wäre, die von seiner linken Schläfe bis zur Lippe verlief. Sein Haar war ergraut, wo die Narbe begann, und die Züge seiner linken Gesichtshälfte waren leicht nach oben verzerrt, so daß er ständig zu grinsen schien.

Er blickte Draga an. »Ich bin lange auf See gewesen und könnte ein gutes Training verkraften.« Noch während er sprach, hatte er bereits seinen Ohrring abgelegt und streifte die Goldreifen von den Armen.

Der fette Mann, den Draga soeben besiegt hatte, kam keuchend auf die Beine. »Der Rotbart ist müde«, sagte er, schüttelte den Kopf und verspritzte dabei Schweißtropfen. »Er ist kein würdiger Gegner für dich, Herr.«

»Müde? Ich werde erst jetzt richtig warm!« verkündete

Draga, der sich die Oberarme rieb und von einem Fuß auf den anderen sprang, wie ein unruhig tänzelndes Pferd, das gezügelt wurde, aber lieber galoppieren wollte.

Der Mann beobachtete ihn und lächelte dann den fetten Mann schräg an. »Ich hätte niemals gedacht, daß man dich besiegen könnte, Creugas. Wo habe ich dich zum letztenmal kämpfen gesehen? Auf Ebla? In der Ägäis? In den Kampfarenen von Königen? Seitdem hast du jede Menge Speck angesetzt.«

Creugas verneigte sich und nahm die Beleidigung ungerührt an.

Das Gesicht des Prinzen blieb ausdruckslos, trotzdem schien es, daß er lächelte, als er sich Draga zuwandte. »Wie ist es, Rotbart? Du machst nicht den Eindruck, als wärst du müde. Wollen wir kämpfen, oder gibst du dich nur mit fetten alten Männern ab?«

Draga senkte den Kopf und musterte den Prinzen. Dann schnupperte er mit überheblicher Miene. »Du riechst so zart und süßlich wie eine parfümierte Frau. Bist du sicher, daß du wie ein Mann kämpfen kannst?«

Es war eine der Sticheleien, wie sie vor einer Kraftprobe zwischen Männern üblich war. Die Menge reagierte mit Gelächter darauf. Nur der Neuankömmling und seine Wachen waren nicht amüsiert.

Jetzt schnupperte der Prinz und verzog das Gesicht. Doch als er sprach, kamen seine Worte glatt und ruhig, als würden sie ein angenehmes Gefühl auf seiner Zunge verursachen. »Du riechst wie ein Schwein, Rotbart – ein Schwein, das wegen seiner Überheblichkeit aufgespießt und geröstet werden sollte. Ich beabsichtige, auf Leben oder Tod mit dir zu kämpfen. Und anschließend werde ich ein Bad nehmen. Ich werde es dringend benötigen, nachdem ich ein stinkendes Ferkel erdrosselt habe.«

Für Draga war es unmöglich, sich einer solchen Herausforderung zu verweigern. Unter der grauen, getrübten Sonne, im auffrischenden Meereswind und im Kreis einer angespannten Menschenmenge, die eifrig Wetten abschloß, begannen die zwei Männer zu kämpfen.

Es war, wie der fette Ringkämpfer gesagt hatte, denn Draga war schon bald seine Erschöpfung anzusehen. Er war wie ein großer rothaariger Bär, der nach einem Sonnenstrahl griff, ihn jedoch nicht zu fassen bekam. Wenn er seinen Gegner nur zu Boden ringen konnte, würde er ihn sicher in Stücke reißen.

Dann entdeckte Balor auf der anderen Seite des Kampfplatzes Fomor und Dathen, die ein wenig abseits standen und zusahen. Waren sie schon die ganze Zeit dagewesen? Wieso hatten sie nicht versucht, Draga von dieser tödlichen Herausforderung abzuhalten? Und wieso war es Gar und Nia nicht in den Sinn gekommen, den Rotbart zurückzuhalten? Balor blickte zu ihnen auf. Sie waren zwei Dummköpfe. Sie würden sich niemals gegen Draga stellen. Er war für sie wie ein Gott.

Doch jetzt war zu erkennen, daß dieser Gott in Wirklichkeit ein Sterblicher war, und Balor spürte den Stich seines schlechten Gewissens. Auch er hatte untätig zugesehen und darauf gewartet, daß andere etwas unternahmen.

Der Junge war überzeugt, noch nie einen Kampf beobachtet zu haben, der so lange dauerte. Die zwei Männer umkreisten sich. Sie tänzelten. Sie verspotteten sich gegenseitig. Sie schlugen aus. Sie stürzten und rangen und kamen immer wieder auf die Beine, bis Draga in einem plötzlichen und unerwarteten Kraftausbruch vorstürmte, den Herausforderer umwarf und seinen Kopf mit einer tödlichen Umklammerung packte. Der Kampf wäre sicher vorbei gewesen, wenn Dragas Gegner ihm nicht einen Finger ins Auge gestochen und die Hälfte seines Ohres abgebissen hätte. Der Rotbart wich erschrocken zurück, als er bemerkte, daß er heftig blutete, wodurch sein Gegner die Gelegenheit erhielt, sich aus seinem Griff zu befreien.

»Du heimtückisches kleines Wiesel! Du beißt wie eine feige Frau!«

»Es gibt keine verbotenen Aktionen in einem Kampf auf Leben und Tod, Bauerntölpel!« Er stand auf und leckte sich Dragas Blut von den Lippen, als wäre es eine Delikatesse. »Was ist los, Rotbart? Hast du jetzt schon die Lust an diesem Spiel verloren?«

Draga antwortete ihm mit einem Fluch und einem Knurren, und dann ging der Kampf weiter.

Jetzt griffen sie häufiger an und maßen ihre Kraft und ihren Mut in einem brutalen Gefecht, bis beide Männer vor Schweiß und Blut glänzten. Die Zuschauer in der Nähe konnten hören, wie Haut über Haut glitt und sie immer wieder voneinander abrutschten. Es dauerte scheinbar eine Ewigkeit, bis jemand rief, sie sollten eine Pause machen, weil man Bier für die Kontrahenten gebracht hatte. Beide Kämpfer waren dankbar dafür, und Draga trank einen tiefen Schluck. Er gurgelte und spritzte sich eine Handvoll Bier ins Gesicht, um sich abzukühlen, während er prahlte, er wäre zu Anfang des Kampfes noch betrunken gewesen, nun aber völlig nüchtern, und das Ale würde jetzt seine Sinne beleben, damit er seinen Sieg ungetrübt genießen konnte.

»Wenn dieser Kampf vorbei ist, wirst du tot sein, Rotbart!« versprach der Herausforderer.

Draga zeigte ihm eine obszöne Geste, und damit begann der Zweikampf von neuem.

Creugas, der Ringer, stand neben Gar und Nia, so daß auch Balor seine Worte verstehen konnte. Er rieb sich das Genick und sagte leise: »Schade um euren Freund. Er ist ein guter Kämpfer, aber hier kann er niemals gewinnen. Sein schwarzäugiger Gegner gewann vor vielen Jahren seine Freiheit auf den Kampfplätzen der Ägäis. Er ist der unbezwungene Sieger über Menschen und Tiere. Seine Narbe stammt vom Horn eines Bullen, dem er mit bloßen Händen den Hals brach. Er kämpf gut, er kämpft um den Sieg, und er kämpft mit schmutzigen Tricks. Es gibt keinen Trick, den er nicht beherrscht. Das hat ihn schließlich zum Prinzen gemacht – er ist mit einer gealterten Königin verheiratet, die in ihrem Bett gerne den Gestank der Macht riecht. In jenem Teil der Welt mag man rücksichtslose Helden, und dieser hier ist der größte von allen.«

»Der Rotbart wird ihn schlagen«, entgegnete Gar und zeigte, wie viele Kauris er wetten wollte, um seine Worte zu unterstreichen.

Der Ringer zuckte die Schultern. »Du verlierst auf jeden Fall, mein Freund. Wenn der Rotbart unterliegt, hast du einen Gefährten verloren. Wenn er siegt, verliert er seinen Kopf. Siehst du die Leibwache des Prinzen? Die Männer sind genauso rücksichtslos wie er und treu bis in den Tod. Seine achaische Königin hat sie schwören lassen, blutige Rache zu nehmen, falls ihm jemals etwas zustoßen sollte. Wenn ich an eurer Stelle wäre, würde ich schnellstens von hier verschwinden oder darauf hoffen, daß euer Freund stirbt.«

Achaisch. Achaia. Wo hatte er das schon einmal gehört. Wo?

Aus den tiefhängenden Wolken fiel nun ein leichter Regen, als Draga in die Knie ging, sich an die Kehle griff und mit hervortretenden Augen starrte, während er nach Luft schnappte.

»Ah, jetzt wird es interessant«, sagte der Ringer. »Ich möchte wetten, euer Freund wurde vergiftet ... von den Wachen, würde ich sagen. Ja. Es ist nicht ungefährlich für sie, wenn sie sich einmischen, denn dem Prinzen wird dieser Betrug überhaupt nicht gefallen, wenn er ihn durchschaut. Er hat viel zuviel Spaß am Kampf und an der Aussicht, mit eigenen Händen töten zu können. Ihr könnt es in seinen Augen sehen. Kein Mann auf der ganzen Welt hat solche Augen. Die Augen eines Raben, in denen der Tod steht.«

Balor war zu verblüfft, um reagieren zu können.

Jetzt erinnerte er sich. Plötzlich paßte alles zusammen. *Achaia.* Der rote Umhang mit dem schwarzen Rad. Die schwarzen Rabenaugen, die Fomor MacLir vor so langer Zeit auf den Klippen der Insel Tory und auf der fernen Insel Eireann gesehen hatte. Augen, die er niemals vergessen würde. Die Augen eines Mannes, den er in die Sklaverei verkauft hatte. Die Augen eines Mannes, der sich im Land Achaia mit einer Königin vermählt hatte. Die Augen eines Mannes, der zu einem Herrn geworden war, zu einem Prinzen, der über Händler regierte.

Die Augen von Nemed MacAgnomain.

Er umkreiste Draga jetzt, lauernd und mißtrauisch wie ein Raubvogel, zum Zustoßen bereit. »Was soll das? Was ist los mit dir?«

Draga konnte nicht sprechen. Er kippte auf die Seite, krümmte sich zusammen und schüttelte sich in Krämpfen.

Sein Gegner versetzte ihm einen brutalen Fußtritt, dann noch einen. »Steh auf, du flohverseuchter Hund! Was für ein Trick soll das werden?«

Draga antwortete nicht. Er reagierte überhaupt nicht, abgesehen von einem gelegentlichen Zucken und keuchenden Stöhnen. Balor war sicher, daß er im Sterben lag. Er wollte zu seinem Onkel rennen, doch starke Hände packten ihn an den Schultern und hielten ihn zurück.

»Du solltest jetzt keine Aufmerksamkeit auf dich lenken, Junge.«

Balor versuchte sich loszureißen, doch Dathens Griff war fest und schmerzhaft. Gar und Nia sahen Dathen neugierig an, doch es war der Junge, über den er sich beugte, um ihm leise zuzuflüstern: »Der Häuptling hat einen Plan. Vertraue ihm. Das ist Nemed höchstpersönlich, Junge! Wenn du dich einmischst, sind wir alle tote Männer!«

Der Heiler und Mohnhändler war aus der Siedlung gerufen worden und eilte herbei, nachdem er eine Weile nicht weit von Fomors Männern entfernt gestanden hatte. Er ging neben Draga in die Knie. Der Nieselregen perlte auf seiner Glatze, als er zu Nemed aufblickte.

»Dieser Mann stirbt. So wie er aussieht, ist es das Herz. Der Kampf ist vorbei.«

Nemed MacAgnomains Gesicht verzerrte sich vor Wut. »Der Kampf ist noch lange nicht vorbei! Nicht bevor einer von uns den anderen getötet hat. Das ist ein Trick, ein Schwindel, der Versuch eines Bauerntölpels, seine wertlose Haut zu retten! Er wird mich nicht zum Narren halten! Das werde ich nicht zulassen!« Er fuhr herum und zeigte auf einen seiner Leibwächter. »Du! Bring mir mein Schwert!«

Der Wächter eilte los. Vor seinem Herrn blieb er stehen und verbeugte sich. In der Hand hielt er eine Scheide mit einer der langen Waffen, die Balor schon zuvor aufgefallen waren. Mit einem ungeduldigen Knurren riß Nemed sie aus der Scheide und schlug damit durch die Luft. Die Menge keuchte beim Anblick dieser schlanken und unglaublich gefährlichen Metallklinge. Bevor irgend jemand protestieren konnte, hob er die Klinge über Dragas Kopf. Dathen riß Balor zurück und hielt eine Hand auf seinen Mund, um den Jungen am Schreien zu hindern.

»Steh auf und kämpfe mit mir, du verlauster, erbärmlicher Schuft, oder ich werde diesen Kampf hier und jetzt beenden, damit die Jungen anschließend mit deinem Kopf Ball spielen können!«

Balor sah entsetzt zu und wünschte sich verzweifelt, daß Draga sich wieder rührte, doch der Rotbart lag hilflos keuchend am Boden, während Nemed die Muskeln anspannte und sich bereitmachte, die Klinge niederfahren zu lassen.

»Halt!«

Der Ruf unterbrach die Hinrichtung. Nemed starrte in die Menge, als ein Mann vortrat, dessen Gesicht unter der Kapuze seines verdreckten Mantels verborgen war. Auf dem Kopf trug er einen gehörnten Helm, und in der Hand hielt er einen langen Holzstab.

»Entschuldige meine Einmischung … aber ich kann nicht zulassen, daß du meinen armen Bruder tötest, während er nicht einmal aufstehen kann, um sich gegen dich zu wehren. Das ist nicht sehr gerecht oder ehrenhaft. Nein, ganz und gar nicht.«

Nemed starrte ihn eine Weile an. Dann breitete sich ein verächtliches und gehässiges Lächeln auf seinem Gesicht aus, als er sich bereitmachte, seine Drohung gegen Draga in die Tat umzusetzen. Doch bevor die Klinge sich senken konnte, schlug Fomor ohne Vorwarnung mit seinem Stab zu, mit solcher Gewalt, daß Nemed die Waffe aus der Hand geschlagen und ihm beinahe der Arm gebrochen wurde. Die glänzende Metallklinge wirbelte durch die Luft, als er vor Schmerz aufschrie. Er wandte sich bleich und völlig überrascht zu der Gestalt mit dem dunklen Mantel und den aufragenden Hörnern um, die es gewagt hatte, ihm in die Quere zu kommen.

»Nur ein ehrloser Mann würde einem anderen den Kopf abschlagen, wenn dieser nicht einmal aufstehen kann, um sich zu verteidigen.« Fomors Stimme klang tief und gefährlich.

Er weiß es, dachte Balor, während ihn eine Erregung ergriff, die seine Knie weich werden ließ. *Er weiß es, und jetzt wird er Nemed töten. Um Manannan MacLir zu rächen, wird der Wolf der Westlichen Stämme zum tödlichen Schlag ausholen!*

Doch niemand rührte sich – außer den Leibwächtern. Im selben Augenblick, als Fomor mit seinem Stab zugeschlagen hatte, waren sie aus der Menge hervorgetreten, die Speere mit tödlicher Drohung erhoben, die Klingen gezückt oder die Bogen gespannt. Es schien, daß plötzlich doppelt so viele Leibwächter mit den Farben Nemed MacAgnomains und dem Königshaus von Achaia wie Zuschauer an der improvisierten Arena vorhanden waren.

Langsam lösten sich Dathens Hände von Balors Mund und faßten ihn an den Armen. Jetzt könnte er ihn im Nu aufheben, und Balor verstand endlich, daß Dathen von Fomor zu ihm geschickt worden war, damit er ihn bewachte – und nötigenfalls in Sicherheit brachte.

Fomor hatte die vorrückenden, bewaffneten Männer gesehen, doch er stand immer noch mit erhobenem Stab über Draga. Eine Weile geschah nichts … nur der Regen fiel immer heftiger. Dann kam der Zwerg vorsichtig aus der Menge und ging zu der Stelle, wo Nemeds Schwert zu Boden gefallen war. Er hob es auf und schien fast damit zu rechnen, auf der Stelle getötet zu werden. Er brachte es zu Nemed und verbeugte sich vor dem Prinzen, bis seine

Stirn den Boden berührte. Schließlich erhob er sich wieder und reichte ihm die Klinge.

»Hier, mein Herr«, sagte er mit tiefer Stimme, die überhaupt nicht zu seiner Gestalt paßte. »Zeig diesen Menschen, was dieses Zeichen des Ruhms bewirken kann. Ich bezweifle, daß es in diesen wilden und barbarischen Regionen viele gibt, die jemals eine Waffe aus Bronze gesehen haben.«

Nemed entriß ihm das Schwert, und für einen Moment überlegte er zweifellos, ob er den Zwerg damit in zwei Hälften zerteilen sollte. Doch dann verzog er in offener Abscheu das Gesicht und verscheuchte den Zwerg mit einem Fußtritt. Dann wandte er sich wieder Fomor zu und näherte sich langsam und mit Mordlust in den Augen, während sich beide Hände um den Griff der Waffe klammerten und die lange tödliche Klinge schräg vor seiner Brust aufragte.

Balor schrie vor Entsetzen auf, als Nemed plötzlich angriff und brutal lachte. Fomor parierte den Hieb, und mit der Übung eines kampferfahrenen Mannes wich er sofort vor der Gewalt der Klinge zurück. Als das Metall auf Fomors Stab traf, zerbrach das Holz. Die Menge keuchte auf, und einige schrien sogar vor Begeisterung über das, was sie gesehen hatten. Das Metall hatte mit einem hellen, summenden Ton gesungen, als es mühelos das Holz zerschnitt.

Balor hörte schockiert und erleichtert, wie ausgerechnet die gescheckte Frau vor Zorn aufschrie. »Das ist der Kampf eines Feiglings! Gib ihm ein Schwert, wenn du gegen ihn kämpfen willst, oder laß ihn in Ruhe, denn er hat nichts Unrechtes getan, als er seinen Bruder verteidigen wollte. Will der große und ehrenhafte Prinz in aller Offenheit unbewaffnete Männer erschlagen?«

Der Achaier war in ungezügelte Mordlust geraten, doch die Worte der Frau hatten ins Ziel getroffen. »So sei es«, erwiderte er großmütig. »Jemand reiche dem großen Schwein ein Schwert, und ich werde euch allen demonstrieren, wie leicht ein Schwein abgeschlachtet werden kann.«

Ein Wächter trat vor und warf Fomor ein Schwert zu. Es war keine so gute Waffe wie die in Nemeds Hand. Der Häuptling stand eine ganze Weile reglos da und starrte nur darauf. Dann strich er mit der Hand über die flache Seite der Klinge. Balor sah, daß das Heft einfach gearbeitet, aber dennoch schwer war. Fomors lange, starke Finger umschlossen es mit sicherem Griff. Ein Schauer durchlief den Jungen, als er, ohne nachzudenken, mit der rechten Hand nach Huldres Amulett tastete. Der Zauber des Amuletts wirkte. Donar und die Zwölf Winde erhörten sein Gebet. Scallatha, der Mann aus dem Dreck und Prinz der Sümpfe, würde seine Lumpen abwerfen und sich in Fomor verwandeln, den Sohn von Manannan, dem Herrn der Fernen Insel, und wenn die Leibwächter vor Angst und Schrecken flohen, würden die Männer des Clans MacLir sich erheben, um wieder zu den ehrfurchtgebietenden Kriegern zu werden, die sie früher einmal gewesen waren.

Balor starrte auf seinen Vater, der über das Schwert gebeugt dastand, den Kopf wie zum Gebet gesenkt.

Das Amulett schien sich in Balors Haut zu brennen, als seine Hand sich darum schloß. *Jetzt!* dachte er. *Jetzt soll der Wolf sich erheben!*

Fomor richtete sich auf. Unter der Kapuze hob er den Kopf, während das Gesicht immer noch unsichtbar im Schatten lag. Er trat einen Schritt zur Seite, bis er breitbeinig dastand. Er streckte die Arme aus und hob sie mit dem Schwert hoch empor, als wollte er mit der Spitze die Macht Donars durch seinen Blitz auffangen.

Jeder hörte, wie Nemed MacAgnomain kurz nach Luft schnappte, offenbar aus Furcht, als er die Verwandlung seines Gegners verfolgte.

Langsam bildeten die Leibwächter einen schützenden Kreis um ihren Herrn.

Dann spannten sich Fomors Hände fest um den Schwertgriff. Balor konnte sehen, wie die breiten Fingerknöchel weiß wurden, als die Gestalt unter dem Umhang ihre Kräfte sammelte und sich zum Schlag bereitmachte.

Jetzt! Jetzt! dachte Balor.

Doch dann schrie Fomor auf. Es war ein tiefer, herzzerreißender Schrei unendlicher Qual, und nur ein unwissendes, unschuldiges Kind hätte nicht erkannt, daß es der Schrei eines gefangenen Tieres war, der hilflose Zorn eines Mann, der töten wollte, aber genau wußte, daß dann nicht nur er selbst, sondern auch alle seine geliebten Menschen mit ihm sterben würden. Fomor sah, was Balor nicht sehen konnte, nämlich die Wächter in Nemeds Farben, die hinter dem Rücken des Jungen und neben Dathen standen. Außerdem hatte Horsa einem Waffenmeister mit grimmiger Miene gezeigt, wo die übrigen Männer aus Scallathas Clan standen.

Also sah Balor fassungslos und zutiefst beschämt zu, wie Fomor wie ein kleines Kind zu wimmern und zu schniefen begann und das Schwert nun in unbeholfenen Fingern zitterte. Als die versammelten Menschen auflachten, ließ er die Waffe mit einem Aufschrei fallen und schrak davor zurück, als könnte sie wieder hochspringen und nach ihm stechen.

»Ah! Das ist ein Zauberding! Ein fremdes Ding! Es haßt mich! Ah! Geh weg! Fort von mir!« Mit einem jammernden Geheul, das beinahe weibisch klang, warf er sich vor Nemeds Füßen auf den Boden, der sich inzwischen in Schlamm verwandelt hatte, und wand sich wie ein Wurm. »O, du mächtiger und großartiger Herr, töte mich jetzt, denn ich bin nicht würdig, gegen dich zu kämpfen.«

Nemed war so verblüfft über dieses unerwartete Verhalten, daß er reglos dastand und seine Waffe schlaff in seiner Hand hing.

Die Leibwächter entspannten sich und musterten den zuckenden, wimmernden Fomor voller Abscheu. Jetzt regnete es in Strömen. Horsa trat vor, um sich zu entschuldigen, als einer der Wächter, der offenbar einen hohen Rang in Nemeds Gunst einnahm, an MacAgnomains Seite kam und angewidert bemerkte: »Sollen sie beide sich weiter im Schlamm suhlen. Du würdest dein Schwert entwürdigen, wenn du solche elenden Schweine damit tötest.«

Nemeds finsterer Miene war anzusehen, daß er mit der Entwicklung überhaupt nicht zufrieden war. Er war klitschnaß. Als er vor Kälte erzitterte, warf er einen verbitterten Blick in den Himmel. »Vielleicht hast du recht. Dann sei es so. Ich werde hungrig und freue mich darauf, an Horsas Tisch zu sitzen, nachdem ich ein gutes, heißes Bad genommen habe! Diesen Hunden sei ihr Leben gewährt – es ist ein Geschenk von mir. Ich bin in großzügiger Stimmung, seit ich heute gleich nach meiner Ankunft die gute Nachricht erhielt.«

»Eine Nachricht, Herr?« fragte Horsa, als er mit Nemeds Umhang vortrat und ihn Nemed mit umständlicher Sorgfalt umlegte.

»Hast du noch nichts davon gehört? In der ganzen Stadt redet man darüber. Ein alter Wolf ist gestorben – ein Feind, den ich seit vielen langen Jahren gejagt habe, lebt nicht mehr. Aber wir werden später über dieses glückliche Ereignis sprechen. Ich hatte fast vergessen, wie übel das Wetter an dieser nördlichen Küste werden kann. Nachdem ich fast mein halbes Leben in der Ägäis verbracht habe, finde ich, daß das Klima hier nicht einmal für Schweine wie jene geeignet ist, die sich dort im Schlamm suhlen!« Damit versetzte er Fomor einen brutalen Fußtritt, dann noch einen. Doch schon bald verlor er die Lust an diesem Spiel und legte Horsa freundschaftlich einen Arm auf die Schulter. Gefolgt von seinen Wachen wandte er sich ab und ging davon, worauf er ein so beiläufiges Gespräch begann, daß man hätte glauben können, der gefährliche, beinahe tödliche Kampf hätte ihn prächtig unterhalten.

Balor starrte ihm nach, während der Prinz fortging. Er zitterte und spürte gar nicht den kalten Regen, der die heißen Tränen kühlte, die aus seinen Augen rannen. Er stand ganz allein da, denn die Menge hatte sich mit Nemed auf den Weg in die Stadt gemacht, und Dathen und die anderen waren zu Draga und Fomor geeilt.

Balor sah nur noch seinen Vater. Die Männer halfen dem Häuptling auf die Beine. Der lächerliche Helm war ihm vom Kopf gefallen, als er sich in den Dreck geworfen hatte, und er hatte ihn nicht wieder aufgesetzt. Sein Gesicht war aschgrau, und in seinen Augen stand eine Entmutigung, die über jede Erschöpfung und jede Traurigkeit hinausging. Er drückte eine Hand gegen seine Seite, wo Nemeds Fußtritte ihn verletzt und vielleicht sogar einige Rippen gebrochen hatten. Die andere Hand hob er empor, als sein Blick sich mit Balors traf, und streckte sie ihm entgegen.

Der Junge kämpfte gegen eine Welle von Gefühlen, in der er zu ertrinken drohte. Als er sich in Bewegung setzte, riß er sich mit einem Ruck das Amulett vom Hals. Die geflochtene Sehnenschnur zerriß brennend auf seiner Haut und schnitt tief hinein. Doch er spürte den Schmerz überhaupt nicht. Er ging an Fomor vorbei, ohne seine ausgestreckte Hand zu beachten. Er blickte ihn nicht einmal an, als er weiterging, um zu sehen, ob er Draga helfen konnte. Nachdem er einen Blick auf seinen sterbenden Onkel geworfen hatte, warf er den Talisman in den Schlamm.

Sterngucker hatte recht gehabt. Die Welt war trotz der Dämmerung und der Wölfe dunkel geworden. Die Farben des Hauses von Nemed MacAgnomain herrschten nun über das Land. Doch falls sich je ein Mächtiger erheben sollte, würde es nicht hier geschehen, wo der Feigling Scallatha an Stelle eines Mannes lebte und herrschte, der einmal der Wolf genannt worden war.

Von diesem Tag an, so schwor Balor, würde er sein Schicksal selbst in die Hand nehmen! Und eines Tages würde er, selbst wenn es ihn sein Leben kosten sollte, einen Weg finden, um Nemed MacAgnomain zu töten und den Ruhm des Clans MacLir zurückzugewinnen. Im Namen von Manannan MacLir, im Namen der Westlichen Stämme würde er, Balor, es vollbringen! Und er würde ohne Furcht sein!

Zweites Buch

12

Das Schicksal ist ein Gewebe, das sich aus vielen Schnüren zusammensetzt, und die Menschen sind nur einzelne Fäden, die von der Hand der Schicksalsmächte eingearbeitet werden.

Coman, der Zwerg, stand allein im Regen, als sich die Versammlung auflöste. Wie grau die Welt ist, dachte er und blickte auf den Schlamm zu seinen Füßen. Wie elend und ungerecht sie für jemanden wie ihn war. Ja, er hatte es geschafft, während des Kampfes ein paar Kauris und Schmuckstücke von unachtsamen Zuschauern zu entwenden, und er hatte es sogar gewagt, den vor kurzem eingetroffenen Mentor des Handelspostens auf sich aufmerksam zu machen, weil er auf eine kleine Entlohnung hoffte. Doch sein Instinkt hatte ihn gewarnt, daß jetzt nicht die richtige Zeit dazu war. Er sollte lieber warten, bis der Mann gegessen und sich ausgeruht hatte. Denn im Schatten eines solchen Mannes zu leben und zu hoffen, ein paar Krümel seiner Gunst aufzuschnappen, war selbst im günstigsten Falle riskant.

Der dunkle Prinz war wie die großen, schlanken Haie, die der Zwerg gelegentlich im klaren Meerwasser hinter den seichten Buchten gesehen hatte. In der Nähe der Haie hielten sich immer winzige Fische auf, die nur darauf warteten, ein paar Reste von den Mahlzeiten des Räubers zu erhaschen. Doch gelegentlich wirbelte der Jäger herum und fraß die winzigen Fische.

Coman hatte kein Mitleid mit den unachtsamen Fischen, denn er bewunderte die Haie und wünschte sich, er wäre wie sie.

Er seufzte sehnsuchtsvoll und sah zu, wie die Männer den rotbärtigen Riesen wegtrugen, der zu Boden gegangen war. Er fragte sich, ob der Mann sterben würde, doch dann entschied er, daß es ihm gleichgültig war. Er sollte sich lieber auf den Rückweg in die Siedlung machen, um ein trockenes Plätzchen zu suchen.

Als er losging, stach etwas Hartes in seinen Fußballen. Er fluchte, hüpfte auf einem Bein und hielt sich die schmerzende Stelle. Dann vergaß er plötzlich allen Schmerz, als er fassungslos auf den schlammigen Boden starrte.

Spielten seine Augen ihm einen Streich? Nein! Die Form ließ keinen Zweifel zu. Ein kleiner Falke, das Amulett, das er schon letzte Nacht gestohlen hätte, wenn der Junge, dem es gehörte, nicht rechtzeitig aufgewacht wäre, um es ihm wieder zu entreißen. Und jetzt schien es, als hätte dieser unachtsame, blaßäuigige Junge es hier zurückgelassen, damit er es fand, als wäre es der Wille der Schicksalsmächte, daß es in seinen Besitz gelangte!

»Ach, Coman, endlich hat das Glück seinen Weg zu dir gefunden!« verkündete er, als er sich bückte und den Talisman aus dem Schlamm zog. Er wischte es mit seinem durchnäßten, zerlumpten Wollhemd sauber, bis es sogar im schiefergrauen Licht des sommerlichen Regentages mit einer tiefen, klaren Farbe erstrahlte, die nur dem reinsten Bernstein eigen war.

»Ich bin reich!« Er juchzte und schluchzte dann vor Freude. Er lachte und kicherte und tanzte einen Freudentanz ... bis ihn eine ernüchternde Erkenntnis innehalten ließ.

»Du kannst es nicht verkaufen«, murmelte er. »Niemand würde glauben, daß du einen solchen Schatz auf ehrliche Weise erworben hast. Nein, sie werden dich einen Dieb schimpfen und dir die Hände abhacken.«

Er erzitterte vor Enttäuschung, und einen Moment lang rührte er sich verblüfft und verärgert nicht von der Stelle. Doch dann kam ihm langsam eine neue Erkenntnis, und er fragte sich, ob das Amulett bereits begonnen hatte, ihm Glück zu bringen, denn bisher war seine Erkenntnisfähigkeit immer recht begrenzt gewesen.

Er hob den Talisman hoch, starrte ihn an und fühlte sich plötzlich völlig ruhig und glücklich. Er mußte es überhaupt nicht verkaufen. Mehr noch, niemand mußte je erfahren, daß es in seinem Besitz war. Es war dieser Besitz selbst, der sein Glück darstellte. Mit einem solchen Talisman konnte ein Mensch sein Schicksal selbst in die Hand nehmen, und sogar ein Zwerg wie er konnte es dann wagen, an der Seite von Haien zu schwimmen und von ihren Raubzügen zu profitieren.

Die erregende Empfindung reiner Macht durchlief Comans mißgebildeten Körper. Er spürte, daß dieser Talisman etwas ganz Besonderes war. Darin steckte wahre Macht. Wenn er behutsam vorging, konnte er damit den Verlauf des Schicksals ändern ... er könnte sich in dieser Welt eine Nische schaffen, die nur für ihn war ... er könnte es vielleicht sogar wagen, einen Ehrenplatz am Hof des dunklen Herrn Nemed MacAgnomain anzustreben, fern von den trostlosen Küsten Albions, im warmen, reichen Land Achaia, am südlichen Meer, das die Menschen die Ägäis nannten, wo Haie ungestraft auf Jagd gehen konnten ... und sogar kleine Fische satt und dick werden konnten, wenn das Glück auf ihrer Seite war.

Sie flohen aus der Stadt, sie rannten wie Hunde davon. Der sterbende Draga lag auf dem Karren, als sie einen vollen Tag lang nach Süden reisten, bevor sie sich nach Osten und schließlich heimwärts nach Norden wandten.

Zu seiner Überraschung erfuhr Balor von Dathen, daß der Rotbart gar nicht von Nemeds Leibwächtern vergiftet worden war. Fomor hatte ihm eine Droge verabreicht, von der er sich in wenigen Tagen erholt haben mußte.

»Erinnerst du dich nicht mehr an die Worte von Creugas, dem Ringer?« erwiderte Dathen auf die bestürzte Fassungslosigkeit des Jungen. »Es war eine Situation, in der dein Onkel niemals hätte gewinnen können. Dein Vater erkannte die Gefahr und entschied sich für die einzige Möglichkeit, die ihm noch blieb, obwohl es ein heldenhaft riskantes Spiel war.«

Balor schnaufte verächtlich, während sich in seinem

Kopf alles drehte. »Es ist kaum etwas Heldenhaftes daran, den lächerlichen Idioten zu spielen.«

Dathen zog die blonden Augenbrauen hoch. »Hätte der Kampf noch länger gedauert, hätte Draga zwangsläufig irgendwann mit seiner wahren Herkunft geprahlt. In diesem Fall wären wir alle auf der Stelle niedergemetzelt worden. Andererseits wären wir genauso schnell von den achaischen Leibwächtern getötet worden, wenn Draga den Kampf gewonnen hätte. Und wenn er verloren hätte ... nun, mein Junge, du kannst nicht erwarten, daß dein Vater zusieht, wie sein Bruder stirbt, ohne auch nur eine Hand zu rühren, um ihm zu Hilfe zu kommen, oder?«

»Aber helfen, indem er sich wie ein Wurm im Dreck windet? Wenn Nemed sich nicht zurückgezogen hätte, wären sie beide in der Tat wie Schweine abgeschlachtet worden!«

»Ja, und das wußte der Herr nur zu genau. Doch indem er sein und Dragas Leben aufs Spiel setzte, hätten wir anderen unbeschadet unserer Wege gehen können, so daß das Blut von Manannan MacLir immer noch in dir und deinem Bruder weiterleben kann.«

»In Schande!« protestierte Balor. »Das Blut meines Großvaters schreit noch immer nach Rache! Warum ist mein Vater nicht aufgestanden, um wie ein wahrer Krieger gegen Nemed zu kämpfen? Das hätte ein Mann mit Ehre getan!«

Dathen musterte ihn nachdenklich. »Um dabei das Leben seiner Leute in Gefahr zu bringen? Nemeds Leibwächter waren uns gegenüber mindestens in dreifacher Überzahl, und sie hatten Waffen aus Bronze ... Er hätte uns problemlos überwältigt. Daran gab es nicht den geringsten Zweifel.«

»Es gibt nur noch eins, an dem es für mich nicht mehr den geringsten Zweifel gibt, Dathen, nämlich daß mein Vater sich lieber wie ein winselnder Hund zu Füßen seines Feindes in den Dreck wirft, statt sein Leben zu riskieren und wie ein Mann gegen ihn zu kämpfen!«

Dathen atmete ungeduldig aus, wobei sein langer blonder Schnurrbart wie trockenes Gras im Wind flatterte. »Mögen die Zwölf Winde uns vor dem aufgeblasenen Wagemut holzköpfiger kleiner Jungen bewahren! Rache und Kampf! Brust raus und Verteidigung der Ehre um jeden Preis! Und was dann? Im Grab gibt es keinen Ruhm, Junge. Nur Finsternis. Nur Tod.«

»Lieber tot als ehrlos!«

Dathen warf ihm einen Blick voller Mißbilligung zu. »Eines Tages, Balor, wenn du so lange leben solltest, wirst du vielleicht die wahre Bedeutung des Wortes *Ehre* erkennen und verstehen. Erst dann wirst du würdig sein, im Schatten deines Vaters zu gehen. Bis es soweit ist, solltest du dir folgendes merken: Ein weiser Wolf wartet die richtige Zeit für den Kampf ab. Und er kämpft niemals für seine eigenen Bedürfnisse, sondern für das Wohl des Rudels. Beides hängt untrennbar miteinander zusammen. Ein Häuptling kann nur Häuptling sein, wenn der Clan ihn zu seinem Oberhaupt ernennt, und ein Clan kann nicht lange überleben, wenn er keinen Häuptling hat, der ihn zu einer geeinten Macht zusammenschmiedet, die dem Überleben aller dient. Überleben! Das ist der Schlüssel. Denn wenn alle getötet sind, Balor, wer soll dann noch von Ruhm und Ehre sprechen?«

Balor war nicht bereit, diese Zurechtweisung anzunehmen. Er machte sogar Dathen für die schrecklichen Träume verantwortlich, die ihn in den folgenden Nächten heimsuchten. Es waren Träume von einem weißen Wolf, der mit seinem Rudel über das Land hetzte. Sie wüteten und zerfleischten sich gegenseitig, bis die Erde rot in ihrem Blut schwamm und Raben kreisten und herabstießen, um von ihrem Fleisch zu fressen. Währenddessen lag in einer Kriegstruhe ein glänzendes Schwert, das atmete, als würde es leben, bis ein Pfeil durch den Traum schoß, so flammend und weiß wie eine Sternschnuppe, so ohrenbetäubend wie ein Donnerschlag, worauf ein Blitz Fomors Kriegstruhe in Stücke zerschmetterte. Als das Schwert freilag, schrie es ihn aus der Dunkelheit an.

»Im Namen von Manannan MacLir, im Angedenken an

das Blut deiner Verwandten, deren Leben nach Rache verlangt, komm! Ich bin der Rächer! Nimm mich! Ich bin für dich bestimmt!«

Wenn er dann nach dem Schwert griff, seufzte es wie eine Frau in den Armen eines Mannes, bis es ihn plötzlich bis auf die Knochen versengte, worauf er es fortschleuderte und der Zwerg mit den grausamen Augen aus der Dunkelheit auftauchte und ihn auslachte. Dann blickte Balor nach unten und sah den blutigen Kadaver eines Wolfes zu seinen Füßen, während das Schwert zerschmolz und in die Erde sickerte. Darauf verwandelte es sich in einen hoch aufragenden dunklen Stein, vor dem Sterngucker aus dem Nichts erschien, der nach ihm rief, während der Stein umstürzte und ihn unter sich begrub. Und die ganze Zeit hatte von hoch oben das blendend helle und ungerührte Auge des Donar zugesehen, und irgendwo jenseits des Traumes heulte ein weißer Wolf, weinte ein Kind und klagte eine Frau.

Zum Glück verließ ihn der Traum nach einer Woche. Draga erholte sich zusehends. Tagelang hatte er schlaff und hilflos wie ein Kleinkind auf dem Wagen gelegen, und die gescheckte Frau, deren Name Uaine war, saß ständig an seiner Seite, um ihm über die Stirn zu streichen.

Die Tage vergingen wie im Fluge, während Draga wieder zu Kräften kam. Uaine gelang es, ihn abzulenken, wenn sie gemeinsam im Innern des Wagens an seiner »Genesung« arbeiteten, noch lange Zeit, nachdem offensichtlich war, daß er sich bereits völlig von seinem Martyrium in der Stadt der Becherleute erholt hatte. Sogar nach ihrer Rückkehr ins Dorf zog Draga sich viele Stunden lang mit ihr in sein Rundhaus zurück – sogar bei Tageslicht.

»Ich möchte jetzt mein Amulett zurückhaben«, sagte Huldre und streckte Balor die Hände hin.

Sie waren allein im Rundhaus des Häuptlings. Auch wenn Balor so uralt wie die Geister werden würde, die angeblich in den Sümpfen und fernen Mooren hausten, würde er niemals vergessen, wie sie reagierte, als er ihr sagte, daß er es fortgeworfen hatte.

Sie stand eine ganze Weile völlig reglos da. Dann flüsterte sie mit weißen Lippen in einem leichenblassen Gesicht: »Er wird es finden. Die Schicksalsmächte werden es in seine Hände gelangen lassen. Er wird sich erinnern. Er wird erkennen, daß es meins ist.« Sie legte die Hände an ihre bloße Kehle und flüsterte seinen Namen wie das Röcheln eines Sterbenden. »Nemed MacAgnomain ...«

Balor wurde übel. »Er wird es niemals finden. Niemals! Inzwischen ist es tief im Schlamm vergraben, von tausend achtlosen Füßen in die Tiefe gedrückt. Außerdem muß es Tausende solcher Bernsteinstücke geben, die in den Schmuckgeschäften von Alhorn verkauft werden.«

Doch gleichzeitig stiegen in seiner Erinnerung die Worte des Zwerges auf, um ihn als Lügner zu entlarven: *Ich habe noch nie ein reineres Stück Bernstein gesehen und auch noch keins von so ungewöhnlicher Form ... Es muß über große Zauberkräfte verfügen ...*

Wie es so oft zwischen ihnen geschah, schien sie seine Gedanken zu erraten und antwortete, als hätte er sie laut ausgesprochen. »Es gibt keinen zweiten Talisman wie diesen auf der ganzen Welt. Es ist das Auge des Donar, das unsere Vorfahren vom Gott selbst erhielten, als die Erde noch jung war.«

»Ich habe in der Siedlung der Becherleute kein Zeichen von Donar gesehen, obwohl es dir vielleicht gefällt, daß ich ihn tatsächlich angerufen habe. Aber er hat mir nicht geantwortet, also glaube ich nicht an seine Magie. Ich habe geschworen, mein Schicksal selbst in die Hand zu nehmen, Huldre, denn ich habe erkannt, daß jene, die sich den Schicksalsmächten ergeben, Narren sind!«

Ein seltsamer Ausdruck erschien auf ihrem Gesicht. Es sah aus, als würden geheimnisvolle Strömungen unter ihrer Haut fließen und sie erzittern lassen. Ihre wolkenverhangenen Augen weiteten sich und blickten nach innen. »Die Zeit wird zeigen, wer von uns die Narren sind, Balor. Wenn Nemed das Amulett findet, wird er wissen, daß es meins ist. Es wird ihn an den großen Mann erinnern, der sich ihm auf dem Kampfplatz in den Weg stellte, und an den Rotbart, dessen Geschick als Krieger weit über das eines gewöhnlichen Bauern hinausgeht. Er wird erkennen, daß der Wolf der Westlichen Stämme immer noch lebt und ihn wieder einmal überlistet hat. Du hast unser Glück fortgeworfen, Balor. In diesem Augenblick führt das Amulett ihn auf unsere Spur. Wir werden völlig ohne Schutz sein, wenn er das Auge Donars hat.«

»Was höre ich da, Frau?« Die Frage wurde wie ein geschleuderter Stein in den Raum geworfen, als Fomor fassungslos am Eingang zum Rundhaus stand. »Hast du wirklich gerade gesagt, daß du dem Jungen dein Amulett gegeben hast? Obwohl du wußtest, daß wir nach Nemed suchten und ihm begegnen könnten? Obwohl du wußtest, daß wir alle in Todesgefahr schweben würden, wenn sein Blick darauf fallen sollte?«

»Ich habe ihn dem Jungen als Talisman gegeben, um Gefahren abzuwehren. Ich habe es heimlich getan, weil ich wußte, daß du es verweigert hättest! Ich habe ihm ausdrücklich verboten, es jemandem zu zeigen.«

»Und welche Tat Balors gibt dir Anlaß zu der Vermutung, daß er dir gehorchen würde?«

Sie sah Balor prüfend, jedoch ohne Vorwurf an. »Seine Tat bestätigt, was ich schon lange für richtig halte. Wir müssen diesen Ort verlassen. Wir müssen uns mit den Westlichen Stämmen verbünden und gemeinsam gegen Nemed MacAgnomain ziehen, um ihn zu vernichten. Erst dann wirst du den Frieden erringen, nach dem du so sehr strebst.«

Sein großer, rotgoldener Kopf schwang hin und her, und seine Augen waren so trostlos wie das Moor in der Morgendämmerung. »Mit dem Blut wie vieler meiner Männer? Mit den Knochen wie vieler meiner Leute als Fundament für ein neues Dorf? Nein, Huldre. Der Schwur, den ich vor dem Altar der Zwölf Winde leistete, soll nicht gebrochen werden. Dieser Wolf wird nicht mehr in den Krieg ziehen.«

Balor erzitterte vor Verbitterung. Die Worte, die über seine Lippen drangen, waren so giftig wie der Biß einer Natter. »Dieser Wolf«, fauchte er seinen Vater voller Verachtung an, »ist überhaupt kein Wolf mehr!«

Fomors Schlag traf ihn ohne Vorwarnung. Eben noch stand Balor auf den Beinen, und im nächsten Augenblick lag er benommen am Boden, blinzelte schockiert und spürte, wie seine Lippe an zwei Stellen aufgeplatzt war und sich der heiße, salzige Geschmack seines Blutes im Mund ausbreitete.

Nie zuvor hatte sein Vater ihn geschlagen. Doch als er nun zu Fomor aufblickte, war Balor froh, daß der Herr es getan hatte! In seinem Zorn schien Fomor MacLir wieder mit jeder Faser der Wolf zu sein, den sein Sohn so verzweifelt suchte ... rechtschaffen und großartig in seiner Wut, überwältigend in seiner Macht. Doch dann erinnerte Balor sich plötzlich wieder, wie sein Vater sich vor Nemed im Schlamm gewälzt hatte. Die Tränen, die darauf in seine Augen traten, hatten nichts mit dem Schmerz des Schlages zu tun, der ihn umgeworfen hatte.

Die folgenden Wochen waren goldene Wochen, voll mit dem geschäftigen Treiben des Lebens – der Ernte, der Auslese der Herde, der Einlagerung wertvoller Vorräte für die anbrechende dunkle Hälfte des Jahres. Balor gab sich alle Mühe, seinem Vater aus dem Weg zu gehen. Er quartierte sich bei Dianket ein und war dankbar für die Gastfreundschaft seines alten Freundes und seinen Eifer, Geschichten über die wunderbaren Dinge, die es in Alhorn zu sehen gab, und über ferne Länder zu hören, die Balor von Huldre erfahren hatte.

Nachdem sich der Mond einmal gedreht hatte, war Draga wieder ganz der alte. Es überraschte niemanden, daß Uaine, die gescheckte Frau, schwanger war, und weil der Rotbart keinen Anlaß zur Feindseligkeit zwischen seinen beiden Frauen geben wollte, zeigte bald auch Eala die ersten Anzeichen einer Schwangerschaft und ertrug stolz die Übelkeit, die neues Leben verhieß. Draga stolzierte durch das Dorf und verbrachte viel Zeit mit den Jungen des Clans auf dem Übungsfeld. Er war gerne mit Balor zusammen, und gemeinsam gaben sie der kleinen Dana Reitstunden auf dem Pony, das er für sie in Alhorn gewonnen hatte. Als das Mädchen es in Pflege nahm und es gewissenhaft striegelte, stellte sich heraus, daß das kleine Pferd gar nicht grau, sondern so weiß wie das sagenhafte Einhorn aus Huldres Zaubergeschichten war. Dana, die die Geschichte von Balor gehört hatte, benannte das Pony danach und legte ihm Blumenkränze und duftende Zweige um den Hals, wenn sie mit dem Pony immer wieder um das Dorf herum galoppierte, während die anderen Mädchen hinterhertollten und Morrigan kleine Hürden aufstellte, damit das gutmütige Tier sie übersprang.

In diesem Jahr schien der Herbst ewig zu dauern, eine viel angenehmere Jahreszeit als der Sommer, weil die Nächte kühl waren, die Erntearbeit erledigt und der Duft der spätblühenden Blumen in der Luft hing. Als schließlich der erste Schnee fiel, sagte Huldre immer noch Unheil voraus, doch alle Zeichen versprachen das genaue Gegenteil. Nach so vielen Jahren der schmerzhaften Fehl- und Totgeburten brachte sie nun eine gesunde, kräftige Tochter zu Welt, und ihr scheinbar endloses Geschrei war beiden Eltern eine solche Wohltat, daß sie das Kind Bevin nannten, die »Melodische Stimme«.

Die Zeit war nun vorbei, in der der Clan MacLir sich mit der Gewißheit hatte trösten können, ganz allein und vergessen am Ende der Welt zu leben. Obwohl der Handelsposten der Becherleute viele Tagesreisen entfernt im Süden lag, war er immer noch zu nah, um sich in Sicherheit wiegen zu können. Auf Befehl des Häuptlings hatten die Männer des Clans begonnen, die Befestigungsanlagen des Dorfes umzubauen und zu verstärken. Bäume wurden gefällt und aus dem Wald herangeschleppt, um die Palisade auszubessern und zu vergrößern. Große Hügel wurden ringsum aufgeschüttet, die später einen weiten schützenden Ring ergeben sollten. Wenn er fertig war, würde sogar ein einzelner Mann, der sich dem Dorf näherte, frühzeitig gesichtet werden. Kommandoposten wurden an strategisch günstigen Stellen entlang des Ringes aufgestellt, um Angreifer zurückschlagen zu können. Und falls doch einmal jemand eindringen sollte, würde er sich zwischen drei massiven inneren Verteidigungswällen verirren, wo mehrere Tore so angelegt worden waren, daß der tatsächliche Eingang zum Dorf erst dann zu erkennen war, wenn man genau davorstand – und schutzlos den Verteidigern auf dem hohen inneren Wall ausgeliefert war.

Nach fünf Jahren ständiger Arbeit war der befestigte Ring zwar noch lange nicht fertiggestellt, aber die Männer des Clans bauten weiterhin zielstrebig und stolz auf ihre Leistungen daran weiter, während Wachtposten überall im Moor Ausschau hielten und bereit waren, ein Signalfeuer zu entzünden, falls sich irgendein Fremder nähern sollte. Und wie in den Tagen der Vergangenheit wurden die Männer und Jungen des Clans MacLir wieder ermutigt, ihr Geschick in den Kampfkünsten zu üben.

Und dabei entwickelte der fünfzehnjährige Balor – vor allem seit er in sein Jahr der Prüfung zu Beginn der hellen Jahreshälfte eingetreten war – eine immer tiefer werdende Freundschaft mit seinem Onkel Draga. Von allen Schülern des Rotbarts erwies sich Balor – vielleicht mit Ausnahme von Mael – als der beste und klügste, da er von einem unstillbaren Lernwillen erfüllt wurde. Er schreckte längst nicht mehr vor den schwierigeren Lektionen zurück, die stundenlanges Studium und intensives Nachdenken erforderten. Statt dessen hörte und sah er zu und lernte.

Und wenn die Jungen sich nachts um das Feuer des Geschichtenerzählers versammelten oder mit Munremar in die Dunkelheit außerhalb des Dorfes gingen, um die Sternenweisheit zu lernen, saß Balor völlig still da, blickte zum Himmel empor und erinnerte sich an Sterngucker. Wie sehr der Mann sich geirrt hatte, als er sagte, daß kein Mensch seine künftige Bestimmung kannte, abgesehen von der Tatsache, daß das Schicksal der gesamten Menschheit mit den Sternen verknüpft war.

Jedesmal, wenn er eine Sternschnuppe sah, die die Spur ihres Todes hell an den Himmel schrieb, erinnerte er sich an die weisen Worte des alten Mannes und an den großen Stern, der ihn zum Berg geführt hatte ... zum Handelsposten ... und zu seinem Feind. Auch wenn Fomor MacLir und Philosophen wie Sterngucker sich damit zufriedengeben mochten, in Frieden zu leben, konnte er, Balor, Enkel von Manannan, Erstgeborener des Wolfes, es nicht.

Jeden Tag, an dem er mit den Jungen des Clans an den Aufgaben arbeitete, die man ihm zugewiesen hatte, oder schwitzend trainierte, um seinem Körper die Proportionen eines Mannes zu verleihen, der eines Tages in seiner Haut leben sollte, bestätigte er den Schwur, den er im Regen vor dem Handelsposten von Alhorn geleistet hatte.

Eines Tages würde er das große Schwert, den Rächer, in die Hand nehmen und dem Leben des Mannes ein Ende bereiten, der seinen Großvater getötet und den Wolf der Westlichen Stämme in einen feigen Hund verwandelt hatte, der damit zufrieden war, sich in den Mooren zu verkriechen und sich sein eigenes Gefängnis zu bauen.

Der Schnee war blutig. Balor sah es und zügelte sein Pferd. Im blassen, kalten Licht des Vorfrühlingsmorgens glitt er von der Felldecke auf dem Rücken seines Pferdes und ging in die Knie, um die roten Flecken im Schnee zu berühren.

»Wölfe ... das ist schon das dritte Kalb, das sie in genauso vielen Tagen gerissen haben.«

»Sie werden immer dreister«, sagte Elathan, der mit finsterer Miene auf seinem Reittier sitzen blieb, einen nachdenklichen Blick zum Himmel hinauf warf und sich in die Hände blies, um sie zu wärmen. »Laß uns ins Dorf zurückkehren, Bruder. Unsere Wache ist seit Sonnenaufgang vorbei, und es hat keinen Sinn, weiter nach diesem Kalb zu suchen. Die Wölfe dürften kaum genügend für die Raben übriggelassen haben. Es bringt nichts ein – außer Erfrierungen. Bei der Macht der Zwölf Winde! Es ist ganz schön kalt für diese Jahreszeit!«

Balor stand auf und runzelte die Stirn, während sein Atem in der eiskalten Luft zu weißen Wolken gefror. Seine Augen folgten den verräterischen, blutigen Spuren der Wölfe, bis er sich wieder auf sein Pferd schwang und es in die Richtung drängte, die die Raubtiere und sein Hund Scharfe Schnauze eingeschlagen hatten. »Kein Tod sollte unaufgeklärt bleiben«, sagte er.

Elathan fluchte. »Sei doch vernünftig, Balor! Ein Frühlingssturm ist im Anzug. Wir erreichen nichts, wenn wir weitersuchen, und Scharfe Schnauze, die in Kürze ihre Welpen werfen wird, auch nicht. Ruf sie zurück, sonst wirst du auch sie verlieren. In ihrem Zustand kann sie es nicht mit Wölfen aufnehmen.«

Balor wußte, wann ihm jemand die Wahrheit sagte. Er beobachtete Elathans Hund, der geduldig neben seinem Pferd stand und durch seine Leine mit dem Handgelenk seines Bruders verbunden war. Es war ein gutes und kräftig gebautes Tier, doch nicht halb so mutig und geschickt im Aufnehmen einer Witterung wie sein eigener Hund. Mit einem Pfiff rief er Scharfe Schnauze zurück und sah zu, wie sie unter einem Dornbusch hervorkam. Sie stand hechelnd und mit durchhängendem Bauch da. Balor spürte einen Stich seines schlechten Gewissens. Er hätte sie nicht mitnehmen dürfen. Wenn er das nächste Mal aus dem Dorf ritt, würde er sie am Hauptpfosten von Diankets Rundhaus anleinen, obwohl er sicher war, daß sie mit lautem Geheul protestieren würde.

Elathan musterte den großen Terrier und lachte. »Die armen Welpen, die sie bald werfen wird, tun mir jetzt schon leid. Zweifellos wurden sie vom Elchhund gezeugt. Er verfolgt deinen Terrier fast genauso oft mit hechelnder Zunge wie du die Tochter des Rotbarts!«

Balor warf ihm einen finsteren Blick zu. Wenn Elathan in Reichweite gewesen wäre, hätte er mit den Zügeln nach ihm geschlagen, doch sein Bruder hatte seine Reaktion vorausgeahnt und sich mit seinem Pferd lachend ein Stück zurückgezogen.

»Reg dich nicht auf, Balor! Jeder weiß doch, wie versessen du auf sie bist. Schließlich gibt es keinen Mann im Dorf, der Dana in letzter Zeit nicht mit hungrigen Augen angesehen hat. Aber du bist noch viel zu jung, um etwas bei ihr zu erreichen! Du solltest sie dir lieber aus dem Kopf schlagen.«

Balors Zorn flammte so plötzlich und unerwartet auf, daß er froh war, daß sein Bruder sich außer Reichweite gebracht hatte, denn ansonsten hätte er Elathan sicherlich eine ungerechtfertigte Tracht Prügel verpaßt. Während seine Wut verrauchte, sah er seinem Bruder nach, wie er über das gefrorene Weideland davonritt und sich den Sümpfen näherte, wo Elathan das Tier zu einer langsameren Gangart zwingen mußte, wenn er dem Dorf näherkam.

Balor rührte sich nicht von der Stelle. Er hörte, spürte und sah überhaupt nichts – nur das zarte, blasse Gesicht eines jungen Mädchens mit goldenem Haar und grauen Augen. Danas Gesicht. Er erkannte, daß Elathan ihn an einer empfindlichen Stelle tief in seinem Herzen getroffen hatte, von der er bis zu diesem Moment gar nicht gewußt hatte, daß es sie gab.

13

Draga erwachte, stand aber nicht auf, denn als er sich zu bewegen versuchte, füllten Schmerzen jeden Winkel seines Körpers aus. Sie stachen ihm in den Rücken, genau zwischen seine breiten Schultern, so tief wie ein Speer, der in sein Rückgrat gerammt wurde.

Er schrie nicht auf. Er lag völlig ruhig da. In wenigen Augenblicken würden die brennenden Schmerzen nachlassen, und dann konnte er versuchen, sich zu bewegen, jeden Muskel so vorsichtig anzuspannen, daß der Schmerz ihn nicht wieder überraschen konnte, bevor er es geschafft hatte, sich aufzusetzen und die Frauen zu rufen, um ihm seine Morgenmassage zu verpassen. Dann könnte er aufstöhnen, wenn ihre starken, sicheren Hände das Blut in seine Muskeln rieben, sie entspannten, wärmten und den Schmerz vertrieben. Die Frauen würden denken, sein Stöhnen wäre ein wohliges Seufzen, denn er war noch viel zu jung und kräftig, um steife Gelenke von zu schwerer Arbeit zu bekommen oder – und dieser Gedanke erschrak ihn – unter den ersten Anzeichen der Knochenfäule zu leiden.

Nein! Das durfte nicht sein! Knochenfäule war der Fluch eines alten Mannes! Und er war noch jung! Jung! Er hatte noch nicht einmal dreißig Sommer erlebt. Doch während er reglos unter seinen Schlaffellen lag, wußte er nur zu genau, daß nicht nur die Alten davon befallen werden konnten. In der Vergangenheit, wenn der Winter über die Sümpfe geherrscht hatte, waren viele Bewohner von Farnmoor zum Opfer der Knochenfäule geworden. Junge Leute waren genauso zu Krüppeln geworden wie die Alten. Er sah ihre Geister vor sich: geschwächt, gebeugt, die Finger angeschwollen und krumm wie knorrige Äste, die Augen eingesunken und getrübt von ständigen Schmerzen. Sie waren bald zu häßlichen, ausgedörrten grauhaarigen Schatten ihrer selbst geworden. Wenn sie schließlich gestorben waren, gaben nur der Anblick ihrer weinenden Eltern oder Kinder einen Hinweis darauf, daß sie sehr jung gestorben waren.

Bei den Göttern! Dieser Gedanke war unerträglich! Er wollte ein solches Schicksal auf keinen Fall hinnehmen! Das konnte unmöglich sein Los sein! Er hätte sich gerne trotzig erhoben, um seine Verweigerung zu bekunden, doch die Schmerzen ließen es nicht zu, als er sich entrüstet anspannte.

Die unangenehme Wahrheit ließ sich einfach nicht verdrängen, so daß er beinahe in Tränen ausbrach. Er war im besten Mannesalter, auf dem Höhepunkt seines Lebens. Es gab nicht einen Jungen im Jahr der Prüfung, den er auf dem Übungsfeld nicht mühelos schlagen konnte. Doch im Gegensatz zu den älteren Männern hatte er sich bislang noch nicht im Kampf bewähren können – was er seinem Bruder zu verdanken hatte. Aus demselben Grund hatte er seinem Namen bislang noch keine Ehre machen können. Wenn er morgen sterben sollte, hätte Munremar an seinem Grab nur wenig zu sagen.

»Hier liegt Draga, der Sohn des Manannan, der Bruder des Wolfes, der in jeder Hinsicht der zweite war ... Draga, der sich Nemed MacAgnomain stellte und von ihm geschlagen wurde, Draga, der ein Krieger hätte sein können ...«

Hätte ...

Das Wort jagte pulsierend durch seinen Kopf und kreischte wie eine Ratte, die in ein Feuer geworfen wurde. Erinnerungen an seine Erniedrigung vor Nemed überfluteten ihn wie eine Welle aus bitterer Galle. Er hätte Nemed töten können, wenn das Ale nicht vergiftet gewesen wäre. Und wenn Fomor nicht gewesen wäre, hätte er die Männer des Clans MacLir wieder zu der Streitmacht zusammenrufen können, die sie einmal gewesen waren. Wenn er sie angeführt hätte, wäre die Drohung des Achaiers ein für allemal ausgelöscht worden, und zwar nach Art von Männern, in Ehre und mit Blut.

Wenn er nur mehr Erfolg gehabt hätte, die Männer gegen Fomor aufzubringen, bevor sie sich auf den Weg nach Alhorn gemacht hatten! Damals hatte es schlecht um den Clan gestanden. Viele der jüngeren Männer hatten sich insgeheim mit ihm gegen den Häuptling verbündet, und sogar einige der älteren Krieger hatten ein offenes Ohr für seine Unzufriedenheit gehabt. Der alte Munremar hätte beinahe zu seinen Gunsten im Rat gesprochen. Wenn er es doch nur gewagt hätte, offen die Häuptlingswürde seines Bruders in Frage zu stellen, damals in der Sakristei der Zwölf Winde, dann wäre er jetzt vielleicht der Herr des Clans MacLir.

Er erzitterte. Diesen Gedanken hatte er schon seit Jahren nicht mehr verfolgt ... seit das Wetter über den Mooren freundlicher geworden war, seit er Uaine, die gescheckte Frau, in sein Haus geholt hatte, seit die Geburt seiner Kinder den Schmerz über den Verlust seiner Zwillingssöhne gelindert hatte. Nein. In den vergangenen fünf Jahren war das Leben in Farnmoor gut gewesen, seit Fomor den Clan unter dem klaren, milden Himmel Albions zum Frieden geführt hatte, fern von den Gefahren und Verwirrungen der Welt der Menschen.

Obwohl das Blut von Manannan MacLir immer noch ungesühnt war, hatte sich sogar Draga in Zufriedenheit gesonnt. Bis jetzt. Seine Trägheit gerann zur Unzufriedenheit, während der Schmerz tief in seinen Knochen bohrte. Er wischte sich mit den Fingerspitzen den Schweiß von der Stirn und blickte langsam durch den vom Feuer erhellten Innenraum seines Rundhauses – auf Uaine, wie sie vor der Feuerstelle saß und ihr Neugeborenes stillte, während ihre kleine Tochter brabbelnd neben ihr spielte – auf die treue und liebevolle Eala, die sich über den Topf mit Haferschleim beugte, während Lorcan, die Miniaturausgabe Dragas mit den roten Haaren und den aufgeschürften Knien, hinter ihrem Rock stand und sie mit endlosen Fragen belästigte – auf Dana, die sich verträumt das lange, goldene Haar kämmte.

Beim Anblick des Mädchens runzelte er die Stirn. Sie war vierzehn. Eine erwachsene Frau. Diese Erkenntnis setzte ihm genauso zu wie die Schmerzen in seinen Knochen. Er zuckte vor Schreck zusammen. Die Jahre waren in der Tat wie im Fluge vergangen! Vielleicht war er doch nicht mehr der Jüngste. Ein unangenehmes Gefühl breitete sich in seinen Eingeweiden aus, als Draga zum erstenmal in seinem Leben klar wurde, daß die Sterblichkeit keine Eigenschaft war, die nur für andere Menschen galt. Wenn er Ruhm gewinnen wollte, um seiner Familie ein Erbe zu hinterlassen, auf das sie stolz sein konnte, wenn er nicht mehr war, dann mußte er bald dafür sorgen.

Aber wie? Wer würde mit ihm in den Kampf ziehen, nachdem fünf Jahre lang Frieden und Wohlstand unter Fomors Führung geherrscht hatte? Was kümmerte die Menschen von Farnmoor der Ruhm? Männer wurden in Friedenszeiten nicht zu heldenhaften Taten angetrieben, sondern sie wurden passiv und scheuten vor jeder Unternehmung zurück, die sie aus ihrem bequemen Leben reißen könnte.

Uaine erhob sich vom Kochtopf und blickte ihn nachdenklich an. »Du hast lange geschlafen, mein Herr. Die Sonne ist längst aufgegangen. Die Jungen haben sich bereits auf dem Übungsfeld versammelt.«

»Wir haben deine Kleidung am Feuer gewärmt«, fügte Eala hinzu. »Es schneit, dabei hat längst der Pflanzmonat begonnen! Die Söhne des Häuptlings sind gerade von den Weiden zurückgekommen. Sie sagen, die Wölfe hätten wieder ein Kalb gerissen! Ich hoffe, das ist kein böses Vorzeichen, daß die schwarzen und bitteren Winter der Vergangenheit zurückkehren werden.«

Dana runzelte die Stirn. »Es ist nichts Ungewöhnliches, wenn es im Frühling schneit. Der Schnee wird bald schmelzen, und dann wird die Sonne den Boden schnell erwärmt haben, so daß wir pflanzen können. Meinst du nicht auch, Vater?«

Draga erhob sich langsam und bemühte sich, seine Schmerzen zu ignorieren, während er den Raum durchquerte und in den Eingang trat. Als er die Ochsenhaut zur Seite schob, wehten Schneeflocken sanft auf seine Haut. Er kniff die Augen leicht zusammen und blickte zum Übungsfeld hinüber, wo sich die Jungen versammelten. Er entdeckte Balors bleiches, pollengelbes Haar zwischen den anderen. Dann lächelte Draga, als ihm eine Erkenntnis und eine Idee kamen.

»Wer weiß schon, was die Schicksalsmächte bestimmen werden?« sagte er nachdenklich. »Bring mir meine Kleidung, Eala. Es ist schon spät. Die Zukunft wartet dort draußen im Schnee auf mich.«

Heute übten sie mit Äxten. Mit kurzstieligen, scharf geschliffenen Äxten mit Steinklingen, die zum Zerhacken von Fleisch und Knochen gemacht waren. Sie übten trotz des Schnees, während Draga ihnen alles über den Umgang mit diesen Waffen beibrachte, nach dem ihre Vorfahren, das Volk der Axt, benannt worden war. Der Rotbart war in einer seltsamen Stimmung, irgendwie abgelenkt, aber dennoch ungewöhnlich ernst und ungeduldig.

»Was seid ihr nur für ein lahmer Haufen! Ihr seid so zart wie milchgesäugte Lämmer geworden! Es ist kaum zu glauben, daß ihr die Nachkommen von Männern seid, die aus dem Königreich der Goldenen Ebenen kamen, um den größten Teil des Landes jenseits des Meeres zu erobern, und nachdem sie damit nicht zufrieden waren, weiter nach Westen zu ziehen, um Albion und Eireann zu erobern! Nur mit Steinäxten bewaffnet und mit kampftrainierten Pferden zwangen sie die halbe Welt in die Knie! Pah! Kein Mann dieses edlen Volkes könnte in euch seine Nachkommen erkennen!«

Er ließ sie in einer Reihe Aufstellung beziehen, damit er sie inspizieren konnte. Sie bemühten sich, nicht vor Kälte zu zittern. Er schritt überheblich und steif an ihnen vorbei und wirkte so aggressiv, daß jeder der anwesenden Jungen eingeschüchtert wurde.

»Aber natürlich seid ihr die Söhne eurer Väter, und eure Väter sind Diener des Häuptlings. Er ist es, der eure Verweichlichung zugelassen hat. Sie ist eine Folge des friedvollen Lebens, das er für uns bestimmt hat. Nicht, daß ich ihn kritisieren will, nein ... aber seht euch nur einmal den Schnee an, und denkt nach, welche Jahreszeit wir haben, meine hübschen, rundbäuchigen jungen Männer! Der Pflanzmonat hat begonnen! Gibt es denn keinen unter euch, der sich noch an die Hungerjahre erinnert, die Jahre des Verzichts und der Krankheiten, als die Sonne uns im Stich ließ, so daß wir wie Schweine im Schlamm der Sümpfe ertranken? Ja, ich sehe die Antwort in euren Gesichtern. Ihr erinnert euch! Auch wenn der Häuptling etwas anderes sagt, sage ich jetzt zu euch, daß diese Hungerjahre wiederkommen könnten. Und was geschieht dann? Werdet ihr hier abwarten, bis ihr sterbt, oder werdet ihr als Krieger losziehen, um durch ruhmreiche Schlachten besseres Land für euer Volk zu erobern?«

Draga hielt mit seiner Ansprache inne und blieb vor Balor stehen. Er blickte mit schmalen und konzentrierten Augen auf das Gesicht seines Neffen. Der junge Mann starrte zurück, während er seine aufrührerischen Worte einzuschätzen versuchte.

»Der Herr hat uns zu Kampfübungen aufgefordert, damit wir das Dorf im Fall eines Angriffs *verteidigen* können«, warf Balor ein.

Der Rotbart musterte Balor aufmerksam mit ausdruckslosem Gesicht. »Ja, so ist es, Neffe. Aber ob für den Angriff oder die Verteidigung – ein Mann muß auf jeden Fall wissen, wie man tötet. Und als Söhne der Axt, denen es verboten wurde, auf Raubzüge zu gehen, die nichts über die tödlichen neuen Waffen wissen, die jetzt von unseren Feinden eingesetzt werden, müßt ihr lernen, wie ihr *hiermit* tötet!« Ohne Vorwarnung wirbelte er herum und schleuderte seine eigene Streitaxt in einem tödlichen Bogen quer durch das Dorf, bis sie mit einem dumpfen Schlag im Sturz über dem Eingang zum Rundhaus des Häuptlings steckenblieb. Er hatte sie mit solcher Wucht geworfen, daß die Klinge am Loch für den Schaft durchbrach. Der Griff fiel herunter, als Mealla nach draußen stürmte, die Hände in die Hüften stemmte und den Schaden an ihrem Haus begutachtete. Dann drehte sie sich zum Rotbart um.

»Hast du die Kontrolle über deine Augen oder dein Gehirn verloren? Das Haus des Herrn ist kein geeignetes Ziel für deine Waffe, Draga! Und wenn du das nicht weißt, bist du ein untauglicher Ausbilder!«

Er verbeugte sich und gab eine scheinbar ernsthafte Entschuldigung ab. »Ich hatte wirklich nicht vor, *dir* etwas anzutun, gute Mealla!«

Balor bemerkte die Betonung und blickte Draga an, während er sich fragte, was er dachte.

Mealla schnauft und nickte, nachdem sie offenbar besänftigt war. »Gut, aber sorge dafür, daß es nicht wieder vorkommt. Ihr habt jede Menge Ziele, an denen ihr auf eurem Kampfplatz üben könnt! Und an deiner Stelle würde ich schnellstens die Axtklinge aus dem Sturzbalken entfernen und das Loch so gut wie möglich flicken, bevor der Herr vom Weideland zurückkehrt. Er wird nicht gerade erfreut sein, wenn er erfährt, daß die Augen seines Bruders nachlassen!«

»Meine Augen sind tadellos, Häuptlingsfrau. Und sei versichert, von diesem Tag an werde ich mein Ziel niemals verfehlen!«

Am Vormittag hatte sich der Himmel geklärt, worauf sich jung und alt in sicherer Entfernung versammelte, um den Jungen zuzusehen, wie sie die richtige Haltung des Axtkämpfers erlernten und die Waffe dann auf ein Ziel aus Holz warfen. Von allen Jugendlichen war Mael, der inzwischen neunzehn Jahre alt und schon seit fast vier Jahren als Mann betrachtet wurde, eindeutig der begabteste, obwohl Draga weiterhin der ungeschlagene Meister blieb.

Balor, der die Waffe recht gut sowohl mit der rechten als auch mit der linken Hand beherrschte, blühte vor Stolz über das überschwengliche Lob seines Onkels auf und freute sich bereits auf die abendlichen Wettkämpfe, die während des Festes zum Aufgang des Pflanzmondes veranstaltet werden sollten.

Doch am Spätnachmittag begann es wieder zu schneien. Die Welt wurde weiß und stumm. Die Menschen von Farnmoor erkannten böse Vorzeichen im Frühlingsunwetter und suchten Zuflucht in ihren Häusern. Balor zerrte in Diankets kleinem Haus seine Bettfelle näher an die Feuerstelle und suchte den dringend benötigten Schlaf.

Es war ruhig. Es herrschte jene seltene, angenehme und atemlose Ruhe, die sich nur dann einstellte, wenn die Wolken sich auf die Erde senkten und der Schnee leise und ohne jeden Wind in gerader Linie zu Boden fiel. Balor schlief im Innern des kleinen Hauses. Es gab keinen Laut, der ihn störte – nur das gelegentliche, beruhigende Geräusch, wenn die Glut in der Feuergrube zusammenfiel,

Diankets leise, schöne Stimme, wenn er eine Melodie summte, und das rhythmische Schaben seines Feuersteingriffels, mit dem er aus einem Stück Geweihknochen ein winziges Spielzeugpferd schnitzte. Balor vermutete, daß es ein Geschenk für irgendein Kind des Dorfes war, denn Dianket hatte es sich zur Gewohnheit gemacht, seine Talente und seine Zeit zur Freude der Kinder zu verwenden.

Doch Balor sollte nicht zur Ruhe kommen. Ohne zu klopfen oder eine Aufforderung abzuwarten, trat Morrigan in das Haus und rief einen munteren Gruß, als sie sich im Schneidersitz auf den mit Stroh bestreuten Boden neben der Feuerstelle gegenüber von Balor setzte.

»He, wach auf!« verlangte sie in ihrer typischen schroffen Art, als sie ein Tablett mit Haferkeksen auf einen der flachen, breiten Steine abstellte, die die Feuerstelle einfaßten. »Die habe ich gerade gebacken. Eßt sie, solange sie noch warm sind!« Ihre Worte waren ein Befehl. Sie pustete sich heftig in die kleinen, winterweißen Hände und schüttelte sich dann, wobei Schneeflocken aus ihrem dichten schwarzen Haar flogen. »Macht schon! Eßt! Was ist mit euch los? Was starrt ihr so?«

Die zwei jungen Männer starrten sie weiterhin an. Sie waren keineswegs überrascht, sie hier zu sehen, denn in letzter Zeit hatte die jüngste Tochter von Munremar sich die verschiedensten Ausreden einfallen lassen, um das Haus des Sohnes des Heilers zu besuchen. Doch heute war etwas an ihr anders. Zum einen hatte keiner der Jungen sie je mit losem Haar gesehen. Sie trug es immer wie ein Junge, zu nachlässigen Zöpfen geflochten, von dünnen Sehnenschnüren zusammengehalten und ohne jeden Schmuck. Und obwohl sie ihr gewohntes formloses Männerhemd und die Winterhosen trug, die fest vom Knöchel bis zum Knie über ihren schlichten Lederstiefeln verschnürt waren, hatte sie das Hemd heute mit einer hellgrünen Schärpe aus den Fasern von Nesseln gegürtet, und durch diese Abwechslung wurden ihre unverkennbar weiblichen Formen betont. Sogar ihr Gesicht wirkte anders. Sie färbte niemals ihre Wangen oder Lippen mit

Beerensaft, wie es die anderen Mädchen in ihrem Alter taten. Oder doch? Ein schneller Lauf quer durch das Dorf konnte ihrem Gesicht doch kaum einen so hübschen Farbton verliehen haben, auch wenn es schneite.

»Was starrt ihr so?« fragte sie noch einmal.

»Du siehst ganz anders aus«, entgegnete Balor und stützte sich mit einem Ellbogen auf, wobei er sie mit einer Offenheit betrachtete, die beinahe an Hohn grenzte. »Du siehst fast wie ein Mädchen aus.«

Sie sträubte sich, doch ihr Erröten war genauso unmißverständlich wie das leichte Zucken eines befriedigten Lächelns. »Pah! Ich sehe wie immer aus. Ich habe mir nur nicht die Mühe gemacht, mein Haar zu richten, das ist alles. Ich dachte, ihr würdet die Kekse am liebsten essen, solange sie noch warm sind, also kam ich so, wie ich war. Außerdem hielten meine Halbschwestern wieder ihr übliches weibisches Geplapper ab. Ich hätte es nicht ertragen, ihnen noch einen Augenblick länger zuhören zu müssen. Was sind sie nur für abergläubische Dummköpfe! Sie sehen nur Unheil und Verderben und bedrängen meinen Vater, die Knochen der Weissagung zu werfen, nur weil wir einen kleinen späten Frühlingsschneesturm haben!«

Dianket betrachtete sie nachdenklich, als wäre er ein abgeklärter Weiser, der sich Sorgen über das Verhalten eines dreisten Kindes macht. Er war ein schlanker Jugendlicher mit sanften Augen. Und doch wirkte er bereits wie ein Mann, denn die fünf langen Jahre voller Schmerzen nach seinem Sturz vom Dach der Ratshalle hatten tiefe Spuren in seinem Leben und seinem Gesicht hinterlassen. Wegen seiner Behinderung würde Dianket in den Augen des Clans jedoch niemals ein richtiger Mann sein. Für ihn gab es kein Jahr der Prüfung, keine Werbung um eine Frau, keine Kinder. Er saß nicht auf dem Boden, wie es Balor und Morrigan taten. Er saß auf einer Holzbank, auf der er sein verkrüppeltes Bein ausstrecken konnte, das so steif und unbeweglich wie die Holzkrücke war, die er sich als Gehhilfe gemacht hatte. Schenkel und Wade waren nie richtig verheilt. Bei unfreundlichem Wetter schmerzte das

Bein gnadenlos, und er hatte sich schon seit langem mit der Tatsache abgefunden, daß sich daran nichts ändern würde, bis er starb. Es hatte keinen Sinn, sich zu beklagen, weil er damit die anderen genauso deprimierte, wie es zuvor ihn deprimiert hatte. Schmerz war eine Tatsache, mit der er zu leben gelernt hatte. Er gab sich Mühe, ihn zu ignorieren, als er sich vorbeugte, sich einen Keks nahm und einen zweiten über das Feuer zu Balor hinüberwarf.

Der Sohn des Häuptlings hatte sich aufgesetzt und fing den flachen, runden Keks auf. Dann betrachtete er ihn mit derselben Abscheu, mit der er auf einen frischen Kuhfladen von den Viehweiden reagiert hätte. »Bei den Schicksalsmächten, du erwartest doch nicht, daß ich das esse!«

»Doch«, entgegnete Dianket, der ihm einen verärgerten Blick zuwarf, weil er genau wußte, daß sein Freund lediglich beabsichtigte, Morrigan zu ärgern. Das Mädchen war im ganzen Dorf für ihre köstlichen Kekse bekannt. Morrigan mahlte das Mehl dreimal, bis es von feinster Qualität war, benutzte nur den besten Met zum Süßen und hatte ein außerordentliches Geschick mit den Backsteinen entwickelt, so daß jeder Keks nach der Zubereitung von vollendet leichter Zartheit und Knusprigkeit war. Doch Balor und Morrigan hatten sich schon seit ihrer Kindheit immer wieder gemeine Wortgefechte geliefert. Nachdem sie nun erwachsen waren, fiel es ihnen schwer, sich auf höfliche Weise anzusprechen. Einer von ihnen ließ immer eine Stichelei los, worauf sich der andere verpflichtet fühlte, mit einer Erwiderung in doppelter Schärfe zu reagieren. Doch als Dianket jetzt das Mädchen ansah, unternahm es keine Anstalten, auf Balors Beleidigung zu antworten. Es betrachtete ihn sogar mit begieriger Hoffnung, während es offenbar auf eine lobende Bemerkung wartete. Der bewundernde Ausdruck auf Morrigans Gesicht war so ungewohnt für ihr normalerweise impulsives und streitsüchtiges Wesen, daß sie damit einen Verdacht bestätigte, den Dianket schon seit Jahren hegte – daß Morrigan in Balor verliebt war.

Doch das Objekt ihrer Zuneigung war sich ihrer Gefühle überhaupt nicht bewußt, als er den kleinen Keks an die Nase hielt, um mißtrauisch daran zu schnuppern. Scharfe Schnauze, die dicht neben ihm lag, hob den Kopf, beäugte den Keks und winselte leise, damit ihr Herrchen diesen duftenden Leckerbissen mit ihr teilte. Balor blickte auf sie hinab und kraulte ihr mit der freien Hand die Ohren. »Ja, ich weiß, du möchtest gerne einen Bissen, alte Freundin. Aber die Frage ist, ob das hier als Nahrung für einen Hund geeignet ist!«

Das war zuviel für Morrigan. Ihr Gesicht verzerrte sich vor Entrüstung, und nur Dianket bemerkte die Tränen der Enttäuschung, die sie schnell wegblinzelte, bevor sie Balor einen trotzigen Blick zuwarf. »Du unerträglicher, unverschämter und undankbarer Mistkerl! Wenn es hier eine Frage gibt, dann die, wer von euch beiden der Hund ist!«

Balor lachte über ihre Erwiderung und zufrieden über ihren Zorn. Es machte ihm Spaß, sie zu ärgern, vor allem, da sie sich seit einigen Wochen immer wieder auf beunruhigende Weise in sein Leben eingemischt hatte. Sie machte eine Veränderung durch, die ihn gleichzeitig verblüffte und ärgerte. Wenn er sich mit Draga und den anderen Jugendlichen, die in das Jahr der Prüfung eingetreten waren, auf dem Übungsfeld befand, sah er sie manchmal, wie sie bei den anderen Mädchen und Frauen stand. Das war ein seltener Anblick für einen so unsympathischen Wildfang, der sich nach Möglichkeit lieber in der Gesellschaft von Jungen aufhielt, um mit dem Bogen zu schießen, Feuerstein zu behauen oder ein Pony zu reiten. Sie suchte immer wieder seine Nähe, ließ ihn nicht aus den Augen und beobachtete ihn gebannt. Sie hatte es sich angewöhnt, ihm überall hin zu folgen, ihn mit dem neuesten Tratsch oder kleinen Geschenken von ihrem Herd zu versorgen oder Kräuter und Wurzeln für Dianket zu bringen, die er seiner wachsenden Sammlung von Heilmitteln hinzufügen konnte. Doch sogar wenn sie zu Dianket sprach, sah sie Balor an, starrte ihn an, bis er sie entnervt anbrüllte und den Feuer des Zorns in ihr entfachte. Irgendwie war sie für ihn in ihrer alten Rolle erträglicher.

Als er sie jetzt über die warmen, glühenden Kohlen der Feuergrube hinweg ansah, stellte er zufrieden fest, daß er es wieder einmal geschafft hatte, sie wütend zu machen. Ohne mit der Wimper zu zucken, erwiderte sie seinen Blick, um ihre Willenskraft mit seiner zu messen. Mit einem Fingerschnippen beförderte er den Keks in das Feuer, wo er in der Glut landete und sofort zu dampfen und zu schrumpfen begann. Scharfe Schnauze winselte protestierend, doch er achtete nicht auf das Tier.

Er streckte sich wieder auf seinen Schlaffellen aus, legte einen Arm über seine Augen und sagte gelangweilt: »Geh nach Hause, Morrigan. Es geziemt sich nicht für ein Mädchen deines Alters, im Dorf herumzustreifen oder ...«

Ihre Augen blitzten auf, als sie ihn mit offener Feindseligkeit unterbrach. »Ich wette, du würdest mich nicht fortschicken, wenn ich Dana wäre!«

Diese Anklage traf ihn völlig unvorbereitet. Er dachte wieder an Elathans Hänseleien. Waren seine Gefühle für Dragas Tochter so offensichtlich für jeden anderen, während er gerade erst begonnen hatte, sie sich selbst einzugestehen? Langsam zog er seinen Arm zurück und funkelte Morrigan mit offener Verachtung an. Wie konnte sie es wagen, sich in seine geheimsten Gedanken einzumischen? »Wenn du Dana wärst, müßte man dich nicht in deine Schranken weisen, Morrigan. Aber wenn ich es mir recht überlege, wärst du tatsächlich willkommen, wenn du Dana wärst, denn während sie eine freundliche Wohltat für die Seele eines Mannes ist, bist du nur eine stachelige Klette!«

Sie stand auf, das Gesicht gerötet und die Hände zu Fäusten geballt. »Und wer hat dir erzählt, daß du schon ein Mann bist, Balor? Du mußt deinen Wert noch beweisen, und ich zweifle offen gesagt daran, daß es dir jemals gelingen wird!«

»Immer mit der Ruhe, und zwar alle beide«, sagte Dianket besänftigend, dem die Rolle des Schlichters überhaupt nicht gefiel. Seine nächsten Worte sprach er sanft und ruhig, weil er nicht wollte, daß der Stolz des Mädchens noch tiefer verletzt wurde. »Es wird in der Tat getratscht, Morrigan. Wir sind keine Kinder mehr. Balor hat recht. Es ziemt sich nicht für eine junge Frau ...«

»Was hat mein Geschlecht damit zu tun? Nur weil ich erwachsen geworden bin, muß ich doch nicht zu einer ganz anderen Person werden! Muß ich jetzt anfangen, geziert zu tun, mit den Wimpern zu klimpern und an meinen Kleidern herumzuzupfen, während ich mit meinen Kochtöpfen hantiere? Bei den Zwölf Winden, wenn man mir nur die Gelegenheit gäbe, konnte ich euch beweisen, daß ich zu viel mehr fähig bin! Ich kann genausogut reiten wie jeder Mann und einen Pfeil genauso treffsicher abschießen!«

Diankets Stirn legte sich in nachdenkliche Falten. »Niemand würde das bestreiten, Morrigan, aber du bist jetzt eine Frau und wirst eines Tages die Zukunft des Clans in dir weitertragen. Es gibt keine Aufgabe, die wichtiger als diese wäre. Man erwartet nicht von dir, geschickt in den Künsten ...«

Sie unterbrach ihn mit einem widerwilligen Knurren. »Ich entscheide selbst, welchen Aufgaben ich mich widme, und ich werde in jeder von ihnen geschickt sein.«

»Dann geh jetzt nach Hause«, schlug Balor eisig vor und legte sich wieder den Arm über die Augen. »Setz dich zu deinen Schwestern. Widme dich der Aufgabe, so zu werden, wie es einer Frau angemessen ist. Sei darin geschickt. Das heißt, falls du überhaupt ein richtiges Mädchen bist.«

»Ah!« kreischte sie und stampfte mit dem Fuß auf. »Bei den Göttern, bei denen meine Mutter schwor! Beim Namen des Vaters, dessen Samen mich zum Leben erweckte! Wenn ich als Mann geboren worden wäre, würde ich euch jetzt beide in die Schranken weisen!« Wütend schleuderte sie das Tablett mit den Keksen ins Feuer, fuhr herum und stapfte aus dem Haus.

Eine Weile war es still. Dann sprach Dianket leise. »Du solltest dich nicht um Dragas Tochter bemühen.«

Diese Worte rissen Balor aus seinem Halbschlaf. »Wer sagt, ich würde so etwas tun?«

»Niemand muß es sagen. Man sieht es dir auch so an.« Dianket drehte das Spielzeugpferd gedankenverloren in seinen Fingern. Ein sehnsüchtiger Ausdruck trat in seine Augen und hätte seine eigene Liebe zu Dana verraten, wenn Balor ihn angesehen hätte. Dann fügte er mit einer Leichtigkeit hinzu, die er gar nicht empfand: »Dana ist für den Besten und Mutigsten bestimmt. Dafür wird Draga schon sorgen.«

Balor antwortete nicht. Der Gedanke, daß Dana einem anderen gegeben wurde, verursachte ihm ein Jucken, als würden Ameisen unter seiner Haut umherkrabbeln. Bis vor kurzem war Dana nur irgendeins der Mädchen gewesen. Dann hatte das Clansgesetz sie zur Frau ernannt, worauf die Hälfte der in Frage kommenden jungen Männer des Dorfes bereit waren, sich um sie zu prügeln. Es war tatsächlich, als hätte sie sich über Nacht verwandelt. Aber vielleicht hatte die Veränderung auch in ihm selbst stattgefunden. Er wußte es nicht. Er wußte nur, daß das stille, freundliche kleine Mädchen verschwunden war und durch eine große, anmutige junge Frau ersetzt worden war, die so golden wie ein Sonnenaufgang im Sommer war, so zart und schimmernd wie Nebel, der über den Mooren aufstieg. Er war nicht mehr in der Lage, einen einfachen Satz zu ihr zu sagen, ohne ins Stottern zu geraten, und konnte das Bild ihrer Schönheit nicht mehr aus seinen Gedanken vertreiben, wo es sich mit einer Beständigkeit hielt, die alles andere unwichtig erschienen ließ. Als Draga von den vielen Verehrern des Mädchens sprach, schien es Balor, als würde das Blut in seinen Ohren kochen, bis er vor Verzweiflung taub wurde, denn obwohl Balor ein Jahr älter als Dana war, hatte er trotz seiner Größe und Stärke noch nicht sein Jahr der Prüfung abgeschlossen. Nach dem Clansgesetz war er immer noch ein Junge, der sich noch als Mann beweisen mußte, und kam somit für eine Frau nicht in Frage. Nicht, daß er eine Frau wollte. Und dennoch schmerzte es ihn, sich Dana an der Seite eines anderen vorzustellen.

Trotzdem hörte er sich, wie er seinem Freund trotzig erwiderte: »Wer behauptet, ich sei nicht der Beste und Mutigste? Und wer weiß, ob Dana nicht mich den anderen vorzieht?«

Dianket schüttelte den Kopf. Es würde ihm niemals gelingen, sich mit Balors angeborener Überheblichkeit abzufinden. »Du weißt genausogut wie ich, Balor, daß Dana dich nach dem Gesetz nicht erwählen kann, bevor du dein Jahr der Prüfung und die Initiationsriten hinter dir hast, die dich als Mann mit allen Rechten und Pflichten in den Clan einführen.«

»Das ist ein dummes Gesetz!«

»Auch wenn es dir nicht paßt, Balor, so ist es keineswegs dumm. Es garantiert, daß ein Mann so lange als Junggeselle lebt, wie er eine Frau und die Kinder, die sie ihm gebiert, nicht beschützen und versorgen kann. Es hat sich seit Urzeiten als Tradition bewährt und dient dem Wohlergehen aller Beteiligten.«

Die Wahrheit versetzte Balor einen tiefen Stich. Er richtete sich auf. »Ich bin genauso groß und stark wie fast jeder Mann in diesem Dorf. Draga sagt, ich bin der vielversprechendste Schüler an den Waffen, den er jemals hatte. Irgendwann werde ich alle übertreffen! Du wirst sehen! Alle werden es sehen!«

»Ja. Aber Versprechungen können nicht die Zeit zurückdrehen, Balor. Dana ist schon seit einem Jahr eine erwachsene Frau. Sie hätte schon im letzten Frühling einen Mann erwählen können, aber sie weigerte sich, eine Wahl zu treffen. Als Jungfrau ist das ihr gutes Recht. Manche Frauen warten jahrelang … aber nicht die hübschen, denn das Recht einer Jungfrau wird hinfällig, wenn Zwietracht zwischen jenen entsteht, die um sie werben. Um den Frieden zu wahren, ist der Häuptling manchmal gezwungen, das Clansgericht in dieser Angelegenheit anzurufen. Bevor der Hochzeitsmond im November aufgeht, wird der Herr Dana zwingen, sich für einen Mann zu entscheiden. Wenn sie sich weigert, wird Draga einen für sie benennen. Vergiß sie, Balor. Sie ist nicht für dich bestimmt. Außerdem dachte ich, du hättest mir gesagt, daß du niemals heiraten wolltest!«

Verwirrende Gedanken schwirrten wie Wespen in Balors Kopf umher. »Das stimmt! Aber ...«

Dianket lächelte traurig. »Ich verstehe. Wenn du Dana ansiehst, begehrst du sie, auch wenn das Clansgesetz sagt, daß du noch kein Mann bist.«

Balor war viel zu sehr mit seinen eigenen Gedanken beschäftigt, um Diankets sehnsüchtigen Tonfall zu bemerken. Er dachte an Mael, seinen Hauptrivalen. Er war großspurig, herausfordernd und so selbstgefällig wie eine stolzierende Möwe, die am Seeufer nach Schlamminsekten pickt. Mael umwarb Dana in aller Offenheit und nahm unter den Verehrern des Mädchens einen hohen Stellenwert in Dragas Gunst ein. Wenn der Häuptling sie zwingen sollte, eine Entscheidung zu treffen, würde Dana vermutlich Mael benennen, vielleicht nur aus dem Grund, weil sie wußte, daß ihr Vater ihn mochte. Jeder wußte, daß Dana ihren Erzeuger verehrte und alles tun würde, um ihn zufriedenzustellen. Indem Mael sich bei Draga einschmeichelte, hatte er Dana schon so gut wie gewonnen.

»Das ist ungerecht!« schimpfte Balor. »Ich weiß, daß ich noch zu jung bin, aber ich wäre ein viel besserer Ehemann für sie als Mael! Es ist ein ungerechtes Gesetz, das mich daran hindert, es zu beweisen!«

Dianket saß reglos da und musterte seinen Freund voller Besorgnis. »Trotzdem ist es das Gesetz, und dein Vater wäre gut beraten, sich daran zu halten, wenn er den Frieden im Clan wahren will.«

»Frieden! Was kümmert mich sein verfluchter Frieden!« Balor stand von Unruhe getrieben auf, bis er sich wieder hinhockte, seine Unterarme über die Schenkel legte und in die Feuerstelle starrte. Als er die Glut anfunkelte, schien sie zurückzufunkeln. Dann kam ihm eine Idee. Er sprach sie laut aus, als er zu Dianket aufsah und wieder Mut faßte. »Weißt du was? Wenn ich nun zu Draga gehen und ihn bitten würde, die anderen zurückzuweisen, bis ich als Verehrer auftreten kann … Jeder weiß, daß Dana es nicht eilig hat, einen Mann zu erwählen. Und Draga und ich hatten in den letzten Jahren ein gutes Verhältnis … ja … ein sehr gutes …«

»Das ist verboten, Balor. Du kannst nicht bei Danas Vater um sie werben, bevor du offiziell als Mann anerkannt bist. So etwas wäre eine Verletzung des Clansgesetzes. Das würde ich an deiner Stelle nicht noch einmal riskieren, alter Freund … nach allem, was du dir in der Vergangenheit geleistet hast. Und ich würde mich im Augenblick auch nicht freiwillig in Dragas Schuld begeben. Als Gegenleistung könnte er etwas verlangen, das du nicht zu geben bereit bist. Etwas Dunkles zehrt an seiner Seele.«

Balor verzog das Gesicht. »Ja! Und völlig zu Recht! Es ist die Unzufriedenheit mit dem Leben, das wir hier führen – eine Unzufriedenheit, die wir gleichermaßen empfinden, Draga und ich! Wenn du mit uns in Alhorn gewesen wärst, Dianket, würdest du uns verstehen!«

»Ich verstehe nur, daß die Gesetze eingehalten werden müssen, Balor. Es sind die Muskeln, die den Clan zusammenhalten und seine Kraft und Einigkeit bilden. Daran darf sich nichts ändern.«

»Nein?«

Dianket schrak vor der Hitze der Entschlossenheit zurück, die in Balors Augen brannte. Er hatte sie schon des öfteren gesehen, ein abgrundtiefes Ding, das aufgewühlt und voller Schmerz war. Dianket wünschte sich, er könnte Balor verstehen und trösten. Sie hatten sich schon immer viel näher als Brüder gestanden. Doch Balor hatte sich seit seiner Rückkehr aus Alhorn vor fünf Jahren verändert. Er war verhärtet, als hätte seine Seele von der Hand eines Werkzeugmachers eine neue Form erhalten, wie eine Feuersteinklinge mit scharfer Schneide. Doch Balor hatte ihm niemals anvertraut, welche neue Form, welchen neuen Zweck sein Leben nun erfüllen sollte. Obwohl sie in einem Haus lebten und viele ihrer geheimsten Gedanken kannten, verhielt sich Balor oft wie ein getriebener, verschlossener und rastloser Fremder. Also sprach Dianket jetzt behutsam, weil er keine alte Wunde berühren wollte. »Du hattest einen anstrengenden Tag, Balor. Warum ruhst du dich nicht eine Weile aus. Wir können später noch einmal darüber sprechen.«

Die Müdigkeit floß wie Wein in Balors Adern. Er gab ihr nach und legte sich wieder auf seine Bettfelle und schloß die Augen. »Was bringt es mir, wenn ich schlafe? Ich werde doch nur von Dana träumen.« Er seufzte und geriet ins Grübeln. »Du hast recht. Meine Gedanken sind unsinnig. Ich will gar keine Frau. Bei den Schicksalsmächten, ich glaube, Frauen sind ein Fluch dieser Welt, weil sie nur dazu da sind, Männern den Verstand zu rauben. Verliebe dich niemals, Dianket. Es ist ein trauriger und verwirrender Gefühlszustand.«

»Ja«, sagte der Sohn des Heilers leise. »Ich weiß.«

Die Glut in der Feuerstelle sackte zusammen. Dianket machte keine Anstalten, sie wieder zu entfachen. Balor schlief. Scharfe Schnauze gähnte. Draußen ging der Schnee in Schneeregen über, der in einem leisen, beständigen Rhythmus auf das Reetdach klatschte.

Dianket drehte das kleine geschnitzte Pferd immer wieder in seinen langen, schlanken Fingern und betrachtete es, als wäre es die Arbeit eines Fremden. Die Figur, die kaum größer als sein Daumen war, schien in seiner Hand zu tänzeln, die Mähne im Wind zu flattern. Das winzige, spiralig gewundene Horn auf der Stirn reckte sich trotzig und war eine Herausforderung der natürlichen Ordnung der Dinge – denn die Schnitzerei stellte keineswegs ein Pferd dar, sondern das sagenhafte Einhorn. Es sollte auch kein Geschenk für irgendein Kind sein, denn dazu war es viel zu schön. Er hatte viele Tage gebraucht, um es zu schnitzen. Es sollte ein Geschenk für den Menschen sein, der die Sage am meisten liebte, dessen Zärtlichkeit und Schönheit in seinem Herzen die süßen Schmerzen der Liebe entfacht hatte, ein Geschenk für die schöne Dana.

Als er jetzt über die Feuerstelle auf Balor schaute, sah er den starken, unzweifelhaft gutaussehenden jungen Mann, zu dem sein Freund geworden war, und zum erstenmal mußte er sich eingestehen, wie groß seine Dummheit war. Wie konnte er sich nur einbilden, daß Dana jemals seine Gefühle erwidern würde?

Bevor es noch einmal so kalt geworden war, hatten sie erst vor wenigen Tagen gemeinsam einen Schmetterling beobachtet, der aus einer Puppe schlüpfte, die in einer Ritze des Palisadenzauns um das Dorf steckte. Dana hatte vor Ehrfurcht und Entzücken den Atem angehalten, als der Schmetterling aus seinem Kokon hervorgekommen war – zunächst ein schrumpeliges, unschönes und erschöpftes Ding, das sich dann zu einem wunderbar bunten, winzigen Stoffetzen entfaltete, bis es sich stolz und schillernd mit ausgebreiteten Flügeln und Antennen aufgerichtet hatte, bereit, dem Instinkt zu folgen, der es auf dem Rücken des Windes in die Welt hinausschickte.

In diesem Moment war das Mädchen traurig geworden. »Der Kreis ist für diesen Schmetterling nun abgeschlossen, Dianket. Bald wird er sterben.«

Sie hatten so nahe zusammengestanden, daß sich ihre Arme berührt hatten. Er hatte gesehen, wie sich die Tränen unter ihren Augenlidern sammelten, und obwohl ihre Nähe ihn beklommen machte, hatte er versucht, sie zu trösten. »Nein, Dana. Sein Leben wird erfüllt. Er wird sich einen Partner suchen. Durch ihre Kinder werden sie immer und immer wieder bis in alle Ewigkeit neu geboren werden.«

Die Worte hatten sie nicht beruhigt. Ein gequälter Ausdruck war auf ihrem Gesicht erschienen. »Aber dieser Schmetterling wird sterben! Ach, Dianket, ich wünschte mir, ich könnte ihn beschützen und am Leben erhalten. Ich wünschte mir, niemand von uns müßte jemals erwachsen werden. Ich wünschte ...« Da hatte sie innegehalten und ihm ins Gesicht gesehen, zart und so offen, daß er überrascht geblinzelt hatte, denn was er in ihren Augen gesehen hatte, war sicherlich eine Täuschung oder sein eigener Wunsch gewesen. Es war Liebe gewesen. Brennende, verzehrende Liebe. Zu ihm!

Doch dann war sie errötet und hatte den Blick abgewandt, als Balor und mehrere andere junge Männer auf dem Weg zum Übungsfeld an ihnen vorbeigekommen waren. Alle hatten Dana selbstbewußt anerkennende Blicke zugeworfen, doch Balor war unwillkürlich ein Stück hinter den anderen zurückgeblieben, um Dana verträumt und verliebt anzuschauen. Zur lautstarken Belustigung seiner Gefährten hatte Mael, der oft mit den jüngeren Männern zum Übungsplatz ging, damit er Draga bei der Ausbildung unterstützen konnte, Balor seinen Stab vor die Füße gehalten und voller Schadenfreude losgebrüllt, als der Junge darüber gestolpert war. Doch Maels Gejohle war schnell in reuevolles Gesäusel übergegangen, als er im nächsten Augenblick zu Balor geeilt war. Da hatte Dianket gewußt, daß es die Wunschträume eines Dummkopfes gewesen waren, was er in Danas Augen zu sehen geglaubt hatte. Es war nicht Liebe, sondern Mitleid gewesen.

Mitleid für jemanden, der nach dem Gesetz des Clans niemals zu einem Mann ernannt werden konnte. Mitleid für einen Krüppel mit unbrauchbarem Bein, dem man niemals erlauben würde, sich das Gesicht und den Körper mit Waid oder Krapp zu bemalen, um die Totemzeichen seiner Vorfahren anzurufen. Mitleid für jemanden, der sich niemals eine Frau nehmen durfte oder im Rat sitzen oder an der verantwortungsvollen Entscheidungsfindung teilnehmen durfte. Mitleid für jemanden, der nicht einmal den Zwölf Winden Opfer darbringen durfte, damit die Götter nicht durch sein schlecht verheiltes Bein beleidigt waren oder die Opfer und Gebete seiner Clansgenossen herabgesetzt wurden. Als Heiler durfte er sich betätigen, denn dies war der Beruf seines Vaters gewesen, und Munremar hatte ihm aus Mitleid eine Sondererlaubnis erteilt, diese Tätigkeit zum Wohl aller auszuüben. Und vielleicht würde eines Tages eine alte Witwe Erbarmen mit ihm haben und das Haus mit ihm teilen. Dana jedoch war für einen anderen bestimmt.

Allmählich zog sich sein Blick aus diesen Erinnerungen zurück und konzentrierte sich auf seinen schlafenden Freund. Ein Gefühl der Verbitterung versengte ihn. Es war Balor gewesen, der ihn verkrüppelt hatte! Es war Balor gewesen, der ihm jede Chance geraubt hatte, Dana für sich zu gewinnen. Er war froh darüber, daß die Schicksalsmächte gleichzeitig dafür gesorgt hatten, daß auch Balor das Mädchen nicht bekommen konnte.

Doch dann riß er sich zusammen. Nein! Dieser Vorwurf war ungerechtfertigt. Niemand war für ihn ein besserer oder treuerer Freund als Balor. Während jene, die ihn früher ihren Gefährten genannt hatten, ihm nun aus dem Weg gingen, oder, was viel schlimmer war, ihn fürsorglich verhätschelten, hatte Balor es sich in den Kopf gesetzt, daß Dianket durch Geduld und Entschlossenheit eines Tages wieder ganz gesund werden könnte. In den vergangenen Jahren hatte Balor ihm immer wieder dabei geholfen, sein Bein zu schienen und zu verbinden, damit sie gemeinsam ausreiten konnten. Manchmal wurden sie von Elathan, Tethra oder Indech begleitet, doch meistens waren sie zu zweit, und er vermutete, daß Balor oftmals auf andere Aktivitäten mit seinen Freunden verzichtete, damit er statt dessen etwas mit Dianket unternehmen konnte.

Balor brachte ihn zu Bächen mit frischem, klarem Wasser, in denen die Fische neugierig an die Oberfläche kamen und arglos in ihre Netze schwammen. Balor gab sein immer größer werdendes Wissen über die Traditionen des Clans MacLir an Dianket weiter und zeigte ihm, wie man Fliegen aus Pferdehaar flocht, Fischhaken aus Geweihknochen schnitzte und Netze aus so feinen Fasern wob, daß sie beinahe unsichtbar waren. Balor lehrte ihn sogar, mit Pfeil und Bogen zu jagen und hatte ihm eine Waffe geschenkt – die Balor selbst für Dianket unter Dathens Anleitung angefertigt hatte. Es war ein speziell konstruierter Bogen aus unverwüstlichem, elastischem Holz, dessen Enden mit Zwingen aus poliertem Knochen besetzt waren, während der Handgriff dick mit Fasern umwickelt war, damit die Hand des Bogenschützen nicht abrutschte und der Schweiß aufgesogen wurde.

»Ich kann eine so schöne Waffe überhaupt nicht gebrauchen, Balor«, hatte er protestiert, als er überwältigt auf dieses Geschenk gestarrt hatte.

»Unsinn«, hatte der Sohn des Häuptlings erwidert. »Du wirst eines Tages wieder kräftig und gesund sein. Dann brauchst du das Geschick und die Waffen eines Mannes.«

Balor hatte ihm beigebracht, mit der Klinge, der Axt und dem Knüppel umzugehen, und in der Nacht oder an langen, dunklen Wintertagen lagen die beiden manchmal auf dem Rücken, nachdem sie sich mit Met betrunken hatten, und benutzten die Querbalken des kleinen Rundhauses des Heilers als Ziele, um dort auf Astlöcher oder Ungeziefer zu schießen, bis sie müde wurden und in einen glücklichen Dämmerschlaf fielen. Dianket träumte dann, daß er wieder gesund war und die ganze Welt ihn wegen seines außerordentlichen Geschicks in den männlichen Kampfkünsten lobte. Doch wenn er aus diesen wunderbaren Träumen erwachte, erwachte er wieder als Krüppel, und das Leben war wieder genauso, wie es seit dem Tag für ihn war, als der große Sturm ihm seine Zukunft als Mann geraubt hatte.

Ja, der Sturm, sagte sich Dianket. Der Sturm war verantwortlich, nicht Balor. Er hatte die Bestie des Stolzes in seiner Seele angestachelt, und Dianket hatte nichts unternommen, um sie zu zügeln. Er hatte es abgelehnt, Sicherheitsseile zu benutzen, weil er hatte beweisen wollen, daß er mutiger als Balor war. Er hatte die Bewunderung Danas gewinnen wollen, denn er hatte sie schon damals geliebt. Statt dessen hatte er ihr Mitleid errungen, und wenn sie ihm jetzt ihre Liebe zeigte, mußte er reif genug sein, um zu erkennen, daß es dieselbe Art von Liebe war, die sie für jedes verletzte und kranke Wesen empfinden mußte.

Weit außerhalb des Dorfes heulten Wölfe. Es war ein kalter, einsamer Laut, der tief in sein Herz drang. Er empfand Verbitterung, als er auf die kleine Schnitzerei des gehörnten Pferdes in seiner Hand blickte, und plötzlich verursachte ihm dieser Anblick großen Schmerz.

Es war Zeit, die Träume zu vergessen und in der wirklichen Welt zu leben. Wie er schon zu Morrigan gesagt hatte, waren sie alle keine Kinder mehr. Wenn er jemals ein erfolgreicher Heiler werden wollte, mußte er zuerst lernen, sich selbst zu heilen. Er mußte zu einem Mann werden, auch wenn der Clan ihn niemals als Mann akzeptieren würde. Wenn ihm das gelang, hätte er seinen eigenen Initiationsritus vollzogen. Er mußte sein Schicksal schweigend und ohne Klagen ertragen, denn wenn er je in Frieden leben wollte – ob nun mit seinen Clansgenossen oder mit sich selbst –, mußte er genauso wie Balor seine Träume von Dana aufgeben.

Mit einem Fingerschnippen warf er das geschnitzte Einhorn in die Feuerstelle. Es landete wirbelnd in der inzwischen ergrauten Glut, ohne eine Spur darin zu hinterlassen – es lebte nur noch im Herzen des jungen Mannes, der sich von seiner Bank am Feuer erhob und sich humpelnd abwandte.

14

Falcon trat in Diankets kleines Haus, kniete sich hin und stubste Balor an. Scharfe Schnauze, die den alten Mann wiedererkannte, bellte ihn nicht an, sondern lag ruhig da und beschnupperte seine Kleidung. Der Häuptling war von den Weiden zurückgekehrt, sagte Falcon, und nun war das ganze Dorf in Aufregung, denn obwohl sich der größte Teil der Herde sicher im Ringwall des Dorfes befand, hatte der Häuptling festgestellt, daß wieder eine der umherstreifenden Kühe von Wölfen gerissen worden war. Er hatte jetzt genug von diesen immer dreister werdenden Raubzügen und hatte verkündet, daß ein Jagdtrupp beim ersten Licht des Tages vom Dorf aufbrechen sollte, um die Wölfe zu verfolgen. Balor und die anderen

Jugendlichen im Jahr der Prüfung sollten die Männer begleiten.

Trotz der Kühle des Raumes wurde Balor von seiner Erregung gewärmt, als der alte Falcon ihn alleinließ, damit er sich vorbereiten konnte. Er entzündete eine Talglampe in seiner Nähe, zog seine Kleidung an, suchte seine Waffen zusammen, streifte seine Handgelenkschoner über und füllte einen Behälter aus Ziegenblase mit verdünntem Met. Er dachte kurz über seinen früheren Streit mit Morrigan nach und bereute sein Verhalten, denn ihre Kekse wären eine willkommene Abwechslung vom Reiseproviant gewesen, der aus einem Beutel mit gekochtem Getreide und einigen Streifen Trockenfleisch bestand, das mit grünem Winterschimmel überzogen war.

Dianket setzte sich auf und zog sich seine Schlaffelle um die Schultern. »Ich wünschte mir, ich könnte mit dir gehen.«

Balor hielt einen Moment inne und nickte dann. »Ich auch. Aber auf der nächsten Jagd werden wir gemeinsam ausreiten, das verspreche ich dir. Doch diesmal werde ich dir einige Pelze für einen neuen Mantel und einen Wolfsschädel für jeden von uns mitbringen, die wir an den Sturz deiner Tür nageln werden, damit jeder, der vorbeikommt, weiß, daß zwei Jäger unter diesem Dach wohnen!«

Dianket sah Balor eine Weile stumm an, während er überlegte, ob sein Freund wirklich an das glaubte, was er sagte. Ja, vermutlich glaubte er wirklich daran. Für den Sohn des Häuptlings waren die Schicksalsmächte wie ein Bogen, den er nach eigenem Belieben spannen konnte. Nachdenklich sagte er: »Ich habe gehört, wie die alten Männer sagten, daß die Wölfe den Menschen sehr ähnlich sind, Balor. Sie sind vorsichtig, beschützen ihre Artgenossen und können sehr gefährlich werden, wenn man sie in ihr eigenes Revier verfolgt. Wenn du das Glück hast, sie aufzuspüren und in die Enge zu treiben, dann sei vorsichtig, alter Freund. Dann sollten die Zwölf Winde auf deiner Seite stehen.«

Balor war bereits im Jagdfieber, als er sich auf den Weg zur Tür machte. Auch wenn er kein kleiner Junge mehr war, wurde er immer noch von einem wilden, gedankenlosen Ungestüm beherrscht, der sich immer noch nicht abgekühlt und zur Unverwüstlichkeit eines Mannes verhärtet hatte. Er warf ihm einen Blick über die Schulter zu. »Mach alles bereit zum Gerben der Pelze, die ich dir bringen werde, und such zwei Keile, um die Wolfsköpfe über deiner Tür zu befestigen. Und hör auf, dir Sorgen um mich zu machen, Dianket! Ich habe dir doch gesagt, daß ich mein Schicksal selbst in die Hand nehme!«

Die Jagdgruppe versammelte sich im Schein der Fackeln, während die Menschen von Farnmoor zusammenkamen, um Munremar zu hören, wie er die Männer segnete und versicherte, daß alle Zeichen gut für diese Jagd standen. Als die Dämmerung den Himmel mit einem rötlichen Farbton überzog und die Vögel des Sumpfes draußen in den verschneiten Mooren riefen, verabschiedete sich der Clan und sah zu, wie die Jäger aus dem Dorf ritten. Huldre folgte ihnen mit ihrer kleinen hellhaarigen Tochter Bevin an der Hand ein Stück hinaus, bis sie auf Fomors Anweisung umkehrte.

Dathen, der nicht bemerkte, daß Balor in Hörweite war, meinte: »Sie ist richtig unheimlich, diese Frau, wie ein Moornebel, der einen verfolgt. Bei den Zwölf Winden, sie war schon immer seltsam, aber seit wir von Alhorn zurückgekehrt sind, hat sie etwas Gespenstisches an sich ... als könnte sie in die Zukunft sehen und wüßte, was jedem von uns bevorsteht ... als hätte dieses Wissen sie in den Wahnsinn getrieben ...«

Die Worte beunruhigten Balor, denn er erkannte die Wahrheit, die in ihnen lag. Huldre war in der Tat schon immer seltsam gewesen, doch der Verlust ihres Bernsteinamuletts in Form eines Falken hatte sie so tief verstört, daß nicht einmal die Geburt der kleinen Bevin sie für längere Zeit hatte aufmuntern können. Auch wenn ihr

Verhalten ihm peinlich war, war sie doch seine Mutter, so daß er immer noch die Treue eines Sohnes zu ihr empfand und gelegentlich ein schlechtes Gewissen hatte, weil er es gewesen war, der ihren Talisman fortgeworfen hatte. Also versuchte er möglichst lässig zu klingen, als er zu Dathen sagte: »Beachte sie einfach nicht. Sie ist komisch, das stimmt, aber in vielerlei Hinsicht ist sie genauso wie alle ihre Geschlechtsgenossinnen. Bei den Schicksalsmächten, Dathen, seit wann hörst du auf das abergläubische Geschwätz von Frauen?«

Dathen grübelte einen Moment und erwiderte dann: »Ich will dir was sagen, Junge. Im Dorf wird darüber geredet, daß deine Mutter dafür verantwortlich ist, daß immer noch Schnee auf den Feldern liegt, damit sie zum Aufgang des Pflanzmondes nicht mit dem Samen des Lebens befruchtet werden können. Und obwohl Munremar einen guten Ausgang dieser Jagd geweissagt hat, kam deine Mutter zur Tür der Ratshalle und jammerte, als wären wir alle bereits tote Männer. Das war nicht gut. Überhaupt nicht gut. Der Herr war gezwungen, ihr in aller Öffentlichkeit einen Verweis zu erteilen, doch bevor sie in ihr Haus zurückkehrte, schwor sie noch, Munremar sei ein falscher Prophet und daß wir alle sterben würden, wenn wir Farnmoor nicht verlassen, um wieder unser altes kriegerisches und unseßhaftes Leben aufzunehmen.«

Balor war schockiert und wütend, doch er sagte völlig ruhig: »Komm schon, Dathen! Das sind wohl kaum die Worte einer wahren Seherin. Jeder von uns wird irgendwann sterben. Und Huldre versucht den Häuptling davon zu überzeugen, dieses Dorf aufzugeben, seit ich mich erinnern kann. Sie war die Frau eines Kriegers. Für sie ist das seßhafte Leben, das wir führen, gleichbedeutend mit dem Tod. Und offen gesagt, es gibt einige in diesem Dorf, darunter auch ich, die ihr in diesem Punkt nicht widersprechen würden.«

Dathen kniff die Augen leicht zusammen. »Der Herr führt uns weise, Balor. Ich hätte gedacht, daß auch du das inzwischen erkannt hast. Aber vielleicht bist du deiner

Mutter zu ähnlich. Und du verbringst viel zuviel Zeit damit, deinem Onkel zuzuhören. Das ist nicht weise, Junge. Draga ist in letzter Zeit viel zu rastlos. Ich weiß nicht, was ihn treibt, aber ich sage dir, wenn er sich nicht zurückhält, wird es Schwierigkeiten geben. Große Schwierigkeiten.«

Das war das zweite Mal innerhalb weniger Stunden, daß Balor davor gewarnt wurde, eine zu enge Beziehung zu Draga zu entwickeln. Doch es war längst zu spät für solche Warnungen, denn ihre Verbundenheit war im Schlamm des Kampfplatzes in Alhorn geschlossen worden, als Draga es gewagt hatte, sich Nemed MacAgnomain zu stellen und auf Leben oder Tod mit ihm zu kämpfen.

Also nahm der Junge es Dathen übel, daß er gegen den Rotbart gesprochen hatte. »Danke für den Rat. Aber ich suche mir meine Freunde selber aus«, sagte er, riß an seinen Zügeln und drängte sein Pferd weiter nach vorn, um neben seinem Onkel zu reiten.

Draga, der in seine Winterfelle gekleidet war und dessen Elchhund neben den schweren Hufen seines großen roten Hengstes lief, ritt mit seinem eigenen Trupp, während der Häuptling rechts von ihm und außer Hörweite die Männer durch die Sümpfe zu den fernen Weidegründen und dem dahinterliegenden Hochland führte. Balor stellte sofort fest, daß sich Dragas treue alte Freunde und jene, die offen um die Tochter des Rotbarts warben, um ihn versammelt hatten. Sie waren so sehr in ihre Gespräche vertieft, daß sie gar nicht bemerkten, wie der Häuptlingssohn seinen Fuchs an ihre Seite brachte.

»Ich sage dir, Draga, du hast recht! Es ergibt überhaupt keinen Sinn! Wir könnten alle ein wenig Aufregung vertragen, aber es sind viel zu viele Männer für eine richtige Jagd. Die Wölfe dürften sich längst in die fernen Hügel geflüchtet haben. Sie haben uns gesehen und gewittert und das Gewicht unserer Pferde durch die Erschütterungen im Boden gespürt. Die Wölfe sind gerissen. Man kann sie niemals zusammentreiben, als wären es Kühe. Was sich der Häuptling wohl dabei gedacht hat?« Nias Stimme klang schmeichelnd und ungeduldig.

»Du vergißt, alter Freund«, warf Draga ein, »daß Fomor einst als der Wolf bekannt war, und das nicht nur, weil er genauso stark und robust wie einer war, sondern weil er damals genauso gerissen gewesen ist.« Sein Gebrauch der Vergangenheitsform war kein Zufall. »Ich vermute, daß er entschieden hat, eine Wolfsjagd sei genau das Richtige, um uns vom trüben Wetter abzulenken. Ein wenig Aufregung und eine Prise Gefahr wird die Eintönigkeit unserer Tage aufheitern und unsere Zufriedenheit steigern, wenn wir wieder zum Dorf zurückkehren, um unsere endlose Arbeit an den Befestigungen fortzusetzen, die einen Feind abwehren sollen, von dem er genau weiß, daß er niemals kommen wird.« Er hatte langsam gesprochen. Jetzt wurde sein Tonfall schärfer, weil er sie mit seiner Rastlosigkeit anstacheln wollte. »Bei den Zwölf Winden, manchmal glaube ich, es wäre eine große Erleichterung, wenn wir wüßten, daß wirklich ein Feind käme ... daß unsere Arbeit an den Festungsanlagen nicht umsonst ist ... daß die Jungen, die ich im Kampf unterrichte, eines Tages wirklich die Fähigkeiten einsetzen, die ihren Vorfahren einst Macht und Ruhm im Krieg verschafften und nicht nur in Spielen und auf Festen und bei Wettkämpfen.« Er hielt inne, und seine Augen funkelten. »Bei den Schicksalsmächten, stellt euch nur vor, wie es wäre, wenn wir von hier fortreiten würden ... um die Dörfer anderer Clans aufzusuchen, um Bündnisse mit ihnen zu besiegeln oder sie zu brechen, um ihren Reichtum, ihre Frauen und Bronzewaffen in unseren Besitz zu bringen ... um stolz gegen jeden zu reiten, der sich uns entgegenstellt, während die Köpfe unserer Feinde als Trophäen an den Hälsen unserer Pferde hängen!«

Diese Worte hinterließen bei allen, die sie hörten, einen tiefen Eindruck. Sie starrten Draga an, der wie ein Fuchs lächelte, der es endlich geschafft hatte, seine Beute aus dem Versteck zu locken – gespannt, geduldig und wachsam.

»Hört mir gut zu«, fuhr er mit einer gütigen Unterwürfigkeit fort, die nicht ganz ehrlich wirkte. »Ich sage nichts gegen meinen Bruder. Hat er uns nicht ein friedliches, arbeitsames Leben geschenkt, für das wir alle ihm unseren Dank schulden? Ist es nicht besser, Wölfe statt Menschen zu jagen? Ist es nicht besser, in ruhiger Langeweile zu leben, sich vor unseren Feinden zu verstecken, sich unseren Kühen und unserem Getreide zu widmen, statt die Gefahr einzugehen, das einzufordern, was einst rechtmäßig uns gehörte, als wir es noch wagten, uns Krieger zu nennen?«

Die folgende Stille war so unheilschwanger wie die Stille, die dem Donnerschlag eines Blitzes vorausgeht.

Die Reiter hörten Draga immer noch viel zu angestrengt zu, um zu bemerken, daß Balor, der sich in der Kälte die Kapuze tief über den Kopf gezogen hatte, am Rand ihrer Gruppe ritt.

Nia, der sich auf der rechten Seite des Rotbarts befand, beugte sich näher zu Draga hinüber und teilte ihm im Tonfall eines Verschwörers mit: »Ich werde dir eins sagen: Seit sich das Wetter wieder verschlechtert hat, wurde im Dorf geredet – leise und vorsichtig –, ob wir unser Glück vielleicht wieder verloren haben. Der alte Munremar sagt, daß seit unserer Besetzung von Farnmoor kein ordentliches Blutopfer mehr veranstaltet wurde. Und die zweite Frau des Häuptlings hat es in ihrem Wahnsinn gewagt, vor allen eine Warnung auszusprechen.«

»Ja«, stimmte Draga ihm sofort zu. »Und gibt es jemanden unter euch, der nicht befürchtet, daß die Hexe möglicherweise doch die Wahrheit ausgesprochen hat?«

Balor zuckte zusammen, als er hörte, wie seine Mutter genannt wurde, und hätte sich zu Wort gemeldet, wenn der Rotbart nicht mit einer Heftigkeit und Entschlossenheit weitergesprochen hätte, die keine Unterbrechung gestattete.

»Es heißt, daß es etliche in ihrem Volk gibt, die mit der Macht gesegnet sind, in die Zukunft sehen zu können. Fomor selbst erzählte mir, als er den Clan MacLir auf der fernen Insel gegen die Streitmächte Nemeds und Partholons führte, hätte Huldre – die damals noch Nemeds Frau war – im voraus gewußt, daß die Krieger Manannan MacLirs kommen würden, um in seinem Namen Vergeltung zu üben. Und wenn sie uns jetzt wieder vor drohender Gefahr warnt, hört der Herr überhaupt nicht auf sie.«

Er schüttelte bedauernd den Kopf, während seine blauen Augen brannten. »Bei den Zwölf Winden, wenn ich Häuptling wäre, würde ich mich nicht in diesem gottverlassenen Sumpf eingraben. Ich würde auch nicht zulassen, daß meine Leute den Launen des Wetters ausgesetzt sind, und ich würde meine Männer nicht auf einen Jagdzug gegen Wölfe führen, wenn unsere Erzfeinde noch leben und uns bedrohen! Ich könnte nicht ruhen, während der Mann, der Unehre über meinen ermordeten Vater Manannan MacLir brachte, noch in Pracht lebt und die Früchte einer Welt genießt, die rechtmäßig uns gehören müßte!« Er hielt inne und erzitterte, die Lippen verbittert aufeinandergepreßt. »Aber ich bin nicht der Häuptling. Und obwohl auch ich ein Sohn von Manannan MacLir bin, übt der Wolf, wie man ihn nennt, mit Billigung des Rates immer noch die Herrschaft aus.«

Wieder trat eine schwere und bedrohliche Stille ein, die erst gebrochen wurde, als die Hufe der Pferde auf härteren Schnee gerieten und das lederne Zaumzeug knirschte und scheuerte. Balor hörte das mahlende Geräusch, als die Pferde die Köpfe reckten und auf dem Knochenstück zwischen den Zähnen kauten. Er klammerte seine Finger fest um die Zügel und erinnerte sich an die Warnungen vor Draga, die er erst vor kurzem von Dianket und Dathen gehört hatte. Doch die Worte des Rotbarts hatten seine Gefühle in Wallung gebracht. Man konnte Draga wegen seiner Unzufriedenheit und Verzweiflung kaum einen Vorwurf machen. Balor ging es schon seit Jahren genauso. Deshalb meldete er sich nun kühn zu Wort.

»Vielleicht ist es an der Zeit, daß der Clan MacLir einen neuen Wolf zu seinem Anführer ernennt.«

Im Nu hatten sich aller Augen auf ihn gerichtet. Niemand sagte etwas. Die Männer zügelten ihre Pferde und funkelten ihn mit einer Feindseligkeit an, die ihm bis ins

Mark ging und ihm bewußt machte, daß seine Einmischung in ihre Gemeinschaft und ihre Gespräche nicht willkommen war.

Dragas Augen schienen ihn zu versengen. »Du sprichst unkluge Worte, Balor. Nimm sie sofort zurück.«

Balor wurde völlig von den Worten seines Onkels überrascht und blickte sich um, worauf er nur verärgerte Blicke bemerkte. Er errötete. »Warum sollte ich? Gibt es unter euch einen Mann, der nicht denkt, daß mein Onkel und nicht mein Vater der Herr sein sollte?«

Draga erbleichte. Einen Augenblick lang schien es, daß ein Lächeln um seinen breiten Mund spielte, doch es währte nur kurz. Seine Augen verengten sich zu schmalen Schlitzen, als er Balor einzuschätzen versuchte, und weiteten sich dann mit einer Zufriedenheit, die nicht in seiner Stimme zu hören war, als er sagte: »Es scheint, daß sich manche Dinge im Leben niemals ändern, Neffe. Deine Zunge sitzt immer noch zu locker, und deine Ohren haben dir offenbar einen Streich gespielt. Du hast unser Gespräch völlig falsch verstanden.«

»Für mich war es deutlich genug«, widersprach Balor.

Dragas Stirn legte sich in Falten. »Sei auf der Hut, Balor. Als ein Junge, der in den Mooren und Sümpfen geboren wurde, solltest du wissen, daß das Wasser oft dort am klarsten ist, wo sich ein tiefer Morast befindet.«

Balors Ärger regte sich. »Ich bin kein Junge«, erwiderte er. »Und ich weiß sehr genau, wohin ich reite … und wem meine Treue gilt.«

Es gab keinen Zweifel am Ausdruck schwärzester Eifersucht auf Maels breitem, stubsnasigen Gesicht, als er Balor wütend anstarrte. »Du bist ein winselnder Welpe und wärst gut beraten, mit den anderen deines Alters zu reiten, statt Männer zu belauschen, an deren Treue zu Draga kein Zweifel besteht!«

Balors Wut steigerte sich. Er hatte Mael noch nicht verziehen, daß er ihn im Dorf zu Fall gebracht und vor Dana zum Narren gemacht hatte. Seine aufgeschürften Ellbogen und Knie waren frisch genug, um immer noch zu schmerzen, als er sich trotzig auf dem Rücken seines Fuchses aufrichtete und Mael mit harten und unversöhnlichen Augen anblickte. »Treue? An deiner Stelle würde ich dieses Wort nicht in den Mund nehmen, Mael. Ich sehe hier viele Freunde meines Onkels ... Aber du und deinesgleichen ... Ich frage mich, ob du immer noch an Dragas Seite reiten wirst, wenn du den Wettstreit um Dana verlieren solltest.«

Diese Worte trafen einen wunden Punkt, und wenn nicht mehrere Reiter zwischen Mael und Balor gewesen wären, hätte er sich wütend auf ihn gestürzt. Doch so konnten Gar und Echur ihn zurückhalten, während er brüllte: »Was? Du Sohn einer weißhaarigen Hexe wagst es, so zu mir zu sprechen? Als hättest du das Recht, die Treue irgendeines Mannes in Frage zu stellen! Du, der sich gegen seinen eigenen Vater wenden würde!«

»Ich wende mich nicht gegen ihn. Er ist es, der sich gegen mich gewandt hat. Ich bin ein Enkel von Manannan MacLir und der Erbe der Sitten und Traditionen des Volkes der Axt. Es liegt mir im Blut – im Gegensatz zu dir –, mich mit der Stärke gegen die Schwäche zu verbünden.«

Mael wehrte sich gegen den Griff der Männer, die ihn festhielten. Er stieß den Kopf nach unten und spuckte voller Verachtung auf den Boden. »Stärke? Ja. Die hat Draga. Aber ich weiß ein besseres Wort für einen Sohn, der einen Umsturz auf Kosten seines eigenen Vaters fordern würde!«

Balor spürte, daß alle Blicke auf ihn gerichtet waren und ihr Starren immer eindringlicher wurde. Dann rührte sich etwas in seinem Hinterkopf – eine verschüttete Erinnerung, die noch nicht ganz erwacht war und es nicht schaffte, klare Gestalt anzunehmen. Es ging darum, wie ein Mann die Herrschaft von einem anderen übernahm ... aber was war es genau?

Echur sprach. »Zügle deinen Zorn, Mael. Es ist klar, daß er überhaupt nicht versteht, was er da sagt. Balor, wir, die wir mit Draga reiten, sind unzufrieden und würden

den Häuptling gerne dazu bringen, zur alten Lebensweise als Krieger zurückzukehren. Aber es gibt hier keinen Mann, der einen Umsturz fordern würde, und es gibt hier gewiß auch niemanden, der an seiner Stelle Häuptling sein will. Denn nach den Sitten und Traditionen des Volkes der Axt kann ein neuer Häuptling nur dann die Herrschaft über den Clan beanspruchen, wenn der alte Häuptling gestorben ist ... durch die Hand des Mannes, der an seine Stelle treten will.«

Balor wurde es plötzlich schwindlig.

Echur sah ihn an und nickte. »Da! Seht ihr? Seht euch sein Gesicht an. Ich habe euch gesagt, daß er überhaupt keine Ahnung hat. Wenn doch, dann hätte er niemals so gesprochen. Wer würde schon vorsätzlich den eigenen Blutsverwandten töten?«

»In der Tat«, erwiderte Draga, wobei nicht ganz deutlich wurde, ob er eine Antwort auf die Frage gab oder die Frage bestätigte. Er ließ sein Pferd umkehren, und während die anderen ihre Tiere zur Seite drängten, brachte er seinen großen roten Hengst neben Balor, so daß er dem Jungen freundschaftlich einen Arm um die breiten Schultern legen konnte. »Komm jetzt, Neffe. Denk nicht mehr drüber nach.«

Balor blickte seinen Onkel an, weil er wollte, daß er sah, wie ehrlich seine nächsten Worte gemeint waren. »Ich wußte es nicht ... ich wußte wirklich nichts davon.«

»Natürlich nicht. Der Clan MacLir hat keinen Umsturz mehr erlebt, seit Manannan selbst zum Herrn ernannt wurde. Und das ist schon so lange her, daß kaum noch jemand am Leben ist, der dabei war.«

Mael knurrte mit unverhohlener Abscheu und Verärgerung über den Anblick der Versöhnung zwischen Onkel und Neffe. »Wir sind nicht in diesen kalten Morgen hinausgeritten, um verwandtschaftliche Mißverständnisse aufzuklären! Da draußen sind Wölfe, die wir jagen wollen!« Mit einem heftigen Ruck an seinen Zügeln riß er sein Pferd herum und folgte im Galopp dem Hauptteil des Jagdtrupps.

Die anderen folgten ihm. Draga sah ihnen einen Augenblick lang nach und schlug Balor dann gutmütig auf den Rücken. »Hast du gehört, was Mael gesagt hat! Die Wölfe warten auf uns, mein Junge! Und obwohl es eigentlich schon zu spät dafür ist, deuten alle Spuren darauf hin, daß sie immer noch im Rudel leben. Wenn wir Glück haben, können wir beide vielleicht den Anführer erlegen. Das wäre doch etwas, wenn wir mit dem Fell einer solchen Beute nach Hause kämen! Ein Tier so weise und mißtrauisch und stark wie der Nordwind. Also komm jetzt, Balor, der Glücksbringer, reite an der Seite deines altgewordenen Onkels Draga!«

»Alt? Du? Unmöglich!«

Der Rotbart antwortete mit einem Lachen, doch irgendwie schien es Balor, daß überhaupt keine Fröhlichkeit darin lag. »Komm, Neffe. Wir dürfen unsere Zeit nicht vergeuden. Reite mit mir, und dann zeige ich dir, wie man einen Wolf jagt. Ja, wenn wir zwei zusammenarbeiten, dürfte es gar nicht so schwierig sein. Nein, ich denke, es wird überhaupt nicht schwierig sein!«

Huldre stand allein auf einer Plattform hoch oben auf der Palisade. Eine Hand lag auf dem Ende eines Palisadenpfostens, und mit der anderen schirmte sie ihre Augen vor der Helligkeit des Sonnenaufgangs ab. Sie konnte meilenweit sehen. Und überall, wohin sie blickte, war das Land flammendrot in der Dämmerung. Die Jagdgruppe zeichnete sich vor einem Himmel und einer Landschaft aus Feuer ab. Männer ... Pferde ... Hunde ... es waren schwarze Gestalten, die sich in einem Kessel aus Licht und Hitze bewegten, als wären sie gar keine Menschen und Tiere, sondern verkohlte, auf groteske Weise lebendige Knochenbruchstücke, die in der roten Glut eines Lagerfeuers verbrannten. Nicht mehr lange, und sie wären verschwunden, für immer in die Andere Welt übergegangen, und dann wären nur noch die Hitze, die Flammen und das glühende Auge der Sonne übrig.

Und sie wäre dann allein. Oder tot wie sie.

Ihre blassen Augen tränten, versengt vom Licht, als etwas tief in ihr Feuer fing und verglühte. Es war die Furcht, ihr ständiger Begleiter. Sie keuchte erschrocken auf. Sie schloß die Augen und warf den Kopf zurück. Der Morgenwind erhob sich und kämmte die langen, mondlichtfarbenen Strähnen ihres Haars zurück. Es war ein sanfter Wind, so warm wie Fomors Atem an ihrer Kehle. Doch er wärmte sie nicht. Sie erzitterte fröstelnd, als die Furcht, die ihren Blick versengt hatte, sie eiskalt werden ließ.

Etwas stimmte nicht.

Etwas Dunkles und Häßliches lauerte hinter der brennenden Dämmerung. Ein Auge, ein riesiges rabenschwarzes Auge, das blickte, ohne zu blinzeln, das alles sah und aus der Ferne nach ihr suchte. Das Auge des Donar. Das jetzt *sein* Auge war. Das Auge von Nemed MacAgnomain.

Geistesabwesend suchten ihre Finger nach dem Amulett, nach der glatten Schnitzerei voller Zauberkraft, das ihre Visionen deutete und ihre Furcht besänftigte, damit sie besser mit ihr umgehen konnte. Doch das Amulett war fort und damit auch Donars beschützende Macht sowie ihre Fähigkeit, ihre Vorahnungen zu erklären. Wieder erzitterte sie, als die Furcht hinter ihren geschlossenen Lidern pulsierte und brannte und wie Blut aus einer Wunde hervorquoll.

Das Auge des Donar war jetzt Nemeds Auge! Damit schaute er. Damit wartete er. Damit würde er zu ihnen kommen. Schon bald. Er würde zweifellos kommen.

»Mutter ...« Elathan war die Leiter aus entrindeten Stämmen hinaufgestiegen und neben sie getreten. Er legte ihr behutsam eine Hand auf den Ellbogen. »Vater und Balor wird nichts zustoßen. Laß uns jetzt nach Hause gehen. Bevin weint und möchte von dir getröstet werden.«

Huldre öffnete die Augen und starrte mit leerem Ausdruck auf ihren jüngeren Sohn. Sie war verwirrt. In der letzten Zeit war es für sie oftmals schwierig gewesen, heute von gestern zu unterscheiden oder die Vergangenheit daran zu hindern, die Gegenwart zu überlagern. Die Farbe der Dämmerung war verblaßt, hatte die Welt gekühlt und ließ ihre Vision von Blut und Feuer verschwinden. Trotzdem sah sie ihren Sohn gar nicht. Ihr Geist war von Lärm erfüllt, von kochenden Wolken, von unendlich weiten Entfernungen der Erinnerung, durch die ein junges Mädchen rannte, verfolgt von bellenden Hunden und einem lachenden, schwarzhaarigen Mann mit den Augen eines Raben, ein Sklavenhalsband in den Händen. Sie hörte, wie Hörner geblasen wurden, und sah die Sklavenhändler, die in ihren großen, langen Schiffen warteten, während ihr Volk seine Rentierherden über das Land trieb und nichts von der Gefahr ahnte. Das junge Mädchen mit dem mondlichtfarbenen Haar griff nach dem Auge des Donar und schrie verzweifelt eine Warnung hinaus.

»Wir müssen diesen Ort verlassen! Wir sind hier in großer Gefahr! Warum hört mir denn niemand zu? Seht ihr es nicht? Nicht ich warne euch, es ist der Gott, der durch mich spricht!«

Elathan runzelte besorgt die Stirn. Seine Mutter schien durch ihn hindurchzublicken. Ihr Gesicht war so bleich, daß er sicher war, sie würde jeden Moment in Ohnmacht fallen. Er hielt ihren Arm fester, um sie zu stützen. »Mutter ... was ist los mit dir?«

Sie blinzelte verwirrt. Wer war dieser große, breitschultrige junge Mann? Warum nannte er sie Mutter? Ihr Herz schlug schneller. Sie blickte in das Gesicht des Jugendlichen und sah darin nicht Elathan, sondern Fomor MacLir, wie er vor langer Zeit ausgesehen hatte, am Tag, als er sein Volk in die Moore geführt hatte, um in Frieden zu leben, als er geschworen hatte, daß Nemed sie hier niemals finden würde.

»Nein!« schrie sie und riß ihren Arm los. »Wir müssen mit den Zwölf Winden über das Land stürmen. Wir müssen so wild und so weise wie die Wölfe leben, die in der Nacht heulen. Wir dürfen nicht seßhaft werden. Wir dürfen uns niemals irgendwo niederlassen. Wer zu lange an einem Ort wohnt, wird schlaff. Hinter Wänden werden Männer vor Selbstzufriedenheit fett. Sie werden so mürrisch und gemein wie Dachse, die durch den Schnee des Winters zu lange in ihrem Bau eingesperrt waren. Ich sage euch, Nemed wird uns finden, und kein Wall und keine Wand wird ihn daran hindern, endlich seine Rache an uns auszuüben.«

»Nemed hält uns für tot, Mutter. Nach all den vielen Jahren hat er uns sicherlich längst vergessen.«

Mutter. Er hatte sie schon wieder so genannt. Doch diesmal erkannte sie ihn allmählich. Ihre Furcht war ein kalter Wind, der durch die nebligen Abgründe ihrer Seele heulte. Ihre Finger griffen nach ihrer Kehle, als müßte sie wie ein Sterbender nach Luft ringen. »Er wird uns niemals vergessen, Elathan«, zischte sie. »Nachts liege ich wach und spürte seinen Atemhauch aus der Ferne heranwehen. Vielleicht hat er das Amulett bereits gefunden. Er wird erkennen, daß es meins ist und daß er getäuscht wurde. Dann wird er nach uns suchen. Schon bald. Ja. Bald wird er kommen!«

»Dann soll er kommen. Wir haben keine Angst vor ihm. Der Herr hat unser Dorf befestigt. Du kannst beruhigt sein.«

»Solange das Auge des Donar meiner Vision keine Klarheit verleiht, kann ich nicht beruhigt sein.«

Ihre letzten Worte waren ein leises Gewimmer gewesen, wie das eines erschöpften Tiers, das schon seit Stunden gegen den gnadenlosen Griff einer Falle ankämpft. Elathan wandte den Blick ab und war froh, vom Anblick Munremars abgelenkt zu werden, der ein Stück entfernt auf dem Bohlenweg vorbeiging, der zur Ratshalle führte. Er war schockiert über den tiefen Haß auf Huldre, den er in den Augen des alten Mannes brennen sah. Die Furcht regte sich in seinen Gedärmen wie wimmelnde Würmer unter einem umgedrehten Stein. Elathan wünschte sich, niemals Munremar zum Feind zu haben, denn die Macht des Weisen war groß. Sein Zorn war ein furchtbarer Anblick, und obwohl Elathan niemals gesehen hatte, wie der alte Mann etwas Schlimmeres getan hatte, als Drohungen auszustoßen, hatte er ihn doch dabei beobachtet, wie er bei Clansfesten seinen Zauber bewirkt und mit seinem heiligen Dolch Opfertiere in die Andere Welt geschickt hatte.

Es hieß, daß der Weise den Zwölf Winden in vergangenen Tagen Menschen geopfert hatte, bis Fomor dieser Sitte ein Ende bereitet hatte, als sie sich in den Mooren niedergelassen hatten. Elathan schrak zusammen, als er plötzlich vor sich sah, wie der alte Mann sich über sein Opfer beugte und ihm mit einem sicheren Streich seiner Klinge die Kehle öffnete und zufrieden beobachtete, wie sich die rote Hitze des Lebens aus ihm ergoß und im Sumpf versickerte. Und er sah, wie das Opfer dann in eben diesen Sumpf geworfen wurde, während es noch lebte und bei Bewußtsein war, bis es mit Erde zugeschüttet wurde und es im Grundwasser versank und dort gleichzeitig erstickte und verblutete.

Der Junge schluckte und legte eine Hand an seine Kehle, als wollte er das eingebildete Messer abwehren. Dann kam er sich dumm vor. Niemand hatte seit vielen Jahren ein solches Schicksal erlitten. Dennoch wanden sich die Würmer der Angst weiterhin in seinen Gedärmen, als Munremar fortging, denn er wußte von der früheren Meinungsverschiedenheit zwischen seiner Mutter und dem Weisen. Das ganze Dorf sprach darüber, über diese unverfrorene Verletzung der Clansdisziplin. Niemand sprach so zu Munremar, wie sie es gewagt hatte. Niemand forderte ihn heraus, höchstens der Herr, und auch er durfte es nur in der Ratsversammlung wagen. Aber schließlich war seine Mutter die Frau des Häuptlings, wie Elathan mit einiger Erleichterung dachte. Daher konnte Munremar nicht viel gegen sie unternehmen, solange Fomor und der Rat nicht auf seiner Seite standen – und dazu würde es wohl kaum kommen. Fomor nahm seine zweite Frau immer wieder in Schutz. Sie war die Mutter seiner Kinder. Zwischen ihnen brannte immer noch die Hitze der Leidenschaft. Munremar mußte sich in acht nehmen, auch wenn er nicht mehr als einen Groll gegen sie hegte, damit er nicht den Zorn des Häuptlings auf sich zog.

Elathans Blick kehrte zu seiner Mutter zurück. »Komm jetzt, Mutter. Du solltest dem Weisen aus dem Weg gehen, bis sein Zorn gegen dich verraucht ist. Bis Vater zurückgekehrt ist.«

Seine Stimme schien aus großer Ferne zu kommen. Langsam kehrte Huldres Geist wieder ins Hier und Jetzt zurück. Sie blickte Elathan an und sagte seinen Namen, um zu bestätigen, daß er es war und nicht Fomor.

Elathans Stirnrunzeln vertiefte sich. Warum sprach sie seinen Namen auf so seltsame Weise aus? Bei den Zwölf Winden, vielleicht stimmte es, was getratscht wurde. Vielleicht war sie wirklich wahnsinnig. Aber nein! Daran wollte er nicht glauben. »Komm endlich, Mutter. Bevin braucht dich.«

»Bevin?« fragte sie seufzend, dann nickte sie mit einem Lächeln. »Ach ja, Bevin. Meine Tochter.«

»Natürlich ist sie deine Tochter! Wessen Tochter würde wohl sonst nach dir schreien?«

Ihre schmalen blonden Augenbrauen, die wie sonnengebleichte Getreidehalme auf ihrer schneeweißen Stirn standen, zuckten belustigt. »Ich habe fünf Töchter bei der Geburt verloren, Elathan. Manchmal ist es für mich schwer anzuerkennen, daß die Schicksalsmächte mir endlich die Freude gewährt haben, ein weibliches Kind bemuttern zu dürfen. Doch das spielt keine Rolle. Bald wird diese Freude vorbei sein, denn wir werden alle sterben, wenn wir diesen Ort nicht verlassen.«

Er wollte nicht die Geduld mit ihr verlieren, doch er wußte, daß er fast wie sein Vater klang, als er erwiderte: »Bei der Macht der Zwölf Winde, Frau, du hast diese Warnung ständig wiederholt, seit ich ein Säugling war! Ist es denn niemals genug?«

»Ich habe Blut im Sonnenaufgang gesehen, Elathan. Blut und Feuer.«

»Das Blut von Wölfen! Das Feuer der Jagdlager! Sei

vernünftig, Mutter. Gab es jemals eine Frau, die nicht das Schlimmste befürchtete, wenn die Männer auf einen Jagdzug gingen?«

»Und gab es jemals einen Mann, der auf eine Warnung der Vernunft hörte?«

Er lachte und drückte sie mit rauher Herzlichkeit an sich, als wäre er der Vater und sie das Kind. »Wenn du deine Vernunft sprechen läßt, Mutter, dann werden wir auf dich hören.«

Sie schüttelte ihn ab. Sie hob die Arme und kreuzte sie über den Brüsten, wobei die weichen Häute ihres Hemdes raschelten, als sie die Hände vorsichtig an die Kehle legte. »Der Tag wird kommen, Elathan, an dem du dich daran erinnerst, daß du dich über mich lustig gemacht hast. Ihr alle werdet euch erinnern. Doch dann wird es zu spät sein.

Das wilde Heideland erstreckte sich bis zu den fernen Hügeln. Der Häuptling zügelte sein Pferd und hob den Arm, um den anderen Männern zu bedeuten, sich vor ihm zu versammeln, während Draga und seine Gruppe ein Stück zurückgeblieben und in Gespräche vertieft war, die nicht für die Ohren ihres Herrn gedacht waren.

Spuren im Schnee hatten Fomor bis hierher geführt – kleine, deutliche Fuchsspuren im frischen Pulverschnee der letzten Nacht. Es war wie ein Bündnis zwischen den beiden Tierarten, denn wo der Wolf ging, ging auch der Fuchs, indem er den Fußspuren seines größeren Vetters folgte und geduldig darauf wartete, von dem zu fressen, was er ihm übrigließ.

Die Stelle, wo die Kuh gerissen worden war, wäre auch dann mühelos zu erkennen gewesen, wenn die Hunde nicht die Witterung verfolgt hätten. Raben hatten sich an den Resten des Kadavers versammelt, die die Hunde nun mit wütendem Gebell hetzten, worauf die Vögel unter Protest krächzten und aufflatterten.

Fomor beobachtete die Hunde, die ihre Nasen in den blutigen Schnee steckten. Sie machten sich über die verstreuten Knochen, Fellreste und Fleischstücke her, wobei sie sich wütend anknurrten, als sie sich um die Reste stritten. Der Häuptling befahl ungeduldig, die Hunde zurückzuhalten, während er die Gesichter des versammelten Jagdtrupps überblickte. Sie schienen genauso begierig auf die Jagd zu sein wie ihre Hunde. Der Winter war für sie sehr lang geworden. Zu lang. Die Monate der Kälte und Dunkelheit hatten sie unruhig und gereizt gemacht. Fomor war dem Wolfsrudel regelrecht dankbar, daß es ihm einen Grund verschafft hatte, seine Männer aus dem Dorf zu führen und für etwas Abwechslung zu sorgen.

Er rückte das Fell auf dem Rücken seines Hengstes zurecht und sah, daß dort, wo die Fuchsspuren abzweigten, die Wolfsspuren weiter die Heide hinauf und zweifellos ins dahinterliegende Hochland führten. Die Erfahrung hatte ihn gelehrt, daß die Wölfe sich genauso wie die Menschen meistens an erhöhten Stellen niederließen, von wo aus sie die Annäherung von Feinden beobachten konnten.

Fomors Stirn legte sich in nachdenkliche Falten, als er zufrieden nickte. Die Anzahl und die verschiedenen Größen der Pfotenabdrücke bestätigten seinen Verdacht. Es handelte sich nicht nur um eine Gruppe aus einem Männchen, einem Weibchen und den zwei bis drei Jährlingen, die gemeinsam jagten, um sich selbst und den Wölfen, die im Familienbau zurückgelassen wurden, mit Nahrung zu versorgen. Nein. Das hier war immer noch ein Winterrudel, und zwar ein großes. Das ungewöhnlich kalte Frühlingswetter hatte verhindert, daß sich die Gruppe auflöste. Und es hatte sie mutig, gefährlich und rücksichtslos gemacht.

Der Anführer des Rudels hatte einen schwerwiegenden Fehler begangen – er hatte das Kalb im frischen Pulverschnee gegen Ende des gestrigen Schneesturms gerissen. Als der Himmel sich im Verlauf der Nacht geklärt hatte, war es kälter geworden, so daß die Fährten der Wölfe gefroren waren. Fomor wußte, daß sie die Männer des Clans

MacLir genau in ihr Revier führen würden, und obwohl die meisten Wölfe vermutlich entkamen, würden viele als Pelze enden, die die Menschen von Farnmoor in den kalten Nächten des nächsten Winters wärmen würden. Für die Tiere, die vor den Speeren und Pfeilen der Jäger fliehen konnten, würde man Fallen aufstellen. Die Männer der Jagdgruppe würden außerdem ihre Hunde losschicken, um nach den Stellen zu suchen, wo die Wölfe Teile ihrer Beute vergraben hatten. Diese würde man vergiften, so daß noch in den nächsten Wochen viele Wölfe starben, die andernfalls über die Herden der MacLirs hergefallen wären. Wenn nachts der Partner eines solchen Tieres einsam den Mond und die Sterne anheulte, würden die Männer des Jagdtrupps lauschen und zu den anderen sagen: »Der Wolf singt eine Totenklage ... und wir sind der Anlaß, daß er trauert.«

Der Häuptling empfand plötzlich Mitgefühl. Er, der einst vier männliche Wölfe in einer Kampfarena der Becherleute mit bloßen Händen getötet hatte, verspürte keine Feindseligkeit gegenüber den Tieren. Er wollte sie töten, weil sie in den Bereich eingedrungen waren, den er für sich als sein Territorium beansprucht hatte. Er hätte sie lieber in Frieden gelassen, denn sie erinnerten ihn an eine lange zurückliegende Zeit, als er und sein Vater Manannan MacLir in einer Schlucht in der Nähe eines Wolfsbaus Zuflucht gesucht hatten. Sie waren gekommen, um die Tiere zu beobachten, und nach vielen Tagen hatte der junge Fomor eine Menge über Treue und Tapferkeit und elterliche Fürsorge gelernt ... nicht von Menschen, sondern von den Wölfen.

Er atmete tief durch und verdrängte die Erinnerung widerstrebend, worauf sie für einen Augenblick durch eine andere Erinnerung ersetzt wurde ... eine Erinnerung an eine Nacht vor nicht allzu langer Zeit, als er und Balor gemeinsam auf dem Berg unter dem weiten, sternenbesetzten Himmel Albions gelagert hatten. Als der Junge sich warm und vertrauensvoll in die Armbeuge seines Vaters gekauert hatte, war es gewesen, als hätte die Zeit stillgestanden, in einem angenehmen, schönen und vielversprechenden Augenblick.

Doch als sein Blick jetzt nach Balor suchte und ihn in der heranrückenden Gruppe aus Dragas Anhängern fand, sah er einen Fremden. Der Junge war für ihn genauso wie seine eigene Jugend verloren, und der kalte, feindselige Blick in Balors Augen versetzte ihm einen Stich. Er fragte sich, ob sie sich jemals wieder verstehen würden.

Unbeirrt führten die Hunde sie zu ihrer Beute, indem sie nicht nur den Fußabdrücken im Schnee folgten, sondern auch dem Geruch der Tiere, die sie hinterlassen hatten. Das Hunderudel teilte sich in erregtem Jagdeifer auf, wo die Wölfe offenbar kleinere Gruppen gebildet hatten, die in unterschiedliche Richtungen weitergelaufen waren, um mögliche Verfolger zu verwirren und auf falsche Fährten zu locken. Fomor sagte seinen Männern, daß sie nur den Spuren folgen sollten, die in höheres Gelände führten, doch bevor er seine Gründe erklären konnte, widersprach Draga mißmutig, weil er der Meinung war, die Jagdgruppe sollte sich lieber aufteilen, so daß jeweils zwei Männer einer Spur folgten und jeder einzelne Wolf erlegt werden konnte. Er war so sehr von seinem Vorschlag überzeugt, daß der Häuptling nach kurzem Zögern zustimmte. Seinen grünen Augen war nicht entgangen, daß der Rotbart von einer immer größeren Gruppe von Anhängern umgeben war. Doch zuvor entgegnete Fomor noch: »Wenn wir jedoch feststellen, daß sie uns nur im Kreis herumführen, werden wir es natürlich auf meine Weise machen.«

»Natürlich!« bestätigte Draga und nickte mit einer Unterwürfigkeit, die er offensichtlich nicht empfand. Begeistert übernahm er das Kommando über den Jagdtrupp. Balor und Mael ritten an seiner Seite, und den anderen befahl er, sich einen Partner zu wählen und dann mit den Hunden jeweils einer Wolfsspur zu folgen.

Doch schon bald wurde es immer schwieriger, den Pfotenabdrücken der Wölfe zu folgen, wo sie an Bächen entlang, durch dichtes Gestrüpp oder einfach im Kreis gelaufen waren. Nach einer Stunde trafen sich die Jäger wieder an der Stelle, wo Fomor geduldig auf sie gewartet hatte.

Fomor sah die Verärgerung in den Augen seines Bruders und die leichte Schamesröte in seinem Gesicht und wandte den Blick ab. Die älteren Männer waren bei Fomor zurückgeblieben, während Draga mit den anderen losgestürmt war. Sie hatten oft mit dem Häuptling gejagt und in früheren Zeiten an seiner Seite gekämpft, daher vertrauten sie seinem Urteil in jeder Hinsicht. Sie freuten sich bereits auf die Menge an Pelzen und Wolfsschädeln, die dank Fomors Weisheit schon bald ihnen gehören würden, und wogen ihre Waffen in den Händen, während jene, die mit Draga geritten waren, den Rotbart nun mit stummem Vorwurf anstarrten. Er hatte sie dazu verleitet, das Urteil des Häuptlings in den Wind zu schlagen, und nun hatte sich dieses Urteil als berechtigt erwiesen. Der Wolf war trotz Dragas Zweifel immer noch der Wolf. Draga wußte, daß es für ihn in Zukunft viel schwieriger sein würde, sie gegen Fomor aufzuhetzen.

Als Draga ihre kritischen Blicke spürte, verzerrte sich sein Gesicht vor Wut. Er wußte nicht, was ihn mehr ärgerte – die Tatsache, daß sie offensichtlich das Vertrauen in ihn verloren hatten, oder die Tatsache, daß sich sein Urteil als falsch erwiesen hatte. Wütend auf sie und auf sich selbst griff er nach der Blasenflasche, die an einem Riemen um den Hals seines Pferdes hing. Der lange Ritt in der feuchten Kälte des Morgens hatte den allzu vertrauten Schmerz wieder geweckt, der ständig im Mark seiner Knochen steckte. Er hatte gehofft, daß die Bewegung seine Beschwerden lindern würde. Das war nicht geschehen. Sein Rücken und seine Schultern schmerzten furchtbar, und wenn er seine Finger streckte, brannte Feuer in den Gelenken. Er hob die Flasche und nahm einen tiefen Schluck vom Met, den er mit betäubendem Weidenöl gemischt hatte, bevor er vom Dorf aufgebrochen war. Bald würden seine Schmerzen abgestumpft sein, aber nicht der Haß auf seinen Bruder. Wieder einmal war es Fomor gelungen, ihn in den Augen der Männer des Clans zu überstrahlen. Er funkelte den Häuptling wütend an, und als er sprach, nachdem er sich den Met aus dem Bart gewischt hatte, waren seine Worte ein tiefes, bösartiges Knurren, wie von einem in die Enge getriebenen Wolf.

»Wenn ihr mich fragt, es ist ohnehin Zeitverschwendung. Es wird immer Raubtiere geben, die das eine oder andere Stück Vieh reißen. Unsere Rinderherde ist groß geworden, und wir können nicht mehr hoffen, alle Tiere zu schützen. Also sage ich, wir sollten die Wölfe hier in der Wildnis glücklich werden lassen und statt dessen die Arbeit von Männern in Angriff nehmen. Wir sollten unser Vieh nach Süden treiben, wenn die Kühe gekalbt haben. Es sind erstklassige und fette Tiere. Sie würden uns in Alhorn ein Vermögen einbringen. Nach all den Jahren bezweifle ich, daß uns dort noch Gefahr drohen könnte. Wer würde sich schon noch an uns erinnern? Und selbst wenn jemand uns wiedererkennt, nun, diesmal wären wir bewaffnet und für einen Kampf bereit – anders als damals, nicht wie ...«

»Sei still, Bruder! Dies ist keine Ratsversammlung, und niemand hat dich nach deiner Meinung gefragt. Du hast uns heute schon einmal in die Irre geführt, also solltest du deine Vorschläge besser für dich behalten, damit du dich nicht noch einmal zum Narren machst!« Der Häuptling musterte Draga mit finsterem, aber nicht völlig unfreundlichem Blick. »Wir haben das alles längst besprochen. Ja, es sind in der Tat fünf Jahre vergangen, seit wir das letzte Mal das Dorf verließen, um nach Alhorn zu gehen, doch wir sind immer noch arm an Bronze. Und ich sage dir jetzt, wie ich es dir schon damals gesagt habe, daß das Vieh unser Reichtum ist. Es garantiert unsere Unabhängigkeit von der Welt außerhalb der Moore. Unser Vieh gibt uns alles, was wir brauchen, und das wenige, was es uns nicht geben kann, bekommen wir reichlich von der Erde, wenn wir die Früchte unserer Arbeit auf dem Feld ernten. Was könnten wir uns mehr kaufen, wenn wir allen Reichtum der Welt besäßen, Draga? Bei den Schicksalsmächten, Bruder, wirst du niemals den unermeßlichen

Wert des Lebens verstehen, das ich hier für uns errungen habe? Wirst du niemals zufrieden sein?«

»Niemals!« zischte der Rotbart.

Es gab keinen Mann in der Jagdgruppe, der nicht entsetzt den Atem einsog, als jeder schockiert hörte, wie Draga in aller Offenheit seinem Bruder trotzte.

Fomors Blick verdüsterte sich und füllte sich mit drohendem Zorn. Sein Mund zuckte, als er um seine Beherrschung rang. »Nimm dich in acht, kleiner Bruder. Eines Tages wirst du meine Geduld mit dir überstrapazieren ...«

15

Morrigan hockte in der Dunkelheit da und hatte ihre schlanken jungen Beine angezogen. Ihr wildes, schwarzes Haar hüllte ihre bleichen Arme ein, mit denen sie sich auf dem Boden abstützte und die ihr Gewicht auf kleinen, angespannten Händen trugen. Ihre Finger spannten sich wie die Pfoten einer Katze, und ihre Augen waren weit aufgerissen und starrten in die Nacht hinaus. Sie war so wachsam wie ein Tier, das plötzlich aus dem Schlaf gerissen worden war und sich bereithielt, eine unbekannte Gefahr anzuspringen.

Es war sehr spät. Munremars Rundhaus war mit den Geräuschen schlafender Frauen erfüllt. Sie schnurrten wie Katzen. Morrigans Halbschwestern schliefen unbesorgt. Sie waren so fett und träge wie gemästete Gänse, die nur noch auf den Topf warteten.

Wenn man überlegt, wie gering die Begeisterung und die Empfindsamkeit ist, mit der sie leben, macht es eigentlich überhaupt keinen Unterschied, ob sie lebten oder tot sind, dachte sie ungeduldig. Sie waren träge Geschöpfe, völlig damit zufrieden, im Haus ihres Vaters zu leben und alt zu werden. Sie schmeichelten sich bei ihm ein, kümmerten sich um seine Bedürfnisse und erfüllten ihm jeden Wunsch, während sie sich niemals beklagten, weil sie genau wußten, daß kein anderer Mann sie je so verhätscheln würde.

Kühe. Dumme Schafe. Das Mädchen hätte die Worte beinahe laut ausgesprochen, konnte sich aber noch im letzten Moment beherrschen, damit der alte Mann nicht bemerkte, daß sie hellwach war und ihn beobachtete. Er hatte sich von seiner Pritsche erhoben und seinen Mantel umgeworfen. Jetzt bewegte er sich leise durch die Dunkelheit, quer durch den Raum zur Tür, so krummbeinig und zerbrechlich wie ein alter Reiher, viel tiefer über seinen Gehstock gebeugt, als er es gewagt hätte, wenn er wüßte, daß er beobachtet wurde.

Morrigans Halbschwestern hörten ihn nicht. Sie schliefen ungestört weiter, mit offenen Mündern, die strähnigen Haare auf den Schlaffellen ausgebreitet, während sie Luft einsogen und ausstießen, in zufriedene Träume versunken. Morrigan betrachtete sie voller Verachtung und fragte sich, wie sie, die so hartnäckig behaupteten, den Weisen zu lieben, so unempfindlich gegenüber den Regungen in seiner Seele sein konnten. Wenn ein Mensch einen anderen liebte, dann gab es ein Band zwischen ihnen, ein Wissen ohne Worte, ein Gleichklang der Herzen und der Gedanken. Morrigan hatte seine Rastlosigkeit gespürt. Das hatte sie genauso zuverlässig aus ihrem Schlaf geweckt, als hätte er ihren Namen gerufen.

Seit die Jagdgruppe vor drei Tagen das Dorf verlassen hatte, hatten sich ihre nächtlichen Träume nur um Balor gedreht. Es waren beunruhigende Träume, in denen er in einer unklaren Gefahr schwebte. Und dann, in der tiefen Stille, die nach Mitternacht eintrat, wenn die Sterne mit ihrem langen Abstieg zur Dämmerung begannen, war der alte Mann in jeder Nacht aufgestanden, worauf auch sie plötzlich hellwach gewesen war und zugesehen hatte, wie er in der Dunkelheit verschwand. Zuerst hatte sie vermutet, er wäre einfach nur hinausgegangen, um sich zu erleichtern, doch dazu war er viel zu lange fortgeblieben, denn er war erst im Morgengrauen zurückgekehrt. Sie hatte seine Erschöpfung gespürt, wenn er seine Pritsche gesucht hatte und wie ein Kranker unter seine Schlaffelle gekrochen war. Er hatte gezittert, ohne wieder einzuschlafen, und jeden Morgen war er aufgestanden, das Gesicht eingefallen vor Sorge und Müdigkeit, hatte sich gestreckt und gegähnt, während er seinen Töchtern mitgeteilt hatte, wie gut er geschlafen hatte.

Morrigan hatte gespürt, wieviel ihm an seinem Geheimnis lag, und ihm deshalb nicht gesagt, daß sie von seinen nächtlichen Streifzügen wußte. Doch in der heutigen Nacht war ihre Neugier genauso stark wie ihre Besorgnis. Sie war fest entschlossen, ihm diesmal zu folgen. Irgendwie spürte sie, daß seine Unternehmungen für sie beide von großer Wichtigkeit waren.

Langsam und lautlos stand sie auf und zog ihren Mantel aus ungefärbter, grob gewobener Wolle an. Barfüßig folgte sie ihrem Vater in die Dunkelheit hinaus. Draußen vor der Tür war die Welt von Nebel erfüllt. Munremar war spurlos darin verschwunden, und sie folgte ihm mit schlafwandlerischer Sicherheit in die Ratshalle.

Ohne zu bemerken, daß Morrigan ihn beobachtete, stand er mit hängenden Schultern vor der Lampe, die stets auf dem Altar der Zwölf Winde brannte. Die kleine Flamme, die aus dem Öl in der heiligen Lampe aus Gold Nahrung bezog, goß ein schwaches und zitterndes Licht über den alten Mann.

»Geister der Macht aus den jenseitigen Welten, unsichtbare Kräfte, die die Schöpfung vom Anbeginn der Zeiten bis zur noch nicht gewordenen Zeit verbinden, wieder einmal trete ich vor euch. Ich bitte euch, gebt mir ein Zeichen …«

Die Worte waren kaum zu verstehen. Morrigan zog sich in den Eingang zurück. Sie stand völlig reglos da, als sie unerwartet zutiefst über den Anblick ihres Vaters erschüttert war. Noch nie zuvor hatte sie ihn um etwas bitten gehört, und noch nie war er ihr so alt und so schwach erschienen, während er genauso wie die Flamme zitterte, vor der er stand, und genauso hilflos wie sie den Winden des Schicksals ausgesetzt war.

»Ein Zeichen ...«, flehte der alte Mann, doch seine Worte waren so trocken und hoffnungslos wie Herbstblätter, die leblos auf dem Boden flüsterten. »Bin ich euch nicht immer treu gewesen? Habe ich euch nicht immer gut gedient? Dennoch bin ich nur ein Mensch ... ein Zauberer ... und wenn ich manchmal dazu gezwungen war, Täuschungen anzuwenden, um eurem Willen Geltung zu verschaffen, so geschah es nur, weil ihr euch von diesem Altar zurückgezogen habt. Aber jetzt brauche ich unbedingt ein Zeichen ... ein *richtiges* Zeichen. Ich muß vor mein Volk treten und vorhersagen können, was auf der Jagd geschehen wird. Wenn es mir nicht gelingt, wird die weiße Hexe aus dem Nordland mich vor allen gedemütigt haben.«

Das Mädchen erinnerte sich, wie die Frau des Häuptlings erst vor wenigen Tagen vor ihm gestanden und ihn einen falschen Propheten genannt und ihre eigene unheilvolle Weissagung ausgesprochen hatte. Doch Huldre sah immer nur Unheil und Verderben voraus. Jeder wußte, daß sie wahnsinnig war, daß der Herr sie genauso sehr bemitleidete, wie er sie liebte, und daß ihre Phantasien nichts zu bedeuten hatten. Doch Morrigan wußte auch, was ihr Vater wußte – daß Munremars Macht als Weiser ernsthaft in Frage gestellt war, wenn sich die Weissagungen der Nordlandfrau als richtig erweisen sollten. Und sie wußte, daß seine Macht auf der Art Zauberei beruhte, die nur von jenen beherrscht werden konnte, die die Ängst und Sehnsüchte und die angeborene Leichtgläubigkeit ihrer Mitmenschen kannten.

Er hatte ihr unzählige Male erklärt, daß es keine größere Macht gab als jene, die von kühnen und klugen Menschen ausgeübt wurde, die ihre Weisheit dazu benutzten, andere zu manipulieren, damit sie sich ihrem Willen gemäß verhielten. Also fühlte sie sich irgendwie betrogen, als sie ihn hier sah, wie er um die Gunst von Mächten flehte, an die er gar nicht glaubte, wie er ihr geschworen hatte. Daher war sie von seinen nächsten Worten sehr überrascht.

»Die Mutter des Mädchens hätte es gewußt. Ja, die liebliche Anu, die mir Morrigan geboren hat. Sie war eine wahre Priesterin – sie hatte die Vision, das Innere Auge, so wie es von den Ahnen erzählt wird. Sie hätte es gewußt.« Plötzlich ging sein Atem schneller, und er sprach zu den Zwölf Winden, als hätten sie sich auf dem Altar vor ihm gezeigt, um seinen Tadel entgegenzunehmen. »Erinnert ihr euch noch, was sie gesagt hat? Daß ihr hier keine Macht hättet und daß uns schließlich die Götter des Moores und der Sümpfe, der Stehenden Steine und der Sterne von hier vertreiben würden. Ist es also wirklich wahr? Muß ich nach all diesen Jahren zugeben, daß es größere Mächte in der Welt gibt, als sich selbst der Clan MacLir zu erträumen wagt?«

Morrigan konnte kaum noch atmen. Die Vergangenheit lastete schwer auf diesem Ort. Sie konnte sich kaum an ihre Mutter erinnern. Ein kleines weißes Gesicht. Blasse Augen. Schwarzes Haar so dicht und seidig wie die Daunen auf der Brust eines Raben. Eine zarte Frau, eine stille Frau, so duftend wie wilder Thymian. Munremar sprach nur selten von ihr. Und er hatte Morrigan niemals verraten, daß sie eine Hohepriesterin der Ahnen gewesen war.

Der alte Mann stieß einen lauten Seufzer aus, schleuderte wütend seinen Stab zur Seite und warf sich auf den sauber gefegten Boden. Eine ganze Weile sprach er kein Wort. Das Schweigen wurde beinahe greifbar und lastete schwer auf der Dunkelheit. Dann hörte Morrigan unzweifelhaft ein Geräusch, das sie niemals zu hören erwartet hätte. Und sie wollte es auch gar nicht hören. Munremar weinte.

Sie wandte sich ab. Die Nachtluft war kühl, als sie sich gegen das Flechtwerk der Wand lehnte. Sie schloß die Augen. Sie konnte es nicht ertragen, ihn weinen zu hören. Nicht Munremar, den Weisen, der immer so stark und machtvoll in ihren Augen gewesen war.

Dann erkannte sie mit einer Klarheit der Gedanken und des Willens, die sie überraschte, was sie tun mußte. Sie öffnete die Augen und starrte in die Nacht hinaus.

Wenn ihr Vater ein Zeichen von den Göttern brauchte, könnte sie doch an ihrer Stelle handeln! Wenn sie vorsichtig, schnell und leise war, würde er niemals erfahren, daß sie und nicht die Geister es gewesen waren, die ihm ein Zeichen gegeben hatten.

Sie erzitterte aufgeregt bei diesem Gedanken. Der alte Mann, der voller Zweifel war, konnte wirklich davon überzeugt werden, daß die Geister zum erstenmal in seinem Leben entschieden hatten, zu ihm zu sprechen – nicht durch Zaubertricks, sondern durch eine Macht, die er schon immer zu besitzen behauptet hatte, ohne tatsächlich darüber zu verfügen. Er hatte sie gut ausgebildet. Auch sie war eine Meisterin der Zauberei. Und falls es stimmte, was Munremar immer gesagt hatte, daß die Magie durch die Überzeugung jener, die daran glaubten, wirklich wurde, dann mußte ein Zauber für die Menschen doch viel mächtiger sein, wenn der Zauberer selbst daran glaubte!

Ja! Plötzlich wußte Morrigan, daß es in ihren Händen lag, ihrem Vater ein Gefühl der Macht zu schenken, die viel größer war als alles, was er je zuvor erlebt hatte. Das war sie ihm, ihrem Ernährer und Lehrer, schuldig.

Wieder schloß sie die Augen und holte tief Luft, um sich Mut zu machen.

Munremar würde sein Zeichen von den Zwölf Winden bekommen!

Also schlüpfte Morrigan in den geheimen kleinen Raum hoch über dem Altar der Zwölf Winde. In der Dunkelheit suchte sie nach einem Beutel mit »magischem« Pulver. Sie schürzte verärgert die Lippen, denn nichts war dort, wo es hingehörte. Sie war dabei gewesen, ihre Vorräte aufzustocken, zu sortieren und sich einen Überblick zu verschaffen, wie sie es immer am Ende des Winters tat.

Aber dann dachte sie, daß es gar nicht so wichtig war, welches Pulver in der Altarlampe brannte, solange Munremar nur ein Zeichen erhielt. Irgendein Zeichen. Etwas, das nicht zu seinem üblichen Repertoire gehörte, das ihm das Vertrauen in seine eigene Macht als Seher zurückgeben würde. Also griff sie blind nach dem nächsten Beutel und schob sich in der Dunkelheit vor, bis sie den kleinen Schlitz direkt über dem Altar öffnete.

Es war der einfachste und wirksamste aller Tricks, den er ihr beigebracht hatte – ein Pulver, das langsam und unsichtbar aus der Höhe herabrieselte, von der heiligen Flamme auf dem Altar entzündet wurde und mit roter oder gelber Farbe, mit blauem oder weißem Leuchten, mit silbernem oder goldenem Schimmer brannte.

»Ein Zeichen …« Munremars Gemurmel drang durch die Dunkelheit zu ihr hinauf. Sie sah ihn unter sich, einen alten Mann, der im Schein der Lampe auf dem Boden vor dem Altar lag und von Selbstzweifeln zerrissen war. Ihr Herz und ihre Kehle zogen sich zusammen, als sie wußte, daß sie ihn mit dem ganzen Rest ihres Herzens liebte, den sie nicht für Balor freigehalten hatte.

Ohne weiteres Zögern steckte sie ihre Hand in den Beutel und nahm eine großzügige Prise des Pulvers heraus. Es war so fein, daß es sich wie eine Wolke aus trockenem Nebel herabsenkte, und sie erkannte sofort, welches Pulver sie sich wahllos gegriffen hatte. Es war eine Mischung aus zwei silbrigen, seltenen Kristallen. Das eine stammte von einem harten Stein, das andere von einem weichen. Beide waren mit einer blaßgelben Säure behandelt worden, die das Gemisch in eine hochexplosive Substanz verwandelten. Als es in Berührung mit der heißen Flamme der Lampe kam, glühte es rot auf und explodierte knisternd, als jedes winzige Körnchen des Pulvers in Tausende winziger Partikel zerplatzte. Es stank. Es verbreitete einen heißen säuerlichen Gestank, der in der Luft hing und sich in den Fußbodendielen und den Wänden des geheimen Raumes festsetzte.

Doch Morrigan war nicht mehr da, um es zu riechen. Sie war längst verschwunden.

Noch nie hatte Morrigan weniger Zeit dazu gebraucht, den geheimen Raum zu verlassen und zu verschließen, die Leiter hinabzusteigen und quer durch das Dorf zum Haus ihres Vaters zu laufen. Als er nur wenige Minuten später in den Raum stürmte, wie sie es erwartet hatte, lag sie zusammengerollt auf ihrer Pritsche und gab vor zu schlafen, von Kopf bis Fuß mit Schlaffellen bedeckt, damit er nicht bemerkte, daß sie noch ihren Mantel trug.

Aufgeregt rief er ihren Namen. Sie setzte sich auf, immer noch bis zum Hals in ihre Schlaffelle gehüllt, und fragte ihn mit schlaftrunkener Stimme, was er von ihr wollte. Ihre Halbschwestern erhoben sich mürrisch und beschwerten sich darüber, daß man sie vor der Dämmerung weckte. Obwohl der Raum unbeleuchtet war, konnte Morrigan den gebannten Gesichtsausdruck ihres Vaters deutlich erkennen. Seine Augen waren riesig. Die Pupillen schwammen unruhig darin, wie dunkle Beeren auf Schneebällen. Aber es war nichts Kaltes an ihnen. Sie brannten.

»Bist du die ganze Zeit hier gewesen? Und hast geschlafen?«

»Natürlich.« Die Lüge kam ihr mühelos über die Lippen. »Wo hätte ich denn sonst sein sollen?«

»Ich dachte … für einen Moment …« Er hielt inne, atmete dann tief durch und ging zum hüfthohen Metkrug, der direkt neben dem Eingang zum kleinen Lagerraum des Rundhauses stand. Er hob die Holzkelle auf, tauchte sie tief in das Gebräu im Krug, hob sie an die Lippen und trank so gierig davon, daß er sich verschluckte. Die dunkle Flüssigkeit lief in seinen Bart, als er hustete, sich über den Mund wischte und dann noch einen Schluck nahm.

»Was ist los, Vater?« fragte die fetteste von Morrigans Halbschwestern und unterdrückte ein Gähnen. »Hast du dich geärgert?«

»Geärgert? Ich bin glücklich! Bei der Macht der Zwölf Winde, in dieser Nacht haben die Geister unserer Vorfahren durch die heilige Flamme zu mir gesprochen!«

Das Mädchen gähnte erneut und wirkte gelangweilt. »Sie sprechen doch immer zu dir.« Sie legte sich wieder hin und kuschelte sich unter den Bettfellen eng an ihre Schwester. »Es ist spät, Vater. Laß uns schlafen.«

Der alte Mann ächzte laut, ließ die Kelle in den Krug fallen und schlug sich auf die Schenkel. »Dann schlaft doch weiter und käut eure phantasielosen Träume wieder. Ich erwarte ja gar nicht, daß ihr es versteht.«

Morrigan lächelte zufrieden, als ihre Halbschwestern ihm schläfrig den Rücken zukehrten. Durch ihre Tat war ihr Vater verwandelt worden. Der niedergeschlagene alte Mann, dem sie zur Ratshalle gefolgt war, hatte sich in Luft aufgelöst. Dafür war der Weise wieder zum Leben erweckt worden, der sich mit erneuertem Selbstbewußtsein aufrichtete. Es befriedigte sie zutiefst, seine Verwandlung zu beobachten und zu wissen, daß sie dafür verantwortlich war. »Sag mir, Vater, was meinst du damit?« Sie stellte ihm diese Frage in so unschuldigem Tonfall, daß nur ein wahrer Prophet die Tücke dahinter erkannt hätte.

Er setzte sich neben sie auf ihre Pritsche. »Ich habe ein Zeichen von den Zwölf Winden erhalten ... ein wahres Zeichen. Die Flamme leuchtete rot, Tochter der Anu.« Seine Stimme klang wie die eines Mannes, dessen Selbstbewußtsein wiederhergestellt worden war, voller Zuversicht und Zielstrebigkeit, wie ferner Donner über den Mooren, der durch das blendend weiße Gewürz des Blitzes Tiefe und Bedeutung erhielt. Unter den weißen Augenbrauen verengten sich seine Lider, seine Augen dazwischen glänzten so klar wie polierte Steine. Doch ihr Blick war nach innen gerichtet, denn sie hatten den hungrigen, ehrgeizigen Schimmer eines Menschen, der seine Gedanken zu einem Netz verknüpft, das seine tiefsten Wünsche tragen sollte. »Es war ein Zeichen! Endlich! Ja. Ich habe die Macht, und ich werde sie gut einzusetzen wissen.«

Morrigan starrte ihn an. Sie, die sich zum Werkzeug der Schicksalsmächte gemacht hatte, konnte beobachten, wie seine Kraft wuchs. Ja, er hatte recht, er hatte endlich wieder Macht, genauso wie sie es gewollt hatte. Doch als er sich wieder erhob und dann auf der Unterlippe kaute, sich die Hände rieb und auf und ab ging, als wären seine

Knochen rastlos und würden durch seine Haut brechen, wenn er ihnen keine Bewegung verschaffte, wurde ihr plötzlich kalt.

»Was hast du in der roten Flamme gesehen, Vater?« fragte sie, obwohl sie die Antwort bereits wußte.

»Was ich schon vor vielen Jahren hätte sehen müssen. Es war die Farbe des Blutes, *ihres* Blutes – des Blutes der weißen Hexe, die es gewagt hat, ihre Kraft der Vision mit meiner zu messen ... des Blutes ihres blaßäugigen Jungen, dessen Ungehorsam schon viel zu oft meine Autorität untergraben hat, der mich in den Augen der anderen herabsetzte, als er behauptete, die Steine im Heideland wären durch Zauber verwandelt worden, damit sie ihn schützten, der es zu behaupten wagte, daß die Vorzeichen des Gottes für ihn mit Sternenfeuer an den Himmel geschrieben wurden, während ich, Munremar, gar nichts sah!«

Sie erkannte, was hinter seinen Worten steckte – keine wahre Vision, sondern reine Eifersucht. Sollte ihr Geschenk also auf diese Weise Verwendung finden? Einen Augenblick lang dachte sie daran, die Schlaffelle zurückzuschlagen und ihm zu zeigen, daß sie immer noch den Mantel trug, den sie angelegt hatte, bevor sie ihm zur Ratshalle gefolgt war. Sie wollte ihm die Wahrheit sagen und ihn damit wieder zu dem machen, was er noch vor einer Stunde gewesen war – ein schwächlicher, furchtsamer alter Mann. Aber nein. Sie liebte ihn viel zu sehr. Also sagte sie ruhig: »Du sprichst von der Vergangenheit, Vater. Und du sprichst gegen die Frau und den erstgeborenen Sohn unseres Herrn. Nimm dich in acht, denn sonst könnte die Flamme, die du gesehen hast, eine Weissagung des blutroten Zorns des Häuptlings sein, ohne dessen Vertrauen du überhaupt nicht sprechen darfst.«

»Es ist Fomor MacLir, der sich in acht nehmen sollte! Der Wind des Schicksals weht schon seit langem nicht mehr in seinem Rücken. Bald wird der Sturm ihn hinwegfegen, und dann wird der Rat der Ältesten entscheiden, in wen sie ihr Vertrauen setzen wollen. Daher solltest du den erstgeborenen Sprößling der weißhaarigen Hexe nicht mehr mit Sehnsucht anblicken, Morrigan. Denn ich habe sein Blut im Feuer dieser Nacht gesehen!«

Es war der vierte Tag, den sie schon außerhalb des Dorfes verbrachten, und die Jäger hatten sich in mehrere kleine Gruppen aufgeteilt. Balor blieb in der Nähe seines Onkels und ging den Männern seines Vaters aus dem Weg. Die Jagdgruppe hatte bislang noch nichts Aufregenderes unternommen, als Fallen aufzustellen, Fallgruben zu graben, vergrabene Vorräte der Wölfe zu vergiften und die Pfeile anzulegen, wenn sich kleines Wild zeigte. Sie hatten nicht einen einzigen Wolf gesehen, und inzwischen waren nicht nur die Fährten kalt geworden, sondern die Jäger verloren allmählich auch die Lust an der Verfolgung.

»Irgendwie hatte ich es mir anders vorgestellt«, sagte Balor zu Draga.

Der Rotbart blickte ihn mit erhobenen Augenbrauen an. »So? Hast du dir eingebildet, daß es ständig nur Gefahr und Tod gibt, daß du ganz allein wilden Raubtieren gegenüberstehst und ihren Reißzähnen nichts entgegenzusetzen hast als deinen Bogen oder dein Messer?«

»Ja ... so in etwa.«

Draga schnaufte belustigt. Es war Mittag. Sie machten Rast und hatten ihre Hunde in einem kleinen Wäldchen mit dünnen Bäumen am Rand einer größeren Heidefläche angeleint. Dahinter erstreckte sich das Land so grün wie Algen auf einem sommerlichen Teich und stieg immer höher zum Hochland und dem Berg hinauf, der steil am Horizont aufragte. Sie hatten eine Mahlzeit aus den Resten ihres Reiseproviants eingenommen, doch Balor hatte kaum Appetit gehabt. Der Anblick des Berges hatte seinen Hunger vertrieben und wühlte seine Erinnerungen an die Nacht auf, die er mit Fomor auf dem Gipfel verbracht hatte. Eine schmerzhafte Sehnsucht regte sich in ihm, als er neben Draga saß und in die Ferne starrte, während Mael und die anderen im Schatten der Bäume ein Nickerchen hielten.

»Die Wolfsjagd ist langweilige und öde Arbeit. Wenn du etwas anderes glaubst, dann hast du die Geschichtenerzähler viel zu ernst genommen, mein Junge«, sagte Draga, der mit einem kleinen Zweig in seinen Zähnen stocherte. »Inzwischen solltest du wissen, daß es zur Ausschmückung von Geschichten unerläßlich ist, es nicht allzu genau mit der Wahrheit zu nehmen, aber nur so weit, daß sie nicht zur Unwahrheit wird.«

Balor blickte seinen Onkel an. »Willst du damit sagen, mein Vater hätte die vier Wölfe gar nicht mit bloßen Händen in der Kampfarena der Becherleute getötet, wie es in den Geschichten heißt?«

»O nein, Junge! Er hat sie wirklich getötet. Ganz allein und mit bloßen Händen. Genauso gewiß wie er Partholon enthauptete und das magische Schwert der Achaier raubte und mit der Hilfe des Rächers den Clan zum Ruhm führte. Doch das war vor langer Zeit. Partholons Kopf wurde inzwischen von den Fischen am Grund des Meeres bis auf die Knochen abgenagt. Das Schwert liegt eingeschlossen in seiner Kriegstruhe. Und die Kriegerseele meines Bruders ist auf dem Rücken der Zwölf Winde entschwunden, um niemals zurückzukehren, wie ich fürchte.« Er hielt inne, um abzuwarten, wie seine Worte wirkten. Als er sah, daß sie die Unruhe des Jungen erweckten, lächelte er zufrieden. Seit ihrer Rückkehr aus Alhorn war Balor ein treuer und zuverlässiger Freund und kritikloser Bewunderer gewesen. Draga hatte keinen Zweifel daran, daß der ungestüme, hitzköpfige Junge mit der Zeit durch geschickte Bearbeitung dazu gebracht werden konnte, seinen Vater herauszufordern. Wenn es schließlich zum Umsturz kam, sollte Balor dafür verantwortlich sein. Dann wäre Draga der Häuptling, und er würde nicht mit der Schuld leben müssen, seine Herrschaft durch die Tötung seines Bruders errungen zu haben. Ein Mann hatte einfach das Recht, zu seinen Lebzeiten zu Ruhm zu gelangen. Das war er seinen Nachkommen schuldig. Und das Leben war kurz. So grausam und unwiderruflich kurz.

»Ich wünsche mir, er wäre wieder so wie vor Jahren … als er noch seine Kriegerseele hatte … als alle Menschen ihn den Wolf nannten.«

Dragas Augen waren kalt und sein Gesicht ernst, als er trostlos sagte: »Niemand von uns ist mehr so wie früher, Junge.«

»Nein«, erwiderte Balor. »Und ich bin kein Junge mehr, Onkel.«

Der Rotbart musterte ihn aufmerksam und blinzelte leicht, als er erkannte, daß Balor recht hatte. Seit wann hatte er so breite Schultern, so leidenschaftliche Augen und ein solches Selbstbewußtsein? Obwohl sein Jahr der Prüfung noch nicht abgeschlossen war, würde Balor bald ein Mann sein, mit dem man rechnen mußte. Diese Erkenntnis verstörte Draga nur um so mehr, weil sie ihn wieder an die Vergänglichkeit seines Lebens erinnerte. Er war plötzlich neidisch auf seinen Neffen. Balor hatte all das, was ihm nicht mehr zur Verfügung stand – Jugend, uneingeschränkte Energie und Manneskraft. Seine Eifersucht war ein dicker und gallebitterer Kloß in seiner Kehle. Er spuckte ihn aus.

»Komm jetzt«, sagte er, stand auf und klopfte sich den Schmutz von der Hinterseite. »Wir haben hier schon viel zuviel Zeit vertrödelt.«

Die anderen erhoben sich, gähnten und streckten sich, genauso wie die Hunde, die neben ihnen gedöst hatten.

Balor würde niemals genau verstehen, was dann geschehen war. Er wußte nur, daß er, nachdem er aufgestanden war, einen Falken hoch über dem fernen Berg fliegen sah und daß ihm schwindlig wurde. Er stand einen Augenblick lang reglos da und schaute, doch er sah nichts außer der Zeit, die in einem heftigen Wirbel rückwärts strömte … immer weiter zurück … und ihm Spiegelbilder auf dem dunklen See der Vergangenheit zeigte. Das Heideland … die Sternschnuppe … der Berg … ein großes Schiff mit grünen Segeln … und ein weißer Wolf, der in einer Sommernacht heulte und einen kleinen Jungen vor Schreck zusammenkauern ließ …

»Dort sind die Wölfe.« Er zeigte zum Berg und wußte überhaupt nicht, daß er gesprochen hatte.

Mael schnaufte spöttisch. »Leint ihn an, Freunde. Er hat die Witterung aufgenommen, bevor die Hunde irgend etwas gespürt haben!«

Sie alle lachten, doch Draga stieß ihn an. »Was ist mit dir, Junge? Kein vierbeiniges Geschöpf könnte diesen Felsen besteigen! Komm jetzt. Trödle nicht. Leg die Decke auf dein Pferd, und dann geht's weiter!«

Balor erzitterte, als ihm trotz der warmen Sonne plötzlich eiskalt wurde. Für ihn war alles völlig klar, so klar wie die Augen seiner Mutter. Er wußte, was vor sich ging, und obwohl er es sich nicht eingestehen wollte, hörte er sich selbst sprechen. »Ich sage euch, dort sind die Wölfe.« Er holte tief Luft. Der Schleier der Vision verflüchtigte sich. Ihm war schwindlig, und er kam sich unglaublich dumm vor. Er sagte sich, daß er lediglich zu schnell aufgestanden war, so daß er kurzfristig die Orientierung verloren hatte. Er zuckte entschuldigend die Schultern und versuchte eine vernünftige Erklärung abzugeben, sowohl für die anderen als auch für sich selbst. »Der Berg ist erhöhtes Gelände. Von seinem Fuß aus hat man einen Überblick über das ganze Heideland bis nach Westen zum Meer. Genau dort würde ich mein Lager aufschlagen … wenn ich ein Wolf wäre.«

Wieder lachten die Männer. Die Pferde wurden geholt und mit Decken gesattelt. Die Hunde nahmen die Fährte wieder auf. Sie führten die Jäger weit über das Heideland, weit weg vom Berg, und nach einiger Zeit war Balor erleichtert, daß er sich ganz offensichtlich getäuscht hatte.

Die langwierige Arbeit ging weiter. Die Haut des Landes war dünn und knochig, wo sie zwischen weiten Flächen mit neuem Gras freilag. Hier und dort gab es kleine Seen aus Schmelzwasser, und die Hunde hetzten in breiter Front hindurch und herum. Sie winselten und grinsten mit hängenden Zungen, wie es Hunde immer taten, wenn sie nervös waren, die Schwänze vor Besorgnis starr nach unten gesenkt. Sie verloren die Witterung. Die schlauen Wölfe waren immer wieder durchs Wasser gelaufen, wo es ging, so daß sich ihr Geruch verflüchtigte. Das Rudel folgte den Spuren, die zu sehen waren, doch sie führten nicht weit. Die Wölfe waren auf ihrer eigenen Fährte zurückgekehrt oder im Kreis gelaufen, was ihnen den Respekt, aber auch die Wut der Jäger einbrachte. Bald waren die Reiter gezwungen, von den Pferden abzusteigen und sie an der Leine zu führen. Sie beugten sich tief über den Boden und suchten nach Wolfsspuren, mochten sie auch noch so schwach sein. Doch den Zeichen des Landes entnahmen sie nur, daß die Wölfe verschwunden waren. Sie riefen ihre Hunde mit Pfiffen zurück. Sie kamen mit angelegten Ohren und eingeklemmten Schwänzen, und in ihren Augen stand die Frage: »Was machen wir jetzt?«

Die Männer entschieden, daß sie weit genug vorgedrungen waren. Sie hatten genügend Fallen aufgestellt und seit gestern mittag keine einzigen Vorratslager mehr entdeckt – ein sicheres Zeichen, daß die Wölfe ihre Verfolger von ihren eigentlichen Jagdgründen fortgelockt hatten. Fomor verkündete, es sei an der Zeit, den langen Heimritt zum Dorf anzutreten, wobei sie unterwegs ihre Fallen überprüfen und jedes Tier töten würden, das ihren Netzen und Gruben zum Opfer gefallen war. Die Männer teilten sich in kleinere Gruppen auf, und Balor folgte wieder Draga und seinen Männern.

Da sie jetzt darauf verzichteten, Spuren zu verfolgen und neue Fallen aufzustellen, kamen sie schnell voran. Vor Anbruch der Dämmerung erreichten sie die erste Falle, die ihren Zweck erfüllt hatte. Die Männer hatten ihr ganzes Geschick eingesetzt, das von ihren Vorfahren an sie weitergegeben worden war, die Falle zu tarnen und so anzulegen, daß kein Geruch von Mensch oder Hund mehr daran war. Sie war unter einer dünnen Schicht aus Schotter vergraben und mit starken Faserstricken an einer hohen, windgebeugten Birke befestigt. Als der Wolf darauf getreten war, hatte sein Gewicht die Falle ausgelöst, worauf das Netz ihn hoch in die Luft gerissen hatte, wo er nun hilflos dahing, wie eine reife Frucht, die nur darauf wartete, gepflückt zu werden.

Der Wolf war verwirrt und geschwächt, als die Jäger auf ihn stießen. Da sie ihn für tot hielten, stachen sie mit ihren kurzen Stoßspeeren mit Feuersteinspitze danach, bis das Tier zappelte und knurrte und wahnsinnig vor Furcht und Zorn um sich biß. Es war Draga, der dem Tier die erste Wunde zufügte. Als Anführer und Ältester in dieser Jagdgruppe war dies sein Vorrecht. Er trat dicht an das Netz heran und wagte es, mit dem Finger den strampelnden Sack aus Fell, Fleisch und scharfen Zähnen zu berühren, als wollte er sich mit dem Tier anfreunden.

Für einen Moment wurden die gelben Augen riesig vor Schrecken und Wahnsinn, dann trat Draga zurück und stach seinen Speer tief in die freiliegende Seite des Tieres, darauf bedacht, daß der Pelz nicht zu sehr beschädigt wurde. Der Stich ging schräg in den Bauch, worauf der Wolf aufschrie und zuckte, als die Waffe mit einem heftigen Ruck durch Muskeln und Knochen zurückgerissen wurde und Blut und etwas Eingeweide mitnahm. Draga wollte das Tier nicht sofort töten. Er wollte auch den anderen die Gelegenheit zur Befriedigung ihrer Blutlust geben, bevor ihre Beute den Tod fand und ihnen damit das Gefühl der Macht verdarb. Alle traten der Reihe nach vor und trieben ihre mit Widerhaken versehenen Speere tief hinein. Sie drehten sie in der Wunde, bevor sie sie wieder herauszogen, um sich am Anblick einer möglichst blutigen Verletzung zu erfreuen.

Nur Balor hielt sich zurück, weil er kein Vergnügen daran finden konnte. Ihm war übel, und er wollte nichts damit zu tun haben. Sein Speer blieb unblutig, bis Mael seinen Widerwillen bemerkte und ihm vorwarf, einen so empfindlichen Magen wie eine Frau im ersten Monat einer Schwangerschaft zu besitzen. Das sagte Mael und warf ihm einen Blick voller Verachtung und Hohn zu. Erst da stieß Balor seinen Speer in den Wolf. Doch das Tier war bereits tot. Die Männer hatten es abgeschnitten, und nun lag es schlaff und leblos in den starken Fesseln des aus Fasern geflochtenen Netzes. Es war ein großes Weibchen. Balors Speer drang in das weiche Fleisch ein, und nachdem er ihn herauszogen hatte, ging Draga in die Knie und machte sich daran, es auszuweiden und zu häuten.

Die anderen standen daneben und sahen ihm zu. Dann stellte der Rotbart zufrieden fest, daß das Tier sich im letzten Stadium der Trächtigkeit befunden hatte. Als er die noch lebenden Föten aus der blutigen Gebärmutter holte und zwei davon fortwarf, die durch die Speere der Jäger getötet worden waren, erklärte er, daß sie zu Ehren der Zwölf Winde, der Geister des Moores geopfert werden sollten, unter deren Segen diese Jagd ganz offensichtlich stand. Den blutüberströmten, blinden Tieren, die noch atmeten, wurden Schlaufen um den Hals gelegt, und dann wurden sie an der Birke aufgehängt. Es dauerte eine ganze Zeit, bis ihre Zuckungen zum Erliegen kamen, während Draga einen Dankgesang an die Zwölf Winde anstimmte.

Balor stand bei den anderen, ohne ihre offensichtliche Befriedigung über das Geschehen zu teilen. Ihm war unwohl, und er fragte sich, wie Männer an so etwas Gefallen finden konnten, und erst recht, wie es die Geister der Erde befriedigen konnte. Nicht das Töten selbst hatte ihn beunruhigt, denn er hatte bereits zuvor getötet, doch nie zuvor ein wehrlos gefangenes Lebewesen. Er hatte jedesmal schnell getötet, wie sein Vater es ihm beigebracht hatte. Das war nur vernünftig, denn in Schmerz und Panik spannten sich die Muskelfasern an und wurden bitter, so daß das Fleisch solcher Tiere zäh und ungenießbar war und sich höchstens für stark gewürzten Eintopf verwenden ließ. Nicht, daß sie beabsichtigten, diesen Wolf zu essen. Nein. Sie würden lediglich das Herz und die Leber verzehren, weil sie mit diesem Blutfleisch die Lebenskraft ihrer Beute in sich aufnahmen und damit sicherstellten, daß sie in jenen weiterlebte, die ihr das Leben genommen hatten. So war es Tradition unter den Jägern seines Clans. Balor kannte sie gut, und als es soweit war, nahm er den ihm zustehenden Anteil an, nicht nur aus Respekt vor den

Sitten seines Volkes, sondern auch vor dem Leben des Wolfes. Doch als er daran dachte, auf welche Weise das Tier gestorben war, blieb ihm das blutige, rohe Fleisch, das normalerweise ein Leckerbissen war, beinahe in der Kehle stecken. Mael sah zu, wie Balor würgte, und bemerkte seine Blässe. Mit boshafter Schadenfreude wies er die anderen darauf hin, daß Balor trotz seiner Größe und seiner mutigen Worte offenbar doch noch weit davon entfernt war, ein Mann zu sein.

Balors Zorn flammte auf. Er zwang sich dazu, das Fleisch hinunterzuschlucken und im Magen zu behalten. »Es gehört nicht viel Männlichkeit dazu, einen Wolf zu töten, der in einem Netz gefangen ist!« entgegnete er.

Draga brachte alle beide zum Schweigen. Offenbar hatte er Balors Bemerkung auf sich selbst bezogen. Er blickte den Jungen verärgert an. »Wenn wir auf das nächste Tier stoßen, das in eine unsere Fallen getappt ist, solltest du es vielleicht töten. Schließlich stehst du im Jahr der Prüfung, Balor! Ja. Das nächste Tier gehört dir. Dann wirst du schon sehen, Neffe, daß ein ganzer Mann nötig ist, um einen Wolf zu töten.«

»Ich werde kein Tier abstechen, das hilflos in einem Netz zappelt«, sagte er. »Und ich werde mich auch nicht neben eine Fallgrube stellen und Pfeile hineinschießen!«

Mael lachte voller Hohn. »Dann willst du es wohl aus dem Netz freilassen und es jagen, wie? Oder in die Grube springen und ihm mit bloßen Händen den Hals umdrehen?«

Die anderen lachten.

Balor funkelte sie wütend an. »Vor langer Zeit wurde mein Vater in eine Grube mit vier männlichen Wölfen geworfen. Er tötete sie alle mit bloßen Händen. Ich bin sein Sohn. Ich habe keine Angst davor, dasselbe zu tun!« verkündete er.

»Wir alle wissen, daß es dir keineswegs an Mut mangelt, Balor«, sagte Mael. »Woran es dir mangelt, ist Verstand ... und Urteilsvermögen. Aber wie du schon sagtest, bis du ja der Sohn des Wolfes ... der ihm in jenem

Jahr geboren wurde, als er seine Zähne verlor. Und man sagt wirklich, daß Söhne wie ihre Väter sind.«

Balor hatte sich auf ihn gestürzt, bevor er noch ein weiteres Wort sagen konnte. Balor erwischte ihn schnell und heftig, als er ihn aus dem Gleichgewicht brachte und sie gemeinsam zu Boden gingen. Er hatte Mael ein Knie in den Unterleib und eine Faust ins Auge gerammt, bevor Draga ihn zurückreißen konnte.

Der Rotbart beschimpfte beide jungen Männer als hitzköpfige Narren. »Bei den Schicksalsmächten, wir sind hier, um Wölfe zu erlegen, und nicht, um uns gegenseitig zu zerfleischen! Wir werden nie mit einer beeindruckenden Zahl von Wolfspelzen ins Dorf zurückkehren, wenn ihr zwei jungen Welpen euch nicht beherrschen könnt! Ihr könnt eure Meinungsverschiedenheit nach unserer Rückkehr austragen – auf dem Übungsplatz, mit Munremar und den Ältesten als Kampfrichter, so wie es die Sitten und das Clansgesetz vorschreiben. Doch jetzt haben wir noch genügend Licht, um unseren Weg finden zu können. Ich will vor der Dunkelheit einen weiteren Wolf töten und häuten und werde nicht zulassen, daß mich einer von euch daran hindert!«

Es dauerte eine Weile, bis Mael sich aufsetzen konnte. Er war benommen und schwer von Balors Schlägen getroffen. Ein weiterer Moment verging, bis er sich auf einen Ellbogen stützte und sich den Unterleib hielt, während er vor Schmerzen stöhnte. Er zischte Balors Namen. »Du ... Sohn einer weißhaarigen Hexe und Welpe eines Wolfes, der die Bedeutung der Ehre eines Kriegers vergessen hat ... Das wirst du auf ewig bereuen ... Bei den Zwölf Winden, von jetzt an solltest du mir niemals den Rücken zukehren!«

Balor warf ihm einen eiskalten Blick zu. »Das sieht dir ähnlich – an Wölfe traust du dich nur heran, wenn sie im Netz gefangen sind, und an Menschen, wenn sie dir den Rücken zukehren.«

Mael zuckte zusammen und funkelte ihn durch zusammengekniffene Lider aus haßerfüllten Augen an. »Dafür hole ich mir deinen Kopf!« versprach er.

»Vielleicht werde ich mir statt dessen deinen holen«, erwiderte Balor und empfand zum erstenmal in seinem Leben das kalte, bittere Gefühl, das sich mit dem Wissen einstellte, sich einen Todfeind gemacht zu haben.

Sie hatten die Fallgrube tief ausgehoben und sie mit Zweigen abgedeckt. Sie befand sich an einer Stelle, wo der Adlerfarn hoch wuchs und eine dicke Humusschicht unter einer Baumgruppe neben einem schmalen, von Schmelzwasser gespeisten Bach lag. Sie erreichten die Grube bei Anbruch der Dunkelheit und blickte im Licht der entzündeten Fackeln auf den riesigen Wolf hinab, der stumm aus der Dunkelheit seines Gefängnisses zu ihnen hinaufstarrte.

Es war Mael, der vorschlug, daß Balor in die Grube sprang und das Tier mit bloßen Händen erledigte, wie er zuvor geprahlt hatte. Als Balor die Größe und Pelzfärbung des Tieres sah, spürte er, wie sein Mund austrocknete und seine Handflächen zu schwitzen begannen.

Der Wolf war weiß, als wäre er aus seinen Alpträumen auferstanden. Doch es war kein eingebildetes Phantom der Ängste eines kleinen Jungen, sondern wirklich. Hoch an der Schulter hatte das Tier eine Narbe, wo Balors Pfeil ihn vor langer Zeit getroffen hatte. Sein Rücken war breit und die Kiefer schwer, der Fackelschein spiegelte sich golden in seinen gelben Augen. Seine Lippen zitterten, aber nicht vor Furcht, sondern drohend, als er seine Zähne fletschte, die wie Dolche im schwarzen Zahnfleisch steckten und mit tödlicher Schärfe schimmerten – in langen Jahren bewährte Werkzeuge zum Töten, zum Zerreißen von Fleisch und zum Zerkauen von Knochen. Ein tiefes Knurren kam aus seiner Kehle, eine gefährliche Warnung an jene, die es bald quälen und töten würden.

Balor trat zurück, und Mael, der sogar in der Dunkelheit den plötzlichen Ausdruck des Entsetzens auf seinem Gesicht erkannte, lachte boshaft.

»Was ist los, Balor? Ist dir schlecht geworden?«

Balor erhielt keine Gelegenheit zu einer Antwort, denn Draga befahl den beiden, still zu sein, als er gebannt und mit angehaltenem Atem in die Grube hinabstarrte. »Diese Beute gehört mir«, sagte er.

»Nein!« sagte Balor, der überhaupt nicht wußte, warum oder daß er gesprochen hatte. Draga befahl ihm zurückzutreten und zog seinen Mantel aus, um ihn Mael zu reichen. Dann legte er seine Waffen ab, den Bogen und die kurze Axt an seinem Gürtel. Ein angespanntes Grinsen mit weißen Lippen spaltete seinen roten Bart, und auf seiner Stirn pulsierten bläuliche Venen. Er atmete tief durch. Ein und aus, ein und aus, immer und immer wieder, genauso wie in der Arena in Alhorn vor dem Kampf mit Creugas.

Das Knurren des Wolfes wurde tiefer und stieg langsam in der Tonhöhe wieder an. Es vibrierte wie der Wind, wenn er bei einem Wintersturm in den Stricken sang, die die Reetdächer der Rundhäuser des Clans hielten.

Draga knurrte zurück, dann lachte er. »Mit meinen bloßen Händen werde ich dir das Genick brechen, Wolf, und das Leben aus dir herausquetschen, damit der Clan MacLir weiß, daß nicht nur der erstgeborene Sohn Manannans genügend Mut hat, sich deinesgleichen in einer Grube zu stellen!«

Es war, als hätte der Wolf ihn verstanden. Er legte die Ohren an, senkte den Kopf und leckte sich über die Schnauze, als er sich mit eingezogenem Schwanz auf die gegenüberliegende Seite zurückzog, wo er genügend Platz hatte, um dem Jäger mit einem verzweifelten Satz an die Kehle und die Drosselvene zu gehen, wenn der Mann zu ihm hinuntergesprungen war.

Und genau das tat er, als Draga sich schreiend und die Arme wie Flügel ausgebreitet in die Grube stürzte.

Der Boden der Grube bestand aus schlüpfrigem Morast, nachdem das Wasser emporgesickert war, um sich dem Stand des Baches in unmittelbarer Nähe anzupassen. Draga hatte mit festem Boden gerechnet und landete unglücklich, während er seinen großen, kräftigen Körper mit einem Ruck zur Seite stieß, um dem Angriff des Wolfes aus dem Weg zu gehen. Als das Tier wie ein abgeschossener Pfeil auf ihn zuflog, keuchte Draga schockiert auf, nicht nur wegen der Wucht, mit der ihn der Wolf traf, sondern auch vor Überraschung, als sein Fuß den Halt verlor und sein rechter Knöchel umknickte und höllisch schmerzte. Er fiel und schlug mit dem Kopf gegen die Wand der Grube, während der Wolf gleichzeitig nach seiner Kehle schnappte. Dragas Hände zerrten verzweifelt am Rückenfell des Tieres.

Die Benommenheit dröhnte in seinen Ohren, und für einen kurzen Moment erschlaffte er und wußte nicht mehr, wo er war. Dann erinnerte er sich wieder und versuchte die Finger in das Fell des Wolfes zu graben, um ihn fortzuzerren. Doch seine Finger und Arme waren schwach geworden. Er konnte nicht mehr richtig zupacken. Er geriet in entsetzte Panik, als er spürte, wie sich der Kopf des Tieres wild unter seinen Bart wühlte. Gleich würde es seine Zähne in die weiche Haut seines Halses schlagen und nach der Ader suchen, um schließlich zuzupacken und ihm die Kehle zu zerreißen.

Er versuchte zu schreien. Doch er konnte keinen Laut von sich geben. Er senkte den Kopf und wollte den Wolf mit dem Kinn fortdrängen, doch es nützte nichts. Das Tier hatte ihn gepackt. Die Welt wurde dunkel. Der Wolf tötete ihn. Er würde nie mehr seinen Augenblick des Ruhms erleben. Er würde nie zum Häuptling werden. Nie mehr.

Nie mehr.

Die Männer, die am Rand der Grube standen, waren fassungslos. Niemand wagte zu atmen. Niemand rührte sich. Außer Balor, als er in die Grube sprang. Er dachte überhaupt nicht nach. Er sprang einfach hinein und packte den Wolf mit bloßen Händen von hinten am Genick und zog. Er zog mit aller Kraft, worauf beide seitwärts in den Morast fielen.

Er packte fester zu. Er drückte und quetschte. Er spürte die wilde, ungezügelte Kraft des Wolfes, als dieser gegen ihn ankämpfte. Doch Balor wollte nicht lockerlassen. Er hielt fest und drückte immer fester zu, während er sich an seine Angst erinnerte, als der Wolf ihm vor so langer Zeit auf dem fernen Heideland aufgelauert hatte. Jetzt hatte er überhaupt keine Angst mehr. Den kleinen Jungen aus der Vergangenheit gab es nicht mehr. Irgendwie schien die Kraft des Tieres auf ihn überzugehen und ihn zu verwandeln. Er war jetzt ein Mann, genauso gnadenlos wie der Wolf, als er am Genick des Tieres drehte, bis das Knurren zu einem Heulen und das Heulen zu einem Winseln wurde. Schließlich gab es ein ruckendes Knacken tief im Hals des Tieres, worauf es sich anspannte, steif wurde und sich in Todesangst verkrampfte, und dann erschlaffte es, als es schnaufend seinen letzten Atemzug ausstieß und langsam, sehr langsam der Pulsschlag nachließ, bis Balor ihn gar nicht mehr spüren konnte.

Plötzlich hörte er Jubel. Und lautes Gejohle. Und Gar und Donn zogen ihn aus der Grube, und er saß benommen am Boden, während er zusah, wie sie hinuntersprangen und Draga herausholten.

»Lebt er noch?« fragte Balor in einem Augenblick überraschender Klarheit.

Es schien eine Ewigkeit zu dauern, bis die Antwort kam.

»Ja, zum Glück ... und das ist nur dein Verdienst, Balor, der Glücksbringer!« Die Worte kamen von Nia und wurden von einem harten, anerkennenden Schlag auf den Rücken begleitet.

Und eine Weile später saßen er und der Rotbart zusammen vor einem Feuer, das die anderen gemacht hatten. Sie holten den Wolf aus der Grube und sagten, daß er rechtmäßig ihm gehörte, doch Balor wehrte ab und sagte, es sei Draga gewesen, der das Tier abgelenkt und es ihm dadurch ermöglicht hatte, es zu töten.

Der Rotbart sagte lange Zeit überhaupt nichts. Seine Kehle war aufgerissen, wenn auch nicht lebensbedrohend, und sein Fußknöchel war schwer verstaucht. Obwohl seine Freunde den Fuß in Schlamm packten und mit Adlerfarn umwickelten, ließ sich der Schmerz weder kühlen noch lindern, so daß sie ihn mit seinen Grübeleien allein ließen.

Stunden vergingen. Leise, regenlose Wolken zogen vom Meer heran, um den Himmel zu bedecken und die Wärme des Tages zu halten. Im Licht der Fackeln machte Balor sich daran, den Wolf auszuweiden und zu häuten, während er immer noch nicht richtig fassen konnte, daß er ihn getötet hatte – und dazu mit bloßen Händen. Er brachte den Kopf zu Draga und sagte, daß der Pelz rechtmäßig ihm gehören würde, doch der Rotbart winkte ihn fort, als fühlte er sich durch dieses Angebot beleidigt. Der Junge stand ratlos da und verstand die Stimmung seines Onkels nicht, bis er die Schmerzen seiner Verletzungen dafür verantwortlich machte.

»Es war wunderbar«, sagte er, weil er den Rotbart aufheitern wollte, »wie du in die Grube gesprungen bist ...«

Draga funkelte ihn verärgert an. »Und wie ich dann auf dem Arsch landete und der Wolf sich auf mich stürzte? Und daß ich gestorben wäre, wenn mich nicht ein kleiner Junge gerettet hätte? O ja, es war wunderbar ...«

Balor holte tief Luft. »Es tut mir leid«, flüsterte er und hätte sich entfernt, wenn der Rotbart ihn nicht zurückgerufen hätte.

»Nein. Mir tut es leid, Balor. Ich wollte diesen Wolf töten. Ich wollte es so sehr.«

»Du hättest es geschafft, wenn der Morast nicht gewesen wäre. Jeder Mann kann einmal ausrutschen. Beim nächsten Mal wirst du einen Wolf töten. Ohne Mühe. So mühelos, wie du Nemed hättest töten können, wenn man dir nur die Möglichkeit dazu gelassen hätte.«

Der Rotbart reagierte, als hätte man ihm eine Ohrfeige verpaßt. Er starrte Balor mit verzerrtem Gesicht an, bis seine Züge sich allmählich entspannten und er lächelte. »Komm, Balor. Setz dich neben deinen alten Onkel. Du bist wirklich ein Glücksbringer. Du hast mir in dieser Nacht das Leben gerettet. Was möchstest du als Belohnung?«

Der Junge zuckte verlegen die Schultern. »Nichts ...«

»Unsinn. Sag mir, was du dir wünschst, und es wird dir gehören. So ist das Clansgesetz.«

Jetzt war es Balor, der reagierte, als hätte er eine Ohrfeige erhalten. Er starrte ins Leere. Dann sagte er ohne jedes weitere Zögern: »Ich möchte deine Tochter Dana zur Frau haben!«

16

Das waren die Stricke des Netzes, das sich immer enger um ihn zusammenzog. Er, Balor, der Glücksbringer, der völlig unbewaffnet in die Grube gesprungen war, um den weißen Wolf zu töten und dadurch seinem Onkel das Leben zu retten, war noch zu jung, um zu wissen, daß sich Glück oft als schwere Bürde für jene erweist, die zwischen anderen leben müssen, die nicht mit solchem Glück gesegnet sind. Und daß der Neid das bitterste und gefährlichste Gift ist, wenn es Zeit hat, in den Herzen machthungriger Männer zu gären.

In dieser Nacht nannten sie ihn den Wolfstöter und legten ihre Hände auf die bloße Haut seines Unterarms, damit etwas von seinem Glück auf sie überging. Als der kalte Wind sich erhob und seinen Atem über das freie Heideland streichen ließ, entfachten Gar und Donn und Nia ein hohes Lagerfeuer. Sie vergaßen beinahe ihre Treue zu Draga, als sie Balor wie Sklaven umsorgten und ihm Ehre erwiesen, indem sie den unbehandelten, nur oberflächlich abgeschabten Pelz des Wolfes um seine Schultern legten. Es stank nach Blut und Tod, und er trug es mit großem Stolz, während er sich an der Gewißheit berauschte, daß er den Schrecken seiner Kindertage getötet hatte, und die Aufmerksamkeit und Unterwürfigkeit jener genoß, die ihn noch vor Stunden behandelt hatten, als wäre er in ihrer Gesellschaft unerwünscht. Er sah weder den Groll in den Augen seines Onkels oder den Haß in Maels Blick, als dieser sich neben den Rotbart hockte und Balor verübelte, etwas getan zu haben, was er nie gewagt hätte.

Die bronzerote Dämmerung kündigte sich an. Als der Tag folgte, war Balors Stolz immer noch ungebrochen. Dana sollte ihm gehören! Nach dem Gesetz und mit Dragas Einverständnis, obwohl der Rotbart die ganze Nacht damit verbracht hatte, seinen Wunsch zu überdenken und ihm erst zugestimmt hatte, als sie das Lager abgebrochen und zum Weiterritt bereit waren.

Mael tobte. »Das kann nicht dein Ernst sein! Balor ist noch nicht einmal ein Mann. Er hat sein Jahr der Prüfung noch gar nicht mit dem Initiationsritus abgeschlossen. Nach dem Gesetz darf er überhaupt nicht um eine Frau werben!«

Draga zuckte die Schultern und sagte dann gütig: »Trotzdem hat er sein Leben riskiert, als er glaubte, daß meins in Gefahr war. Er hat den Wolf getötet. Also darf er mich nach einem anderen Gesetz unseres Volkes um einen Herzenswunsch bitten.«

Die Worte des Rotbarts erzürnten den jungen Mann jedoch nur um so heftiger. »Es wird deswegen großen Ärger geben, Draga. Ich meine es ernst! Ich bin nicht der einzige Mann, der rechtmäßig um Dana wirbt und tatenlos zusieht, wie ein ungeprüfter Junge sie sich nimmt. Er kann nicht einfach das Gesetz brechen, ohne daß es zu einer Auseinandersetzung im Rat kommt, das verspreche ich dir! Mir ist es gleichgültig, was er getan hat oder daß er dein Neffe oder der Sohn des Häuptlings ist!«

»Immer mit der Ruhe«, beschwichtigte der Rotbart ihn. Seine Worte waren ein rauhes Kratzen, das schmerzhaft durch seine verletzte Kehle drang. Er stand mühsam auf und humpelte auf seinem geschienten Fuß, wobei er sich auf einen Stock stützte. Als er Mael erreicht hatte, legte er ihm väterlich einen Arm um die breiten, muskulösen Schultern. »Wir dürfen nicht schlecht über Balor, den Glücksbringer, sprechen. Wie du schon gesagt hast, Mael, ist das Ganze eine Angelegenheit für den Rat. Wer sind wir, daß wir uns mit den Feinheiten des Gesetzes beschäftigen müßten? Wenn Balors Wunsch eine Mißachtung der Traditionen des Clans ist, warum sollten wir uns da einmischen?

Das werden wir dem alten Munremar überlassen. Er ist der Weise … der Richter über Gesetz und Gerechtigkeit.«

Als Munremars Name fiel, drehte sich etwas in Balors Gedärmen um. Er erstarrte und spürte, daß er irgendwie auf gefährliches Gelände gelockt worden war und vorsichtig sein mußte … »Ich habe keine Traditionen des Clans mißachtet«, sagte er protestierend. »Ich habe nur um etwas gebeten, das mir nach dem Gesetz zusteht – ganz wie du mich aufgefordert hast, Onkel.«

Draga grinste. Seine Zähne schimmerten weiß in seinem roten Vollbart. »Natürlich, mein Junge!« Sein Tonfall hätte nicht versöhnlicher klingen können. »Also habe ich deinem Wunsch zugestimmt! Du bist mir zu Hilfe gekommen – obwohl ich dich nicht darum gebeten hatte und ich den Wolf zweifellos selbst getötet hätte, wenn du dich nicht eingemischt hättest. Dennoch hast du dein Leben riskiert, um meins zu retten. Wenn du meine Tochter als Belohnung für deine Tapferkeit möchtest – wie könnte ich es dir verwehren? Doch wenn es, wie Mael behauptet, deshalb zu einer Meinungsverschiedenheit kommt, mußt du bereit sein, vor den Rat zu treten, um die Rechtmäßigkeit deines Wunsches zu vertreten.«

Ein trügerischer Sumpf. Balor spürte, wie der unsichtbare Morast der Verwirrung ihm umschloß und gewiß in die Tiefe ziehen würde, wenn er sich nicht mit einem Sprung in Sicherheit brachte. Aber das bildete er sich bestimmt nur ein! Draga war sein Onkel, sein Freund, und wenn er jetzt plötzlich behauptete, er hätte Balors Hilfe in der Grube gar nicht gebraucht … nun, er hatte Anspruch auf seinen Stolz als Mann. Das konnte Balor gut verstehen, und er wollte es ihm nicht nehmen. Sie beide kannten die Wahrheit, genauso wie alle anderen, die es gesehen hatten. Niemand konnte abstreiten, daß er freiwillig sein Leben für einen anderen in Gefahr gebracht hatte. Das war die Tatsache, die letztlich zählte. Also erwiderte er mit dem gebührenden Respekt, den er seinem Onkel schuldig war, um sein Selbstwertgefühl wieder aufzubauen. »Es war deine Tapferkeit, die mich anspornte, Onkel, also werde ich ohne Zögern vor den Rat treten, um meinem Wunsch Geltung zu verschaffen. Du wirst ihn doch sicher unterstützen!«

»Natürlich! Natürlich!« antwortete der Rotbart leichthin, als könnte er sich gar nicht vorstellen, wie Balor an ihm zweifeln konnte.

Mael kochte vor Wut. Er funkelte Draga zornig an. »Und was ist mit deiner Tochter? Soll Dana denn gar kein Wörtchen mitzureden haben?«

Draga schnalzte tadelnd mit der Zunge. »Wenn Dana die Wahl hätte, bezweifle ich, daß sie überhaupt einen Mann benennen würde. Aber sie ist eine gute und gehorsame Tochter. Wenn die Zeit kommt, wird sie tun, was ich ihr sage.«

Am nächsten Abend trafen sie wieder mit den meisten der anderen Jäger zusammen. Sie saßen an einem Lagerfeuer, das aus Mangel an trockenem Holz stark rauchte, und sahen zu, wie die Flammen aufstiegen und im leichten Wind tanzten. Alle hatten Jagdglück gehabt, auch wenn mehrere Männer schlechte Vorzeichen gesehen hatten: eine Eule, die bei Tageslicht flog, eine Rabenfeder, die genau auf ihrem Weg lag. Doch kein Unglück war eingetreten. Die Männer des Clans waren müde und zufrieden mit dem Verlauf der Jagd und freuten sich auf die Heimkehr. Sie bedauerten Draga wegen seiner Verletzungen und zogen ihn gleichzeitig damit auf, daß er von einem Jungen hatte gerettet werden müssen, während sie Balor für seinen Mut lobten, bis sein Gesicht vor Selbstzufriedenheit knallrot war.

Er hatte keine Gelegenheit, seine Forderung nach Dana zu erwähnen, und auch Draga und die anderen sprachen nicht davon, denn Tethra war ganz begierig darauf, erzählen zu können, wie Fomor seinem Instinkt gefolgt und seine eigene Jägergruppe zum Fuß des Berges geführt hatte. Dort waren sie nach ausgiebiger Spurensuche auf eine lange, niedrige Höhle gestoßen, die tief in den Berg geführt hatte. Nach dem Geruch des Ortes zu urteilen, war er von vielen Generationen von Wölfen als Bau benutzt worden, und auch in diesem Jahr hatten sie sich wieder hier niedergelassen. Unter der Führung Fomors waren die Jäger tief in die Erde vorgedrungen, wo es seltsamerweise nach Meer gerochen hatte. Es war fast, als hätte der Herr den Weg gekannt, und bald waren sie auf die Tiere gestoßen. Sie hatten sie überrascht und zu einem Angriff herausgefordert, als das Männchen und das Weibchen gemeinsam ihre Jährlinge und neugeborenen Welpen beschützen wollten. Wie Tethra behauptete, hatten Wölfe noch nie zuvor wilder gekämpft, doch die Jäger hatten die Schlacht unbeschadet als Sieger überstanden. Nach der Größe und Wildheit des männlichen Wolfes zu schließen, handelte es sich bei ihm vermutlich um den Anführer des gesamten Winterrudels.

Gar blickte Balor verblüfft an. »Du hast gesagt, daß die Wölfe dort seien. Erinnerst du dich? Du hast gesagt, daß du dort dein Lager aufschlagen würdest, wenn du ein Wolf wärst.«

Es wurde still. Alle Blicke richteten sich auf Balor. Er fühlte sich unwohl dabei, denn ihre Prüfung hatte etwas Verbittertes, als würden sie sich fragen, warum ein Junge dieselbe Einsicht wie ihr Häuptling besaß, während sie als erwachsene Männer und erfahrene Jäger sie nicht besaßen. Verwirrt über ihren plötzlichen Stimmungsumschwung empfand er das Bedürfnis, sie zu beschwichtigen, um von ihnen wieder als Gefährte anerkannt zu werden. Er zuckte die Schultern. »Es erschien mir einfach vernünftig ... weil man vom Berg aus den besten Überblick hat ... Wenn es eine Weissagung war, dann hätte jeder von euch sie machen können.«

Aber sie hatten sie nicht gemacht, sondern er. Sie brummten vor sich hin. Donn schüttelte den Kopf und wollte Balors Bescheidenheit nicht gelten lassen. »Nein. Es war mehr als das. Du hattest einen sehr merkwürdigen Gesichtsausdruck, als du diese Worte gesprochen hast ... als wüßtest du es mit Bestimmtheit und wärst bereit gewesen, uns dorthin zu führen, wenn wir uns nicht über dich lustig gemacht hätten.«

»So ungewöhnlich ist es gar nicht. Schließlich ist er der Sohn seiner Mutter.« Draga sprach beiläufig, als wollte er die Gemüter besänftigen, doch dann lag ein leichter Tonfall der Unverschämtheit in seinen Worten, als er Fomor ansah und hinzufügte: »Sie zögert nicht, uns allen zu sagen, daß sie über die Gabe der Vision verfügt – das Auge der Hexe –, auch wenn sie für uns noch nie etwas anderes als Verderben vorausgesehen hat!«

Fomors Stirn legte sich in Zornesfalten. »Dennoch sitzen wir hier gesund und munter, nachdem unsere Jagd trotz ihrer düsteren Vorahnungen ein Erfolg war. Was mich betrifft, würde ich nicht so schnell behaupten, daß der Junge – den *ihr* als Glücksbringer bezeichnet habt – die Gabe der Vision besitzt. Ich würde eher sagen, daß er seine Lektionen im Fährtenlesen gut gelernt hat. Ihr hättet gut daran getan, auf ihn zu hören, denn dann hättet ihr die Wölfe am Fuß des Berges vielleicht vor mir erreicht ... und du hättest dir nicht den Knöchel verstaucht ... und Balor, der Glücksbringer, würde jetzt nicht das Fell eines Wolfes tragen, das deins hätte sein sollen.«

Draga errötete, doch es war Mael, der voller Gehässigkeit sprach. »Man muß sich jedoch fragen, mein Herr, wie lange er uns noch Glück bringen wird, wenn er weiterhin das Clansgesetz bricht, wie es ihm beliebt.« Er erzählte allen versammelten Männern, daß Balor sich Dana als Belohnung gewünscht hatte. Er grinste befriedigt, als er sah, daß die Männer der Jagdgruppe, die um Dana warben, nicht tatenlos zusehen würden, wie das Mädchen an einen unreifen Jugendlichen weggegeben wurde, ganz gleich, wie groß der Wagemut oder das Glück dieses Jungen gewesen sein mochte.

Schweigen senkte sich wie Nebel herab. Dann ging ein Raunen durch den Kreis der Männer. Alle blickten Balor musternd an und bildeten sich ein Urteil, das nicht sehr günstig für ihn ausfiel. Noch vor wenigen Augenblicken waren sie seine Freunde gewesen. Jetzt waren sie plötzlich zu seinen Richtern geworden, und erschrocken erinnerte Balor sich an die Nacht vor langer Zeit, als sie im Feuerschein der Ratshalle über ihn Gericht gesessen hatten. Genauso saßen sie jetzt wieder da. Und genauso wie damals hatte er auch jetzt wieder Angst vor ihnen.

»Ist das wahr?« fragte Fomor erzürnt. »Hast du es gewagt, um eine Frau zu bitten, bevor dein Jahr der Prüfung vorbei ist und du deine Initiationsriten hinter dir hast?«

Balor schluckte. Sein Mund war wie ausgetrocknet. »Ja«, sagte er. »Es ist wahr. Draga hat mir gesagt, es sei mein gesetzmäßiges Recht.«

»Das Recht eines Mannes! Nicht eines Jungen!« brüllte Fomor. Er war aufgesprungen und funkelte zornig seinen Bruder und nicht mehr seinen Sohn an. »Du kennst das Gesetz! Was hat das also zu bedeuten? Hast du den Jungen absichtlich dazu verleitet, das Gesetz zu brechen?«

Draga schüttelte geduldig den Kopf und breitete versöhnlich die Hände aus. »Ich habe ihn zu gar nichts verleitet. Der Junge hat sein Leben riskiert, um meins zu retten. Ich habe ihm nur gesagt, daß er sich als Belohnung etwas von mir wünschen darf. Woher sollte ich wissen, daß der Junge mich um Dana bitten würde?«

Junge. Balor sträubte sich gegen dieses Wort.

»Kein *Junge* hätte einen ausgewachsenen Wolf mit bloßen Händen töten können!« verkündete er. »Kein *Junge* hätte den Mut, unbewaffnet in die Grube zu springen, um das Leben seines Blutsverwandten zu retten! Und kein *Junge* hätte den Wunsch geäußert, Dana zur Frau zu erhalten!« Er blickte seinem Onkel genau in die Augen. »Du hast mir gesagt, ich könnte dich um alles bitten, was ich mir wünsche. Sag mir, was du dir wünschst, und es wird dir gehören, hast du gesagt!«

Draga zuckte die Schultern. »Und so soll es auch sein, mein Junge, wenn es das Gesetz erlaubt.«

Fomors Zorn kochte immer höher. »Das Gesetz wird es nicht erlauben. Du mußt deinen Wunsch zurücknehmen, Balor.«

»Das werde ich nicht tun!« Er vergaß seine Furcht und

machte seiner Entrüstung Luft, als er Danas Verehrer ansah. »Als der Wolf meinen Onkel an der Kehle gepackt hatte, warum ist niemand von euch gesprungen, um ihn zu retten? Er ist doch *euer* Freund ... *euer* Verbündeter. Dann hättet *ihr* Dana als Belohnung verlangen können. Aber ihr alle habt tatenlos zugesehen. Du, Mael, und Gar, Nia und Donn – ihr alle habt nichts unternommen! Ich war es, der etwas tat! Und aus diesem Grund sage ich, daß ich mehr Recht habe, mich einen Mann zu nennen, als jeder von euch! Der Rat wird mein Recht bestätigen, eine Belohnung von Draga einzufordern, denn die Zwölf Winde wissen, daß ich sie mir verdient habe!« Damit stand er auf und verließ das Feuer, weil er sie alle nicht mehr sehen wollte.

Niemand, nicht einmal der Häuptling, rief ihn zurück.

Erst viel später folgte Tethra ihm. Er fand Balor in der Dunkelheit sitzend, wie er grübelte und wütend kleine Steine in die Nacht warf. Eine ganze Weile saßen sie schweigend da, bis Tethra leise sagte: »Laß es, Balor. Es gibt Ärger – großen Ärger –, wenn du darauf bestehst, deinen Wunsch vor dem Rat zu vertreten.«

»Ich habe mit bloßen Händen einen Wolf getötet, Tethra. Ich habe keine Angst vor Ärger.«

»Die solltest du aber haben!« Tethras haselnußbraune Augen blickten ihn besorgt an. »Wir sind schon sehr lange Freude, Balor. Und als dein Freund sage ich dir folgendes: Nur ein Mann kann um Dana werben, und du hast das Gesetz gebrochen, als du sie zur Frau verlangt hast. Wenn du darauf bestehst, die Angelegenheit vor den Rat zu bringen, bringst du deinen Vater in eine unmögliche Situation. Um seine Unparteilichkeit zu beweisen, muß er sich Munremar beugen, wenn ein endgültiges Urteil gefällt werden soll, sonst werden die Männer des Clans ihm vorwerfen, deinetwegen das Recht zu beugen. Und du weißt ganz genau, daß nichts, was du sagst oder tust, den Weisen auf deine Seite ziehen wird. Er haßt sogar die Luft, die du atmest.«

Es war die Wahrheit, doch Balor wollte sie nicht anerkennen. Um seine eigenen Zweifel zu beschwichtigen, sagte er: »Mehr als die Hälfte der Männer des Dorfes möchten Dana für sich haben. Wenn ich warte, bis mein Jahr der Prüfung vorbei ist, wird man sie einem anderen geben.«

»Dann sei es so. Sie ist nicht für dich bestimmt, so wollen es die Schicksalsmächte.«

Balor sträubte sich. Er erinnerte sich, daß Dianket erst vor wenigen Tagen in seinem Haus dieselben Worte gesprochen hatte. Er wollte sie nicht noch einmal hören, also erwiderte er schroff: »Als wir vor Jahren in Alhorn waren, Tethra, habe ich gelernt, daß die Schicksalsmächte von Menschen gelenkt werden. Glück ist ein Geschenk, das nur die Kühnsten gewinnen. Mein Onkel hat gesagt, daß ich mir das Recht erworben habe, um für Dana zu sprechen. Also werde ich für sie sprechen. Ich habe keine Angst. Draga wird auf meiner Seite stehen.«

»Wirklich? Obwohl er weiß, welche Probleme es dir bringen wird?« Tethra schürzte die Lippen und schüttelte den Kopf. »Mir gefällt das alles nicht, Balor. An deiner Stelle würde ich deinem Onkel nicht trauen. Ich habe ihn schon seit langer Zeit beobachtet, und ich habe ihm heute abend zugehört. Ich warne dich, denn die Zunge dieses Mannes könnte einen Fuchs überlisten.« Er griff nach dem stinkenden weißen Wolfsfell, das über Balors Schultern lag. »Oder einen Wolf ... wenn er nicht achtgibt.«

Sie näherten sich dem Dorf im roten Schein des Sonnenuntergangs. Der Häuptling ritt an der Spitze des Jagdtrupps. Sie rochen nach Schweiß und Blut, nach Stolz und unbehandelten Pelzen, und als sie ins Dorf ritten und liefen und die Köpfe der erlegten Wölfe die Hälse ihrer Pferde schmückten, vergaßen sie in der Aufregung des Augenblicks ihre Meinungsverschiedenheiten. Sie sangen stolze Jagdlieder, und obwohl Balor sich ein wenig abseits hielt, sang auch er mit und empfand ein erhebendes Gefühl, als Dathen das Horn nahm, das sie nur zu diesem

Zweck mitgenommen hatten, und damit ihre siegreiche Rückkehr verkündete.

Die Menschen von Farnmoor kamen hervor, um sie zu begrüßen, allen voran Munremar, der seinen Amtsstab schwenkte, als wäre er ein Krieger, der mit seinem Speer in die Schlacht zieht. Die Frauen liefen den Männern entgegen, verscheuchten Hunde, zahme Gänse und Ziegen, um die heimgekehrten Jäger mit Kränzen zu schmücken und ihnen Babys emporzureichen, während die Kinder umhertanzten und mit offener Bewunderung zu ihren Erzeugern und Brüdern hinaufblickten.

Mael sorgte dafür, daß Balors Forderung nach Dana schnell in der ganzen Versammlung bekannt wurde. Eben noch hatte die Menge Balor für seine mutige Tat gratuliert, im nächsten verdammte sie ihn, weil er das Gesetz gebrochen hatte. Munremars Augen richteten sich auf ihn wie die Krallen eines Raubvogels, die sich tief in die Haut seiner Beute gruben.

Bei den Schicksalsmächten, dachte Balor, sollen sie doch die Gesichter verziehen und mich verfluchen! Schließlich war Dana das einzige, was er sich wünschte, und warum sollte er sich da mit einer geringeren Belohnung zufriedengeben? Die anderen schienen sich nur um die Tatsache zu sorgen, daß er das Gesetz ein wenig verletzt hatte. Das Gesetz! Er würde niemals verstehen, warum es ihm immer wieder in die Quere kam, wie ein Ast, den man ihm vor die Füße warf, so daß er unweigerlich darüber stolpern mußte und niemals einen Wettlauf gewinnen konnte. Das Gesetz sollte den Menschen dienen und sie nicht einschüchtern! Er würde seine Forderung niemals zurücknehmen! Er würde sie vor dem Rat vertreten, genauso mutig, wie er sich dem Wolf in der Grube gestellt hatte. Dann würden sie schon sehen, daß er tatsächlich ein Mann war und sie ihn als solchen behandeln mußten.

Er fühlte sich plötzlich durch sein blutiges Stirnband beengt. Er riß es herunter und löste seine wilde, ungekämmte Mähne aus blaßblondem Haar. Er schüttelte trotzig den Kopf und sog tief den derben Gestank des unbehandelten Wolfsfells ein, das er stolz auf seinen Schultern trug. Er spürte, wie die Macht des weißen Wolfes auf ihn überging. Oder war es die Macht seiner eigenen Männlichkeit, die sich in ihm entfaltete? Ja! Das war es. Er war doch der erstgeborene Sohn des Wolfes. Und er war endlich zum Mann geworden. Es wurde Zeit, daß auch die anderen es erkannten.

Mit einem trotzigen Triumphgeheul stieß er die Knie in die Flanken seines Fuchses und trieb das Tier zu einem Galopp an. Er drängte es durch die verblüffte Zuschauermenge und suchte zwischen ihnen nach Dana, weil er wollte, daß sie das Ausmaß seiner Tapferkeit sah. Bestimmt gab es keinen anderen Mann im Dorf, der bereit war, aus Liebe zu ihr soviel zu riskieren. Aber er sah sie nirgendwo. Er sah Elathan, der ihn schockiert anstarrte. Er sah Fomor, der eine finstere Miene zog und ihm nachrief. Doch er gab vor, ihn nicht zu hören. Während die Männer ihre Pferde zur Seite lenkten und die Frauen ihre Kinder vor den Hufen in Sicherheit brachten, sah er Morrigan, die ungewöhnlich verbittert wirkte, als er in einer Wolke aus Staub und Erde an ihr vorbeipreschte. Hatte sie ihn gerufen? Er war sich nicht sicher, und eigentlich war es ihm auch gleichgültig.

Balor drängte das Pferd rücksichtslos durch die labyrinthischen Festungsanlagen weiter, die die Palisade umgaben. Die Sonne war inzwischen untergegangen, doch es war noch genügend Licht vorhanden, um tiefe Schatten zwischen die künstlichen Hügel zu werfen. Die Hufe seines Fuchses donnerten mitten hindurch. Plötzlich kam es Balor vor, als würde etwas Großes und Bedrohliches in den Schatten vor ihm lauern …

Das Pferd spürte es ebenfalls. Es bäumte sich erschrocken auf, doch Balors Schenkel – die Schenkel eines Mannes – spannten sich an und klammerten sich fest um die Flanken des Pferdes. Es wieherte und tänzelte auf der Stelle, es schnaufte und hatte die Augen weit aufgerissen, doch der Reiter hatte es jetzt unter Kontrolle.

Jegliches Hochgefühl verließ ihn, als er starr auf dem bebenden Rücken des Fuchses saß. Er befand sich in einem tiefen See aus Schatten, zwischen dem inneren Ringwall und der Palisade. Er dachte an den weißen Wolf, wie er in der Dunkelheit der Fallgrube gefangen gewesen war, und seine Gefühle wurden wie Blätter im Strudel eines Wasserfalls umhergewirbelt, als eine Stimme aus seinem Inneren einen scharfen Ton anschlug.

Nimm dich in acht, Wolfstöter, und presche nicht so unerschrocken vor!

Er blickte auf. Huldre stand auf der Aussichtsplattform hoch über ihm und sah zu ihm herab. Hatte sie gesprochen? Nein, die Warnung war aus ihm selbst gekommen. Doch Huldre hatte ihn die ganze Zeit nicht aus den Augen gelassen. Ihre blassen, eisblauen Augen. Wie jedesmal schrak er vor ihrem Eindringen in seine Gedanken zurück. Er haßte es, daß sie anscheinend nach Belieben in die tiefsten Bereiche seiner Seele blicken konnte.

Er reckte seine Faust hoch. »Heute kehren wir nach einer siegreichen Jagd zurück, Frau! Deine unheilvollen Weissagungen waren falsch!«

Sogar in dieser Stunde des Zwielichts, in der es weder Tag noch Nacht war, stellte er erschrocken fest, daß sie, genau wie Dathen sie beschrieben hatte, so flüchtig wie Sumpfnebel war. Doch gleichzeitig war an ihr nichts Schwaches, nichts Weiches. Ihre Haut schimmerte ohne eine Spur des Alters, und ihr Haar war so dicht und weißblond wie das eines jungen Mädchens. Sie starrte mit ihren seltsamen, kalten Augen auf ihn herab, und plötzlich fühlte er sich klein und verletzlich wie ein kleiner Junge, der allein und verloren auf dem wilden, dunklen Heideland stand.

»Nimm dich in acht, Balor«, sagte sie. »Dieser Tag ist noch nicht vorbei. Heute nacht wird der Pflanzmond aufgehen. Und Munremar hat genauso wie ich Blut in seinem heiligen Feuer gesehen.«

Damit kehrte sie um und war im nächsten Augenblick verschwunden. Wie Nebel über den Sümpfen, der vom Wind verweht wurde. Als wäre sie niemals dagewesen.

17

Niemand hätte abgestritten, daß Magie im Licht des Pflanzmondes war, doch später sollte Balor sich fragen, ob nicht auch Wahnsinn darin war.

Die Vorbereitungen für die Rituale und Opfer, die bald stattfinden sollten, waren seit Tagen abgeschlossen. Nichts anderes hatte in dieser Zeit Vorrang – weder die Geschichten von den Ruhmestaten der Jäger noch die Bewunderung für die vielen Pelze, die zur Weiterverarbeitung bereit waren und nicht einmal der Rat, der demnächst einberufen werden mußte, um über die Rechtmäßigkeit der Forderung eines Jugendlichen zu entscheiden. Alles andere mußte warten, denn in dieser Nacht würde die Erde wiedergeboren werden. Heute nacht würde die Göttin, die All-Mutter aus der Anderen Welt zurückkehren. Heute nacht würden die Zwölf Winde ihr Ehre erweisen, wenn sich ihr Mutterleib öffnete, um die Samen aufzunehmen, die das Leben der Menschen zu ernähren bestimmt waren, während der Mond zusah und allem Lebenden seinen Segen der Fruchtbarkeit spenden würde.

Es wurde schnell dunkel, und danach war jedes Gespräch verboten, damit niemand unabsichtlich die Geister beleidigte, die in dieser Nacht über die Erde wandelten.

Und als es dunkel wurde, brachte man die Jungen, die in ihr Jahr der Prüfung eingetreten waren, ins Jugendhaus, das außerhalb der Palisade für sie errichtet worden war. Es war ein kleines, rundes Gebäude, das vom Weisen, dem Häuptling und den Ältesten des Clans geweiht worden war. Von dieser Nacht an würden die Jugendlicher darin die dunklen Stunden verbringen, bis es am Ende ihres Jahres der Prüfung in der Nacht des Pflanzmondes in einem Ritual verbrannt wurde, das symbolisch den Tod ihrer Jugend darstellte. Die Hälfte der Asche würde in die Zwölf Winde geworfen werden, und zwar als Opfer an die Geister ihrer Kriegervorfahren. Die andere Hälfte würde in die Erde gesät werden, zusammen mit Samen, die im Licht des Pflanzmondes als Opfer an die All-Mutter in die Erde gelegt wurden.

Darüber hinaus wußten Balor und die anderen Jungen nichts über die geheimnisvollen Zeremonien, die ihren Höhepunkt im Initiationsritus fanden, mit dem sie zu Männern wurden. Munremar blickte ihn skeptisch an, weil er die Harmonie dieser Nacht störte, aber der Weise wagte es nicht, seine Gedanken auszusprechen, bis die Morgendämmerung angebrochen war. Allerdings hätte Munremar ihm gerne den Zutritt zum Jugendhaus verwehrt, denn im letzten Licht der Abenddämmerung hatte er gesagt, daß keinem Jungen, der eines Gesetzesbruches angeklagt war, gestattet werden durfte, einen geheiligten Ort zu betreten. Ein solches Urteil hätte seinen Initiationsritus um ein volles Jahr verzögert. Danas Verehrer hatten unterdrückt gejubelt, doch nur kurz, denn Fomor rief ihnen allen ins Gedächtnis, daß der Junge sein Leben riskiert hatte, um das eines anderen zu retten. Nach den Traditionen des Clans MacLir gab es keine Tat, die mehr Respekt verlangte. Wenn Balor ohne eine angemessene Beratung bestraft wurde, wäre das eine Beleidigung dieser Traditionen. Also wurde entschieden, daß Balor zum Aufgang des Pflanzmondes mit seinen Altersgenossen in das Jugendhaus gehen sollte und alle Meinungsverschiedenheiten auf später vertagt würden. Balor sollte morgen vor den Rat treten, wenn die Angelegenheiten im Licht des neuen Tages angemessen geklärt werden konnten.

Und so geschah es. Im Jugendhaus herrschte eine Aufregung, die berauschender war als der Met, der eigens für die Jungen zubereitet worden war, die sättigender war als der geweihte Kuchen, den jeder von ihnen erhielt. Balor aß seinen Kuchen, einen großen, flachen und runden Keks, der aus Mehl von jedem Getreide, das in dieser Nacht gepflanzt werden sollte, gebacken war. Das Ritual verlangte, daß jeder Junge seinen Kuchen in zwölf Stücke zerbrach, einen für jeden Teil der Welt, aus dem die Zwölf Winde wehten. Als er gegessen hatte, goß er sich einen weiteren Schluck vom Met der Betörung ein, dem stärkeren Met der Träume, der ihn erst dann erwachen ließ, wenn der Pflanzmond auf- und wieder untergegangen war. In dieser Nacht war er weder Junge noch Mann. Er war ein ungepflanzter Samen. Er war die Zukunft. Er war etwas, das noch gar nicht war.

Stunden waren vergangen, als Balor in der Dunkelheit erwachte. Ihm war heiß, er war angespannt, rastlos und in Schweiß gebadet. Er hatte von Wölfen geträumt und sich selbst gesehen, wie er mit ihnen lief, so pelzig und nackt wie ein Tier, über wildes Heideland, unter Sternschnuppen. Er war selbst ein Wolf, stark und vernarbt und Anführer des Rudels. Jetzt erschien ihm der Raum viel zu eng mit den Körpern all der schlafenden Jungen darin. Sie schnarchten und keuchten wie betrunkene alte Männer. Er setzte sich auf und starrte sie in der Dunkelheit an, während er kurz überlegen mußte, wo er war, warum er sich nicht im Rundhaus aufhielt und Dianket in seiner Nähe schlief. Dann erinnerte er sich wieder und empfand tiefes Mitleid für seinen Freund. Dianket würde niemals als richtiger Mann des Clans akzeptiert werden, obwohl Balor sicher war, daß er als Mann mehr wert war als die meisten dieser Jugendlichen, die rings um ihn herum schliefen.

Er regte sich unbehaglich. Obwohl es Nacht war, war es draußen nicht dunkel. Licht drang durch den unverschlossenen Eingang herein. Flackernder Feuerschein, der ihn in Rot, Orange und Gold hüllte. Er wischte sich den Schweiß von der Stirn und fragte sich, warum er aufgewacht war, während die anderen weiterschliefen. Es mußte sich um irgendein Zeichen handeln, denn alles, was in dieser Nacht geschah, hatte prophetische Bedeutung.

Er stand auf. Barfüßig und bis zur Hüfte nackt, da er nur mit einem um den Unterleib geschlungenen, schlichten, weichen Wolltuch bekleidet war, trat er in den Eingang, um sich abzukühlen, um tief die frische Nachtluft einzuatmen.

Was er sah, war für seine Augen verboten. Er erkannte

es sofort, dennoch konnte er unmöglich den Blick abwenden. Stand er immer noch unter der Einwirkung des Mets der Betörung? Vielleicht träumte er ja noch und bildete sich die ganze Szene nur ein, die sich nun in sein Gedächtnis brannte.

Von seinem Platz aus konnte er das Tor in der Palisade sehen. Es war geöffnet und pulsierte im Licht unzähliger Fackeln, als die Männer und Frauen des Clans MacLir mit Kränzen aus getrocknetem Weizen auf den Köpfen unter dem Vollmond mit gemessenen Schritten hindurchgingen. Sie sangen so tief und murmelnd wie ein Fluß, der schwarz und stetig durch die Nacht floß.

Seine Nasenlöcher blähten sich auf. Er konnte die Fackeln riechen. Er konnte die Trommeln und Flöten von den fernen Feldern hören. Tief in ihm schien sich der Gesang mit seinem eigenen Pulsschlag zu vermengen, und er spürte das warme, dumpfe Pulsieren des Mets, der seine Lenden und seinen Bauch erhitzte und seinen Mund austrocknete. Langsam und ohne zu wissen, daß er sich bewegte, verließ er das Jugendhaus und trat in die Nacht und unter das Licht des Pflanzmondes hinaus. Es war verboten, was er tat, aber es war ihm gleichgültig. Dies war sein Traum. Er konnte nach Belieben darin herumstreifen. Hier gab es keine Gesetze, an die er gebunden war.

Er blieb außerhalb des Ringwalls, hinter den Sümpfen im Schatten einer großen Eiche mit tief hängenden Ästen stehen. Von hier aus konnte er die Felder deutlich sehen. Die dunkle Erde war durch das Mondlicht in schimmerndes Silber verwandelt. Ein großes Feuer war entzündet worden. Selbst aus dieser Entfernung konnte er die Hitze der Flammen spüren, während der Weise in seinem zeremoniellen Gewand mit segnend erhobenen Armen davorstand. Langsam traten die Männer und Frauen von Farnmoor zu ihm, in einer Prozession aus Licht und Musik, bis sie zwei Kreise um das Feuer bildeten. Männlich und weiblich. Heilige Kreise, das Symbol des ewigen Lebens.

Balor suchte unwillkürlich nach Dana, bis er sich erinnerte, daß Jungfrauen von dieser Nacht ausgeschlossen waren, es sei denn, sie hatten einen Mann ernannt und sich entschieden, zur Zeit des Pflanzmondes vermählt zu werden. Andernfalls könnte die Göttin durch ihre Anwesenheit beleidigt sein. Heute nacht war der Mutterleib des Lebens für die Mächte der Schöpfung geöffnet. Keine Kinder waren dabei. Und auch keine Alten, mit Ausnahme des Weisen. Schwangere und stillende Frauen hielten sich zurückgezogen in ihren Häusern, genauso wie die Gebrechlichen. Diese Nacht war nicht für sie. Sie war nur für die jungen und fruchtbaren Menschen, für das Leben selbst.

Balor hielt den Atem an. Die Welt war verstummt. Der Gesang und die Musik hatten abrupt aufgehört. Munremar stimmte eine Litanei des Danks und der Bitte an, während Tiere zum Opfer vorgeführt wurden. Es waren junge Tiere im besten Alter, wertvolle und vollkommene Opfer, die man mit Drogen beruhigt hatte, damit sie nicht protestierten, wenn ihnen die Kehle geöffnet wurde. Eins nach dem anderen stürzten sie zu Boden, und ihr Blut wurde in der großen, glänzend goldenen Schale des Lebens gesammelt, bevor man ihre Kadaver auf den Scheiterhaufen warf und sich ein beißender Gestank nach verbranntem Fell und Horn, Fleisch und Fett in der Luft ausbreitete. Im Licht des großen Feuers wurde die Schale des Lebens von einem Mann zum nächsten im Kreis herumgereicht. Sie tranken vom Blut, bis es versiegt war und der Häuptling die Schale erhob, um sie dreimal Richtung Sonnenaufgang zu drehen, während die Männer und Frauen ihre Kränze ablegten, die aus dem Weizen des vergangenen Jahres geflochten waren, und sie als Opfer und zum Zeichen der Erneuerung in die Flammen warfen.

Jetzt hoben die Männer ihre schweren Pflüge an. Jede Frau entzündete eine Fackel im Feuer und leuchtete einem Mann den Weg, als die von den Männern geführten Pflüge langsam die weibliche Erde öffneten, um den männlichen Samen hineinzutun.

Und so geschah es. In der Dämmerung des nächsten

Tages würde man die Asche des Scheiterhaufens verstreuen, um das neu gepflanzte Getreide damit zu düngen. Doch als Balor jetzt gebannt zusah, begannen die Männer und Frauen von Farnmoor zu tanzen und zu lachen und sich ausgelassen auf dem reifen, fruchtbaren Land zu paaren. Und wenn in den kommenden Monaten ein Kind zur Welt kam, das mehr einem anderen Mann als dem Lebensgefährten seiner Mutter ähnelte, würde niemand eine Bemerkung machen. Es war ein Geschenk der All-Mutter, ein Kind der Schicksalsmächte.

Balor drehte sich plötzlich herum. Er war nicht mehr in seinem Traum allein. Morrigan war neben ihn getreten. Ihr erhobenes Gesicht schimmerte im Glanz des Mondes, während es von wildem, schwarzem Haar umgeben war.

»Ich habe dich überall gesucht«, flüsterte sie. »Ich muß mit dir reden.«

Der Met machte seine Gedanken träge. Ihre Worte schienen aus weiter Ferne zu ihm zu kommen. Er hörte sie, verstand jedoch nicht ihre Bedeutung. Er blickte auf sie hinab. In seinem Traum waren ihre Augen tiefe Teiche aus Mondlicht. Er starrte hinein und wäre fast in den Tiefen aus zitterndem Silber ertrunken. Er sah den Pulsschlag einer Ader an ihrer Schläfe, beständig und so schnell wie der Trommelrhythmus, der von den Feldern herandrang, in vollkommenem Gleichklang mit dem Schlag seines eigenen Herzens. Eine tiefe, träge Hitze breitete sich in ihm aus. »Es ist dir verboten, hier zu sein«, sagte er und fragte sich, ob er überhaupt gesprochen hatte oder warum. Es war nicht nötig, in einem Traum zu sprechen.

»Und dir genauso«, erwiderte sie. »Für dich ist es sogar doppelt gefährlich. Balor, du mußt mir zuhören.«

Er hörte doch zu! Oder? War ihr Mund schon immer so feucht gewesen, oder gaukelten sein Traum und der Met ihm etwas vor? Hatte sie schon immer die Lippen auf so reizende Weise geteilt? Und warum küßte er sie? Er küßte sie, bis sie beide nach Atem rangen und er spürte, wie sich ihre Arme um seinen Hals schlangen und er erkannte, was die harte, pulsierende Hitze in seinen Lenden zu bedeuten hatte.

In der Dunkelheit, im glühenden Schein des großen Opferfeuers, unter dem Licht des Pflanzmondes ging er mit ihr zu Boden, und dort lag er mit ihr in einem erhitzten und zitternden Traum im weichen, neuen Gras unter der großen schützenden Eiche.

Er hörte sie flüstern. »Ich liebe dich, Balor. Sei behutsam … Ich will keine Angst haben.« Die Worte irritierten ihn. Das, was ihn überkommen hatte, hatte nichts mit Liebe zu tun. Und er hätte sich genausowenig behutsamer verhalten können, wie er seine Sturmflut hätte zurückhalten können, denn genau das erlebte er. Es war ein wildes Stoßen, so erschöpfend wie ein Wutausbruch, und als es vorbei war, war es angenehmer als alles, was er je zuvor erlebt oder sich vorgestellt hatte.

Verschwitzt und außer Atem schien er aus der Höhe unermeßlicher Freude in einen plötzlichen, schwarzen und gedankenlosen Abgrund zu stürzen. Als er erwachte, waren nur wenige Augenblicke vergangen, doch ihm war, als hätte er stundenlang geschlafen. Vom Met verursachte Träume konnten dies bewirken, indem sie den Geist verdrehten und verwirrten und ihn auf Wege führten, die wirklicher als die Wirklichkeit schienen. Auf den fernen Feldern wurden immer noch Trommeln geschlagen, und die Luft war mit dem Geruch nach Rauch und Flammen erfüllt. Doch seine Sinne reagierten kaum darauf, denn sie waren auf die Wirklichkeit gerichtet, während er immer noch in seinen Träumen gefangen war. Er schloß die Augen und ließ sich treiben, immer tiefer in eine warme, angenehme Trägheit des Körpers und der Seele hinab.

»Sag es mir …«

Er öffnete die Augen. Morrigan lag neben ihm. Sie hatte sich auf einen Ellbogen gestützt und sie beide mit ihrem Umhang bedeckt. Er spürte den Stoff auf seiner Haut und die Formen ihres Körpers warm und weich an seinem, sogar durch die dünne, geschickt bearbeitete Hirschhaut ihres Hemdes. Sie lächelte ihn an. Schüchtern. Zaghaft. Wie Dana gelächelt hätte. *Dana.* Warum war sie nicht in seinem Traum bei ihm? Es war Dana, die er wollte, nicht Morrigan. Doch noch während er sich darüber wunderte, sah er wieder Morrigans Lippen. Es waren so feuchte und großzügige Lippen. Es war unmöglich, sie nicht mit seinen eigenen zum Kuß zu berühren. Diesmal war es der Kuß eines Mannes, in dem keine Unschuld mehr war.

Sie zog sich zurück, so daß das volle, silbrige Gesicht des Mondes ihr Gesicht beleuchtete und in ihren Augen schwamm. »Sag es mir«, flüsterte sie wieder.

»Was soll ich dir sagen?« Der Klang seiner Stimme schien ihn aus seinem Traum zu reißen. Sein Mund fühlte sich kalt an, wenn ihre Lippen ihn nicht wärmten. Sein Gefühl der allumfassenden Harmonie verging, und er wollte, daß es zurückkehrte. Er griff ungeduldig nach ihr, spürte wieder die Hitze in seinen Lenden und war hungrig nach dem, wovon er wußte, daß sie es lindern würde. Unter dem Mantel strich er mit der Hand über ihren nackten, schlanken Schenkel und schob ihr Hemd hoch.

Doch ihre Hand hielt ihn zurück. »Nein, Balor. Zuerst muß du mir sagen, daß du mich liebst.«

Er seufzte verärgert. Sogar in seinem Träumen gab es jemanden, der seinem männlichen Begehren Grenzen und Bedingungen auferlegen wollte. »Was hat das hier mit Liebe zu tun?« fragte er.

»Alles«, sagte sie. »Wenn du mich liebst, brauchst du Dana nicht.«

Ein dumpfer Schmerz entstand in seinem Hinterkopf. Er rieb sich die Stelle. »Es ist Dana, die ich begehre«, sagte er in entschiedenem Tonfall zu ihr. Er dachte überhaupt nicht daran, daß er ihre Gefühle verletzen könnte, denn das war unmöglich und im Traum schon gar nicht.

»Sogar jetzt?« fragte sie leise.

»Ganz besonders jetzt!« erwiderte er sofort.

Sie setzte sich auf, entzog ihm den Mantel und hüllte ihn um ihre Schultern. »Sie wird dich niemals so lieben, wie ich dich liebe, Balor.«

Er ließ sich selbst keine Zeit, auf die Worte betroffen zu reagieren. Er sah sich selbst, wie er sich aufsetzte und seine Gedanken ohne jede Zurückhaltung aussprach. »Und ich könnte dich niemals so lieben, wie ich sie liebe, Morrigan!« Dann starrte er sie in plötzlichem Erstaunen an. Tränen standen in ihren Augen. Tränen! Das hätte er nie für möglich gehalten. Jetzt wußte er mit Bestimmtheit, daß er träumte. Er runzelte besorgt die Stirn, als er den traurigen Ausdruck auf ihrem Gesicht sah, als sich das beunruhigende Gefühl der Reue in ihm regte, daß er für diese Trauer verantwortlich war. Seit wann lag ihm etwas an Morrigans Gefühlen?

Die Dunkelheit der Nacht wurde tiefer. Balor blickte auf, und ihm wurde kalt. Es war ein schlechtes Zeichen, ein böses Vorzeichen, wenn sich der Pflanzmond in Wolken hüllte. Er fror immer mehr, als er sich seiner Nacktheit bewußt wurde. Er bekam eine kribbelnde Gänsehaut, und dann wußte er plötzlich mit fassungsloser und verlegener Klarheit, daß er ganz und gar nicht träumte. Er war hellwach, und er starrte Morrigan entsetzt an, als ihm klar wurde, zu welcher Tat der Met der Betörung ihn getrieben hatte.

Sein Kopf dröhnte – was ein weiteres Geschenk des Mets war. Er hob die Hände und drückte mit den Fingerspitzen gegen die Schläfen. Er konnte das Mädchen nicht ansehen, als er sagte: »Was zwischen uns geschehen ist … hätte nicht geschehen sollen. Du solltest nicht hier sein. Es ist verboten. Du mußt ins Dorf zurückkehren. Schnell. Bevor dich jemand sieht.«

Sie starrte in ihren Schoß. Ihr Atem ging schnell und flach. Sie kämpfte darum, ihre Tränen zurückzuhalten, und schaffte es. Es gab jetzt wichtigere Dinge zu bedenken als ihre eigenen verletzten Gefühle. Ihre Kehle war wie zugeschnürt, als sie zu sprechen versuchte. »Morgen, wenn du vor den Rat gerufen wirst, mußt du dich vor den Ältesten niederwerfen. Du mußt sie um Vergebung bitten. Du mußt ihnen sagen, daß alles ein Irrtum war. Du mußt ihnen sagen, daß es nicht deine Absicht war, das Gesetz zu brechen. Du darfst nicht Dana als Belohnung fordern.«

Er blickte sie verärgert an. »Was ich tue oder nicht tue, geht dich überhaupt nichts an, Morrigan. Du hast aufgrund dieser Nacht keinen Anspruch auf mich. Morgen werde ich um Dana bitten. Ich habe das Recht dazu erworben, und ich habe es satt, daß mich andere ständig dazu zwingen wollen, meine Meinung zu ändern!«

Langsam hob sie den Blick, bis sie ihm in die Augen sah. In der Dunkelheit war ihr Gesicht ein Schatten, der vom dunkleren Schatten ihres Haars umgeben war. Doch irgendwie konnte er immer noch die Tränen und die Traurigkeit in ihren Augen sehen.

»Tu, was du willst, Balor, der Glücksbringer«, sagte sie mit angestrengt beherrschter Stimme. »Aber du sollst eins wissen: Wenn du sie verlangst, hast du dein Glück verwirkt, denn dann bist du in die Falle getappt, die mein Vater und dein Onkel für dich aufgestellt haben – eine doppelte Falle, für dich und für den Häuptling, falls er sich dazu hinreißen läßt, zu deinem Wohl ebenfalls hineinzutreten!«

»Du weißt nicht, wovon du redest!«

»Ich habe in dieser Nacht keinen Met getrunken, Balor. Mein Kopf ist klar. Ich bin zu dir gekommen, um dich zu warnen. Als es dunkel wurde, als die Menschen von Farnmoor in ihre Häuser gingen, um sich auf die Rituale dieser Nacht vorzubereiten, suchte mein Vater die Ratshalle auf, um die Dinge zu holen, die er für seinen Ritualzauber benötigt. Draga war auch dort … er wartete auf ihn. Obwohl es verboten war, sprachen sie miteinander. In der Dunkelheit. Vor dem heiligen Altar. Sie wußten nicht, daß ich in der Nähe war. Sie führten das Gespräch von Verschwörern. Dein Onkel möchte gerne der Häuptling sein, Balor, und zwar um jeden Preis. Und heute nacht hat er meinen Vater dazu überredet, ihn in der morgigen Ratsversammlung gegen den Häuptling zu unterstützen.«

»Ich glaube dir nicht! Draga würde sich niemals gegen Fomor stellen. Er würde niemals einen Umsturz anzetteln!«

Ihre Augen wurden zu schmalen Schlitzen. »Der Fuchs ist schlau, Balor. Er wird die anderen dazu verleiten, es für ihn zu tun. Er hat seit Jahren auf diesen Tag hingearbeitet, hat immer wieder den Willen des Herrn in Frage gestellt, seine Entscheidungen kritisiert, ihn für jedes Unglück verantwortlich gemacht und damit heimtückisch die Saat der Aufwiegelung im Dorf gelegt. Und wenn sie schließlich Wurzeln schlägt und zur Blüte gelangt, wird es so aussehen, als wäre es ganz plötzlich und ohne sein Dazutun geschehen.«

Balor starrte sie an, während sich Erinnerungen in seinen Kopf drängten, die ihre Anschuldigungen bestätigten. Doch er schüttelte den Kopf, weil er ihr nicht glauben wollte.

»Du hättest ihm nicht das Leben retten sollen, Balor. Du hättest ihn sterben lassen sollen, denn ich habe gehört, daß er deine tapfere Tat gegen dich verwenden will, als Waffe, die deinen Vater treffen soll. Er will behaupten, daß es deine Arroganz war und nicht deine Selbstlosigkeit, die dich dazu verleitete, den Mantel des Helden anzulegen. Er wird sagen, daß er nicht verletzt worden wäre, wenn du nicht gewesen wärst, denn es waren deine tollkühnen Worte, die ihn dazu brachten, in die Grube zu springen. Er wird sagen, daß er den Wolf getötet hätte, wenn du ihn nicht daran gehindert hättest. Er wird andeuten – und dabei so tun, als wäre es ihm äußerst unangenehm –, daß du vielleicht doch ein Unglücksbringer bist. Mein Vater wird sofort zustimmen und die Männer des Clans daran erinnern, daß du schon immer Unglück gebracht hast, schon seit dem Augenblick deiner Geburt, als dein Vater beschloß, sein Volk in die Moore zu führen, wo so viele leiden und an den Entbehrungen sterben mußten.«

»Sie haben schon vor Jahren versucht, mich als Unglückbringer zu verdammen, und es ist ihnen nicht gelungen. Auch diesmal wird es ihnen nicht gelingen. Fomor wird es nicht zulassen.«

»Wie soll er sie daran hindern?« Die Frage stieg ungehindert empor wie Rauch in einer windlosen Nacht. »Im Dorf haben sich Gerüchte verbreitet, daß du Draga dazu verleitet hast, in die Grube zu springen, und daß du wußtest, wo der König der Wölfe sich aufhielt. Daß du es *wußtest*. Als wäre die Seele des Tieres in deinen Körper gefahren und hätte deine Gedanken zu seinem Bau geführt. Draga und mein Vater werden andeuten, daß du als Abkömmling der weißhaarigen Hexe aus der Fremde die Macht besitzt, uns alle zu verzaubern. Sie werden sich daran erinnern, wie du von den Stehenden Steinen beschützt wurdest und von einer Sternschnuppe an einen heiligen Ort geführt wurdest, nicht zum Wohl des Clans, sondern um dich als Außenseiter zu brandmarken. Munremar glaubt wirklich daran, daß du große Macht besitzt, Balor, eine Macht, die eines Tages seine eigene übertreffen wird. Er fürchtet, daß du ihn früher oder später verdrängen und entehren wirst. Und deshalb ist er dein Feind, Balor, genauso wie Draga.«

»Draga ist mein Freund!«

»Draga hat nur einen einzigen Freund, nämlich sich selbst. Wenn du morgen vor die Ältesten trittst, wird er tatsächlich auf deiner Seite stehen. Und nachdem er dich ermutigt hat, erneut die Gesetze des Clans zu verletzen, wird mein Vater plötzlich von einer Vision heimgesucht werden. Er wird sich erheben, und dunkle Prophezeiungen werden aus seinem Mund kommen wie Ungeziefer, das aus einem brennenden Haus flieht. Sie werden dich wie eine eiternde Wunde in ansonsten gesunder Haut aussehen lassen. Munremar wird die vielen Gelegenheiten erwähnen, bei denen du das Clansgesetz gebrochen hast, und dann wird er zum Wohl des Clans dein Leben fordern, Balor – wie es sein Recht ist –, damit die Elemente sich nicht erneut gegen uns wenden und wir alle für deine Taten bestraft werden. Der Häuptling wird sich gegen ihn stellen. Uneinigkeit wird sich in der Versammlung ausbreiten. Und wenn dann alles so verlaufen ist, wie Draga es so geschickt und geduldig angezettelt hat, wird man nach einer Abstimmung verlangen. Viele jungen Männer sind dem Fuchs treu ergeben – weil viele Männer um Dana werben. Man braucht keine prophetischen Gaben, um vorherzusehen, daß Fomor die Abstimmung nicht zu seinen Gunsten entscheiden kann. Und genauso läßt sich vorhersehen, daß er niemals untätig zusehen wird, wie man dich als Unglücksbringer im Sumpf begräbt. Und in dem Augenblick, da er sich gegen den Willen der Mehrheit stellt, wird man einen Umsturz verlangen. Fomor kann sich gegen so viele Männer nicht durchsetzen. Er und die wenigen, die ihm dann noch treu ergeben sind, werden sterben. Ohne Zweifel wird man Draga an seiner Stelle zum Häuptling ernennen. Und unter seiner Herrschaft wird jedes Mitglied von Fomors Haushalt erschlagen werden. Das hat Draga meinem Vater geschworen, damit der Weise in der Nacht ruhig schlafen kann und seine Macht und seine Stellung im Clan unangefochten bleibt.«

»Ich glaube nicht ein einziges Wort! Nicht ein ...« Er unterbrach sich mitten im Satz, weil er plötzlich spürte, daß er beobachtet wurde. Der Unbekannte hatte nur ein winziges Geräusch verursacht, doch Balor hatte es gehört. Und als er sich umdrehte, sah er den Umriß einer dunklen Gestalt zwischen den vielen knorrigen Ästen der Eiche, gut getarnt durch das schwarze Muster der Blätter. Balor spürte Gefahr und stand langsam auf, während er nach seinem Lendenschurz griff, ihn umlegte und seine Augen die Dunkelheit durchsuchten.

»Gesetzesbrecher ...«, knurrte eine selbstgefällige Stimme in den Schatten.

Noch bevor er ins blasse Licht des Mondes hinaustrat, wußte Balor, um wen es sich handelte.

»Mael ...«

»Ja. Habe ich dich nicht davor gewarnt, mir den Rücken zuzukehren?« Er lächelte gehässig. Balor sah, wie alle seine kleinen weißen Zähnen schimmerten. »Ich habe dir gesagt, ich würde deinen Kopf bekommen. Wenn der Rat von dem hier erfährt, werden sie ihn dir abreißen. Schade, daß mir das Vergnügen verwehrt bleibt, ihn mir selbst zu holen.

Aber schließlich kann ein Mann nicht immer alles bekommen, was er sich wünscht. Ist es nicht so, Balor, der anderen Glück und sich selbst Unglück bringt?«

In Balor kochte es. Er spürte seinen Zorn, der sich wie eine Schlange aufrollte, um jeden Augenblick zuzustoßen.

Mael schnalzte mit der Zunge, als er die hohen Wolken betrachtete, die den Mond verdunkelten. »Siehst du das? Regenwolken. Der Weise wird sagen, daß sie ein schlechtes Vorzeichen für die neue Aussaat sind. Aber solange du am Leben bist, müssen wir wohl mit solchen Dingen rechnen.«

Balor zitterte. Er bemerkte, wie sich seine Hände immer wieder zu Fäusten ballten.

»Laß uns mal nachrechnen«, höhnte Mael, »wie viele Gesetze du in dieser Nacht gebrochen hast! Erstens hast du das Jugendhaus verlassen. Zweitens hast du die heiligen Rituale des Pflanzmondes beobachtet. Und als drittes hätten wir …« Seine kleinen, scharfen Wieselaugen leuchteten. Er kniff sie leicht zusammen und wandte seinen Blick Morrigan zu, um sie lüstern und nicht ohne Anerkennung zu mustern. »Dein Vater hat dich viel zu lange unter männlicher Kleidung versteckt, Mädchen. Es gäbe viele Männer, die dich interessiert ansehen würden, wenn sie wüßten, welche zarten und reifen Geheimnisse du vor uns verbirgst.«

Sie war aufgesprungen und hatte sich in ihren Mantel gehüllt, während sie Mael mit gefletschten Zähnen anfauchte und mit Augen voller schwarzem Feuer anfunkelte. »Was ist das für eine stinkende Eidechse, die Vergnügen daran hat, andere zu belauschen? Und wie kannst du es wagen, Balor anzugreifen, du gemeine stumpfnasige Made vom Grund eines Misthaufens! Wenn du auch nur einen Knochen männlicher Leidenschaft in dir hättest, wärst du jetzt draußen auf den Feldern und würdest deinen Schweinesamen in irgendeine unwillige Furche säen, denn bestimmt wäre nicht einmal eine schlaffzitzige Sau bereit, sich freiwillig zu dir zu legen!«

Maels Lächeln verschwand. Die kleinen Augen wurden hart und kalt, aber trotzdem war Hitze in ihnen – die Hitze von zuviel Met. »Ich werde dir zeigen, wozu ich in der Lage bin, du schwarzhaarige Brut einer Moorhexe. Und wenn ich mit dir fertig bin, wirst du wissen, was ein Mann dir geben kann. Du wirst um mehr betteln, doch du wirst nicht mehr bekommen. Du nicht, wenn ich dem Rat erzählt habe, wie ich dich hier im Licht des Pflanzmondes gefunden habe, wie du voller Lügen über den Weisen gesprochen und mit deinem Geflüster die Götter des Clans beleidigt hast, wie du mit dem Gesetzesbrecher Unzucht getrieben und dich mit ihm verschworen hast, den Zorn der Zwölf Winde über den Clan MacLir zu bringen!«

»Munremar wird deinen Kopf fordern, wenn du gegen mich sprichst!« drohte sie voller Selbstvertrauen und Verachtung.

»Wird er das? Ich glaube nicht.« Er lächelte wieder, diesmal noch gemeiner als vorher. »Er ist ein ehrgeiziger alter Mann. Er wird dich nicht retten, denn dazu müßte er sich gegen Dragas Verschwörung stellen, mit dem er Fomor als Häuptling absetzen will.« Er kam langsam näher. »Er wird dich als Lügnerin bezeichnen, um seine eigene Haut zu retten. Morgen werden du und Balor noch einmal zusammenliegen, diesmal jedoch für immer, wenn ihr lebendig im Sumpf begraben werdet. Und wenn der Häuptling dagegen protestiert – wie wir es geplant haben –, wird er getötet werden, weil er es wagt, sich gegen den Willen der Männer des Clans zu stellen. Draga wird zum neuen Herrn ernannt, und Munremar wird größere Macht als je zuvor gewinnen. Und Dana wird mir gehören!«

»Niemals!« Balors Widerspruch war ein drohendes Knurren, so wie der Wolf es von sich gegeben hatte, den er in der Grube getötet hatte. Als er jetzt daran dachte, wurde er auf einmal ganz ruhig. Sein Zorn war verflogen. Er zitterte nicht mehr. Und sein Geist war völlig klar. »Du wirst dem Rat nicht erzählen, was du gesehen hast«, sagte er.

Mael schnaufte verächtlich und blickte ihn von oben bis unten an. »Und wer soll mich daran hindern?«

»Ich werde es tun.«

»Ha!« rief Mael, als er Balor ohne Vorwarnung mit der geschlossenen Faust ins Gesicht schlug.

Balor hatte überhaupt nicht damit gerechnet und wurde von der vollen Wucht des Schlages herumgewirbelt. Betäubt ging er zu Boden, während Schmerzen in seinem Unterkiefer und seinen Schläfen explodierten und er das Bewußtsein zu verlieren drohte.

»Jetzt sieh zu, wie ein Mann dieser Brut einer Hure einen Geschmack von den köstlichen Dingen des Lebens gibt.«

Morrigan versuchte, vor ihm zu flüchten, doch er stürzte sich wie ein Bär auf sie, zerrte knurrend mit einer Hand an ihrem Mantel und packte mit der anderen ihr Haar, um ihren Kopf zurückzureißen, damit ihr Gesicht wehrlos seinen brutalen Küssen ausgesetzt war. Ihre Finger gruben sich in sein Gesicht. Sie spürte, wie ihre Nägel in seine Haut drangen und sie aufrissen, doch er war unempfindlich gegen die Schmerzen. Er packte sie nur um so fester und erstickte sie mit seinen Küssen.

Balor starrte fassunglos, blinzelte, um wieder einen klaren Blick zu bekommen, während Lärm und Helligkeit durch seinen Kopf tobten. Dann ließ beides nach, worauf er sich gegen die Schwärze wehren mußte, die ihn zu überwältigen drohte. Mühsam gelang es ihm, sich auf Hände und Knie zu erheben. Er schüttelte den Kopf, bewegte sein Kinn und betastete es, um zu prüfen, ob es gebrochen war. Er hatte den warmen, salzigen Geschmack von Blut im Mund. Und als sich sein Blickfeld klärte, war da noch etwas anderes. Es war der bittere, üble Geschmack des Zorns. Er sah Mael, wie er das Mädchen gepackt hatte, sah, wie er Morrigan küßte und zu Boden zwang. Er hörte das erstickte Stöhnen ihres Protests, als sie nach Atem rang und seine Hände abzuwehren versuchte. Ihr Mantel war fort, und seine Finger zerrten an ihrem Hemd. Er entblößte ihre Brüste, damit er sich wild darauf stürzen konnte, wobei er ihr weh tat, sie biß, bis sein Mund blutverschmiert war. Sie schrie vor Schock und Schmerz auf, als er sie niederwarf und sich bereitmachte, sie zu vergewaltigen.

Balor hörte den empörten Schrei nicht, der aus seiner Kehle drang. Später würden manche sagen, sie hätten in der verblassenden Nacht den Ruf eines Wolfes gehört. Er kam auf die Beine und warf sich auf Mael, griff ihn an, packte ihn, wie er es mit dem Wolf in der Grube gemacht hatte. Er umklammerte Maels Hals, riß ihn zurück und rollte mit ihm zur Seite. Balor legte seinen rechten Arm um Maels Kehle, und seine freie Hand schloß sich um Maels Handgelenk. Er drückte zu, immer fester, bis der Körper in seinen Armen endlich Ruhe gab. Irgendwann ließ er ihn los und stand benommen und heftig zitternd auf, während Morrigan sich über Mael beugte und seine zerquetschte Kehle auf Lebenszeichen untersuchte.

Es schien eine Ewigkeit zu dauern, bis sie aufblickte. Noch bevor sie sprach, wußte er, wie ihre Worte lauten würden. »Du hast ihn getötet, Balor«, flüsterte sie.

Die Ereignisse der folgenden Stunden würde Balor bis an sein Lebensende nicht mehr vergessen. Nachdem sie sich vergewissert hatten, daß niemand sie beobachtete, trugen sie Maels Leiche zu den Sümpfen. Im Schutz der Dunkelheit beschwerten sie ihn mit Steinen und warfen ihn in einen gut markierten Morast. Sie sahen zu, wie er versank, während Wolken den Mond verdunkelten und der Wind in den Knochen und Rabenfedern am Warnpfosten flüsterte. Es waren die einzigen Geräusche.

Es war sehr spät. Das Feuer auf den fernen Feldern war erloschen. Die Teilnehmer am Fest des Pflanzmondes schliefen in metseligem Vergessen neben ihren Pflügen oder im dürftigen Schutz von Büschen oder Felsen. Sie würden nicht vor Tagesanbruch aufwachen.

Kalt. Balor war noch nie so kalt gewesen. Er hatte den Geschmack des Morasts im Mund, spürte ihn auf seiner Haut und hatte den Geruch in der Nase.

Morrigan stand neben ihm und blickte zu ihm auf. Sie

sah die Verzweiflung auf seinem Gesicht und litt mit ihm. »Wir wären im Sumpf versunken, wenn er uns verraten hätte.«

»Ich wollte ihn nicht töten«. Die Worte schienen nicht von ihm zu kommen, sondern aus weiter Ferne, aus dem Heideland, wo die Wölfe frei umherstreiften – die Mörder wie er waren. Dieser Gedanke erschütterte ihn zutiefst. Wieder erzitterte er.

Morrigan nahm ihren Umhang von den Schultern und legte ihn Balor um. »Komm. Wir müssen ins Dorf zurückkehren. Du mußt wieder im Jugendhaus sein, bevor es dämmert. Niemand darf erfahren, daß du fort warst. Niemand wird einen Verdacht haben, wird ahnen, was wirklich geschehen ist. Betrunkene Männer sind schon zuvor in den Sümpfen verschwunden, Balor. Viele sind nie mehr zurückgekehrt. Ihre Leichen wurden niemals gefunden. Niemand wird jemals erfahren ...«

»Daß ich ihn getötet habe.«

Morrigans Gesicht verzerrte sich vor Abscheu. »Er hat seinen Tod herausgefordert«, sagte sie kategorisch.

Er sah und hörte nichts mehr. Es war, als wäre er mit Mael im Sumpf untergegangen, so daß nur noch sein Körper als leere Hülle auf dem festen Boden stand.

Morrigan sprach immer noch und zerrte an seinem Arm, um seine Aufmerksamkeit zu erlangen. »Balor, du darfst nicht hierbleiben. Im Jugendhaus müssen sie überzeugt sein, daß du die Nacht mit ihnen verbracht hast. Verstehst du denn nicht? Wenn du ihnen Anlaß gibst, dich wieder einen Gesetzesbrecher zu nennen, wirst du Dragas Plan begünstigen!«

Ihre Worte drangen jetzt allmählich zu ihm vor. Er blickte zum Frühlingshimmel hinauf. Frühling. Die Zeit der Hoffnung. Die Zeit des neuen Anfangs. Doch der Wind, der sich in den Mooren erhoben hatte, war ein Winterwind, der ohne jede Hoffnung war und vom Ende flüsterte.

Der Wind sprach mit Munremars Stimme zu ihm, und er hörte und verstand seine Worte.

Es war, als stünde er in der Ratshalle – allein im Feuerschein, während die Augen der Männer seines Clans ihn anstarrten, über ihn urteilten und ihn verdammten. Er stand wehrlos da, weil er wußte, daß er sich hoffnungslos im Netz verfangen hatte, das er selbst ausgelegt hatte.

Du hast zu viele Gesetze gebrochen, Balor, Sohn des Fomor.

Ja.

Du hast die Traditionen des Clans MacLir mißachtet, Balor, Enkel des Manannan.

Ja.

Du hast einen Mann deines eigenen Clans getötet, Balor, erstgeborener Sohn der weißhaarigen Hexe.

Ja.

Du hast ohne Erlaubnis des Clans bei einer Jungfrau gelegen. Deine Augen haben mutwillig Rituale beobachtet, die ihnen verboten sind. Deine Zunge hat gegen die Götter deiner Vorfahren gelästert.

Ja, ja, und nochmals ja.

Das Eingeständnis seiner Schuld ließ ihn wieder erzittern, als er trotz Morrigans ungewohntem Optimismus erkannte, daß Draga und Munremar ihre Falle zuschnappen lassen würden, ob er nun um Dana bat oder nicht. Jeder wußte, daß er seit seiner Kindheit ein gewohnheitsmäßiger Gesetzesbrecher gewesen war. Vor wie vielen Zeugen hatte er es gewagt, vor dem Ablauf seines Jahres der Prüfung um eine Frau zu werben? Und wie viele hatten gehört, wie er die Ermahnung des Häuptlings in den Wind geschlagen hatte, seine Forderung zurückzunehmen? Selbst wenn der Rotbart niemals die Wahrheit über Maels Verschwinden entdeckte, würden doch die Vorzeichen der vergangenen Tage und Stunden allesamt für Draga sprechen. Hatten die Jäger nicht eine Eule gesehen, die bei Tageslicht flog, und hatte nicht eine Rabenfeder auf ihrem Weg gelegen? Vorzeichen der Veränderung und des Todes. Und jetzt verhüllten Wolken das Gesicht des Pflanzmondes, ein kalter Wind bedrohte das Leben der frischen Aussaat, und ein Mann war in den Sümpfen verlorengegangen. Die Welt war eindeutig in Unordnung geraten. Niemand konnte abstreiten, daß Munremar sie alle gewarnt hatte, Balor sei ein Element des Ungleichgewichts und er dürfe niemals das Jugendhaus betreten, bis ein Urteil über ihn gefällt worden war. Jetzt würde er sagen, daß Balor Tod und Verderben über den ganzen Clan bringen würde, wenn man sich nicht des Jungen entledigte.

Jetzt wurde ihm das ganze Ausmaß des verräterischen Plans seines Onkels bewußt. Es fiel ihm schwer, daran zu glauben, sogar jetzt, aber dennoch war er nun überzeugt. Wie viele hatten ihn gewarnt? Dianket, Dathen, Tethra. Er hätte auf sie hören sollen. Jetzt war es zu spät. Wenn er Dana als Belohnung forderte, würde er sterben. Wenn er es nicht tat, würde er ebenfalls sterben. Wenn der Herr sich auf seine Seite stellte, würden sie gemeinsam sterben. Und wenn der Herr beschloß, ihn seinem Schicksal zu überlassen, für das er selbst verantwortlich war, dann würde er allein sterben.

»Balor ... hast du mir überhaupt zugehört? Du mußt sofort ins Dorf zurückkehren!« Morrigan war ungeduldig und wütend.

»Ich kann nie mehr zurückkehren«, sagte er. Balor wußte, daß ihm genauso wie dem Wolf in der Fallgrube nur die Wahl zwischen Flucht oder Tod blieb.

Morrigan wäre mit Balor gegangen. Sie hätte alles im Stich gelassen, um an seiner Seite zu sein, doch er wollte nichts mit ihr zu tun haben. Er sagte ihr, sie solle nach Hause gehen. Er sagte ihr, sie sollte sich selbst in Sicherheit bringen und ihn seinem eigenen Schicksal überlassen, doch Morrigan war noch nie bereit gewesen, sich dem Willen anderer zu unterwerfen. Sie sagte ihm, er sei ein Dummkopf, wenn er glaubte, er könnte einfach nackt und unbewaffnet in die Nacht flüchten. Er brauchte Nahrung, Kleidung, Waffen und zumindest einen vagen Plan. Wohin wollte er gehen? Was wollte er tun? Sie sagte ihm, daß seine Chancen besser stünden, wenn er bliebe und sich dem Urteil des Rats stellte, doch er wußte es besser und wollte keinen Widerspruch von ihr hören.

Er stand da und starrte in die Dunkelheit, während er genau wußte, daß es keine andere Möglichkeit als die Flucht gab. Die Wirklichkeit lastete schwer auf ihm, als er seine Zukunft sah, eine schwarze, gestaltlose Straße, die ins Unbekannte führte. Dann kam ihm ein Gedanke. Er mußte sogar lächeln. Er würde nach Westen gehen, zum fernen Meer. Dort würde sein Schicksal zumindest nicht mehr unter Munremars Einfluß stehen. Er wäre endlich frei, unter den freundlichen Fischern, die an der Küste wohnten, sein Leben selbst in die Hand zu nehmen. Und diesmal würde er das Gewebe seines Schicksals ohne Fehler knüpfen, vorsichtig und ohne einem anderen Menschen zu trauen.

Also lief er ins Dorf zurück, um seine Kleidung zu holen und Waffen und genügend Lebensmittel mitzunehmen, um einen sicheren Abstand von Farnmoor zu erreichen, bevor er gezwungen war, sich Zeit für die Jagd zu nehmen. Vielleicht würden die Männer seines Clans beschließen, ihn zu verfolgen. Oder sie würden sich möglicherweise mit der Vermutung zufriedengeben, daß er genauso wie Mael den Geistern der Sümpfe zum Opfer gefallen war. Er war sich nicht sicher, was sie denken würden, wenn er vermißt wurde. Vermutlich waren sie froh, daß er fort war. Er wußte nur, daß Heim und Herd, seine Verwandten und Bekannten bald weit hinter ihm liegen würden. Er würde ganz allein sein.

Dieser Gedanke war erschreckend, also verdrängte er ihn fürs erste. Mit einer heftigen Erwiderung versuchte er Morrigan zum Schweigen zu bringen, als er weiter über die vertrauten Wege durch die Sümpfe zum Dorf eilte. Das Mädchen hielt mit ihm Schritt und erwies sich als außerordentlich nützlich, denn sie teilte ihm mit, daß sie keine Probleme haben würden, sich an den Wachposten vorbeizuschleichen, weil sie ihre nächtliche Portion Met mit Schlafpulver versetzt hatte, bevor sie sich auf die Suche nach Balor gemacht hatte. Diese Vorsichtsmaßnahme hatte es ihr ermöglicht, ungesehen das Dorf zu verlassen. Zweifellos würden sie jetzt immer noch tief schlafen.

Es war, wie sie versprochen hatte. Als sie das offene Tor durchschritten, waren die Männer auf den Wachtposten in ihre Träume versunken. Balor und Morrigan standen einen Moment lang schweigend da. Er war dankbar für ihre Warnung, doch er wollte jetzt nichts mehr mit ihr zu tun haben. Er flüsterte ihr zu, sie sollte nach Hause gehen, und als sie ihn trotzig anfunkelte, ließ sein Gesichtsausdruck keinen Zweifel daran, daß er keinen Widerspruch dulden würde. Sie würde sich seinetwegen nur in Gefahr bringen. Das wollte er nicht. Sie hatte in dieser Nacht seinetwegen schon viel zuviel riskiert.

Er sah ihr nach, wie sie durch das Dorf davonging. Doch der Anblick, wie ihre kleine Gestalt von der Nacht verschluckt wurde, beunruhigte ihn stärker, als er sich eingestehen wollte.

Die Nacht neigte sich spürbar ihrem Ende zu. Sein Unterkiefer schmerzte an der Stelle, wo Maels Schlag ihn getroffen hatte. Er hielt sich die Hand gegen den brennenden Wangenknochen und machte sich vorsichtig auf den Weg zu Diankets kleinem Rundhaus.

Scharfe Schnauze, die inzwischen ihre Welpen zur Welt gebracht hatte und mit ihnen in einem Korb neben der Feuerstelle lag, hob den Kopf und winselte leise zur Begrüßung. Von diesem Geräusch wachte Dianket auf. Sein erster Blick verriet ihm, daß etwas nicht stimmte. Während Balor leise seine Sachen zusammensuchte, erzählte er ihm, was geschehen war. Dianket starrte ungläubig, wußte jedoch, daß alles der Wahrheit entsprach. Er sprach nicht, denn es gab nichts mehr zu sagen. Balor hatte keine andere Wahl. Er mußte verschwinden. Traurig erhob sich Dianket und stand in seine Bettfelle gehüllt da, während der liebste Freund seiner Jugend sich bereitmachte, für immer sein Haus und sein Leben zu verlassen.

Balor, der seine widerstandsfähigste Reisekleidung und seine besten Stiefel angezogen hatte, hängte sich seinen Bogen über die Schulter. Seinen Köcher mit den Pfeilen trug er auf dem Rücken. Er hatte seinen Dolch, seine Axt und am Gürtel einen Beutel mit Feuersteinen dabei. Ohne weiteres Zögern nahm er seinen alten Umhang an sich, dann hob er den Pelz des weißen Wolfes, den er getötet hatte, auf und reichte ihn Dianket.

»Hier. Nimm ihn. Ich habe dir versprochen, mit einem schönen Pelz zurückzukommen. Behalte ihn. Trage ihn. Und vergiß mich nicht.«

Sie standen schweigend da. Dianket nahm den Pelz an und drückte ihn fest an sich, bevor er ihn zurückgab. »Du mußt ihn behalten. Und du darfst nicht vergessen, daß der Geist des Wolfes in dir ist, Balor. Gehe im Schutz seines Fells. Wenn du fort bist, sei gewiß, daß dein Vater von allem erfahren wird. Draga soll keine Gelegenheit erhalten, seinen Verrat fortzusetzen. Ich werde dafür sorgen. Das schwöre ich dir, Balor, bei meiner Ehre als dein Freund. Und eines Tages wirst du zurückkommen. Glaube mir. Du wirst zurückkommen!« Es war eine Versicherung, wie ein Kampfgenosse sie einem anderen gab, wenn sie in eine Schlacht zogen, aus der vermutlich keiner von beiden lebend zurückkehren würde. Es war eine Lüge, und sie beide wußten es, als sie sich noch einmal umarmten.

Dann trat Morrigan ein. Sie war reisefertig angezogen und hatte ein Bündel mit Lebensmitteln für die Reise gepackt. Erneut sagte Balor ihr, daß sie nicht mit ihm kommen konnte. Sie regte sich auf und sagte ihm, sie würde selbst entscheiden, was sie tat. Erst Diankets behutsamer Rat überzeugte sie, daß sie Balor viel besser helfen konnte, wenn sie zurückblieb. Vielleicht konnte sie die Männer des Clans dazu bringen, ihm nicht zu folgen. Widerstrebend gab sie Balor ihren Proviantbeutel und versprach, sie würde den Bewohnern von Farnmoor sagen, daß sie in der Nacht von Balor geträumt hatte – wie er von den Geistern der Sümpfe in die Andere Welt gerufen wurde. Schließlich war sie doch die Tochter des Weisen. Man würde ihr glauben. Doch dann wurde sie traurig. Sie konnte es nicht ertragen, daß Balor fortging.

Sie lief zu ihm, fiel ihm in die Arme und küßte ihn mit einer Leidenschaft, die ihn benommen machte. Erst als Dianket sie zurückzerrte, blickte sie Balor an und sprach aus, was sie für ihn empfand. »Ich liebe dich«, sagte sie. »Vergiß das nicht. Niemals.«

Verwirrt von den Gefühlen, die ihr Kuß in ihm geweckt hatte, machte er kehrt und ging ohne ein weiteres Wort in die Nacht hinaus. Doch der Duft ihres wilden, schwarzen Haars und ihrer weichen, braunen Haut war immer noch in seiner Nase, und er spürte immer noch die süße Feuchtigkeit ihrer Lippen auf seinen.

Er hielt sich in den Schatten der späten Nacht und stellte besorgt fest, daß die Dunkelheit nachließ. Er mußte sich beeilen, wenn er vor der Dämmerung das Dorf hinter sich lassen wollte. Bald würde sich das Leben regen. Munremar würde eine Ratsversammlung einberufen. Bis dahin mußte er weit fort sein.

Sein Gefühl der Einsamkeit wurde immer stärker und ließ ihn innehalten. Denn ihm wurde mit grausamer Klarheit bewußt, daß er ohne die Nähe des Clans in der weiten Welt hilflos den Mächten der Schöpfung ausgeliefert war. Seit Anbeginn der Zeiten lebten die Menschen im heiligen Kreis des Lebens, um durch den Schutz und die Unterstützung ihrer Blutsverwandten überleben zu können. Doch jetzt hatte er diesen Kreis verlassen. Wenn er überlebte, dann würde er unter Fremden sein. Er würde seine Mutter und seinen Vater, seine Schwester und seinen Bruder nie mehr wiedersehen. Er würde sein Jahr der Prüfung niemals abschließen. Er würde niemals seinen Initiationsritus erleben. Er würde niemals zum Mann ernannt werden.

Und all das nur, weil der Wolf sich weigerte, ein Wolf zu sein, und weil der Fuchs nach seinen Fersen schnappte und begierig darauf war, in seine Haut zu schlüpfen und den Ruhm seines Namens für sich zu beanspruchen.

»Draga ...« Er sprach den Namen des Fuchses laut aus, und seine Messerhand legte sich an den Griff des Dolches.

Als er an den Verrat seines Onkels dachte, wußte er, was er tun mußte, um seiner Ehre gerecht zu werden.

Später sollte er sich fragen, ob irgendwie die Rauschwirkung des Mets ihn wieder in den Wahnsinn getrieben hatte, um seine Gedanken zu verwirren, doch in diesem Augenblick fühlte er sich völlig klar und nüchtern. Er setzte sich in Bewegung, leise und verstohlen, und näherte sich – belebt von einer neuen und tödlichen Entschlossenheit – Dragas Rundhaus.

Da sein Fußknöchel verletzt war, hatte der Rotbart nicht an den Ritualen des Pflanzmondes teilnehmen können. Zweifellos lag er betrunken und tief schlafend auf seinen Bettfellen, wo er von Blut und Macht träumte. Es würde für Balor ganz einfach sein, seinem Onkel die Kehle aufzuschlitzen, und zwar mit solchem Geschick, daß die Frauen und Kinder nicht geweckt wurden. Dann würde er behutsam Dana wecken, und sie würde ohne Zögern mit ihm kommen. Oder? Dana verehrte ihren Erzeuger und hatte bestimmt nicht die leiseste Ahnung von seinen bösen Plänen. Sie würde es Balor niemals verzeihen, ihren Vater getötet zu haben, und erst recht nicht mit ihm ins Unbekannte fliehen.

Er hielt inne. Dragas Elchhund hatte ihn gesehen. Er lag auf dem Bohlenweg vor dem Eingang zum Rundhaus des Rotbarts. Das Tier hob den Kopf. Ein leises, tiefes Knurren drang aus seiner Kehle, eine Warnung, daß er bellen würde, um seinen Herrn zu alarmieren, wenn Balor sich auch nur einen weiteren Schritt heranwagte.

Balor rührte sich nicht von der Stelle. Er spürte den harten, heißen Griff seines Dolches in der geballten Faust. Irgendwo in den Sümpfen rief ein Vogel, und der Hund kam auf die Beine, die Ohren angelegt und den Schwanz eingeklemmt. Das Knurren wurde lauter, und Balor hörte in seinem Kopf die Stimme der Vernunft: *Lauf, du Narr! Jetzt. Bevor es zu spät ist!*

Doch er blieb reglos stehen, während er in verzweifelter Enttäuschung auf das Rundhaus des Rotbarts starrte und wußte, daß der Fuchs früher oder später durch die eine oder andere List irgendwann an Fomors Stelle herrschen würde. Obwohl er unwürdig war, würde Draga das große Kampfschwert des Wolfes aufheben und der Häuptling sein.

Das Schwert …

Balor hatte überhaupt nicht mehr an das Schwert Partholons gedacht, das Schwert, mit dem Manannan MacLir der Kopf abgeschlagen worden war, mit dem Fomor MacLir Rache an Nemed MacAgnomain genommen hatte und mit dem er zum Wolf der Westlichen Stämme geworden war.

Der Rächer.

Der Name schnitt wie eine scharfe Klinge durch sein Bewußtsein und ließ das Blut seiner Entschlossenheit fließen. Der Elchhund spürte die Veränderung im Jungen und trat eingeschüchtert einen Schritt zurück. Die Zeit war gekommen, entschied Balor, das Schwert für sich zu beanspruchen, es aus der Kriegstruhe zu holen, wo es schon viel zu lange im Verborgenen gelegen hatte. Wenn er über die Macht des Rächers verfügte, würde er unbeschwert aus der verfluchten Enge von Farnmoor fliehen. Er würde zu einem Krieger werden. Er würde auf dem Rücken der Zwölf Winde reiten, wie es sein Geburtsrecht war. Er würde nach Nemed MacAgnomain suchen und sich den Kopf des Mannes holen, um das Blut seiner Vorfahren zu rächen. Wie Sterngucker prophezeit hatte, würde sich in Albion ein neuer Wolf erheben. Mit dem ruhmreichen Schwert in der Hand würde Balor dieser Wolf sein. Er würde mutig seinen Weg beschreiten. Er würde vor nichts Angst haben. Und wie Dianket es beschworen hatte, würde er nach Farnmoor zurückkehren. Er würde als Eroberer kommen. Er würde dafür sorgen, daß Draga lebendig im Sumpf begraben wurde. Er würde sich Dana zur Frau nehmen. Er würde jene, die seinem Vater untreu geworden waren, vor Furcht erzittern lassen, bevor er sie niederstreckte. Und wenn dann schließlich das Dorf hinter ihm in Flammen stand, würde er einen neuen Clan gründen, und dann würde es wieder so sein, wie es seit Anbeginn der Zeiten bestimmt war. Die Männer des Clans MacLir würden wie die Wölfe durch das Land streifen, nur ihrem eigenen Willen folgen und all jene unterwerfen, die es wagten, sich gegen sie zu stellen. Balor würde sie anführen, wie es von Anfang an seine Bestimmung gewesen war, und der Wolf der Westlichen Stämme würde an seiner Seite laufen, stolz darauf, im Schatten des neuen Wolfes alt zu werden, der seinen Lenden entsprungen war.

Es war eine glorreiche Vision. Für einen Moment war sie berauschender als der Met der Betörung. Und so beschloß Balor, zum Rundhaus des Häuptlings zu gehen.

Im großen Raum des Hauses war es stockdunkel, bis auf den sanft glühenden roten Teil der Feuerstelle. Balor blieb am Eingang stehen, während er die Ochsenhaut hielt und auf die Geräusche der Bewohner lauschte, doch zu seiner Erleichterung hörte er niemanden. Die kleine Bevin war offenbar in die Obhut einer der älteren Frauen gegeben worden, und Elathan war vermutlich bei einem Freund, um die Nacht dort zu verbringen. Nur einer der Hunde war noch da, um ihn zu begrüßen. Doch Balor war ein guter Freund, so daß kein Grund zum Bellen bestand.

Balor durchquerte den Raum, bis er die gegenüberliegende Wand erreichte, wo die Kriegstruhe des Häuptlings unter dem abgewetzten Seehundfell stand. Dort lag seine Zukunft, in dieser Truhe verschlossen, und er hatte nur wenig Zeit, wenn er sie für sich beanspruchen wollte.

Wie leicht das Fell zur Seite glitt, wie glatt das Holz der Truhe war, als er voller Ehrfurcht seine Hände auf den Deckel legte. Die Berührung erregte ihn. Bei Tageslicht waren die Kupferbeschläge so grün wie das Meer, die Lederriemen so braun wie guter, gereifter Met und das Holz vielfarbig wie die Erde Albions. Und wie mühelos sich die Riemen unter seinen tastenden Fingern lösten. Die Scharniere bewegten sich ohne das geringste Quietschen oder Knarren. Der Deckel öffnete sich fast aus eigener Kraft.

Während sein Herzschlag in Balors Ohren dröhnte, blickte er in die Kriegstruhe und zwang die Dunkelheit, seinem Blick zu weichen. Und so geschah es. Durch einen Nebel aus verhülltem Blau und Grau, den letzten Überresten der Nacht, starrte er auf das, was ihm verboten war.

Doch das Schwert war nicht da.

In der Truhe war nichts zu sehen außer einem Haufen alter Felle und wollener Lumpen. Er wich fassungslos zurück und beugte sich dann noch einmal vor, wühlte verzweifelt mit den Händen, bis eiskaltes Feuer durch seine rechte Hand schoß und er sie zurückzog. Dann sah er die Verletzung, die bis auf den Knochen ging und heftig blutete.

Er saugte an der Wunde. Es war ein langer, unangenehmer Schnitt in seinem Zeigefinger, der sich vom Knöchel bis zum Nagel hinunterzog. Er umwickelte ihn hastig mit Stoffetzen aus der Truhe, um die Blutung zu stoppen. Die Schmerzen ließen nach, als der Druck seines Verbands sie unterdrückten – er spürte nur noch die Erregung, die seine Sinne überwältigte. Er griff wieder mit den Händen in die Truhe, warf die Lumpen und alten Tierfelle hinaus – und dann lag, ohne daß eine Scheide die Pracht der Klinge versteckte, das glänzende Schwert da.

Es war all das und noch mehr, was er sich je vorgestellt hatte. Der Griff war mit goldenen Einlegearbeiten im dunklen Muskel der Bronze verziert, und darin steckten Steine: Karneol in der Farbe von geronnenem Blut, Smaragd so klar und dunkelgrün wie eine lange Sturmwelle, Bernstein wie Perlen aus Honig im Sonnenlicht und Jett so schwarz wie Wolken, die vom Nordwind herangetrieben wurden. Das Heft selbst war ohne Verzierung, glatt und breit und nur für die Hände der größten Männer geeignet. Doch es war die Klinge, die Balor voller Ehrfurcht den Atem anhalten ließ. Sie war eine polierte Fläche aus purer Macht. Makellos und schwer. Zweischneidig und in einer schmalen Spitze auslaufend. Sie konnte zum Schlagen und Stechen verwendet werden. Es war ein Instrument des Todes. Die Waffe eines Kriegers.

Dieser Gedanke ließ seine Hände innehalten.

Dies war das Schwert, mit dem seine Großeltern auf

der fernen Insel Tory getötet wurden. Dies war das Schwert, mit dem Manannan MacLir der Kopf abgeschlagen wurde. Dies war das Schwert, das Partholon enthauptete und Nemed MacAgnomain zum Sklaven machte. Dies war das Schwert von Fomor MacLir, dem Wolf der Westlichen Stämme, dem Kriegsherrn und Häuptling des Clans MacLir.

Und er war Balor, der Unglücksbringer, ein unerfahrener, unreifer Junge. Er war eines solchen Schwertes nicht würdig.

Der Gedanke schnitt genauso tief, wie die Klinge in seinen Finger geschnitten hatte. Es war, als hätte das Schwert selbst ihn abgewiesen.

Er wich zurück, als Stimmen im Dorf hörbar wurden. Die Menschen von Farnmoor kehrten ins Dorf zurück. Er durfte keine Zeit mehr verlieren. Schnell griff er mit der rechten Hand nach dem Heft des Schwertes, doch seine Hand wollte ihm nicht gehorchen. Sie war taub und schwach geworden, und er konnte seinen Daumen überhaupt nicht mehr bewegen. Er starrte schockiert, als er sah, daß es aus den blutgeschwärzten Lumpen auf die Klinge tropfte. Dann griff er mit der anderen Hand zu und schloß sie um den Heft. Zu seiner Überraschung mußte er feststellen, daß er das Schwert kaum anheben konnte. Niemals hätte er gedacht, daß es so schwer sein würde.

Er stand zitternd da. Die Taubheit in seiner rechten Hand hatte sich in Schmerzen verwandelt. Er ließ das Schwert los und hielt sich mit der unverletzten Hand die Wunde.

Die Stimmen kamen näher. Die Hunde spitzten die Ohren und wedelten mit dem Schwanz. Balor konnte sie jetzt deutlich sehen. Die Sonne ging auf. Es würde schwierig werden, das Rundhaus zu verlassen, ohne daß ihn jemand bemerkte. Es war jetzt so gut wie unmöglich, das Dorf zu verlassen.

Es sei denn, er ging jetzt. In diesem Augenblick. Nur wenn er das Schwert zurückließ und um sein Leben lief, bevor er zuviel Blut verloren hatte, um noch die Kraft dazu aufzubringen.

Also lief er und schwor sich, keine Angst zu haben, als er in die Moore floh und seine Jugend hinter sich ließ, genauso wie das Schwert seines Vaters und seine zerstörten Träume vom Ruhm.

Drittes Buch

18

Die Klippen der Insel erhoben sich aus dem tiefen, blauen Wasser des Ägäischen Meeres, so goldbraun wie Löwen und genauso gefährlich. Der höchste Punkt der Insel war eine breite Fläche mit Gärten im Schatten von Zypressen, die von einem prächtigen, mehrstöckigen, weiß getünchten Gutshaus beherrscht wurden. Es stand wie eine Festung am äußersten Rand der Klippen über einer klaren, tiefen Bucht. Dort lagen Schiffe vor Anker. Ein großes schlankes Gefährt lag mit gerafften schwarzen und roten Segeln an einem langen Kai, der von einem blassen Sandstrand in die Bucht hinausragte. Mehrere kleine Schiffe hatten ebenfalls dort angelegt, von denen jedes Wappen mit schwarzem Rad auf rotem Grund auf der Steuerbord- und Backbordseite des Buges trug.

Der Zwerg Coman blickte von seinem Ausguck oben auf der Mauer hinab, die den privaten Dachgarten seiner Herrin umgab. Männer und Frauen und ein paar ältere Kinder versammelten sich am Strand und auf dem Kai tief unter ihm. Er wußte, weshalb sie gekommen waren, und sein Herzschlag beschleunigte sich vor Erwartung. Er stieß einen leisen Seufzer der Freude aus und war froh, daß seine Herrin die Insel verlassen hatte, daß sie wieder einmal offenen Streit mit ihrem Ehegemahl gehabt hatte. Wenn sie hier gewesen wäre, um es sich in ihrem Sommerhaus gemütlich zu machen, wäre es ihm, Coman, einem einfachen Sklaven – auch wenn er verhätschelt wurde –, sicherlich verwehrt worden, diesen Ehrenplatz einzunehmen, von dem er den Anblick genießen konnte, der sich bald in der Bucht unter ihm bieten würde und auf den er so sehnsüchtig gewartet hatte. Wäre die Herrin anwesend, wäre es sogar zweifelhaft, ob ein solcher Spaß überhaupt veranstaltet wurde.

Die Mauerkrone, auf der er wie eine Eidechse lag, war

breit und flach, ein sicherer Platz, um sich hoch über der Welt und der unermeßlichen Weite des glasglatten Meeres zu sonnen. Wenn er sich ausmalte, ins Wasser zu fallen, das unter ihm gegen die Insel schwappte, so war es keineswegs ein beunruhigender Gedanke. Er vermittelte ihm eher das aufregende Gefühl von Gefahr, das dem Augenblick eine zusätzliche Würze verlieh. Den Kopf auf die Ellbogen gestützt, lugte der mißgestaltete Zwerg über die Wand. Dann überkam ihn die Neugier, und er nahm eine kleine runde, honigsüße Frucht aus der kunstvoll bemalten und emaillierten Tonschale, die er sich aus der Küche mitgenommen hatte, und ließ sie fallen. Er beobachtete fasziniert, wie sie fiel und immer tiefer fiel. Und endlich schlug sie mit einem klatschenden Geräusch ins Wasser und schleuderte Tropfen hoch, die im Sonnenlicht glitzerten. Die Frucht versank für einen Moment und kam dann wieder an die Oberfläche, wo sie auf und ab tanzte und sich ringförmige Wellen über die Bucht verbreiteten. Der Zwerg konnte sehen, wie die Haie aus der grünen, klaren, sonnendurchfluteten Tiefe aufstiegen, um die Frucht zu untersuchen.

In der Bucht gab es immer Haie. Coman lächelte zufrieden, als er sah, wie sie sich um seinen Köder versammelten. Wie schön sie waren, genauso wie die Haie, die er an den Küsten seines kalten und fernen Heimatlandes beobachtet hatte. Lang und schlank, so tödlich und glänzend wie silberne Dolche bewegten sie sich mit derselben Anmut durch das Wasser wie die Schlangentänzer, die zur gestrigen Abendmahlzeit vor seinem Herrn aufgetreten waren.

Die Erinnerung an diesen Tanz erregte ihn genauso sehr wie die schwindelnde Höhe, in der er sich befand. Nackte Sklavenjungen mit schlanken Hüften und kleinen, strammen Muskeln am Oberkörper hatten mit Nattern getanzt – genauso wie die Sklavenmädchen, noch nicht zu Frauen gereift, mit festen, sich gerade erst erhebenden Brüsten und Brustwarzen so hart wie Meeresmuscheln in der lebhaften roten Farbe von Schalentieren, die bei einem

Festmahl aus dem Kochtopf geholt wurden. Ihre Augen waren schwarz, golden und grün umrandet, um den Augen der Schlangen zu ähneln, während ihre erweiterten Pupillen verrieten, daß sie unter dem Einfluß der Droge des Mutes standen. Ihre Haut war eingeölt worden, und sie hatten den süßlich-herben Duft nach Moschus verbreitet. Ihr Tanz mit den Schlangen war von perverser Vollkommenheit gewesen, eine Herausforderung des Todes, die gleichzeitig die Blutgier und die erotische Leidenschaft weckte.

Coman hatte auf einer kleinen Schoßtrommel einen schneller werdenden Rhythmus geschlagen, während die Musik der Flöten und Pfeifen sich zu einem Rausch vermengt hatte, in dem die Tänzer sich wie im Wahnsinn gedreht hatten, während sie sich paarten und immer wieder von den Nattern gebissen worden waren. Zum Schluß war nur ein Sklave den Bissen entgangen, während die anderen zu den Füßen ihres Herrn im langsamen Todeskampf gezuckt hatten.

Der Herr war in einem jener schwarzen Stimmungstiefs gewesen, in die er immer wieder seit seiner Rückkehr aus Alhorn vor fünf Jahren verfallen war. Unter seinen Dienern hieß es, dies sei auf sein Wissen zurückzuführen, daß ein alter Feind ohne sein Dazutun gestorben war und ihn damit seines einzigen großen Ziels beraubt hatte, nämlich eines Tages Rache an jenen zu nehmen, die sein Volk vernichtet und ihn zum Sklaven gemacht hatten. In der Nacht litt er unter düsteren Träumen der Verzweiflung. Manchmal grübelte er tagelang. Dann mißhandelte er seine Diener. Dann tyrannisierte er seine Frau, die Königin, und vertrieb sie aus seiner Nähe, damit er sich in Unterhaltungen ergehen konnte, die sogar ihrem bösartigen Wesen zuwider waren, während er dadurch getröstet wurde.

Die Schlangentänzer hatten ein Wunder für die Stimmung des Herrn vollbracht. Er hatte sich unter Freudengebrüll erhoben und war so begeistert von ihrer Vorstellung gewesen, daß er ihren Aufseher zu sich gerufen und ihn geküßt hatte. Der Mann hatte erschüttert und wie betäubt dagestanden. Er hatte nicht damit gerechnet, daß seine gesamte Truppe bis zum Tod tanzen mußte. Zweifellos hatte er sich am Ende seiner Laufbahn gesehen. Doch der Herr hatte ihn umarmt, hatte ihm goldene Armreifen von seinen eigenen Handgelenken und juwelenbesetzte Ringe von seinen eigenen Fingern geschenkt. Der Mann hatte den Hof lächelnd verlassen, da er den Rest seiner Tage in Reichtum leben konnte, wenn er sein Vermögen nicht verpraßte. Die einzige Tänzerin, die das Spektakel überlebt hatte, ein wunderschönes weißhäutiges und blaßblondes Mädchen, hatte er als Opfer für die Leidenschaften ihres neuen Herrn zurücklassen müssen.

In dieser Nacht wurden unter den Sklaven und Dienern des Haushalts Wetten abgeschlossen, wie lange das Mädchen am Leben bleiben würde und ob es dasselbe Schicksal erlitt wie bislang alle jungen, hellhäutigen Mädchen, die der Herr in den vergangenen fünf Jahren zu seinem Vergnügen gekauft hatte, seit er von seiner Reise zu den fernen Handelsposten des Nordens zurückgekehrt war.

Als der Zwerg jetzt zu der Stelle hinunterblickte, wo sich Land und Meer trafen, sah er einen Küchensklaven auf den Kai hinausgehen, einen großen Krug unter dem kräftigen Arm. Auf halbem Wege hielt der Mann an, ging in die Knie und kippte den Inhalt des Kruges ins Wasser. Selbst aus dieser großen Höhe konnte Coman erkennen, daß Blut die Wasseroberfläche rot färbte, während große Fischköpfe und Fleischstücke auf den Wellen hinaustrieben. Der Küchensklave schüttelte die letzten Blut- und Fleischreste aus dem Krug, stand auf und sah zu, wie die Haie sich näher heranwagten und zunächst mit vorsichtiger Neugier, dann mit rücksichtsloser Gier zu fressen begannen.

Coman grinste freudig. Die Unterhaltung würde also stattfinden! Dieses Meeresopfer war ein eindeutiger Beweis. Er sah, daß sich unter ihm Köpfe in den Fenstern auf der Meeresseite des großen Hauses zeigten, um in die

Bucht hinunterzublicken. Er setzte sich auf, während ihm das Wasser im Mund zusammenlief. Er kreuzte seine gedrungenen, krummen Beine und wartete ab, den Blick gebannt auf die Bucht gerichtet. Seine Hände klammerten sich um den kleinen falkenförmigen Talisman, der an einer geflochtenen Schnur zwischen seinem Hemd und seiner Brust hing. Er holte es niemals hervor, damit niemand es sah und seine Macht für sich haben wollte. Inbrünstig wünschte er sich etwas – daß die Unterhaltung ganz nach seinem Geschmack sein würde. Dann dankte er den Göttern, die ihm diesen Bernsteinzauber in die Hände gespielt hatten, denn zweifellos war sein Leben durch die Macht des Amuletts in den letzten fünf Jahren so angenehm und köstlich gewesen.

Die Bucht lag grün und ruhig unter ihm. Er zitterte in freudiger Erwartung. Und er mußte nicht lange warten. Der Herr kam in einem tadellos weißen Hemd aus dem Haus und lief auf den Kai hinaus. Die Tänzerin begleitete ihn. Sie ging, als hätte sie Schmerzen, die Schenkel vor Furcht zusammengepreßt, nackt und so weiß wie die sonnenbeschienenen Wände des großen Hauses. Der Küchensklave trat zu ihnen, und die Zuschauer jubelten, als das Mädchen scheute und dann gegen ihren Willen zum Ende des Kais geführt wurde.

Coman leckte sich die Lippen und nickte. Sie ahnte die Gefahr, doch sie wußte noch nicht, welches Schicksal sie erwartete. Aber bald würde sie es wissen. Schon sehr bald. Und dann würde die Unterhaltung beginnen.

Ohne große Umschweife warfen sie sie ins Wasser. Der kräftige Sklave trat zurück, während der Herr am äußersten Rand des Kais in die Knie ging und geduldig darauf wartete, daß sie wieder auftauchte. Von seinem Ausguck auf dem Dach konnte Coman ihren Körper im Wasser sehen. Die schöne, hellweiße Gestalt kämpfte sich verzweifelt strampelnd nach oben. Sie erreichte prustend die Oberfläche, schlug mit den Armen um sich, bis sie dankbar nach den ausgestreckten Händen des Herrn griff. Er hielt sie an den Handgelenken fest. Sie wartete darauf, daß er sie aus dem Wasser zog, doch er tat es nicht. Er verlagerte sein Körpergewicht und beugte sich leicht vor, als er mit ihr sprach.

Coman sah, daß ihr Körper erstarrte. Er sah die Zeichen der Anspannung und dann der Panik, während der Mann sie festhielt und weiterhin leise zu ihr sprach. Sie schüttelte heftig den Kopf. Dann begann sie wieder zu strampeln und sich im Wasser zu winden und schrie Worte in einer fremden Sprache, die keiner Übersetzung bedurften. Sie schrie aus Angst vor dem, was geschehen sollte. Sie flehte darum, verschont zu werden. Und während die Menge schweigend zusah und ein Kind weinte, reagierten die Haie allmählich auf ihre hektischen Bewegungen im Wasser.

Sie näherten sich. Erst einer. Dann zwei. Dann mehrere. Sie witterten. Sie schnappten zu. Sie rissen. Sie fraßen. Und das Mädchen lebte noch, während der Herr ihre Handgelenke festhielt und zusah, wie das Meer blutig und schäumend aufkochte. Niemand hätte die Haie im Wasser zählen können. Sie waren jetzt im Blutrausch. Sie schnappten, zerrten und erhoben sich aus dem Wasser. Sie glitten übereinander hinweg. Die Schreie des Mädchens wurden schriller und gingen dann in schreckliche keuchende, würgende Laute über, die eine lustvolle Hitze durch die Adern und Lenden des Zwerges strömen ließen. Er stand auf, um einen besseren Blick auf das Spektakel unter ihm zu haben. Er konnte gar nicht genug davon bekommen.

Doch das Wasser war jetzt zu trübe geworden. Der Herr hatte die Hände des Mädchens losgelassen, damit er nicht seine eigenen verlor. Dann griff er schnell mit der rechten Hand zu, bevor die Haie das Mädchen ganz hinabziehen konnten, krallte seine Finger in das nasse, vom Blut rosa gewordene Haar und riß es hoch, während er aufstand. Coman sah gebannt vor Entzücken zu, wie der Herr den Kopf des Mädchens aus dem Wasser zog. Der Kopf, ein zerfetzter Hals und ein paar Stücke vom Brustkorb waren alles, was noch übrig war.

Die Menge jubelte. Das Kind schrie. Der Herr hielt den Kopf des Mädchens hoch und drehte sich, damit alle seine Trophäe bewundern konnten, doch als er selbst einen Blick darauf warf, verdarb ihm eine plötzliche Anwandlung des Mißvergnügens den Augenblick. Der Ausdruck des Schreckens war vom Gesicht des toten Mädchens verschwunden. Die blaßblauen Augen waren glasig geworden. Der Mund stand offen, und die Zunge, blau angelaufen, hing heraus. Es war kein hübsches Gesicht mehr.

Es war nicht mehr Huldres Gesicht.

Am Ende war es nie ihr Gesicht. Obwohl er sie tausendmal im Fleisch anderer Mädchen und Frauen, die ihr ähnlich waren, gequält und getötet hatte, war die Befriedigung niemals vollkommen. Sie konnte es auch niemals sein. Denn Huldre war tot, und der Wolf war mit ihr gestorben.

Aber er hatte sie nicht getötet.

Er würde sie nie mehr töten können.

Nemed MacAgnomain, der Herr von Achaia, erzitterte in tiefster Enttäuschung, als er den Kopf des toten Sklavenmädchens mit aller Kraft fortschleuderte. Er flog in hohem Bogen und hüpfte noch einmal über die Oberfläche der Bucht, wie ein Stein, der von einem gelangweilten Jungen geworfen wurde, bevor er eintauchte und dann wie ein Tangknäuel in der leichten Strömung der Gezeiten dahintrieb.

Nemed starrte finster auf den Kopf. Er wußte, daß die Gezeiten ihn bald an ein fernes Ufer tragen würden, wo er auf einem fernen Strand verwesen würde. Vögel würden dem Schädel die Augen auspicken, und was sie übrigließen, würden die Krabben und Fliegen bis auf die Knochen abtragen. Einen Moment lang fragte er sich, wie ihr Name und wer sie überhaupt gewesen war.

Aber es spielte keine Rolle. Sie war nicht Huldre. Keine von ihnen würde jemals Huldre sein. Die Hexe aus den Nordländern war tot, zusammen mit dem Wolf in irgendeinem gottverlassenen Land begraben, zusammen mit ihrem verfluchten Amulett und dem Schwert von Partholon. Für die Welt verloren. Für seinen Haß und seine Vergeltung verloren. Und doch war es, als würde ihr Geist ihn aus der Ferne beobachten, aus der jenseitigen Welt, von wo aus sie ihm seine Tage vergällte, ihn in der Nacht heimsuchte und seine Männlichkeit schwächte, so daß er oft von seiner Frau beschämt wurde. Huldre ärgerte ihn, machte sich über ihn lustig und erinnerte ihn ständig daran, wie sie einst geschworen hatte, daß ihre Rache ihn sein ganzes Leben lang verfolgen würde. Ihre Macht über sein Leben war nach ihrem Tod genauso stark wie damals, als sie noch seine Sklavin gewesen war.

Er runzelte verdrossen die Stirn, als er sich daran erinnerte, wie er ihr zum erstenmal auf einer Handelsreise in das Land des Nordwindes begegnet war. Sie war das wunderschönste Geschöpf gewesen, das er in seinem Leben gesehen hatte. Er hatte sie gewollt, doch ihr Volk war um keinen Preis bereit gewesen, sich von ihr zu trennen. Also hatte sein Vater Partholon seine Schwertkämpfer losgeschickt, um sie alle zu töten. Alle bis auf Huldre. Sie war ein Geschenk für Nemed gewesen, doch er hatte sie nie wirklich besessen, obwohl er all die Jahre lang mit ihr hatte tun können, was er wollte. Er hatte jedoch nie ihren Geist oder ihren Haß auf ihn gebrochen. Und er hatte sie schließlich geliebt. Alles, was er in jener Zeit als Krieger gewonnen hatte, war für sie gewesen, doch sie hatte ihm alles wieder vor die Füße geworfen. Sie war unversöhnlich und haßerfüllt gewesen und hatte immer wieder den Zorn Donars beschworen, über sein Volk zu kommen. Und als er über sie gekommen war, hatte sie sich bereitwillig den Eroberern angeschlossen. Sie hatte sich freiwillig dem Wolf hingegeben, während Nemed gezwungen worden war, in Ketten zuzusehen.

Obwohl die Sonne ihm warm auf den Rücken schien, war ihm kalt – wie jedesmal, wenn er an sie dachte. Der Jubel der Menge drang in seine Gedanken. Oder verspotteten sie ihn, wie das Gespenst der weißhaarigen Hexe, die nicht sterben wollte?

Er drehte sich um und blickte die Wand aus Gesichtern

hinauf bis zum Dach, wo Coman, der Zwerg, einen Siegestanz auf der Mauerkrone über dem privaten Garten der Königin aufführte. Was hatte diese unterwürfige kleine Kröte dort zu suchen?

Coman sah, daß sein Herr auf ihn aufmerksam geworden war. Er reckte die Brust und verbeugte sich, dann richtete er seinen verkrümmten Körper auf, so gut es ging, und hob die Arme, ohne sich bewußt zu sein, daß das Amulett aus seinem Hemd gerutscht war und nun frei vor dem blauen Stoff des Kleidungsstückes hing. »Wir danken dir für diese gute Unterhaltung, Herr!« rief er und salutierte, so gut er konnte. »In der ganzen Ägäis gibt es nicht Vergleichbares! Heil dem Sohn Partholons, Nemed MacAgnomain! Möge die Welt noch lange ehrfürchtig vor seinem Mut und seiner Macht erzittern!«

Mut? Macht? Machte sich auch die kleine häßliche Kröte über ihn lustig? Es war kein Mut dazu nötig, eine Frau an die Haie zu verfüttern. Und diese Tat hatte auch nichts mit Macht zu tun. Es war nicht mehr als eine flüchtige Ablenkung für die Menge gewesen, eine Erleichterung seiner eigenen Verzweiflung, ein Höhepunkt der Stunden voller fleischlicher Lust, die er nicht mehr mit seiner gealterten, schlaffbäuchigen Frau finden konnte. Seit er vom Schicksal des Clans MacLir erfahren hatte, konnte er seine männliche Befriedigung nur noch mit Frauen erlangen, die Huldre ähnlich waren, indem er sie erniedrigte und ihnen die Schmerzen und Qualen zufügte, die er nun nicht mehr Huldre zufügen konnte. Außerdem wurde die Königin alt. Sie verlor den Gefallen an den Schmerzen anderer und ihre Geduld mit Nemed. Es gab jüngere Männer mit härteren Muskeln in der Ägäis, die für ein Goldstück gerne bereit waren, eine reiche, alte Königin zu befriedigen, deren Ehegemahl nicht mehr dazu imstande war.

Er kniff bei diesem Gedanken die Augen leicht zusammen. Was glitzerte denn da an der Kehle des Zwerges? Gold? Hatte die Königin ihm Gold gegeben? Er gehörte Nemed, er war sein Sklave und Hofnarr und Spion. Wie konnte er sich die Freiheit herausnehmen, so unverfroren auf der Mauer um den privaten Garten der Königin herumzulungern? Nun, sie hatte schon immer eine Sammlerleidenschaft für das Abartige und Häßliche in Verbindung mit dem Starken und Schönen gehabt, aber würde sie wirklich mit einem Zwerg ins Bett gehen? Oder würde sie sogar so weit gehen und einem Sklaven die Schwäche seines Herrn verraten, so daß die Kröte es nun wagen konnte, sich über den Mann lustig zu machen?

Wenn sie zurückkehrte, würde er sie wegen dieser Beleidigung zur Rechenschaft ziehen. Verflucht seien der Reichtum und die Macht ihrer Familie! Verflucht seien ihre Schiffe und ihr Grundbesitz und ihr Kapital! Er hatte seinen Wert mehr als tausendmal bewiesen. Er würde die Alte töten und seinen rechtmäßigen Anspruch auf ihr Erbe erheben. Er hätte es schon vor langer Zeit tun sollen. Sogar ihre Söhne hatten ihn dazu gedrängt, da sie unter ihrer erstickenden Vorherrschaft litten. Und sie hatten ihn daran erinnert, daß sie viele Feinde hatte. Ihre eigene Verwandtschaft, ihre Geschäftspartner, die Sklaven und Diener würden sich auf seine Seite schlagen, denn schwache Menschen unterwarfen sich immer dem Starken.

In der Bucht wimmelte es immer noch von Haien, als er beschloß, den Zwerg zu töten, weil er es gewagt hatte, ihn zu verspotten. Der verwachsene kleine Mann war nicht mehr vertrauenswürdig, und an seinen Späßen hatte Nemed schon lange die Lust verloren. Vielleicht fanden die Haie Gefallen an seinen Späßen! Mit einem Ruf, der sogar eine Leiche im Grab aufgeschreckt hätte, befahl er Coman, von der Mauer herunterzukommen.

Der Zwerg kam zu ihm. Noch bevor er vor ihn trat und sich zitternd vor seinem Herrn verbeugte, sah Nemed, daß das Schmuckstück an seinem Hals nicht aus Gold war. Es war aus Bernstein – ein kleiner, außergewöhnlich klarer Stein, dem ein Künstler die Gestalt eines Falken im Fluge gegeben hatte. Er starrte das Amulett an, als hätte der Anblick ihm einen tödlichen Schlag versetzt. Auf der ganzen Welt gab es nur ein einziges solches Amulett. Es war Huldres Amulett. Er hätte es zwischen tausend Imitaten sofort erkannt. »Bei den Schicksalsmächten! Woher hast du das?«

Als Coman erschrocken feststellte, daß sein wertvoller Talisman für jeden sichtbar war, legte er sofort schützend die Hände darüber. »Das ist nur ein Stück Bernstein ... ein wertloses Schmuckstück ... Tand aus einem barbarischen Land ...« Seine Worte purzelten durcheinander wie Mäuse, die durch einen Tunnel flohen, weil sie von einer Schlange gejagt wurden.

Nemed schlug die Hände des Zwergs zur Seite und riß ihm das Amulett vom Hals. »Wie lange hast du es schon? Woher hast du es bekommen? Anworte mir, Kröte, oder du wirst dem Mädchen in der Bucht Gesellschaft leisten!«

Stotternd und verängstigt und verwirrt, um es sich vielleicht anders zu überlegen, erzählte Coman ihm, was er wußte, während er fast an seiner zunehmenden Verzweiflung erstickte, die ihm sagte, daß sein Glück jetzt in den Händen seines Herrn lag und aus diesem Grund schon sehr bald ein großes Unglück über ihn kommen würde.

Doch der Augenblick der Angst verging, ohne daß etwas Schreckliches geschah. Und zu Comans unendlicher Erleichterung verflüchtigte sich gleichzeitig Nemeds Zorn. Er stand schweigend da, hörte ihm zu und sprach nur, um Einzelheiten klarzustellen. Er wollte alles wissen, was er noch über den blaßäugigen Jungen wußte, der das Amulett in Alhorn in den Schlamm geworfen hatte, alles über seine Begleiter, den Rotbart und ganz besonders über den Riesen mit dem gehörnten Helm, den Mann aus dem Süden, der sich Scallatha genannt hatte. Da Coman genau spürte, daß er seine Situation nur verbessern konnte, erzählte er ihm ohne jedes Zögern alles, was er wußte.

Nemed verglich die Worte mit seinen Erinnerungen. Langsam begann er zu lächeln. Es war ein Lächeln, das sich sogar auf seine Augen und seine Nasenflügel ausdehnte. Sein Mund zitterte, doch die Lippen teilten sich nicht, bis er leise und unter tiefem, bedrohlichen Lachen sprach.

»Der Wolf lebt ... Die weißhaarige Hexe liegt nicht in ihrem Grab ... Der Junge mit den hellen Augen, er ist ihr Sohn!« Seine Finger schlossen sich besitzergreifend um das Amulett. Er blickte auf seine Faust, als würde sie alle Reichtümer der Welt enthalten. »Damit habe ich endlich wieder das Schicksal in meiner Hand. Damit wird meine Rache endgültig und vollkommen sein. Einst habe ich seine Macht verspottet, doch das werde ich nie wieder tun.« Langsam erhob er den Arm und warf einen Schatten zwischen sich und die Sonne. »Endlich! Das Auge des Donar gehört mir!«

Der Falke kreiste langsam am wolkenlosen, milchigblauen Himmel über dem erstickenden Dunst der Sümpfe Albions. Er hatte die Flügel reglos ausgebreitet und ließ sich vom Wind hoch und immer höher tragen, bis er nur noch ein winziger Fleck auf dem Gesicht der Sonne zu sein schien. Und dann war er verschwunden, als wäre er im grellweißen Auge des Mittags verbrannt.

Balor wandte den Blick ab und zog eine finstere Miene, als er weiterging. Nachdem er jetzt das Dorf weit hinter sich gelassen hatte, schien die Sonne hell über den Mooren. Zweifellos bestätigte sie seinen Entschluß, von dort fortzugehen. Er blickte noch einmal auf, um nach dem Falken zu suchen, und empfand eine gewisse Seelenverwandtschaft zu ihm, während er sich fragte, wohin der Wind ihn getragen haben mochte ... und wohin der Wind irgendwann ihn selbst tragen würde, denn auch er trieb auf starken, unsichtbaren Luftströmungen, denen er sich anvertraute, weil er hoffte, daß sie die Wächter seines Schicksals waren. Sie konnten sein Leben kaum in schlimmere Bahnen lenken, als er selbst es getan hatte.

Seit Tagen war er nun schon im Licht dieser neuen und dunstigen Sonne unterwegs, während er einem Weg folgte, der jeden verwirren und schließlich entmutigen sollte, der ihm womöglich folgte. Nachdem er das Dorf verlassen hatte, war er gerade durch die Sümpfe marschiert, hatte einen Bogen um das Weideland gemacht und war noch einmal zurückgekehrt, um eine zweite Fährte durch das Ginstergestrüpp zu legen, die über das Hochland genau zum Berg führte. Falls ihm jemand folgte, würde man sicherlich dort suchen, und wenn sie erkannten, daß sie in die Irre geführt worden waren, wäre er schon weit fort, weil er in einer ganz anderen Richtung immer tiefer in die Sümpfe vordrang, an weiten, seichten Seen mit riesigen Feldern aus hohem, schattigem Schilf vorbei. Es würde unmöglich sein, seine Fährte aufzunehmen, denn hier hatte er die Fähigkeiten angewandt, die er in seinem nicht vollendeten Jahr der Prüfung gelernt hatte, und überhaupt keine Fährte hinterlassen, der jemand folgen konnte.

Und so waren für ihn die Tage vergangen. Und die Nächte hatten sich kalt und feucht über ihn gesenkt, voller Dünste, die schwer in der Luft lagen und sie mit dem Gestank verwesender Vegetation verpesteten, während sie den Geist eines jungen Mannes mit Bildern füllten, die aus seiner Furcht und Einsamkeit geboren wurden. Fern im Südwesten lag Alhorn. Dort lag sein Ziel. Dort wollte er sich in der Anonymität niederlassen und arbeiten, um seinen Lebensunterhalt zu verdienen. Und dort würde er auf Nemed MacAgnomain warten. Und wenn Nemed kam, würde Balor ihn töten. Im Namen von Manannan MacLir würde Balor das Blut seiner Vorfahren rächen. Irgendwie wollte er es schaffen, auch wenn es ihn das Leben kosten würde. Er wollte alles versuchen, um seinen Traum zu retten.

Dieser Gedanke verlieh ihm die Kraft und den Mut, um weiterzuziehen. Nachts saß er zitternd in der Dunkelheit und dachte daran, wie er Nemed MacAgnomain töten würde. Er schlief nur kurz und unruhig und träumte immer wieder davon, wie die Männer des Clans MacLir ihn verfolgten. Er träumte von Munremar, der im Nebel auf ihn wartete, den Opferdolch erhoben und bereit … von Huldre, die ihn aus der Ferne beobachtete, deren Augen einen hellen Weg durch den Nebel schnitten, so daß Draga und sein geifernder Elchhund ihm folgen konnte … und von Mael, immer wieder träumte er von Mael, wie er sich aus den Sümpfen erhob und ihn als Mörder anklagte.

Jetzt ging er weiter, benommen vor Müdigkeit, und verfluchte das Sumpfland. Nun verstand er, warum sein Vater verboten hatte, daß sich ein Mann allein hineinwagte und warum kein Feind ihnen in dieses Land gefolgt war. Niedergeschlagen fragte er sich, wie viele Tage er noch umherirren mußte, bevor er das Hügelland erreichte, das hinter Alhorn und dem Meer lag.

Vor ihm tat sich eine Lücke im Schilf auf und ermöglichte den Blick auf eine schmale Wasserfläche. Sie verlief wie ein Fluß zwischen den Schilfflächen. Ein angenehmer kühler Wind wehte über der erstickenden, insektenverseuchten Enge des Schilfes, sprenkelte das Wasser mit kleinen Wellen und wehte sanft zu ihm, so daß sein erschöpfter Körper wieder Mut faßte. Hatte er endlich das Ende der Sümpfe erreicht? Er rannte los. Er fühlte sich befreit, als das Schilf nun hinter ihm lag, und spürte, daß das Wasser deutlich kühler und klarer war als die schlammige Brühe, durch die er in den letzten Tagen gewatet war. Dann verlor er ohne Vorwarnung den Grund unter den Füßen und fiel mit wedelnden Armen in tiefes Wasser. Sein Körper tauchte unter und wieder auf und wurde von einer schnellen Strömung davongetragen. Er keuchte schockiert auf. Sein Rucksack zerrte schwer an ihm, so daß er unterging. Er konnte gar nicht schwimmen, aber trotzdem schwamm er irgendwie, sein Körper strampelte instinktiv und verzweifelt, bis er irgendwann wieder festen Grund im Schlamm des Schilfs fand. Dann hockte er eine Weile benommen und keuchend da, während ihm klar wurde, wie knapp er dem Tod entronnen war.

Er ging weiter und hielt sich nun in der Nähe des Schilfs, weil er wußte, daß dort die Wurzeln in festem Boden verankert waren. Den ganzen Tag lang wurde er nicht mehr langsamer, und er blieb immer in Sichtweite des Wassers, weil er überzeugt war, daß es ihn nach Westen zum Meer führen würde.

Gegen Abend wurde das offene Wasser immer schmaler, bis es völlig verschwand. Er fluchte. Der Sumpf erstreckte sich nun in alle Richtungen, und die Schilfhalme ragten hoch über seinen Kopf hinaus in die windlose Luft. Er versuchte zu lauschen, ob es irgendwo in der Tiefe eine Strömung gab. Doch da war nichts. In seiner Erschöpfung hatte er den Fluß verloren. Jetzt gab es nur noch die drückende Stille des Sumpfes und das leise Summen der Insekten, während er wadentief in einem trüben braunen Teich stand.

Doch der Teich war gar kein Teich. Zu spät erkannte er, daß er in einen Morast getappt war. Als er versuchte, seine Füße zu heben, ging es nicht. Das Wasser war ihm schon bis zu den Knien hochgestiegen. In kurzer Zeit würden auch seine Oberschenkel versunken sein. Er geriet in Panik. Er glaubte, Maels Hände spüren zu können, wie sie sich um seine Beine klammerten und ihn in die Tiefe zerrten.

Er schrie. Vögel flatterten erschrocken über den Laut auf. Ein Sumpfhirsch brach hinter ihm aus der Deckung des Schilfs hervor. Der aufgestellte Schwanz des Tieres war eine Fahne, die Balor den Weg auf festeren Grund und in die Sicherheit zeigte, doch er konnte ihr nicht folgen.

Verzweifelt warf er sich nach vorn und breitete den Körper auf dem Morast aus. Mit den Armen wühlte er sich hektisch vor. Dann kamen seine Beine mit einem ekligen schmatzenden Geräusch aus dem Morast frei. Er verteilte sein Körpergewicht auf eine möglichst große Fläche, griff verzweifelt nach Schilfhalmen und zog sich daran in Sicherheit, bis er auf dem Bauch im Schlamm lag und schluchzte, nicht wie der Mann, der er sein wollte, sondern wie der kleine Junge, von dem er geglaubt hatte, ihn hinter sich gelassen zu haben.

Es wurde Nacht. Doch es war ihm gleichgültig. Erschöpft schlief er mitten im Sumpf ein und träumte vom Hirsch mit dem roten Fell, der ihm den Weg in die Sicherheit gezeigt hatte.

»Donar …«, rief er. »Donar … Vater der Zwölf Winde, führe mich von diesem Ort fort!«

Er erwachte zitternd und war bis auf die Knochen durchgefroren. Die Nebel des Sumpfes waren wie bedrohliche Geister, die ihre Finger nach ihm ausstreckten, während die Geräusche der nächtlichen Raubtiere aus der Dunkelheit zuckten und auf dem Wasser des Sumpfes trieben. Ein Ziegenmelker rief, ein scharfer und einsamer Laut, der ihn bis in die Tiefen seiner Seele erschütterte. Seine unverletzte Hand wollte sich um das Amulett schließen, doch dann erinnerte er sich daran, daß er es in Alhorn fortgeworfen hatte. Und wieder kamen ihm Huldres Worte in den Sinn.

»Die Zeit wird zeigen, wer von uns der Narr ist, Balor. Du hast die Götter deiner Vorfahren verachtet und entweiht. Du hast dein Glück fortgeworfen.«

Die Erinnerung an diese Worte verfolgte ihn tagelang. Er verfluchte sich, weil er keine Kleider zum Wechseln mitgenommen hatte. Seinen Umhang und sein weißes Wolfsfell hatte er im Sumpf verloren, und der Rest seiner Kleidung weigerte sich zu trocknen. Die Sachen dampften während der Stunden des Tageslichts und lasteten wie eine triefende Schleimhaut auf seinem Körper, und seine Nächte machten sie zu einer hoffnungslosen Qual. Balor zitterte abwechselnd vor Kälte und Feuchtigkeit oder schüttelte sich in dem Fieber, das sich in ihm ausgebreitet hatte, das Ergebnis einer Infektion, die tief in seiner durch das Schwert verletzten Hand begonnen hatte.

Als er nun von der Dämmerung geweckt worden war, glühte er. Mit der unverletzten Hand wollte er die Riemen seines Hemdes lösen, doch als der kalte Atem des Morgens über seine Haut strich, bewahrte ihn die Vernunft davor, seine Kleidung ganz fortzuwerfen. Er wußte, daß er sich warmhalten mußte, um vor den Naturgewalten geschützt zu sein, denn sonst würde er an Unterkühlung sterben. Genauso wußte er, daß er sterben würde, wenn er nicht bald angemessene Nahrung fand.

Nahrung. Wieder verfluchte er sich. Er durchwühlte seinen Reiseproviant. Er hatte den Beutel schnell und sorglos zusammengepackt. Außer ein paar Streifen schimmligen Trockenfischs und Ziegenfleischs war nichts mehr genießbar. Sein einziger Trost bestand in dem kleinen Proviantbeutel, den Morrigan für sich selbst vorbereitet hatte.

Sie hatte an alles gedacht. Sie hatte umsichtig alles in wasserdichte Pakete aus Tiergedärmen gewickelt: kleine runde Kekse, getrocknete Sumpfbeeren in Kugeln aus Weichkäse mit einer Ummantelung aus geröstetem Getreide und lange Streifen aus haltbar gemachtem Fleisch. Sie hatte eine knöcherne Nähnadel in eine Rolle Wollfaden gesteckt. Sie hatte eine Ahle eingepackt, mehrere Feuersteinrohlinge und eine fein gearbeitete Kupferpinzette. Mehrere Beutel aus wasserdichtem Leder enthielten Proben ihrer »magischen« Pulver, die sie ihm vor so langer Zeit einmal gezeigt hatte, als er das Geheimnis des verborgenen Raums über dem Altar der Zwölf Winde entdeckt hatte. Ein zusätzlicher Lederbeutel war durch eine Knochennadel gesichert, die durch Ösen in unterschiedlicher Höhe gesteckt werden konnte. Darin befanden sich Arzneien, von denen Balor nicht wußte, wie sie angewendet wurden. Es waren getrocknete Kräuter und Wurzeln, Pilze und Baumrindenstücke, der Unterkiefer eines Eichhörnchen, die Haut einer Sumpfschlange, ein Bündel aus Spinnweben, mehrere getrocknete Häute von Fledermäusen und Kröten und eine Kaurimuschel. Daneben fand er auch die Kralle eines Falken, ein winziges Bündel aus sieben Zweigen, die mit einer Sehnenschnur umwickelt waren, verschiedene Federn, die Stücke einer aufgeknackten Nußschale und mehrere Muskovitsplitter.

Vielleicht hatte sie gedacht, sie könnte sich durch Zauberei in der fremden Welt ihren Lebensunterhalt verdienen. Zumindest hatte sie sich genügend Zeit genommen, einen Plan zu machen. Er hatte es nicht getan, und als er jetzt die letzten Krümel des Beerenkäses auflas, verfluchte er sich erneut dafür, daß er in den vergangenen Tagen nicht sparsamer gegessen hatte. Wenn Morrigans Vorräte aufgebraucht waren, hatte er nur noch die Überreste seiner eigenen verschimmelten Rationen.

Er wußte, daß er nicht genügend Kraft zum Jagen hatte. Das Fieber steckte tief in seinem Körper, und durch sein Mißgeschick im Sumpf war der Schnitt in seinem Finger wieder aufgerissen. Er hätte die Wunde nähen sollen, sofort nachdem er das Dorf verlassen hatte, doch obwohl er Nadel und Faden hatte, um diese Arbeit zu erledigen, konnte er sich trotzdem nicht dazu überwinden, sich ins eigene Fleisch zu stechen. Statt dessen hatte er den Finger in Schlamm gepackt und fest umwickelt. Jetzt war die Wunde geschwollen und heiß. Es fühlte sich an, als hätte man ihm glühende Kohlen unter die entzündete und eitrige Haut geschoben. Die leichteste Berührung verursachte ihm furchtbare Qualen. Er beschloß, einfach abzuwarten und darauf zu hoffen, daß die Wunde von selbst heilte, wenn er den Sumpf verlassen und trockenes, gesünderes Land erreicht hatte.

Doch der Sumpf schien sich ohne Ende in alle Richtungen zu erstrecken. Balor lief und lief. Und immer noch bildete das Schilf eine feste Wand, die den Wind abhielt und ihm keinen Ausblick auf seine Umgebung gestattete. Während des Tages ergoß sich das warme, feuchte Licht der Sonne über ihn wie erhitzter Honig, in dem er zu ersticken drohte.

Er legte sich hin, um sich auszuruhen, und konnte dann nicht wieder aufstehen. Er fiel in einen fiebrigen Schlaf. Er hörte nicht, wie das Meer gegen die Ufer des weiten Mündungsdeltas schwappte, das er nach nur wenigen weiteren Schritten gesehen hätte.

19

»Zauberer ...«

Das Wort drang in die Dunkelheit. Ein reißender Schmerz folgte. Die Dunkelheit ging in Flammen auf, die ihn verbrannten, bis irgendwann endlich das Feuer erlosch und damit auch die Schmerzen verschwanden. Er trieb wieder in der Dunkelheit, in einer Stille, die so unermeßlich und allumfassend war wie eine Nacht ohne Mond oder Sterne.

»Zauberer!«

Wieder dieses Wort. Scharf und befehlend. Aber er konnte nicht darauf reagieren. Immer wieder wurde ihm dieses Wort zugerufen. Er war sich der Dunkelheit bewußt. Der Dunkelheit und eines winzigen Lichtflecks. Langsam vermengte sich das Licht mit der Dunkelheit, und er trieb wie im Traum dahin, bis seine Sinne mit den angenehmen Vibrationen einer menschlichen Stimme erfüllt wurden.

»Komm jetzt, Zauberer, du mußt das hier trinken. Alles. Dein Fieber hat endlich nachgelassen. Du mußt jetzt wieder zu Kräften kommen.«

Der Mann war im besten Alter, was jedoch das einzige Kompliment war, das man ihm machen konnte. In der abgenutzten und zerfetzten Kluft eines Seefahrers steckte ein dürrer, bis auf die Knochen abgemagerter Mann. Seine Muskeln waren eher die einer Frau, genau wie seine Figur, die schlanken Handgelenke und breiten Hüften. Das Gesicht hätten einige Menschen vielleicht als hübsch bezeichnet.

Doch in seinem Gesicht war keinerlei Zartheit. Seine Züge waren so aufmerksam und mißtrauisch wie die eines Raubvogels. Als er lächelte, bildeten sich Falten in der wettergegerbten Haut um seine Augen, die wie die Augen eines alten Mannes waren. Aber er war nicht alt. In seinem Lächeln war etwas Jugendliches und Kraftvolles, und er lächelte oft, wobei er krumme Zähne enthüllte, die so weiß und spitz wie die Zähne eines jungen Hundes waren.

Er hatte seinen Unterschlupf zwischen den Dünen errichtet, die sich zwischen dem Sumpf und dem Strand erstreckten. Es war ein einfaches Zelt mit zwei Pfosten aus Treibholz, über die er eine Ochsenhaut gespannt und im Sand verankert hatte. Es bot gerade genügend Platz für zwei erwachsene Männer und Schutz vor dem Wind und dem feuchten Nebel, der die gesamte Küste des Meeres verhüllte. Ein kleines Lagerfeuer aus Treibholzresten knisterte auf einer Unterlage aus Muscheltrümmern. Balor hätte es mit ausgestreckter Hand erreichen können, doch er war immer noch zu erschöpft von seiner Krankheit, um sich zu rühren.

Der Mann zeigte sein wildes Lächeln, als er sich über einen Tonkochtopf beugte, den er mitten in die Feuerstelle gesteckt hatte. Das Meereswasser darin begann gerade zu kochen. Strähnen aus Seetang trieben in der Flüssigkeit, dazu Stücke eines gehäuteten Süßwasseraals und das Ei eines Sumpfvogels. Er hatte Balor mit dieser Brühe gefüttert und dabei die Hälfte einer Venusmuschel als Löffel benutzt. Jetzt sah er Balor an, legte die Muschel weg und strich sich mit langen und kräftigen schmutzigen Fingern durch das mausbraune, schulterlange Haar, das in der Stirn kurzgeschnitten war.

»Es freut mich, dich endlich bei Bewußtsein zu sehen«, sagte er in drei verschiedenen Sprachen, bis er die Mundart gefunden hatte, die auf Balors Gesicht eine Reaktion hervorrief. »Ich würde gerne wissen, was für ein Zauberer du bist, der in seinem Medizinbeutel alle nötigen Arzneien bei sich trägt, mit denen er seine Wunde heilen und das Sumpffieber lindern könnte … der jedoch nichts davon benutzt, um sich selbst zu helfen.«

Balor war zu schwach für eine Antwort.

Der Mann brummte und rieb sich nachdenklich die Nase. »Dann schlaf weiter. Werde wieder stark. Ruf deine Zauberkräfte herbei, damit sie deine Genesung beschleunigen. Ich fürchte, ich kann nichts Brauchbares mehr aus dem Wrack des Schiffes herausholen, das mich ganz allein an dieser verdammten Küste abgesetzt hat, und ich sollte diesen Ort so schnell wie möglich verlassen.« Erinnerungen trübten den freundlichen Ausdruck auf seinem sonnengebräunten Gesicht. »Bei den Sternen, ich wünsche mir, meine Gefährten wären nicht allesamt ertrunken. Ich wünsche mir, sie wären jetzt noch bei mir. Ohne Verwandte und kampfbereite Männer in einem feindlichen Land, wo sich bekanntlich Sklavenhändler herumtreiben … das ist nicht gut. Bei den Sternen, werde schnell wieder gesund, Zauberer, oder ich werde gezwungen sein, dich dem Willen der Schicksalsmächte zu überlassen!«

Doch der Fremde ließ ihn nicht allein. Trotz der Drohungen und Flüche blieb der Mann und pflegte Balor, und obwohl er in mürrischer Laune war und nur selten sprach, war seine Pflege behutsam und eifrig. Wenn sich nachts der kalte und feuchte Nebel schwer auf die Welt legte, schlief er Rücken an Rücken unter demselben Mantel neben Balor und gab dem fiebernden Jungen von seiner Wärme ab. Er weckte ihn, wenn seine Träume zu schlimm wurden, und drückte ihm dann einen kühlenden feuchten Lappen auf die Stirn.

Während die Tage vergingen, spürte Balor, wie seine Kräfte allmählich zurückkehrten. Sein Fieber verschwand. In den Nächten schlief er gut. Seine Hand hatte wieder normale Temperatur, denn der Fremde hatte die Wunde ausgebrannt, während Balor im Delirium gelegen hatte.

Nachdem er noch einmal den Verband gewechselt und die Wunde mit einer Paste aus Spinnweben und einer Salbe eingeschmiert hatte, die er mit Zutaten aus Morrigans Vorräten zusammengerührt hatte, kniff der Fremde nachdenklich die Augen hinter seinen dichten Wimpern zusammen. »Es war sehr dumm von dir, daß du dich nicht selbst auf diese Weise behandelt hast … oder ist es in deinem Volk üblich, eine solche Wunde in Schlamm zu packen, damit sie faulen kann wie ein Käse, der um so besser wird, je stärker er von grünem Schimmel durchzogen ist?«

Balor errötete verärgert. »Ich habe kein Volk!« erwiderte er und bereute die Worte im nächsten Augenblick, doch er konnte sie jetzt nicht mehr zurücknehmen. In der ganzen Zeit hatte der Mann nicht mehr über sich selbst verraten, als daß er ein Schiffbrüchiger war. Er hatte Balor seinen Namen nicht genannt, und Balor hatte auch ihm nicht verraten, wie er hieß. Beide waren trotz allem mißtrauisch geblieben.

»Wie, kein Volk?« Der Fremde schnalzte mit der Zunge. »Das ist ein trauriger Zustand. Ganz allein auf Wanderschaft durch die Welt, ohne einen Freund, der dich tröstet, ohne ein Land, in dem man dich willkommen heißt.«

Seine Worte schnitten tief in Balors Seele. Aus der Ferne drangen die Rufe der Möwen über dem nebelverhangenen Meer heran, die ihn an das Lachen der jungen Männer auf dem Übungsfeld seines Heimatdorfes erinnerten. In Balors Herz war ein unerträglicher Schmerz, als er an das Dorf und an all das dachte, was er dort zurückgelassen hatte.

Der Fremde beobachtete ihn wie ein neugieriger Vogel, den Kopf zur Seite geneigt und die Augen nachdenklich zusammengekniffen. »Du hast den Beutel eines Zauberers bei dir, aber du bist viel zu jung, um ein Zauberer sein zu können. Deinem Aussehen nach bist du ein Nordmann, doch deine Zunge spricht die Sprache bestimmter Kriegerstämme vom Land jenseits des Meeres. Dort und auf Eireann, der Westlichen Insel, habe ich Menschen getroffen, die sie sprechen, doch nie zuvor in den Mooren Albions.«

Balor gefiel es nicht, in welche Richtung sich die Überlegungen des Mannes bewegten, denn sie kamen der Wahrheit viel zu nahe. »Was kann ein Seemann schon von den Mooren Albions wissen?«

»Genug, um zu erkennen, daß dein Volk nicht dort beheimatet ist.« Er lächelte schräg, während seine Augen so hart und scharf wie polierter blauer Schiefer blickten. »Aber es spielt keine Rolle. Bewahre deine Geheimnisse, so wie ich meine bewahrt habe. In diesem trostlosen und feindseligen Land, wo die Menschen sich gegenseitig zerfleischen, ist das Mißtrauen eine Tugend, die von denen gepflegt wird, die überleben wollen.«

Als im warmen Dunst des Mittags die Möwen über ihnen kreisten und schrien, kamen die Sklavenschiffe. Balor und der Fremde beobachteten sie aus ihrem Versteck in den Dünen, wo sie bäuchlings im dürftigen, rauhen Gras lagen, das auf den Sandhügeln wuchs. Obwohl es sie in unterschiedlichen Größen gab, waren es die gleichen Schiffe, die schon seit Anbeginn der Zeiten Menschen die Küste hinauf und hinunter befördert hatten. Sie hatten breite, tiefe Bäuche, um viel Fracht aufnehmen zu können, und hohe, gebogene Buge und Hecks. Sie hatten keine Segel, aber mit Hilfe eines einzigen Steuermanns konnten die Männer an den Rudern ihre Gefährte mühelos durch die sommerliche Brandung sicher an Land bringen.

Das taten sie, bis einige Dutzend Schiffe wie gestrandete Wale an der Küste lagen. Sofort begann die Besatzung, ihre menschliche Fracht von Bord zu treiben. Die jungen Männer und auch ein paar Mädchen und Frauen reagierten schnell auf die Flüche und Schläge der Männer mit den Peitschen. Die Sklaven waren verwahrlost und ihr Wille gebrochen, und ihre Herren machten kaum einen besseren Eindruck. Einige von ihnen begannen, den Strand und das Mündungsgebiet des Flusses nach Treibholz abzusuchen, mit dem sie ein Feuer für ihr nächtliches Lager entfachen konnten.

Der Fremde stieß einen kaum hörbaren Fluch aus, als er neben Balor erstarrte. »Schau dir das an! Einer von ihnen hat meine Fußspuren entdeckt! Komm, Zauberer! Falls du nicht wirklich einen Zaubertrick beherrschst, mit dem du diese Schweine verschwinden lassen kannst, sollten wir jetzt Fersengeld geben, wenn uns etwas an unserer Freiheit liegt!«

Ohne ein weiteres Wort eilten sie von der Düne zu ihrem Unterschlupf, um hastig alles einzupacken, was sie dringend benötigten. Sie rissen das Zelt ab, verstreuten die Pfosten und vergruben die Feuerstelle und alles andere, was sich nicht mühelos davontragen ließ. Sie rupften ein paar Grasbüschel aus und verwischten damit alle Spuren, die auf ihre Behausung hinwiesen, und ihre Fußabdrücke, als sie in den Sumpf flüchteten.

Bei Anbruch der Nacht hockten sie auf einem Landbuckel tief in den übelriechenden Schilfflächen. Sie hatten kein Kochfeuer entzündet, um ihren Aufenthaltsort nicht an die Sklaventreiber zu verraten. Sie saßen schweigend in ihrem Versteck, und nur der Mantel des Fremden schützte sie vor dem Nebel. Dieser senkte sich wie eine brütende Glucke über sie, erstickte die Geräusche der Nacht und bewahrte ihre Geheimnisse. Es war so still, daß sie hören konnten, wie der Nebel kondensierte und wie Regen von den Schilfhalmen tropfte.

Zeit verging. Dann drangen Geräusche vom Strand zu ihnen, durch die Entfernung gedämpft. Das Gelächter von Männern. Ein gelegentlicher Fluch in einer fremden Sprache. Derbe Gesänge, deren Melodie im Gegröle unterging. Hände, die einen heftigen, treibenden Rhythmus klatschten. Das Kreischen einer Frau. Der schmerzhafte Aufschrei eines Mannes. Dann Stöhnen. Und wieder Gelächter – das Gelächter einer grausamen und perversen Belustigung.

»Sie sind betrunken«, flüsterte der Fremde.

»Ich wünschte mir, ich wäre betrunken«, erwiderte Balor mißmutig.

Zeit verging. Der Nebel wurde so dick wie geronnener Rahm. Sie schliefen. Dann wachte Balor auf, als der Fremde ihm seinen Ellbogen in die Rippen stieß.

»Sag kein Wort, aber lausche!« Es war ein Befehl.

Balor tat es. Doch er hörte nichts und tat dem Fremden dies kund.

Der Fremde schnaufte ungeduldig. »Natürlich hörst du nichts. Nicht das leiseste Geräusch. Es ist spät, und die Sklavenhändler schlafen neben ihren Gefangenen, während die Welt in Nebel gehüllt ist. Jetzt ist die beste Zeit, uns auf den Weg zu machen!«

»Jetzt? Bist du verrückt? Ich kenne diesen Sumpf. Er ist voller tückischer, tiefer Stellen. Außerdem werden die Sklavenhändler morgen wieder weiterziehen. Sie werden nicht ihre Kräfte darauf verschwenden, den Sumpf nach uns abzusuchen, wenn sie schon jede Menge Sklaven haben.«

»Natürlich. Sie werden verschwinden und alle ihre Schiffe mitnehmen. Sie werden uns allein an dieser verfluchten Küste zurücklassen.«

Nun begann Balor zu verstehen, doch er wollte nichts damit zu tun haben. »Du bist wirlich verrückt! Das kleinste Boot auf dem Strand ist für vier Ruderer ausgelegt!«

»Das habe ich ebenfalls bemerkt. Es liegt ein Stück entfernt südlich von den anderen. Wir dürften keine Probleme haben, es zu stehlen, vor allem nicht in diesem Nebel, und die Brandung wird jedes Geräusch verschlucken, wenn wir das Boot ins Meer schieben. Wenn die Sonne aufgeht, sind wir schon meilenweit entfernt. Wenn wir beide zusammenhalten und uns von der Not anstacheln lassen, werden wir die Kraft von vier Männern haben. Du wirst sehen!«

Doch Balor wollte es gar nicht sehen. Plötzlich kam ihm der Sumpf wie ein äußerst gemütliches Plätzchen vor, und er wollte ihn auf keinen Fall verlassen. »Ich ... ich bin immer noch von meiner Krankheit geschwächt, und meine Hand ... sie ist immer noch nicht ganz verheilt.«

Mit einem verächtlichen Schnaufen stand der Fremde auf und warf sich den Mantel um. »Was ist los, Zauberer? Hast du keinen Mut?«

»Ich bin kein Zauberer!«

»Vielleicht nicht. Aber ich bin einer!«

Balor starrte ihn an und war zu verblüfft, um sprechen zu können. Der Mann hatte einen Dolch gezogen ... Balors Dolch, den er zusammen mit der Axt aus seinem Gürtel gezogen hatte, während er im Fieberwahn gelegen hatte.

»Jetzt hörst du mir zu ...« Seine Stimme klang tief und gefährlich. »Ich bin Cethlinn, das erstgeborene Kind des

Cromm Cruach, der der Hohepriester des Volkes des Steines ist. Ich bin gestrandet, als ich mich auf dem Heimweg von einer heiligen Pilgerreise zu den Heiligtümern auf den fernen nördlichen Inseln befand. Es ist unabdinglich, daß ich zur Ebene des Großen Steinkreises zurückkehre, bevor die Sonne zum Mittsommertag aufgeht. Das Boot dort draußen auf dem Strand … es ist für mich bestimmt, genauso wie ich weiß, daß du für mich bestimmt bist – ein Geschenk des Falken, der mich zu der Stelle führte, wo du im Sterben lagst. Ohne deine Hilfe kann ich niemals hoffen, dieses Boot zu stehlen. Also steh auf! Du bist meine Rettung. Du bist die Hand des Schicksals, und bei den Sternen, du wirst dich heute nacht zusammen mit mir in die Riemen legen! Oder ich werde dich auf der Stelle aufschlitzen!«

Balor überlegte, daß er viel größer und kräftiger als Cethlinn gebaut war und daß sein Geschick mit dem Messer so gut war, daß er es mit jeder Hand benutzen konnte. Doch als er aufstand und auf die drohende Waffe blickte, sagte er: »Mein Leben steht in deiner Schuld, Cethlinn. Wenn dies die Belohnung ist, die du von mir verlangst, dann soll es so sein. Meine Ehre gebietet mir, dir einen Gefallen zu tun. Aber ich muß dich warnen … es ist ein gefährliches Wagnis, das du dir in den Kopf gesetzt hast … und ich habe bisher noch keinem Mann Glück gebracht.«

Der Nebel schien in einem eigenen grauen Licht zu leuchten. Cethlinns Blick durchdrang den Dunst mühelos, als er Balor von oben bis unten ansah. »Keinem Mann, wie? Nun, das soll nicht deine Sorge sein. Die Vergangenheit ist vergangen. Die Zukunft liegt offen vor uns. Und mit mir wird für dich alles anders werden. Das kann ich dir versichern!«

Das Glück war auf ihrer Seite. Sie hatten keine Mühe, das Boot zu stehlen. Außerdem war es unter den Sitzplanken mit Proviant und Trinkwasser für vier Ruderer ausgestattet. Bei Sonnenaufgang hatten sie viele Meilen hinter sich gelassen und ruderten in einer sanften Dünung, die sie schnell durch den Nebel trug, zum Land im fernen Süden, wo Cethlinns Volk lebte.

Stunden vergingen. Sie ruhten sich oft aus, um Balors Hand nicht zu sehr zu beanspruchen. Doch ihm lag genausoviel wie Cethlinn daran, eine möglichst große Entfernung zwischen ihr kleines Boot und die Sklavenhändler zu bringen, so daß sie gut vorankamen.

Der Nebel wurde dünner und wich zurück. Sie hielten sich in seiner Nähe, um schnell wieder hineinfahren zu können, falls es notwendig wurde, ihn als Tarnung zu benutzen. Doch sie sahen keinerlei Schiffe. Bis auf gelegentliche Kolonien von Meeresvögeln oder Seelöwen, die sich lautstark in den felsigen Buchten oder auf Landspitzen tummelten, war die Küste, an der sie entlangfuhren, unbewohnt.

Und so vergingen ihre Tage. Cethlinn warf gelegentlich eine Sehnenschnur vom Heck ins Wasser, die er mit einem von Morrigans Feuersteinen beschwert und mit einem Haken aus einer zerbrochenen Muschel versehen hatte. Als Köder verwendete er das Fleisch von Weichtieren, die sie jeden Abend aus den Gezeitenteichen in der Nähe ihrer Nachtlager sammelten, so daß er für jede Abendmahlzeit einen Fisch fing.

Langsam begann sich ein leichtes Vertrauen zwischen Cethlinn und Balor zu entwickeln, und obwohl sie nach wie vor ihre Geheimnisse voreinander hatten, wurden sie allmählich zugänglicher. Cethlinn sprach offen über das Volk des Steins, die Anhänger einer Religion, von der er behauptete, sie sei so alt wie die Sterne und voller Weisheit. Er sprach über die großen Tempel und Monumente, über weltberühmte Plätze der Gelehrsamkeit, wo die Menschen sich versammelten, um das Wissen zu verehren und den Himmel zu studieren. Er sprach von mystischen Priestern, die an den strengen Ritualen der Vergangenheit festhielten, und von Gläubigen, die überzeugt waren, daß eine Religion, die in einer sich verändernden Welt keine Anpassungsfähigkeit bewies, wie eine Eiche in den Stürmen der Zeit zerbrechen und umstürzen mußte.

Die Offenheit des Mannes ließ Balor auftauen. Er sagte Cethlinn, wie er hieß, und obwohl er ihm weder den Namen seines Clans noch die Gründe verriet, die ihn allein in die Sümpfe hinausgetrieben hatten, erzählte er ihm von der Nacht, die er vor so langer Zeit auf den Klippen nördlich von Alhorn mit Sterngucker verbracht hatte. Cethlinn hörte so aufmerksam zu, daß Balor irgendwann stutzte.

»Was starrst du so? Ist es so ungewöhnlich, daß ich schon einmal einem Mann aus deinem Volk begegnet bin?«

Cethlinn schüttelte langsam den Kopf, während er ansonsten reglos auf seiner Ruderbank saß. »Beschreib ihn mir.«

Balor zuckte die Schultern und tat es. »Er war ein abgemagerter alter Vogel, der ganz in Weiß gekleidet war. Er hat nur in Rätseln gesprochen, aber er konnte auf eine Weise mit Pferden umgehen, die an Zauberei grenzte. Ich bezweifle, daß ich jemals vergessen werde, wie freundlich er war oder wie er über den großen Stern sprach, den wir beide damals im Westen vom Himmel fallen sahen.«

Cethlinn hielt den Atem an, und seine Augen weiteten sich. Dann lachte er. Er schlug sich auf die Schenkel. Dann lachte er wieder und schüttelte den Kopf, als könnte er seine eigene Dummheit nicht fassen. »Natürlich! Beim Schatten des kreisenden Falken! Ich hätte es mir denken können!«

Balor war der Heiterkeitsausbruch seines Gefährten ein Rätsel. »Wovon redest du?«

Cethlinn tat seine Frage mit einer wegwerfenden Handbewegung ab und kicherte leise. »Die Zeit wird dir alles verraten, mein guter junger Freund. Bis dahin bitte ich dich, nicht zu fragen, denn wenn ich es dir jetzt erklären sollte, würdest du mir kein Wort glauben!«

Sie ließen Meile um Meile hinter sich. Die Ruder hoben sich und tauchten ein. Ihre Hände wurden unter den Lumpen hart, die sie sich um die Handflächen gewickelt hatten, weil Blasen schmerzhaft in ihre Haut bissen. Cethlinn konnte keine Stille ertragen. Er erfüllte sie mit Pfeifen und Gesängen. Er sprach von den vielen Wundern, die er als Abgesandter des Volkes des Steins gesehen hatte, von kahlen Inseln, auf denen kein einziger Baum wuchs, von weiten Ebenen, wo die Erde niemals auftaute und nur Bäume überleben konnten, die kaum mehr als eine Handbreit hoch waren. Er sprach von Inseln aus Kristall, die im eiskalten Meer schwammen. Er sprach von Ländern, wo die Sonne im Sommer niemals unterging und der Mond im Winter aufstieg und mittags über der Erde stand, während kaltes Feuer am Himmel zitterte, wie bunte Bänder im Haar tanzender Mädchen.

Auf Befehl seines Vaters Cromm Cruach, des Hohepriesters des Volkes des Steins, sollte er einen Zauberer mit ungeheuren Kräften von den Inseln im Nebelmeer zu seinem Volk bringen, einen Mann, der zum heiligen Fest des Aufgangs der Mittsommersonne mit Cromm Cruachs einziger Tochter vermählt werden sollte. Doch auf ihrer Heimreise war eine Katastrophe über sie hereingebrochen. Ein riesiges graues Untier hatte sich aus den Tiefen des Meeres erhoben, ihr Schiff gerammt und zum Kentern gebracht. Alle waren ertrunken.

»Außer dem, der jetzt vor dir sitzt«, sagte er und verbeugte sich wie jemand, der erwartet, wegen einer schwer erkämpften Leistung beglückwünscht zu werden.

Sie rasteten auf einem schmalen, steinigen Strand. Cethlinn stocherte in den Resten seines Anteils an ihrer Abendmahlzeit herum und zwinkerte Balor verschwörerisch zu.

»Die Schicksalsmächte hatten sich von Anfang an gegen das Unternehmen verschworen. Doch Cromm Cruach wollte nicht von seinem Vorhaben ablassen. Er wollte den Zauberer mit eigenen Augen sehen und sich selbst ein Urteil über seine Macht bilden. Pah! Der Mann, den ich gefunden hatte, war genauso, wie ich befürchtet hatte – alt und saftlos und so runzlig wie eine Frucht, die zu lange im Salzwasser gelegen hat. Die Tochter von Cromm Cruach sollte nicht um ihn trauern. Die Vermählung sollte ein Bündnis zwischen den rivalisierenden Gruppierungen schmieden, die sich unter den nördlichen und südlichen Völkern unseres Glaubens gebildet hatten. Es war Cromm Cruachs Idee. Seine Tochter wollte nichts damit zu tun haben. Schon vor langer Zeit hatte sie sich einen Mann erwählt und auf ihn gewartet, obwohl sie damit rechnen mußte, im Verlauf der Jahre alt zu werden, ohne daß er zu ihr kommen kann.«

Balor saß im Schneidersitz vor ihrer kleinen Feuerstelle und bearbeitete eine beschädigte Pfeilspitze. Die Arbeit nahm seine gesamte Aufmerksamkeit in Anspruch. Cromm Cruach und seine alt gewordene Tochter waren ihm gleichgültig. Das Gespräch schweifte ab, als Cethlinn sein Desinteresse spürte.

Dann wurde es still zwischen ihnen. Doch Cethlinn konnte das Schweigen nicht ertragen. Als er zusah, wie Balor die abgeschlagenen Kanten des Feuerstein glättete und schärfte, sagte er mit unverhohlener Bewunderung: »Du machst deine Arbeit mit dem Geschick eines Mannes, der eine gute Ausbildung in der Kunst der Krieger erhalten hat.«

»Ja«, bestätigte Balor lakonisch. Er fühlte sich durch diese Feststellung geschmeichelt und sah keinen Grund, irgend etwas abzustreiten.

Cethlins Stirn legte sich in nachdenkliche Falten. »Du trägst eine Axt und einen Dolch, einen Bogen und ein Fangnetz bei dir. In den letzten Tagen konnte ich beobachten, wie du alle diese Waffen mit beeindruckendem Geschick benutzt. Doch mit den Dingen in deinem Beutel eines Zauberers weißt du offenbar nichts anzufangen. Das finde ich äußerst merkwürdig.«

Balor spürte, daß er dem Mann zumindest einige Erklärungen schuldig war. Schließlich waren sie keine Fremden mehr, und Cethlinn hatte ihm nun einmal das Leben gerettet. Also erzählte er Cethlinn, daß jemand den Beutel für ihn gepackt hatte und daß er gar nicht gewußt hatte, daß er außer Nahrung noch etwas anderes enthielt.

Cethlinn hob vielsagend eine Augenbraue. »Dann war es ganz offensichtlich ein Geschenk der Schicksalsmächte, denn ohne die Arzneien darin hättest du nicht überlebt.«

»Du warst es, der mich geheilt hat, Cethlinn.«

»Ja, aber nur, weil mir die dazu nötigen Dinge zur Verfügung standen.« Er schürzte nachdenklich die Lippen. »Wir haben noch eine lange Reise vor uns. Ich könnte dich in dieser Kunst unterrichten, damit du nie wieder durch Unwissenheit krank wirst.«

»Warum willst du ein so kostbares Wissen mit mir teilen?«

»In meinem Volk gilt es als heilige Verpflichtung, unser Wissen weiterzugeben.«

Als die Pfeilspitze zu Balors Zufriedenheit überarbeitet war, legte er sie beiseite und breitete dann gemeinsam mit Cethlinn den Inhalt von Morrigans Medizinbeutel auf dem Sand vor der Feuerstelle aus. Er sah zu, wie Cethlinn interessiert in den verschiedenen Dingen stöberte und erklärte, wozu die Pilze und Spinnweben und Kräuter und Wurzeln am sinnvollsten eingesetzt wurden. Als er sich schließlich die Bündel mit den Zweigen und Federn ansah, verzog er unwillig das Gesicht. »Dieser Jemand ... ihr Wissen ist bewundernswert, wenn auch recht primitiv.«

Balor war verblüfft über Cethlinns gute Intuition. »Ich kann mich nicht erinnern, dir gesagt zu haben, daß der Beutel einer Frau gehörte.«

Cethlinn zuckte beiläufig die Schultern. »Das Ganze hat eine gewisse weibliche Ordnung. Diese Frau ... ist sie vielleicht diejenige, nach der du gerufen hast, als du im Fieberwahn lagst? Könnte sie deine große Liebe sein ... das Mädchen namens Morrigan?«

Balor war schockiert. Sein Gesicht wurde knallrot. »Niemals! Sie war es, die den Beutel gepackt hat, aber dieses Mädchen ist nicht mehr als ein quälender Stachel. Wenn ich wirklich ihren Namen gerufen habe, war ich in der Tat von Sinnen!«

Cethlinn schmunzelte über Balors Wutausbruch und sah ihn belustigt an. »Mein guter junger Freund, man sagt, daß ein Mann viel eher die Wahrheit spricht, wenn er von Sinnen ist!«

Balor hatte überhaupt kein Verständnis für Cethlinns

Humor. Er schlang seine Arme fest um seine Knie und blickte finster ins Feuer. »Es gibt tatsächlich ein Mädchen, das ich liebe, Cethlinn. Aber bei den Schicksalsmächten, es handelt sich ganz bestimmt nicht um Morrigan!«

Cethlinn schürzte erneut die Lippen und wandte seine Aufmerksamkeit wieder dem Inhalt des Medizinbeutels zu. Er schnalzte tadelnd mit der Zunge, als er widerwillig die getrockneten Häute und Knochen mit dem Finger anstieß, bevor er sie zur Seite legte. Während Balor im Schein des Lagerfeuers grübelte, öffnete er einen nach dem anderen die kleinen Beutel mit den ›magischen‹ Pulvern, schnupperte neugierig daran, nahm mit angefeuchteter Fingerspitze eine Probe heraus und berührte sie vorsichtig mit der Zunge.

»Geschickt gemischte Zaubermittel. Sie sollten nicht zu nahe am Feuer aufbewahrt werden«, sagte er anerkennend, als er die kleinen Beutel beiseite stellte und dann bereitwillig über die Heiler seines Volkes zu sprechen begann. Sie konnten so fortgeschrittene Wunder bewirken, wie den Schädel eines Kranken zu öffnen, feinste Operationen an der grauen Masse darin durchzuführen, den Schädel wieder zu verschließen und dafür zu sorgen, daß ihre Patienten schon nach wenigen Wochen wieder bei bester Gesundheit waren.

Cethlinns Bemerkungen über Morrigan hatten Balor die Stimmung verdorben. »Wofür hältst du mich?« entgegnete er verärgert. »Niemand kann einem Menschen den Schädel öffnen, ohne daß die Lebenskraft für immer daraus entweicht! Ich glaube dir kein Wort!«

Cethlinn war keineswegs beleidigt. »Du solltest eins wissen, mein guter junger Freund – wir, die wir uns das Volk des Steins nennen, sind nicht wie andere Priester und Zauberer. Wir widmen uns dem Streben nach unbegrenztem Wissen, und unter uns gibt es Heiler und Wahrsager von so großem Können, daß viele sie für Zauberer halten, obwohl sie ohne jeden Trick und Betrug arbeiten.« Er hielt kurz inne. Er blickte Balor an, und das Feuer, das in seinen Augen glühte, war kein Widerschein ihres

Lagerfeuers, sondern kam aus seinem Innern. »Unsere Macht ist wirklich, Balor. Sie wurzelt in unserem Wissen. Sie wurzelt in unseren Erkenntnissen über das Wesen unserer Mitmenschen und in unserer Fähigkeit, die Bewegungen der Sterne vorhersagen zu können, das Kommen und Gehen der Gezeiten, den Aufgang des Schwarzen Mondes und der Dunklen Sonne. Solange das Unwissen in der Welt herrscht, werden wir die Macht haben ... denn ein Mann, der mehr weiß als sein Bruder, ein Mann, der die Ängste und Wünsche seines Bruders erkennen und vorhersagen kann, ein solcher Mann ist der Herr über seinen Bruder. Erkenne diese Wahrheit, und bei den Sternen, die die Geheimnisse der Schöpfung hüten, wirst auch du ein Zauberer werden ... ein Herr über die ganze Welt, wenn du den Mut hast, sie für dich zu beanspruchen!«

Am nächsten Tag sichteten sie die Landspitze von Alhorn, und Cethlinn bestand darauf, daß sie sich weit draußen auf dem Meer hielten.

»Dies sind gefährliche Gewässer für so kleine Fische wie uns. Wir sollten lieber unsichtbar bleiben.«

Balor wurde sichtlich unruhig, so daß Cethlinn ihn interessiert betrachtete und dann fragte, ob Alhorn sein ursprüngliches Ziel gewesen sei. Balor nickte zur Bestätigung und fügte hinzu, wenn er Cethlinn sicher ins Land seines Volkes gebracht und damit seine Schuld bei ihm abgezahlt hatte, würde er nach Alhorn zurückkehren, um dort auf jenen zu warten, dem er Rache geschworen hatte.

Cethlinn blickte Balor an, als hätte er gerade festgestellt, sich in der Gesellschaft eines Trottels zu befinden. »Dann solltest du wirklich erst zu einem Zauberer werden, der so weise und vorsichtig wie ein Wolf ist, mein guter junger Freund, wenn du dich allein in diesen Unterschlupf der Diebe wagst. In Alhorn gibt es kein Gesetz für Menschen, die ohne bewaffnete Leibwache auftreten und die keine Bronze haben, um der Drohung ihrer Waffen das nötige Gewicht zu verleihen.«

Dieser Rat widerte Balor an, denn es war, als hätte sein Vater durch Cethlinns Mund gesprochen. Jetzt rochen diese Worte genauso wie damals nach Feigheit. »Und woher willst du wissen, daß ich noch kein Wolf bin?« knurrte er.

Cethlinn beugte sich über sein Ruder. »Weil Wölfe nur in Rudeln leben, mein guter junger Freund! Wenn sie erfolgreich auf die Jagd gehen wollen, brauchen sie genauso wie Menschen Brüder.«

»Ich brauche niemanden!«

Cethlinn kniff leicht die Augenlider zusammen, als er Balor skeptisch musterte. »Wenn du das glaubst, dann bist du keineswegs ein Wolf, mein guter junger Freund. Dann bist du ein Narr.«

Balor fand keine Worte, um seiner Stimmung Ausdruck zu verleihen. Wütend bewegte er sein Ruderblatt. Cethlinn tat es ihm gleich. Sie ruderten eine Weile schweigend weiter, bis der Mann mit dem mausbraunen Haar das Bedürfnis empfand, die Stille durch ein Lied aufzulockern. Er hatte eine helle, angenehme Stimme, mit der er die Eintönigkeit der Reise linderte.

Allmählich hatte die Sonne ihren höchsten Punkt erreicht, und als der Morgennebel sich in Dunst verwandelte, sahen sie den Fleck eines geblähten roten und schwarzen Segels am Horizont. Balor erstarrte an seinem Ruder und versank so tief in seinen Erinnerungen, daß die Wirklichkeit für ihn überhaupt nicht mehr existierte, bis Cethlinn ihm dem Fang des Morgens zuwarf. Es war ein silberner Barsch, der immer noch zuckte. Er traf ihn ins Gesicht und weckte ihn.

»Rudere!« tobte Cethlinn. »Rudere um dein Leben, Mann!«

Zitternd nahm Balor das Ruder in die Hände. Gemeinsam schufteten sie, drehten das kleine Boot in die Wellentäler und gingen die Gefahr ein, zum Kentern gebracht zu werden, bis sie sich von dem anderen Schiff entfernten und es in Richtung Küste verschwand.

Cethlinn funkelte Balor an, als sie innehielten, um wieder zu Atem zu kommen, und er sich den Schweiß von der gerunzelten Stirn wischte. »Bei den Sternen, Mann, liegt dir überhaupt nichts an deinem Leben oder deiner Freiheit? Weißt du nicht, daß das die Farben des Hauses Nemed MacAgnomain waren?«

»Ich kenne sie.« Er stützte sich auf seinem Ruder ab und starrte, ohne zu blinzeln, in die Ferne, die Nemeds Schiff verschluckt hatte. Doch er sah es immer noch, als hätte es sich mit heißer Flamme in die Fasern seines Geistes gebrannt.

Cethlinn saß keuchend über sein Ruder gebeugt da, das Gesicht vor Abscheu verzerrt, als auch er dem anderen Schiff hinterherstarrte. Dann gab er Balor mit einer Handbewegung zu verstehen, ihm sein Messer und den Barsch zu reichen. Cethlinn begann damit, den Fisch wütend in Stücke zu schneiden, im passenden Rhythmus zu seinen Worten voller Zorn. »Es muß hundert Schiffe geben, die unter den Farben dieses verfluchten Hauses segeln, und der Schatten von Nemeds Macht weckt die Ratten der Furcht im Bauch jedes Menschen, der ihn zu Recht haßt. Doch ich sage, daß sich diese Ratten eines Tages gegen ihn wenden werden, denn Nemed macht sich mit derselben Lust Feinde, wie andere Menschen nach Freunden suchen.« Er hielt inne. Allmählich wurde der Rhythmus seines Atems wieder normal, und er reichte Balor ein paar Stücke vom Barsch. Während er nachdenklich auf seinem eigenen Anteil kaute, konzentrierten sich seine Augen und seine Gedanken immer stärker auf Balor. Er senkte fast verträumt die Lider. »Im Volk des Steins gibt es die Weissagung, daß sich eines Tages ein großer Herr in Albion erheben wird. Er wird sich in den Tagen der Dunkelheit erheben. Sein Weg wird von fallenden Sternen gezeichnet sein. Er wird ein Zauberer und Krieger sein. Und wenn er schließlich sein Königreich beansprucht, werden alle Menschen – sogar solche Tyrannen wie Nemed MacAgnomain – vor seiner Macht erzittern.«

Balor kam ein erschütternder Gedanke. »Vielleicht ist Nemed dieser Mächtige«, sagte er.

»Nein«, erwiderte Cethlinn mit Nachdruck. »Es stimmt zwar, daß er der Herr über eine große und habgierige Horde von Anhängern ist, deren Treue er sich mit Gold erkauft hat. Sie tragen die Farben seines Hauses auf ihren Schilden, weil sie Gefallen daran finden, im Widerschein seiner Macht zu stehen, und weil sie wissen, daß sie im anderen Fall das Brandzeichen des Sklaven erwartet. Der Mächtige jedoch wird ein Herr sein, dem die Menschen freiwillig folgen, weil sie durch seine Macht gewärmt und gestärkt werden, wie Menschen durch die Sonne gewärmt und gestärkt werden. Es heißt, daß er den Lenden eines Wolfes entspringen und das Meer mit den Flügeln des Falken beschatten wird. Sein Speer wird wie der Blitz sein. Sein Schwert wird der Diener und der Rächer für die Schicksalsmächte sein. Seine Macht wird aus seiner Meisterschaft in allen menschlichen Künsten entstehen. Unter seinem Banner wird er die Stämme der großen Clanskönigreiche vereinen, und sein Wissen und seine Weisheit werden so groß sein, daß die Menschen bis zum Ende der Zeiten sein Loblied singen werden.«

Die Worte riefen ihm Huldres düstere, unwillkommene Prophezeiungen ins Gedächtnis. Diese Übereinstimmung war beunruhigend. Balor wollte sich jedoch nicht darauf einlassen. »Mir scheint, Cethlinn, du sprichst von einem Gott und keineswegs von einem sterblichen Menschen!«

Cethlinn zuckte die Schultern und schüttelte den Kopf. »Aber die Götter sind auch nur Menschen, mein guter junger Freund. Sie sind aus anderem Holz geschnitzt, aber trotzdem Menschen, die durch die Einflüsse des Lebens zur Größe gebracht werden. Cromm Cruach hat den Mächtigen gesehen. Und die Tochter Cromm Cruachs hat darauf gewartet, mit ihm vermählt zu werden. Schon bald wird er in Erscheinung treten. Als Mann. Als Krieger. Als jemand, der dazu bestimmt ist, ein Priester des Steins zu werden. Eines Tages wird er an Cromm Cruachs Stelle treten. Und jene, die sich mit ihm verbünden, werden zu Herren über die ganze Welt werden.«

Fern am Ufer ertönte ein Horn. Zweifellos kündigte es

in Alhorn die Ankunft des Schiffes mit dem roten und schwarzen Segel an. Balor fragte sich, ob Nemed an Bord war. Dieser Gedanke ließ ihn erzittern.

»Im Gegensatz zur alt gewordenen Tochter von Cromm Cruach«, sagte Balor trübe, »bin ich nicht bereit, darauf zu warten, daß eine Legende zum Leben erweckt wird, bis sich endlich meine Sehnsucht erfüllt. Ich habe die Rache eines Mannes gegen Nemed MacAgnomain geschworen. Wenn ich dich sicher an die Küste des Landes deines Volkes gebracht habe, werde ich nach Alhorn zurückkehren, um meine Rache zu vollziehen.«

»Wenn du allein gehst, wirst du scheitern, genauso wie alle anderen, die es schon vor dir versucht haben. Er ist klug. Er ist vorsichtig. Und er wird von vielen Wachen geschützt. Keinem Feind ist es möglich, in seine Nähe zu gelangen.«

»Ich werde einen Weg finden. Beim entehrten Blut meiner Vorfahren, ich habe geschworen, ihm den Tod zu bringen, selbst wenn es mein eigener Tod sein sollte.«

Cethlinn beobachtete ihn aufmerksam und neigte den Kopf zur Seite, während er die Augenbrauen hochzog. »Und wenn deine Träume der Rache erfüllt sind, was willst du darüber hinaus in deinem Leben erreichen?«

Diese Frage entfachte ein dunkles Feuer in Balors Seele. Sie weckte Bilder aus der Vergangenheit, von zerstörten Träumen, von zerschlagenen Zielen, von Freunden, die für immer verloren waren. Er sah Dragas Gesicht und stieß ein leises Knurren aus. »Mehr gibt es für mich nicht. Nur Rache an jenen, die mir Unrecht angetan haben.«

Cethlinn kniff die Augen zusammen. Seine krummen, weißen Zähne kauten nachdenklich auf seiner Unterlippe. »Wenn alles, wonach du strebst, die Rache ist, dann wisse, daß deine Träume dunkle und welke Dinge sind. Nimm dich vor ihnen in acht, damit du in deinem Streben nicht den Blick für all das verlierst, was in diesem Leben gut und beständig ist.«

In dieser Nacht schlugen sie überhaupt kein Lager auf, sondern wechselten sich an den Rudern ab, um ihr kleines Schiff so weit von Alhorn fortzubringen, wie es ihre Kräfte erlaubten. Zwei Tage und eine Nacht lang verbrachten sie auf diese Weise, während einer von ihnen das Boot in Bewegung hielt und der andere sich ausruhte oder schlief. In der Dämmerung des dritten Tages legten sie an einem breiten Strand an, der ringsum von Sanddünen umringt wurde. Hier versteckten sie das Boot und bockten es mit dem Kiel nach oben auf, um darunterkriechen zu können. Balor stellte eine Falle auf, und schon bald brieten er und Cethlinn die Früchte seiner Anstrengung, kleine Wasservögel. Unter ihrem Boot als Schutz vor der feuchten Meeresbrise schliefen sie nach ihrer Mahlzeit. Sie waren zuversichtlich, daß niemand sie in dieser trostlosen und unbewohnten Landschaft sah oder nach ihnen suchte. Am folgenden Tag brachen sie wieder auf, durch das Essen und den Schlaf zu neuen Kräften gekommen. Sie bemerkten die Veränderungen an der Küste, während ein neuer Geruch den Wind würzte. Es war der Duft nach bepflanzten Feldern und Weidegräsern. Sie sogen ihn genießerisch ein und schienen auch dadurch gestärkt zu werden.

»Schon bald«, teilte Cethlinn mit, »werden wir das Land des Volkes des Steins erreicht haben.«

Tage vergingen. Gelegentlich sahen sie vom Boot aus Fischerdörfer auf dem höheren Land hinter den Buchten und grasende Tiere auf kargen Weiden. Einmal sahen sie ein in Leder gekleidetes Mädchen, das bis zu den Waden in der Brandung stand und einen großen, locker geflochtenen Krabbenkorb auf der Hüfte balancierte. Es war klein, schlank und hübsch. Der Wind hob sein langes schwarzes Haar an, so wie die Strömung die langen, seidenweichen Strähnen aus Seegras bewegte, die im Meer trieben.

Balor starrte das Mädchen an und wurde plötzlich von unerwarteter Sehnsucht und tiefem Schmerz ergriffen. Das Mädchen sah Morrigan so ähnlich. Morrigan! Wie weit sie schon von ihm entfernt war … mit ihrer scharfen Zunge und dem wachen Geist und den meergrünen Augen, die sich vom Mondlicht so leicht in flüssiges Silber verwandeln ließen. Morrigan. Er hätte den Namen beinahe laut ausgesprochen, konnte ihn jedoch rechtzeitig verschlucken. Cethlinn blickte ihn an und bemerkte offensichtlich, wie er das Mädchen beobachtete. Balor errötete verärgert, als er sich zwang, den Blick vom Ufer abzuwenden. Er versuchte an Dana zu denken. Sie war es, die er liebte!

Sie ruderten weiter und kamen immer tiefer in den Süden. Ihre Körper waren bronzebraun und abgehärtet von den langen Stunden an den Rudern, und ihre Freundschaft vertiefte sich. Sie entwickelten eine lockere Kameradschaft, die ihnen half, sich die Zeit zu vertreiben. Dann zogen sie in der Wärme eines dunstigen Sommermittags die Ruder ins Boot und starrten aufs Land. Cethlinn zeigte auf einen hohen, grob behauenen Stein, der wie ein einsamer Riese am Ufer stand. Er stand völlig still da und atmete tief durch, um seine zunehmende Erregung zu unterdrücken.

»Dieser Stein zeigt den Weg ins Land. Im Osten davon liegt das Land des Volkes des Steins.«

Sie brachten das Boot durch die Brandung und ließen es in einer sumpfigen Flußmündung liegen, wo Bienen sich eifrig auf Unmengen von Wildblumen stürzten und Mücken wie angriffsbereite Armeen im Wind summten. Balor sah zu, wie Cethlinn zum Stehenden Stein hinaufging und ehrfürchtig seine Hände darauf legte. Es bestand kein Zweifel, daß er die Zwiesprache mit Mächten suchte, die Balors Verständnis überschritten, und ebenso unzweifelig war es, daß er fand, wonach er suchte. Balor konnte erkennen, wie Cethlinn seine Erschöpfung verlor, als hätte der Stein ihm von seiner Kraft abgegeben. Es war eine erstaunliche Verwandlung. Die Falten um seine Augen schienen zu verschwinden. Er wirkte plötzlich um Jahre verjüngt, fast so hübsch wie eine Frau, wie er lächelnd dastand, als freute er sich über ein lange hinausgeschobenes und sehnsüchtig erwartetes Wiedertreffen.

Sein Gesicht strahlte, als er Balor vorschlug, das Boot umzukippen, damit es nicht von einem möglichen Regenguß überflutet und verschlammt wurde und Balor es später für seine Rückreise nach Alhorn benutzen konnte. Balor runzelte die Stirn und teilte Cethlinn mit, er habe gar nicht die Absicht, ihn ins Land zu begleiten. Nachdem sie diese Küste erreicht hatten, so sagte er, sei die Schuld abgetragen, die Cethlinn durch die Rettung seines Lebens eingefordert hatte.

Cethlinn schnaufte entrüstet. »Dann geh doch! Laß mich meinen Heimweg über die vielen Meilen, die noch vor mir liegen, allein fortsetzen! Ohne Begleiter wird es ein gefährlicher Weg. Aber mach dir deswegen keine Sorgen. Geh deines Weges, um deinen Racheschwur zu erfüllen.«

Cethlinn sprach in dem unbeherrschten Tonfall einer Frau. Trotzdem sprach er die Wahrheit, auch wenn Balor sie nicht gerne hörte.

Sie machten sich gemeinsam auf den Weg. Er war kein Kämpfer, aber er hatte sich als guter Freund erwiesen. Obwohl es Balor drängte, nach Alhorn zurückzukehren, beschloß er, an Cethlinns Seite zu bleiben. »Aber nur, bis du das erste Dorf im Herrschaftsbereich deines Volkes erreicht hast ... oder bis du dich einer Pilgerkarawane anschließen kannst, in deren Gesellschaft du Schutz findest.«

»So sei es«, sagte der Mann mit dem mausbraunen Haar und schulterte seinen Rucksack. »Aber solltest du dich entschließen, den ganzen Weg mit mir zu gehen, kann ich dir versprechen, daß Cromm Cruach sich dir gegenüber sehr dankbar und großzügig zeigen wird.«

Dies war eine ganz neue Aussicht. »Großzügig genug, um mir Gold zu geben? Genug Gold, um damit ein Bronzeschwert zu kaufen, mit dem ich mich Nemed stellen kann?«

Cethlinn kniff leicht die Augen zusammen. »Cromm

Cruach ist ein Mann des Friedens. Es wird ihm nicht gefallen, wenn du von Schwertern redest. Aber wenn du um einen Lebenssegen bittest, im Augenblick, wenn die aufgehende Mittsommersonne über dem Markierungsstein auf der Ebene der Großen Steine steht, könnte die Belohnung möglicherweise deine kühnsten Träume übertreffen.«

20

Sie liefen bis zur Abenddämmerung und schliefen bis zur ersten Morgenröte. Ein ganzer Tag verging, bevor sie auffällige Schneisen im Gestrüpp sahen, die von Menschen auf der Jagd hinterlassen worden waren. Bald entdeckten sie erste Anzeichen besiedelten Landes. Hier und dort sichteten sie einen Mann, der auf einem bepflanzten Feld arbeitete, oder die Gestalten von Frauen, die Kräuter oder Brennholz sammelten, während ihre Kinder lachend und schreiend um ihre Knie tollten. Einmal wurden sie von einem bellenden Hund verfolgt, und ein Mann verließ mißtrauisch seinen Pflug, um sie zu verfluchen und ihnen einen Stock hinterherzuwerfen.

Balor verstand nicht, warum der Bauer sich so grundlos feindselig verhalten hatte, und fragte sich, warum sie nicht Schutz und Unterkunft und vielleicht ein heißes Bad bei diesen seßhaften Menschen suchten. Doch Cethlinn warnte ihn, daß sie in gefährlichen Zeiten lebten, wo Menschen gut daran taten, keinem Fremden zu vertrauen oder ihn gar willkommen zu heißen. Zum erstenmal in seinem Leben erfuhr Balor, daß nicht nur Farnmoor unter den langen Wintern und schlechten Wetterbedingungen gelitten hatte, die den Ackerbau und die Viehzucht beeinträchtigten. Der Himmel über ganz Albion – das hieß, über der ganzen nördlichen Welt – war unfreundlich und unzuverlässig geworden, und genauso waren auch die Menschen geworden, die unter diesem Himmel lebten. Ganze Völker waren auf Wanderschaft gegangen. Sie suchten nach neuen Lebensräumen, die sie mit Gewalt beanspruchten. Und jene, die sich gegen ihre Raubzüge nicht verteidigen konnten, wurden ihrerseits zu Räubern, zu Dieben und Mördern, zu Schurken und Meistern der Überlebenskunst um jeden Preis.

Doch jetzt war der Himmel warm und klar, und Balor und Cethlinn zogen weiter, während sie kaum glauben konnten, daß noch vor wenigen Monaten schlechtes Wetter geherrscht hatte, das Verderben über Getreide, Vieh und Menschen gebracht hatte. In der Nacht hielten sie ihr Feuer so klein und rauchlos wie möglich, damit kein menschlicher Räuber auf ihre Anwesenheit aufmerksam wurde. Wenn ihr Essen gekocht war, traten sie die Glut sofort aus. Danach legten sie sich auf den Rücken, und Cethlinn sprach über die Sternenweisheit und über ein geordnetes Universum, das sich erkunden und verstehen ließ. Balor nahm das Wissen mit solcher Leichtigkeit auf, daß Cethlinn schließlich innehielt und ihn anstarrte.

»Nach einiger Zeit ... und einiger Ausbildung ... könntest du einer von uns werden«, sagte er.

Balor schnaufte verächtlich. »Ein Priester des Steins? Das ist etwas, das ich mit absoluter Gewißheit niemals sein werde!«

Cethlinn kaute auf der Unterlippe und betrachtete Balor. »Wenn du lange genug lebst, mein guter junger Freund, wirst du erfahren, daß im Leben überhaupt nichts gewiß ist ... außer vielleicht der Ungewißheit.«

Cethlinns Worte sollten sich schneller bewahrheiten, als er oder Balor je für möglich gehalten hätten. Am folgenden Tag zogen sie durch einen dichten Wald, wo sie überall auf Spuren kleiner und großer Lager aus jüngerer Zeit stießen, auf erloschene Feuerstellen, abgeknickte Äste und Zweige und Stellen am Boden, die von menschlichen Füßen aufgewühlt worden waren. Mehrere Male blieb Balor stehen, weil er das beunruhigende Gefühl hatte, beobachtet zu werden. Obwohl er niemanden sah, legte er einen Pfeil schußbereit auf die Bogensehne und riet Cethlinn, sein Messer in Griffweite zu halten.

Zweimal kamen sie an Menhiren vorbei, großen, einzelnen, aufrecht stehenden Steinen, um die man Opfergaben gelegt hatte. Kleine Schüsseln mit Getreide, eine Tonfigur in Form einer fremdartigen fetten Göttin der Fruchtbarkeit und ein großer Lehmkrug mit verkohlten Knochen einer geopferten Ziege. Cethlinn verachtete die Unwissenheit der Menschen, die solche primitiven Opfergaben hinterlassen hatten, und erklärte Balor, daß die Steine weder Götterstandbilder noch Grabmäler waren, sondern aufgegebene Markierungszeichen für die Sterne, die einst von astronomischer Bedeutung für die Priester gewesen waren, die auf kleinen, abgelegenen Bauernhöfen in der ganzen nordwestlichen Welt bis weit im Süden auf der Insel Malta lebten.

Die ungünstigeren Wetterbedingungen hatten die Lebensweise dieser Priester verändert. Nachdem der Nachthimmel immer häufiger durch Wolken verdeckt wurde, starb die alte Religion allmählich aus. Es gab nur noch wenige neu Bekehrte. Die Anhänger der alten Traditionen waren jetzt gezwungen, in großen Gemeinschaften zusammenzuleben und sich hinter Mauern und Schutzwällen zu verschanzen. Langsam wurden die einstmals heiligen Lichtungen mit einzelnen Markierungssteinen in ganz Albion von Bäumen und Gestrüpp überwachsen. Flechten überwucherten sie und verdeckten die Muster, die die Ahnen mit großer Ehrfurcht eingeritzt hatten. Der Regen weichte den Boden auf, in dem sie standen, bis sie sich neigten und umstürzten. Mit der Zeit würde die All-Mutter sie alle wieder in sich aufnehmen und sie mit Humus und Erde bedecken, bis die Menschen, die Jahrtausende später über das Land gingen, überhaupt nicht mehr wußten, daß dort einmal Steine gestanden hatten.

Balor war froh, als sie die Steine hinter sich ließen. Sie hatten etwas an sich, was ihn nervös machte, eine Aura der Übernatürlichkeit, die ihn an den Steinkreis im Heideland erinnerte, der einen kleinen, verirrten Jungen vor heulenden Wölfen und der Bestie seiner eigenen Furcht beschützt hatte, einen Steinkreis, der in der Nacht existiert hatte und bei Tag verschwunden war. *Steine sind einfach nur Steine, kalter Felsen ohne Seele oder Geist*, redete er sich ein, während sie weitergingen. Und doch schien es, daß im Schatten der Stehenden Steine alles möglich war. Auch als sie den düsteren Wald verließen und über weites, sonnenbeschienenes Land liefen, kam es Balor so vor, als würden die Steine ihn beobachten. Mehrere Male blieb er stehen und blickte sich um, während er fast damit rechnete, daß sie sich in Bewegung gesetzt hatten und ihm folgten.

Den ganzen Tag lang litt er unter dem Gefühl, beobachtet zu werden. Selbst als Cethlinn ihm Landmarken zeigte und sagte, daß sie morgen die Ebene des Großen Steinkreises erreichten, hellte sich seine Stimmung nicht auf. Er blickte sich immer wieder um, bis sie gegen Abend ein kleines Eichenwäldchen aufsuchten, in dem sie die Nacht verbringen wollten. Sie legten ihr Reisegepäck ab und entfachten ein Feuer, um darauf die Hasen zu braten, die Balor im Verlauf des Tages erlegt hatte. Zum erstenmal seit Stunden konnte Balor sich entspannen.

Keiner von beiden wußte später genau, wann die drei Fremden auftauchten. Sie kamen so leise und ohne jede Warnung, daß sowohl Cethlinn als auch Balor sofort wußten, daß sie nichts Gutes im Sinn haben konnten. Es waren große und unerschrockene Männer in verdreckter Kleidung, die um das Feuer stapften. Sie sprachen und scherzten laut in einer Sprache, die Cethlinn nicht zu verstehen vorgab. Später verriet er Balor, daß es eine derbe Abart eines der hiesigen Dialekte war, genauso grob und ungeschliffen wie die drei, die sie sprachen.

»Ganz ruhig«, riet er Balor leise. »Stell dich dumm, denn ihr Sinn steht nach Mord, und sie sind besser bewaffnet als wir.«

Daran bestand kein Zweifel. Die Männer fuchtelten mit langen, gezackten Messern aus tödlich scharfem, unpoliertem und unsauberem Kupfer. Wer die Verletzung durch ein solches Messer überlebte, würde bestimmt an der folgenden Infektion sterben. Sie trugen Knüppel und

Bogen auf den Rücken und Äxte an den Gürteln, als sie sich unaufgefordert neben dem Feuer hinhockten. Ohne zu zögern, nahmen sie sich von den halbgaren Hasen. Als Balor sich rührte, um zu protestieren, schlug einer ihn nieder, während der andere sich erhob, um ihm einen Fußtritt zu verpassen. Er trat dreimal zu. Balor stöhnte und rollte zur Seite. Ihm war übel vor Schmerz, Scham und Wut, als sein Peiniger lachte und ihm noch einen Fußtritt versetzte, diesmal in seinen Hintern. Er brauchte eine Weile, bis er wieder zu Atem kam und sein Kopf sich klärte. Als er sich schließlich wieder erhob, hielt er in einer Hand seine Axt und in der anderen den Dolch, den Cethlinn ihm zurückgegeben hatte. Die Fremden schienen sich davon überhaupt nicht beeindrucken zu lassen. Sie kauten an der Mahlzeit, die sich gewaltsam angeeignet hatten. Sie lachten und zeigten auf ihn. Einer von ihnen winkte ihn heran. Ein anderer zog seine Axt hervor. Nur Cethlinns kühler Kopf bewahrte Balor davor, ihre offensichtliche Herausforderung anzunehmen und sich mutig auf sie zu stürzen.

»Du kannst dich nicht gegen alle drei durchsetzen, Balor. Und ich könnte mich allein nicht einmal gegen einen verteidigen.«

Ohne die Eindringlinge aus den Augen zu lassen, hockte Balor sich langsam hin, bis er sein Körpergewicht auf den Fußballen balancierte. Es waren starke und grausame Männer. Wenn er sie angriff, hätte er ein Messer im Bauch und eine Axt im Rücken, noch bevor seine eigenen Waffen nennenswerten Schaden anrichten konnten. Dann würden sie sich in aller Ruhe Cethlinn vornehmen und ihn zum Vergnügen töten, falls sie nicht beschlossen, einen Sklaven aus ihm zu machen. Balor senkte die Augenlider, während er sie beobachtete. Einer trug einen goldenen Ring in der Nase. Ein anderer hatte silberne Ringe an den Ohren. Der dritte trug beides und einen runden Lederhelm. Er hatte ein häßliches, plattes Gesicht, das aussah, als wäre es mit einem Knüppel eingeschlagen worden. Wie seine Gefährten grunzte er befriedigt, während er an seinem Essen kaute. Blut und Saft und halb gekochtes Fett rann in ihre außergewöhnlich schmierigen Bärte. Sie leckten sich die Finger ab und wischten sie in ihrem langen, verfilzten Haar trocken.

Allmählich wurde es dunkler. Balor rührte sich nicht von der Stelle. Die Fremden versuchten nicht, ihm seine Waffen abzunehmen. Sie hatten Schläuche mit Met dabei, aus denen sie tranken, ohne ihren unfreiwilligen Gastgebern etwas anzubieten. Sie saßen dicht am Feuer und fütterten es mit Zunder und Holz, das Balor und Cethlinn zuvor neben der Feuerstelle aufgehäuft hatten. Sie ließen das Feuer heiß auflodern, um die Kälte zu vertreiben. Ihre Gesichter glänzten vor Fett und Grausamkeit. Ihre Augen trübten sich vom Met und leuchteten mit einer gefährlichen Gier, bei deren Anblick sich Balors Nackenhaare sträubten. Er hatte solche Augen schon einmal gesehen – als Mael es sich in den Kopf gesetzt hatte, Morrigan zu vergewaltigen. Sie rülpsten und furzten lachend, während sie die letzten Hasenknochen mit den Zähnen knackten und geräuschvoll das Mark heraussaugten, worauf sie sich anzüglich über die Lippen leckten.

»Sie sind bald soweit«, sagte Cethlinn, bemüht zu klingen, als würde er über etwas so Beiläufiges wie das Wetter reden. »Wenn wir beide gleichzeitig die Flucht ergreifen, haben wir vielleicht eine Chance, ihnen in der Dunkelheit zu entkommen. Es wäre einen Versuch wert. Wenn sie Hand an uns legen, werden ihre Taten eine Beleidigung der Würde des Lebens sein, und wenn sie mit uns fertig sind, wird uns der Tod als Erlösung vorkommen.«

Doch Balor wußte, daß es nur wenig Sinn hatte, einen Fluchtversuch zu unternehmen. Der Art und Weise nach zu urteilen, wie die drei sie beobachteten, schienen sie genau damit zu rechnen. Sein Plan war noch nicht ganz ausgereift, als er ein Gähnen vortäuschte und sich schläfrig streckte, als hätte er nicht die geringsten Sorgen. Sein Magen knurrte, wie er gehofft hatte. Er grinste wie ein verlegener Trottel und kicherte. Er rieb sich über den Bauch, um anzuzeigen, daß er Hunger hatte, und stand dann langsam auf. Die Fremden erstarrten. Sie beobachteten ihn mißtrauisch, als er Cethlinn erzählte, was er vorhatte, und was Cethlinn tun mußte, wenn seine List gelingen sollte. Ein schwachsinniges Grinsen auf dem Gesicht, zog er sich rückwärts von der Feuerstelle zurück und hob Morrigans Medizinbeutel auf. Obwohl das Mädchen in weiter Ferne war, könnte es ihm wieder einmal das Leben retten.

Einer der Räuber sprang auf die Beine, doch Cethlinn gab ihm mit beschwichtigenden Gesten und Worten zu verstehen, daß er sich wieder setzen sollte. Er deutete an, daß Balor geistig beschränkt sei und im Beutel nur etwas Eßbares suchte. Die Männer hatten genug Met getrunken, um damit ihr Urteilsvermögen zu dämpfen. Sie wurden erst mißtrauisch, als Balor damit begann, Weidenblätter aus dem Beutel zu zerren und sie sich gierig in den Mund zu stopfen. Die Blätter waren trocken und schmeckten bitter, aber Balor gab eine gute Vorstellung ab, während er genüßlich darauf kaute und dann ans Feuer zurückkehrte. Er hatte furchtbare Angst. Er wünschte sich, er wäre geflohen, als er noch die Gelegenheit dazu gehabt hatte, oder hätte sie mutig angegriffen, nachdem sie ihn getreten hatten. Doch ob er nun floh oder hierblieb und wie ein Krieger starb, in jedem Fall hätte er Cethlinn einem gnadenlosen Schicksal in die Hände gespielt. Und er konnte einen Freund nicht im Stich lassen, der ihm das Leben gerettet hatte. Er erkannte die Ironie der Situation. Wenn er und Cethlinn eine weitere Morgendämmerung erleben wollten, mußte er sich genauso zum Narren machen, wie Fomor es einst getan hatte, um Draga zu retten. Als er sich hinkniete und wieder sein idiotisches Grinsen aufsetzte, verstand er zum erstenmal, daß es manchmal mehr Mut erforderte, den Narren zu spielen, als sich heldenhaft aufzuführen.

Die Weidenblätter regten seinen Speichelfluß an. Er hatte so große Angst, daß er sich beinahe übergeben mußte, doch er nahm seinen Mut zusammen, um weiterhin wie ein Idiot zu grinsen, während er wieder im Beutel stöberte und eine der kleinen Proben mit Morrigans ›magischen‹ Pulvern hervorholte.

Möge es funktionieren! flehte er. *Bei den Schicksalsmächten! Bei den Zwölf Winden! Beim Auge des Donar und bei allen hellen Sternen, die Cethlinn beschwört! Möge es funktionieren!*

Er versuchte, das Zittern seiner Hände zu unterdrücken, als er langsam den Knoten löste und seine Finger in den kleinen Beutel steckte. Er holte eine Prise heraus, kostete mit der Zunge davon und tat so, als wäre es ein außergewöhnlicher Genuß. Wie Balor erwartet hatte, knurrte einer der Fremden voller Ungeduld und griff gierig über die Flammen, um sich den Beutel zu schnappen. Doch bevor seine Hände ihn erreichen konnten, öffnete Balor ihn, drehte ihn um und schüttete das Pulver in das Feuer. Es entzündete sich sofort, als es mit den Flammen in Berührung kam, und explodierte krachend in einer grellweiß strahlenden Stichflamme. Cethlinn, der in der Nähe eines der Fremden saß, versetzte dem Mann einen plötzlichen brutalen Ellbogenstoß, der ihn ins Feuer warf, während Balor im selben Moment zutrat und den zwei anderen Erde und Glut ins Gesicht schleuderte. Im nächsten Augenblick fing das Fett in ihren Bärten und Haaren Feuer. Sie sprangen schreiend auf und schlugen wild nach den Flammen, die ihre Köpfe wie Fackeln brennen ließen. Während ihr Gefährte starr vor Entsetzen zusah, wirbelten sie geblendet herum und flohen wahnsinnig vor Schmerz und Panik in die Dunkelheit hinaus. Dann füllte sich die Nacht plötzlich mit den Rufen von Vögeln, die durch die Todesschreie und den Gestank nach brennendem Haar und Fleisch aus dem Schlaf gerissen wurden.

Benommen stand der letzte der Männer auf. Die Axt in der einen und seinem Dolch in der anderen Hand, starrte er ungläubig auf den jungen Narren, der sich plötzlich in einen mutigen Rächer verwandelt hatte und nun um das Feuer auf ihn zukam, seine eigenen Waffen drohend erhoben. Der Mann runzelte die Stirn. Es bestand kein Zweifel, daß der Junge seine Axt und sein Messer zu benutzen verstand, doch im Kampf Mann gegen Mann war ein

Überraschungsangriff oftmals tödlicher als ein gut geführter Schlag. Und der Junge hatte bislang darauf verzichtet, seine Axt zu werfen. Also schleuderte der Fremde ihm ohne Vorwarnung seine eigene entgegen. Die Axt flog wirbelnd in hohem Bogen und fand ihr Ziel, bevor der Junge zur Seite springen konnte.

Cethlinn schrie auf, als Balor unter der Wucht des Schlages beinahe zu Boden ging. Der Treffer stieß ihn zurück, als die Axt sich in sein rechtes Schlüsselbein neben dem Schultergelenk grub und den Knochen zertrümmerte. Er blickte auf seine Verletzung und konnte das Ausmaß dessen, was er sah, überhaupt nicht fassen. Sein Arm und seine Schulter hingen schlaff in einem unnatürlichen Winkel herab, und die Axt fiel ihm aus der Hand.

Cethlinn griff den Mann an, stürzte sich mit geballten Fäusten auf ihn und schlug auf ihn ein. Der Mann stieß Cethlinn einfach beiseite, um sich später mit ihm zu beschäftigen. Jetzt genoß er es, Balor leiden zu sehen. Er war davon überzeugt, daß der Junge jetzt nicht mehr kämpfen konnte, so daß er lächelte. Nun wollte er ihn ausweiden, ihn vom Brustbein bis zum Unterleib aufschlitzen, damit der Junge Zeuge dessen wurde, wie die Windungen seiner eigenen Eingeweide hervorquollen. Nach dem, was er seinen Gefährten angetan hatte, verdiente es der Junge, unter Qualen zu sterben. Er würde noch tagelang mit seiner tödlichen Verletzung leben.

Langsam kam der Mann mit drohend erhobenem Dolch auf ihn zu. Er sah, wie der Junge mit der linken Hand nach der Axt griff, die in seiner Schulter steckte, doch er sah darin keine Gefahr. Es war der letzte Fehler des Räubers.

Die Axt löste sich unter einem so furchtbaren Schmerz aus seiner Schulter, daß Balor vor Übelkeit beinahe in die Knie gegangen wäre. Doch er schaffte es mit all seiner Willenskraft, auf den Beinen zu bleiben. Er stand unter Schock, doch mit seinen letzten Kraftreserven schleuderte er die Axt fort, wie Fomor und Draga und die Männer des

Clans es ihm beigebracht hatten. Er warf sie wie ein Kriegersohn des Volkes der Axt.

Die Waffe drang genau über der Stirn in den Kopf des Mannes ein, genau zwischen seinen Augen. Sie spaltete sein Gesicht, während sie sich in sein Hirn schnitt. Er war längst tot, als sein Körper zu Boden stürzte und die Zuckungen erstarben.

Balor fror. Cethlinn hatte das Feuer neu entfacht, doch es wärmte ihn nicht. Der Mann mit dem mausbraunen Haar versorgte Balors Wunde und versicherte ihm, daß bei angemessener Pflege der Knochen gerichtet und die Muskeln zusammengefügt werden konnten, um mit der Zeit wieder das Gewicht seines Arms zu tragen. Die Axt hatte eine wichtige Arterie knapp verfehlt. Wenn sie ihn nur ein wenig näher am Hals getroffen hätte, wäre Balor verblutet. Doch auch so blutete die Wunde heftig, und Cethlinn wußte, daß er sie ausbrennen mußte, bevor er loszog, um Hilfe aus seinem Dorf zu holen.

»Zu dieser Jahreszeit halten sich die besten Heiler auf der Ebene des Großen Steinkreises auf. Aber du bist zu geschwächt für den Marsch, also muß ich sie zu dir bringen.«

Die brennend heiße Klinge berührte sein Fleisch. Balor zuckte in Todesqualen zusammen, bevor er in Ohnmacht fiel. Als er wieder erwachte, war Cethlinn verschwunden. Das Feuer war aus. Die Feuerstelle war vergraben und alle Spuren ihres Lagers verwischt. Er lag in einem kleinen Eichenwäldchen in einem Versteck unter Zweigen und Blättern, damit keine Räuber auf ihn aufmerksam wurden. Irgendwo, nicht weit entfernt, rief ein Ziegenmelker, und Wölfe heulten traurig. Er dachte an die drei Männer, die er in dieser Nacht getötet hatte. Wo waren die zwei, die gebrannt hatten? Was hatte Cethlinn mit der Leiche des dritten gemacht? Die Männer zu töten war notwendig gewesen, doch genauso wie bei Mael empfand er überhaupt keine Befriedigung. Es kam ihm eher so vor, als wäre durch die Morde auch ein Teil von ihm gestorben.

Würde er sich genauso fühlen, wenn er Nemed MacAgnomain endlich den Tod gebracht hatte? Würde es keinerlei Hochgefühl geben, keinen überwältigenden Triumph? Ein trostloser Gedanke ging ihm durch den Kopf. Vielleicht würde er niemals die Gelegenheit erhalten, es herauszufinden. Vielleicht war sein Traum von Rache jetzt genauso zerschmettert wie sein Schlüsselbein. Vielleicht würde er seinen Arm nie wieder benutzen können, auch wenn Cethlinn es ihm versichert hatte. Vielleicht würde Cethlinn niemals zurückkehren, weil er rechtzeitig zum Aufgang der Mittsommersonne wieder bei seinem Volk sein mußte. Vielleicht hatte er ihn hier zurückgelassen, damit er wie eine verwundete Waldratte in einem Nest aus Zweigen und Blättern starb.

Durch den Schleier von Schmerzen und Erschöpfung und Sorgen blickte er zwischen dem Flechtwerk der Äste hindurch zur Unermeßlichkeit des sternenübersäten Himmels hinauf. Keine Sternschnuppe fiel, um ihm ein Zeichen zu geben. Der Himmel war genauso kalt und leer wie seine eigene Seele.

Mittags erreichten sie ihn, auf schweißnassen Pferden, denn sie waren schnell geritten und hatten einen weiten Weg gehabt. Balor sah sie, wie man Gestalten am fernen und dunstigen Horizont seiner Träume sah – weißgekleidete Männer und Frauen und ein Anführer auf einem großen, blassen Pferd, die ihm immer näherkamen. Das Tier war so weiß und schimmernd wie neuer Schnee auf einem gefrorenen Teich, so groß, schlank und kraftvoll wie das Einhorn seiner Kindheitsträume. Der Mann auf dem Pferd ritt mit der Haltung eines Herrn. Er war groß und von Kopf bis Fuß in einen weiten Mantel mit Kapuze gekleidet, der sein Gesicht verbarg und über den Körper des Pferdes bis zu den Fesseln des Tieres herabfiel. Neben ihm ritt auf einer kleineren Stute in der Farbe des Nebels eine Frau. Da sie noch zu weit entfernt war, konnte er ihr Gesicht nicht erkennen. Sie war in Weiß gekleidet, genau wie die anderen, und auf dem Kopf trug sie einen Kranz aus Blüten und Farn über dem geraden, schulterlangen braunen Haar. Sie glitt vom Rücken ihres Pferdes und lief zu ihm; sie trug ein einfach geschneidertes, nachlässig gegürtetes Gewand aus feinem dünnen Sommerleinen, das die Rundungen ihres Körpers nur unvollkommen verbarg. Sie lief auf bloßen, sonnengebräunten Füßen zu ihm und zerrte hastig die Zweige fort, durch die er sie beobachtet hatte.

Dann wußte er, daß er träumte, denn das Gesicht der Frau war Cethlinns schiefes Gesicht, in dem blaue Augen vor Sorge blinzelten und weiße, krumme Zähne auf der Unterlippe kauten. Dann lugte ein zweites bekanntes Gesicht über ihre Schulter – kahlköpfig und mit einem einzigen Ohrring aus Lapislazuli und einem blassen Kiefer, der vom schwarzen gestutzten Bartwuchs beschattet wurde. Das Gesicht gehörte dem Heiler, der Balor vor so langer Zeit in Alhorn den Nektar aus Mohnsaft gegeben und seinen Kopf genäht hatte.

Der Mann runzelte die Stirn und drängte die Frau beiseite. »Tritt zurück, Tochter von Cromm Cruach, wenn du willst, daß ich mich um den Mann kümmere!«

Geschickte Finger betasteten seine Wunde. Balor schrie auf und hörte dann, wie die Frau den Heiler mit einer Stimme tadelte, die der von Cethlinn verblüffend ähnlich war. Balor wunderte sich jedoch nicht weiter darüber, denn er vermutete, daß Cethlinn der Bruder dieser Frau war – vielleicht ihr Zwillingsbruder.

»Sei vorsichtig mit ihm, Keptah! Er hat sehr viel Blut verloren!«

Der Mann stieß ein tiefes, verärgertes Knurren aus. »Wenn es sein Schicksal ist, wird er wieder gesund werden. Wenn nicht, wird er sterben. Ich werde mein Bestes für ihn tun, Frau, aber nur die Zeit wird verraten, ob er wirklich zu jenem Schicksal bestimmt ist, das du für ihn vorausgesehen hast.«

»Er ist es, der uns prophezeit wurde. Also behandle ihn mit sanften Händen, denn ich habe nicht all die langen Jahre auf ihn gewartet und ihn über all die langen Meilen hierhergebracht, um ihn durch deine Pfuschereien zu verlieren!«

Die Worte trafen Balor beinahe genauso schwer wie der Schmerz, den die Behandlung des Heilers ihm verursachte. Er stöhnte und verlor fast das Bewußtsein, als die Hände des Mannes in seiner Wunde hantierten.

»Pfuscherei?« Keptah warf der Frau einen bösen Blick über die Schulter zu und widmete sich dann wieder Balors zerrissenem Fleisch. »Von meinem Heimatland am Fluß Nil über die Inseln der Ägäis bis zum fernen Nordland der Barbaren bin ich für den ›Zauber‹ berühmt, den ich mit meinen Händen bewirke! Aber ich bin nur ein Mensch, Cethlinn, und du mußt lernen, daß du die Schicksalsmächte zu nichts zwingen kannst, ganz gleich, wie sehr du es dir wünschst!«

Balor fuhr trotz seiner Schmerzen und seiner Erschöpfung hoch und schlug die Hand des Heilers weg, als er mit aufgerissenen Augen und offenem Mund auf die Frau starrte. *»Cethlinn …?«*

Die weißen Zähne kauten wieder auf der Unterlippe. Die blauen Augen funkelten mit vertrauter, heimlicher Belustigung. Starke, sonnengebräunte Hände mit langen Fingern nahmen den Kranz vom mausbraunen Haar. »Ja, so ist es, mein guter junger Freund!« Cethlinn legte den Blumenkranz auf Balors Haupt. »Ich bin Cethlinn, das erstgeborene und einzige Kind von Cromm Cruach, die Tochter des Herrn des Steins. Und wie du siehst, verfüge ich in der Tat über Zauberkräfte, mit denen ich so lange mein Geheimnis vor dir wahren konnte … obwohl ich mir oftmals gewünscht habe, es dir zu verraten. Doch ich fürchtete, wenn du mein wahres Geschlecht gekannt hättest, wären wir beide schutzloser den Gefahren unserer Reise ausgesetzt gewesen.«

Balor legte sich wieder hin. Sein Geist stand genauso unter Schock wie sein Körper. Der Heiler betrachtete ihn belustigt, als er den Kopf schüttelte. »Nimm dich in acht vor ihr, junger Mann, denn sie hat Dinge mit dir vor, die dich in Erstaunen versetzen dürften.«

Cethlinn zeigte lächelnd ihre weißen, schiefen Zähne. »Er ist es, der *dich* in Erstaunen versetzen wird, Keptah! Wenn du ihn geheilt hast, wirst du erkennen, daß er der Mächtige ist, und während er wieder zu Kräften kommt, wird er zu einem Priester des Steins werden … zu dem, der uns prophezeit wurde. Die Schicksalsmächte haben ihn erwählt. Ich habe ihn erwählt. Ich bin jetzt seine Frau.«

Das war endgültig zuviel für Balor. »Nur über meine Leiche!« brüllte er, während er gegen einen Ansturm von Schmerzen und Schwäche anzukämpfen versuchte. Er wollte aufstehen.

Keptah hielt ihn zurück. »Beruhige dich, sonst werden sich deine Worte als Prophezeiung erweisen!«

»Was ist denn los?« Eine warme und weiche Stimme, die zudem entfernt vertraut klang, mischte sich ein, als der Schatten des Mannes, der das weiße Pferd geritten hatte, über sie fiel und das Sonnenlicht verdeckte.

Cethlinn blickte zu der großen, verhüllten und gesichtslosen Gestalt auf, die auf sie herabsah. »Schau ihn dir an, Vater. Sag mir, daß er nicht derjenige ist, den du vor langer Zeit im Norden gesehen hast!«

Langsam hoben sich die Hände der großen, schweigenden Gestalt, um die Kapuze zurückzuwerfen und das Gesicht von Cromm Cruach zu enthüllen. Balor hatte auf einmal das Gefühl, die Welt würde ihm unter den Füßen weggezogen werden.

Der Herr des Steins lächelte. Sterngucker lächelte. »Bist du schon wieder versehentlich auf einen falschen Weg geraten, Junge? Es besteht kein Grund, mich so entsetzt anzustarrren, alter Freund. Habe ich dir nicht vor langer Zeit gesagt, daß es einem Menschen wenig nützt, seine eigenen Wege zu verfolgen, wenn der Wille der Sterne im Spiel ist? Cethlinn hat recht, weißt du. Das Schicksal lenkt jeden von uns. Es erwählt uns. Und ob es uns gefällt oder nicht, wir können unserer Bestimmung auf lange Sicht nicht entrinnen.«

»Ich werde es nicht zulassen!« erwiderte Balor und wehrte sich gegen Keptahs Griff.

Sterngucker hob vielsagend die Hände. »Aber es ist doch längst geschehen, mein alter Freund. Es ist längst geschehen ...«

Und so geschah es, daß Balor, der Enkel von Manannan MacLir, der erstgeborene Sohn von Fomor, dem Wolf der Westlichen Stämme, der junge Mann aus dem Volk der Axt, zum erstenmal auf die Ebene des Großen Steinkreises kam. Er lag von Drogen betäubt auf einer Trage, auf der man ihn über eine uralte Straße trug, über ein uraltes Land, in dem zwischen den Feldern mit Weizen, Flachs und Gerste die Geister von vor langer Zeit gestorbener Generationen im Wind flüsterten, während ihre Leichen ungestört und friedlich in großen runden Bestattungshügeln aus Kreidegestein schliefen, das nun mit grünem Sommergras und Wildblumen bedeckt war.

Er kam bei Anbruch der Dunkelheit und blieb unter dem Einfluß der Drogen. Er schlief und wurde durch Keptahs aufmerksame Fürsorge geheilt. Er schlief immer noch, als die Mittsommersonne über dem heiligen Markierungsstein aufging und ihr Licht über die Ebene und in den Kreis der Trilithen ergoß, wo jene, die zu Priestern geweiht wurden, in ihrer lebensspendenden Wärme badeten, die ihre Macht begründete und die Ordnung des Universums für ein weiteres Jahr verhieß.

Es war taghell, als Balor endlich erwachte. Er befand sich in einem großen Langhaus aus Holz, das als Krankenhaus und Wohnstätte für Heiler diente, die aus allen Teilen der Welt gekommen waren, um auf dieser heiligen Ebene ihre Künste zu verfeinern, wo Menschen in Frieden leben und studieren und sich dem heiligen Streben nach Weisheit widmen konnten. Balor brauchte eine Weile, um sich zu orientieren. Er lag auf einer erhöhten Pritsche, und abgesehen von anderen Patienten, die hinter geflochtenen Wandschirmen stöhnten, war er mit Keptah allein. Der Ägypter saß neben Balor auf einem niedrigen, dreibeinigen Hocker und verrührte in einer Schale auf seinem

Schoß eine stark duftende Salbe. Es war das langsame, dumpfe Schaben des steinernen Stößels gewesen, das ihn geweckt hatte. Außerhalb der Wände herrschte der Lärm einer feierlichen Zeremonie. Der Raum war vom schweren Geruch des medizinischen Rauchs erfüllt, der von Feuerstellen in jeder Ecke des Langhauses aufstieg.

»Ich fürchte, in diesem Jahr hast du alles verpaßt«, teilte Keptah ihm mit und ließ den Stößel in der Schale ruhen. »Aber im nächsten Jahr, wenn die Schicksalsmächte es wollen, wirst du mit Cethlinn als deiner Braut im heiligen Kreis stehen. Cromm Cruach hat gesagt, daß es so sein wird ... falls du dich als würdig erweist.«

Balor starrte ihn an und hoffte, daß es sich nur um einen Alptraum handelte. Doch als Keptah seine Arbeit wiederaufnahm, vertrieb der aromatische, würzige Duft, der vom Stößel freigesetzt wurde, die letzten Nebelwolken aus seinem benommenen Geist. Es bestand kein Zweifel, er erlebte die Wirklichkeit. Und die Vorstellung, daß Cethlinn seine Braut werden sollte, war schlimmer als jeder Alptraum. Ganz gleich, wie sehr er sich bemühte, er konnte sich einfach nicht mit dem wahren Geschlecht seines Gefährten abfinden. Wie konnte ihm nur entgangen sein, daß Cethlinn es in all ihren gemeinsam verbrachten Wochen geschafft hatte, ständig glatt rasiert auszusehen, ohne daß er ihn auch nur ein einziges Mal dabei beobachtet hätte, wie er sich das Gesicht rasierte? Wieso hatte er sich nicht darüber gewundert, daß der ›Mann‹ sich niemals nackt ausgezogen hatte, um in der Brandung oder in Süßwasserquellen zu baden, wie Balor es getan hatte, sooft die Umstände es erlaubt hatten? Er schloß die Augen. Das Ausmaß seiner Dummheit war unübertroffen.

Keptah schien seine Gedanken zu erraten. Er kicherte. »Urteile nicht zu hart über dich selbst. Cethlinn ist oftmals hinterlistig und undurchschaubar. Aber sie ist in Ordnung, wenn man sich erst einmal an sie gewöhnt hat. Außerdem sagt man, eine ältere Frau sei etwas Gutes für einen jungen Mann. Bis zum nächsten Jahr wirst du die

Vorteile einer Verbindung mit ihr erkannt haben. Und es wird bestimmt viele Männer geben, die dich um sie beneiden.«

»Im nächsten Jahr werde ich nicht mehr hier sein!«

»Nein? Hältst du dich für einen Wahrsager?«

»Ja!« erwiderte er erregt und versuchte aufzustehen, obwohl von seiner Schulter – das hieß, von seiner ganzen rechten Körperseite – ein tiefer, alles durchdringender Schmerz ausging. Er steckte in einem schweren, festen Verband, der seinen Arm gegen seine Brust drückte, so daß er ihn nicht mehr bewegen konnte. Doch das war es nicht, was ihn daran gehindert hatte, sich aufzusetzen und die Beine von der Pritsche zu schwingen. Es war die Fessel an seinem rechten Fußknöchel. Es war ein dicker Riemen, der an einem kupfernen Reifen befestigt war, der offenbar um seinen Fuß geschmiedet worden war, als er geschlafen hatte. Der Riemen verband ihn mit einem zweiten Kupferring, der fest im Holz der Pritsche verankert war. »Was ist das?« wollte er wissen und riß daran, obwohl er wußte, daß es sich dadurch keineswegs lösen würde.

»Das ist eine Fessel«, antwortete Keptah mit abgewandtem Blick.

Balor wurde wütend. »Ich weiß, *was* es ist! Aber *warum* hat man es mir angelegt? Ich bin doch kein Hund, den man anleinen muß. Und ich bin auch kein Gefangener, der gefesselt werden muß, damit er nicht wegläuft. Nimm das sofort ab!«

»Das kann ich nicht tun.« In Keptahs Stimme schwang Bedauern mit. Seine Augen wandten sich wieder Balor zu, um ihm einen ruhigen, düsteren Blick voller Mitgefühl zuzuwerfen. »Es geschah auf Cethlinns Befehl. Du bist jetzt ihr Eigentum. Du solltest dich lieber daran gewöhnen, junger Mann. Du bist jetzt ein Sklave des Volkes des Steins.«

21

Es wurde Herbst in Farnmoor. Die Moore erglühten in allen erdenklichen Farben. Die Sonne stand an einem zartblauen Himmel, und bis auf kleine, nahrhafte Regenwolken warf nichts Schatten, die die Erde verdunkelten. Nachdem Balor jetzt fort war, so sagte man, war das Wetter wieder so wie damals, als Fomor MacLir mit seinem Clan das Dorf erobert hatte, um ein seßhaftes Leben zu führen. Alles bestätigte die Richtigkeit seiner Herrschaft, und zu Dragas anhaltender Verärgerung gab es keinen Grund zur Unzufriedenheit.

Das Leben war gut. Der Frieden war genauso angenehm, wie der Häuptling versprochen hatte. Nie zuvor hatten die Menschen des Clans MacLir eine reichere Ernte gehabt. Nie zuvor waren die Getreidespeicher so hoch mit Korn angefüllt gewesen. Nie zuvor hatten die Bienen soviel Pollen gesammelt, so daß aus den wilden Bienenstöcken und den Körben aus straff geflochtenem Stroh Unmengen von Honig gewonnen werden konnten, um daraus Met zu machen. Die Säuglinge wurden fett. Die Kinder wurden stark. Die Alten spürten, wie ihre Beschwerden in der anhaltenden Wärme der Sonne gelindert wurden, während die jungen Männer hitzige Wettkämpfe auf dem Übungsfeld veranstalteten, um sich mit erneuerter Begeisterung Rang und Anerkennung in den Augen Danas und anderer heiratsfähiger Mädchen zu erkämpfen. Und als schließlich die Opferfeuer des Herbstes entzündet wurden, hatten die Scheiterhaufen nie zuvor höher und heißer gebrannt. Zum Freudenfest der Vollendung des Kreises des Lebens wurde das Vieh durch die symbolischen Ringe aus Feuer getrieben, und die Männer und Frauen des Clans sprangen zusammen mit den Tieren hindurch. Sie tranken vom Met dieses Jahres, einem schweren, stark alkoholischen Gebräu, das aus Honig, Weizen, Kräutern und Fruchtfleisch hergestellt wurde. Er wärmte sie mit seiner dunklen, goldenen Glut, während sie auf Pfeifen bliesen, die aus Schwanenknochen geschnitzt waren, und auf Tontrommeln schlugen, die irgendwann zerbrachen und in die Erde gestampft wurden, während sie die Geister der Zwölf Winde anriefen, um sie in den langen Tagen der kommenden dunklen Jahreshälfte zu beschützen.

Munremar sah ihnen zu. In seinem zeremoniellen Gewand, das mit wirbelnden Flammenmustern bestickt war, stand er neben dem Häuptling auf der hohen Palisade und wußte, daß alle, die im Feuerschein unter ihm vorbeizogen, ihn als den Allwissenden, den Weisen sahen, der alle Dinge dieser und der nächsten Welt wußte. Es war genau das, was sie sehen sollten. Er reckte sich, soweit sein dürrer Körper es ihm ermöglichte, und plusterte sich in seinem hellen, fließenden Gewand auf. Er genoß den rauchgeschwängerten Wind, der durch sein dünnes weißes Haar und seinen langen Bart strich, weil er wußte, daß er auch dadurch größer wirkte. Neben Fomor MacLir würden nur die größten und kräftigsten Krieger nicht klein wirken. Doch in dieser Nacht fühlte sich Munremar nicht klein, im Gegenteil; er, als Hohepriester, trug dazu bei, daß die Macht Fomors noch größer schien. Und daß er an der Seite des mächtigen Mannes stand, ehrte wiederum auch ihn. Wenn er Federn gehabt hätte, hätte er sich aufgeplustert, und seine Haut kribbelte sogar bei dieser Vorstellung. Und wenn der Wind noch etwas stärker würde und er noch etwas mehr Met trank, um sein Selbstbewußtsein zu erhöhen, würde er in die Nacht hinausfliegen, getragen von den Flügeln seiner eigenen Selbstgefälligkeit.

Seine Augenlider, die mit Krapprot gefärbt und mit blauem Waid umrandet waren, flatterten beim Anblick der wirbelnden Tänzer. Sie waren so sehr wie Kinder! Sie ließen sich so leicht beeinflussen. Sie waren so leichtgläubig. So begierig darauf, alles zu vergessen, was zuvor geschehen war. Der endlose Regen. Die verdorbene Erde. Die Krankheit. Der Tod. Aber er hatte nichts vergessen und war jederzeit bereit, die schlimmen Erinnerungen wieder aufleben zu lassen und die Furcht in ihnen zu entfachen. Wenn die Tage wieder düster wurden, mußte er ihnen sofort ins Gedächtnis rufen können, daß er sie gewarnt hatte, es könnte jederzeit wieder so werden ... falls sie mit ihren Opfergaben nicht großzügig genug gewesen waren ... Er lächelte, als er vor seinem inneren Auge die Opfer sah, die sie vor den Altar der Zwölf Winde gestellt hatten – Becher mit Met und Honig, Krüge voller Getreide, Säcke voller Mehl, Käfige voller fettem Geflügel –, alles aus Dankbarkeit für das gute Leben, das die Menschen des Clans geführt hatten, seit Balor verschwunden war. Und aus Dankbarkeit für den Weisen, der sie seit Jahren gewarnt hatte, daß der erstgeborene Sohn des Herrn die Ursache ihres Unglücks gewesen war.

Seine weißen Augenbrauen zogen sich über dem dünnen Rücken seiner raubvogelhaften Nase zusammen. Sein Lächeln wurde tiefer. Die weißhaarige Hexe hatte es gewagt, Verderben zu prophezeien. Doch im heiligen Rauch hatte er gesehen, daß sie das Verderben ereilen würde, und zwar durch den Verlust ihres erstgeborenen Sohns. Jetzt ging es dem Clan trotz ihrer Anwesenheit gut. Ihre Ahnungen hatten sich als unglaubwürdig erwiesen. Sie sprach kaum noch, und wenn sie des Nachts manchmal auf den Palisaden umherirrte und um ihren verlorenen Sohn trauerte und um seine Rückkehr flehte, wurde sie von vielen bemitleidet, während andere das Zeichen zur Abwehr des Bösen machten. Die Lippen des alten Mannes zuckten wie kleine rötliche Larven, die sich in den Spinnweben seines Bartes wanden. Er hatte darauf bestanden, daß sie im Clan geduldet wurde. Wenn die dunklen Zeiten wiederkehrten, war es gut, jemanden zu haben, den er zum Sündenbock für seinen Mangel an Kontrolle über die Schicksalsmächte machten konnte.

Sein Blick suchte den Häuptling. Fomor MacLir hatte sich in den vergangenen Monaten verändert. Er schien einen Schatten auf jeden zu werfen, der in seine Nähe kam. Munremar erkannte die dünnen Adern aus Silber, die seit kurzem das Gold seiner Haare und seines Bartes durchzogen, und seine Augen waren von Falten umgeben, die vorher noch nicht dagewesen waren. Im flackernden Feuerschein konnte er die Kampfnarben auf seinen bloßen Oberarmen sehen. Sie waren nicht mehr gewölbt und von frischer Röte wie in seiner Jugend, sondern so weiß wie Runen, die man in Granit geritzt hatte. Er trug den goldenen Halsschmuck und die Armreifen, die bis zum Ellbogen hinaufreichten, wie es das Ritual in einer Nacht wie dieser von ihm verlangte. Er wurde von Macht durchströmt, wie die tiefen, unaufhaltsamen Strömungen unter der Oberfläche des rastlosen Meeres. Der alte Mann erzitterte. Neben dem Herrn fühlte er sich auf einmal wieder klein. Er war froh, als Fomor eine breite Hand erhob, um sie auf das kupferbeschlagene Leder seines Schultergürtels zu legen. In dieser Bewegung lag eine Erschöpfung, eine Müdigkeit, die ihn in letzter Zeit niemals verlassen hatte. Balors Verschwinden hatte ihn beinahe aller Lebensfreude beraubt.

»Mein Herr«, riet Munremar leise, »dies ist keine Nacht für grüblerische Gedanken. Du hast uns aus den langen Tagen der Dunkelheit geführt. Du darfst nicht länger um Balor trauern. Er ist fort. Du mußt ihn vergessen. Er war schließlich nicht dein einziger Sohn. Du könntest sogar noch mehr Söhne zeugen.«

Der goldbraune Kopf drehte sich. Die grünen Augen blickten mit einer Traurigkeit auf den alten Mann, die seine eigenen Knochen vor Mitleid schmerzen ließ. »Ja. Ich habe noch Elathan. Und die kleine Bevin. Und Huldre ist wieder schwanger. Es könnte sein, daß sie mir einen weiteren Sohn schenken wird. Doch die Geburt eines Kindes kann nicht den Verlust eines anderen ersetzen. Jedes ist einzigartig und unersetzbar.«

Der Weise verzichtete auf eine Erwiderung. Obwohl Fomor ein guter und großzügiger Vater war, bestand kein Zweifel daran, daß Balor, sein Erstgeborener, sein Lieblingskind gewesen war. Er hatte wie ein Besessener nach dem Jungen gesucht, er war seinen Spuren mit einer Entschlossenheit gefolgt, die den gesunden Menschenverstand weit überstieg. Es hatte sich bald gezeigt, daß Balor absichtlich und mit großen Geschick wie ein Wolf falsche Fährten gelegt hatte. Als man schließlich die richtige Spur gefunden hatte, war es unmöglich gewesen, ihr noch zu folgen. Aber Fomor war ihr trotzdem gefolgt. Er hatte gesucht, bis seine Männer ihn schließlich hatten überzeugen können, daß seine Anstrengungen sinnlos waren. Der Junge war verschwunden. Und vielleicht war es so das beste, denn was auch immer ihn dazu getrieben haben mochte, das Dorf zu verlassen, hatte ihn gleichzeitig dazu verleitet, wieder einmal die Gesetze und Traditionen des Clans zu mißachten. Hätte man ihn gefunden, wäre er sofort vor den Rat gerufen worden, um sich zu rechtfertigen. Hätte man ihn gefunden, hätte er Auskunft über den Verbleib von Mael geben müssen. Er war zur gleichen Zeit wie Balor verschwunden. Doch im Gegensatz zu Balor hatte er keine Fährte hinterlassen, um jene in die Irre zu führen, die nach ihm suchten. Es war kein Geheimnis, daß die zwei Jungen sich um Dragas Tochter gestritten hatten. Anscheinend war es zu einer offenen Auseinandersetzung gekommen. Vielleicht hatte Balor seinen Rivalen in der Nacht des Pflanzmondes getötet und war dann geflohen, weil er wußte, daß sein Leben zur Strafe für ein solches Verbrechen verwirkt war. *Vielleicht*. Der Herr konnte sich nicht mit diesem Wort anfreunden, obwohl die Beweislast gegen Balor erdrückend war. Selbst wenn er nicht für Maels Tod verantwortlich war, hatte er immer noch die Nacht des Pflanzmondes entweiht, als er das Jugendhaus verlassen hatte, und war zum Gesetzesbrecher geworden. Der Rat hatte auf Betreiben von Draga entschieden, daß Balor von nun an ein Ausgestoßener war, daß jegliche Blutsbande gebrochen waren und er für immer außerhalb der Gemeinschaft des Clans leben mußte. Er war ein Toter ohne Anspruch auf Anhörung durch den Rat, falls er jemals zurückzukehren wagte.

Ein heftiges Zittern hatte den Häuptling ergriffen, als das Ergebnis der Abstimmung vor ihm sichtbar geworden war. Die Steine der Wahl – weiß für Leben, schwarz für Tod – waren auf den Altar der Zwölf Winde gelegt worden, einer nach dem anderen, während die Männer in der Ratshalle abwechselnd vorgetreten waren. Alle Steine waren schwarz gewesen. Alle bis auf einen – Fomors Stein.

Einen langen, schrecklichen Augenblick hatte er auf die Steine gestarrt, und als er schließlich gesprochen hatte, war seine Stimme ein tödliches Rasseln gewesen. »Dann soll es so sein.«

Beschämt, aber ohne Reue hatten seine Männer den Blick abgewandt. Der Junge hatte sein Schicksal selbst bestimmt, doch der Ausdruck des Kummers, der auf dem Gesicht des Häuptlings zu sehen gewesen war, war so erschreckend, daß jeder ihn eigentlich nur auf dem Gesicht seines ärgsten Feindes zu erkennen wünschte. Es war, als wäre etwas in Fomor gestorben. Jeder hatte Mitleid mit ihm gehabt. Jeder von ihnen war Vater. Jeder kannte die Liebe eines Erzeugers zu einem erstgeborenen Kind.

Nur Draga hatte versucht, seine Wunde zu vertiefen, indem er sich wie eine Schlange verhielt, die zu einem zweiten Biß ansetzt. »Als Häuptling bist du verpflichtet, ihm persönlich das Leben zu nehmen ... mit deinen eigenen Händen ... wie unser Gesetz es bestimmt. Aber ich frage mich, Bruder, ob du dazu in der Lage bist – falls er zurückkehrt –, nachdem du in der Vergangenheit immer wieder sein Leben über das Wohl aller gestellt hast!«

Ein widerwilliges Raunen war durch den Saal gegangen. Im flackernden Licht der Lampen hatte Draga aufrecht und angespannt dagestanden. Seine Augen hatten geglüht – die Augen eines Fuchses, hell und hungrig, wachsam, aber furchtlos. Jeder Mann im Raum einschließlich des Häuptlings hatte gewußt, daß der Rotbart diesen Augenblick genoß und den Häuptling zum Zögern verleiten wollte, damit er ihnen zeigte, wie schwach er im Innern war.

Munremar würde niemals den Ausdruck vergessen, der dann auf Fomors Gesicht getreten war. Der breite Mund hatte sich gespannt und nach unten verzogen. Die grünen Augen waren so hart und dunkel und erbarmungslos wie die schwarzen Steine der Wahl geworden.

»Ich werde ihm das Leben nehmen, Draga, mit meinen eigenen Händen. Genauso sicher wie du mich eines Tages dazu zwingen wirst, deins zu nehmen, wenn du mich weiterhin herausforderst.«

»*Ich?* Ich soll *dich* herausfordern?« rief Draga. »Du mußt dich ganz bestimmt irren, Bruder!«

»Nein, Bruder, ich irre mich ganz bestimmt nicht.«

Für einen kurzen, zutiefst beunruhigenden Moment hatte Munremar sich gefragt, ob Fomor von Dragas Verschwörung gegen ihn gewußt hatte – und von der Beteiligung des Weisen an seinen Plänen. Doch dann hatte er sich sofort wieder beruhigt. Nein. Er war überzeugt gewesen, daß nur die Zwölf Winde wissen konnten, welche Worte er und der Rotbart in der Nacht des Pflanzmondes gewechselt hatten. Und er war genauso sicher, daß Draga sie niemals wiederholen würde, denn damit würde er seinen eigenen Verrat offenbaren.

Der alte Mann hatte tief Luft geholt, um sich zu fassen, während die Söhne Manannan MacLirs sich in einem Zweikampf des Willens angestarrt hatten. Schließlich war es Draga gewesen, der sich abgewandt und gemurmelt hatte, daß sein Bruder ihm unrecht tat.

Als Munremar jetzt in die Augen des Häuptlings blickte, sah er, daß der Schmerz jener Nacht immer noch nicht daraus gewichen war. Vielleicht würde er für immer dort bleiben und genauso zu einem Teil von ihm werden wie die Aura der Macht, die Draga begehrt hatte und nicht erringen konnte.

Die Gesänge, die Trommeln und das Gejohle wurden in der Dunkelheit immer lauter. Munremar zeigte in die Nacht hinaus. »Sieh, mein Herr, und hör auf dein Volk. Sie rufen dir zu, an ihrer Feier teilzunehmen. Du hast diese Nacht für sie errungen. Wie ich prophezeit habe, sind die Tage des Friedens und des Wohlstandes endlich nach Farnmoor zurückgekehrt.«

Fomor blickte auf die Szene, die sich unter ihm abspielte. Sein Gesicht war ausdruckslos. »Ja, so ist es.« Seine Stimme klang trostlos. »Solange das Wetter beständig bleibt. Solange der Met frei von Schimmel bleibt. Solange die Vorräte reichen. Solange die Menschen sich an ihren winterlichen Feuerstellen von der Erinnerung an den Sommer wärmen lassen. Solange ich die rastlosen Hunde der Langeweile und Unzufriedenheit im Zaum halten kann.« Er seufzte in verbitterter Schicksalsergebenheit. Der Seufzer war wie ein verirrter Wind in der Sommernacht, einsam und auf der Suche nach einer Sturmwolke, in die er sich stürzen konnte. »Frieden ... Wohlstand ... ja ... endlich habe ich es für sie errungen. Aber wie lange wird es andauern, alter Mann? Wie lange wird es so bleiben?«

In der Dämmerung war der Adlerfarn mit dem ersten Rauhreif überzogen. In den nächsten Tagen färbte er sich infolge der frostigen Nächte und des knapper werdenden Lichts der kürzeren Tage tiefrot. Um zu vermeiden, das zuviel Gras gefressen wurde und ihre Tiere in der dunklen Hälfte des Jahres verhungerten, arbeitete der Clan MacLir daran, die Herden auszudünnen. Sie feierten das Fest der Viehschlachtung, während große Rabenschwärme über ihnen kreisten und darauf warteten, einen Happen zu erhaschen. Die Männer und die Jungen, die im Jahr der Prüfung standen, zeigten ihre Kraft und ihren Mut, indem sie die Bullen reizten und über sie hinwegsprangen, während sie völlig nackt und nur mit Dolchen bewaffnet vor die Tiere traten, die absichtlich zum Angriff angestachelt wurden. Sie hatten monatelang für diesen Augenblick geübt. Die Frauen und Mädchen und Alten versammelten sich, um ihre Männer anzufeuern. Viele wurden verletzt, aber keiner ernsthaft. Jeder trug seine Wunden voller Stolz, da sie beneidenswerte Narben hinterlassen würden.

Überall im Dorf wurden Häute abgeschabt und ausgestreckt, um sie zu behandeln. Fleisch wurde geräuchert, gesalzen und zum Trocknen aufgehängt. Kein Teil der geschlachteten Tiere wurde weggeworfen. Harnblasen und Gedärme wurden gesäubert und eingefettet, damit sie weich blieben und zu vielfältigen Zwecken verwendet werden konnten. Hörner wurden stapelweise eingelagert, um sie später zu Bechern oder zu Knöpfen oder tausend anderen nützlichen Dingen zu verarbeiten. Knochen wurden aufgeknackt und zu Markbrühe verkocht, von der alle tranken, um neue Kräfte für die Arbeit zu erlangen. Blut wurde getrunken und mit Haferschleim zu dunklen, nahrhaften Kuchen verbacken, die in den Vorratskammern verstaut wurden, um sie zu essen, wenn im tiefsten Winter die anderen Vorräte knapp wurden.

Die Menschen des Clans MacLir sangen bei der Arbeit. Neue und alte Lieder, über vergangene und künftige Tage. Sie priesen ihren Häuptling. Sie brachten dem Weisen Opfergaben, denn er hatte zweifellos recht gehabt, als er sie vor langer Zeit gewarnt hatte, daß es der erstgeborene Sohn des Herrn war, der für die dunklen Tage voller Leid verantwortlich gewesen war. Nach dem Verschwinden des Jungen waren die Ordnung und das Gleichgewicht im Clan MacLir wiederhergestellt.

»Balor.« Morrigan sprach seinen Namen voller Sehnsucht aus, als ihre Augen dem Flug eines Falken folgten, der über dem Moor herabstieß und emporstieg und wieder herabstieß. Sie hatte das Dorf verlassen, um dem Gestank der Winterschlachtung und der zunehmenden Aufdringlichkeit des alten Falcon zu entfliehen. Er schien in letzter Zeit überall dort zu sein, wo sie auch gerade war. Er beobachtete sie mit anerkennenden und unmißverständlich hungrigen Blicken. Sie schauderte, wenn sie nur an ihn dachte, und wußte nur zu gut, was seine Aufmerksamkeit und grenzenlose Großzügigkeit gegenüber ihrem Vater zu bedeuten hatten. Was er in ihr sah, konnte sie sich kaum vorstellen, denn ihr ungezähmtes Wesen und ihre scharfe Zunge hatten bisher jeden Verehrer entmutigt, wie es ihre Absicht gewesen war. Nicht, daß ihr Vater sie dazu zwingen oder sie auch nur ermuntern würde, sich einen Mann zu erwählen – dazu brauchte er selbst viel zu sehr.

Im dünnen Licht des zu Ende gehenden Tages war sie weit hinausgegangen, doch der süße, warme Geruch nach Blut und Fell und geräuchertem Fleisch war immer noch in ihrer Nase. Er verursachte ihr Übelkeit, als sie unter der großen Eiche mit den schützend ausgebreiteten Ästen anhielt und tief die saubere Luft einatmete. Sie vertrieb das Unwohlsein, das sie beinahe überwältigt hatte. Sie kam in letzter Zeit oft hierher, um mit ihren Gedanken und Erinnerungen allein zu sein. Hier war sie mit Balor vereint gewesen. Hier hatte sie Mael sterben sehen. Hier war in der Nacht des Pflanzmondes ihr Leben für immer verändert worden. Ihre Träume und Hoffnungen waren so gründlich zerbrochen und in den Boden getreten worden wie die kleinen Tontrommeln in der Nacht des Herbstfestes. Und niemand wußte davon. Niemand. Und sie hätte auch nicht gewagt, jemandem davon zu erzählen.

Sie hatte Dianket die Wahrheit über Balors Verschwinden und Dragas Verschwörung gegen Fomor erzählt, und sie hatte ihren Freund angefleht, dem Häuptling nichts davon zu verraten. Fomor war bereits mißtrauisch seinem Bruder gegenüber, und sie wußte, wenn Draga angeklagt wurde und sich nicht von seiner Schuld reinigen konnte, würde er Munremar als seinen Komplizen verraten, worauf man den alten Mann töten oder aus dem Dorf verstoßen würde, so daß er allein und hilflos durch Moor oder Heide irren mußte, bis er starb.

Auch dieser Gedanke ließ sie schaudern. Sie konnte den Gedanken nicht ertragen. Ganz gleich, was Munremar auch getan hatte, er war immer noch ihr Vater. Sie war ihm die Treue einer Tochter schuldig. Dianket hatte sich ihrem Willen gebeugt, wenn auch nur widerstrebend. Er litt immer noch unter dem Verlust von Balors Freundschaft. Er kam in letzter Zeit nur noch selten zum Rundhaus des Weisen und schien eher Gefallen daran zu finden, den alten Mann, was seine Heilkünste anging, zu überflügeln. Morrigan konnte ihm deswegen keinen Vorwurf machen. Trotz seiner Jugend waren viele von seiner sanften Behandlung ihrer Krankheiten angetan. Sie nannten ihn den Heiler, so wie sie einst seinen Vater genannt hatten, und ohne Unterstützung durch Munremar – dessen spektakuläre Illusionen er verabscheute – verdiente er sich sein eigenes Brot, und inzwischen erhielt er viele weitere Zuwendungen von jenen, die ihm dankbar für sein Geschick und seinen Rat waren.

Morrigan verzog das Gesicht. Dianket hatte die Aufmerksamkeit mehrerer Witwen auf sich gezogen, die in aller Offenheit darum rivalisierten, einen Platz an der Feuerstelle des jungen Mannes zu gewinnen, so daß er nun kaum noch Zeit für Morrigan hatte. Wo waren die Witwen gewesen, bevor Dianket begonnen hatte, unabhängig von Munremar zu arbeiten? Sie hatten hinter seinem Rücken mit den Zungen geschnalzt und ihn wegen seines verkrüppelten Beines verachtet. Sie hatten ihm weder ihre Freundschaft noch Nahrung von ihren eigenen vernachlässigten Feuerstellen angeboten. Doch jetzt gaben sie alles bereitwillig her. Sie hatte Dianket gesagt, daß die Witwen Heuchlerinnen waren, denen nichts an ihm, sondern nur an seinem neuen Status lag. Wenn er sie weiterhin in seinem Rundhaus willkommen hieß, würde er irgendwann seine Freundlichkeit ihnen gegenüber bereuen. Er würde keine Zeit mehr haben, seine Künste zu vervollkommnen und die faszinierenden Experimente fortzusetzen, durch die er bereits einige neue oder verbesserte Heilmethoden hatte entwickeln können.

Sie hatte ihn gewarnt und gesagt, daß er sie fortschicken mußte. Doch statt dessen hatte er Morrigan fortgeschickt.

Seine Augen hatten ernst und besorgt geblickt. »Du bist eine erwachsene Frau, Morrigan. Geh, wenn du meine Freundin bist, und kümmere dich um die Feuerstelle deines Vaters. Man redet bereits über uns. Es muß aufhören – zu unser beider Wohl. Willst du, daß man mich wegen deiner Besucher als Gesetzesbrecher brandmarkt? Ich bin ein Krüppel ohne die Rechte eines Mannes. Wenn man glaubt, ich hätte die Gesetze mit dir übertreten, einer Jungfrau, könnte man mich für dieses Verbrechen töten ... und bestimmt würde dich kein Mann mehr haben wollen, wenn man glaubt, daß du für einen ›Mann‹ wie mich mehr als nur eine Freundin gewesen bist!«

»Ich will keinen anderen als Balor!« Sie wußte, daß sie unbedacht gesprochen hatte, aber es war ihr gleichgültig. Dianket kannte sie gut.

»Balor ist fort. Du mußt ihn vergessen.«

»Kannst du ihn einfach so vergessen ... er, der der beste Freund deiner Jugendzeit war?«

»Niemals. Aber ich kann mir nicht wünschen, daß er zurückkehrt. Wenn Balor wiederkommt, wird er sterben ... und dieser Gedanke wäre für mich unerträglicher als seine Abwesenheit.«

Sie stützte sich mit der rechten Hand gegen den Stamm der Eiche, während die linke Hand schützend auf ihrem straffen Unterleib lag, wo das Kind sich wie ein neues Farnblatt im Nährboden ihrer Gebärmutter entrollte. Obwohl alle körperlichen Anzeichen deutlich auf die Anwesenheit des Kindes hingewiesen hatten, war sie bis zu diesem Augenblick nicht völlig sicher gewesen. Doch als sie jetzt den kreisenden Falken beobachtete, hüpfte das Kind voller Lebensfreude und stieß durch die Bauchdecke gegen ihre Handfläche, als wollte es aus ihrem Mutterleib fliegen, um sich zu dem Raubvogel am Himmel zu gesellen.

Eine Welle freudiger Erregung durchlief sie. Und beklemmender Furcht. Es war ihr Geschenk von der All-Mutter, die Frucht der Nacht des Pflanzmondes. Die Flamme verbotener Leidenschaft hatte in ihr den Funken neuen Lebens entzündet, zwischen einer Jungfrau und einem Jugendlichen, der noch nicht zum Mann ernannt worden war. Das Kind Balors, des Unheilbringers. Ein Kind, das man in diesem Dorf nicht willkommen heißen würde. Ein Kind, das nach dem Clansgesetz vor die Palisade geworfen werden mußte, um zur Nahrung für die Wölfe zu werden.

Sie erzitterte. Sie durfte nicht zulassen, daß es dazu kam. Solange das Kind lebte, hatte sie einen Teil von Balor in ihrer Nähe, den sie lieben und verehren konnte, wie es mit seinem Vater nun nicht mehr möglich war. Tränen traten in ihre Augen, doch sie blinzelte sie fort. Mit Tränen würde sie nichts erreichen, sondern höchstens den anderen verraten, was mit ihr los war. Sie mußte jetzt stärker als je zuvor sein.

Sie holte tief Luft und starrte über die Hügel in die Ferne. Der Falke war nur noch ein winziger schwarzer Punkt vor dem verblassenden Blau des Himmels. Sie erkannte die einsame Gestalt eines Menschen, der langsam über das Land humpelte. Dianket. Er war zweifellos hinausgegangen, um Kräuter zu sammeln. Ihr Herz erwärmte sich. Für einen kurzen Augenblick dachte sie: *Ich werde zu ihm gehen und es ihm sagen. Er ist mein bester Freund. Er wird mich in sein Haus aufnehmen, und gemeinsam werden wir Balors Kind großziehen. Nur die Zwölf Winde werden je von unserem Geheimnis wissen.*

Aber nein. Sie erinnerte sich wieder an seine Warnung. Wenn der Clan glaubte, daß er, ein Krüppel, ihr Kind gezeugt hatte, würde man ihn schwer bestrafen, vielleicht sogar töten, und das Kind würde dasselbe Schicksal erleiden, damit es sich für den Clan nicht als Unglücksbringer erwies.

Wieder erzitterte sie. Die Wärme in ihr wurde dunkel und kalt. Sie fühlte sich zwischen Gesetzen, Traditionen und dem Aberglauben unwissender Menschen gefangen. Sie glaubte nicht an die Bestimmung des Schicksals. Sie glaubte auch nicht an Zauberkräfte. Doch während ihr dies durch den Sinn ging, wurden in ihr gleichzeitig tausend winzige, gestaltlose Zweifel wach, die wie Fledermäuse aus der dunklen Höhle ihrer eigenen Furcht und Unwissenheit hervorflatterten, um sie zu verspotten. Sie rissen und zerrten an ihrer Entschlossenheit, während ihr Flügelschlag eine flüsternde Warnung in ihrem Kopf sprach. *Sei dir nicht so sicher, Morrigan, Tochter des Munremar, Kind der Anu. Der Zauber, den du bezweifelst, ist durch-*

aus real, und die Bestimmung ist ein Geschenk der Schicksalsmächte ... ein Geschenk, das du nun in dir trägst, das der Bestimmung deines Schicksals dient.

Eine Stimme riß sie aus ihren Gedanken. Einen Moment lang war sie froh darüber, abgelenkt zu werden, bis sie sah, daß der alte Falcon sich ihr näherte, ihr zuwinkte und ihren Namen rief.

»Morrigan! Mein liebes Kind, mein liebes, süßes Kind! Ich habe gesehen, wie du dich davongestohlen hast. Was machst du hier draußen, so weit vom Dorf entfernt? Darf ich die Hoffnung wagen, daß du hier auf *mich* gewartet hast?«

Ihr erster Impuls drängte sie dazu, vor ihm davonzulaufen, aber sie tat es nicht. Sie blieb, wo sie war. »Ich bin kein Kind mehr«, sagte sie, als der alte Mann näherkam, keuchend und lächelnd und aufgeregt. Er war ein guter und freundlicher Mann. Es gab niemanden im Dorf, der den alten Falcon nicht schätzte und achtete. Doch dieses Wissen tröstete sie nicht, als sie zum erstenmal erkannte, daß die Worte, die sie gerade gesprochen hatte, die Wahrheit waren.

Sie war kein Kind mehr. Sie war jetzt eine Frau. Und wenn das Kind in ihr überleben sollte, wußte sie, was sie tun mußte. »Ja, Falcon. Ich habe auf dich gewartet«, sagte sie und streckte ihm auffordernd die Hand hin, während sie in die Knie ging und damit begann, die Schulterriemen ihres Kleides zu lösen.

Dianket war eifrig damit beschäftigt, die letzten Kräuter des Jahres zu sammeln, bevor ein weiterer Frost ihren Wert für ihn zerstörte. Kräuter zum Heilen, zur Schmerzbetäubung, zum Anhalten des Blutflusses, Kräuter für Elixiere, Umschläge und Salben. Sie waren für ihn zu alten, zuverlässigen Freunden geworden, die immer wieder an den Stellen wuchsen, wo er sie einmal gefunden hatte.

Gemeinsam mit Scharfe Schnauze, Balors ehemaligem Lieblingshund und nun Diankets bestem Freund, arbeitete er sich durch die fernen Weiden und hielt nur an, wenn sein Rücken zu schmerzen begann. Seine Beine verursachten ihm ständig Schmerzen, also blieb er niemals stehen, wenn sie ihn peinigten.

Er stellte seinen Sammelkorb ab, streckte sich und stützte sich auf seine Krücke, während der Hund einem schlanken Hasen mit Hängeohren hinterherhetzte und aufgeregt bellte, als hätte das Tier noch nie zuvor solch ein Geschöpf gesehen. Dianket lächelte. Scharfe Schnauzes Launen amüsierten ihn. Sie benahm sich wie ein Welpe und kaum wie eine Hundemutter. Dafür bewunderte er sie. Trotzdem hatte das Leben ihn gelehrt, daß es am besten war, wenn man seine eigenen Grenzen nicht überschritt.

Er rieb sich sein schmerzendes Bein und sah eine kleine Eidechse, die durch das Gras zu seinen Füßen davonhuschte. Die Hälfte ihres Schwanzes fehlte, doch am Stumpf hatte sich bereits ein unförmiger Auswuchs gebildet. Dianket wußte, daß sich Knochen, Muskeln und Haut dort auf eine wundersame Weise erneuerten. Es war ein Geschenk der Schicksalsmächte an die kleinen Reptilien, aber nicht für Menschen. Er runzelte die Stirn. Wäre er eine Eidechse, würde er sein krankes Bein abwerfen und sich ein neues wachsen lassen. Es wäre schön, wieder ganz zu sein, ein ganzer Mann des Clans, nicht ein einsamer Außenseiter, dem für immer die einzige wahre Sehnsucht seines Herzens versagt bleiben würde – nämlich Dana.

Sogar die alten Männer warben inzwischen um ihre Zuneigung, daneben die jungen Männer, die noch vor einem Jahr unreife Jungen gewesen waren, und jene, die bereits mehr als eine Frau an ihren Feuerstellen zu versorgen hatten. Bald würde sie sich einen erwählen, und Dianket würde tatenlos zusehen müssen. Seine Zukunft erlaubte es ihm nur, von alternden Witwen verwöhnt zu werden. Seine Mundwinkel zogen sich nach unten. Es stimmte, was Morrigan über die Witwen gesagt hatte, denn sie waren bereits lästig geworden und drängten sich in sein

Leben, wenn sie ihm am wenigsten willkommen waren. Sie wollten ständig sein Haus aufräumen, eine neue Ordnung in seine Sachen bringen oder sich in seine lebenswichtigen Experimente einmischen. Eine Frau hatte es sogar gewagt, die Mäuse und Insekten freizulassen, die so wichtig für seine Arbeit als Heiler waren – weil sie, wie sie erklärt hatte, nur Schmutz in sein Haus brachten und ihr den Appetit auf die Mahlzeiten verdarben, die sie für ihn und sich selbst zubereitet hatte. Er hatte sich angestrengt, nicht wütend zu werden. Sie hatte überhaupt kein Verständnis für ihn. Das hatten ohnehin nur wenige, mit Ausnahme von Morrigan, Munremar und Balor.

Doch Balor war fort, Munremar mied in letzter Zeit seine Gesellschaft, und nachdem Morrigan jetzt eine Frau war, konnten sie ihre Freundschaft auf keinen Fall fortsetzen. Dieser Gedanke betrübte ihn zutiefst. Er vermißte ihre Aufmunterung und lebhafte Neugier. Trotzdem tat es ihm nicht leid, daß er sie zu ihrer beider Wohl fortgeschickt hatte, wie er es auch mit den Witwen tun würde, wenn sie das nächste Mal zu ihm kamen. Er würde lieber allein leben und nur die Gesellschaft der Kranken und seiner Träume suchen.

Ein leichter Wind regte sich. Dianket hob den Kopf und ließ ihn sich ins Gesicht wehen. Manchmal stellte er sich vor, daß er den Wind sehen könnte, doch sobald er danach griff, war er ihm entschwunden. Immerhin konnte er sogar einem starken Mann das Vorankommen erschweren, eine Frau in die Knie zwingen oder ein Kind zu Boden werfen. Oftmals schien es, daß der Wind für die Welt wie der Atem für einen Menschen war, und er hatte sich schon oft gefragt, ob der Wind nicht der Atem der Schöpfung selbst war, der die Gesetze des Lebens bestimmte, an die alle Dinge gebunden waren.

Wenn er ihn doch nur in den Griff bekommen könnte! Dann könnte er über ihn befehlen. Er würde ihm offenbaren, warum an jedem Morgen die Sonne im Osten aufging, und warum der Mond an manchen Nächten nicht am Himmel stand. Er würde ihm sagen, ob die Sterne die Fackeln ferner Nomaden waren, mit denen sie ihre festgelegten Wege über den Himmel erleuchteten, wie sein Volk glaubte und Dianket ernsthaft bezweifelte. Er würde ihm sagen, wie Fledermäuse und Eulen in der Nacht sahen, und warum sie und nicht die Menschen die Gabe des Fliegens erhalten hatten. Er würde ihm verraten, wieso die Jahreszeiten wechselten, was die saftigen grünen Keimlinge dazu veranlaßte, aus trockenen, leblosen Samen zu sprießen, wie die Hefe den Met und den Brotteig aufgehen ließ, wie der Schimmel das Getreide in den Speichern fand und warum er bei feuchtem Wetter gedieh und bei trockenem verdorrte. Er würde ihm sagen, warum manche Menschen unter bestimmten Krankheiten litten und andere nicht. Er würde ihm erklären, warum das hauchdünne Netz einer Spinne oftmals die Entzündung einer Wunde verhinderte, wenn man es darauf legte, und warum heißer Urin unmittelbar nach dem Entleeren der Harnblase ein viel wirksameres Reinigungsmittel als Wasser war.

Der Wind umwehte ihn und schien sich über seine endlosen Fragen lustig zu machen. Hatte er sich schon immer so viele Gedanken gemacht? Er konnte sich nicht genau erinnern. Er wußte nur, daß er niemals darauf hoffen konnte, auf alle eine Antwort zu finden. Er konnte bestenfalls auf kleine Einsichten hoffen, die vielleicht irgendwann zu größeren und wichtigeren führen würden.

Sein Blick schweifte über das Land, und dann hielt er plötzlich den Atem an, als er etwas sah, was er nie geglaubt hatte, jemals zu sehen.

Fremde näherten sich dem Dorf.

Sie kamen auf Pferden. Langsam. Drei Männer und eine kleinere Gestalt auf einem Pony. Scharfe Schnauze lief ihnen entgegen, knurrte und schnappte nach den Fesseln der Tiere, bis einer der Reiter sein Pferd dazu brachte, nach hinten auszutreten. Der Hund wurde von einem Huf getroffen und rannte jaulend zu Dianket zurück.

Er konnte sie jetzt deutlich erkennen. Es waren Männer in einfacher, fremder Kleidung. Die Wachposten in den Hügeln hatten sie ebenfalls entdeckt, denn die Warnhörner wurden geblasen, worauf die Trommeln auf der Palisade antworteten. Die Geräusche kribbelten unter Diankets Haut, doch er wich nicht von der Stelle. Es hatte keinen Sinn, ins Dorf zu flüchten, denn mit seinem verkrüppelten Bein würde er den Fremden niemals entkommen können. Die Männer hatten ihn jetzt beinahe erreicht. Wenn er jetzt zu fliehen versuchte, verlor er den letzten Anschein von Würde. Außerdem konnte er seine Krücke als Schlagstock benutzen, falls sich die Notwendigkeit ergeben sollte, und er hatte auch sein Messer dabei. Ein Schauer der Erregung durchlief ihn. Er konnte seine Waffe mit einem Geschick benutzen, das seine Clansgenossen bestimmt verblüffen würde. Balor hatte ihn gut unterrichtet, doch er hatte bis zu diesem Augenblick nicht gewußt, daß er kein Feigling war, der ängstlich vor einem möglichen Feind zurückwich – selbst wenn die Gegner ihm in vierfacher Zahl überlegen waren und zudem auf Pferden ritten.

Die Fremden näherten sich und hatten alle den rechten Arm zum Zeichen des Friedens erhoben. Die Reiter, die durch das Tor von Farnmoor hinauspreschten, unternahmen keine Anstalten, die Geste zu erwidern. Sie waren schwer bewaffnet, und ihr Anblick erregte Dianket genauso heftig, wie er die Fremden ernüchtern mußte. Beide Gruppen erreichten den Heiler im selben Augenblick. Er blickte zu ihnen auf und fühlte sich fehl am Platze und verletzlich, da er weder über ein Pferd noch über angemessene Bewaffnung verfügte, um eine Chance als Kämpfer zu haben. Doch er hielt seine Eichenholzkrücke in beiden Händen bereit, für den Fall, daß es tatsächlich zu einem Kampf kommen sollte.

»Haltet an und kehrt wieder um.« Fomor MacLirs Befehl war in einem Tonfall gesprochen, der keine Diskussion zuließ. »Fremde sind in diesem Land nicht willkommen.«

Die Pferde tänzelten unruhig auf der Stelle. Es war jetzt fast dunkel. Scharfe Schnauze lehnte sich zitternd gegen Diankets gesundes Bein.

Der kleinste der Fremden rührte sich auf dem Rücken seines Ponys. »Welcher Clan ist es, der friedfertigen und bedürftigen Reisenden Nahrung, Unterkunft und Gastfreundschaft verweigert?« In seinem Tonfall lag eine tiefe Entrüstung. Dianket war beeindruckt, wie mühelos der Mann sich in der Sprache ausdrücken konnte, in der er »begrüßt« worden war.

»Kein Clan, der in der Welt Ehre verdient, und das ist die Wahrheit«, erwiderte Draga mit einem finsteren Blick auf den Häuptling. »Wenn wir diesen Reisenden die Gastfreundschaft verwehren, Bruder, werden wir für immer vor allen Menschen beschämt sein, die einst voller Ehrfurcht den Namen des Clans Mac...«

»Schweig, Bruder!« Fomors Worte waren wie ein Peitschenschlag.

Dianket blickte zu den Brüdern auf. Er konnte die Anspannung zwischen ihnen spüren, so straff wie ein zum Zerreißen gespannter Bogen. Der Rotbart saß mürrisch auf seinem großen Fuchs und stand so nahe neben Fomor, daß der Hengst des Häuptling protestierend den großen schwarzen Kopf schüttelte. Das Tier wieherte und biß nach Dragas Pferd, dessen schmerzvolles Gewieher die anderen Pferde beunruhigte. Lomna Ruads Pferd tänzelte auf der Stelle. Dathens Tier scheute und wich zur Seite. Alle Männer mußten beruhigend auf die Tiere einreden, um ihnen zu versichern, daß alles unter Kontrolle war.

»Wie kommt ihr in die Moore?« fragte Fomor mißtrauisch. »Hier gibt es keine festen Handelswege.«

Ein Fremder mit dunklem Gesicht antwortete langsam und mit schwerem Akzent: »Wir suchen nach neuen Wegen. Wir hätten jedem, der mit uns handeln will, viel anzubieten ... doch wie ihr sehen könnt, haben wir unsere Wagen und Waren an Räuber verloren. Wir hatten Glück, daß wir ihnen mit unseren Pferden und dem, was wir auf dem Leib tragen, entkommen konnten. Andere aus unserer Gruppe hatten nicht soviel Glück, als wir uns in das Gebiet südlich des Großen Tals wagten. Seitdem irren wir umher und suchen das Meer und nach einem Rückweg zu unserem Land und Volk.«

Fomor saß in nachdenklichem Schweigen auf seinem Hengst. Dann sagte er: »Der Große Sumpf liegt weit im Norden. Das Meer ist im Westen. Warum zieht ihr nach Süden? Warum zieht ihr nicht zuerst nach Westen und dann die Küste entlang?«

»Die Küste ist für Reisende gefährlich, da sich dort Seeräuber und Banditen herumtreiben. Wir hörten, daß die Menschen der Moore ein freundliches Volk seien und sich an die Gesetze der Gastfreundschaft halten, die Brüder aus Menschen machen, die in Frieden miteinander Handel treiben möchten. Und es heißt auch, daß es an der südlichen Küste Handelsposten gäbe, wo aufrichtigen Männern Überfahrten in ferne Länder angeboten würden.«

Dianket konnte die Pferde und Männer riechen, die sich rings um ihn drängten. Die Anspannung hatte sich nicht verringert, sondern war eher noch stärker geworden. Er sah das Mißtrauen auf Fomors Gesicht. Seine grünen Augen waren zusammengekniffen und der Mund ernst. Selbst in der zunehmenden Dunkelheit konnte Dianket erkennen, daß er das Dorf in seinem ärmellosen, abgenutzten Arbeitshemd verlassen hatte, das noch nach den jüngsten Schlachtungen stank. Er trug keinen Schmuck, der auf seine Stellung hinwies. Doch trotzdem wäre niemand auf die Idee gekommen, sich in Gesellschaft einfacher Viehzüchter oder Bauern zu befinden. Dieser Mann war ein Kriegsherr. Die Narben auf seinen Armen waren Schriftzeichen, die von jedem Mann entziffert werden konnten, der je den Biß einer Klinge oder den Stich eines Pfeils gespürt hatte. Fomor MacLir war von einer Aura der Macht umgeben.

Die Fremden schienen sich nicht zu wundern, was ein solcher Häuptling hier in der Wildnis der Moore machte. Sie saßen ruhig auf ihren Reittieren und waren so friedlich wie Lämmer. »Eine Nacht ist alles, worum wir bitten«, sagte der kleinste Mann der Gruppe. »Eine Nacht ist alles, was wir brauchen.«

Dianket zuckte zusammen. In der Unterwürfigkeit des kleinen Mannes lag etwas Zweideutiges und Schleimiges. Fomor hatte es auch gehört. Sein Kopf ruckte hoch, als er Gefahr witterte.

Draga hatte nichts davon bemerkt. »Dein Zögern beschämt uns, Bruder! Die Ehre gebietet es uns, sie willkommen zu heißen. Denk nur, wie sehr sich unsere Frauen und Kinder über die Geschichten freuen werden, die diese friedlichen Reisenden uns im Austausch gegen Essen, ein warmes Feuer und eine Wegbeschreibung erzählen könnten. Bei den Zwölf Winden, sie werden es uns niemals verzeihen, wenn wir diese guten Männer fortschicken!«

In Fomors Oberkiefer arbeitete ein Muskel, wie deutlich zu erkennen war. Er traute diesen Fremden nicht. Draga hatte allerdings recht. Die Traditionen geboten es, ihrer Bitte Ehre zu erweisen. Doch falls diese Männer die wahre Identität ihrer Gastgeber erkannten und die Moore verließen, um die Nachricht weiterzutragen, bestand die Möglichkeit, daß Nemed MacAgnomain davon erfuhr und erkannte, wie er vor fünf Jahren in Alhorn in die Irre geführt worden war. Und dann würde der Rabe gegen den Wolf ziehen, mit seiner Armee und Waffen aus Bronze.

Der Häuptling betrachtete die Fremden und wußte, was er tun mußte. »*Eine* Nacht«, stimmte er mit offensichtlichem Widerstreben zu, als er dem treuen und zuverlässigen Dathen einen Blick zuwarf. »Du und mein Bruder, ihr reitet zurück ins Dorf. Sagt den Menschen, daß ihr Herr *Scallatha* heute nacht Gäste außerhalb der Palisade beherbergen wird.«

Dathen verstand sofort und nickte, doch er hatte sich noch nicht mit seinem Pferd in Bewegung gesetzt, als Draga laut protestierte.

»*Außerhalb* der Palisade?«

»Ja, mein Bruder, oder möchtest du, daß auch diese guten und friedfertigen Reisenden der Krankheit zum Opfer fallen, die in unserem Dorf wütet?«

»Krankheit?« fragte der dritte Fremde mit plötzlichem Mißtrauen.

»Eine furchtbare Sache«, bestätigte Fomor. »Es ist der Fluch der Moore. Wenn ihr euch länger hier aufhaltet, wird sie euch bestimmt nicht verschonen. In der Vergangenheit sind ganze Clans von solchen Seuchen ausgelöscht worden. Es beginnt völlig harmlos. Eine leichte Röte im Gesicht ... ein Kitzeln im Genick. Dann kommt das Zittern der Hände, begleitet von einem Rauschen in den Ohren. Der Mund trocknet aus. Die Gedärme verkrampfen sich und sondern einen blutigen Ausfluß ab. Dann kommen die Pusteln. Widerliche kleine Teufel, hinter den Ohren, zwischen den Beinen und in der Nase. Grüne, eiternde Geschwüre. Sehr schmerzhaft, wie die Kranken sagen. Doch wenn sie kommen, ist das Ende nah. Es gibt kein Entrinnen mehr. Zum Schluß setzt das Fieber ein, das den ganzen Körper schwarz werden läßt. Dann ist es aus. *Puff!* Einfach so.« Er hob zur Unterstreichung eine Hand, und als er sie wieder sinken ließ, konnte jeder das Zittern seiner Finger erkennen.

Die Fremden waren eine Weile wie erstarrt. Ohne ein Wort ließen sie dann ihre Pferde kehrtmachen. Sie bedankten sich. Sie sagten, daß sie vielleicht doch lieber anderswo nach gastfreundlichen Menschen suchen sollten. Sie ritten los, während die Männer des Clans MacLir ihnen nachschauten. Es verstrich eine geraume Zeit, bis sie es wagten, laut aufzulachen. Nur Draga war nicht über das Geschehene amüsiert.

»So soll es also ablaufen? Jedesmal, wenn Fremde zu uns kommen, sollen sie durch Lug und Trug vertrieben werden? Sollen wir nie mehr in Berührung mit der Welt kommen? Sollen wir nie wieder das Vergnügen des Handels erleben und nie wieder mit Menschen reden, die nicht zu unserem Clan gehören? Bei den Schicksalsmächten, wenn es so sein soll, dann hat Nemed MacAgnomain recht, wenn er glaubt, daß wir tot sind. Denn dann sind wir wirklich so gut wie tot! Sogar noch schlimmer! Eine Leiche wird wenigstens mit Ehre im Hügelgrab bestattet, während uns sogar dies versagt bleibt!« Ohne ein weiteres Wort riß er sein Pferd herum und galoppierte ins Dorf zurück.

Dianket würde diesen Augenblick niemals vergessen, und zwar aus seinen ganz eigenen Gründen. Nicht wegen der Heftigkeit von Dragas Worten, denn er war mit den Herausforderungen und der unverhohlenen Unzufriedenheit des Rotbarts vertraut. Es war auch nicht wegen der Taktik, die Fomor angewandt hatte, um die Händler aus der Nähe des Dorfes zu vertreiben. Nein. Die Fremden waren gegen den Wind davongeritten, der ihre Umhänge hochgeworfen hatte. Der kleine Mann auf dem Pony war als letzter aufgebrochen, und als das kleine Tier sich gedreht hatte, konnte Dianket die auf grausame Weise mißgestalteten Beine des Reiters erkennen. Sie lagen verkrümmt auf dem Rücken des Ponys und waren kaum länger als die Beine eines Säuglings. Dianket starrte ihm nach, während er wußte, daß ein Mann mit derart verkümmerten Beinen unmöglich normal gehen konnte. Dianket empfand Mitleid, die natürliche Neugier eines Heilers und Bedauern, daß die Fremden nicht im Dorf hatten bleiben dürfen. Er hätte gerne die Gelegenheit genutzt, die Mißbildung des Fremden zu untersuchen. Solche Menschen waren auf der Welt selten. Und Dianket hatte noch nie zuvor einen Zwerg gesehen.

22

In der Siedlung des Volkes des Steins stand Balor im Eingang zum Haus der Kranken. Die Sonne des Spätherbstes war genauso wohltuend wie einer von Keptahs Heiltränken. Er wußte nicht mehr, wie lange er sich schon an diesem Ort aufhielt. Er wußte nur, daß er allmählich wieder zu Kräften kam und daß das Leben auf der Ebene des Großen Steinkreises ganz anders als alles war, was er sich jemals vorgestellt hatte.

Überall gab es Gebäude, Baracken für Gäste und

Reisende, Langhäuser für Priester, Gelehrte und Neophyten und vereinzelte kleine Hütten aus Flechtwerk für jene, die es vorzogen, allein zu wohnen. Obwohl die meisten der Pilger, die zum Fest der Mittsommersonne gekommen waren, schon wieder weitergezogen waren, hielten sich immer noch einige hier auf, um an den Sternenstudien teilzunehmen. Wer auf der eigentlichen Ebene keine Unterkunft gefunden hatte, lagerte am Rand des Waldes, der sich am breiten, kühlen Arm des Flusses Avon entlangzog.

Von seinem Standpunkt aus konnte Balor weder den Fluß noch den Wald oder den Tempel sehen. Der Heilige Kreis stand wie auf einer abgeschiedenen Insel, und außer den Priestern und Neophythen durfte ihn niemand betreten.

An der Szene, die sich Balors Blick bot, war jedoch nichts Heiliges. Selbst Priester und Gelehrte mußten essen. Reisende wollten unterhalten werden. Vor dem Haus der Kranken verlief die breite, lärmerfüllte Straße mit den Verkaufsständen der Händler und den einladenden Düften der Märkte, Bäckereien und Metzgereien. Balor bemühte sich, den Schmerz in seiner straff verbundenen, immer noch nicht ganz verheilten Schulter und die Schwäche zu ignorieren, die ihn dazu zwang, sich gegen die Holzwand zu lehnen. Er dachte daran, wie sehr ihn das alles an Alhorn erinnerte – es war fremd und verlockend, übelriechend und faszinierend zugleich.

Doch solange er als Gefangener gehalten wurde, konnte er sich nicht dazu überwinden, die angenehmen Seiten dieses Ortes anzuerkennen. Obwohl er gefüttert und versorgt und wie ein Haustier verhätschelt wurde, war er in verdrießlicher Laune, während er ständig nach einer Gelegenheit zur Flucht Ausschau hielt. Er würde sie auch dann nutzen, wenn seine Wunde noch nicht verheilt war, um möglichst schnell und möglichst weit von hier fortzukommen, ohne sich noch einmal umzublicken. Er würde es nicht wagen, sich umzublicken, denn zu seiner Bestürzung wurde es für ihn immer schwieriger, seinen

Wunsch zur Flucht aufrechtzuerhalten. Und das, obwohl er auch jetzt noch jede Nacht an seine Pritsche gefesselt wurde. Obwohl er von vielen als Kuriosität betrachtet wurde, während jene ihm unverhohlene Verachtung entgegenbrachten, die bezweifelten, daß ein so unreifer Junge wie er wirklich die Rolle ausfüllen konnte, die Cromm Cruach und seine Tochter ihm für die Zukunft zugedacht hatten. Der Mächtige! Die Zweifler bestätigten seine eigene Ansicht, daß er niemals zum Priester werden würde, daß er sich niemals freiwillig weihen lassen würde, daß er niemals sein halbes Leben darauf verschwenden würde, das Wissen und die Weisheit anzuhäufen, die Grundvoraussetzung für einen Herrn des Steins in der Nachfolge Cromm Cruachs waren. Und niemals würde er freiwillig Cethlinns Mann werden, ganz gleich, wie sehr sie bei den Schicksalsmächten schwor, daß es so geschehen müsse.

Er atmete tief durch und spürte in der Luft den Geschmack nach Sonnenlicht, nach warmem Brot und Fleischspießen. Ein angenehmes, aber unwillkommenes Gefühl der Zufriedenheit durchströmte ihn. Das Leben war wirklich gut an diesem Ort. Er konnte bereits die Finger seiner rechten Hand strecken, ohne daß es schmerzte, und gelegentlich schoß ein heißes Jucken tief durch sein Schlüsselbein, das ihn wahnsinnig machte – wie Keptah sagte, ein sicheres Zeichen für den Heilungsprozeß. Der Arzt hatte ihm versichert, daß seine Schulter schon nach wenigen Monaten wieder völlig gesund sein würde. Monate! Bald würde es Winter werden. Dann wäre es für einen einzelnen Mann sehr schwierig, wenn nicht sogar unmöglich, allein durch unbekanntes Gebiet zu reisen. Vielleicht wäre es das beste für ihn, wenn er die Gastfreundschaft des Volkes des Steins noch bis zum nächsten Frühling in Anspruch nähme. Dann wäre er wieder gesund und stark. Dann könnte er ihre sicher bis dahin nachlassende Wachsamkeit ausnutzen und fliehen, wenn sie gar nicht mehr damit rechneten – bevor Cethlinn und ihr Volk ihn möglicherweise vergessen ließen, daß er einen Schwur geleistet hatte, der ihn stärker band als jede Fußfessel. Solange Nemed lebte, war es Balors Pflicht, ihn zu jagen und ihm den Tod zu bringen, selbst wenn die Erfüllung der Rache ihm sein eigenes Leben kosten sollte.

Die Tage vergingen. Und die Wochen. Langsam spürte Balor, wie seine jugendliche Energie und seine natürliche Neugier wieder auflebten. Mit dem ägyptischen Arzt Keptah als Wachhund unternahm er allmählich kürzere Ausflüge über die Ebene, um mehr über die vielen Menschen zu erfahren, die hier zu Besuch waren. Jeder Reisende war hier willkommen, ungeachtet seines Clans, seines Herkunftslandes oder der Farben des Hauses, dem er Treue geschworen hatte. Nahrung war im Überfluß vorhanden. Wer keine Mittel besaß, um sie zu kaufen, erhielt sie umsonst, und die anderen mußten einen angemessenen Preis entrichten. Opfergaben in Form von Getreide und Tieren und Gold von den Reichen waren an der Tagesordnung. Viele meldeten sich freiwillig für die Arbeit auf den Feldern oder für die tausend anderen Aufgaben, die das Zusammenleben der Menschen ermöglichten. Es gab immer genügend Brot, um den Bauch eines Hungrigen zu füllen, und genügend Fleisch, um sich gründlich den Bart einzufetten. Frauen sangen schöne Lieder in den Lagern, denn nach den Überzeugungen des Volkes des Steins spielte das Geschlecht für den Wert eines Menschen keine Rolle.

Hier war das Leben leicht und sicher und wurde nur durch gelegentliche Meinungsverschiedenheiten gestört, wenn sich die Vertreter des alten und des neuen Weges nicht einigen konnten. Die Vertreter des alten Weges wie Cromm Cruach und die Ältesten schworen auf die strenge Einhaltung der überlieferten Traditionen. Wenn es nur nach Sterngucker gegangen wäre, hätte man die Händler und Hausierer von der Ebene verbannt und nur wahre Gläubige willkommen geheißen. Die Vertreter der neuen Richtung wie Cethlinn und die Mehrheit der jüngeren Mitglieder der Gemeinschaft versuchten die anderen davon zu überzeugen, die Lehren nicht länger so streng auszulegen. Doch trotz aller Meinungsverschiedenheiten waren sie sich in einem Punkt einig: daß um jeden Preis der Frieden zwischen den Gläubigen bewahrt werden mußte. Jeder Pilger und Anwärter auf das Priesteramt mußte seine Waffen ablegen, bevor er die Ebene des Großen Steinkreises betrat.

Bald wurden die flammendroten Blätter der Bäume im Wald trocken und fielen ab. Die Tage wurden kürzer. Der größte Teil der Pilger kehrte in ihre Heimat zurück, nachdem sie durch das Wissen und den Segen bereichert worden waren, der ihnen im Schatten des Heiligen Kreises zuteil geworden war.

Als Keptah eines Nachts seinen Wandschirm aus Flechtwerk aufgestellt hatte, um im Haus der Kranken auf seiner Pritsche zu schlafen, kam Cethlinn zu Balor. Sie stand schweigend neben seiner Pritsche, bis das Gefühl ihrer Anwesenheit ihn weckte. Als er die Augen öffnete und zu ihr aufblickte, ließ sie ihr langes Gewand aus weißer Winterwolle fallen. Sie stand nackt in der Dunkelheit, doch es drang genügend Mondlicht durch den Rauchabzug im Gipfel des Daches, so daß Balor sie deutlich erkennen konnte. Er sah alles an ihr.

Sie hatte sich in den vergangenen Wochen verändert. Er konnte nur schwer begreifen, daß die wohlgerundete Frau, die nun vor ihm stand, und der zerlumpte, abgemagerte Kerl, der ihm in den Sümpfen das Leben gerettet hatte, ein und dieselbe Person waren. An der Cethlinn, die nun bei ihm war, war überhaupt nichts Männliches mehr. Ihr sauberes, nach Kräutern duftendes Haar war länger, und sie trug es offen. Auch ihr Körper war zart und weich und duftete nach Moschus – ein Geruch, der ein Ziehen in seinen Lenden hervorrief, obwohl sein Arm immer noch fest an seine Brust gefesselt war und er geschworen hatte, daß er nichts mit ihr zu tun haben wollte. Er sagte ihr, daß sie fortgehen solle, doch sie rührte sich nicht von der Stelle und gestattete seinen Augen, sich an ihrem Anblick zu weiden. Bei den Sternen, die sie beschwor, bei den Zwölf Winden und bei der All-Mutter, er konnte seinen Blick einfach nicht abwenden.

Dann zog sie seine gewobene Decke zurück. Darunter war er nackt. Sie lächelte mit großer Befriedigung über seine Reaktion.

»Du bist wahrlich der Mächtige!« stellte sie fest und stieg zu ihm auf die Pritsche. Während sie darauf achtgab, daß ihr Gewicht nicht auf seine Schulter drückte, berührte sie ihn und bewegte sich auf ihm, so daß er die Hitze ihrer Brüste und ihres Bauches spürte. Sein Geist leerte sich, bis nur noch das pure Verlangen herrschte, und mit seinem gesunden Arm zog er sie herab, um sich im heftigen Rhythmus mit ihr zu vereinigen.

Später lag er schwitzend und erschöpft vom Vergnügen und der Erleichterung, zu der sie ihn getrieben hatte, in der Dunkelheit, als ihn der dumpfe Schmerz in seinem Fußknöchel weckte, wo die Fessel seine Haut aufgeschürft hatte. Cethlinn lag dicht neben ihm. Die Bewegung seiner Fessel hatte auch sie aus ihren Träumen geweckt. Mit ihrem langen Finger strich sie ihm zärtlich über die Stirn.

»Schwöre mir, bei allem, was dir heilig ist, Balor ... schwöre mir bei den Göttern, bei denen dein Volk schwört, daß du mein Volk nicht verlassen wirst, bevor die Sonne am Morgen der Sommersonnenwende über dem Markierungsstein aufgeht. Wenn du es schwörst, werde ich dich von deinen Fußfesseln befreien lassen und dich zum freien Mann erklären, der nur durch sein Ehrenwort gebunden ist.«

Wie gut sie ihn kannte. Sein Ehrenwort würde ihn fester als jede Fessel binden. Doch hatte sie ihn nur um den Schwur gebeten, daß er hierblieb. Sie hatte ihn nicht gebeten zu schwören, daß er sich dem Stein weihen ließ oder ihr Mann werden würde. Er sprach seine Gedanken aus, und sie lächelte nur und legte seine Hand an ihre Brust, um erneut sein Bedürfnis zu wecken, während sie gleichzeitig seine Männlichkeit streichelte.

»Der Mächtige muß aus freien Stücken kommen ...«,

sagte sie schnurrend und führte ihn zu dem, was ihnen beiden Vergnügen bereiten würde. »Ich habe mein ganzes Leben lang auf diesen Moment gewartet. Wenn der Sommer kommt, werde ich keine Fessel mehr benötigen, um dich zu halten, Balor. Du wirst bei mir bleiben. Du wirst zu einem Mann des Steins werden. Freiwillig und freudig.«

Niemals, dachte er, doch er sprach das Wort nicht aus, als er in sie eindrang. »Bis zum Aufgang der Mittsommersonne ... bis dahin ... werde ich bei deinem Volk bleiben. Soviel schwöre ich beim Blut meiner Vorfahren.«

Der Winter legte sich kalt und trostlos über die Ebene des Großen Steinkreises, doch Balor fror nicht. Er lebte mit Cethlinn in ihrem kleinen, länglichen Holzhaus. Wie sie versprochen hatte, war ihm der kupferne Ring vom Fußknöchel entfernt worden. Sein Arm lag nun in einer Schlinge vor der Brust. Seine Schulter verheilte schnell, obwohl Keptah ihm augenzwinkernd riet, allzu große nächtliche Anstrengungen zu vermeiden. Der Heiler fügte hinzu, daß solcherlei Betätigungen in Maßen genossen zur Gesundung beitragen konnten, da körperliche Bewegung bekanntlich den Blutkreislauf stimulierte, was den Heilungsprozeß beschleunigte.

Und er behielt recht. Balor wurde von Tag zu Tag stärker, genauso wie seine Beziehung zu Cethlinn. Sie wurden wieder Freunde und sogar Geliebte, obwohl Balor genau wußte, daß er sie nicht liebte. Liebe konnte er nur zu Dana empfinden. Dana würde für immer seine einzige Liebe sein. Er träumte oft von ihr, auch wenn sich der Traum jedesmal verwandelte. Danas goldenes Haar wurde wild und schwarz wie die Flügel eines Raben. Ihre grauen Augen wurden zu grünen Teichen, in denen Mondlicht schimmerte. Ihr Gesicht wurde zu Morrigans Gesicht. Und es war Morrigans Bild, das ihn erregte, sein männliches Bedürfnis weckte. Und wenn er nachts die Arme nach Cethlinn ausstreckte, war es Morrigan, mit der er sich vereinigte.

Zum Glück gab es genügend Ablenkungen, die seine Visionen von Dana und Morrigan und sein Heimweh nicht zu stark werden ließen. Er fand die Ablenkungen nicht nur in Cethlinns Bett, sondern auch im Haus der Kranken bei Keptah und den anderen Heilern, die er immer mehr bewunderte. Während des ganzes Jahres kamen Menschen zu ihnen, um ihre Krankheiten behandeln zu lassen. Das Wissen der Ärzte war überwältigend. Balor bat darum, ihnen helfen zu dürfen. Mit nur einem gesunden Arm konnte er nicht sehr viel tun, aber es genügte ihm schon, wenn er zusehen durfte, weil seine Neugier und sein Lernwille groß waren. Er wußte, daß er in Farnmoor an der schweren Verletzung gestorben wäre, die ihm von den Räubern zugefügt worden war, und oft dachte er an Diankets zerschmettertes Bein und fragte sich, ob es unter der Fürsorge des Ägypters hätte geheilt werden können.

Er und der kahlköpfige, braunäugige Keptah wurden zu guten Freunden. Er erfuhr, daß Keptah sich dem Volk des Steins vor fünf Jahren angeschlossen hatte, als er ihm in Alhorn begegnet war. Die dortigen Lebensbedingungen hatten ihn so sehr angewidert, daß er sein gutes Leben dort aufgegeben hatte, um in einer friedlichen Umgebung sein zu können, wo er ungestört seine Forschungen betreiben und seine Erfahrung als Chirurg erweitern konnte. Im Gegensatz zu Munremar suchte Keptah nach den Ursachen einer Krankheit, um dann die nötigen Heilmittel zu finden. Er hielt überhaupt nichts von Gesängen, heiligem Rauch und Mistelzweigen, die über dem Bett eines Patienten geschwenkt wurden. Er beklagte sich nicht bei den Schicksalsmächten, daß der jeweilige Kranke offenbar nicht mehr in ihrer Gunst stand und deshalb unheilbar war. Keptah und die Heiler ließen Balor sogar bei einem chirurgischen Eingriff zusehen, der ihn zutiefst erstaunte.

Ein kleines Mädchen namens Macha war von ihrem Vater Gorias hergebracht worden, damit die Heiler es behandelten. Macha war ein schwarzhaariges hübsches und zartes Wesen, obwohl eine gräßliche Schwellung ihr eines Auge hervortreten ließ. Sie litt unter entsetzlichen Kopfschmerzen, die immer wieder heftige Anfälle verursachten. Die Heiler ihres eigenen Volkes auf der fernen Insel hatten erklärt, sie sei von bösen Geistern besessen. Sie hatten sogar vorgeschlagen, das Mädchen den Sümpfen zu opfern, mit durchschnittener Kehle am Grund des Morastes aufzuspießen, damit die Geister, die es in die Andere Welt trieb, nicht auf den übrigen Clan übergriffen. Machas Vater, ein Händler und Krieger aus der Fremde, der sich unter ihnen angesiedelt hatte, war entsetzt gewesen und hatte sie mitgenommen. Sie waren wochenlang in der Hoffnung auf Heilung durch die zunehmende Kälte gereist. Balor, der sich erinnerte, daß Munremar für ihn ein ähnliches Schicksal vorgesehen hatte, empfand eine besondere Zuneigung zu dem Kind. Und Macha schien ebenso Sympathie für Balor zu entwickeln, der ihre Hand hielt, als man ihr den Mohnnektar zu trinken gab. Sie schlief in seinem Schoß ein, als wäre er ein alter Freund. Sie ließe sich durch seine Jugend trösten, sagte Keptah, als er das zerbrechliche Geschöpf zu einem langen Tisch trug, auf dem die Ärzte begannen, Machas zarten Schädel zu rasieren und ihn dann kunstvoll aufzubohren und zu öffnen. Diese Technik nannten sie Trepanieren. Er hatte voller Ehrfurcht zugesehen und sich bemüht, nicht in Ohnmacht zu fallen, während er sich sorgte, ob die Seele des armen Kindes den Körper verlassen würde, doch es war nicht geschehen. Statt dessen hatte Keptah eine kleine dunkle Stelle aus den Windungen der grauen Masse geschnitten, bei der es sich, wie er Balor erklärte, um das Gehirn handelte. Es war der Sitz aller Gedanken und Erinnerungen, von der jede Bewegung und das gesamte Leben ausgingen. Die dunkle Masse war ein Tumor, eine bösartige Wucherung, die er mit der Schimmelbildung auf Brot verglich. Sie hatte auf Machas Gehirn gedrückt, die Muskeln ihrer Augen verschoben und die Kopfschmerzen und Krämpfe verursacht, die sie mit der Zeit zweifellos umgebracht hätten.

Jetzt erholte sie sich bereits. Balor besuchte sie jeden Morgen. Sie lächelte und redete in einer fremden Sprache mit ihm, die ihm niemand übersetzen mußte, denn es war die Sprache der Freundschaft. Jeden Tag brachte er dem kleinen Mädchen das Frühstück aus Markbrühe. Wenn er neben Macha saß und darauf achtete, daß sie alles austrank, erinnerte sie ihn an seine kleine Schwester Bevin. Er litt unter heftigem Heimweh, während er gleichzeitig über das Wunder staunte, das die Ärzte an ihr vollbracht hatten. Diese Behandlung ist eine Gabe wahrer Heiler, dachte er, das Ergebnis ihrer Geduld, ihrer Liebe zu ihren Mitmenschen und ihrem unablässigen Streben nach Wissen. Er wünschte sich, Dianket und sogar Munremar wären hier – damit Keptah und die anderen Heiler den Weisen in seine Schranken weisen und ihn als überheblichen, selbstzufriedenen Betrüger entlarven konnten, der nur seinen eigenen Interessen nützlich war.

Während auch Balors Genesung Fortschritte machte, verbrachte er immer mehr Zeit bei den Priestern, um von ihnen die Sternenweisheit zu lernen, wie sie vom Volk des Steins gelehrt wurde. Sie gingen nachts auf die erhöhte, von Steinen gesäumte Straße hinaus, die zum großen Tempel führte. Die schweren Trilithen – die aus zwei aufrechten Steinen mit einem dritten, der wie ein Sturz darüber lag, bestanden und Balor an eine gigantische Tür erinnerten – erhoben sich vor dem sternenübersäten Himmel, und in ihrem Schatten nahm sein Geist unter Anweisung der Priester aufregende Ideen in sich auf. Obwohl er seine Lehrer gar nicht unterbrechen wollte, war er so voller Fragen, daß er sie einfach stellen mußte, wenn er nicht an seiner Neugier ersticken wollte. Die Priester waren verblüfft über seine Gedanken, denn er begriff offenbar komplizierteste Theorien, für deren Verarbeitung sie Jahre gebraucht hatten. Sie starrten ihn in der Dunkelheit an. Und er erwiderte ihre Blicke. Seine Gefühle verwirrten ihn, doch er empfand eine tiefe Seelenverwandtschaft zu ihnen, die intensiver als zu irgendeinem Mitglied des Clans MacLir war, vielleicht mit Ausnahme von Dianket.

Diese Erkenntnis war für ihn genauso beunruhigend wie unwillkommen. Dies waren Männer und Frauen des Friedens, Menschen ohne Kampfgeist. Frieden! Hatte er nicht seinen Vater verachtet, weil er den Frieden verfolgte? War es nicht ein Zustand des Lebens, den er auf keinen Fall dulden konnte und wollte? Wie war es möglich, daß er bei Fomor MacLir den Frieden nur als Rechtfertigung für Feigheit betrachtet hatte, während er ihm bei diesen Menschen als beruhigender und verständlicher Zustand vorkam? Was war hier anders? Und wie lange durfte er es wagen hierzubleiben, bis er seinen Racheschwur vergaß, der seine Ehre und das Ziel seines Lebens war?

Schnee fiel. Lautlos und beruhigend. Mit dem gesunden Arm trug Balor die kleine Macha nach draußen, damit sie es sehen konnte. Sie war in warme Pelze gehüllt und blickte mit leuchtenden Augen. Sie streckte ihre kleine Hand aus, um die Schneeflocken aufzufangen. Sie hob den bandagierten Kopf, damit sie spüren konnte, wie sie auf ihren Wangen zerschmolzen. Sie leckte sie von ihren Lippen und lächelte dem jungen Mann zu, der sie festhielt.

»Gut!« flötete sie.

»Gut!« wiederholte er zufrieden darüber, daß sie allmählich seine Sprache lernte, während er gleichzeitig mit ihrer vertrauter wurde. Es war ein Spiel, das sie zum Zeitvertreib spielten, und zu seiner eigenen Überraschung stellte er fest, daß er offenbar eine gute Sprachbegabung hatte. Es machte ihm Spaß, genauso wie dem kleinen Mädchen und seinem Vater Gorias, der behauptete, er hätte noch nie einen Mann erlebt, der eine fremde Sprache so schnell lernte.

»Es ist wahr. Dieser Ort ... ist Zauber. Zaubermänner leben hier. Und du ... man sagt, du bist ein mächtiger Zaubermann ... machst Feuer aus Luft ... tötest drei Mann durch Zauber ... kämpfst mit beiden Händen. Du bist jung ... bald wieder stark. Man sagt, du willst fortgehen ... das ist nicht gut. Du wirst ein großer Zaubermann an diesem Ort sein. Wirst Gutes tun. Zauber machen. Viele heilen.«

Tief im Wald jenseits des Flusses heulten Wölfe, und der Vater des Kindes drehte den Kopf in diese Richtung. Er schauderte. Er war aus dem Haus der Kranken gekommen, wo Keptah ihm an der Seite seiner Tochter eine Pritsche zur Verfügung gestellt hatte. Er war nicht warm genug für die Kälte angezogen und blies sich in die Hände.

»Hör«, sagte er. »Wölfe. Jetzt sind viele Wölfe im Wald. Vielleicht kommen bald wieder dunkle Zeiten. Der Winter bleibt. Die Menschen werden unruhig. Werden zu Wölfen.« Er rieb die Handflächen gegeneinander. Sie waren aufgesprungen und trocken und verursachten ein weiches, schabendes Geräusch. Seine kleinen, dunklen Augen konzentrierten sich ernst auf Balors Gesicht. »Du mußt hierbleiben. Die Wölfe fressen dich hier nicht.«

»Ich habe keine Angst vor Wölfen«, entgegnete Balor.

Der Mann betrachtete ihn abschätzend und blies sich wieder in die Hände. In seinen groben Gesichtszügen stand tiefe Besorgnis. »Wenn der Schnee aufhört, gehe ich zurück in meine Heimat auf Ferner Insel. Ich werde vielen vom Zauber erzählen, der hier gemacht wird. Ich bin Häuptling. Krieger. Und Händler mit bestem Ruf. Viele tun, was ich sage. Viele stehen in meiner Lebensschuld. Männer von Fal. Männer von Findias. Viele. Wir kommen im Frühling. Ich bezahle Heiler und Priester für die Rettung von Machas Leben. Männer meines Clans. Männer anderer Clans. Wir schützen die Menschen hier. Kein Wolf kommt hierher, wenn wir sie mit Schwertern beschützen!«

»Schwerter?« Schon das Wort versetzte Balor in heftige Erregung.

Der Mann bemerkte seine Reaktion. »Du kennst Schwerter? Kannst damit umgehen? Ist Zauber in den Händen von Zaubermännern!« Er betrachtete Balors rechte Hand, die immer noch in der Schlinge lag, dann nickte er lächelnd und zeigte ihm seine großen, abgebrochenen Zähne, zwischen denen ein Karneol funkelte, wo sich früher einmal sein linker Eckzahn befunden hatte. »Im Osten von hier, an heiligen Orten, wo Steine stehen, sah ich, Gorias, wie Wölfe Priester fraßen. Wegen Gold. Wegen Getreide. Alle wurden getötet. Irgendwann kommen böse Männer auch zur Ebene des Großen Steinkreises. Aber ich sage nein! Das Böse soll hier nicht geschehen! Im Frühling ich komme zurück. Mit vielen Schwertern. Ich werde dich ausbilden. Du wirst ein großer Zaubermann sein … ein mächtiger Krieger mit einem Schwert in Hand!«

»Gut!« flötete die kleine Macha wieder, während sie nach den Schneeflocken griff, ohne zu verstehen, wovon ihr Vater gerade gesprochen hatte. Sie beugte sich vor und drückte die Wange an Balors Gesicht. »Gut?« fragte sie, als sie wissen wollte, ob er ihre Begeisterung für den Schnee teilte.

Er nickte, doch es war ihr Vater, dem er in die Augen blickte. »Gut!« bestätigte er und zog seinen Arm aus der Schlinge. Er streckte Gorias die rechte Hand hin. »Im Frühling kommst du zurück und bringst Schwerter mit. Ich werde mit Freude von dir lernen!«

Viertes Buch

23

Die Zypressen bogen sich unter dem kalten Wind. Das große, weißgetünchte Haus auf den Klippen glänzte im winterlichen Regen. Das Meer tief unten war grau und vom Sturm aufgewühlt. Gewaltige, mit Seetang beladene Wellen hoben sich und brachen an den Felsen der Insel. In der Bucht war das Wasser trübe vom aufgewirbelten Sand, als Männer sich anstrengten, das zerschundene Schiff festzumachen, das soeben das Land erreicht hatte. Die eingeholten roten und schwarzen Segel waren zerfetzt. Mehr als die Hälfte der Ruder waren zerbrochen. Die Besatzung war ausgezehrt und erschöpft – bis auf den verwachsenen kleinen Mann, der auf den felsigen Strand sprang und die Treppe zum Haus hinaufhumpelte.

Coman war unrasiert, ungekämmt und klitschnaß, doch es war ihm gleichgültig. Er suchte sich seinen Weg durch vertraute, verwinkelte Korridore und fragte, wo sein Herr zu finden sei. Er beschleunigte seine Schritte und achtete nicht auf die erstaunten Blicke und Grüße der Diener und Sklaven, bis er schießlich vor den bewachten Eingang trat, der zu den Gemächern seines Herrn führte. Überheblich befahl er den Wachen, ihn anzukündigen. Genauso überheblich ignorierten sie ihn, bis er sich wie ein nasser Hund schüttelte, die Arme in die Hüften stemmte und ihnen mitteilte, daß jeder, der einen Boten aufzuhalten wagte, der Neuigkeiten über den Wolf der Westlichen Stämme in Erfahrung gebracht hatte, sich gut überlegen sollte, welche Konsequenzen sein Tun und Lassen haben könnte.

Einen weiteren Ansporn benötigten die zwei Wachen nicht. Sie wußten, daß der Zwerg sehr lange fortgewesen war, um genauso wie andere Spione nach dem Wolf zu suchen, und sie wußten auch, daß der kleine Mann trotz aller Widrigkeiten mitten im tiefsten Winter in Rekordzeit heimgekehrt war, und das sogar während eines heftigen Sturms. Das selbstgefällige Leuchten in seinen Augen verriet ihnen, daß seine Mission von Erfolg gekrönt war. Sie blickten erleichtert auf ihn hinab, denn nun würde Nemed MacAgnomain aus seiner düsteren und gefährlichen Stimmung gerissen werden, die seit der Aussendung der Spione auf ihm gelastet hatte. Er würde nicht mehr ziellos durch das Haus irren und wahllos seine Diener quälen. Die Verfolgung seines alten Widersachers würde ihm neuen Mut machen, und all die Pläne, die er in den vergangenen Monaten ausgebrütet hatte, würden nun verwirklicht werden. Er würde seine Flotte bereitmachen und eine große Streitmacht um sich versammeln.

In der ganzen Ägäis und entlang der Handelswege durch die zivilisierte Welt gab es viele Herren, die Nemed MacAgnomain noch etwas schuldeten und darauf angewiesen waren, in seiner Gunst zu bleiben. Solche Männer würden Waffen und Söldner schicken, die für jeden Zweck kämpften, zu dem Nemed sie einsetzen wollte. Dafür würde er ihnen alle Schulden erlassen und gewinnträchtigte Verträge mit ihnen abschließen, die ihm auch in der Zukunft ihre Treue garantierten. Und da er als Krieger geboren war und oftmals unter seiner Rolle als Händlerprinz litt, würde Nemed den Kriegszug persönlich anführen. Und wenn er erfolgreich zurückkehrte und seine Seele von den dunklen Geistern erlöst hatte, die ihn seit so langer Zeit heimsuchten, würde er ein umgänglicherer Mann sein.

Ohne sich abzusprechen, machten beide Wachen begeistert kehrt und schlugen mit geballten Fäusten gegen die Tür. Sie öffnete sich nur einen Spalt weit. Das Gesicht eines Sklaven wurde sichtbar. Sie informierten ihn von Comans Wunsch, eintreten zu dürfen. Die Tür schloß sich. Dann wurde sie weit geöffnet. Coman reckte sich stolz und schritt wie ein großer Herr hindurch.

Über ihm trommelte der Regen mit Sturmgewalt auf die Dachziegel. Doch er hörte es nicht. Vor ihm erstrahlte der luxuriös ausgestattete Raum mit vielfarbigem Mosaikfußboden und bunt bemalten Wänden und Decken. Doch er achtete gar nicht darauf, denn er hatte dies alles schon viele Male gesehen, und in seinem Geist bildeten sich Visionen der Reichtümer, die er bald als Belohnung erhalten würde. Er schritt weiter vor und hinterließ eine nasse Spur, während er sich dem Paar näherte, das auf vergoldeten Lagern auf einem breiten Podest am anderen Ende des Raumes ruhte. Also war Königin Arakhne anwesend. Damit hatte er nicht gerechnet. Sie war ein knallbunt geschminkter Schatten und raubte diesem Augenblick seine Brillanz.

Doch er wollte sich dadurch nicht entmutigen lassen. »Heiße deinen treuen Diener Coman willkommen! Ich kehre von einer fernen Insel zu dir zurück und bringe dir Nachricht von jenem, den du suchst!« Seine Stimme erklang laut und kühn, als hätte er in ein Horn geblasen. Der Raum wirkte größer als in seiner Erinnerung. Drei breite, gekachelte Stufen führten zum Podest hinauf. Als er sie erreichte, hielt er an und warf sich zu Boden. Es war die Königin Arakhne, die ihm befahl aufzustehen. Doch statt dessen kroch er auf dem Bauch die Stufen hinauf, um ihren ausgestreckten Fuß zu küssen. Sie erwartete es von ihm. Sie wäre sogar erzürnt gewesen, wenn er vernachlässigte, was zu einem pflichtgemäßen Ritual der Erniedrigung geworden war. Ihr Schuh bestand aus einem exotischen Leder, das man mit Safran orangegelb gefärbt hatte. Das Färbemittel, die Feuchtigkeit des Tages und der Schweiß ihres Fußes verbreiteten einen unangenehmen Geruch. Er bemühte sich, nicht das Gesicht zu verziehen, als sie ihren Fuß hob, damit er ihn ein zweites Mal küßte, während er die notwendigen Bekundungen seines Entzückens murmelte. Dann wurde er zu seiner Verblüffung plötzlich von starken Händen an den Schultern emporgerissen. Nemed hatte sich erhoben und stellte den Zwerg ungeduldig auf die Füße.

Der Herr des Hauses beugte sich zu ihm hinab, während er ihn immer noch an den Schultern festhielt. »Sag, was du mir zu sagen hast!«

Die Antwort des Zwerges kam in einem hastigen und aufgeregten Wortschwall, als er sich von der Furcht vor den Launen seines Herrn einschüchtern ließ. Seine Selbstgefälligkeit schwand, bis er seinen Blick auf das Bernsteinamulett richtete, das an der Kehle des Herrn sichtbar war. Es beruhigte ihn. Es gab ihm seine Entschlossenheit zurück, die ihn, seit er das Schiff, das ihn nach Albion hatte bringen sollen, begleitet und ihm Bilder künftigen Ruhms vorgegaukelt hatte. »Du hast mich gesandt, den zu finden, der einst als Wolf der Stämme des Westens bekannt gewesen ist. Ich habe mich auf den Weg nach Alhorn gemacht. Ich habe auf Gerüchte gelauscht, die dort umgingen. Andere, die mit mir auf dein Geheiß hin unterwegs waren, haben den Weg nach Süden eingeschlagen. Ich habe einige andere davon überzeugen können, mit mir nach Norden zu ziehen, tief ins Landesinnere, wo niemand einen Wolf vermuten würde. Und dort, nach vielen Tagen der Reise, nach vielen Nächten in unsäglichen Unterkünften und notdürftig errichteten Lagern, haben wir am fernen Horizont Krähen am Himmel kreisen sehen; im Winter ein untrügliches Zeichen für einen Ort, an dem sich Menschen niedergelassen haben. Also erkundeten wir das Land dort und stießen auf eine Siedlung in einer Gegend, von der niemand geahnt hätte, daß Menschen dort überleben könnten. Er legte eine Pause ein. Er sah das schwarze Feuer der Erregung in den Augen seines Herrn aufleuchten. Unwillkürlich wollte er einen Schritt zurückweichen, von Furcht erfüllt, doch der Griff auf seiner Schulter wurde fester und hielt ihn, schüttelte ihn.

»Rede weiter! Was war dann? Was hast du gefunden?«

»Eine große Siedlung, Herr. Auf einer Anhöhe errichtet, wo das Sumpfland endet und die Berge beginnen. Dort gibt es tückischen Morast, aber auch gutes Land. Weideland ist angelegt worden und Felder, und es gibt nutzbares Holz. In der Siedlung konnten gut und gerne tausend Männer mit ihren Familien leben. Es ist aber keine einfache Siedlung einfacher Bauern; sie ist mit einer Palisade umgeben und gut gegen einen möglichen Angriff gesichert – die Siedlung von Kriegern, gebaut, als *erwarteten* ihre Bewohner einen Angriff. Wir konnten die Siedlung allerdings nicht näher in Augenschein nehmen, da wir nicht eben freundlich von denjenigen empfangen wurden, die zu uns hinausgeritten kamen. Große Männer. Viele, mit roten Haaren. Keine kleinen, friedfertigen Menschen, wie sie sonst in dieser Gegend leben. Die Männer trugen Äxte und mächtige Bogen bei sich. Aber ich habe nichts aus Bronze gesehen, Herr, keine Schwerter!« Er bemerkte, daß seine letzten Worte nicht ohne Wirkung auf seinen Herrn geblieben waren, und entspannte sich. »Sie wandten eine List an, um uns fortzuschicken. Sie sagten, daß ihr Volk von einer schlimmen Krankheit heimgesucht würde. Aber sie haben gelogen. Ich sah keine Anzeichen von Verzweiflung oder Qual auf ihren Gesichtern. Nur Vorsicht. Nur Mißtrauen. Es waren die Gesichter von Männern, die darauf bedacht sind, ein Geheimnis zu wahren. Ein Geheimnis, das ich, Coman, ihnen gestohlen habe, um es jetzt dir zu offenbaren. Sie hätten uns töten sollen. Auch wenn ihr Anführer sich selbst ›Scallatha‹ nannte, so habe ich ihn doch erkannt. Männer wie ihn vergißt man nicht so leicht. Der Rotbart, der dich in Alhorn herausgefordert hat, war bei ihm. Der Wolf der Stämme des Westens lebt, Herr. Und im Frühling, wenn die See ruhiger sein wird und du deine Schiffe gesammelt hast, werde ich dich zu ihm führen.«

Ein Zittern durchlief Nemed MacAgnomain. Die Narbe, die sein Gesicht mit dem schwarzen Bart verunstaltete, war immer weiß und blutlos; jetzt hatten all seine Züge dieselbe Farbe. Er beugte sich tiefer über den Zwerg. »Und die Frau ... die weißhaarige Schönheit ... hast du sie gesehen?«

Der Zwerg spürte, wie sich seine Blase zusammenzog. Für einen Moment war er nicht sicher, ob er seinen Harndrang würde unter Kontrolle halten können. Er verfluchte sich selbst dafür, daß er sich nicht die Zeit genommen hatte, sich zu erleichtern, bevor er losgerannt war, seine Belohnung abzuholen. Er fragte sich, ob er lügen sollte, was die weißhaarige Frau anging. Eine Lüge würde im Augenblick die Lage für ihn sicherer machen, aber sie könnte irgendwann später auf ihn zurückfallen. »Ich habe keine weißhaarige Frau gesehen, obwohl sie in der Siedlung hätte sein müssen, wenn sie noch lebt.«

Wieder erfaßte Nemed ein Zittern. Die Hände, die die Schultern des Zwerges gepackt hatten, entpannten sich, als er sich erhob. Seine Rechte schloß sich um das Amulett. Die Farbe kehrte in sein Gesicht zurück, während nun seine Fingerknöchel weiß wurden. »Sie lebt ...«, flüsterte Nemed. »Ich *weiß*, daß sie lebt ...«

Comans Beine zappelten unruhig wie bei einem Kind, das sich nicht traut, um die Erlaubnis zur Benutzung der Latrinen zu bitten. »Aber nicht mehr lange, ja? Nachdem Coman sie jetzt für dich gefunden hat! Habe ich dir nicht schon vor Jahren versprochen, daß ich dir Glück bringen würde? Ich bitte nur darum, das Vergnügen miterleben zu dürfen, das meine Anstrengungen meinem Herrn ermöglicht haben ... und ich bitte darum, mich jetzt entfernen zu dürfen, um nach meiner langen und beschwerlichen Reise ein Bad zu nehmen!«

Die Königin richtete sich zu einer sitzenden Position auf und hob die Arme, um die Locken ihrer kunstvollen, mit einer Überdosis Henna gefärbten Frisur zu ordnen. Die Haut unter ihren Ellbogen und Achselhöhlen hing schlaff herab, fast wie die Ärmel eines Hemdes. Zwei lange, sehnige Beine streckten sich unter den Falten ihres schwer bestickten Kleides aus golddurchwirkter Wolle hervor. Wie ihre Schuhe war auch ihr Gewand safrangelb – ihre Lieblingsfarbe. Dadurch wirkte sie so ungesund wie eine alte Prellung. Ihre schwarz umrandeten braunen Augen schienen den Zwerg mit offener Verärgerung zu durchbohren. Mit einem unguten Gefühl in der Magengegend wußte sie, daß sie ihn bis auf die Knochen seiner Habgier durchschaute. Sie wandte unwillig den Blick ab, um ihm zu zeigen, daß er nicht einmal ihrer Verachtung würdig war.

Schließlich sprach sie Nemed an. »Wir müssen viele Verträge erfüllen, wenn das Meer sich im Frühling beruhigt hat – gewinnträchtige Verträge. Und wir müssen den Tribut von jenen einfordern, die wir mühselig zu unserem Gewinn unterworfen haben. Dieser Wolf ist für dich zu einer fixen Idee geworden, mein Gemahl. Wenn du in Albion nach ihm suchst, wirst du Monate kostbarer Zeit verschwenden, die wir gewinnbringender nutzen könnten. Willst du wirklich deine Schiffe und deine Geschäfte wegen der Worte eines Gnomen aufs Spiel setzen? Und selbst wenn er tatsächlich die Wahrheit spricht, dann ist ein Wolf, der sich in den kalten, sumpfigen Moores verkriecht, kaum jemand, der den Namen eines Wolfes verdient, und es dürfte dir keine große Befriedigung verschaffen, ihn zu töten.« Sie hob gebieterisch den Kopf, worauf die Altersfalten unter ihrem Kinn sichtbar wurden. »Ich, Arakhne, sage, daß du nicht das Vermögen unseres Hauses für ein so unkluges Unterfangen vergeuden sollst. Du wirst unsere Schiffe nicht dazu benutzen, unsere dringlicheren Geschäfte zu vernachlässigen. Ich verbiete es.«

Der Herr stand reglos da. Seine Augen blickten starr und waren weit in die Vergangenheit und Zukunft gerichtet. Allmählich zogen die Worte seiner Frau ihn in die Gegenwart zurück. Seine Augen konzentrierten sich auf sie und bedachten sie mit einem Blick, bei dem ihre ungesunde Blässe in Kalkweiß umschlug. »Tritt mir nicht in den Weg, Frau! Ich werde meine Schiffe bekommen. Und ich werde mir den Wolf holen. Ganz gleich, was es mich kostet, für mich ist es ein Gewinn.«

Sie hätte wissen müssen, daß es ein Fehler war, doch sie stand auf, um sich ihm entgegenzustellen. »Du vergißt deine Stellung, Gemahl ... eine Stellung, die ich dir in meiner Großzügigkeit zugestanden habe, weil deine Jugend und dein barbarisches Temperament mir Vergnügen bereiteten. Bereiteten. Du bist nicht mehr so jung, wie du einmal warst, Nemed. Du bist nicht einmal mehr der *Mann*, der du einmal warst. Ich, Arakhne, bin die Herrin des königlichen Hauses von Achaia. Und ich, Arakhne, sage dir, was du tun und lassen wirst!«

Coman beobachtete gebannt, wie sich Nemeds Gesichtsausdruck veränderte. Er hatte diesen Blick in seinen Augen schon zuvor gesehen. Und jedesmal erregte und erschreckte er ihn aufs neue. Vielleicht war es der Schrecken, der für die Erregung verantwortlich war – und dieses Vergnügen konnte er nur dann empfinden, wenn Gefahr und Tod im Spiel waren. Er wußte, daß die Beziehung zwischen seinem Herrn und seiner Herrin seit Jahren unter großer Belastung stand. Jetzt brach der Eiter des Hasses hervor, wie ein Geschwür, das mit einer Nadel aufgestochen wurde, als Nemed seine Frau lächelnd in die Arme schloß und ihr im säuselnden Tonfall eines Geliebten ins Ohr flüsterte.

»Arakhne ... Arakhne ... du bist eine ausgetrocknete, häßliche und dumme alte Frau, die meine Geduld schon viel zu lange strapaziert hat ...«

Coman würde niemals erfahren, woran sie starb – ob am gebrochenen Rückgrat, als Nemed sie nach hinten beugte, oder am brutalen Griff seiner starken Hand, die ihre Kehle zerquetschte. Ihre Augen traten hervor. Ihr Mund stand offen. Der Zwerg war so erregt über den Anblick ihres Todes, daß er gar nicht bemerkte, wie er die Kontrolle über seine Blase verlor.

Langsam und zärtlich ließ Nemed die Leiche seiner Frau auf das Lager sinken, auf dem sie zuvor geruht hatte. Er warf ihr einen gelangweilten Blick zu. Am anderen Ende des Raumes kauerte der einzige diensthabende Sklave an der Tür. Der Herr winkte ihn herbei. Der Mann war stumm. Arakhne hatte ihn immer grausam behandelt. Es war allgemein bekannt, daß er sie fast genausosehr verabscheute, wie er seinen Herrn fürchtete.

»Deine Herrin ... ihre Seele hat den Körper verlassen ... es muß wohl irgendein Schock gewesen sein ...« In Nemeds Stimme schien aufrichtige Trauer zu liegen, als er einen seiner vielen Ringe von einem Finger zog und ihm dem Stummen überreichte. »Für deine Treue und dein Schweigen ...«

Der Mann grinste, als hätte sein Herr mit diesen Worten einen Scherz beabsichtigt. Er verbeugte sich und nahm den Ring an, während er nickte, um zu bestätigen, daß er schweigen würde. Er schien nicht sicher zu sein, wie er sich verhalten sollte. Nemed runzelte die Stirn. »Du kannst jetzt gehen.«

Der Diener zog sich unter Verbeugungen zurück, während er immer noch grinste und nickte. Der Regen trommelte auf die Dachziegel, als wollte er sich gewaltsam Einlaß verschaffen. Schließlich kehrte das Lächeln auf Nemeds Gesicht zurück.

Coman stammelte: »Ihr Herz ... es muß ihr Herz gewesen sein. Ich habe oft gehört, wie sie sich darüber beklagt hat ... es ist bedauerlich, daß es ihr nicht mehr so treu dient, wie ich, Coman, meinem Herrn gedient habe und immer dienen werde.«

Nemed warf den Kopf zurück und lachte. Er blickte zu den Fresken im hohen Gewölbe hinauf und reckte dem draußen tobenden Sturm seine Faust entgegen. »Bald wird ein Regen aus Blut über die Moore Albions niedergehen. Wenn du mich zu ihm geführt hast, werden schon bald der Wolf und sein gesamtes Rudel sterben, und die weißhaarige Hexe wird wieder mein sein – diesmal für immer!«

24

Sie waren betrunken. Dathen und Lomna Ruad und Fomor. Es war sehr spät. Sie waren die letzten, die immer noch im Schwitzhaus feierten. Immer wieder stießen sie auf die Geburt von Lomna Ruads jüngstem Sohn an. Sie tranken auch auf alle neuen Söhne und Töchter, die dem Clan MacLir bereits geboren waren und noch geboren werden würden, und zwar infolge des Zaubers, der in der Nacht des Pflanzmondes bewirkt worden war. In diesem Augenblick lag Huldre in den Wehen, und sie hatten gehört, wie die alten Meisterinnen der Frauenweisheit sagten, daß auch Morrigan, die neue Frau des alten Falcon, kurz vor der Niederkunft stand, obwohl es nach ihrer eigenen Berechnung noch nicht soweit sein durfte. Die Männer lachten darüber und tranken auf den alten Falcon, während sie sich an das Sprichwort erinnerten, daß ein erstes Baby zu jeder Zeit kommen konnte, während die folgenden neun ganze Monate brauchten. Sie saßen nackt auf Holzbänken im heißen, nach Kräutern duftenden Dampf und Rauch und reichten die fast leere Blasenflasche mit Met herum. Sie beglückwünschten sich gegenseitig zu ihrer Manneskraft und stellten voller Stolz fest, daß sie es geschafft hatten, viel länger als die jüngeren Kerle zu feiern.

Sie sangen Lieder und schlugen sich gegenseitig auf den Rücken. Draußen hüllte der Schnee die Welt leise und behutsam in eine Decke, die alles sauber und neu aussehen ließ. Das Gewicht des Schnees, der sich immer höher auf dem dicken, kegelförmigen Reetdach des Schwitzhauses ansammelte, isolierte den Raum darunter zusätzlich gegen die Kälte.

Drinnen war es sehr heiß. Große Tonkrüge mit Wasser, das mit Steinen erhitzt wurde, die die Männer gelegentlich aus der Feuerstelle nahmen und hineinwarfen, standen an den Wänden. Die Gefäße schwitzten genauso ausgiebig wie die Männer. Das Kondenswasser tropfte in einem leichten Regen von den Dachbalken. Fomor blickte blinzelnd nach oben und fand es in seiner Trunkenheit urkomisch, daß es drinnen statt draußen regnete. Er trank auf den Regen. Er stieß mit den anderen auf den Schnee an. Er trank auf den Winter und die Nacht und das Wasser in den Krügen und die Kohlen in der Feuerstelle und den Rauch und Dampf in allen Schwitzhäusern aller Dörfer der ganzen Welt. Dann trank er in seinem Großmut auch auf die ganze Welt und den Himmel und die Zwölf Winde und die All-Mutter und auf alle Mütter von Farnmoor, ob sie nun Kinder oder Kälber zur Welt gebracht hatten. Zufrieden warf er den Kopf zurück und lachte über seine lallende Großspurigkeit. Eine große Luftblase stieg durch seine Speiseröhre auf. Er entließ sie und war von diesem großartigen Rülpser beeindruckt, der eine entsprechende

Anerkennung verdiente. Er trank darauf. Die anderen stießen mit ihm an und gaben zu, daß es der großartigste Rülpser gewesen sei, den sie je gehört hatten. Sie veranstalteten einen Wettbewerb, bei dem sie versuchten, Fomor zu übertreffen, und krümmten sich schließlich vor Lachen, schnappten erschöpft nach Luft und wischten sich die Tränen aus den Augen.

Dathen war kaum wieder zu Atem gekommen, als weitere Erinnerungen neues Gelächter provozierten. Bei den Schicksalsmächten, es war gut, wieder einmal zu lachen, und vor allem, den Häuptling wie einen ausgelassenen Jungen lachen zu hören. »Erinnerst du dich noch ...?« fragte er und erzählte von ihrer Kindheit, von Streichen und Scherzen auf Kosten anderer, von Freunden, die sie an der Nase herumgeführt hatten, und auch von Mädchen und Frauen. Lomna Ruad rief ihnen ins Gedächtnis, wie sie einmal zu dritt in den Klippen der nordwestlichen Küste der fernen Insel Eier von Meeresvögeln gesammelt hatten. Er erzählte, wie sie heimlich Met mitgenommen hatten, so daß sie ziemlich betrunken gewesen waren, als sie an Seilen mehrere hundert Fuß über dem Meer gebaumelt hatten, wie es nur dumme Jungen wagen konnten. Sie hatten Eier aus Nestern auf den Felsvorsprüngen und in den Spalten der steilen Klippe genommen, aber sie hatten sie nicht in ihre Körbe gelegt, sondern sich gegenseitig damit beworfen, bis sie so sehr mit Eiweiß und Eidotter verschmiert gewesen waren, daß sie es mit ihren schlüpfrigen Händen kaum geschafft hatten, an den Seilen wieder in Sicherheit zu klettern.

»Bei den Zwölf Winden, das waren gute Zeiten!« rief Dathen.

»Ja«, bestätigte Lomna Ruad, »und auch jetzt herrschen gute Zeiten!«

Fomor blickte sie an und nickte betrunken und glücklich. Er stand auf und schöpfte mit einer hölzernen Kelle heißes Wasser aus einem Krug in der Nähe. Er goß es sich über den Kopf und genoß, wie es ihm über das Gesicht rann, durch seinen Bart, über seinen Rücken und seine

Brust, den Bauch und die Geschlechtsteile. Irgendwo weit außerhalb des Dorfes heulte ein einsamer Wolf den Mond an, der voll und unsichtbar über den winterlichen Schneewolken hing. Er mußte immer an Balor denken, wenn er das Heulen von Wölfen hörte, doch dann drang ein anderer Schrei in seine Gedanken und weckte seine ganze Aufmerksamkeit. Es war der erste Schrei eines neugeborenen Kindes – laut und kräftig und mit dem Versprechen neuen Lebens. Ein breites Lächeln spaltete seinen Bart. Huldres Wehen waren offenbar beendet, bevor sie richtig begonnen hatten. Es überraschte ihn nicht, denn diesmal war es für sie eine beonders problemlose Schwangerschaft gewesen. Er zweifelte nicht daran, daß sie die Niederkunft außer einer leichten Erschöpfung unbeschadet überstanden hatte, und genausowenig bezweifelte er, daß das Kind lebensfähig und kräftig war. Denn bislang war keines der Kinder, die in der Nacht des Pflanzmondes gezeugt wurden, tot auf die Welt gekommen, und auch keine einzige Frau hatte während der Geburt schwer gelitten oder gar das Leben verloren.

Die dunkle Hälfte des Jahres beherrschte das Land, doch trotz des jüngsten Schneefalls erwies sich der Winter als genauso mild, wie die Vorzeichen es verheißen hatten, die Munremar im heiligen Rauch gesehen hatte. Die Vorräte in den Speichern schienen unerschöpflich. Die Menschen entspannten sich unter der sicheren und ruhigen Decke des Winters, und sogar Draga schien beschwichtigt, seitdem Fomor ihn mit einer neuen Aufgabe betraut hatte, die seine Unzufriedenheit lindern sollte, wie der Häuptling hoffte. Er hatte den Rotbart zum Waffenmeister ernannt und ihm die Leitung der Befestigungsarbeiten in Farnmoor übergeben. Draga hatte diese Pflichten begeistert aufgenommen. Unter seiner Überwachung näherte sich der Bau der großen Ringwälle der Fertigstellung, und Wachtposten befanden sich auf der Palisade und an verschiedenen strategisch wichtigen Stellen im ganzen Moor und im Hochland. Die Männer des Dorfes wurden ermuntert, ihre Fertigkeit in der uralten Kunst der Waffen zu verbessern, obwohl die Tage so kurz waren und kaum die Wahrscheinlichkeit bestand, daß sich irgendein Feind mitten im Winter in die Nähe von Farnmoor wagen würde. Fomor hatte ihm die Verantwortung übergeben und ihm erlaubt, immer wieder Spiele und Wettkämpfe zu veranstalten, damit die Männer des Dorfes nicht unter Langeweile litten und wie der Rotbart an den Rand eines Aufstands getrieben wurden.

Doch jetzt schienen sich die Spannungen beruhigt zu haben. Draga murrte zwar noch gelegentlich, doch der Winter hatte ihn offenbar besänftigt, und durch seine neuen Aufgaben hatte sein Leben ein klares Ziel bekommen. Fomors Lächeln vertiefte sich. Er war froh, daß er sich wieder mit seinem Bruder verstand, denn sie waren viel zu lange Widersacher gewesen. Er tauchte die Kelle noch einmal in den Krug mit dampfendem Wasser und übergoß sich damit. »Ja«, sagte er, »es sind wahrlich gute Zeiten.« Und zum erstenmal seit vielen Jahren wußte er, daß er die Wahrheit sprach.

Draga erwachte vom Schrei des Neugeborenen. Und in der Dunkelheit seines Rundhauses erwachten gleichzeitig seine Schmerzen. Sie waren seit einiger Zeit seine ständigen Begleiter, so treu wie seine Frauen. Dieser Gedanke ließ ihn unwillig knurren, als er reglos und allein auf seinen Bettfellen lag. Er konnte den dunklen Hügel aus Fellen sehen, unter denen seine Kinder schliefen. Inzwischen waren es fünf, die in der Nähe der Wand zur Vorratskammer träumten – bis auf eins allesamt Jungen, ein Gewirr aus Armen und Beinen und rotschöpfigen kleinen Köpfen. Die Frauen waren zur Geburtswache fortgegangen und hatten ihm seinen morgendlichen Krug mit Met neben das Bett gestellt. Es war ein weiter Becher, der randvoll mit dem Gebräu gefüllt war. Er griff danach und keuchte unter den Schmerzen auf, die die Bewegung ihm verursachte. Er legte sich auf die Seite, hob den Becher an den Mund und schlürfte daraus, während er wußte, daß die Frauen schon seit Wochen heimlich irgendwelche Heilkräuter hineingemischt hatten. Er hatte den Unterschied sofort geschmeckt – eine leichte Bitterkeit, die er nie zuvor wahrgenommen hatte –, doch er hatte getan, als würde er nichts davon bemerken.

Er hätte den Tag niemals ohne seinen Met überstehen können. Was sie auch benutzt haben mochten, es war jedenfalls stärker als das Öl von Weiden, das er regelmäßig genommen hatte, bis Eala aufgefallen war, daß es in ihren Vorratsregalen fehlte. Sie hatte Uaine beschuldigt, es ihrem zahnenden Sohn in den Mund gerieben zu haben, denn zuviel von diesem Öl konnte Kindern gefährlich werden. Draga jedoch konnte gar nicht genug von dem bekommen, was sie ihm in den Met mischten. Er war ihnen dankbar, daß sie es ihm verabreichten, und er verfluchte sie, weil sie wußten, wie sehr er es brauchte. Er erkannte in ihren Augen, daß sie es wußten. Er spürte es in ihrer Geduld, mit der sie auf seine Unnachsichtigkeit gegenüber den Kindern reagierten. Er fühlte es körperlich, wenn er auf seinen Schlaffellen lag, und wußte, daß sie durch Extraschichten aus Farn und Heidekraut gepolstert waren. Frauen. Verflucht sei ihre Umsicht! Verflucht sei ihr Mitleid! Es raubte ihm seine Männlichkeit.

Er lag grübelnd in der Dunkelheit und verfluchte die Nacht, weil er darin wach lag und nicht wieder einschlafen konnte. Seit die Schmerzen zu ihm gekommen waren, erschienen ihm Winternächte endlos. Er, der früher einmal die dunkle Hälfte des Jahres wie jede andere Herausforderung auch geliebt hatte, verfluchte jetzt die Kälte, die seinen Atem vor seinem Gesicht kondensieren ließ und ihm den Geruch nach Krankheit entgegenwehte – ein Hauch säuerlicher Fiebrigkeit, die er in seiner Jugendzeit niemals gekannt hatte. Er weigerte sich, daran zu glauben, daß die Zwölf Winde, die er sein ganzes Leben lang verehrt hatte, ihn nun strafen wollten. Nicht Draga! Nicht er, der sich gegen das unnatürliche Leben sträubte, in das Fomor sie geführt hatte, ein Leben im Frieden, das ein Widerspruch in sich war, eine Lästerung der Zwölf Winde.

Frieden. Das Wort war genauso säuerlich wie sein Atem. Die Nacht war sehr ruhig. Er lauschte auf die Stille. Das Neugeborene schrie nicht mehr. Es war Fomors Kind. Er hoffte, daß es gestorben war. Nein – er wollte hoffen, daß es mißgebildet auf die Welt gekommen war, ein Geschöpf, das verstoßen werden mußte, das als Futter für die Raubtiere vor die Palisade gelegt wurde. Das war es, was er sich für das Kind seines Bruders wünschte. Das war es, was Fomor verdient hatte. Zuviel ging in letzter Zeit nach seinem Willen. Es ging sogar *alles* nach seinem Willen! Draga verzog das Gesicht. Er verfluchte seinen Bruder, sein neugeborenes Kind, seine Frauen und all seine Kinder, ganz besonders Balor. Wäre er nicht verschwunden, wäre Dragas Plan, mit dem er die Häuptlingswürde hatte erringen wollen, nicht fehlgeschlagen. Dann wäre er jetzt der Herr gewesen. Er wäre der Herrscher über den Clan MacLir. Bei den Schicksalsmächten, er hoffte, daß der Junge tot war!

Die Stille des Raumes lastete auf ihm, wie es nur die Stille konnte, die mit dem Schneefall kam. Wie alles andere paßte auch der Schnee zum Häuptling. Es war weicher Schnee, in dem die Kinder tanzen und das Vieh wühlen konnten, um noch Nahrung zu finden. Draga verfluchte den Schnee.

Er griff noch einmal nach dem Metbecher, um ihn sich an die Lippen zu halten, und keuchte dann laut auf, als ein Feuer in seinen Knochen ausbrach, das bis in die Muskeln seines Rückens und die Gelenke seiner Schultern vordrang.

»Vater! Ist alles in Ordnung?«

Die Frage kam von seinem ältesten Sohn, dem fünfjährigen Lorcan. Er starrte seinen Erzeuger aus einem Gesicht an, das genauso sommersprossig wie das von Uaine war. Draga sagte dem Jungen, er solle weiterschlafen, doch zuvor erklärte er sein Verhalten noch mit einer Lüge.

»Ich habe von den Tagen des Ruhms geträumt. Ich sah mich selbst in der Schlacht. Mit dir als Mann an meiner Seite. Wir kämpften mit Schwertern. Gemeinsam töteten wir unsere Feinde. Ich schrie auf. Einen Siegesschrei, wie er zu einem wahren Sohn des Volkes der Axt gehört.«

Das Kind hörte ihm zu. Sein Vater sprach oft solche Worte zu ihm. Wer immer dieses Volk der Axt sein mochte, Lorcan war jedenfalls froh, daß es nur in den Geschichten des Rotbarts zu existieren schien. Es schien ein rastloses und rücksichtsloses Volk zu sein, das immer in Bewegung war, während Lorcan sich in Farnmoor recht wohl fühlte.

»Du darfst niemals vergessen, daß du ein Enkel des größten aller Kriegsherren bist! Von Manannan MacLir!«

Lorcan gähnte. Manannan MacLir ... Er stellte sich vor, daß der Mann dem Häuptling geähnelt haben mußte. Kein Mann konnte beeindruckender als sein Onkel sein. Draußen war quer durch das Dorf zu hören, wie das Neugeborene wieder zu schreien begann, und Lorcan lauschte auf das Geräusch. Er mochte Babys. Er gähnte wieder. Er war immer noch müde.

Draga beobachtete, wie der Junge sich wieder hinlegte, sich unter die Felle kuschelte und mit einem Seufzer zwischen seinen Geschwistern einschlief. *Bei den Schicksalsmächten*, dachte er, *Lorcan wird eines Tages ein Mann sein, auf den ich stolz sein kann.* Dann verwarf er diesen Gedanken. Nein! Weil es dem Häuptling an Ehrgeiz mangelte, war er dazu verdammt, ein unehrenhafter Kuhhirte zu werden, der sich im Schlamm suhlte. Das war es, wozu alle seine Kinder werden mußten – einschließlich Dana.

Kein Wunder, daß das Mädchen sich weigerte, einen Mann zu ernennen! Im ganzen Dorf gab es keinen, der ihrer würdig war. Zu einer anderen Zeit an einem anderen Ort, als die Männer des Clans noch Seeräuber und Krieger gewesen waren, hätte ein Mädchen wie Dana ihrem Vater bei jedem Handel ihr Körpergewicht in Gold eingebracht. Nicht Kühe oder Schmuck aus Knochen und Kupferstücke und Getreidesäcke. Nicht Schafe oder Gänse oder stinkende Ziegen. Sondern Schwerter. Und Gold. Dana wäre die Frau eines Häuptlings geworden. Sie hätte die Trophäen von tausend Eroberungen getragen. Sklaven hätten jedem ihrer Befehle gehorcht, und wo sie auftrat, hätten sich Männer und Frauen voller Ehrfurcht verbeugt und gewußt, daß sie Dana war, die Tochter Dragas, des Sohns von Manannan MacLir, dem Kriegsherrn des Volkes der Axt.

Er verkrampfte sich vor Verzweiflung und Sehnsucht und lag dann ganz ruhig da, während er nachdachte. Er wußte gar nicht genau, wie er auf die Idee kam, denn sie war plötzlich in voller Ausprägung da, ein Geschenk des Mets. Er setzte sich auf, wobei er überhaupt nicht mehr auf seine Schmerzen achtete. In seiner Aufregung stieß er versehentlich den Becher um. Der Met schwappte heraus und ergoß sich warm über seinen bloßen Oberschenkel. Langsam sickerte die Flüssigkeit in seine Bettfelle. Warum sollte er auf die Unberechenbarkeit der Schicksalsmächte warten, wenn er die Möglichkeit und die Fähigkeit besaß, sie sich aus eigenem Antrieb dienstbar zu machen? Er hörte die Schreie des neugeborenen Kindes, des Kindes seines Bruders, und er dachte an all die anderen Babys, die seit der Nacht des Pflanzmondes geboren worden waren und den Erfolg seines Bruders als Häuptling bestätigten. Glückskinder. Er schnaufte amüsiert. Sie waren ein Glück für Draga! Seine Gedanken kreisten um Öle und Kräuter, die allesamt in kleinen Dosen heilsam waren, doch bei Mißbrauch gefährlich wurden, und vor allem dachte er an Ealas Warnung, daß zuviel Weidenöl für Kleinkinder tödlich sein konnte … Frauenweisheit. Bis jetzt hatte er ihr niemals viel Beachtung geschenkt.

Es war ein Mädchen. Elathan eilte zum Schwitzhaus, um seinem Vater mitzuteilen, daß Mutter und Kind wohlauf waren. Trotz seines zottigen Wintermantels war er taub vor Kälte. Er hatte sich freiwillig dazu entschieden, die letzten Stunden draußen auf dem Bohlenweg vor dem Rundhaus des Häuptlings zu verbringen. Die alten Frauen, die gekommen waren, um seiner Mutter bei ihrer Niederkunft zu helfen, hatten ihn nach draußen geschickt, und er war ihrer Aufforderung gerne nachgekommen, denn die Tradition verlangte, daß männliche Clansmitglieder sich weit von solcherlei weiblichen Geheimnissen fernhalten sollten. Doch er war entschlossen gewesen, sich nicht weiter als unbedingt nötig zu entfernen. Er wußte, daß die Frauen Huldre nicht mochten und ihr mißtrauten. Obwohl Mealla und die freundliche, mütterliche Blaheen dabei waren, machte es ihn nervös, daß sich die alten Vetteln bei seiner Mutter aufhielten, wenn sie besonders verletzlich war.

Die alten Frauen hatten offenbar seine Gedanken erraten. Sie hatten mit den Zungen geschnalzt und ihn einen dummen Jungen genannt. Huldre war die Frau des Häuptlings, und sie würden sich genauso verrückt wie dumm verhalten, wenn sie irgend etwas taten, das nicht zu Huldres Wohl war. Außerdem hatte doch Munremar bewiesen, so hatten sie gesagt, daß der Erstgeborene des Herrn und nicht seine weißhaarige Frau dem Clan solches Unglück gebracht hatte! Warum sollten sie Huldre also etwas antun wollen? Sie sagten ihm, er sollte verschwinden und die Nacht bei einem Freund verbringen, wie es auch schon seine kleine Schwester Bevin tat.

Er hatte ihnen nicht gehorcht. Gemeinsam mit zwei Freunden, Dachs und Fuchsjäger, den Hunden seines Vaters, hatte er Wache gehalten und mit untergeschlagenen Beinen auf den Bohlen unter dem Dachvorsprung gesessen, möglichst nahe am Eingang. Wenn etwas geschah, wäre er sofort da, obwohl er sich gar nicht sicher war, was er eigentlich tun könnte.

Die Frauen, die zur Geburtswache gekommen waren, hatten ihn nicht beachtet. Es waren hauptsächlich die älteren Frauen des Clans, die miteinander tratschten und sich gegen die Kälte zusammendrängten. Die Sitten verboten es ihnen, das Haus zu betreten, bevor das Kind geboren, gesäubert und von seinem Erzeuger angenommen worden war. Jungfrauen waren bei einer Niederkunft nicht gestattet, damit ihr Leib nicht bei einer Fehlgeburt mit Mitleid reagierte und fortan unfruchtbar blieb. Es waren auch keine schwangeren Frauen anwesend, denn jeder wußte, daß der Anblick einer anderen Frau in den Wehen oder auch nur ihre Schreie dazu führen konnten, daß ihr Ungeborenes zu früh auf die Welt kommen wollte. Daher hatte auch Elathan überrascht reagiert, als er sah, daß Morrigan sich der Frauengruppe genähert hatten. Die anderen hatten sie angeschrien und fortgetrieben, denn sie war hochschwanger und brachte sich in große Gefahr, wenn sie sich so nah an das Haus heranwagte. Sie hatte etwas gemurmelt, daß sie gar nicht daran gedacht hätte, und sich schnell zurückgezogen.

Eine ganze Weile hatte Elathan ihr besorgt nachgestarrt. Es paßte überhaupt nicht zu Morrigan, etwas zu vergessen. Er hatte sich gefragt, ob der alte Falcon wußte, daß sie hinausgegangen war. Sie lebte mit ihm zusammen und teilte sein kleines Rundhaus mit ihm und seinem Enkel Rinn. Man konnte sich nur schwer an den Gedanken gewöhnen, daß Morrigan nun die Frau von irgend jemandem war, obwohl der Aufruhr, den ihre Beziehung zum alten Falcon verursacht hatte, zu endlosem Klatsch und Tratsch in Farnmoor geführt hatte. Die beiden waren beobachtet worden, wie sie außerhalb der Palisade beieinander gelegen hatten, und schon lange Zeit vorher hatte Falcon das Mädchen mit solcher Inbrunst verfolgt, daß es angesichts Morrigans wildem und unberechenbarem Wesen für niemanden eine Überraschung dargestellt hatte, daß das Mädchen von dem alten Mann schwanger sein sollte. Falcon hatte eine Entschädigung zahlen müssen, weil er ohne Einverständnis ihres Erzeuges eine Jungfrau genommen hatte, doch der Häuptling hatte ein weiches Herz für den alten Mann und die Verbindung erlaubt, auch wenn der Weise es offenbar nicht gerne gesehen hatte, daß Morrigan sein Haus verließ. Nachdem Morrigan jetzt schwanger war, sorgte Munremar sich so sehr um ihr Wohlergehen, daß seine Zauberkräfte vorübergehend nachließen und er keinen magischen Rauch oder Zauberflammen über dem Altar der Zwölf Winde mehr beschwören konnte.

Elathan hatte darüber nachgedacht, während er mit

den Hunden zugesehen hatte, wie der Schnee leise durch die Dunkelheit fiel. Er hatte sich gefragt, was Balor davon gehalten hätte. Der Schmerz über seinen Verlust war immer stärker geworden, und Elathan hatte sich gefragt, ob es immer so war, wenn man seinen Bruder verlor – wie der Schmerz, der angeblich nach einer Amputation kam, ein Gefühl, als sei das fehlende Glied immer noch vorhanden. Er hatte sich gefragt, ob dieses Gefühl jemals nachlassen würde.

In diesem Augenblick hatte das Neugeborene seine Ankunft in dieser Welt verkündet, und er war von Blaheen aus seinen Grübeleien gerissen worden. Sie hatte fett und strahlend über ihm aufgeragt und ihm bekanntgegeben, daß das Kind gesund war und welches Geschlecht es hatte, als hätte sie es selbst zur Welt gebracht. Ein Mädchen. Eine weitere Tochter für den Häuptling.

Als Elathan sich jetzt mit den zwei Terriern im Gefolge dem Schwitzhaus näherte, gab es für ihn keinen Zweifel, daß sein Vater das Kind annehmen würde. Seit den Jahren der Dunkelheit war kein Neugeborenes mehr ausgesetzt worden, sofern es nicht mißgebildet gewesen war. Ihre eigenen Erzeuger hatten solche Kinder abgelehnt, wie es von ihnen erwartet wurde. Wenn man eine Mißgeburt am Leben ließ, war dies eine Beleidigung der Schicksalsmächte, die es durch die Deformierung für den Tod gezeichnet hatten. Und niemand würde es wissentlich wagen, die Schicksalsmächte zu beleidigen.

Außer Balor.

Bei der All-Mutter! Elsthan wünschte sich, er könnte aufhören, ständig an seinen Bruder zu denken. Munremar hatte mit seiner Meinung über ihn recht gehabt. Er war tatsächlich ein Unglücksbringer gewesen. Seit er verschwunden war, ging es dem Clan gut. Doch bei den Zwölf Winden, die über die Welt wehten und Balor aus den Mooren vertrieben hatten, Elathan vermißte ihn trotzdem und würde alles geben, wenn er ihn irgendwie zurückholen konnte.

Die Ochsenhaut, die vor dem Eingang zum Schwitzhaus hing, bewegte sich, als eine große, schwitzende Hand sie zur Seite zog. Sein Vater blickte zu ihm hinaus.

»Nun?« drängte der Häuptling. »Hast du eine Neuigkeit für mich, oder ist das Baby, das ich schreien höre, gar nicht meins?«

Der Herr war betrunken. In seiner Stimme und seinen Augen war Heiterkeit. Elathan schluckte und richtete sich auf. »Du hast eine Tochter, mein Herr. Sie ist von vollkommenem Wuchs. Ihrer Mutter geht es gut. Die Frauen haben mir versichert, daß alles bereit für dich ist, damit du ...« Er erhielt keine Gelegenheit mehr, den Satz zu Ende zu sprechen, denn Fomor packte Elathan am Mantel und riß ihn ins Schwitzhaus.

Der Junge stand im Rauch und Dampf da, während der Herr Lomna Ruad und Dathen erklärte, daß sie auf die Zwölf Winde trinken mußten, aus Dankbarkeit für das Leben seines neugeborenen Kindes. Die Männer waren nackt, und Fomor schlang einen großen, schweißnassen Arm um die Schulter seines Sohnes und drückte ihn liebevoll an sich, während Dathen von der Holzbank aufstand, die Blasenflasche mit Met nahm und sie mit beiden Händen hochhob. »Auf die neugeborene Tochter der MacLirs! Möge sie ein langes Leben genießen!« Er senkte die Flasche und legte sie an seine Lippen. Er trank saugend, denn die Blase war bereits erschlafft und fast leer.

Elathan sah zu, wie Lomna Ruad die Flasche zugeworfen wurde. Er hatte sich erhoben und stand dem Jungen breitbeinig auf der anderen Seite der Feuerstelle gegenüber. Elathan versuchte, nicht darauf zu achten, daß die Geschlechtsteile des Mannes fast genauso schlaff wie der Metbehälter waren, aber schließlich war Lomna Ruad genauso betrunken wie Dathen und Fomor und durch die Hitze, den Schweiß und den nach Kräutern duftenden Rauch entspannt, der Elathans Kopf kribbeln ließ. »Auf die Tochter der MacLirs! Möge sie fruchtbar sein!« Er hob die Flasche und trank seinen Anteil.

Jetzt war die Reihe an Fomor. Er ließ den Jungen los und hob die Flasche. »Möge sie in Frieden leben!« Als er

Elathan die Flasche reichte, zögerte der Junge. Er wußte, daß die anderen ihn beobachteten und abwarteten. Noch nie zuvor war er von ihnen wie ein Mann behandelt worden. Er war aufgeregt und nervös vor Begeisterung. Er wußte nicht, was er sagen sollte.

Fomor beobachtete ihn. Er war zufrieden mit dem, was er sah. Elathan wuchs schnell zu einem Mann heran. Er würde nicht so groß wie sein Bruder werden, aber dafür breiter, wie auch die anderen Männer des Clans es waren, und er hatte ihre Hautfärbung. Niemand würde jemals auf ihn zeigen und ihn anklagen können, ein Außenseiter seines Clans zu sein, wie man es mit Balor getan hatte. Balor. Der alte Schmerz flackerte wieder auf. Aber nein, er wollte sich ihm nicht erneut hingeben. Balor war Vergangenheit. Elathan war die Zukunft. Damit würde er seinen Schmerz salben und froh darüber sein. »Na los!« sagte er zum Jungen. »Gib deinen Segen, mein Sohn.«

Mein Sohn. Diese Worte raubten Elathan den Atem. Bisher hatte sein Vater nur Balor so genannt. Den Erstgeborenen. Elathan erinnerte sich an die vielen Gelegenheiten, bei denen Balor ihn in den Augen seines Vaters in den Schatten gestellt hatte. Doch jetzt war Balor fort, und diesmal würde er nicht wiederkommen. Zum erstenmal war Elathan froh darüber.

Er hob die Flasche und überlegte sich einen Trinkspruch. Einen für seine Lippen und einen für sein Herz. *Möge er niemals zurückkehren,* dachte er aufgewühlt, während er seinen Segen spach. »Möge meine neugeborene Schwester all das erleben, was wir uns für sie gewünscht haben!« Doch als er die Blasenflasche an die Lippen legte, kam nichts mehr heraus. Obwohl er daran saugte und mit der Zunge suchte und sie ausquetschte, bis ihm der Schweiß ausbrach, rann kaum mehr als ein Tröpfchen über seine Lippen.

Es dämmerte bereits, als Fomor schließlich seine neue Tochter in die großen Hände nahm. Sie waren völlig ruhig.

Ein schneller Lauf vom Schwitzhaus quer durch das Dorf hatte seine Sinne geschärft und die Wirkungen des Mets gedämpft. Die anwesenden Frauen sagten, sie hätten vermutlich noch nie ein Mädchen gehört, das wütender geschrien hätte. Er stimmte ihnen zu, hielt das Kind hoch und lachte aus purer Freude über ihren Anblick. Die Frauen hatten sie gewaschen und sie von den Resten der Fruchtblase und des Blutes befreit, doch sie hatte trotzdem noch rote Haut und rotes Haar und war so temperamentvoll wie ein Grasfeuer im Sommer. Ihr Geschrei war kein angenehmer Gesang wie im Fall der kleinen blonden Bevin, sondern sie brüllte, bis ihr Bauch straff gespannt und ihr Gesicht knallrot waren. Sie strampelte mit den kleinen Beinen und schlug mit ihren winzigen Fäusten nach ihm. Mealla beugte sich über sie und schüttelte den Kopf, als sie lächelnd bemerkte, das Kind krächze wie ein Rabe. Fomor widersprach ihr nicht. Er nahm sogar das Vorrecht des Erzeugers in Anspruch und benannte sie danach. Sie sollte Babh heißen. Rabe. Und als Blaheen protestierte und ihn daran erinnerte, daß diese Vögel Aasfresser waren, entgegnete er, daß sie außerdem klug und weise waren und zu überleben verstanden. Diesem Argument konnte sie nichts mehr entgegensetzen, so daß sie sich hinkniete und Huldre zärtlich auf die feuchte Stirn küßte. Fomor reichte ihr das Kind zum Zeichen seiner Anerkennung.

»Hier, Frau. Stille sie. Vielleicht wird deine Muttermilch das Feuer ihres Temperaments kühlen.«

Sie rührte sich nicht. Sie lag blaß und erschöpft da, nachdem die Frauen sie gesäubert und unter eine Decke aus zusammengenähten guten Wolfsfellen gepackt hatten, um sie vor der Kälte des Raumes zu schützen. In ihren Augen war der leere Blick, den er nur allzugut kannte. Wo ist sie gerade, fragte er sich. In der Vergangenheit? In der Zukunft? Irgendwo in weiter Ferne, in einer eigenen Welt, den ihr Wahnsinn heraufbeschworen hatte, an jenem Ort, an den sie sich geflüchtet hatte, seit sie von den fortgeschickten Händlern erfahren hatte? Damals hatte sie geschrien, daß man sie hätte töten müssen. Ihre Hände hatten nach ihrer Kehle gegriffen und nach dem Amulett gesucht, das nicht mehr da war. Sie war zur Palisade gelaufen und die Leiter hinaufgestiegen, um im Wind zu stehen und in die Ferne zu starren. Sie hatte wie ein verwundeter Vogel geklagt. In ungeduldigem Zorn hatte er sie mit Gewalt heruntergeholt und Mealla befohlen, sie nicht mehr aus seinem Rundhaus zu lassen, damit sie durch ihr Verhalten niemanden gegen sich aufbrachte.

Jetzt starrte er sie an und fragte sich, was aus der wunderschönen jungen Frau mit den wilden Augen geworden war, die er Nemed MacAgnomain geraubt hatte, wo Huldre aus dem Nordland geblieben war. Sie war damals freiwillig mit ihm gegangen und hatte mutig an seiner Seite gestanden, als er darum gekämpft hatte, die Stämme unter seiner Führung zu vereinen. Damals hatte sie keine Furcht gekannt, und sie hatte niemals sein Wort in Frage gestellt. Sie hatte keine Angst vor Krieg oder Gefahr gehabt. Er war der Wolf der Westlichen Stämme gewesen, und sie hatte das Blut der Schlachten mit ihrem Haar von seinem Schwert gewischt, bis die blassen Strähnen so rot wie Mealllas Locken gewesen waren. Die Männer seines Clans hatten ihren Anblick bewundert, und bis zum heutigen Tag war er überzeugt, daß die Frauen seines Clans niemals größeren Neid empfunden hatten.

Doch obwohl sie immer noch schöner als jede andere Frau war, ohne damit die All-Mutter zu beleidigen, starrte sie nun mit leerem Blick in die schattigen Winkel des von Lampen erhellten Raumes. Sie war sich seiner Anwesenheit überhaupt nicht bewußt. Sie nahm ihr Kind überhaupt nicht zur Kenntnis. Bei den Schicksalsmächten, wie konnte er eine solche Frau immer noch lieben?

Er fühlte sich plötzlich sehr müde. Sein Kopf begann vom vielen Met zu schmerzen. Die alten Frauen hatten das Haus verlassen; er hatte weder bemerkt, daß sie gegangen waren, noch hatte er gehört, daß sie den Frauen, die draußen gewartet hatten, sagten, sie sollen zu ihren Häusern zurückkehren. Der Herr wäre müde, erklärten sie ihnen. Sie sollten am nächsten Tag wiederkommen, um das Baby zu bewundern.

Mealla kniete neben ihm und zog die Felle beiseite, unter denen Huldre lag, offenbarte ihre Brüste. Wie schön sie immer noch waren, so fest wie die eines jungen Mädchens, aber voller, mit großen und reifen Spitzen, die dem Kind bereitwillig Milch spenden würden. Milch wird sie dem Kind geben, dachte Mealla, aber keine Liebe. Huldre schenkte keinem ihrer Kinder Liebe. Was für eine Frau war sie eigentlich? Wenn sie doch nur mit Huldre tauschen könnte – nur ein einziges Mal ein Kind stillen – nur ein einziges Mal neues Leben spenden!

Mealla kämpfte mit den Tränen, als sie dem Häuptling das Kind aus den Händen nahm und es an Huldres Brust legte. Die Nordlandfrau wies das Kind nicht zurück, sie reagierte überhaupt nicht darauf. Bis Babh es sich offenbar in den Kopf setzte, sie aus ihrer Lethargie zu reißen. Das Baby wand sich, wühlte wie ein Dachs, grub mit winzigen Fingern und strampelte mit den Beinen. Es seufzte, saugte und schmatzte voller Wonne, bis es die noch zahnlosen Kiefer zusammenpreßte, und Huldre zusammenzuckte, blinzelte und rief: »Aua!« Die Leere verschwand aus ihren Augen, als sie das Baby anstarrte.

»Es wird dir schwerfallen, dieses Kind zu ignorieren«, sagte Mealla, erhob sich und ging zu ihrer eigenen Pritsche, damit niemand ihre Tränen bemerkte.

Fomor mußte unwillkürlich lachen.

Allmählich kehrte die Farbe in Huldres Gesicht zurück. Sie blickte das Baby an und runzelte die Stirn. »Es ist nicht hübsch.«

»Sie ist viel besser als nur hübsch«, sagte der Herr. »Sie ist stark.«

Huldre schloß die Augen. Die Erschöpfung durch die Geburt forderte ihren Tribut. Sie seufzte, und murmelte halb im Schlaf: »Du warst einmal stark. Du hättest einmal der Herr der ganzen Welt werden können.«

Mealla hatte die Talglampen gelöscht – ein Zeichen, daß es Zeit zum Schlafen war. Der Raum wurde dunkel.

Fomor hörte, wie sie unter ihre Schlaffelle kroch. Während es um ihn herum still wurde, stand er auf und blickte auf Huldre hinab. Nachdem das Kind seinen Hunger gestillt hatte, war es eingeschlafen und lag weich und warm und milchsüß auf ihrer Brust. Er beugte sich hinab, um zärtlich den kleinen roten Kopf zu berühren, und zog dann das Wolfsfell über die schlafende Mutter und ihr Kind.

Ich bin der Herr der ganzen Welt! dachte er. Und die ganze Welt, die uns etwas bedeutet, ist hier in Farnmoor. Eines Tages wirst vielleicht auch du es verstehen, Huldre. Es hat mir nichts bedeutet, ein Krieger zu sein. Das Töten war so leicht für mich. Mit einem Schwert in der Hand und einem Schlachtruf auf den Lippen ist es so einfach, Männer in den Kampf um Blut, Ehre und Gold zu führen. Doch sie hierher zu führen und ihnen ein Leben im Frieden zu ermöglichen, in dem sie und ihre Kinder es wagen können, von künftigen Generationen zu träumen, statt von der sicheren, aber ruhmreichen Vernichtung, die uns als Krieger ohne Bronze erwartet hätte ... Ach, Huldre, wenn du auch nur ein wenig von der Einsicht in die Zukunft hättest, die du zu behaupten besitzt, würdest du wissen, daß dieses Ziel alle meine Kraft und alle meine Macht erfordert hat. Nun bin ich wirklich zum Wolf geworden! Denn ich bin jetzt weise genug, um zufrieden sein zu können, Frau. Und es gibt keinen Krieger, der größer ist als ich! Denn ich habe den schwersten Kampf gewonnen, den ein Mensch kämpfen kann! Ich habe gelernt zu überleben. Aus eigener Kraft.

In der Dunkelheit hörte er Meallas leisen Atem. Er spürte, daß sie noch wach war, und wußte, was sie jetzt empfinden mußte. Er ging zu ihr.

»Mein Herr ...«, flüsterte sie, als er die Bettfelle zurückschlug und sich auszog, um sich nackt neben sie zu legen.

»Für immer«, bestätigte er und küßte ihre Tränen fort, während er es wieder einmal bedauerte, daß der Samen seines Leben nicht in ihr keimen wollte.

Sie strich mit den Fingerspitzen über seinen Mund.

»Ich bin zufrieden«, sagte sie zu ihm. »Du bist mein Leben, Fomor MacLir. Für immer und ewig werde ich nicht mehr verlangen, als mit dem Wolf zu leben und bei ihm liegen zu dürfen – ob in Frieden oder im Krieg, ist mir gleichgültig. Du bist mein Herr. Das genügt mir.«

Dann ließ sie ihn in der winterlichen Dunkelheit spüren, daß zumindest ihre Liebe bedingungslos war.

25

Tage vergingen. Eiszapfen tropften und funkelten im Mittagslicht, als Donn und Echur wie Hirsche in der Brunft miteinander kämpften. Die Heftigkeit ihres Zusammenstoßes hatte sie beide verblüfft. Sie hielten atemlos und benommen inne, Kopf an Kopf und die Arme ineinander verhakt.

Der stämmig gebaute Donn war nicht so groß wie Echur und hatte auch nicht die langen Arme eines Kriegers, doch er war flink und ein Meister des Überraschungsangriffs, der schnell und von unten erfolgte, wobei er die Hebelwirkung voll ausnutzte, ob er sich nun auf einen Mann oder ein Tier stürzte. Er hörte das leise, schmerzhafte und überraschte Keuchen des älteren Mannes, als er mit dem Kopf nach oben stieß und dabei Knochen zerbrach und Haut zerriß. Blut lief Echurs Gesicht hinab. Heiß und dickflüssig. Donn dankte den Schicksalsmächten, daß sie ihm einen harten Schädel gegeben hatten, und obwohl der Stoß sein Hirn ein wenig erschüttert hatte, entstand zwischen seinen verworrenen Gedanken die Hoffnung, daß Dana bemerkt hatte, wer sich bislang besser geschlagen hatte.

Es fanden immer wieder Wettkämpfe zwischen den Männern statt, die sich nicht um die Viehherde oder die endlosen alltäglichen Aufgaben innerhalb des Dorfes kümmern mußten. Manchmal wurden die Kämpfe sorgfältig organisiert und vorbereitet, manchmal waren sie spontan – wie jetzt. Dieser Kampf hatte begonnen, als

Dana aus dem Rundhaus ihres Vaters gekommen war, um sich an der Seite ihrer Mutter in die Sonne zu setzen. Es war ein warmer, windstiller, freundlicher Tag, und die zwei Frauen hatten ihn dazu genutzt, leise miteinander zu reden, während sie abwechselnd Getreide in einem großen Mörser zermahlten. Viele Frauen und Mädchen beschäftigten sich auf dieselbe Weise vor den Türen ihrer Häuser, doch es war Dana gewesen, die ungewollt die Aufmerksamkeit einer kleinen Gruppe Männer vor der Feuersteinwerkstatt auf sich gezogen hatte.

Oblin, der Steinmetz, hatte den Streit durch eine arglose Bemerkung angezettelt. Er hatte gesagt, daß Danas Schönheit von Tag zu Tag auffälliger wurde, so daß sogar ein alter Steinmetz in der Nacht an sie dachte und so hart wie seine Feuersteinknollen wurde, sehr zum Entzücken seiner Frau, die infolge seiner neu erwachten Leidenschaft den jungen Heiler um ein Tonikum hatte bitten müssen. Die Männer hatten über seine Angebereien gelacht und ihrerseits geprahlt. Ihre Bemerkungen waren zunächst derb und primitiv gewesen und dann laut und feindselig. Bald hatten sie die Aufmerksamkeit aller Leute in Hörweite auf sich gelenkt, einschließlich Danas.

Als sie in ihre Richtung geblickt hatte, hatte Echur sich gebrüstet und behauptet, das Mädchen hätte nur mit ihm Blickkontakt aufgenommen. Donn hatte ihm nicht geglaubt und erwidert, daß sie bestimmt kein Interesse an einem gealterten und aufgeblähten Dummkopf hätte, dessen Männlichkeit genauso schlaff wie die Haut war, die an seinen Ellbogen hing. Echur hatte protestierend gebrüllt und gesagt, daß Donn natürlich alles über Schlaffheit wüßte, weil schließlich allgemein bekannt wäre, daß er sich nur dann aufrichten könnte, wenn er heimlich an den Brüsten seiner Mutter nuckelte. Das hatte das Faß zum Überlaufen gebracht. Sie waren sich an die Kehle gegangen, und niemand war überrascht gewesen, als Blut floß.

Dana stand schnell auf und flüchtete sich ins Rundhaus, dicht gefolgt von einer wütenden Eala.

Die ältere Frau packte sie am Handgelenk und riß sie zurück. »Sie kämpfen, um dir zu gefallen, Tochter! Du kannst ihnen jetzt nicht den Rücken zukehren!«

Das Gesicht des Mädchens war angespannt und kalkweiß. »Aber es gefällt mir nicht! Ich kann es nicht mit ansehen, wenn sie kämpfen. Noch vor wenigen Augenblicken waren sie Freunde, und jetzt wurde meinetwegen Blut vergossen.«

»Pah!« erwiderte ihre Mutter, die nichts mehr davon hören wollte. »Männer kämpfen nun einmal gerne! Wenn es dich stört, mußt du nur einen von ihnen erwählen und zu seiner Frau werden.«

Eala ließ Danas Hand los. Das Mädchen drückte die Hand an die Brust und rieb sich den roten Striemen, den die Finger ihrer Mutter am Handgelenk hinterlassen hatte. »Ich will gar keinen von ihnen.« Dana ging zur Feuerstelle und setzte sich auf den größten der Einfassungssteine. Sie nahm geistesabwesend den Feuerstock auf und stocherte damit in den Kohlen herum, bis sie rot aufglühten und rauchten. Sie und ihre Mutter waren allein im Haus. Draga war irgendwo außerhalb des Dorfes unterwegs, und Uaine war vor einiger Zeit mit den Kindern zu einer Gruppe älterer Frauen gegangen, die gemeinsam Kinder hüteten, während sie mit Näharbeiten beschäftigt waren.

Eala kniff die Augenlider leicht zusammen und setzte sich neben sie. »Dana, wir müssen noch einmal darüber reden, wir beide. Du bist schon über das Alter hinaus, in dem die meisten Mädchen ihre ersten Kinder bekommen. Du kannst es doch nicht auf ewig hinausschieben.«

»Warum nicht?« erwiderte das Mädchen, ohne aufzublicken. »Ich bin hier glücklich. Vater hat gesagt, ich könnte so lange bleiben, wie ich möchte. Bin ich in deinem Haus nicht mehr willkommen, Mutter?«

»Das hat damit doch überhaupt nichts zu tun!« rief Eala und runzelte die Stirn. Der Rotbart hatte das Mädchen schon immer verhätschelt. Natürlich war es schwierig, es nicht zu tun. Dana selbst war immer am glücklichsten, wenn sie anderen etwas Gutes tun konnte. Manchmal fragte sich Eala, ob mit dem Mädchen vielleicht irgend etwas nicht stimmte. So freundlich zu sein … war einfach nicht natürlich. »Dana, in diesem Haus sind zwei Frauen und fünf Kinder. Du wärst bestimmt glücklicher, wenn du an deine eigene Feuerstelle gehen könntest, wo es weniger Arbeit für dich gäbe und dich ein neuer Mann verwöhnen könnte.«

»Ich will keinen Mann.«

»Unsinn! Wie willst du jemals Kinder bekommen, wenn du dir keinen Mann nimmst?«

Das Mädchen blickte seine Mutter an. *Bitte laß es sie verstehen! Laß es sie in meinen Augen sehen, damit ich keine Worte sprechen muß, die sie verletzen würden. Ich will keinen Mann, weil ich nicht den Samen seiner Kinder in mir haben will. Ich habe bei den Tieren gesehen, wie es ist … Blut, Schmerz und zerrissenes Fleisch. Sieh dich doch nur an, Mutter! Mit jedem Kind wirst du älter und kommst dem Tod näher. Ich sehe es in deinem Gesicht, im Grau deines Haars, in der Farbe deiner Wangen. Du wirst alt. Und ich will nicht alt werden. Ich will nicht sterben!*

Eala wartete darauf, daß das Mädchen sprach, doch da es offenbar keine Antwort wußte, sagte Eala ungeduldig: »Dana, eine Frau ist dazu gemacht, sich einen Mann zu nehmen, und ein Mann ist dazu gemacht, einer Frau seinen Samen zu geben. Das ist die Gewähr für unsere Zukunft.«

»Die Zukunft ist mir egal.« Dana fühlte sich unwohl und wußte, daß ihre Mutter es ihrem Gesicht ansah.

Diese Worte machten Eala wütend. »Aha! Ich hätte es wissen müssen!« rief sie, als sie wie üblich die Reaktion ihrer Tochter mißverstand. »Schau dich nur an! So weiß wie eine Leiche! Denkst du immer noch an diesen Jungen? Ist Balor der Grund, warum du keinen Mann erwählen willst? Vergiß ihn, Mädchen! Er ist mit ziemlicher Sicherheit tot, und das ist gut so, sage ich!«

»Er war mein Freund.«

»Dann erweise ihm einen letzten Freundschaftsdienst – begrabe die Erinnerung an ihn! Und laß seine Seele in

Frieden in die Andere Welt gehen, damit wir ungestört weiterleben können!« Sie hielt inne, schürzte die Lippen und musterte ihre Tochter. »Jetzt hörst du mir genau zu, Mädchen«, sprach sie dann eindringlich weiter. »Während wir hier reden, wird deinetwegen Blut vergossen. Wenn du nicht bald einen Mann ernennst, wird der Häuptling nach dem Clansgesetz deinen Vater zwingen müssen, es an deiner Stelle zu tun. Draga gefällt es überhaupt nicht, wenn sein Bruder ihm sagt, was er tun soll. Die zwei sind in letzter Zeit recht gut miteinander ausgekommen. Du willst doch nicht, daß sie sich deinetwegen wieder verfeinden, oder, Dana?«

Balor beschwor die Schicksalsmächte und die All-Mutter und die Sterne und fragte sich, ob die Studien vielleicht niemals aufhörten. Es waren lange, dunkle Stunden des Studiums, und während dieser Stunden des kalten, klaren Winters wünschte er sich nicht ein einziges Mal, daß sie aufhörten. Für ihn waren diese Studien Frieden und eine Herausforderung, eine wunderbare, unglaubliche Erfüllung des Geistes, die ihn manchmal vor reiner Freude laut auflachen ließen. Er war ein trockenes und leeres Gefäß, in das der Met des Wissens gegossen wurde. Doch es füllte ihn niemals aus! Er wuchs mit der Menge, die er aufnahm, und mit jeder beantworteten Frage entstand Platz für eine neue Frage. Und so weiter bis in die Unendlichkeit. Wie die Sterne.

Jetzt wußte er, daß die Erde eine riesige, sich drehende Kugel im unendlichen dunklen Meer des Himmels war, genauso wie der Mond, auf den sie ihren Schatten warf. Die Erde! Bevor er hierhergekommen war, hatte sie nur aus den Sümpfen von Farnmoor und den Mooren und dem Hochland dahinter bestanden. Und die Sterne waren Nomaden gewesen, die mit Fackeln über das Gesicht der Unendlichkeit zogen. Jetzt wußte er, daß sie *Welten* waren, Sonnen, die durch ein wundersames Muster miteinander verbunden waren, das Cromm Cruach die Harmonie nannte.

»Verstehe die Harmonie, und du wirst deine Stellung unter den Sternen verstehen, mein Junge.«

Er stand da und reckte den Hals und starrte und starrte, bis er von der Unerschöpflichkeit der Sterne und der Dunkelheit und der gestaltlosen Unendlichkeit betrunken war.

»Kein Mensch kann das alles verstehen«, sagte er. »Kein Mensch hat einen Geist, der groß genug wäre, um das alles aufzunehmen.«

»Der Mensch wurde dazu geboren, um zu verstehen. Er existiert für die Erkenntnis. Mit dieser Erkenntnis wird er eines Tages zwischen den Sternen reisen und im Unendlichen die Unsterblichkeit erfahren.«

»Rätsel. Immer sprichst du nur in Rätseln. Die Unendlichkeit ... du sagst, daß sie niemals aufhört ... doch alles muß irgendwo ein Ende haben, denn es gibt immer einen Horizont, und irgendwann kommt zu allen Dingen der Tod.«

»Nein, Balor. Es gibt keinen Tod. Es gibt nur Veränderung. Veränderungen in endloser Folge. Und hinter jedem Horizont liegt ein neuer Anfang.«

So waren die Tage vergangen, und bald führten sie ihn in die Lehre der Stellung von Erde und Sternen ein, in die Berechnung der Bewegungen von Sonne und Mond, und da wurde jeder Tag in der Tat zu einem neuen Anfang. Nie zuvor hatte er sich lebendiger gefühlt! Die Lehren waren genauso atemberaubend und faszinierend wie die Anwendungen. Damit begann er zu verstehen, wie die Priester des Steins die Schwarze Sonne und den Mondfressenden Schatten voraussagen konnten, genauso wie den Wechsel der Gezeiten und die Veränderung der Tageslänge im Einklang mit den Bewegungen am Himmel. Schließlich war er von seinen Studien genauso besessen wie von seinem Bedürfnis nach Rache an Nemed MacAgnomain. Er konnte gar nicht genug Zeit damit verbringen.

»Du wirst bald ausbrennen ... so wie die Sterne, die vom Himmel fallen«, warnte Cethlinn, wenn sie ihn zu einer anderen Art von Studien rief.

Er lag mit ihr in ihrem Holzhaus, als Schneewolken am Himmel hingen. Er lachte mit ihr und schlief mit ihr und schlief neben ihr ... und träumte davon, wie Dana in einem goldenen Polarlicht zwischen fallenden Sternen tanzte. Und von einem Falken, der über endlosen Mooren kreiste. Und von einem unermeßlichen, öden Heideland, das von einer riesigen, brennenden Sonne bestrahlt wurde. Nein, es war keine Sonne. Es war das Auge des Donar, das ihn aus der Ferne beobachtete. Und inmitten dieses großen, brennenden Auges war die Gestalt eines Mädchens, eines schwarzhaarigen Mädchens, das ihn aus der Vergangenheit rief. *Balor!* Dann heulte ein Wolf im Wald hinter dem Fluß, ein einsamer, hallender Laut, der ihn über den Abgrund zwischen dem Gestern und Heute trug.

Er wachte schweißgebadet auf. Er setzte sich auf, während Cethlinn ihn besorgt anblickte. »Deine Wunde ... sie schmerzt immer noch?« fragte sie und beugte sich herüber, um behutsam seine Narbe zu küssen.

»Nein.« Er legte sich wieder hin und zog sie mit. »Der Ruf des Wolfes hat mich geweckt.«

»Ich habe keinen Wolf gehört.« Sie kuschelte sich an ihn und brummte schläfrig und zufrieden, als sie sofort wieder in ihre Träume zurückkehrte.

Balor lag noch sehr lange wach. Er lauschte. Doch der Wolf rief nicht mehr.

Morrigans Haus, das Haus des alten Falcon, war gemütlich warm und hoch in Winterschnee gepackt, doch kein wachsamer Ehemann ging vor der verhängten Tür auf und ab, um auf die Geburt von Morrigans Kind zu warten. Der alte Falcon war tot. Seine Knochen lagen im kleinen neuen Hügelgrab nicht weit vom Viehgehege entfernt, wo er so viele Stunden seines Lebens verbracht hatte. Er hatte einen sanften und nicht unerwarteten Tod gehabt, als seine Seele eines Nachts von ihm gegangen war. Eines Morgens war Morrigan aufgewacht und hatte ihn leblos an ihrer Seite vorgefunden. Er hatte gelächelt, und seine offenen Augen waren so klar und hell wie die eines Kindes gewesen. Erschrocken hatte sie sich über ihn gebeugt und ihn zu wecken versucht, doch es war sinnlos gewesen. Eine ganze Weile lang hatte sie still mit dem Kopf auf seiner knochigen Brust dagelegen und über ihre kurze gemeinsame Zeit nachgedacht. Sie hatte eine traurige und ehrfürchtige Wehmut empfunden, denn sie hatte eine tiefe Zuneigung zu ihm entwickelt. Er war ein guter Mann gewesen, ein zärtlicher und rücksichtsvoller Ehemann, nachdem sein anfängliches männliches Bedürfnis befriedigt gewesen war, und selbst dies hatte er behutsam und bedächtig erfüllt. Sein Stolz, eine junge Frau für sein Haus gewonnen zu haben, war grenzenlos gewesen, genauso wie sein Entzücken über ihre Schwangerschaft. Falls er je vermutet hatte, daß das Kind nicht von ihm war, so hatte er nie einen solchen Verdacht geäußert. Oft hatte er seine Hand auf ihren angeschwollenen Bauch gelegt, die Bewegungen des Babys gespürt und davon gesprochen, wie gut es sein würde, wieder ein Kind im Haus zu haben. Sein Enkelsohn Rinn, ein streitlustiger junger Mann, der das Rundhaus mit ihnen teilte, machte keinen Hehl aus seiner Ablehnung dagegen, daß sich der alte Mann mit einer jungen Frau zusammengetan hatte. Falcon hatte ihm nur geraten, sich entweder damit abzufinden oder sich anderswo eine Unterkunft zu suchen. Rinn war einer der vielen, die um Dana warben und sich weigerten, eine Frau zu erwählen, bevor sie sich für einen Mann entschieden hatte, also hatte Morrigan zum Wohl des alten Falcon versucht, Frieden mit ihm zu schließen. Doch es hatte nichts genützt. Als der alte Mann starb, klagte Rinn sie an, sie hätte ihn seiner Lebenskraft beraubt.

Doch sie kannte die Wahrheit. Sie hatte Falcon glücklich gemacht. Unter der Anleitung der anderen Frauen des Dorfes hatte sie seine Leiche für die Bestattung vorbereitet. Mit der aufrichtigen Trauer einer Witwe hatte sie ihn in zusammengerollter Körperhaltung ins Grab gelegt, wie es die Tradition verlangte. Eine kleine Lederkappe hatte die Glatze bedeckt, für die er sich immer geschämt hatte, und die dünnen, weißen Strähnen, die auf den kleinen Stellen über seinen Ohren wuchsen, hatte sie so kunstvoll geflochten, daß sein Haar so dicht und üppig wirkte, wie es in seiner Jugendzeit gewesen sein mußte. Sie hatte alle seine Lieblingsgegenstände um ihn herum angeordnet und nichts für sich behalten. Seinen Trinkbecher, den sie randvoll mit Met gefüllt hatte, eine gute Steinaxt, eine kurze Schnur mit Kaurimuscheln, die er vor mehreren Jahren aus Alhorn mitgebracht hatte, sein geliebtes Rasiermesser aus Kupfer, und zwei dünne Armreifen aus Gold, die Rinn sehr begehrt hatte, wie sie genau wußte. Gold war ein Luxus, den die Menschen des Clans MacLir nicht so bald wieder erwerben würden. Sie hatte die kleine, ausgezehrte Leiche mit den besten Bettfellen bedeckt, die sie besaß. Und dann, während Rinn nach Luft geschnappt hatte, aber nicht zu protestieren wagte, damit er vor den anwesenden Clansmitgliedern nicht seine Habgier verriet, hatte sie einen langen Kupferdolch oben auf die Felle in seine Grabstelle gelegt. Es war Falcons wertvollster Besitz gewesen. Er hatte ihn schon in den Tagen besessen, als er sich einen Namen als Steuermann für Manannan MacLir gemacht hatte.

Der Häuptling Fomor war vorgetreten, um den alten Mann zu ehren, und hatte gesagt, daß er die Augen eines Falken besaß, daß er sogar durch Nebel in weite Ferne blicken konnte, um die Schiffe seines Herrn bei jedem Wetter sicher an Land zu bringen. Der Häuptling sprach von der Vergangenheit, von den Tagen des Ruhms, von einem Leben, das dem im Land der Moore und Sümpfe so fremd war, daß Morrigan fasziniert zugehört hatte, während sich ihr Kind im Mutterleib gerührt hatte, als hätte es den Häuptling verstanden und seinen rechtmäßigen Platz im Clan eingefordert, obwohl es noch gar nicht geboren war.

Als sie einige Zeit später in den Wehen lag, hatte sie erkannt, daß ihr Kind niemals seinen rechtmäßigen Platz im Clan einnehmen konnte. Das durfte nicht geschehen. Niemals. Diese Erkenntnis kam ihr in dem Augenblick, als eine neue Welle schmerzhafter Wehen einsetzte. Sie war erstarrt und hatte laut aufgeschrien, dann war sie in eine Erschöpfung gefallen, und ihr Geist hatte sie selbst und diesen Augenblick voller Schmerzen verlassen. Sie war in ein dunkles, wohliges Vergessen gestürzt, das sie immer weiter forttrug, aus dem Haus, aus dem Dorf hinaus, über die Sümpfe und die winterweißen Felder und Weiden, wo die Herden des Clans MacLir in ihrer niemals endenden Suche nach den Resten des Grases vom letzten Jahr den Schnee durchwühlten. Wie unbeschwert sie sich gefühlt hatte! Wie schwerelos! Wie erleichtert nach den qualvollen Tagen der Wehen! Unter ihren geschlossenen Lidern schien sie durch die Weiten ihrer Träume und ihrer Erinnerungen zu fliegen, als würde sie dem Flug des Falken folgen, den sie damals auf den Aufwinden hatte fliegen sehen, als sie zugestimmt hatte, die Frau des alten Falcon zu werden und mit ihm geschlafen hatte, damit er – und jeder, der sie zufällig dabei beobachtet hatte – später überzeugt war, daß das Kind nur seins sein konnte.

Hoch. So hoch. Ich kann die Vergangenheit unter mir sehen: Kinder, die auf einer sommerlichen, grünen Wiese spielen, die abwechselnd auf einem weißen Pony reiten, sorglose und glückliche Kinder, die lachen und in der Sonne tanzen.

Der Falke trug sie immer höher empor, so hoch, daß sie kaum noch Luft bekam. Die Luft war dünn und köstlich. Unter ihr konnte sie jetzt den Ringwall mit dem Vieh sehen und dahinter die hohen Weiden und die letzten Flechtzäune. Sie konnte das dornige Ginstergestrüpp sehen und das wilde, windige Land, in das sich dunkle Arme aus Wald schoben, und für einen Augenblick sah sie neben einem Ring aus aufrechten Steinen den Schatten einer großen lauernden Bestie. Ein Wolf? Ja. Aber was für ein Wolf konnte so groß sein? Sein gewaltiger Körper schien aus dem Stoff eines Alptraums gewoben zu sein.

Der Falke flog weiter. Er flog jetzt so hoch, daß sie die Sümpfe und das Meer sehen konnte, ein weites, ertrunkenes Land, das im Schilf erstickte. Ihr Herz schien stehenzubleiben. Balor war in die Sümpfe geflohen.

Balor. Sie sah ihn jetzt. An einem fernen Ort. Innerhalb eines hoch aufragenden Ringes aus Steinen. Neben ihm kauerte der Schatten der großen Bestie, abwartend und sprungbereit. Sie konnte sie jetzt deutlich erkennen. Es war wirklich ein Wolf. Ein weißer Wolf.

Balor!

Sie versuchte, ihm eine Warnung zuzurufen, doch in ihr war keine Kraft mehr. Der Falke stürzte vom Himmel. Sie stürzte mit ihm, taumelte kopfüber und schwerelos zur Erde. Der unermeßliche blaue Himmel der Ewigkeit wurde dunkel. Irgendwo in weiter Ferne hörte sie ein Baby schreien.

Und dann hörte sie nichts mehr. Gar nichts. Nicht einmal das Jammern der Frauen, die ihren Tod beklagten.

Dianket war fassungslos. Blaheen stand heulend vor ihm. Das Mädchen war tot. Doch ihr Sohn lebte. Ein kleiner, dunkler Junge, der im Angedenken an seine Mutter den Namen Cian erhalten hatte, denn er hatte ihr Aussehen und das des alten Volkes geerbt, das vor der Ankunft des Clans MacLir in diesem Land gelebt hatte. Der Name Cian bedeutete »alt«. Allein schon beim Klang dieses Wortes fühlte Dianket sich uralt vor Kummer. Er fragte sich, ob das Kind wirklich der Sohn des alten Falcon war oder ob Morrigan, wie er schon seit langem vermutete, auf irgendeine Weise Balors Samen in sich aufgenommen hatte und damit ebenfalls unter seinen Fluch geraten war. Sie war in der Nacht des Pflanzmondes mit ihm zusammen gewesen. Der Zeitpunkt der Geburt des Kindes wies auf eine Empfängnis hin, die in dieser Nacht stattgefunden haben mußte. Doch er hatte ihr Geheimnis bewahrt. Er hatte alles geheimgehalten, was sich im Licht dieses Mondes ereignet hatte. Die Verletzung der Gesetze, den Mord, die Verschwörung zum Verrat. Er wußte von allem. Und er würde dieses Wissen mit ins Grab nehmen. So wie Morrigan jetzt ihr Geheimnis mit ins Grab nahm.

»Armes Mädchen!« seufzte Blaheen. »Das Kind war für eine so frühzeitige Geburt schon recht ausgewachsen. Aber klein. Niemand hat damit gerechnet, daß es eine schwierige Niederkunft werden könnte. Wäre sie dem Rundhaus des Häuptlings doch nur nicht so nahe gekommen, als die Nordlandfrau in den Wehen lag! Das war bestimmt der Grund dafür, daß ihr Kind zu früh gekommen ist und ihre Wehen so lange andauerten. Viel zu lange. Die Wehen haben ihr die Luft zum Atmen genommen, und dann war sie zu schwach, um noch einmal Atem zu holen.«

Die Worte ergossen sich über Dianket. Seine Hände lagen schlaff und mit den Handflächen nach oben in seinem Schoß. Blaheen hatte die Ochsenhaut offen gelassen, als sie eingetreten war. Ein kalter Wind war ihr gefolgt. Er strich über Diankets Hände und sammelte sich in seinen Handflächen, und dabei regten sich seine Erinnerungen an die vielen Gelegenheiten, bei denen er Fehlgeburten bei Tieren beobachtet hatte. Er dachte daran, wie oft ein winziges Geschöpf, das er bereits für tot gehalten hatte, durch die drängend leckende Zunge seiner Mutter zum Leben erweckt worden war, als läge der Atem des Lebens darin und als müßte er nur erweckt werden.

Er erhob sich und stand mit starrem Blick da, während er mit einer wachsenden Erregung erzitterte. »Der Wind! Er ist wirklich für die Welt dasselbe wie für einen Menschen … Er ist die Kraft des Lebens.«

Blaheen dachte, er hätte den Verstand verloren. Armer Kerl. Es war eben nicht gut, allein zu leben. Sie wollte ihn gerade fragen, was er damit meinte, doch er kam ihr mit seiner Frage zuvor, während er gleichzeitig nach seiner Krücke griff.

»Wie lange ist sie schon ohne Atem?« Sein Herz klopfte rasend. »Wie lange, Frau?«

»Nur wenige Augenblicke. Ich bin mit der Nachricht sofort zu dir gekommen, weil ich wußte, daß sie für dich immer wie eine Schwester war und …« Sie verstummte, denn er war schon fort.

Er stapfte durch den Schnee und stieß seine Krücken so heftig in das kalte Weiß, daß er zweimal fast gestürzt wäre. Jeder, der ihn sah, starrte ihn verblüfft an. Vor der Tür zum Haus des alten Falcon hatte sich bereits eine Menschenmenge versammelt. Dianket konnte das Jammern der alten Frauen darin hören und den Gestank des Totenfeuers riechen, das der Weise entzündet hatte.

»Warte! Dianket! Halt! Du darfst dort nicht hineingehen! Es ist verboten!«

Hände griffen nach ihm, um ihn aufzuhalten. Er schlug sie fort. Tod! dachte er und knurrte die Leute an, die ihn zurückhalten wollten. *Warum ist der Tod nicht verboten!*

Er zog die Ochsenhaut vor dem Eingang zur Seite und humpelte in den Raum. Die Klageweiber, die gekommen waren, um ihre Frauenweisheit anzuwenden, schrien ihn an, er solle verschwinden. Dann keuchten sie fassungslos auf, als er, der ansonsten ein so liebenswerter Kerl war, nicht auf sie hörte und sich gewaltsam und rücksichtslos zwischen sie drängte. Er hielt erst inne, als er vor der Leiche Morrigans stand, die auf der immer noch blutüberströmten Pritsche lag. Ihr Anblick versetzte ihm einen schweren Schlag. Sie war so ruhig, so bleich im schwachen Licht des Raumes, während der grüne und graue Rauch der Reinigung sie lautlos umwirbelte. Er sollte ihrer Seele helfen, den Weg nach oben in die Andere Welt zu finden. Und er sollte den Geruch des Blutes ignorieren. Überall war Blut, soviel Blut. Offenbar war es zu einem Dammriß gekommen. Er hatte es schon oft bei Tieren gesehen und eine Methode entdeckt, wie man das Problem erfolgreich behandeln konnte. Er fragte die Frauen, ob sie das Mädchen verbunden und die Kräuter benutzt hatten, die einen heftigen Blutfluß unterbinden konnten. Sie hatten nichts davon getan. Sie sagten, daß diese Dinge nicht von den Mysterien vorgeschrieben waren.

Munremar stand ihm gegenüber, beugte sich in tiefer Trauer über das Mädchen und hielt die heilige Tonschale in der einen Hand, während er mit der anderen einen Mistelzweig schwenkte. Dianket kannte die Grenzen von

Munremars Kunst als Heiler und hatte schon vor langem die Wahrheit erraten, die hinter dem Zauber des Alten steckte. Und genau diese Wahrheit lag jetzt tot zwischen ihnen. Trauerte er um seine Tochter oder um den Verlust einer unersetzlichen Helferin? Wer sollte jetzt die Leiter zum geheimen Raum hinaufsteigen? Wer sollte jetzt seine »Geisterstimmen« sprechen und seine Visionen für ihn sehen? War es das, wovor er sich immer gefürchtet hatte? Hatte er sie deshalb dazu angehalten, sich niemals einen Mann zu nehmen? Oder hatte er nichts gegen ihren Tod unternommen, weil sie nun seine Beteiligung an Dragas Verschwörung gegen den Häuptling nicht mehr verraten konnte?

Dieser Gedanke erregte seinen unbändigen Zorn. Nur wenige Sekunden waren verstrichen, seit er den Raum betreten hatte. Was dann geschah, würde im Gedächtnis des Clans als Legende fortleben, doch es geschah so schnell, daß die Anwesenden kaum darauf reagieren konnten, bevor es geschehen war. Dianket schleuderte seine Krücke Munremar entgegen. Er sprang auf die Pritsche, auf der das tote Mädchen lag, und hockte sich auf Morrigan. Er hob ihre Schultern an und schüttelte sie heftig, während er den Kopf auf ihre Brust drückte.

Er versuchte ihren Herzschlag zu hören. Doch da war nichts. Er fluchte in qualvoller Verzweiflung und begann ihre Arme zu reiben, schnell und brutal, bis die weiße, kühle Haut heiß wurde. Doch ihr Herz schlug immer noch nicht. Und sie atmete immer noch nicht.

Jemand hatte den Häuptling rufen lassen. Er trat in den Raum und war so schockiert von dem Anblick, der sich ihm bot, daß er erstarrte, wo er war, neben dem Eingang, immer noch die Ochsenhaut in der Hand. Der Wind wehte in das Haus.

Kalt und stark. Er vertrieb den heiligen Rauch. Er berührte den Heiler. Doch er berührte ihn nicht nur mit seiner Kälte, denn als Dianket erschrocken aufkeuchte, kam ihm eine Erkenntnis, durchfuhr ihn so heiß wie ein Blitz. Jetzt wußte er, was er tun mußte.

Er beugte sich über das Mädchen. Während er mit einer Hand ihren Nacken hielt und mit der anderen in regelmäßigem Rhythmus auf ihren Brustkorb drückte, legte er seinen Mund über ihren und hauchte ihr den Wind seines eigenen Lebens ein.

Als Dianket seine Krücke geworfen hatte, war Munremars heilige Lampe zerbrochen und sein Mistelzweig zu Boden gefallen. Doch er rührte sich nicht von der Stelle. Niemand rührte sich. Sie waren zu verblüfft. Sie starrten. Sie konnten nicht glauben, was sie sahen. Dianket hatte sich über Morrigan geworfen, wie in einer heftigen, leidenschaftlichen Vergewaltigung des Todes. Die Augenblicke vergingen. Sein Atem war das einzige Geräusch. Sogar der Wind war verstummt, als wartete er auf einen Befehl des jungen Mannes. Und dann war da plötzlich noch ein anderes Geräusch. Ein keuchendes Atemholen. Dann noch einmal.

»Sie lebt!«

Dieser Schrei kam gleichzeitig aus den Mündern aller Anwesenden. Dianket hatte sich mit den Schicksalsmächten angelegt und den Kampf gewonnen.

26

»Nein! Ich verbiete es! Keine Ausnahmen. Sag ihnen, daß keine Schwerter auf die Ebene des Großen Steinkreises gebracht werden dürfen!«

»Aber Gorias ist einen weiten Weg gekommen, um zu uns zurückzukehren, wie er versprochen hat, Vater. Und er hat andere mitgebracht, die für vergangene Dienste und Segnungen dankbar sind. Eine Entlohnung ist für sie eine Frage der Ehre. Sie sind gekommen, um uns ihren Schutz anzubieten. Du wirst sie doch nicht abweisen!«

»Ich werde und muß es tun!« Sterngucker war aufgesprungen. Die Dämmerung hatte vor kurzem eingesetzt. Er und Balor hatten die Nacht gemeinsam auf einer Anhöhe über der Ebene verbracht. Es war eine Nacht voller

Berechnungen, Studien und guter Kameradschaft gewesen. Im Land ringsum war der Frühling eingezogen – die feuchte Erde war mit dem grünen Pelz frischen Grases bedeckt, die Luft war frisch, aber nicht kalt, und die Welt war nur deshalb grau, weil die Sonne noch nicht aufgegangen war, um ihr die Farben des Tages zu verleihen. Sie hatten sich ein Bett aus weichem, neuem Farn gemacht, und erst als die Sterne allmählich verblaßt waren, hatten sie sich unter ihre Wollmäntel gehüllt, um sich vor dem Tau zu schützen und zu schlafen ... bis der harte Hufschlag von Cethlinns Stute sie geweckt hatte.

Balor blickte zu ihr auf und rieb sich mit den Fingern die Reste des Schlafs aus dem Gesicht. Irgendwie hatte er gewußt, welche Nachricht sie bringen würde, bevor sie auch nur ein Wort gesprochen hatte. Seine Reaktion irritierte ihn. Er hatte sich auf Gorias' Rückkehr gefreut. Doch der Winter war so kurz und angenehm gewesen. Es gefielt ihm überhaupt nicht, daß er zu Ende ging.

Cethlinn war sichtlich wütend auf ihren Vater. Sie hatte sich gegen die morgendliche Kälte einen Mantel mit Kapuze aus ungebleichter Wolle angezogen. Ihr Gesicht rötete sich vor Enttäuschung, während sie ihr Pferd ungeduldig zügelte. Sie hielt es zurück, übertrug jedoch unwillkürlich ihre eigene Unruhe durch die Anspannung ihrer Schenkel auf das Tier. Verwirrt schüttelte das Pferd den Kopf und tänzelte auf der Stelle. »Ich werde ihnen eine solche Botschaft nicht überbringen. Du mußt mit ihnen sprechen. Sie warten auf dein Wort. Im Wald jenseits des Flusses.«

»Bei den wilden Wölfen, wohin sie gehören!« erwiderte Sterngucker ungehalten. »Ich werde nicht zu ihnen hinausgehen. Ich werde hier keine bewaffneten Krieger willkommen heißen. Gorias hätte über sein Vorhaben sprechen sollen, bevor er von hier aufbrach. Der Mann brachte seine Tochter zu uns, damit wir sie heilen. Wir haben sie geheilt. Das war unsere Entlohnung, zu wissen, daß wir etwas Gutes in einer Welt tun konnten, in der es so wenig davon gibt! Wenn Gorias sich durch die Ehre verpflichtet fühlt, eine größere Entlohnung zu entrichten, dann soll er unbewaffnet vortreten. Es ist Frühling. Viele Pilger haben in diesem Jahr auf der Ebene überwintert. Sie haben Bedürfnisse, die gestillt werden müssen. Helfende Hände sind uns bei Tausenden von Aufgaben willkommen. Es gibt noch viel zu tun, bevor die Horden des Sommers über uns hereinbrechen werden. Viel zuviel!« Seine Gesichtszüge waren kantig, als hätte ein nachlässiger Steinmetz sie bearbeitet, als er mit einer dringlichen Geste auf die Ebene hinauszeigte. »Schau es dir an! Hier stinkt es wie in einem Leichenhaus, und der Lärm der Zivilisation breitet sich aus, die der Mensch zugunsten der Anmut einfacherer Zeiten wieder aufgeben sollte!«

»Du magst der Herr des Steins sein, Vater, aber du kannst die Welt nicht dazu zwingen, sich zurückzudrehen!«

Sie schienen völlig vergessen zu haben, daß Balor ebenfalls anwesend war. Sterngucker trat vor und hielt die Stute am Zaumzeug fest, während er über ihr Maul und ihre Wangen strich, um sie zu beruhigen, wie er gleichzeitig seine Tochter mit seinen Worten zu besänftigen versuchte. »Cethlinn ... Cethlinn ... können du und die Anhänger des neuen Weges nicht sehen, daß die Hälfte derjenigen, die sich hier aufhalten, nicht aus Liebe zum Glauben hier sind, sondern aus Angst vor der Zukunft? Ich habe gesehen, wie sie vor den Steinen knien und sie küssen, als wären es lebende Wesen, die sich genauso bestechen und schmeicheln lassen wie korrupte Verwalter. Und ich habe gesehen, wie du, die Hohepriesterin des Steins, solches Verhalten gutgeheißen hast, während du doch genau weißt, daß es viel besser wäre, wenn sich hier nur eine Handvoll wahrer Pilger versammelte – einige wenige, die wirklich verstehen wollen –, als den Verfall des Glaubens der Ahnen nur wegen einiger Dummköpfe zu riskieren, die meinen, sie könnten die Mächte der Schöpfung mit einem Kuß, einem Kniefall oder durch das Opfer wertlosen Schmucks beeinflussen?«

»Wertlos!« Cethlinn gab ein unfeines Geräusch von

sich. »Hast du die Tage der Dunkelheit schon vergessen, Vater? Ich habe sie nicht vergessen. Dieser Winter war kurz und mild, und der Sommer davor war lang und warm. Aber was wird die Zukunft bringen? Wir können das Wetter noch nicht vorhersagen. Also sage ich dir, daß es das Gold der Dummköpfe ist, das unsere Monumente erhält und uns den Luxus einer friedfertigen Existenz ermöglicht, die dem Streben nach Wissen gewidmet ist. Und es ist das Gold der Dummköpfe, mit dem wir uns die nötige Kampfkraft erkaufen können, um unser heiliges Reich zu schützen, wenn jene, die keine Achtung mehr vor unserem Glauben haben, kommen, um unsere Siedlungen zu plündern, wenn die Tage der Dunkelheit zurückkehren.«

»Niemals!« erwiderte er und fuhr voller Sarkasmus fort. »Ihr Anhänger des neuen Weges habt selbst dafür gesorgt – und zwar mit eurem sorgfältig verbreitetem Gefasel –, daß jedem ein ewiger Lebenssegen gewährt würde, der eine Pilgerreise hierhier unternimmt und zum Aufgang der Mittsommersonne im Schatten der Steine steht. Welch ein Unsinn! Das Leben selbst ist der Segen!«

»Natürlich. Das weiß ich doch. Und du weißt es auch. Aber du müßtet auch wissen, daß die meisten Menschen Märchen und Zauber wollen, Vater. Welche Rolle spielt es, wenn sie glauben, daß der Aufgang der Mittsommersonne ihnen den Lebenssegen gewährt? Es tut niemandem weh. Sie kommen zu uns, und sie bilden sich ein, daß wir ihnen geben, was sie brauchen. Dann gehen sie wieder, in ihrem Glauben gestärkt, und die meisten geben uns aus Dank etwas ... womit alle Beteiligten zufrieden sind.«

Er kniff die Augen zu schmalen Schlitzen zusammen. »Solche Überlegungen gefallen mir nicht, Cethlinn. Sie stinken zu sehr nach Zweckdenken. Die Schicksalsmächte lassen sich nicht durch Menschen und auch nicht durch Hohepriesterinnen beeinflussen, die dazu neigen, ihre Befugnis zu überschreiten. Ich bin zu nachsichtig mit dir und deinen Anhängern gewesen. Ich spreche jetzt nicht als dein Vater zu dir, Cethlinn, sondern als Cromm Cruach, als Höchster Herr des Steins. Geh zu Gorias und heiße ihn willkommen. Aber sag ihm, er soll seine Schwerter bei den Wölfen im Wald zurücklassen. Die Bestien sind am besten dazu geeignet, die Waffen der Bestien zu bewachen.«

Sie blickte Balor verächtlich und flehend an. »Sag ihm, wie es in der Welt zugeht. Sag ihm, was du und ich gemeinsam durchgemacht haben. Vielleicht wird er auf dich hören ... von dem er glaubt, er könnte zum Mächtigen werden, ohne jemals ein Schwert in die Hand zu nehmen!«

»Es ist, wie sie sagt«, erwiderte er, während er sich erhob. »Mein Großvater war einst derselben Überzeugung wie du, Sterngucker. Vor langer Zeit, lange bevor ich geboren wurde, bestimmte er eine Insel dazu, als heiliger Ort verehrt zu werden. Es sollte ein Ort des Opfers und der Meditation sein, ein unverletzlicher Ort, der den Göttern geweiht war, die mein Volk beschwört. In jedem Jahr unternahm er eine Pilgerreise zu dieser Insel, und obwohl er viele Feinde hatte, wagte keiner es, ihn auf diesem heiligen Boden anzugreifen. Bis eines Tages ein Feind aufstand, dem nichts heilig war, außer seiner eigenen Gier. Mein unbewaffneter Großvater wurde niedergeschlagen. An jenem Tag starben alle Menschen meines Volkes, die sich auf dieser Insel befanden. Nur mein Vater, mein Onkel und unser Weiser überlebten ... um nun von Erinnerungen gequält zu werden, die sich hätten vermeiden lassen.«

Sterngucker blickte ihn mit eindringlichen Augen an. »Und dein Volk ... hat es Rache geübt? Ist das der Grund, warum du jetzt durch die Welt wanderst, ganz allein und ohne Clan?«

Die Frage versetzte ihm einen Stich. »So ist es«, sagte er. »Doch ihre Rache war nicht endgültig. Mit meinen Händen werde ich sie vollziehen und zu Ende bringen.«

»Rache findet niemals ein Ende, mein Junge. Sie ist die Bestie in uns, der Wolf, der darauf wartet, erweckt zu werden ... immer und immer wieder, bis wir am Ende, wenn wir schließlich unseren Feind vernichtet haben, feststellen müssen, daß wir uns selbst vernichtet haben. Der Mächtige wird dies verstehen. Der Mächtige wird ein Krieger der Weisheit sein und für die Wahrheit kämpfen, und er wird kein Schwert benötigen, denn obwohl er in einer Zeit der Dunkelheit sein Königreich erobern wird, wird er ein Zauberer sein, wie ihn die Welt noch nie gesehen hat.«

Cethlinn schnaufte. »Wir warten offenbar auf verschiedene Erlöser, Vater!« Sie streckte Balor ihre Hand hin. »Komm. Reite mit mir. Ich muß den Fluß überqueren und den ›Wölfen‹ eine Botschaft überbringen.«

Balor zögerte und wartete darauf, daß Cromm Cruach ihn zurückrief, doch Sterngucker sagte: »Geh, wenn du gehen mußt. Jeder Mensch muß nach seiner eigenen Art die Wahrheit suchen. Ganz gleich, welchen Weg er nimmt, er wird ihn zu seiner Bestimmung führen.«

Balor verfluchte ihn wegen seines Fatalismus, als er Cethlinns Hand nahm und hinter ihr auf den Rücken der Stute sprang. Sie galoppierten über die Ebene und dann den breiten Flußarm entlang, bis sie die seichteste Stelle erreichten und die Stute hindurchwaten ließen. An der tiefsten Stelle schwammen sie auf das andere Ufer und den dunklen Wald dahinter zu. Wo die Wölfe warteten.

Er rechnete nicht damit, daß man ihn mit Lachen begrüßte. Und er rechnete auch nicht damit, auf eine so kleine und kunterbunte Gruppe von Männern zu stoßen. Es war kaum mehr als ein Dutzend. Sie trugen keine Wolle, sondern nur Felle und Leder. Balor entdeckte nirgendwo Schwerter und auch keine Pferde. Sie kamen zwischen den Bäumen hervor. Gorias und drei weitere Männer führten die übrigen an, die ihnen offenbar untergeben waren. Gorias hatte eine Lanze, eine lange Lanze mit steinerner Spitze und einem lederumwickelten Schaft.

»Ho! Zauberer! Endlich sehen wir uns wieder. Ich, Gorias, habe es versprochen!«

Balor blieb auf der Stute sitzen, als Cethlinn abstieg und zu seiner Überraschung sofort dem größten Mann der Gruppe in die Arme fiel. Er hob sie von den Füßen und wirbelte sie herum, wobei sie laut auflachte, als er sie wieder abstellte und sie einen Augenblick länger in den Armen hielt, als Balor ihm erlaubt hätte, wenn er etwas zu sagen gehabt hätte.

Er war der größte Mann, den Balor je gesehen hatte. Sogar unter den Männern des Clans MacLir wäre er ein Riese gewesen. Zottiges, vom Wetter zerrauftes braunes Haar fiel über seine Schultern bis zu seiner Hüfte herab, und sein wallender Schnurrbart war lang und schlecht gepflegt. Mit breitem Rücken und dickem Bauch trat er auf Beinen vor, die so dick wie ausgewachsene Kiefernstämme waren. Es mußte eine komplette Kaninchenfamilie nötig gewesen sein, um die Beinwärmer zu machen, die seine gewaltigen Waden umgaben, und der größte Ochse, den Balor sich vorstellen konnte, um die Haut für sein kurzes, knappes und zerfranstes Hemd zu liefern. Er trug einen schweren Gürtel, doch er wurde erst sichtbar, als er ihn über seinen umfangreichen Bauch hochzog. Balor war sicher, daß er noch nie eine trächtige Stute gesehen hatte, die so dick angeschwollen war. Doch die große Wölbung schien keineswegs aus Fett zu bestehen, denn sie war so stramm wie eine Kriegstrommel, und der Mann trug sie mit kampflustiger Herausforderung vor sich her.

»Wo sind die Schwerter? Du hast gesagt, du würdest Schwerter mitbringen!« sagte Balor laut und gereizt. Seine Worte waren an Gorias gerichtet, doch seine Augen blickten mit glühender Wut auf den Mann, der Cethlinn in den Armen hielt. Er wollte, daß der Kerl in seinem Blick sah, daß Cethlinn jetzt seine Frau war.

Der Mann bemerkte die Eifersucht und den Zorn in seinen Augen. Er ließ Cethlinn los und senkte den Kopf wie ein Bulle, der zum Angriff ansetzte. Balor hatte den Eindruck, die Erde würde erzittern, als der Riese zum Pferd stapfte, auf dem der junge Mann saß, und ihm direkt in die Augen blickte. Er war so groß, daß er den Kopf nicht heben mußte. Er war so nah, daß Balor seinen Atem riechen und das Aufblitzen seiner starken, weißen Zähne sehen konnte, als er mit offener Feindseligkeit knurrte und dann in jenem zischenden Dialekt sprach, den der Junge später mit bestimmten Stämmen aus den nördlichsten Regionen der Fernen Insel Eireann in Verbindung bringen würde.

»Bei allen stinkenden Ungerechtigkeiten aller matschköpfigen Herren dieser Welt, Cethlinn! Ist das hier etwa der Kerl, den du nach all den Jahren des Wartens zum Mächtigen erwählt hast? Zu dem deine heiligen Omen und Vorzeichen dich geführt haben, während du die ganze Zeit *mich* hättest haben können? Ich fasse es nicht! Er ist doch nicht mehr als ein milchnuckelnder Säugling mit Wangen so weich wie ein Babyarsch! Ich schätze, daß ihm noch nicht einmal die Eier in den Sack gerutscht sind! Komm schon, Jüngelchen, starr mich nicht so an! Komm von diesem Pferd runter und zeig uns, ob du unter diesen priesterlichen Gewändern schon ein Mann bist!«

Die winterliche Kälte durchfuhr Balor, als er den Blick des Riesen erwiderte. Seine Augen waren klein und so schwarz und glänzend wie Perlen. Genauso dunkle Brauen bildeten eine einzige mürrische Sturmwolke über seinem hohen, breiten und schiefen Nasenrücken, der aussah, als wäre er schon mehr als einmal gebrochen gewesen. Als der Mann nach Balor griff, um ihn von der Stute zu heben, erfaßte ihn ein unwiderstehlicher Drang, diese Nase noch ein weiteres Mal zu brechen.

Und er gab ihm nach, indem er ihm schnell und zielsicher einen brutalen Schlag mit der linken Faust versetzte. Er schonte immer noch seinen rechten Arm und hatte noch nicht genügend Kraft in seinem linken, so daß der Schlag nicht so stark ausfiel, wie er vor seiner Verletzung gewesen wäre. Trotzdem spürte er, wie Knochen und Knorpel zermalmt wurden, als der große Mann völlig überrascht zurückwich und unter der Wucht des Schlages zu Boden ging. Er landete auf dem Hintern, legte die Hände an sein Gesicht und fluchte, als Blut durch seine behaarten Finger sickerte.

Balor starrte ihn an und rieb sich verärgert die schmerzenden Fingerknöchel, während er nicht wußte, wie er reagieren sollte. Cethlinn lachte laut über den Riesen, genauso wie seine Gefährten und Gorias.

»Nun«, sagte sie, »jetzt wissen wir, wessen Eier gerade in den Sack gerutscht sind, nicht wahr? Oder willst du meinem ›milchnuckelnden Säugling‹ noch einmal diese Frage stellen, Findias?«

Balor fühlte sich durch ihre Worte beschämt. Er hatte den Riesen zwar zu Boden geworfen, doch er fühlte sich wirklich wie ein Kleinkind, während alle Blicke auf ihn gerichtet waren und Cethlinn sich mit ihm brüstete, als wäre er ihr hochgeschätzter Sprößling und nicht ihr Geliebter. Diese Männer waren in der Tat Männer, die sich in vielen Jahren bewährt hatten und hart geworden waren. Er konnte es in ihren Gesichtern und an ihrer Haltung erkennen. Trotz ihrer ramponierten Kleidung vermittelten sie Selbstsicherheit und Autorität und mehr als nur ein wenig Arroganz. Er beneidete sie um ihre Erfahrung und fragte sich, ob er jemals so lange leben würde, um wie sie zu werden. Er dachte, daß er am besten gleich damit anfangen sollte, und schwang sein linkes Bein lässig über den Rücken der Stute und legte den Fuß über seinen rechten Schenkel, in der Hoffnung, daß dabei eine Haltung der beherrschten und selbstsicheren Würde herauskam. Es funktionierte – zumindest für einen Moment. Bis der große Mann vom Boden aufstand und die Stute ohne Vorwarnung nervös einen Schritt zur Seite machte. In diesem Augenblick fiel Balor vom Pferd.

Sie saßen in einer Lichtung zwischen dem Wald und dem Fluß, während Findias, der Riese, Schlamm vom Ufer holte, um ihn sich auf die Nase zu legen. Zu Balors Überraschung war der Mann überhaupt nicht wütend auf ihn. Er erklärte, daß er wochenlang mit Gorias unterwegs gewesen war und soviel Schwärmereien über die Vorzüge des Mächtigen gehört hatte, den Cethlinn erwählt hatte –

nachdem er diese Rolle lange Zeit für sich selbst gewünscht hatte –, daß er sich fest vorgenommen hatte, sich persönlich davon zu überzeugen, aus welchem Holz er geschnitzt war.

»Wenn du die Beleidigung geschluckt hättest, wäre ich zutiefst von dir und Cethlinn enttäuscht gewesen.«

»Es freut mich, daß du mit mir einverstanden bist«, sagte Cethlinn belustigt und kam näher, um zu sehen, ob sie ihm mit seiner Schlammpackung helfen konnte.

»Ich bin ganz und gar nicht einverstanden!« widersprach Findias. »Der Junge ist und bleibt ein Junge. Nach all den Jahren des Wartens, Cethlinn … nun, ich hätte gedacht, daß du dir zumindest einen *Mann* für dein Bett wünschst.«

Balor stand wütend auf, doch der Riese brummte freundlich und beschwichtigte ihn mit einer Geste. »Siehst du? Du gibst viel zu schnell deinen Leidenschaften nach. Das ist das Problem mit der Jugend. Keine Beherrschung. Keine Erfahrung. Weder im Kampf noch im Bett. Ich sagte, du sollst dich wieder setzen, Junge! Also, Gorias hat mir gesagt, daß du gerne lernen würdest, mit der langen Klinge zu kämpfen … daß er es dir als Belohnung für deine Freundlichkeit gegenüber seinem kleinen Mädchen versprochen hat. Aber er macht dir ein noch besseres Angebot. Da ich ein Meister der langen Klinge bin, hat Gorias sich in seiner Großzügigkeit einverstanden erklärt, mich aus einer Schuld zu entlassen, wenn ich dir beibringe, mit der Waffe umzugehen. Während die anderen hier gekommen sind, um das Volk des Steins zu schützen, werden wir beide uns anderweitig beschäftigen, Balor. Wie, sagtest du, lautet der Name deines Clans?«

»Ich bin kein Junge. Und ich habe nichts über meinen Clan gesagt.«

»Warum nicht? Ich konnte noch nie Männer mit Geheimnissen ausstehen. Für gewöhnlich bedeutet es, daß sie etwas zu verbergen haben und nicht vertrauenswürdig sind.«

»Er hat mein Leben gerettet und dabei sich selbst in Gefahr gebracht«, warf Cethlinn ein. »Und das ohne Hoffnung auf eine Belohnung, sondern nur um der Ehre willen. Er ist vertrauenswürdig!«

»Hmm. Wenn du es sagst. Wer bin ich, daß ich mich mit der Hohepriesterin des Steins streite, wie? Ich bin nur ein einfacher Mann. Nur ein Clansherr in meinem eigenen Land. Nur ein erfahrener und bewährter Krieger, der seit zehn Jahren in jedem Sommer eine Pilgerreise nach Albion unternahm, in der Hoffnung, sie und den Titel zu gewinnen, der nun an jemanden gehen soll, der ihr und den Schicksalsmächten anscheinend mehr zusagt. Es ist unmöglich, die Schicksalsmächte zu verstehen. Sie sind fast genauso ungestüm wie die Frauen! Aber wer weiß? Wenn er erst einmal erwachsen ist, in zehn Jahren oder so, entwickelt er sich vielleicht tatsächlich noch zum Kämpfer. Zumindest weiß er schon, wie man schnell zuschlägt, wenn sich ihm ein Mann nähert, der Böses im Schilde führt.«

Balor war wieder aufgesprungen und wütend. »Es wird keine zehn Jahre dauern, bis ich es gelernt habe, mit deiner langen Klinge umzugehen. Hast du so lange dazu gebraucht? Wenn ich sehe, wie groß und schwerfällig du bist, dann würde mich das keineswegs überraschen. Aber sag mir, Findias, wo ist dein Schwert überhaupt? Vielleicht hast du es in deinem Maul versteckt, denn groß genug ist es dafür ja!«

Der Riese lachte, als er zufrieden feststellte, daß seine Bemerkungen und seine Eifersucht den Kampfgeist des Jungen geweckt hatten. Er schnalzte mit der Zunge, um ihn gleichzeitig zu tadeln und zu provozieren. Der junge Mann gefiel ihm trotz allem. Er wußte, daß er niemals große Chancen gehabt hatte, Cethlinn für sich zu gewinnen. Muskeln und Mut allein genügten nicht. Die Sterne hatten für ihn von Anfang an ungünstig gestanden. Und sie wollte nur den Mann, der von den Schicksalsmächten bestimmt war. Durch Omen und Zeichen. Er musterte den jungen Mann. Er hatte etwas an sich, das ihm bekannt vorkam, aber er konnte nicht sagen, was es war. Er war von gutem Blut und guter Herkunft. Besser als die meisten. Gorias hatte ihm gesagt, man erzählte sich, er könnte mit jeder Hand kämpfen, und zwar so gut wie ein Dämon. Er hatte mit einer Hand drei bewaffnete Männer erschlagen, so daß Cethlinn trotz aller Widrigkeiten sicher hatte heimkehren können. Jung war er, das stimmte. Aber er hatte recht, wenn er sagte, daß er kein Junge mehr war. Er hatte eine Härte und Entschlossenheit, die für seine Jugend ungewöhnlich waren. Die Augenbrauen des Riesen zuckten. Sein Schnurrbart bewegte sich ebenfalls, als er die Lippen schürzte und dachte: *Dieser Junge hat etwas, das tief in diesen seltsamen, blassen Augen liegt, wie eine kalte, dunkle Strömung, die unter der Oberfläche eines warmen Sommersees fließt. Er hat etwas Gehetztes und Getriebenes, als wäre ihm ein Wolf auf den Fersen.* Ja. Er sah aus wie jemand, der für den Kampf geboren war. Er hatte eine gute Reichweite und ein gutes Auge. Schnelle Reflexe und einen guten Gleichgewichtssinn, wenn man einmal davon absah, daß er vom Pferd gerutscht war. Es würde interessant sein zu sehen, wie er mit einem Schwert umging. Aber jetzt noch nicht. Schließlich hatte der Junge Cethlinn erobert, und Findias' Nase schmerzte immer noch sehr heftig. Er würde ihn zur Strafe eine Weile zappeln lassen, denn er war ihm noch etwas schuldig, auch wenn er ihn praktisch zum Schlag aufgefordert hatte.

Die Schwerter hatten sie in einem Weißdorngebüsch am Rand des Waldes zurückgelassen, damit ihr Anblick niemanden aus dem Volk des Steins beleidigte, der zusammen mit Cethlinn über den Fluß kam. Sie waren in Findias' großen, schweren Umhang aus Seehundfellen gehüllt und sorgfältig mit einer Blätterschicht getarnt worden. Niemand, der zufällig daran vorbeikam, hätte sie bemerkt, und sogar dann wären sie sicher gewesen, denn es hieß, daß der Weißdorn, ein heiliger Baum, sich bewegt hätte, um die Schwerter zu bewachen, daß er seine Wurzeln aus dem Boden gezogen hätte, um jeden zu strangulieren, der sie zu rauben versuchte. Trotzdem hatte man Findias' Bruder Ogma im Wald zurückgelassen, um sie zu bewachen.

Der Riese rief ihn, bis Ogma sich zu den anderen gesellte. Sein Aussehen verriet eindeutig, daß er Findias' Bruder war, auch wenn er noch jung und nicht einmal halb so kräftig wie der Riese gebaut war. Außerdem deuteten seine gleichmäßigen, bartlosen Gesichtszüge auf ein Wesen hin, das so sanftmütig wie ein Frühlingsmorgen war. Er war froh, das Dickicht verlassen zu dürfen, denn obwohl die Blüten des Weißdorns ein hübsches Versteck abgaben, verursachten sie ihm einen heftigen Niesreiz. Er trug das Bündel mit den Waffen auf seinen ausgestreckten Armen ins Sonnenlicht hinaus und legte sie behutsam und mit offensichtlicher Ehrfurcht innerhalb des Kreises der Männer auf den Boden. Langsam entfaltete er das Seehundfell, bis die Schwerter auseinanderfielen. Doch es gab kein Geräusch von Metall auf Metall, denn jede Waffe steckte in einer Scheide, die den Vorlieben ihres Besitzers entsprach. Dreizehn Schwerter. Eins für jeden Mann. Und ein zusätzliches.

Nachdem Gorias seine eigene Waffe an seinem Gürtel festgeschnallt hatte, hob er das letzte Schwert auf und wandte sich an Balor. Sein Eckzahn aus Karneol glitzerte rötlich. »Hier. Nimm es! Ich habe es für dich mitgebracht. Ein Geschenk des Dankes. Für einen Freund meines Herzens. Macha sagt, du sollst dich von Findias daran ausbilden lassen. Er soll dich zu einem großen Krieger machen. Dann sollst du auf die Insel Machas kommen. Um sie eines Tages zur Frau zu nehmen!«

»Ha!« rief Cethlinn stirnrunzelnd, aber offensichtlich belustigt. »Mein Volk rettet ihr das Leben, und jetzt will sie mir meinen Mann wegnehmen! Das gute Kind ist ziemlich anspruchsvoll!«

»Es ist völlig natürlich, daß ein Kind die Gesellschaft eines anderen Kindes sucht«, lästerte der Riese, dessen Augen Balor amüsiert anfunkelten.

Doch es war Gorias, der darauf antwortete, ohne daß es

ihm gelang, sein Lächeln völlig zu unterdrücken. »Balor ist für Macha ein Mann. Kein Kind. Sie sagt, sie wird ihn mit der Priesterin teilen. Macha ist sehr großzügig.«

Die Männer lachten. Balor griff nach dem Schwert, und als er es von Gorias entgegennahm, durchlief ihn ein heißer Schauer. Er starrte es an. Er stand breitbeinig da und hatte damit gerechnet, daß es so schwer wie der Rächer sein würde. Doch diese Klinge war nicht so groß wie das Schwert seines Vaters. Es war nicht so lang, und die Klinge war nicht so breit. Aber es war trotzdem ein Schwert, und es war seins!

»Meins ...? Es gehört wirklich mir ...?« fragte er ungläubig. Er hatte damit gerechnet, daß der Mann mit dem Karneolzahn zurückkehren und Schwerter mitbringen würde, aber selbst in seinen kühnsten Träumen hatte er sich niemals vorzustellen gewagt, daß Gorias ihm bringen würde, wonach er sich am meisten sehnte: ein eigenes Schwert.

Gorias schien seine Gedanken zu erraten. Sein Lächeln wurde noch breiter, als er mit einer Verneigung des Kopfes zustimmte. »Es ist deins«, sagte er.

Die Klinge steckte in einer Scheide aus kunstvollem Korbgeflecht, das über einen schützenden Holzrahmen gezogen war; Balor konnte dennoch die Bronze darin spüren. Vor seinem geistigen Auge sah er das dunkelgoldene Metall bereits, bevor er es aus der Scheide zog und es ins Licht des Morgens hielt. Das Schwert war glatt geschliffen und poliert, so daß es schimmerte. Es schien das Licht aufzusaugen, während es dieses gleichzeitig reflektierte und es in Balors Augen brannte, bis sie tränten.

Bei den Schicksalsmächten, dachte er, hat Cethlinn recht? Hatte die Hand der Bestimmung ihn aus Farnmoor vertrieben? Hatten die Zwölf Winde ihn niedergestreckt, damit er wieder unter dem Volk des Steins auferstand, damit er hier die Gelegenheit erhielt, die Träume seiner Jugendzeit zu erfüllen und seinen Racheschwur zu leisten?

In ihm brannte ein Feuer, das das Schwert entfacht hatte. All die sanften, angenehmen Erinnerungen an den langen, friedlichen Winter, von dem er sich gewünscht hatte, daß er niemals endete, waren auf einmal ausgelöscht. Er hörte den Wind. Er spürte ihn nicht als etwas, das außerhalb von ihm war. Der Wind war nicht warm und mit dem Duft der Weißdornblüten erfüllt. Es war eine innere Bewegung, die durch seine Seele wehte, die so kalt wie die Stürme war, die in den Tagen der Dunkelheit über den Mooren geheult hatte. Aus weiter Ferne hörte er so schwach, daß er kaum noch wahrzunehmen war, den Ruf eines Wolfes. Ein einzelner, zerreißender Schrei, ein Knurren, das tief aus ihm kam. Er erstarrte und lauschte, doch der Laut war nicht mehr zu hören. Nur noch ein Schnitt durch sein Bewußtsein war vorhanden und eine vage Empfindung, daß er blutete. Das heiße, dunkle Blut erfüllte ihn mit dem Gefühl der Entschlossenheit und der Macht. Er spürte beides in seinen Augen brennen, als er Cethlinn ansah. Seine Hand klammerte sich so fest um den Heft des Schwertes, daß sie schmerzte, doch der Schmerz bereitete ihm Freude, als er es ihr hinstreckte, als wäre es eine natürliche Verlängerung seines Armes.

»Du hast mir mein Glück zurückgegeben, Frau. Hiermit werde ich meine Bestimmung erfüllen. Hiermit werde ich den Kopf Nemed MacAgnomains nehmen!«

Unter den Anwesenden war niemand, der diesen Namen nicht kannte oder nicht darauf reagierte.

»Du? Ein Junge? Du willst *ihm* den Kopf nehmen? Wenn du das schaffst, werde ich dich ohne Zögern als den Mächtigen akzeptieren!«

Cethlinn blickte verärgert zum Riesen hinauf. »Du solltest seine Flausen nicht unterstützen!« Ihr Blick wandte sich Balor zu und schien ihn in Wut aufzuspießen. »Sogar jetzt noch … Geht dein Ehrgeiz immer noch in diese Richtung? Willst du immer noch Rache?«

»Das ist es, wofür ich lebe. Ich habe niemals ein Geheimnis daraus gemacht.«

Sie funkelte ihn an und sah ihm zu, wie er das Gewicht des Schwertes prüfte, es ausbalancierte und bewunderte.

Seine Augen glühten, als würde er die ganze Welt in den Händen halten.

Der Riese musterte ihn nachdenklich und nickte anerkennend über das ehrgeizige Ziel des jungen Mannes. Doch er wußte, daß nur ein Narr auf die Idee kommen konnte, Rache an Nemed zu nehmen, und sagte es ihm.

Balor hatte genug von all dem Spott und der Kritik. Er wandte sich Findias zu und blickte ihn entschlossen an. Mit dem Schwert in der Hand hatte er keine Angst mehr vor der Größe des Riesen. »Ich werde Nemed das Leben nehmen! Wenn die Sonne am Morgen der Sommersonnenwende über dem heiligen Markierungsstein aufgeht, ist mein Versprechen erfüllt, beim Volk des Steins zu bleiben. Ich werde mich auf die Suche nach Nemed MacAgnomain machen, selbst wenn ich dazu jedes Land und jedes Meer der ganzen Welt absuchen muß. Und wenn ich ihn gefunden habe, werde ich ihm den Kopf abschlagen! Mit diesem Schwert in meiner Hand wird mich niemand mehr aufhalten können!«

»Ha! Der Floh will den Hund zu Tode jucken!« rief der Riese lachend und schüttelte den Kopf. »Du wirst nicht einmal nahe genug an ihn herankommen, um nach seinem Schatten zu schlagen, weil seine Leibwächter dich vorher niedergestreckt haben werden!«

»Meinst du? Wir werden ja sehen!« Balor war im Rausch der Zuversicht, als er die Haltung eines Mannes einnahm, der bereit war, einen Schlag abzuwehren.

Das war ein Fehler. Plötzlich sprang ihn ein dunkler, verschwommener Schatten an, und dann flog ihm irgendwie das Schwert aus der Hand, als die Klinge des Riesen dagegenschlug. Schmerz flammte in seiner Hand auf, und seine gesamte rechte Körperhälfte wurde taub. Genauso wie er den Riesen mit einem unerwarteten Schlag niedergestreckt hatte, hatte es jetzt der Riese mit ihm getan. Eben noch stand er, und im nächsten Augenblick lag er am Boden, benommen, aber unverletzt, abgesehen von der tiefen Verwundung seines Stolzes. Der Schmerz verwandelte sich in Zorn, als er den Kopf schüttelte, um wieder zur Besinnung zu kommen. Er kam auf die Beine, nahm sein Schwert wieder an sich und protestierte, daß es ungerecht von Findias gewesen sei, seine größere Reichweite auszunutzen.

»Ungerecht?« Findias sprach das Wort aus, als wäre es eine Beleidigung. »Wenn du gegen Nemed ziehen willst, um ihn zu töten, solltest du diesen Begriff aus deinem Wortschatz streichen. In einem Kampf um Leben und Tod gibt es keine Gerechtigkeit oder Ungerechtigkeit, Junge. Wenn du Nemed gegenüberstehst, gibt es nur Sieg oder Tod. Wie der Kampf für dich ausgeht, hängt nur davon ab, wie groß deine Kraft und Entschlossenheit und dein Geschick und deine Klugheit sind, mit der du dein Schwert einsetzt. Wenn du glaubst, daß die Schicksalsmächte dir einen gerechten Kampf ermöglichen, dann bist du in der Tat ein Narr!«

»Komm, Junge, versuch es mit mir. Meine Reichweite ist nicht so groß wie deine.« Diese Herausforderung kam von einem der anderen Männer, einem braunhaarigen Kerl mit schmalem Gesicht, schlankem Körper und Augen, die ohne Drohung oder Spott strahlten. »Komm schon. Versuch mich anzugreifen. Wir werden sehen, wozu du imstande bist, wenn du einem angemesseneren Kämpfer gegenüberstehst.«

Der Mann machte einen freundlichen Eindruck, und Balor war überzeugt, daß er gegen ihn gewinnen konnte, obwohl sein Arm immer noch von Findias' Hieb kribbelte. Als er die Belastung in seinem frisch verheilten Schulterknochen spürte, nahm er die Waffe in die linke Hand und wartete darauf, daß ein überraschter Ausdruck auf dem Gesicht seines Gegners erschien. Als es nicht geschah, wußte er, daß Gorias dem Mann gesagt hatte, daß Balor mit jeder Hand gleich gut kämpfen konnte. Er lächelte zuversichtlich und packte fest den Griff seines Schwertes, als wäre es ein Dolch. Er stach es in Richtung seines Gegners, den er langsam zu umkreisen begann.

»Ich würde das Schwert an deiner Stelle nicht so halten,

Balor … du hast überhaupt kein Gleichgewicht … und der Winkel der Klinge stimmt nicht. Nein, nein. Paß auf …«

Balor lächelte nicht mehr. Sein Schwert flog schon wieder durch die Luft. Jetzt war seine linke Hand taub. Der Mann hatte ihn mit einer geschickten, eleganten Bewegung angegriffen. Balor starrte ihn fassungslos an, mit offenem Mund und ohne Waffe, während er so rot wie eine Jungfrau wurde, die man beim Baden überrascht hatte, und versuchte nicht das Gelächter der anderen Männer zu hören.

»Komm! Versuch es noch einmal. Und folge diesmal der Klinge. Hör auf, sie zu Tode zu quetschen.« Der Name des Mannes war Fal. Sein Tonfall war so sanft wie die Weißdornblüten, doch auch in seinen Augen stand jetzt Spott, der genauso beißend wie die Beleidigungen des Riesen war.

Balor hob sein Schwert auf. Er brachte sich in Stellung und versuchte sich an alles zu erinnern, was er noch aus dem Kampfunterricht auf dem Übungsfeld von Farnmoor wußte. Doch abgesehen von seiner kurzen und glücklosen Begegnung mit dem Rächer hatte er außer in seinen Träumen noch nie zuvor ein Schwert in der Hand gehalten. Fal mußte seine Waffe nur zweimal parieren, bevor er Balors Verteidigung durchbrochen hatte und die Spitze seines Schwerts an Balors Kehle lag.

»Das, was Gorias da für dich mitgebracht hat, ist ein Schwert, Junge. Es ist weder ein Dolch noch ein Speer oder eine Axt. Du mußt ihm seine ganz besondere Ehre erweisen. Entwickle ein Gefühl für sein Gleichgewicht. Folge ihm und führe es nicht. Hör ihm zu, während es durch seinen Körper mit deinem spricht.«

»Ja!« fauchte Balor und brachte sich mit einer überraschenden Finte außerhalb Fals Reichweite, worauf er bereitstand, um ihn erneut herauszufordern. »Ich habe euch gesagt, daß ich kein Junge bin! Komm! Jetzt werde ich es euch allen beweisen!« Sie stürzten sich aufeinander, schlugen und parierten. In der Luft lag das helle Klingen, wenn sich die Schwerter trafen und lösten und wieder trafen. Balor hatte jetzt ein Gefühl für die Waffe. Er folgte Fals Anweisungen. Cethlinn begehrte auf, sagte, daß der Kampf viel zu echt und zu gefährlich wäre, doch die Männer, die zusahen, versicherten ihr, daß alles unter Kontrolle war. Sie feuerten Fal und den Jungen an, dessen Kampfgeist und Widerwillen, sich durch eine Niederlage entmutigen zu lassen, ihre ungeteilte Anerkennung fand.

»Er hat wirklich den Instinkt dafür«, sagte der Riese und rief dann dem Jungen zu: »Ja, gut! Ausgezeichnet gemacht! Du lernst schnell, bei den Schicksalsmächten, du lernst wirklich schnell!«

Gorias nickte begeistert und wünschte sich, er könnte dem Jungen helfen, den er bewaffnet hatte. »Dein Schwert heißt Lehrer. Es wurde nur für dich geschmiedet. Lerne, und es wird dich lehren. Ja! So ist es richtig! Vertraue nicht deinem Auge. Das Auge ist trügerisch. Laß dich vom Schwert führen. Du folgst ihm! Ja! So ist es richtig!«

Gorias' Vorschläge waren gut gemeint, doch der Instinkt mußte wie jede gute Waffe zuerst geschärft werden. Das Schwert Lehrer war scharf, doch an Balors Instinkten mußte noch viel verbessert werden. Er neigte dazu, gegen das Gewicht der Klinge zu arbeiten, und kurz darauf zischte Fals Waffe knapp an seinem Ohr vorbei. Auf dem Hals des Jungen bildete sich eine Linie aus perlenden Blutstropfen. Es war eine geringfügige Verletzung, ein haarfeiner Schnitt, der kaum mehr als die Haut aufgeritzt hatte. Doch Balor wußte genausogut wie die Zuschauenden, daß Fal ihn hätte enthaupten können, wenn er es gewollt hätte. Er legte seine Finger an die Wunde und spürte die warme Flüssigkeit. Mit dem Blut schien auch seine Leidenschaft, sein Stolz und seine Überheblichkeit aus der Wunde zu sickern.

Fal sah, daß Balor nun ernüchtert war. Er nickte zufrieden. Es war seine Absicht, dem Jungen ein oder zwei Dämpfer zu verpassen. »Bevor du dich dem gefürchtetsten und verhaßtesten aller Kriegsherren stellst, solltest du wissen, Junge, daß man mich bestenfalls für einen mittelmäßigen Schwertkämpfer hält. Nemed dagegen ist ein

Meister des Schwertes, und seine Leibwächter rekrutiert er aus den besten Kämpfern der ganzen Welt.«

Vor Enttäuschung und Scham schwieg Balor, als Fal seine Waffe in die Scheide gleiten ließ und verlangte, daß Gorias und Findias ihm demonstrierten, was wahre Schwertkunst war. Sie leisteten seiner Aufforderung gerne Folge. Balor stand stumm vor Ehrfurcht da, als er erkannte, wie sehr er sich zum Narren gemacht hatte. Nach all den Monaten schien es, als ob er sich kaum verändert hatte, seit er als unbesonnener, ungestümer kleiner Junge aus Farnmoor geflohen war. Ja, er hatte die Waffe seiner Träume erworben, doch sie war in seinen Händen nutzlos. Es war eine Sache, ein Schwert zu besitzen, und eine völlig andere, zum Meister der Waffe zu werden.

27

Sie saßen zusammen am weiten Arm des Flusses. Das Wasser floß dunkel und kühl an ihnen vorbei und weiter zum fernen Meer. Dahinter erstreckte sich die heilige Ebene, in das Grün des Frühlings gehüllt, und sie konnten den großen Kreis der Trilithen sehen, der sich in der Ferne erhob und golden in der Morgensonne glänzte.

Sie sprachen über viele Dinge, Cethlinn und der riesige Findias, Gorias und Fal und Ogma und Muri, ein Mann mit gelbem Haar, dessen kurzer rötlicher Bart aussah, als hätte er ihn angesengt. Die Namen der sieben anderen Männer aus Eireann waren für Balor unaussprechlich. Niemand war beleidigt oder überrascht wegen Cromm Cruachs Weigerung, ihnen zu erlauben, die heilige Ebene mit ihren Waffen zu betreten. Sie hatten es bereits vermutet, als er nicht mit Cethlinn und Balor durch den Fluß zu ihnen hinausgeritten war. Trotzdem wunderten sie sich über seine Gründe und sprachen von Überfällen auf unbefestigte Versammlungsorte von Gläubigen sowohl in Eireann als auch in Albion. Sogar in den Siedlungen an den Küsten des Landes jenseits des Meeres sollte es in jüngster Zeit dazu gekommen sein, nachdem diese Gebiete bisher von der Gewalt dieser Zeit verschont geblieben waren. Früher oder später, so sagten sie, würden Männer, die keine Ehrfurcht vor dem uralten Glauben des Steins hatten, die Reichtümer an sich bringen wollen, die auf der heiligen Ebene des Großen Steinkreises während der Feierlichkeiten zum Aufgang der Mittsommersonne angehäuft wurden.

Viele der Pilger ließen bewaffnete Begleiter in Lagern entlang des Flusses zurück, doch die Männer von Eireann waren der Ansicht, daß diese Wachen einem Angriff fast genauso hilflos ausgesetzt waren wie ihre Schützlinge, wenn sie nicht darauf vorbereitet waren, gemeinsam eine Streitmacht zu bilden. Es waren ernüchternde Worte, und Cethlinn grübelte darüber nach, während sie zuhörte. Sie war sicher, daß die Räuber sich bislang nur aus Furcht vor dem Zorn der Geister der heiligen Steine zurückgehalten hatten. Doch ihr war natürlich bewußt, daß es auch Männer gab, für die weltlicher Besitz Segen und Glück darstellte, ganz gleich, mit welchen Mitteln er gewonnen wurde. Männer, die an keine Steine oder Sterne oder Götter glaubten, die erwiesenermaßen weniger Macht als sie selbst besaßen. Solche Männer suchten sie in ihren Träumen heim – dunkle, schattige Gestalten wie jene, die sie und Balor im Wald überfallen hatten … Männer, denen es Vergnügen bereitete, das Blut der Unachtsamen und Unschuldigen zu vergießen … Männer, die sich in den langen Tagen der Dunkelheit vermehrt hatten und stark geworden waren und die Erde in dunklen Strömen überfluteten, wie Ratten, die aus einer schlecht bewachten Kornkammer am Ende des Sommers aufgescheucht wurden.

Der Gedanke ließ sie schaudern. Sie musterte die Männer aus Eireann zweifelnd. Sie hatte mit viel mehr gerechnet. »Zwölf Männer. Was können zwölf Männer ausrichten, wenn Angreifer in großer Zahl über die Ebene herfallen sollten?«

Fal antwortete begeistert: »Zwölf Männer können ein

Anfang sein und andere überzeugen, sich ihnen anzuschließen. Zwölf Männer mit Bronzeschwertern sind der dreifachen Zahl ohne Bronze ebenbürtig! Wir werden die Wachhunde für die Gläubigen sein und dafür sorgen, daß die bewaffneten Begleiter der Pilger nicht vergessen, daß sie ihre Auftraggeber beschützen und nicht schröpfen sollen. Ich habe es schon erlebt. Wenn der Geruch der Habgier in der Luft liegt, können Menschen wie hungrige Hunde übereinander herfallen und völlig vergessen, was Ehre ist.«

Er hielt inne und bewegte seinen Kopf vor und zurück, während er sich über das lange, schmale Kinn strich und seinen kurz geschnittenen Bart kraulte. »Ist es ein Wunder, daß die Geister des geordneten Universums sich voller Abscheu von uns abgewandt haben? An den fernen Küsten von Eireann flehen wir den Himmel an, die unglücklichen Zeiten zu beenden, doch sogar der Singende Stein des Schicksals schweigt in seinem verborgenen Tal. Er singt nicht mehr und wird nicht eher wieder singen, als daß sich der Mächtige erhoben hat, um die Clans zu vereinen und die fremden Eindringlinge aus unserem Land zu vertreiben. Daher sind wir nach Albion gekommen, um den Priestern des Steins zu dienen, in der Hoffnung, den Erwählten zu finden, im Wunsch, er möge uns die glücklichen Zeiten zurückbringen, damit sie auch unserem Volk in Eireann zugute kommen.«

Seine Worte waren berauschend, doch Balor runzelte die Stirn, weil er sich über die abergläubischen Untertöne ärgerte und sich an die Legenden seiner Mutter und den Spott seines Vaters erinnerte. »Steine singen nicht«, sagte er. »Und ich glaube auch nicht, daß sie Glück bringen können.« Er achtete nicht auf die Blicke der Männer aus Eireann und hörte zu seiner Überraschung, wie Fal ihm zustimmte.

»Sie tun es nicht, wenn sie gewöhnliche Steine sind. Doch die Steine, die die heiligen Trilithen von Albion bilden, sind keine gewöhnlichen Steine, genausowenig wie die Menhire, die in der gesamten nordwestlichen Welt den Aufgang der Sterne markieren. Und nur der Singende

Stein des Schicksals enthält in sich das Echo des Liedes vom Anfang der Welt. Die Stimme der Schöpfung ist darin gefangen. Er war der erste Stein, der von Menschen aufgerichtet wurde. Durch ihn erfüllte der erste Blitz die Erde mit dem Ruhm und der Macht des Unendlichen. Der Mann, der den Singenden Stein aufrichtete, wurde ebenfalls von diesem Blitz getroffen. Seine Macht schläft im Samen des Mannes und überdauert alle Generationen. Wenn der Mächtige kommt, der uns geweissagt wurde, werden die Steine ihn erkennen. Sie werden sich erheben, um ihn vor seinen Feinden zu beschützen, und allen, die ihm folgen, ihre Kraft verleihen. Und wenn er schließlich vor dem Singenden Stein des Schicksals steht, wird er dem Mächtigen ein wunderbares Lied singen, denn er wird ihn als Verwandten erkennen.« Er hielt inne und warf Balor einen abschätzenden Blick zu, doch der Junge hatte seine Prüfung offenbar nicht bestanden. »Bei allem Respekt vor der guten Priesterin, Junge, aber ich glaube nicht, daß der Stein des Schicksals zu dir singen wird.«

Wie es in letzter Zeit so oft geschah, wurde Balor von Visionen der Vergangenheit überwältigt, die ihn beunruhigten. Er sah den kleinen Jungen, die Heide, die dunkle Nacht voller Geräusche und verborgener Schrecken. Er sah den weißen Wolf, der ihn durch die Finsternis verfolgte, und den großen, flammenden Stern, der seinen brennenden Weg über den Himmel zog – einen Weg, der ihn zum Berg und zum schützenden Kreis der Steine geführt hatte, zu einem Kreis, der bei Tageslicht nicht mehr dagewesen war. Und jetzt drängten sich ihm neue Bilder auf – von Huldre, die in der Nacht von verzauberten Inseln und von einem Stein flüsterte, der in einem verborgenen, nebligen Tal der Menhire sang, durch die er und Cethlinn in den düsteren, gefährlichen Wäldern von Albion geschritten waren. Und von sich selbst, wie er sich immer wieder umblickte, weil er das Gefühl hatte, die Steine würden ihn beobachten, ihm folgen, als wollten sie ihn vor den Gefahren warnen, die ihn erwarteten.

Diese Bilder verursachten ihm Unbehagen. Er war froh,

als Cethlinns schroffer Tadel ihn aus seinen Tagträumen riß. »Glaube, was du willst, Fal, aber die Zeit wird die Wahrheit meiner Wahl beweisen. Wenn er zu einem Priester des Steins geworden ist, wird der Singende Stein des Schicksals irgendwann für ihn singen. Mit der Zeit wird dieser junge Mann euch allen beweisen, daß er derjenige ist, der uns vorausgesagt wurde. Alle Zeichen und Omen bestätigen es.«

»Zeit! Zeichen! Omen!« Muri, der Mann mit den gelben Haaren, spuckte die Worte aus, dann hustete er Schleim aus seiner Kehle und spuckte auch ihn aus. Er hockte auf den Fußballen und hatte seine starken, blond behaarten Unterarme auf seine breiten Knie gestützt. »Wir werden *jetzt* bedrängt. Wenn wir noch lange auf den versprochenen Mächtigen warten und er uns schließlich offenbart wird – falls er überhaupt existiert –, wird kein Clan auf allen Inseln des Westlichen Meeres mit ihm in den Kampf gegen unsere Feinde ziehen können, weil wir dann alle längst getötet oder versklavt wurden. Ich bringe dir Hochachtung entgegen, Priesterin, aber der Junge, den du zu uns gebracht hast … nun, er ist ein Junge! Kein Mann von ganz Eireann würde ihm folgen.«

Findias lachte trocken, doch darin lag nichts von seiner üblichen Heiterkeit. Sein Lachen war voller Erinnerung und Bedauern. »Die Männer Eireanns folgen nur ihrem eigenen störrischen Stolz. Ich bezweifle, daß es selbst der versprochene Mächtige jemals schaffen würde, die Häuptlinge der Clanskönigreiche auf der fernen Insel zu verbünden. Denn es gelang nicht einmal dem Wolf, und es gab viele, die damals dachten, er wäre der, der uns vorausgesagt wurde. Fomor, der Sohn Manannan MacLirs – er wäre unser Mann gewesen … ein Herr, dem ich ohne jedes Zögern in den schwarzen Bauch der Anderem Welt gefolgt wäre.«

Balor hatte das Gefühl, der Boden würde sich unter ihm drehen, als der Name seines Vaters fiel. Er starrte atemlos und war so angespannt wie ein Wettläufer unmittelbar vor dem Start.

»Du kennst die MacLirs?« fragte Fal nach, in dessen Augen brennende Wißbegier stand.

»Ja, ich habe ihn gesehen«, bestätigte der Riese. »Mein Vater nahm mich als kleines Bürschchen zu den großen Versammlungen der Clans mit. Nie wurde ein Mann geboren, der ihm ebenbürtig war. Der große Fomor, der Rächer Manannans, der Partholon erschlug, den Kriegsherrn des Westlichen Meeres. Niemand konnte es mit ihm aufnehmen. Kein Mann der ganzen Welt.«

Muri spuckte wieder aus, und der klare Flüssigkeitsstrahl landete nicht weit von Findias entfernt im Gras, wo er einen Käfer umwarf. »Er war ein Seeräuber, genauso wie alle anderen!« sagte er und ließ keinen Zweifel daran, daß er die Begeisterung des Riesen nicht teilte.

Doch dieser ließ sich nicht von seinem Thema abbringen. »Nein!« rief er. »Genauso wie sein Vater war er einer der größten von allen! Doch da du kein Mann der Küste bist, weißt du nicht, wie es in den Tagen war, als er in seiner Festung auf den wilden Klippen Eireanns herrschte und die Insel Tory zu einem heiligen Ort machte. In den Ländern, die er eroberte, herrschte Gerechtigkeit. Wer ihm Treue schwor, durfte auf seinem eigenen Gebiet Clansherr bleiben, denn er hatte die Absicht, ein großes Bündnis der Clans zu schaffen. Er überfiel nur Handelsposten und die Dörfer jener, die sich mit Fremden gegen ihn verschworen. Und bei den Schicksalsmächten, viele Jahre hieß es, der Mächtige sei bereits gekommen, denn die Clans wurden vereint. Doch nach einer Weile wurden die Häuptlinge mit seiner Oberherrschaft unzufrieden. Sie bekämpften sich wieder gegenseitig. Wie tollwütige Wölfe fielen sie übereinander her und zerfleischten sich. Und sie griffen auch MacLir an. Schließlich hatte er genug von allem. Er nahm seine großen Schiffe und setzte seine Segel in der grünen Farbe Manannans und fuhr mit seinen Frauen und Priestern und allen Männern seines Clans fort. Er kehrte dem Krieg und endlosen Kampf in Eireann den Rücken zu. Nie wieder hat man etwas von ihm gehört, bis sich vor ein paar Jahren das Gerücht über

Eireann verbreitete, daß er und sein gesamter Clan irgendwo hier in Albion an der Pest gestorben seien.« Der zerzauste Kopf schwang langsam vor und zurück. »Bei den Schicksalsmächten, er hätte etwas Besseres verdient. Aber schließlich war diese Frau in seiner Begleitung, die weißhaarige Schönheit aus dem Norden, die ihm von Anfang an Unheil brachte. So viele Männer haben sie für sich begehrt. Viele Male habe ich die Knochen meines eigenen Vaters in seinem Grabhügel verflucht, denn er war einer von denen gewesen, die deshalb Gerüchte verbreiteten, die den Zorn der Clans auf den Wolf schüren sollten. Aber er hätte es wissen müssen, denn er wurde gewarnt, als er sie vom Gemetzel fortführte, das er mit dem Haus des Partholon anrichtete. Man sagte ihm, daß sie eine Huldre sei ...«

Es war Balor, der ihn nach der Bedeutung dieses Wortes fragte – nach der Bedeutung des Namens seiner Mutter –, obwohl ihm kaum bewußt war, daß er diese Frage stellte. Irgendwie schien er Findias' Antwort schon zu wissen, bevor dieser sie gesprochen hatte.

»Eine Huldre ... ach ... es ist ein Wort aus dem fernen Land des Nordwindes. So nennt man dort bestimmte Geister – Hexen, Geschöpfe von unnatürlicher Schönheit. Scheinbar bestehen sie aus Fleisch und Knochen, doch in Wirklichkeit wurden sie nicht von Menschen gezeugt, sondern aus dem Nebel geboren. Ihre Heimat ist das kalte, feuchte Herz der nördlichen Moore, und wenn sie sich wie eine Wolke über den Sümpfen erheben, wollen sie damit Männer in den Tod locken. Eine Huldre bringt nur Unglück. Ein Mann, der sich eine als Frau nimmt, bringt damit gleichzeitig den Tod in sein Haus.«

Bald holten sie ihre Flaschen mit Met und redeten und tranken und aßen von ihrem reichhaltigen Reiseproviant. Balor war nicht hungrig und hatte auch keinen besonderen Durst auf ihren Met, aber sie drängten ihm die Flasche auf, und bald trank er eifrig mit. Die Worte, die der Riese

Findias über Huldre gesprochen hatte, bereiteten ihm großes Unbehagen. Balor, der Unglücksbringer … Balor, der Unheilbringer … hatte er sich diese Namen nur deshalb erworben, weil er ihr Sohn war? Hatte Munremar doch recht gehabt? Nein! Das konnte nicht sein! Huldre hatte Fomor nicht den Tod ins Haus gebracht. Sie hatte dieses Ziel nicht einmal für Nemed erreicht, obwohl sie problemlos jeden Mann und jede Frau des Clans geopfert hätte, um ihn zu töten. Wie konnte sie dann ihm Unglück gebracht haben? Nein. Dafür war er selbst verantwortlich. Ganz allein. Durch seine ständige Weigerung, den Gesetzen des Clans zu gehorchen.

Die Gespräche der Männer von Eireann schweiften ab, und schon bald war Balor wieder die Zielscheibe ihres Spotts. Für sie waren seine Versuche in der Kunst des Schwertkampfes ein Anlaß zu großer Belustigung. Zwei von ihnen standen auf und ahmten seine ungeschickten Bewegungen nach. Nach einer Weile erhob er sich vom Met torkelnd und bat Gorias, seine Lanze benutzen zu dürfen. Mit dieser langen, schlanken und gut ausgewogenen Waffe demonstrierte er ihnen sein Geschick, von dem alle beeindruckt waren, sogar Findias, der darauf eine Axt, einen Dolch und eine Schlinge hervorholte, die Balor mit gleicher Fertigkeit benutzte. Cethlinn war entzückt, als die Männer aus Eireann vor Bewunderung pfiffen und schnalzten. Abwechselnd stellten sie sich ihm zu spontanen Wettkämpfen, und aus jedem ging er als Sieger hervor, bis Findias verärgert vortrat und ihm einen Knüppel reichte, der auf seine gewaltigen Körpermaße zugeschnitten war. Balor konnte ihn kaum anheben, geschweige denn, ihn fortschleudern. Er gab sich geschlagen, worauf der Riese besänftigt war. Jetzt kam Balor mit allen Männern viel besser zurecht.

Später beschloß er, sie irgendwann zu fragen, was sie in ihren Met gemischt hatten, denn er schien viel stärker als der Met aus Albion zu sein. Bald fühlten sich seine Lippen taub an, und sein Kopf drehte sich. Er stellte sich neben dem Flußufer auf und atmete tief durch, um sich zu sammeln. Cethlinn trat neben ihn und legte ihm beruhigend eine Hand auf den Unterarm.

»Sie werden eines Tages zu dir stehen, wenn du zu einem Meister des Schwertkampfes und zu einem Priester des Steins geworden bist. Bis auf eine wurden alle Prophezeiungen erfüllt. Doch du wirst zum Mächtigen ernannt werden, und die Clans werden sich unter deinem Namen vereinen. Dann kannst du mit ihnen auch gegen Nemed MacAgnomain ziehen, wenn es dann immer noch dein Wille ist. Mit ihrer geballten Macht im Rücken wirst du seinen Kopf holen und die Rache erfüllen, nach der du dich so lange gesehnt hast. Doch du mußt mit ihnen gemeinsam gehen. Das Gesetz der Schöpfung würde gegen dich sein, wenn du versuchst, allein gegen Nemed zu ziehen.«

Er spürte tief in sich die Wirkung des Mets. Sein Geist fühlte sich träge an, und sein Gesicht war gerötet. Vom Kopf bis zu den Zehen empfand er ein warmes Prickeln, das ihm ein großes Gefühl der Sicherheit und Ernsthaftigkeit gab. Und zu seiner Überraschung schien es seinen Drang zum Lachen anzustacheln. »Ich werde mich an das Gesetz halten. Ich habe gelernt, daß es Unglück bringt, wenn man es nicht tut. Vielleicht erweise ich mich doch noch als Glücksbringer, wenn ich einmal ein Gesetz einhalte. Irgendein Gesetz. Das Gesetz der Schöpfung ist gut ... ein guter Anfang. Ja.«

Sie bemerkte, daß er betrunken war, und lächelte, weil sie diesen Moment ausnutzen wollte. »Dann schwöre, daß du es befolgen wirst. Schwöre beim Gesetz der Schöpfung, daß du dich zum Priester des Steins weihen lassen wirst, daß du am Morgen des Aufgangs der Mittsommersonne mit mir im Schatten des heiligen Markierungssteines stehen wirst, um für immer mein Mann zu werden. Schwöre es, und ich werde dir schwören, daß sich irgendwann alle Menschen vor dir als dem Mächtigen verbeugen werden, und das Glück der ganzen Welt wird auf unserer Seite stehen!«

Es war erstaunlich, wie der Met bewirkte, daß alle Dinge plötzlich so unkompliziert aussahen. Er drehte sich um. Die Männer aus Eireann starrten ihn an. Er runzelte die Stirn und versuchte, seinen Blick klarer werden zu lassen. »Hat sie recht? Wenn ich der Mächtige wäre, würdet ihr dann mit mir in den Kampf gegen Nemed ziehen?«

»Ja, Junge! Wenn das dein Wille wäre ... und wenn du der Mächtige wärst.« Es war Fal, der ihm antwortete. Ein breites Grinsen überzog sein schmales Gesicht, und seine Augen funkelten so scharf wie die einer Tibetkatze.

Sie alle grinsten. Einer sagte, er hoffe, daß Nemed ein hohes Alter erreiche, damit er noch am Leben sei, wenn der Mächtige endlich soweit wäre, sich ihm zu stellen. Findias fügte hinzu, daß sie alle sehr alt werden müßten, damit sie für Balor kämpfen konnten, wenn er es endlich gelernt hatte, ein Schwert zu benutzen.

Sie lachten. Sie alle lachten – bis auf Balor. Die Sonne hatte fast ihren höchsten Punkt erreicht. Es war ein recht warmer Tag geworden. Sein Kopf begann zu schmerzen. Das Lachen der Männer summte wie ein Insektenschwarm in seinem Kopf. Bei den Schicksalsmächten, nachdem er ihnen sein Geschick mit den Waffen eines Mannes gezeigt hatte, lachten sie immer noch über ihn. Sie machten sich immer noch einen Spaß daraus, ihn vor Cethlinn zu erniedrigen. Später sollte er sich fragen, wie es möglich gewesen war, daß der Wahnsinn von ihm Besitz ergreifen konnte. Vielleicht war es der Met, denn er war noch nie sehr trinkfest gewesen. Doch vermutlich war es eher sein eigenes Wesen, das wieder einmal mit ihm durchging – wie der weiße Wolf, der ihn ständig in seinen Träumen begleitete.

»Ich werde es euch zeigen«, sagte er. »Dann werdet ihr an eurem Lachen ersticken!«

Sie sahen zu, wie er die Stute bestieg, Cethlinn hinter sich auf den Rücken des Tieres zog und durch den Fluß ritt. Sie hatte ihre Schenkel fest um seine Hüften gepreßt und die Arme um seinen Oberkörper geschlungen. Gemeinsam galoppierten sie durch das seichte Wasser und über die heilige Ebene zum Tempel der Stehenden Steine.

Alles weitere geschah in einem trunkenen Rausch der Wut. Er sprang vom Pferd, und mit einer mehr als ernüchterten Cethlinn an seiner Seite lief er am heiligen Markierungsstein vorbei, die erhöhte Straße der Prozessionen hinunter, durch den äußeren Erdwall und auf die Fläche innerhalb des Kreises der Trilithen.

Cromm Cruach hielt sich dort auf und war mit seinen endlosen Berechnungen geometrischer Zusammenhänge beschäftigt. Er hatte sein kleines Bündel mit Pflöcken dabei und die lange, knotige Schnur, mit der er seine Figuren markierte.

»Was hat das zu bedeuten?« Er warf den beiden einen mißtrauischen Blick zu. »Was willst du hier, Tochter? Der Junge ist betrunken!«

Cethlinn hörte nicht auf ihn. »Schwöre jetzt«, drängte sie Balor behutsam. »Weihe dich der Priesterschaft des Steins. Tu es jetzt!«

Er blickte auf. Die Sonne blendete ihn. Messer aus Licht durchbohrten ihn, machten ihn blind, aber dennoch trat er vor, als würde sein Instinkt ihn leiten.

»Nein, Junge!« sagte Cromm Cruach. »Nicht, bevor du bereit bist! Nicht, bevor du dir ganz sicher bist! Nicht auf diese Weise. Du entwürdigst dich selbst und die Steine, wenn du es in diesem Zustand tust!«

Balor schlug die Warnung in den Wind. Er stand am offenen Ende des Kreises der Trilithen und streckte die Arme aus, so daß er mit beiden Händen den Stein berührte. Und unter dem Licht des Mittags schwor er der Sonne und dem Mond und den Zwölf Winden, die sein Volk in den Tagen vor seiner Geburt von Eireann nach Albion geführt hatten, daß er die Bestimmung erfüllen wollte, die ihm der große weiße Stern vor so langer Zeit gezeigt hatte.

»Ich werde der Mächtige sein! Niemand wird es wagen, je wieder über mich zu lachen! Bei den Schicksalsmächten, die Zeit wird mein Verbündeter sein. Ich, Balor, der Enkel des Manannan MacLir, der Sohn des Fomor, des Wolfes der Westlichen Stämme, werde die Clans des Westlichen Meeres vereinen. Gemeinsam werden wir uns erheben, um Nemed MacAgnomain ins Verderben zu jagen! Das schwöre ich. Ich werde meine Bestimmung in Blut erfüllen ... bei der Ehre meiner Vorfahren, im Namen des Steins, dem ich jetzt meine Seele weihe!«

Noch bevor seine letzten Worte gesprochen waren, erreichte der Wind, der sich in den Wäldern jenseits des Flusses erhoben hatte, die Ebene und trieb Wolken vor sich her. Hohe Wolken, so dünn wie Nebel. Sie verschleierten die Sonne, machten die Erde grau und dunkel. Der Stein in Balors Hand, eben noch warm vom Licht der Sonne, erkaltete.

Und irgendwo in den weit entfernten Bergen heulten Wölfe.

28

Wieder ging der Pflanzmond auf und unter, und als Tage und Wochen verstrichen, grünten und sproßen die Felder und Wiesen vielversprechend. Die Dämmerung des neuen Tages jedoch war rot und wolkenverhangen hereingebrochen, der kalte Himmel verhieß einen nahenden Sturm. Im Rundhaus des Häuptlings jedoch schenkten Mealla und die kleine Bevin dem keine Aufmerksamkeit. Sie versorgten das Baby, Babh, rieben seine Haut mit weichem, frisch geschnittenem Farn ab, der später fortgebracht und außerhalb der Palisade in dafür gegrabenen Gruben verbrannt werden würde. Der Herr hatte das Haus bereits in der frühen Dämmerung verlassen. Die Zeit der Geburt der neuen Kälber war angebrochen, und er und die anderen Männer verbrachten die meiste Zeit bei den Herden. Elathan war bei ihnen. Seit Balor fort war, war er, sofern er sich nicht bei den anderen Jungen seines Alters aufhielt, an der Seite Fomors und brachte ihm die Bewunderung entgegen, die Balor ihm vor vielen Jahren gezollt hatte, vor jener schicksalhaften Reise nach Alhorn.

Wie immer, wenn der Herr nicht da war, um sie daran zu hindern, und Mealla anderes im Sinn hatte, als auf sie achtzugeben, hatte Huldre das Haus verlassen, um auf die Palisade zu steigen und nach Balor Ausschau zu halten. Die kleine Babh wußte sie in der Obhut Meallas.

Mealla war das nur recht. Sie liebte das Baby, als wäre es ihr eigenes. Sie lächelte, als sie der kleinen Bevin erlaubte, das Baby auf die Arme zu nehmen und sanft zu wiegen, und nahm sich die Zeit, die von Arbeit rauhen Hände auf die Hüften zu stützen, und den Druck, der auf ihrem Rücken lastete, zu lindern. Die Bewegung verursachte einen Schmerz in ihren Brüsten, obwohl ihre Zeit noch gar nicht gekommen war, ins Haus der Frauen zu gehen, um dort ihre Bluttage zu verbringen. Sie waren nun schon seit zwei Monaten ausgeblieben, und erst an diesem Morgen hatte sie Blaheen aufgesucht, damit die dicke Frau, die so gut mit den Feinheiten der Frauenweisheit vertraut war, ihren Verdacht bestätigte und ihr sagte, was sie schon seit so langer Zeit hatte hören wollen. Und so war es auch gewesen. Endlich! Nachdem sie über fünfunddreißig Sommer erlebt hatte, trug sie, Mealla, die erste Frau des Häuptlings des Clans MacLir, das Kind ihres Mannes in sich, das Kind, auf das zu hoffen sie schon längst aufgegeben hatte. Wie sehr sie sich wünschte, daß Fomor bald nach Hause kam! Wie sehr sie sich wünschte, daß er jetzt hier wäre, um die Neuigkeit erfahren zu können! Zum erstenmal seit längerer Zeit, als sie sich erinnern konnte, fühlte sie sich wieder jung und schön und als vollwertige Frau. Auch dies konnte nur eine weitere Bestätigung sein, daß die Zwölf Winde ihnen tatsächlich günstig gesonnen waren.

Die kleine Bevin sah begeistert zu, als Mealla das Baby aufhob, es hochhielt und damit herumwirbelte, während die Frau und das Kind glücklich und unbeschwert lachten. Bevin war froh, daß beide so fröhlich waren. Sie freute sich mit Mealla über die Neuigkeit ihrer Schwangerschaft, und es war gut, die kleine Babh lachen zu sehen. Das laute Baby war seit dem Tag seines ersten Atems kein bißchen schöner geworden. Es war recht groß für ein weibliches Kind und hatte schräge Augen, eine breite Nase und Flaum auf den

Wangen, während die rotbraunen Haare so hart wie die einer Ziege waren. Doch was Babh an Schönheit mangelte, machte sie durch ihre Zähigkeit wett. Fomor hatte ihr wirklich einen angemessenen Namen gegeben. Jeder hatte zugestimmt, daß sie genauso wie ein Rabe jede Widrigkeit überleben würde. Trotzdem war sie in letzter Zeit recht mißgelaunt gewesen und hatte unter Koliken gelitten, so daß Bevin nun erleichtert war, sie wieder lächeln zu sehen.

So viele der Babys schienen unter ähnlichen Problemen zu leiden, und auch sie selbst hatte sich nicht besonders gut gefühlt. Nach den Mahlzeiten hatte sie häufig Kopfschmerzen, aber sie waren so leicht gewesen, daß sie sich bislang nicht darüber beklagt hatte, und sie wollte auch heute nichts davon sagen, um Meallas Glück nicht zu verderben. Außerdem waren die Menschen ohnehin wegen der kürzlichen Todesfälle besorgt – Dathens Baby und die arme, alte Enda mit dem Kehllappen, die Frau des Steinmetzes. Sie hatte gehört, wie Draga zu seinen Gefährten gesagt hatte, daß die Zwölf Winde vielleicht trotz des anhaltenden guten Wetters und des angenehmen Lebens des Clans mit der friedlichen Existenz unzufrieden waren, die sein Bruder ihnen aufgezwungen hatte. Sie hatte mit einer Verärgerung zugehört, die sie selbst nicht ganz verstanden hatte. Sie hatte den Rotbart noch nie sehr gemocht. Er erinnerte sie an einen verstohlenen Fuchs, der mit funkelnden Augen geduldig in seinem dunklen Bau abwartete, daß eine unachtsame Maus oder ein argloser Hase vorbeikam. Dann würde er herausspringen und sein Opfer fressen. Und das Blut vom Boden auflecken und jeden Knochensplitter und Haarrest vergraben, damit sein nächstes Opfer in dieselbe Falle tappte wie sein vorheriges, wenn er sich wieder in seinen Bau zurückgezogen hatte. Natürlich war der Fuchs ein kluges Tier und wurde von vielen bewundert, doch Draga machte sie nervös. Es gefiel ihr überhaupt nicht, wie er ihren Vater hinter seinem Rücken kritisierte. Und es war ungerecht, wenn er andeutete, daß Fomor auf irgendeine Weise für den Tod von Enda und Dathens Baby verantwortlich sein könnte.

Hatte der Weise nicht gesagt, daß der Tod ein natürlicher Abschnitt des Kreises des Lebens sei? Dennoch hatte sie gesehen, wie Fomor von vielen Gesichtern verstohlen angeblickt worden war, als er neben dem Weisen stand und respektvoll zuhörte, wie er die Zeremonien zu jeder Bestattung durchführte. Und Bevin hatte eine neue Aufsässigkeit gespürt, die wie Rauchschwaden über der Bestattungsprozession geschwebt hatte, wenn sie zu den Hügelgräbern auf geweihtem Boden weit außerhalb der Palisade hinausgezogen waren.

Wenn sie nachts wegen ihrer Kopfschmerzen nicht schlafen konnte, ging sie häufig nach draußen, um zu den Sternen aufzublicken. Sie versuchte, sie sich als Fackelzüge der Menschen in der Anderen Welt vorzustellen. Es waren tausend und abertausend wandernde Seelen, darunter auch Balor, der jetzt bei Enda war, die Dathens Baby in den Armen hielt. Dann lächelte Bevin, wenn sie sich von dem Gedanken trösten ließ, daß sie jetzt alle wieder vereint waren.

Und wenn sie bei Tag einen Falken hoch über dem Land kreisen sah, fragte sie sich häufig, ob Balors Seele vielleicht schon nach Farnmoor zurückgekehrt war, denn sie war überzeugt, daß er in der Gestalt eines Falken aus der Anderen Welt auf die Erde zurückkehren würde, damit er endlich so wild und frei und ungebunden leben konnte, wie es ihm zu Lebzeiten als Mensch unter Menschen niemals möglich gewesen war.

Das Messer drang ein. Es stach durch Kleidung, Haut und Muskeln und wäre genau in Echurs Herz gefahren, wenn es nach Donn gegangen wäre. Doch der stämmige, mißmutige und jüngere Mann war nicht so groß wie sein Gegner. Er hatte die Entfernung falsch eingeschätzt und seinen Hieb ein wenig zu hoch angesetzt. Die Spitze seines Feuersteindolchs traf Echurs Brustbein, schabte über den Knochen und wurde dann abgelenkt. Fluchend riß Donn das Messer herunter und hätte noch einmal zugestochen, wenn Echur nicht zurückgewichen wäre. Die Knie des verwundeten Mannes gaben nach. Er ging zu Boden und drückte die Hände auf seine Brust. Blut quoll zwischen seinen Fingern hervor. Sein Gesichtsausdruck war der eines Mannes, der damit rechnete, jeden Augenblick das Bewußtsein zu verlieren und zu sterben.

Donn blickte voller Abscheu auf ihn hinab. Dieser Dummkopf! Ein Mann, der schon in den Tagen des Ruhms gekämpft hatte! Echur mußte doch wissen, daß er längst in der Anderen Welt wäre, wenn Donn ihm eine Herzwunde zugefügt hätte. Schade, daß er nicht verreckt ist, dachte Donn. Und schade, daß es keinen geringeren Mann gibt, der die schöne Dana begehrt! Bei den Schicksalsmächten, wird sie denn niemals einen Mann erwählen? Hat sie Vergnügen an dem Leid, das wir uns aus Sehnsucht nach ihr gegenseitig zufügen?

Sie waren soeben ins Dorf zurückgekommen. Sie hatten Dana gesehen, die mit ihrem kleinen Bruder Lorcan von den Getreidespeichern kam, und als sie ihren Namen gerufen hatten, hatte sie den Kopf gesenkt und ihre Schritte beschleunigt. Der Junge hatte sie mit einem vorwurfsvollen Blick angesehen, als wollte er sagen: Warum laßt ihr nicht endlich meine Schwester in Ruhe? Dafür hatten sie ihn laut gescholten, worauf sie stehengeblieben war und sich umgedreht hatte, um sie mit ihren großen, nebligen Augen anzublicken. Schon ein flüchtiger Blick von ihr genügte, um die Herzen der Männer zum Rasen und ihr Blut zum Kochen zu bringen. Die anderen Männer, die zusammen mit ihnen auf den Weiden gewesen waren, drängten sich hinter ihnen durch das offene Tor. Auch sie riefen den Namen des Mädchens und begann sich gegenseitig anzustacheln. Einige der Bemerkungen waren so kühn, daß das Mädchen errötete.

»Hofft ihr etwa, mich auf diese Weise zu gewinnen?« rief sie in offensichtlicher Verzweiflung. Da sie den rechten Arm um den Getreidekorb geschlungen hatte, legte sie Lorcan ihre linke Hand auf die schmale Schulter und drängte ihn zum Rundhaus ihrer Familie.

»Ach, wenn man doch nur ein kleiner Junge sein könnte, um von der schönen Dana berührt zu werden. Glaub mir, Dana, wir wollen nichts Böses, sondern nur dein Herz gewinnen«, rief Echur ihr in einem Tonfall voller Ritterlichkeit nach.

»Ich werde mir dein Herz holen und es ihr auf einem Tablett servieren, alter Mann, wenn du sie nicht in Ruhe läßt!« hatte Donn gesagt und kampflustig zu Echur aufgeblickt, die eine Hand am Griff seines Dolches, der in der Scheide an seinem Gürtel steckte, die andere am Zaumzeug von Echurs Pferd. »Komm von diesem Pferd herunter, Großvater, und dann werden wir dem Mädchen zeigen, wer von uns beiden würdig ist, das Herz des Mädchens zu gewinnen ... ein junger Kerl wie ich oder ein alter Angeber wie du ...«

Er hatte seinen Satz noch nicht zu Ende gesprochen, als Echur sich bereits auf ihn stürzte. Dana schrie auf. Die versammelten Viehhirten jubelten, und im Nu hatte sich eine Menge gebildet. Die Hunde liefen bellend hin und her, als Echur jetzt auf den Knien hockte und überzeugt war, tödlich verwundet worden zu sein, während Donn drohend mit seinem blutigen Dolch vor ihm stand.

»Genug!« Alle hörten den Befehl des Häuptlings. Er hatte sich durch die Zuschauer vorgekämpft und stand jetzt mit dem Heiler an seiner Seite vor den Streithähnen. Ein Blick auf das Mädchen mit den grauen Augen und dem goldenen Haar, das mit tränenfeuchtem und vor Schreck erbleichtem Gesicht neben Lorcan kauerte, verriet ihm alles, was er wissen wollte. Sein Blick war kalt vor Zorn, als er sich an Dianket wandte, der ihm den größten Teil des Tages mit den kalbenden Kühen geholfen hatte, und ihm sagte, er sollte sich Echurs Verwundung ansehen. Der Heiler mußte nur einen flüchtigen Blick darauf werfen. Er teilte dem Herrn mit, daß Echur es überleben würde, auch wenn er eine Weile unter der Wunde leiden würde. Doch der Häuptling wurde durch seine Worte nicht besänftigt. Seine Brauen hatten sich dicht über den grünen Augen zusammengezogen, die dunkel vor beherrschter Wut waren.

»Du! Tochter Dragas! Diese Männer haben um dich gekämpft. Ein zweites Mal wurde unter ihnen Blut vergossen. Ist dir bewußt, was hier geschieht?«

»Ich ... bin mir bewußt ...«

»Und ist dir bewußt, daß es bei diesem Kampf zum Tod eines Mannes hätte kommen können und daß der Sieger dann der Familie des Toten den Wert seines Lebens bezahlen müßte ... den Wert des Viehs und aller Güter, die er in seinem weiteren Leben noch durch seine Arbeit erworben hätte? Und wenn der Sieger einen solchen Wert nicht bezahlen kann, daß dann sein eigenes Leben nach dem Gesetz des Clans verwirkt wäre?«

Sie versuchte durchzuatmen, um sich zu beruhigen, doch der Atem stockte ihr in der Kehle. »Ich bin mir ... dessen bewußt ...«

»Dann fordere ich dich jetzt auf, Tochter Dragas, vor diesen vielen Zeugen, von denen viele schon um dich gekämpft haben und deinetwegen bluten mußten, einen von diesen guten Männern des Clans zu deinem Mann zu erwählen, bevor deinetwegen noch mehr Blut vergossen wird!«

Sie starrte ihn an und krallte dabei ihre Finger so fest in die Schulter des jungen Lorcan, daß er sich wand und wimmerte. Doch sie bemerkte es gar nicht, denn sie sah nur das Gesicht des Häuptlings und wußte, daß nun der Augenblick gekommen war, vor dem sie sich so sehr gefürchtet hatte. Sie konnte den Gedanken nicht ertragen, einen Mann abzuweisen, weil sie niemanden durch diese Zurückweisung verletzen und demütigen wollte. Diese schreckliche Vorstellung und ihre Angst vor dem Kinderkriegen verschlugen ihr nun die Sprache.

»Ich ... kann es nicht ...«, flüsterte sie und hörte das enttäuschte und verärgerte Gemurmel.

»Dann sei es so«, erwiderte der Häuptling gelassen. »In einer Woche soll dein Erzeuger vor mich treten. Wenn du keinen Mann benennen willst, wird er es für dich tun. Die

Tradition gestattet ihm dieses Vorrecht. Falls er es nicht in Anspruch nehmen will, werde ich als Häuptling eine Entscheidung treffen. Und ich sage, daß von nun an jeder Mann, der einen anderen verletzt, weil er deine Gunst zu gewinnen hofft, damit meine Gunst verwirkt. Ich bin in dieser Sache viel zu lange viel zu nachlässig gewesen. Ich werde nicht zulassen, daß du weiterhin der Anlaß für Zwietracht im Clan bist. Du wirst mit einem Mann vermählt werden, Mädchen! Sag deinem Vater, daß ich ihn in einer Woche erwarte, damit er mir den Namen des Mannes nennt, der dich in sein Haus nehmen soll.«

Draga saß allein in einem düsteren Winkel seines Rundhauses. Er rührte sich nicht, als Morrigan eintrat. Seine Hände lagen offen und reglos auf seinen Schenkeln, während er in die glühenden Kohlen der Feuerstelle starrte. Er machte weder Anstalten, sie zu schüren, noch die Talglampe neu anzuzünden, die ausgebrannt und erloschen war.

Die junge Frau näherte sich ihm langsam auf bloßen, leisen Fußsohlen, während sie ihr Baby an sich gedrückt hielt. Der kleine Junge schlief friedlich in ihren Armen. Nicht einmal die Rufe der Menge, durch die sie gegangen war, ohne auf den Streit zwischen Echur und Donn zu achten, hatten ihn wecken können, als sie das Dorf durchquert hatte, um Draga aufzusuchen. Sie hatte gesehen, wie er von den fernen Weiden zurückgekehrt war, von seinem Pferd stieg und einem der Jungen, die herbeigeeilt waren, die Zügel in die Hand gedrückt hatte. Sie hatte beobachtet, wie er davonstapfte – mit einem leichten Humpeln, wie es schien – und im Badehaus verschwand. Sie hatte geduldig abgewartet, bis er wieder daraus hervorkam und zu seinem Rundhaus ging und bis Eala und Uaine die Kinder vor dem Schlafengehen zur Latrine hinausgebracht hatten. Dann war sie aufgestanden und zu seinem Haus geeilt, denn ihr würde nicht viel Zeit bleiben, bis die Frauen zurückkamen. Sie wollte nicht, daß sie hörten, was sie Draga zu sagen hatte. Sie würde es sogar vorziehen, wenn sie nicht einmal wußten, daß sie überhaupt hier gewesen war.

Draga blickte zu Morrigan auf, deren Gesicht im Schatten lag, als sie ihn ansprach. Hinter ihr schimmerte das letzte blaue Licht der Abenddämmerung, so daß sie wie eine Erscheinung aus einem Traum in der Luft zu schweben schien. Ihre Stimme drang an sein Ohr, so leise, daß er sich anstrengen mußte, sie zu verstehen. Und dann tat es ihm leid, daß er ihr zugehört hatte.

»Ich habe dich in der Nacht gesehen, sehr spät. Ich habe gesehen, wie du dich über den Brunnenschacht beugtest, aus dem wir alle unser Wasser schöpfen. Ja, ich habe dich gesehen, Draga, und deinen kleinen Beutel, aus dem du etwas ins Wasser geschüttet hast, nachdem du dich umgeblickt hast, um sicherzustellen, daß dich niemand sieht ...«

Er starrte sie sprachlos an. Er war so vorsichtig gewesen, er hatte so gut achtgegeben!

»Drei Tage lang habe ich dich beobachtet. Drei Tage lang habe ich jetzt kein Wasser aus dem Brunnen geholt und auch nicht aus den Wasserkrügen in meinem Haus getrunken. Drei Tage lang habe ich nur Wasser aus den Blasenflaschen genommen, die ich füllte, als ich außerhalb der Palisade Kräuter sammelte ... und seit drei Tagen hat mein Kind jetzt nicht mehr unter Koliken gelitten und mein Kopf nicht mehr geschmerzt ... und war meine Muttermilch nicht mehr vergiftet!«

Er wies ihre Anschuldigungen lautstark zurück, doch zu seinem Entsetzen sagte sie, er solle sich die Mühe sparen. Sie teilte ihm mit, daß sie auch von der Verschwörung gegen den Häuptling wußte, die er zusammen mit ihrem Vater zur Verwirklichung seiner Ziele angezettelt hatte. Damals hatte sie geschwiegen, um ihren Vater nicht zu verraten, doch jetzt würde sie nicht tatenlos zusehen, wo sie wußte, daß er ein neues und gefährliches Spiel begonnen hatte. Er starrte sie an. Er stritt wieder alles ab und sagte, sie sei ein törichtes Mädchen und hätte sich nur eingebildet, was sie angeblich gesehen haben wollte.

»Du bist es, der sich töricht verhält, Draga. Glaubst du, ich wäre der einzige Zeuge deines Verrats?«

Jetzt machte er sich zum erstenmal ernsthafte Sorgen, wie seinem Gesicht anzusehen war. Obwohl er kaum etwas sehen konnte, wußte er, daß sie lächelte.

»Du mußt in Zukunft vorsichtiger sein, Draga. Es gibt viele Augen, die jede deiner Bewegungen verfolgen. Du mußt lernen, mit dem Leben zufrieden zu sein, das das Schicksal dir bestimmt hat.« Das Lächeln war von ihren Lippen verschwunden. »Wenn du gerne Häuptling werden möchtest, Draga, dann bring den Mut auf, deinem Bruder offen entgegenzutreten und ihn vor einer Versammlung des Clans herauszufordern. Aber du solltest wissen, daß es einige gibt, die von deinem Verrat in der Vergangenheit sprechen werden, wenn du es tust. Und was würden deine Clansgenossen wohl mit einem Mann machen, der versucht hat, sich dadurch einen Vorteil zu verschaffen, daß er die Unzufriedenheit gegen den Häuptling schürte, indem er ihre Kinder in Gefahr brachte? Das war doch deine Absicht – uns alle krank zu machen, damit die Schwachen unter uns sterben, damit du auf deinen Bruder zeigen und ihn beschuldigen kannst, er hätte die Gunst der Zwölf Winde verloren!«

Er war sprachlos. Sie hatte in die tiefsten Abgründe seiner Seele geblickt.

»Wer sind sie, diese anderen Zeugen, die gegen mich sprechen würden? Lügner und Verleumder, die lieber im Elend unter einem tatenlosen Herrn leben wollen? Spione, die vergessen haben, daß sie zum Volk der Axt gehören? Haben sie Angst, einem zu folgen, der sie wieder zu Ruhm und Ehre führen will?«

»Ruhm? Ist es das, was du in den Brunnen geschüttet hast, Draga, um ihre Körper so gründlich zu vergiften, wie du ihre Köpfe mit Haß auf Fomor MacLir vergiften willst?«

Da niemand außer dem Mädchen ihn hören konnte, gab er jede Verstellung auf. »Ja!« fauchte er.

Doch sie fauchte zurück. »Du bist ein verachtenswerter Mann, Draga, denn du hast nur deinen eigenen Vorteil im

Sinn und bist deshalb nicht dazu geeignet, über andere zu herrschen!«

»Das wird die Zeit erweisen, Morrigan, aber ich warne dich. Wenn du mich ins Verderben treiben willst, solltest du wissen, daß ich dann auch deinen Vater mitreißen würde.«

»Das glaube ich nicht«, sagte sie. »Mein Vater ist ein alter Mann. Ich möchte nicht, daß er entehrt wird ... aber lieber das, als zu erlauben, daß mein Sohn unter der schlechten Herrschaft eines Verräters aufwachsen muß, der in seiner Gier nach Ruhm für seinen Namen den gesamten Clan ins Verderben führen würde. Es ist die Sorge um das Wohl meines Kindes, die mich zu dir treibt, Draga. Seinetwegen ermahne ich dich, vorsichtig zu sein, denn wenn ich oder die anderen wachsamen Augen dich noch einmal bei einer solchen Tat beobachten, kannst du sicher sein, daß wir dich an den Herrn und den Rat verraten. Dann ist dein Leben verwirkt, Draga. Und deine Frauen und deine Kinder werden sich jedesmal, wenn sie deinen Namen aussprechen, mit Schande daran erinnern, wie tief du dich selbst entehrt hast ... und sie!«

Wenn Dana nicht heulend zu ihm gelaufen wäre, kurz nachdem Morrigan ihn verlassen hatte, hätte sein Zorn vielleicht genügend Zeit gehabt, um sich abzukühlen. Dann hätte er sich vielleicht nicht zu dem hinreißen lassen, was sie alle bald in eine so entsetzliche Tragödie reißen würde. Doch er hatte schon den ganzen Tag lang Met getrunken, und als Dana mit Lorcan im Gefolge zu ihm kam, kreisten seine Gedanken immer noch um Morrigans Warnungen. Danas Schluchzen übertönte den zunehmenden Wind. Im Rundhaus schien eine bedrückende Enge zu herrschen. Plötzlich schien seine ganze Welt aus den Fugen geraten zu sein.

Zitternd und in tiefster Verzweiflung kam Dana zu ihm und kniete sich vor ihm hin. »Der Herr hat geschworen ... während das halbe Dorf zusah ... wenn du nicht innerhalb einer Woche einen Mann für mich ernennst, daß er es dann für dich tun wird. Er will mich dazu zwingen, einen Mann zu nehmen, Vater! Du hast versprochen, daß es niemals geschehen wird. Doch jetzt ist es geschehen. Weil er der Herr ist und nicht du, kannst du nichts tun, um ihn daran zu hindern.«

In ihrer sanften Stimme hatte keinerlei Vorwurf gelegen, sondern nur eine trostlose Schicksalsergebenheit, als sie den Kopf auf sein Knie legte, wie sie es als kleines Mädchen oft getan hatte, wenn sie wegen einer Verletzung oder einer Enttäuschung von ihm getröstet werden wollte.

Es war die Wahrheit. Fomor war der Häuptling, und er war es nicht. Er konnte nichts tun. Gar nichts. Er erhob sich und stöhnte unter den Schmerzen auf, die jede seiner Bewegungen ihm verursachte. Er würde niemals Häuptling sein. Er würde niemals den Geschmack einer Schlacht erfahren. Er würde niemals die Gelegenheit erhalten, Ruhm für seinen Namen zu gewinnen. Er war dazu verdammt, im Schatten seines Bruders zu stehen, bis er seinen letzten Atemzug tat. Er konnte sich an keinen einzigen Augenblick in seinem Leben erinnern, in dem er der Herr seines eigenen Schicksals gewesen wäre, und jetzt nahm Fomor ihm sogar das Recht eines Vaters, die Dinge zu bestimmen, was seine Kinder betraf.

Dieser Moment war es, als ihm die Idee kam. Wenn er sich nicht gegen seinen Bruder durchsetzen konnte, wenn er niemals Häuptling in Farnmoor werden konnte, bevor die Knochenfäule die letzten Reste seiner Männlichkeit zerstört hatte, konnte er zumindest das tun, was er schon vor Jahren hätte tun sollen: Er konnte seinen eigenen Weg gehen. Er konnte seine Frauen und Kinder und die wenigen Männer, deren Treue zu ihm außer Zweifel stand, um sich scharen und zusammen mit ihnen mitten in der Nacht heimlich aus Farnmoor verschwinden. Gar, Nia und Donn würden ihn ohne Zögern begleiten, vor allem wenn jeder von ihnen glaubte, daß am Ende der Reise die Hoffnung bestand, Dana zu gewinnen. Sie sträubten sich fast genauso heftig wie er gegen das seßhafte Leben und sprachen immer noch voller Begehren von den exotischen Genüssen, die es in Alhorn gab. Dort war es, wo ein Mann die Welt für sich gewinnen konnte, wenn das Glück nur ein wenig auf seiner Seite stand! Und Draga hatte dort Glück gehabt, bis Fomor vorgetreten war, um alles für ihn zu ruinieren und ihn über alle Maßen zu beschämen.

Er dachte keinen Augenblick darüber nach, daß eine kleine, schlecht bewaffnete Gruppe von Reisenden, die aus Frauen, Kindern, einem Möchtegern-Krieger mit Knochenfäule und drei Männern bestand, die in ihrem ganzen Leben noch nie in einer Schlacht gekämpft hatten, eine leichte Beute für Raubtiere jeglicher Art wäre. Er dachte nur an seinen Bruder. Sein ganzer Haß konzentrierte sich nur auf Fomor. Er war sein Erzfeind, der ihm seinen ganzen Stolz genommen hatte und ihm nun auch noch den letzten kläglichen Rest seiner Autorität rauben wollte.

Doch er würde nicht zulassen, daß es dazu kam. Ein breites Grinsen spaltete seinen Bart, und seine Zähne glänzten. Ja! Bei den Schicksalsmächten, er würde Farnmoor verlassen! Fomor würde seine Tochter nicht dazu zwingen, gegen ihren Willen einen Mann zu nehmen! Er, Draga, würde es nicht zulassen! Er würde Dana nach Alhorn bringen. Dort konnte sie sich unter Männern von Rang und Namen frei einen angemessenen Ehepartner auswählen. Häuptlinge und Händler würden mit Gold bezahlen, um ein Mädchen von so außergewöhnlicher Schönheit wie Dana für sich zu gewinnen.

Gold. Der Gedanke daran ließ ihn vor Begehren erschaudern. Gold, um sich ein neues und besseres Leben leisten zu können, ein Leben, das sie nach Süden in ein wärmeres Klima führen würde, das angenehmer für Dragas Knochen war und vielleicht sogar sein Rheuma vertreiben würde.

Er durchquerte den Raum und riß die Ochsenhaut zur Seite. Draußen fielen große Schneeflocken auf das Dorf, ein typisches Anzeichen für ein Frühlingsunwetter. Der

Wind wehte aus dem Westen. Seine Erfahrung sagte ihm, daß dieses Wetter noch viele Stunden anhalten würde. Heute nacht würden sie aufbrechen! In der dämpfenden Stille des Schneefalls. Wenn es dämmerte, würden sie schon weit entfernt sein. Wenn es dämmerte, würde der Schnee ihre Spuren zugedeckt haben, so daß niemand mehr ihrer Fährte folgen konnte. Und wenn es dämmerte, würde Draga Häuptling sein und endlich der Herr seines eigenen Stammes und seines eigenen Schicksals.

29

Sie kamen zu Tausenden, obwohl es regnete und kalt geworden war, was für all jene die Anreise erschwerte, die über das Meer kamen. Doch bald wurde der Himmel klarer und die Erde wärmer, und die Ebene des Großen Steinkreises pulsierte vor Leben. Balor konnte sich keine größeren Menschenmassen vorstellen, obwohl Sterngucker sagte, in vergangenen Zeiten hätten sich hier viel mehr Menschen versammelt. Er behauptete, die Menge, die sich jetzt auf der Ebene drängte, sei vergleichsweise klein. Bald war jeder verfügbare Platz im heiligen Bereich vergeben, so daß große, chaotische Lager überall am Fluß entstanden, in denen sich nicht nur Pilger und ihre Begleiter versammelten, sondern auch Händler, die auf der Ebene selbst keinen Platz gefunden hatten oder unwillkommen waren.

Die Verkäufer bauten ihre Stände auf und entzündeten ihre Feuer. Bald wurden flache, runde Herdbrote auf breiten, verkohlten Steinen in schwelender Glut gebacken. Fleisch wurde auf Spießen geröstet, während in den Käfigen Ziegen blökten und Geflügel krähte und schnatterte und aus schreckgeweiteten Augen einen letzten Blick auf die Welt warfen. Umherstreifende Zuhälter streiften stolzierend mit ihren bemalten und bereiften Huren herum. Fliegende Händler mit billig hergestelltem und überteuert angebotenem Schmuck zeigten ihre Schnüre mit Amuletten und Talismanen – schlecht gearbeitete kleine Darstellungen der fetten All-Mutter und primitive Nachbildungen des heiligen Markierungssteins, die zur Sommersonnenwende Segen bringen sollten. Narren, Tänzer und professionelle Spieler trieben ihre Possen und betrogen die Leichtgläubigen mit ihrem wohlgeübten Geschick. Und geschäftstüchtige Fährmänner, die in der Hoffnung auf Profit kleine, mit Leder bezogene Boote über große Entfernungen herangeschafft hatten, ruderten fröhlich mit Pilgern über den Fluß und verlangten dafür eine nur leicht überteuerte Entlohnung.

Balor schob sich durch das Getümmel, wie er einst durch die Menschenmenge und Verkaufsstände von Alhorn gegangen war. Es gab soviel zu sehen, doch obwohl er immer wieder anhielt, um sich den Schmuck anzusehen und die Tänzer und Spaßmacher zu beobachten, kam es ihm vor, als würde er die Welt durch die Augen eines Fremden sehen. Der Glanz, den dies alles in seiner Kindheit gehabt hatte, war verschwunden, genauso wie seine eigene Unschuld. Er wußte nun, welche Frauen Huren waren, und erkannte das Glitzern der Habgier in den Augen der Händler, in deren billigem Schmuck er nun keinerlei Schönheit mehr sah.

Er hatte sich verändert, seit er zwischen den heiligen Steinen seinen betrunkenen Schwur geleistet hatte. Dieses Ereignis warf seinen Schatten über alles, was er tat, es verfolgte und besorgte ihn, denn für ihn war es mehr als das trunkene Gefasel eines jungen Mannes, der sich ehrgeizigen und unmöglichen Zielen verschrieben hatte. Er hatte sich selbst nicht nur vor Cromm Cruach erniedrigt, sondern – als er seinen Clan und Erzeuger genannt hatte – sein eigenes Leben und auch das Leben seines Clans in Gefahr gebracht. Wenn diese Information in die falschen Hände geriet, wenn gar Nemed MacAgnomain davon hörte, würde man dann nicht nach ihm suchen, um festzustellen, ob der Wolf wirklich tot war? Denn wie hatte sein Sohn eine Seuche überleben können, die angeblich seinen gesamten Clan dahingerafft hatte? Bestimmt würde man ihm solche Fragen stellen und verlangen, daß er sie zu den Gräbern seines Volkes führte, damit ihr Tod zweifellos bestätigt werden konnte.

Er konnte diese Gedanken nicht ertragen. Also hatte er Cromm Cruach gesagt, daß er gelogen hatte, um seine Ziele zu unterstützen, daß er sich als Sohn des gestorbenen Herrn der Legende ausgegeben hatte, weil er hoffte, daß die Männer aus Eireann ihm dann bereitwilliger bei der Erfüllung seines Schwurs helfen würden, Nemed MacAgnomains Kopf zu holen. Die Worte waren in einem verzweifelten Schwall der Rechtfertigung aus ihm herausgesprudelt.

Cromm Cruach hatte ihn sofort durchschaut. Er hatte Cethlinn fortgeschickt. Dann waren die zwei allein im grauen Schatten der großen Trilithen. »Lüg mich nicht an, Balor. Ich weiß genau, wer du bist, schon seit jener Nacht vor langer Zeit auf den Klippen nördlich von Alhorn.«

Wie in jener Nacht, als sie gemeinsam gelauscht hatten, wie das Meer gegen die Klippen des Handelspostens brandete, hatte er den Arm väterlich um die Schulter des Jungen gelegt und so still dagestanden, daß er wie aus heiligem Stein gehauen wirkte, wenn nicht die Bewegung des Windes in seinem Haar gewesen wäre. »Der Schwur, den du vor den heiligen Steinen geleistet hast, wiegt schwerer als jeder andere, Balor. Dieser Nemed ... die Mächte der Schöpfung werden dafür sorgen, daß ein solcher Mann irgendwann vernichtet wird. Wenn es deine Bestimmung ist, der Arm zu sein, der ihn niederschlägt, dann werden die Schicksalsmächte dich schließlich zu ihm führen. Doch jetzt haben sie dich dazu bestimmt, ein größeres Ziel zu verfolgen, als es für Menschen wie Nemed jemals geben kann. Auch wenn du betrunken warst, so hast du dich nun dem Glauben der Steine verschrieben. Dieser Schwur kann nicht mehr zurückgenommen werden. Es wäre undenkbar, ihn zu brechen.« Er machte eine Pause und beobachtete den gehetzten und besorgten Gesichtsausdruck des jungen Mannes. »Du gehörst jetzt zu uns, Balor, Sohn des Fomor, des Wolfes der Westlichen

Stämme. Du mußt lernen, daß mit der Weisheit die wahre Macht kommt, denn wenn meine Seele meinen Körper verläßt, um die Reise in die Unendlichkeit anzutreten, wirst du meinen Platz als Herr des Steins einnehmen. Dann wird sich die Weissagung erfüllen. Unter deiner Führung werden sich die Clans vereinen. Sie werden sich weigern, Handel mit Männern wie Nemed zu treiben. Er und seinesgleichen werden in unserem Land nicht mehr willkommen sein, und du wirst der Mächtige sein, der mit Gerechtigkeit herrscht, wozu die Schicksalsmächte dich bestimmt haben. Kannst du nicht mit einer solchen Vision zufrieden sein, Balor? Willst du sie gefährden, indem du weiter dein Streben verfolgst, den Kopf eines unehrenhaften Mannes zu holen?«

Zufrieden. Dieses Wort war Balors Naturell fremd. Doch als er jetzt über den Fluß zum großen Kreis der Trilithen blickte, fiel jedes Gefühl der Rastlosigkeit von ihm ab. Er wußte, daß Sterngucker sein Geheimnis wahren würde, genauso wie Cethlinn, bis sie – oder er selbst – den Zeitpunkt für gekommen hielten, es zu verkünden. Eine seltsame, zutiefst verwirrende Empfindung durchströmte ihn. Sie war so angenehm, daß er sich nicht dagegen sträuben konnte. Er war wirklich zufrieden! Er dachte daran, wie Cethlinn nachts bei ihm lag und ihm Vergnügen bereitete, während die Sterne über dem Dach ihres warmen Holzhauses der Dämmerung entgegentrieben. Er dachte an die Freuden und die Stunden endloser Herausforderung, die ihm das Studium eben dieser Sterne gab, und an die vielen Freunde, die er unter den Gelehrten und Priestern gewonnen hatte. Er dachte an Keptah, der ihm das Leben gerettet und das Wunder vollbracht hatte, seine Schulter und seinen rechten Arm völlig wiederherzustellen. Er dachte an Gorias und die Männer aus Eireann und an das Schwert mit dem Namen Lehrer, das sie ihm von der Fernen Insel mitgebracht hatten, das nur für ihn geschmiedet worden war und die Erfüllung all seiner Kindheitsträume darstellte.

Wie konnte er mit alldem nicht zufrieden sein? In jeder

Nacht trat er mit Cromm Cruach unter die Sterne und trank in tiefen Zügen das Wissen, in das nur das Volk des Steins eingeweiht war, und an jedem Morgen überquerte er den Fluß, um unter der strengen Anleitung durch Findias sein Geschick mit der Waffe seiner Träume zu verbessern, bis sein Körper gegen die Qualen der Erschöpfung protestierte. Doch auch dies bereitete ihm Freude, denn er wußte, daß er jeden Tag stärker wurde, daß er die Waffe und die Welt besser verstand. Und an jedem Tag trieb ihn der Riese härter an und mußte widerwillig eingestehen, daß der Junge Fortschritte machte, während Cethlinn jubelte und sich Zuschauer versammelten, um ihn anzufeuern, insgeheim jedoch darauf hofften, daß er irgendwann verzweifelt seine Waffe fortwerfen würde. Doch er warf sie nicht fort. Er blieb auf den Beinen und kämpfte, bis ihm die Waffe aus der Hand geschlagen wurde oder der Riese ihm Einhalt gebot. Ganz gleich, wie die Übungskämpfe ausgingen, Balor war zufrieden, denn er wußte, daß er lernte. Er zog sich nur noch selten Verletzungen zu, und erst an diesem Morgen hatte er den Riesen verletzt und ihm einen langen, tiefen Schnitt im linken Unterarm zugefügt, der mit zwei Dutzend Stichen hatte genäht werden müssen.

»Gut gemacht, Milchjunge«, hatte der große Mann anerkennend gesagt, während jemand losgelaufen war, um von der anderen Seite des Flusses einen Heiler zu holen.

Balor hatte sich verschwitzt und vor Aufregung zitternd verbeugt, um schweigend Findias' Kompliment anzunehmen. Er wußte jetzt, daß die Beleidigungen des Riesen nur auf seinen Verlust des Stolzes zurückzuführen waren.

Nun wurde Balors Aufmerksamkeit vom fernen, hellen Ruf eines Falken in Anspruch genommen. Er hielt an und blickte nach oben, wobei er seine Augen mit dem Handrücken gegen die grelle Sonne abschirmte. Ja, er konnte den Raubvogel deutlich erkennen, wie er mit reglosen Flügeln auf den Aufwinden schwebte. Er erinnerte sich an den Falken, der über ihm geflogen war, als er sich hoffnungslos in den Sümpfen verirrt hatte. Er hatte Cethlinn zu ihm geführt und ihm damit das Leben gerettet. Letztlich hatte er ihn auch zu diesem Ort der Zuflucht geführt, wo die Schicksalsmächte ihn geheilt und gestärkt hatten, bis sie ihm Ausblicke eröffneten, die ihn sogar jetzt noch in Erstaunen versetzten. Konnte die Prophezeiung wirklich wahr sein? Der Nachkomme eines Wolfes, der im Schatten eines Falken zu ihnen gekommen war? Konnten Cromm Cruach und Cethlinn mit ihrer Einschätzung recht haben? Durfte er sich einzubilden wagen, daß er eines Tages zum Mächtigen wurde, zum Herrscher über alle Clans Albions, Eireanns und des Landes jenseits des Meeres? Diese Vorstellung berauschte ihn so heftig wie ein zu schnell geleerter Becher mit Met. Huldre hatte gesagt, daß ihm eines Tages die ganze Welt gehören würde. Vielleicht würde ja auch sie recht behalten! Ja, endlich ergab alles Sinn. Hier würde er als Priester leben. Und mit der Zeit würde er zum Herrn des Steins werden. Und wenn er schließlich seine Abstammung bekanntgab und sein Geschick als Krieger zur Vollendung gebracht hatte, würde kein lebender Mensch mehr abstreiten wollen, daß er in der Tat der Mächtige war. Alle würden sich unter seiner Führung verbünden.

Und dann würde er auch seinen Schwur und Diankets Versprechen erfüllen und nach Farnmoor zurückkehren – mit dem Kopf von Nemed MacAgnomain in der Hand. Er würde dafür sorgen, daß Draga lebendig in einem Sumpf begraben wurde. Er würde sich Dana zur Frau nehmen. Er würde alle, die seinem Vater die Gefolgschaft verweigert hatten, vor Furcht erzittern lassen, bevor er sie niederschlug. Und dann würde sich der Wolf persönlich vor ihm verbeugen, wenn sich in Albion gleichzeitig ein neuer und jüngerer Wolf erheben würde.

Ein erregendes Glücksgefühl durchströmte ihn. Ja, dachte er, so wird es geschehen! Ich werde machen, daß es so geschieht! Es ist vielleicht nicht die Vision, die Sterngucker für mich sieht, aber irgendwann wird alles eintreten. Und bis es soweit ist, können ruhig noch einige Jahre vergehen. Die Zeit spielt keine Rolle im großen Plan der

Dinge. Ich bin noch jung. Die Zeit wird schnell genug vergehen. Und an diesem Ort bin ich wirklich zufrieden!

Donn schob sich lautlos vorwärts und drängte mit den Ellbogen das hohe, dichte Schilf zur Seite. Er kam nur langsam voran, und die bloße Haut seiner Arme juckte. Stumm verfluchte er das Sumpfland, in das Draga sie geführt hatte. Wie lange waren sie schon unterwegs und vermutlich ständig im Kreis umhergeirrt, seit sie aus Farnmoor geflohen waren, die Köpfe voller Visionen aus Dragas Traum von einem besseren Leben? Und wie lange war es schon her, daß der Rotbart so krank geworden war, daß er nicht mehr weiterreisen konnte? Sie hatten ein behelfsmäßiges Lager aufgeschlagen, und die Frauen hatten sich bemüht, das Fieber aus den Knochen ihres Mannes zu vertreiben. Tage waren vergangen, und es war immer schlimmer geworden. Donn zählte mehrere Wochen, seit sie heimlich während einer verschneiten Nacht Farnmoor verlassen hatten. Mehrere Wochen, und sie hatten Alhorn immer noch nicht erreicht. Gar und Nia waren vor zwei Tagen losgezogen, um nach der Küste zu suchen. Er fragte sich, ob sie Erfolg gehabt hatten und vielleicht schon auf dem Rückweg waren oder ob sie sich verirrt hatten und in einem Sumpfloch ertrunken waren. Ganz gleich, abgesehen von Draga war Donn zur Zeit der einzige Mann in ihrer Gruppe.

Uaine und Eala machten nach der Mittagsmahlzeit mit ihren Kindern ein Nickerchen. Draga schlief ebenfalls. Er stand unter Drogen und murmelte in seinen Träumen. Donn hatte gegessen und reichlich vom Rest des Mets in ihren Reisebehältern getrunken. Dann hatte er eine Weile unruhig gedöst. Nach dem späten Frühlingsschneesturm war das Wetter heiß, feucht und schwül geworden. Zu schwül für einen erholsamen und tiefen Schlaf.

Die leisen Bewegungen des Mädchens hatten ihn geweckt. Er hatte Dana durch einen schmalen Lidspalt beobachtet und so getan, als schliefe er noch. Sie war aufgestandanden und hatte das Lager auf Zehenspitzen verlassen, um niemanden zu wecken. Sie hatte den kleinen Pfad betreten, den er und die anderen sich durch das Schilf gebahnt hatten. Er hatte gewartet und zunächst geglaubt, sie wolle sich nur erleichtern, doch als sie nicht mehr zurückkehrte, hatte er gewußt, daß sie sich auf den Weg zum kleinen Teich gemacht hatte und ein Bad nehmen wollte.

Jetzt bewegte er sich lautlos und trat vorsichtig auf, damit sie ihn nicht bemerkte. An den meisten Stellen stand der Boden ein paar Fingerbreit unter Wasser, und er spürte bereits die Feuchtigkeit in seinen Stiefeln, die mit jedem Schritt unter seinen Fußsohlen schmatzten. Es war ein unangenehmes Gefühl, aber es war ihm gleichgültig. Er schob sich weiter vor. Noch ein weiterer Schritt. Dann blieb er stehen und hielt den Atem an. Er konnte das Mädchen jetzt sehen. Allein. Bis zu den Schenkeln im Wasser des Teiches. Und nackt.

Donn stand im Schilf und starrte mit offenem Mund, während der Pulsschlag seines männlichen Begehrens ihn erhitzte und seine Lenden hart werden ließ.

Sie beugte sich hinab, um mit den Händen Wasser zu schöpfen und ihren Körper zu bespritzen. Sie seufzte vor Vergnügen, als sie ihr Gesicht nach oben kehrte und einen leichten, kühlen Lufthauch auf ihrer Haut spürte. Mittag war schon vorüber, aber die Sonne stand immer noch hoch am Himmel. Wie seltsam die Vorstellung war, daß es noch vor wenigen Wochen geschneit hatte! Der Gedanke an Schnee brachte sie zum Lächeln. Sie seufzte und wünschte sich, sie wäre in der Sicherheit und Geborgenheit von Farnmoor, wo die kühlen Flocken des Winters herabfielen und auf ihrer Haut zerschmolzen, um sie zu kühlen. Sie hob die Hände und strich damit sanft über die Rundungen ihres Körpers, die Schultern hinab über die Brüste. Die Gedanken an den kühlen Schnee verursachten ihr eine kribbelnde Gänsehaut, ihre Brustwarzen richteten sich auf, und sie erschauerte vor Entzücken.

»Bei der All-Mutter …«, stöhnte er.

Dana blickte sich überrascht um, als sie die Männerstimme hörte. Sie verschränkte die schlanken Arme über den Brüsten und hockte sich ins Wasser, während sie sich wünschte, es wäre tiefer und würde mehr von ihrem Körper verdecken. Sie sagte Donn, er solle verschwinden und daß sie noch nicht bereit wäre, zum Lager zurückzukehren, doch er rührte sich nicht von der Stelle. Er starrte. Er leckte sich wie ein hungriger Hund über die Lippen. Etwas in seinen Augen machte ihr große Angst.

Er sah ihre Angst und lächelte. Es erregte ihn, ihre Verletzlichkeit zu spüren. Wenn er schnell handelte, konnte er sie ohne einen Laut niederwerfen, ohne daß die anderen Frauen bemerkten, daß etwas nicht stimmte. Wenn die Sache erst vollzogen war, konnten sie sich kaum noch über etwas beschweren. Draga hatte ihm das Mädchen schon so gut wie versprochen, und wenn sie den Weg genommen hätten, den Fomor sie vor Jahren geführt hatte, statt die »Abkürzung« des Rotbarts mitten durch die Sümpfe zu nehmen, wären sie längst wohlbehalten in Alhorn eingetroffen, und Dana hätte längst den Stich seines Speers gespürt.

Sein Lächeln wurde zu einem lüsternen Grinsen, als er sich ihr langsam näherte. »Du bist jetzt viel zu lange Jungfrau gewesen …« Er hörte, wie sie aufkeuchte. Er sah, wie sie sich erhob, um zu fliehen. Er sprang in einem hohen Satz über den Teich auf sie zu und packte Dana mit beiden Händen. Gemeinsam stürzten sie klatschend ins Wasser, worauf Donn sie zur Seite drängte und dann auf das schmale, schlammige Ufer rollte. Er erstickte ihren Schrei mit einem Kuß, während sie unter ihm strampelte und ihn verzweifelt wegzustoßen versuchte. Doch die Bewegungen ihres weichen, ausgereiften Körpers, der nackt unter ihm lag, verstärkten nur seine Lust. Er schmeckte Blut in seinem Mund – ihr Blut, heiß und salzig. Er hatte ihr mit den Zähnen die Oberlippe aufgerissen, als er sie zum Kuß gezwungen hatte. Er drückte seine Lippen fester auf ihre, um ihren Widerstand zu ersticken, um ihr den Atem zu rauben, während seine Zunge mit einer symbolischen Heftigkeit gegen ihre stieß, die ihn wahnsinnig vor Erregung machte. Mit einem breiten, kräftigen Knie zwang er ihre Beine auseinander. Sie verlor das Bewußtsein, und ihr Widerstand erlahmte. Jetzt hatte sie sich ihm geöffnet. Jetzt würde er in sie eindringen. Jetzt würde er seine Männlichkeit in das Blut ihres jungfräulichen Unterleibs tauchen, und das einzige, was diesen Augenblick für ihn noch köstlicher gemacht hätte, wäre die Anwesenheit von Lomna Ruad und ihrer anderen Verehrer gewesen, so daß sie Zeugen seines Triumphes über sie geworden wären.

Er hörte nicht, wie sie aus der anderen Richtung an den Teich kamen, und ahnte nicht einmal, daß sie da waren, bis zwei starke Männerhände ihn an den Schultern packten und ihn von dem Mädchen herunterrissen. Er rechnete damit, Draga zu sehen, der vermutlich gehört hatte, wie sie ins Wasser geklatscht waren, und sich aus seinem Fieber erhoben hatte, um seiner Tochter zu Hilfe zu eilen. Obwohl er sie mit Gewalt unterworfen und nicht vergessen hatte, daß Draga ihr Erzeuger war, erfüllte ihn die Vorstellung, daß irgendein Mann es wagen würde, ihn im Augenblick des Eindringens zu stören, mit blinder Wut. Er schlug nach hinten aus, um den Rotbart zu Boden zu werfen.

Doch es war gar nicht Draga. Es war ein dunkelhäutiger Mann mit lockigem Haar und dicken Armen, der ein verdrecktes Hemd trug. Hinter ihm standen mindestens sechs weitere, alle mit weißen Hemden und kurzen Reisemänteln aus roter Wolle, in die irgendein rundes schwarzes Muster eingewoben war. Sie waren schmutzig, unrasiert und bis an die Zähne bewaffnet. Und auf den Spitzen zweier Speere steckten die abgetrennten Köpfe von Gar und Nia, die ihn blicklos anstarrten.

Ein erschrockenes Keuchen löste sich aus Donns Kehle, während seine Männlichkeit schrumpfte. Er versuchte aufzustehen, doch nun stürzten sich mindestens drei Männer auf ihn, lachten ihn aus, traten ihn mit Füßen, warfen ihn in den Teich und tauchten seinen Kopf unter. Dann stellte ein Mann ihm einen starken Fuß in den Nacken und sorgte dafür, daß sein Kopf unter Wasser blieb. Donn wehrte sich, aber es war sinnlos. Sein Gesicht wurde tief in den Schlamm gedrückt. Er konnte nicht mehr atmen, konnte aber auch nicht verhindern, daß er es trotzdem versuchte. Die schlammige Brühe füllte seinen Mund und drang in seine Lungen, während er sie gleichzeitig durch die Nase wieder auszustoßen versuchte. Das Wasser brannte in seinen Nasenhöhlen. Die Schmerzen wurden immer heftiger. Dann wurde es in seinem Kopf immer dunkler, doch das Schwarz konnte den Schrecken nicht lindern. Er erlebte ihn bis zum bitteren Ende.

Lorcan lief schneller, als er jemals für möglich gehalten hätte, laufen zu können. Er lief den Schilfpfad entlang, rutschte immer wieder aus und fiel hin, rappelte sich jedoch immer wieder auf und lief weiter. Ich muß sie warnen, dachte er. Ich könnte mich mühelos hier im Schilf verstecken, aber ich muß jetzt tapfer sein. Ich muß das Lager erreichen und die anderen warnen!

Er hatte sich dem Teich genähert, als er das heftige Spritzen und Planschen gehört hatte. Das Geräusch hatte ihn geweckt, während die anderen ungestört weitergeschlafen hatten. Alle bis auf Dana und Donn. Sie waren fort. Alle beide. Und Lorcan mochte Donn nicht. Er machte sich Sorgen darüber, wie Donn ständig seine Schwester anstarrte. Also hatte er sich erhoben, sich die Augen gerieben und war losgegangen, um nachzusehen, was sie beide aus dem Lager geführt hatte. Was er dann beobachtet hatte, hatte ihn so tief erschüttert, daß er sich nicht mehr von der Stelle hatte rühren können. Donn, der Dana auf brutale Weise zu Boden warf, und fremde Männer, die auf der anderen Seite des Teiches aus dem Schilf auftauchten. Sie trugen die Köpfe von Gar und Nia auf ihren Speeren, und er hatte entsetzt zugesehen, wie sie Donn ertränkten. Dann hatten sie sich um die nackte, reglose Gestalt seiner Schwester geschart. Er hatte nicht sagen können, ob sie lebte oder tot war. Er hatte nur die Köpfe der zwei Männer seines Clans gesehen, die mit leeren Augen und erschlafften Kiefern auf den Speeren steckten, die von ihrem getrockneten Blut verfärbt waren. Es war mehr, als er verkraften konnte. Nach einer Weile war ihm klar geworden, daß er nur ein kleiner Junge war und nichts gegen einen Trupp bewaffneter Räuber ausrichten konnte. Da hatte er an seinen Vater gedacht. Draga konnte Dana helfen. Draga war der einzige, der etwas tun konnte!

Dann war er umgekehrt und losgerannt. Er hatte sich nicht umgeblickt, um nachzusehen, ob die Fremden ihm folgten. Doch er konnte sie auf jeden Fall in seinem Rücken spüren. Der Angstschweiß brach ihm aus. Er zitterte, während er lief und dachte: Ich muß zu meinem Vater! Draga ist mutig. Draga ist stark. Er hat den Wachposten auf der Palisade getötet. Er hat ihn gepackt und ihm die Kehle aufgeschlitzt, damit er unsere Flucht nicht verraten kann.

Plötzlich hörte er einen Schrei und blieb abrupt stehen. Er war jedoch nicht von hinten, sondern von vorne gekommen. Es war Eala, die ihn ausgestOßen hatte. Ein scharfer, gellender Schrei der Überraschung und des Schreckens. Eins der Babys begann zu weinen. Er hörte, wie Uaine fluchte und jemanden anschrie. Es folgte das Lachen eines Mannes. Und dann war Dragas rauhe und angestrengte Stimme zu hören, als er fragte, was die Fremden in seinem Lager wollten und wie sie es wagen konnten, seine Frauen und Kinder durch ihr grobes Verhalten und ihre Waffen zu erschrecken.

Die Antwort kam aus allen Richtungen gleichzeitig. Lorcan verließ den Pfad und ging im Schilf in Deckung, als bewaffnete Männer an ihm vorbeistapften, die Köpfe von Gar und Nia schwenkten und eine benommene Dana vor sich hertrieben. Der Mann, der Donn unter Wasser gedrückt hatte, trug nun den abgetrennten Kopf seines Opfers an den Haaren.

Die Frauen waren aufgesprungen und hatten die Kinder um sich geschart. Uaine hielt ihr Baby im Arm und einen Dolch in der anderen Hand, mit dem sie die Eindringlinge bedrohte. Die Männer starrten sie mit Augen an, die so heiß wie Sonnenlicht und so schwarz wie Sümpfe in der Nacht waren. Sie hatten Dana zu Boden geworfen. Sie rollte sich zusammen, schlang die Arme um die Knie und zog den Kopf ein. Draga stand schockiert da und versuchte, sich nicht anmerken zu lassen, wie die Panik von seinem Bauch aufwärts kroch und in seiner Kehle kratzte. Wenn er den Mund zum Sprechen öffnete, würde er nur einen Schrei hervorbringen können, der ihn beschämte. Mit einer Hand hielt er fest seine Axt umklammert, die in seinem Gürtel gesteckt hatte, während er schlief, damit sie außer Reichweite der Kinder war. Sein Dolch steckte noch in der Scheide. Er nahm die Axt in die linke Hand und griff mit der rechten nach dem Dolch. Er verfluchte die Schmerzen und die Steifheit seiner Gelenke, die seine Bewegungen verlangsamte. Offenbar war er zusammengezuckt, denn die Männer raunten sich etwas zu, worauf er mit einem unangenehmen Gefühl in der Magengrube erkannte, daß sie seine Schwäche gespürt hatten.

Er zählte fünfzehn Männer, allesamt bewaffnet, und sie hatten Schwerter. Seine Hände begannen zu schwitzen, während gleichzeitig sein Mund austrocknete. Die Axt rutschte durch seine steifen Finger und fiel ihm aus der Hand. Er bückte sich und hob sie wieder vom Boden auf, während er die Eindringlinge nicht einen Moment aus den Augen ließ. Er strengte sich an, nicht in Ohnmacht zu fallen, als die Bestie des Schmerzes in ihm zu toben begann. Dann versuchte er sein Gleichgewicht zu wahren und schüttelte den Kopf, um seine Benommenheit zu vertreiben, während er sich verzweifelt wünschte, er hätte nicht so gierig von Ealas Medizinmet getrunken.

Doch jetzt war es zu spät für Reue. Statt dessen dachte er: Jetzt wirst du endlich deinen Kampf bekommen … Und du wirst wie ein Krieger mit der Waffe in der Hand sterben!

Vielleicht wäre es so gekommen. Doch die Köpfe von Gar, Donn und Nia starrten ihn an. Und ihm kam der Gedanke, daß an ihrem Tod nichts Ruhmhaftes war, an ihren leeren und saftlosen Augen, die in ihren leblosen Schädeln geschrumpft waren, und an den Sehnen und durchtrennten Adern und den blutigen Fasern, die aus ihren Hälsen hingen. Als er sie ansah, spürte er deutlich, wie das Blut durch seinen eigenen Hals pulsierte, und er dachte, daß er gar nicht sterben wollte.

Er dachte auch daran, daß die Eindringlinge ihren ersten Blutdurst vielleicht schon gestillt hatten. Die Art und Weise, wie sie seine Frauen ansahen, deutete auf einen anderen Hunger hin. Seine Gedanken rasten und suchten nach einer Lösung, die nicht dem Ruhm diente, sondern dem Überleben. Warum sollte er bis zum Tod kämpfen, wenn die Konsequenzen für seine Frauen letztendlich ohnehin dieselben waren? Wenn die Fremden sich befriedigt hatten, zogen sie vielleicht sogar unverrichteterdinge weiter. Vielleicht konnten die Frauen sie auch betrunken machen, so daß er sie erschlagen konnte, während sie schliefen. Diese Gedanken beruhigten ihn. Wenn jede seiner Frauen fünf Männern zu Diensten war, mußte vielleicht niemand mehr sterben. Uaine war eine Sklavin gewesen, die es gewohnt war, Männer zu befriedigen, bevor er sie auf dem Kampfplatz nördlich von Alhorn gewonnen hatte, und ihre jahrelange Ehe hatte Eala fügsam gemacht. Was Dana betraf, so war es natürlich eine Schande, doch kein Mädchen konnte für immer Jungfrau bleiben, und sie war länger als die meisten Frauen verschont geblieben.

Er lächelte unterwürfig, um zu zeigen, daß das Spiel verloren war und es für ihn keinen Zweifel an der Überlegenheit seiner Gegner gab. Er warf seine Waffen fort und hob beide Hände.

Dann erklärte er seinen Frauen so behutsam wie möglich, was er sich überlegt hatte. Er war überzeugt, sie würden einsehen, daß er sich nur um ihr Wohlergehen sorgte. Er sagte Uaine und Eala, daß sie sich ausziehen und sich ohne Widerstand dem Unvermeidlichen hingeben sollten.

Dana wimmerte leise vor sich hin, während Eala schluchzend ihre Kleidung ablegte. Uaine jedoch rührte sich lange Zeit nicht von der Stelle, während ihr Gesicht aschfahl wurde. Sie starrte Draga an, bis sich ihre Fassungslosigkeit langsam in Zorn und Haß verwandelte, sie ihren Dolch hob und sich mit einem Protestschrei auf ihn stürzte.

Er konnte ihren Angriff mühelos abwehren. Das Messer wurde ihr aus der Hand geschleudert, und sie fiel zu Boden. Ihr Baby, das sie immer noch in ihrer linken Armbeuge hielt, schrie laut. Die anderen Kinder weinten und hatten die Augen vor Furcht und Verwirrung weit aufgerissen, als die Fremden einen geschlossenen Kreis um sie bildeten. Uaine setzte sich auf und funkelte unter ihrer wilden roten Mähne den Mann knurrend an, der Donn ertränkt hatte. Er hatte den blutenden Kopf beiseite geworfen, als hätte diese Trophäe ihren Reiz verloren, da er nun ein viel interessanteres Opfer entdeckt hatte. Zu ihrem Entsetzen streckte er ihr die Hand hin und forderte sie mit einem Blick auf, der ihr deutlich zeigte, wie sehr er von ihrem Verhalten gegenüber Draga beeindruckt war. Sie nahm die Hand an und blickte voller Verachtung auf den Rotbart, worauf sie ihm sagte, daß er es nicht verdiene weiterzuleben.

Ihre Worte trafen ihn tief, vermutlich weil er genau wußte, daß sie recht hatte, es sich jedoch nicht eingestehen wollte. Also erwiderte er ihren Blick mit ebensolcher Verachtung. »Und du, Uaine, bist es nicht wert, daß ich für dich sterbe.«

Sie spuckte ihn an, worauf die Männer lachten, und für einen kurzen, schmerzhaften Augenblick erinnerte er sich an die wilde, gescheckte Frau, für die er in Alhorn alles zu riskieren bereit gewesen war. Es schien eine halbe Ewigkeit zurückzuliegen, doch sie hatte sich seitdem nicht verändert. Aber er hatte sich verändert.

Dana schrie auf, als einer der Männer sie an den Haaren hochriß. Er sagte etwas in einer fremden Sprache zu seinen Gefährten, drehte sie herum und drückte sie mit dem Rücken an sich, während er sie lüstern berührte. Die Männer reagierten mit tiefem und hungrigem Lachen auf das, was Danas Peiniger gesagt hatte. Dragas Augen blickten sich schnell um. Alle Männer sahen Dana an. Alle. Sogar der Mann, der Uaine beim Aufstehen geholfen hatte. Er hatte sein Hemd ausgezogen und ging auf Dana zu, während er seinen Lendenschurz löste. Eala schluchzte halb wahnsinnig im schlimmsten Alptraum einer Mutter, während sie ihnen verständlich zu machen versuchte, daß ihre Tochter noch eine Jungfrau war.

»Nehmt mich! Nehmt mich, jeder von euch! Kommt, ich heiße euch willkommen. Laßt nur mein Mädchen in Ruhe!« Verzweifelt warf sie sich gegen den Mann, der Dana festhielt und schlug mit den Fäusten auf ihn ein. Er stieß sie mit einem ungeduldigen, brutalen Ellbogenhieb weg, der sie ohnmächtig zu Boden warf.

Eins der Kleinkinder löste sich von seinen Geschwistern und lief schreiend zu seiner Mutter. Einer der Männer, der beschlossen hatte, Eala zu besteigen, die immer noch benommen am Boden lag, fühlte sich durch das Kind belästigt. Er schlug den kleinen Jungen so heftig, daß ihm Blut aus Nase und Ohren schoß. Er stürzte mit gebrochenem Genick und zerschmettertem Gesicht hin und ertrank in seinem eigenen Blut. Der Mann achtete überhaupt nicht mehr auf ihn, während er wild seine Lust an der betäubten Eala befriedigte.

Ein furchtbares, blendendes Licht explodierte in Dragas Kopf. Es war der Ausbruch seiner ungezügelten Wut. Nein! Das durfte er nicht zulassen! Unter diesen Bedingungen hatte er seinen Widerstand nicht aufgegeben. Er schrie protestierend auf. Er trat vor, bückte sich, um seine Waffen aufzuheben – und sah den Schlag nicht mehr, der ihn niederstreckte.

Er wurde mit der dunklen, glatt polierten Bronze des achaischen Schwertes ausgeführt, das einer der Männer gezogen und bereitgehalten hatte. Er hatte hinter Draga gestanden, so daß sein Hieb so zielsicher und sauber kam, daß der Kopf des Rotbarts abgetrennt wurde, bevor er spüren konnte, daß es geschehen war. Er empfand keinen Schmerz. Überhaupt keinen. Zum erstenmal seit Jahren. Das letzte, was er sah, als sein Kopf durch die Luft flog, waren das vorbeihuschende Schilf und der Himmel, dann ein kurzer, verblassender Blick auf seinen Körper mit dem Halsstumpf, aus dem sich sein Blut in den Schlamm des Sumpfes ergoß.

Schlamm, dachte er. Er war aus Farnmoor geflohen, um nach Ruhm zu suchen. Nur um schließlich im Schlamm zu sterben.

Mindaros befriedigte sich an dem Mädchen und zog sich dann zurück, für eine Weile durch das Stillen seiner Leidenschaft geschwächt. Er trat zur Seite und erlaubte den anderen, es ihm gleichzutun. Als Führer der kleinen Gruppe sturmgeschüttelter Seefahrer stand ihm das Privileg zu, ihnen dieses Vergnügen zu gewähren, nachdem er die Jungfrau als erster genommen hatte. Er kannte seine Männer gut genug, um zu wissen, daß sie eine Schlägerei angezettelt hätten, um den zu ermitteln, dem das Recht zuteil geworden wäre, das Mädchen zum Bluten zu bringen. Da es seine Pflicht war, für Eintracht unter den Männern zu sorgen, hatte er es ohne Zögern gepackt und angestochen. Das Mädchen war von bemerkenswerter Schönheit, obwohl zu blaß und farblos für seinen Geschmack. Dennoch hatte ihn der Gedanke erregt, als erster in sie einzudringen, und ihn hatte durchaus Befriedigung erfüllt, als er mit ihr fertig gewesen war. In den folgenden Tagen und Wochen jedoch würde er die gescheckte, rothaarige Frau benutzen, wenn ihm danach war; ihr Feuer wühlte ihn auf, und er hatte sie fesseln und knebeln lassen und geschworen, jenen Mann zu kastrieren, der sie auch nur anrühren würde.

»Nemed wird wegen der Jungfrau wütend sein. Er will die blonden Mädchen immer für sich haben. Wenn er herausfindet, daß du sie nicht für ihn aufgehoben hast ...«

Der Mann neben Minardos ließ den Satz unvollendet, denn eine weitere Erklärung erübrigte sich.

»Wer soll es ihm sagen? Du? Würdest du dir ein Vergnügen verkneifen, wenn er weit entfernt ist und ein solches Mädchen am Ende doch nur an die Haie verfüttern würde? Das ist Verschwendung, sage ich! Ich bin seit vielen Jahren sein Waffenmeister und habe es satt, immer zurückzutreten, während er sich selbst immer nur das Beste nimmt. Dank des unerwarteten Sturms, der uns vor ein paar Wochen getroffen hat, werden wir viel früher als Nemed und der Hauptteil seiner Flotte am vereinbarten Treffpunkt in Alhorn eintreffen. Warum sollen wir uns bis dahin nicht ein wenig Vergnügen gönnen? Diese Frauen dürften einen guten Preis im Handelsposten einbringen. Und wer weiß, was für Frauen uns erwarten, wenn wir uns schließlich mit Nemed zusammentun, um die verborgene Festung des Wolfes zu überfallen? Bis dahin sollten wir jede Gelegenheit auskosten, die die Schicksalsmächte uns in den Weg legen.«

Minardos starrte zu Uaine hinüber, die bei den Kindern hockte. Sie drängten sich um sie, einige kaum älter als drei Jahre, und eins von ihnen hielt ein schreiendes Baby in den Armen. Obwohl sie gefesselt war, versuchte die sommersprossige Frau sie zu beruhigen, sie in ihrer Nähe zu halten und ihre Blicke auf sich zu lenken, damit sie nicht mitansehen mußten, wie Eala und Dana weiter geschändet wurden. Diese Szene brachte ihn zum Lächeln, denn die Leute, die sie gefesselt hatten, hatten sie dabei halb entkleidet, und sie hatte sich die ganze Zeit wie eine Löwin gewehrt. Wenn er sie nur ansah, entflammte wieder die Hitze seines Begehrens und ließ ihn hart werden. Mit einem zufriedenen Grinsen stellte er fest, daß er immer noch so schnell wieder bereit sein konnte, obwohl er nicht mehr der Jüngste war.

Dann ging er langsam zu Uaine, und als er sie erreichte, wurden die Schreie der Kinder immer lauter. Er stand über ihnen und spürte, wie seine Kraft wuchs, als er sich ihr zeigte. Er wollte, daß sie erschrak, daß sie sich beim

Anblick dessen wand, was schon bald tief in sie stoßen würde, doch weder erschrak sie noch wand sie sich. Sie musterte ihn mit gelassener, verächtlicher Abscheu, bevor sie ihn anspuckte, wie sie es mit dem nunmehr enthaupteten Rotbart getan hatte. Er wurde wütend. Nur wegen der Kinder verhielt sie sich so mutig. Ungeduldig rief er, daß jemand ihm sein Schwert bringen sollte.

Offenbar verstand sie, was er beabsichtigte, und erbleichte. Sie flehte ihn um das Leben der Kinder an. Er stand reglos da, während sie sich vor ihm wand, bettelte und heulte. Doch als ihm sein Schwert gebracht wurde, benutzte er es ohne Zögern. Die Kinder hatten für ihn keinen Wert. Und es verschaffte ihm eine gewaltige Befriedigung zu wissen, daß nicht nur sein Herr Nemed es verstand, wie man eine Frau zum Schreien brachte.

Lorcan hatte alles beobachtet, im Schilf versteckt, zu ängstlich, um sich zu rühren. Er wollte die Mörder seines Vaters und seiner Brüder angreifen, die Vergewaltiger seiner Mutter und Schwester und der armen, tapferen Eala. Er wollte Lorcan, der Wilde, sein, wenn schon nicht für ihn selbst, dann wenigstens für Draga. Doch wenn er angriff, würde man ihn erschlagen. Sollte er entdeckt werden, würden sie ihm den Kopf abschlagen oder ihn im Teich ertränken. Also blieb er reglos hocken, wo er war.

Er kam erst wieder zu sich, als die ersten kühlen Schatten der Nacht ihn berührten. Erstaunlicherweise hatte er geschlafen. Er hatte sich in einen Zustand der völligen Bewegungslosigkeit gezwungen, des völligen Vergessens all dessen, was er miterlebt hatte. Doch jetzt stürmte alles wieder auf ihn ein, in einer Explosion des Schreckens und der Erinnerung, tausend Visionen, deren Anblick er nicht mehr ertrug. Vielleicht hatte er alles nur geträumt! Er bewegte sich vorsichtig, ohne einen Laut zu verursachen, und wagte es wieder, durch die Schilfhalme zu blicken. Er wollte Draga sehen, wie er am abendlichen Lagerfeuer saß und das Spiel spielte, mit dem er, Gar, Nia und Donn sich oft die Zeit vertrieben. Und Eala, die gerade eine Mahlzeit zubereitete, während Dana die Kinder unterhielt und Uaine ihr Baby stillte.

Doch das war es nicht, was er sah. Und während er starrte, überwältigte ihn ein fast unwiderstehlicher Würgereiz. Doch wenn er ihm nachgab, würden sie ihn hören. Dann würden sie ihn töten.

Also floh er, zog sich rückwärts durch das Schilf zurück, drehte sich dann um und rannte los. Er hielt nur einmal an, um sich zu übergeben, um sofort in blinder, verzweifelter Panik weiterzulaufen. Er schluchzte, erstickte jedoch das Geräusch, damit ihn niemand hörte, ihn gefangennahm und zurückholte, damit er genauso wie sein Vater, seine Brüder und die anderen Menschen des Clans starb. Er lief. Es wurde Nacht, und er lief immer noch. Er hatte keine Angst vor den nächtlichen Raubtieren der Sümpfe, denn keines konnte ihm gefährlicher werden als die Mörder, vor denen er floh. Er hetzte weiter, stapfte durch Morast, watete durch seichte Teiche und ertrank beinahe in tieferem Wasser, bis ihn schließlich die Erschöpfung übermannte und er sich zu einem feuchten Ball auf einem trockenen kleinen Hügel zusammenrollte. Er träumte von Balor, dem Sohn des Häuptlings, der in die Sümpfe geflohen war, um nie wieder zurückzukehren. Und dann träumte er erleichtert von gar nichts, bis ihn das erste Licht der Dämmerung weckte und er Seemöwen am Himmel kreisen sah.

Er hatte die Mündung eines kleinen Flusses erreicht, der aus den Sümpfen kam und ins Meer floß. Er starrte überwältigt, nicht, weil er zum erstenmal den Ozean sah, von dem er nur noch wenige Schritte entfernt war, sondern weil er erkannte, wie nahe Draga sie an die Küste geführt hatte. Wie schön das Meer war! Die Frauen und Kinder hätten vor Begeisterung gejubelt! Dann weinte er, als er sich wieder an Blut, Schrecken und Tod erinnerte.

Er ging zum Strand und hielt schon bald inne, als er mehrere große Schiffe entdeckte. Sie lagen auf dem Trockenen, die roten und schwarzen Segel waren eingeholt und auf Deck zusammengepackt worden, während

Männer in der gleichen Kleidung wie die Mörder herumstanden, sich unterhielten oder mit verschiedenen Arbeiten beschäftigt waren. Er wagte es nicht, näher heranzugehen, um sie deutlicher erkennen zu können, damit sie ihn nicht sahen.

Zwei Tage lang marschierte er an der Küste entlang nach Süden. Er wußte nicht, wohin er ging. Er wußte nur, daß er irgendwie weitergehen mußte. Er lief und lief und holte sich seine Nahrung, so gut es ging, aus dem Meer. Rohe Schalentiere, wenn er es schaffte, sie in den Gezeitenteichen von den Steinen zu lösen, Seetang und kleine, bittere Nacktschnecken, die leicht zu fangen waren, aber so schleimig und von strengem Geschmack waren, daß er sie wieder hervorwürgte, bevor er sie ganz hinunterschlucken konnte.

Der Hunger ließ ihn am Ende des dritten Tages vor Erschöpfung zusammenbrechen. Er kroch zum Schutz vor der feuchten Nacht in ein Büschel aus hohem Strandgras. Er hörte die Rufe der Reisenden nicht, die ihre Schiffe in der sanften Brise des Sommers sicher ans Ufer brachten. Er roch den Rauch ihrer Feuer nicht. Es war der Duft gebratenen Fleisches, der ihn weckte, aber da standen sie bereits über ihm.

Es waren friedfertige Männer, großzügige Männer. Sie sahen die Todesangst in seinen Augen und besänftigten sie, indem sie ihm Essen, Met und saubere Schlaffelle in der Nähe ihres Feuers anboten. Er war wachsam und mißtrauisch, aber weder in der Lage zu fliehen noch ihre freundlichen Gesten zurückzuweisen. Er saß auf dem Fell, das sie ihm gaben, und aß gierig von dem Fleisch, das sie mit ihm teilten. Trotzdem war er entschlossen, kein Auge zuzutun, damit sie ihm nicht im Schlaf die Kehle durchschnitten. Daß er den Met trank, den sie wärmten und ihm anboten, wurde ihm zum Verhängnis; Schläfrigkeit kroch in all seine Glieder, und er schalt sich selbst einen Narren, als er sich hinlegte, eingelullt von der Wärme und der Behaglichkeit des Feuers und dem Klang der Stimmen der Männer, die sich leise unterhielten. Ihre

Sprache unterschied sich nicht sehr von seiner eigenen. Immer wieder drangen Satzfetzen zu ihm vor, und langsam entspannte er sich, als er erkannte, daß sie ihm nichts antun wollten. Es waren Pilger, die zur südlichsten Küste von Albion unterwegs waren, um dann im Landesinneren ein Heiligtum aufzusuchen ... die Ebene des Großen Steinkreises, wo sie im Licht der aufgehenden Mittsommersonne um Segen für ihr fernes Dorf bitten wollten.

30

Du! Sieh her! Du hast nur noch eine Woche Zeit, um dir ein wenig Glück zu kaufen, um deinen Lebenswunsch zu erfüllen, wenn du im Licht der aufgehenden Mittsommersonne stehst!«

Der fliegende Händler trat Balor in den Weg. Es war ein Verkäufer mit dickem Bauch und behaarten Armen, der seine billigen Amulette auf einem Pfahl mit Querlatten zur Schau stellte. Er ließ ihn hin und her schwanken, so daß das Sonnenlicht auf seinen Waren funkelte – Talismane und Amulette, die auf schlecht behandelten, stinkenden Lederriemen aufgezogen waren, rundliche kleine Frauenfiguren aus Ton mit genauso dickem Bauch und fettem Hintern wie die des Händlers, dazu einem winzigen, gesichtslosen Kopf und kleinen, runden Brüsten, deren Brustwarzen aus aufgesetzten bunten Sandkörnern bestanden, von denen der Verkäufer schwor, daß es sich um Rubine aus dem Brennenden Land handelte. »Hier!« rief er. »Lauf nicht vor deinem Glück davon, junger Mann! Ich habe hier ein Zauberamulett, das einen Menschen deiner Hautfärbung interessieren dürfte! Du bist doch von Geburt ein Nordmann, nicht wahr? Und welcher Nordmann würde sich die Gelegenheit entgehen lassen, ein Stück Bernstein zu erwerben? Man sagt, jedes dieser Amulette sei das Auge des Donars, des Donnergottes aus dem Norden. Ja, und wenn man es an Wolle reibt ...«

Balor ließ ihn seinen Satz nicht zu Ende sprechen. Er riß

ihm das Amulett aus der Hand und starrte es mit pochendem Herzen an. Bernstein! War es möglich? Aber nein. Es war nicht Huldres kunstvoll geschnitzter Talisman in Gestalt eines Falken. Dies war nur ein häßlicher Klumpen, in den man ein Loch gebohrt hatte, um den ebenso schmucklosen Lederriemen hindurchziehen zu können. Doch als er den Stein ansah, drängten sich Bilder aus der Vergangenheit in seinen Kopf – ein kleiner Junge, der mit einem Talisman aus Bernstein in der geballten Faust im Regen stand ... Draga, der bewußtlos am Boden lag, während Nemed über ihm stand und sich grinsend bereitmachte, ihn mit seiner Klinge aus polierter Bronze zu erschlagen ... seine Mutter, die auf der Palisade klagte ... Morrigan, die mit einem Kind in den Armen unter der Eiche stand ... Ein Kind? Wessen Kind?

Und dann sah er Dana. Sie war wunderschön. Sie stand außerhalb des Dorfes knöcheltief in einem seichten Teich. Eine Hand streckte sich aus dem Wasser. Die halb verwesten Finger bewegten sich, und dann schlossen sich Knochen und verrottetes Fleisch um den Fußknöchel des Mädchens ... Es war Maels Hand, die sich aus dem Sumpf erhoben hatte, um seine Geliebte in den Tod zu reißen.

Balor stöhnte. Das war keine Vision. Es war eine Erinnerung, die von Schuldgefühlen, Heimweh und Sehnsucht getrübt wurde. Dana mußte sich inzwischen einen Mann erwählt haben. Er konnte diesen Gedanken nicht ertragen, und auch seine zärtliche Beziehung zu Cethlinn konnte sein Verlangen nach ihr nicht vermindern. Seine Liebe zu Dana würde niemals geringer werden. Doch als jetzt seine alptraumhafte Vision verblaßte, wurde vor seinem inneren Auge Danas goldenes Haar schwarz, und ihre Augen schimmerten wie die Oberfläche eines Sees im Mondlicht. Es verwandelte sich in Morrigans Gesicht.

Morrigan! Warum mußte sie sich immer wieder in seine Träume drängen? Und warum vermißte er sie so sehr?

Mit einem Wutschrei schleuderte er dem Händer den häßlichen Bernsteinklumpen vor die Füße. »Was für

Tricks versuchst du mit mir? Lügner! Scharlatan! Versuche nie wieder, mir dein wertloses Zeug anzudrehen!«

Der Mann errötete und hob den Talisman vom Boden auf. Die Menschen in der Nähe hatten sich zu ihnen umgedreht. Es gefiel ihm überhaupt nicht, zum Opfer der Verleumdungen des jungen Mannes zu werden. Eine solche Szene war nicht gut fürs Geschäft. Er hielt das Amulett hoch, damit jeder sah, wie es trübe im Sonnenlicht glänzte. »Aber es ist Bernstein! Seht selbst! Dieser ungehobelte Kerl würde eine günstige Gelegenheit nicht einmal erkennen, wenn sie ihn beißen würde!«

Eine kleine verhutzelte Frau starrte ihn an und warnte: »Das ist doch der Kerl, der in der Gunst der Priesterin steht. Man sagt, er wäre ein Zauberer ... und hätte drei Kerle nur durch seinen Blick verbrannt. Sei lieber vorsichtig, sonst verflucht er dich!«

Der Händler funkelte Balor mit einem verbitterten Stirnrunzeln an. Das Leben hatte ihn schon vor langer Zeit gelehrt, daß er sich nicht vor Flüchen fürchten mußte. Er fürchtete nur geschäftlichen Verlust. Also blickte er den Jungen ernst und vorwurfsvoll an, als er mit einem dreckigen, pummeligen Finger auf ihn zeigt. »Sag nicht, ich hätte es dir aufgedrängt! Sag nicht, ich hätte dich betrügen wollen! Wer Bernstein fortwirft, wirft sein Glück fort! Und dabei habe ich es dir zu einem so günstigen Preis angeboten!« Damit machte er kehrt und stapfte davon. Er lächelte, als er sah, daß ihm mehrere potentielle Kunden folgten, die sich wie ein Schwarm hungriger, dummer Fische in seinen Köder verbissen hatten.

Eine ganze Weile stand Balor erschüttert in der Menschenmenge. Er wurde immer noch von Erinnerungen heimgesucht. Doch nun redete er sich ein, daß es wirklich nicht mehr als Erinnerungen waren.

»Etwas Met?« Ein Getränkehändler wagte sich in seine Nähe. »Für einen Mann des Steins natürlich kostenlos.«

Er nahm den Becher an und trank ihn aus. Er merkte sich den Standort des Verkäufers, damit er sich dem Mann später für diese Großzügigkeit erkenntlich zeigen konnte. Männer in seiner Position zahlten eine Entschädigung jedoch nicht in Form von Kauris oder Handelsgütern, sondern meistens durch einen der begehrten Plätze in der Nähe des Großen Steinkreises, wenn die Mittsommersonne aufging. Der Met war köstlich und beruhigend. Er vertrieb seine besorgten Erinnerungen. Balor dankte dem Verkäufer und ging weiter. Er fühlte sich bereits etwas besser und war froh, als er Cethlinn sah, die sich vom Stand eines Obsthändlers abwandte und zu ihm kam. Sie trug einen flachen Korb mit Früchten und hatte sich einen Ring aus knusprigem, mit Körnern bestreutem Brot über den Arm geschoben.

Sie hatte in den vergangenen Wochen besonders gut gelaunt gewirkt und traf sich jeden Tag mit ihm, um gemeinsam ihre Mittagsmahlzeit einzunehmen, bevor sie zum Heiligtum gingen, um sich mit den anderen Priestern zu beraten, die sich auf die Rituale der Nacht vorbereiteten. Sie wurden immer dringlicher, da der Zeitpunkt der Sonnenwende unaufhaltsam näherrückte.

In dieser Nacht wollte Cromm Cruach mit den Priestern in die Hügel gehen, um dort die letzten Meditationen zur Vorbereitung auf die Sonnenwende abzuhalten. Balor sollte sie als Novize begleiten. Er mußte daran denken, daß er sich jetzt auf die Initiationsriten vorbereiten würde, wenn er nicht gezwungen gewesen wäre, aus Farnmoor zu fliehen, und daß man ihn dann als erwachsenen Mann in den Clan MacLir aufgenommen hätte. Doch die Schicksalsmächte hatten ein anderes Ritual für ihn vorgesehen. Er würde in ein ganz anderes Volk aufgenommen werden. Man würde ihn als Mann des Steins ausrufen, worauf ihm eine viel größere Bestimmung bevorstand.

Als Cethlinn sich ihm näherte und ihn mit weißen, schiefen Zähnen anlächelte, wurde ihm zum erstenmal klar, wie lieb er sie inzwischen gewonnen hatte. Er hakte sich bei ihr unter, und dann gingen sie gemeinsam durch das wimmelnde Lager zu einem ruhigeren Plätzchen am Fluß. Die Sonne war warm, und die Frau an seiner Seite war so duftend und voller Leben wie das frische Brot, das sie trug. Bei den Schicksalsmächten, dachte er, ich bin hier wirklich glücklich!

Und Cethlinns lächelte noch mehr, als sie sein Glück spürte. Sie hielt seinen Arm und war froh, daß heute nacht die rituellen Meditationen beginnen würden, die ihren Höhepunkt in der Sonnenwendzeremonie fanden, wenn er zum Priester des Steins geweiht werden würde. Nach ihrer Mahlzeit am Flußufer würden sie gemeinsam zum Heiligtum gehen, und von da an war ihnen nach der Tradition jedes Gespräch verboten. Sie würden ihre Gedanken zu den Sternen schicken, und sie würde darauf achtgeben, daß niemand die Neuigkeit an Balor verriet, die seit der Ankunft der jüngsten Pilgergruppe im Lager die Runde machte. Demnach segelte eine große Flotte von Schiffen die Küste entlang, eine Kriegsflotte, die Segel so rot wie Blut in der Sommersonne, mit dem schwarzen Rad des Hauses von Nemed MacAgnomain, das wie das Auge eines Raben blickte und aus der Ferne nach dem verborgenen Dorf eines Feindes suchte, den man längst tot geglaubt hatte.

Sie sah zu Balor auf, während sie gingen, und obwohl sie spürte, wie der Schatten des Unbehagens ihre Stimmung verdüstern wollte, ließ sie sich davon nicht beirren. Wenn du wüßtest, daß Nemed in der Nähe ist, würdest du mich verlassen. Wenn du wüßtest, was sein Ziel ist, würdest du deinen Schwur brechen, den du dem Stein gegeben hast. Obwohl du noch nicht dazu bereit bist, würdest du versuchen, deine Lieben zu verteidigen. Doch er würde dich mit einem Schlag niederstrecken. Also werde ich dich hier festhalten. Ich habe mein ganzes Leben lang auf dich gewartet, und ich werde dich jetzt nicht loslassen, Balor. Irgendwann, aber nicht jetzt. Zu meinem und deinem Wohl, aber hauptsächlich zum Wohl deines Kindes, das ich jetzt in mir trage, werde ich dich nicht gehen lassen!

Die Woche verging mit Fasten und Meditation in der Abgeschiedenheit. Balor suchte sich dazu einen Ort in den sanft gewellten Hügeln aus, weit von der Ebene des Großen Steinkreises entfernt. Heute war der letzte Tag der aufsteigenden Sonne gewesen. Morgen würde die Sonne den längsten Bogen über den Himmel ziehen, worauf die Tage dann wieder kürzer wurden, bis die helle Jahreshälfte schließlich in den Winter überging.

Als Balor jetzt auf dem Rücken lag und in den Himmel starrte, war es kurz nach Mitternacht und noch einige Stunden bis zur Morgendämmerung. Die Feuer, die auf der fernen Ebene des Großen Steinkreises gebrannt hatten, waren erloschen. Es gab nichts mehr, was ihn vom Sternenlicht ablenkte. Balor nahm den Anblick tief in sich auf. Die Nacht erfüllte ihn mit einem tiefen Frieden der Gedanken.

Frieden. Ja, die letzten Tage hatten ihm Frieden gegeben. Irgendwann hatte er aufgehört, diesen als Feind zu betrachten, als etwas, nach dem nur Feiglinge wie sein Vater strebten. Im Gegensatz zu seinem Erzeuger war er nicht vor seiner Bestimmung geflohen. Für ihn gab es keinen Zweifel, daß er eines Tages all das sein würde, was Cethlinn und Cromm Cruach für ihn vorhergesehen hatten, all das, was sein Vater hätte sein können, wenn er nicht umgekehrt wäre und einen einfacheren Weg eingeschlagen hätte. Doch ein Mann mußte zwischen den Herzschlägen atmen. Er mußte wieder zu Kräften kommen. Und mit Frieden ließ sich die Zwischenzeit recht gut ausfüllen.

Balor schloß halb die Augen und ließ das Sternenlicht durch einen schmalen Lidspalt eindringen. Es zerfloß in bunte Farben, Weiß wurde zu Rot und Blau, zu Grün und Gelb, zu flimmernden Strahlen. Er drückte vorsichtig seine Daumen auf die Augenlider. Die Farben wirbelten durch die endlosen Weiten seiner Phantasie, und es kam ihm vor, als wäre er wieder ein kleiner Junge, der unter seinen warmen Bettfellen lag und von einer goldenen Ebene träumte, die unter den Sternen schimmerte, während Huldre zu Fomor von fernen Inseln flüsterte und von singenden Steinen und einem mächtigen Herrn erzählte, der eines Tages das sagenhafte Einhorn fangen und auf seinem Rücken ausreiten würde, um zum Herrscher der ganzen Welt zu werden.

»Balor ...«

Die Stimme riß ihn aus seinen Träumereien. Er setzte sich auf und blickte nach Osten, wo das erste Licht der Dämmerung violett über dem Horizont schimmerte. Der Umriß eines einsamen Reiters zeichnete sich deutlich vor dem Nachthimmel ab. Er streckte Balor seine Hand hin, während sein großes weißes Pferd unruhig tänzelte und leise schnaufte.

»Komm, Balor! Bald wird die Sonne aufgehen. Du mußt jetzt zwischen die Steine treten. Endlich ist die Zeit für dich gekommen, dein Schicksal anzunehmen.«

Es war Sterngucker. Balor erhob sich und stieg auf, dann ritten sie schweigend los, von den Hügeln auf die heilige Ebene hinunter, die bald im goldenen Glühen des Aufgangs der Mittsommersonne erstrahlen würde.

Und so geschah es, daß Balor, der Enkel Manannans, der erstgeborene Sohn Fomors, des Wolfes der Westlichen Stämme, und der Sohn Huldres, der Tochter des Landes des Nordwindes, im Großen Steinkreis stand. Er kam in einer Prozession mit anderen Novizen und den Ältesten aus der Priesterschaft. Er kam mit Cromm Cruach zu seiner Rechten und Cethlinn zu seiner Linken durch ein schweigendes Meer aus Tausenden von Zuschauern. Keine einzige Fackel und kein Feuer brannte, doch Balor spürte die Flamme des Glaubens und der Erwartung, die immer hell in der sterbenden Nacht leuchtete, während die gewaltige Versammlung von Pilgern darauf wartete, daß die Sonne an diesem Tag neu geboren wurde.

Er war schwach und benommen vor Hunger, hatte sich aber nie zuvor stärker gefühlt, und nie zuvor waren sein Geist klarer und seine Sinne schärfer gewesen. Zusammen mit den anderen Novizen streckte er sich auf dem heiligen Boden des Inneren Kreises aus. Die Arme ausgebreitet, die Beine geschlossen, blickte er genau nach Osten und sah den fernen Markierungsstein, der sich zwischen den Trilithen, vor denen er lag, in die verblassende Nacht erhob.

Es war, als würde das Gewicht der Unendlichkeit auf die Ebene drücken. Dann setzte der leise Gesang ein. Es war ein tiefer und stetiger Rhythmus ohne Melodie, der sich hob und senkte, wie das Meer sich erhebt und das Land überflutet und wie das Land selbst sich über dem geschmolzenen Kern der Welt hob und senkte. Der Gesang war in der Sprache des Alten Volkes gehalten, das die Geschichte der Zeitalter vor diesem Zeitalter erzählte. In Bruchstücken war es aus uralten Zeiten bis zu den Priestern dieses Tages überliefert worden. Nur sie kannten die Worte. Trotzdem verstand Balor – nicht die Worte selbst, aber die Bedeutung. Dieses Wissen steckte in seinen Knochen und seinem Blut.

»So sei es!« rief er und wußte, daß er nur für diesen Augenblick auf die Welt gekommen war. Die Steine waren wirklich über das Heideland gewandert. Die helle, weiße Feuerspur des fallenden Sternes hatte ihn wirklich gerufen. Hierher. Er stand auf, hob die Arme und warf den Kopf zurück, damit er die letzten verblassenden Sterne der Nacht über sich sehen konnte, während die Sonne aufging. In diesem Augenblick war er mit ihnen vereint und mit der Erde unter seinen Füßen, ein Mensch des Lichts und der Dunkelheit, eins mit der Sonne und der Gesamtheit der unermeßlichen wirbelnden Welten, die in die unendliche Harmonie der Schöpfung eingebettet waren.

Langsam begann die Menge außerhalb des hoch aufragenden Kreises der Trilithen zu tanzen, während sie weitersang, wie ein gewaltiges, stürmisches Meer aus Gras, das vom Wind durchkämmt wurde. Und Balor kam es vor, als würden die Steine mit der Menschenmenge schwanken. Es war unmöglich, und doch bewegten sie sich, neigten sich nach innen und umschlossen ihn. Dann entrang sich ihnen ein Seufzer, ein tiefer, stimmloser Laut.

Kein anderer außer Balor und Cromm Cruach hörte den Laut. Die Steine sangen. Sie hießen ihn willkommen und bestätigten seine Anwesenheit in ihrem heiligen Kreis. Er war derjenige, der verheißen worden war!

»Balor!« Lorcans Ruf schallte durch die Versammlung. Die Priester und Novizen hatten den Inneren Kreis verlassen. Sie gingen über die hohe Straße der Prozessionen zum Markierungsstein, während die Menge im Licht der erwachten Dämmerung sang. Balor hörte den Ruf des Jungen nicht. Er ging, als hätte seine Seele sich von seinem Körper gelöst. Er hatte den Schwur geleistet, der ihn für immer als Priester des Steins gebunden hatte. Er war mit Cethlinn vor Cromm Cruach getreten, um seinen Segen für ihre Verbindung entgegenzunehmen. Er war zufrieden gewesen, denn er wußte, daß er die Steine um nichts mehr bitten konnte, was die Schicksalsmächte ihm nicht bereits gegeben hatten.

Dann rief der Junge noch einmal seinen Namen. Balor erkannte die Stimme des Kindes, noch bevor Lorcan sich durch die Menge gedrängt hatte, um zu ihm zu laufen, seine schlanken, knochigen Arme um Balors Beine zu schlingen und sich mit einem wilden Schluchzen der Verzweiflung an ihn zu drücken. Er hob den kleinen Jungen auf und war vorübergehend verwirrt, weil er sich nicht erklären konnte, wie Dragas Sohn zu ihm auf die Ebene des Großen Steinkreises gelangt war. Dann sprach der Junge, und Balor kehrte schlagartig in die Welt zurück. Er spürte, wie die Sonne und die Sterne zurückfielen, als er mit Lorcan auf dem Arm die Prozession der Gläubigen verließ. Er kehrte dem Großen Steinkreis den Rücken zu und lief durch die Versammlung zum Fluß und zum Lager, das er mit den Männern aus Eireann geteilt hatte. Dort lag versteckt im Weißdorngebüsch sein Schwert. Obwohl ihm zahllose Augen nachstarrten und ein beunruhigtes Raunen über seinen Weggang durch die Menge ging, blickte er sich nicht ein einziges Mal um. Er wußte, was er tun mußte.

»Du darfst nicht gehen! Du hast vor dem Stein geschworen, daß du hierbleiben wirst! Im Licht der aufgehenden Mittsommersonne hast du es geschworen! Du kannst diesen Schwur nicht brechen, sonst hast du für immer dein Glück verwirkt!«

Die Leidenschaft in Cethlinns Stimme rührte ihn nicht. »Das Glück war noch nie mein Verbündeter, Cethlinn. Ich war ein Narr, als ich dachte, die Schicksalsmächte hätten es mir jetzt endlich gegönnt.«

Sie befanden sich auf der anderen Seite des Flusses im Lager der Männer aus Eireann, in das Cethlinn ihm gefolgt war. Er zog seine Handgelenkschützer über und befestigte das Schwert in der Scheide an seinem Gürtel. Lorcan starrte mit aufgerissenen Augen auf die Waffe, während einer der Pilger, die den Jungen gefunden und zur heiligen Ebene gebracht hatten, wissen wollte, welche Beziehung es zwischen Balor und dem Kind gab. Der Pilger hatte Lorcan ins Herz geschlossen.

Balor erklärte ihm, daß Lorcan der Sohn seines Onkels war. »Er kann bei dir bleiben, wenn du es wünschst, denn er kann mich nicht begleiten.« Er blickte Lorcan an und versuchte, die Verzweiflung und den Schmerz in seinen Augen zu vertreiben. »Das mußt du verstehen. Wenn es eine Chance gibt, daß Dana und die anderen noch am Leben sind, muß ich versuchen, sie zu finden und ihnen zu helfen. Du kannst nicht mit mir kommen, Lorcan. Es wäre zu gefährlich.«

»Das ist es in der Tat, junger Mann«, bestätigte der Pilger, »denn die Räuber, von denen das Kind spricht, trugen seiner Beschreibung nach die Farben des Hauses von Nemed MacAgnomain. Wir haben Dutzende dieser Teufelsschiffe an verschiedenen Stellen entlang der Küste gesehen. Den Gerüchten zufolge sollen sie sich in Alhorn treffen, und dann werden es über fünfzig Schiffe sein, jedes mit mindestens dreißig von Nemeds Männern an Bord. Du sprichst von fast zweitausend Schwertkämpfern, die entschlossen sind, ins Landesinnere gegen einen Feind zu ziehen, den man bereits für tot gehalten hat. An deiner Stelle würde ich mich ihnen nicht in den Weg stellen, junger Mann. Die Frauen, von denen du sprichst, solltest du lieber vergessen. Es gibt keine Chance für dich, sie je zurückzuholen. Du kannst ihnen nur noch dein Mitleid geben, genauso wie dem Wolf, wenn die Raben sich aus dem Hinterhalt auf ihn stürzen, denn sein Tod steht bereits in den Sternen geschrieben.«

Die Welt schien sich um Balor zu drehen. Er starrte Cethlinn an, als wäre sie eine Fremde. »Hast du davon gewußt?« fragte er, doch dann las er die Antwort in ihren Augen. »Du hast es gewußt und mir kein Wort davon gesagt?«

Findias, der Riese, schüttelte den Kopf und lachte trocken. »Warum hätte sie es dir sagen sollen? Damit ihr kostbares Haustier davonläuft, um sich den Kopf von Nemed zu holen und dabei nur seinen eigenen zu verlieren?« Er schnalzte mit der Zunge. »Das eigentliche Problem ist die Zeit ... wenn wir mehr davon hätten, könnten wir zur Fernen Insel zurücksegeln und den Männern von Eireann sagen, daß der Herr des Clans MacLir von den Westlichen Stämmen noch lebt. Bei den Steinen, Junge, das wäre ein Anlaß für sie, sich wieder zu verbünden – um an der Seite des Wolfes gegen Nemed zu kämpfen. Wenn wir ihnen versprechen könnten, daß der Wolf sie anführt, könnten wir eine Flotte von Schiffen zusammentrommeln, wie sie die Welt noch nicht gesehen hat! Wir würden uns Nemeds Kopf holen! Gemeinsam könnten wir es schaffen. Doch nachdem die Flotte des Raben bereits die Küste hinaufsegelt, ist es zu spät dazu. Und solange der Wolf nichts von der Gefahr ahnt und seine Streitmacht nicht der seiner Gegner ebenbürtig ist, ist alles für ihn verloren.«

Als Balor sprach, sprach er leise, fast als würden die Worte aus dem Mund eines Fremden kommen. »Wie seid ihr, du und deine Gefährten, nach Albion gekommen?«

»Über das Meer. In einem guten, starken Schiff. Warum fragst du?«

»Und hier auf der heiligen Ebene gibt es unter den Tausenden versammelter Pilger nicht andere von eurer Insel, Männer, die du kennst und die ebenfalls Nemed verabscheuen?«

Es war Muri, der nähertrat, nachdem er am Ufer des Flusses gestanden und zugehört hatte. »Ja«, sagte er. »Und alle haben ihre Waffen dabei, die sie in heiligen Wäldern versteckt haben oder am Strand von Männern bewachen lassen, die auch ...«

»Ihre Schiffe bewachen«, vollendete Balor seinen Satz. In ihm brannte jetzt ein Feuer, und er war vor Entschlossenheit wie eine straffe Bogensehne angespannt. »Was denkst du, wie viele Schiffe zu einer Flotte unter den Farben des Wolfes vereint werden könnten?«

Muris Augen leuchteten. »Etwa genauso viele wie die Schiffe, die unter roten und schwarzen Segeln fahren!«

»Vielleicht sogar noch mehr!« bestätigte Gorias grinsend, so daß sein künstlicher Zahn im Sonnenlicht funkelte. »Und viele sind mit den starken, tödlichen Bronzeschwertern Eireanns bewaffnet!«

»Aber wir sind nicht so geübt im Schwertkampf wie Nemeds Männer«, warf Ogma ein. »Und viele wie auch ich haben noch nie in einer Schlacht gekämpft.«

Doch seine Worte konnten Findias' Begeisterung nicht abkühlen. Dieser Junge war in der Tat ein kühner und schlauer Bengel. Seine Überlegungen waren so vernünftig, daß Findias sich fragte, warum er nicht von selbst darauf gekommen war. »Und wer soll die Männer auf den Schiffen dieser großen Flotte aus Eireann anführen? Du? Du Möchtegern-Herr des Steins? Und wie sollen wir das Versteck des Wolfes finden? Etwa durch deine Zauberkräfte? Ist es das, was wir den Männern sagen sollen, die du in den Kampf gegen Nemed MacAgnomain führen möchtest?«

Balor fühlte sich ungewöhnlich ruhig und ausgeglichen. »Du kannst ihnen sagen, daß Balor sie anführen wird und daß er sich auf ihre Weisheit und ihren Kampfwillen verlassen wird, um gegen einen gemeinsamen Feind zu siegen. Du kannst ihnen sagen, daß ich sie zu einem gerechten

Rachezug gegen jene auffordern will, die meine Familie niedergemetzelt und das Land der Westlichen Meere unterjocht haben. Du kannst ihnen sagen, daß Balor sie auffordert, sich mit dem Wolf zu verbünden … denn ich bin sein Sohn … und ich kann sie zu seinem Dorf führen.«

Cromm Cruach ritt mit ihnen bis zur Meeresküste. Den ganzen langen Weg schwieg er, genauso wie Cethlinn, die ihre Stute in der Nähe des schönen weißen Pferdes hielt, das Balor als Reittier erhalten hatte. Als sie das Land durchquerten, das ihnen beiden vertraut war, spürte Balor, wie Cethlinn ihn beobachtete und noch einmal ihre Reise durch das wilde Land in Gedanken durchlebte. Sie kamen an der Stelle vorbei, wo sie von den Räubern überfallen worden waren. Balor suchte unwillkürlich nach Anzeichen für ihre Leichen, doch es war nichts zu sehen. Es war, als würde man versuchen, einen Traum weiterzuträumen, noch einmal dort anzufangen, wo man aufgewacht war. Ein Jahr war vergangen, und der Junge, der von der Küste aufgebrochen war, war nun ein Mann, der zur Küste zurückkehrte … mit Cethlinn, seiner Frau, neben ihm, und mit Cromm Cruach, dem Herrn des Steins, die ihn von allem fortführten, was er lieben gelernt hatte, von allem, was die Schicksalsmächte ihm zu Füßen gelegt hatten. Als sie durch den Wald ritten, in dem die Menhire standen, zügelte er sein Pferd und starrte sie eine Weile an, während er sich daran erinnerte, daß sie ihn vor so langer Zeit beobachtet hatten. Ihm war es vorgekommen, als ob sie ihm gefolgt waren und vor der Gefahr gewarnt hatten. Er atmete tief durch, als er sich an andere Steine und sein Gefühl der Verbundenheit mit dem Unendlichen erinnerte.

»Es ist noch nicht zu spät zur Umkehr …« Cethlinns Stimme war sehr leise, ohne jede Empfindung, und doch schien sie auf ungesagte Worte und ungeteilte Gefühle hinzudeuten.

Er rechnete damit, daß sie sich bei ihm entschuldigte

oder daß sie ihm erklärte, warum sie ihm die Wahrheit verschwiegen hatte, um ihn zu halten. Doch er würde ihr niemals verzeihen können, und als sie weiterhin schwieg, ritt er weiter. Es gab nichts, was sie ihm sagen konnte, um ihn zur Umkehr zu bewegen. Sie konnte ihn niemals besitzen. Dana brauchte ihn. Farnmoor war in Gefahr. Und Nemed MacAgnomain war für ihn endlich in greifbare Nähe gerückt, so daß Balor es wagen konnte, sich ihm zu stellen, und ein Sieg für ihn möglich geworden war.

Sie näherten sich der Küste. Er konnte das Salz in der zunehmenden Feuchtigkeit der Luft riechen. Auch die Männer aus Eireann bemerkten es und stimmten ein Lied über das Meer an. Sie gingen zu Fuß wie die meisten der Männer, die sie hatten überzeugen können, sich ihnen anzuschließen. Nur ein paar, deren Schiffe groß genug waren, hatten Pferde mit nach Albion genommen.

Balor ritt in beständigem Tempo weiter. Bald erreichten sie die Küste, und alles war noch genauso wie in seiner Erinnerung. Reiher wateten im seichten Wasser, und Bienen umschwirrten die Wildblumen, während die Mücken wie angreifende Armeen im Wind summten. Er blickte sich um und beobachtete, wie seine Armee sich am Ufer versammelte. Es waren nicht annähernd so viele, wie die Männer aus Eireann in ihrer ersten Begeisterung zusammenzutrommeln gehofft hatten. Doch als das letzte Pferd und die letzten Nachzügler aus dem Wald kamen, hatte Balor fast zweihundert Männer gezählt. Und Gorias hatte ihm versichert, daß es fast doppelt so viele sein würden, wenn die Männer, die zur Bewachung der Schiffe zurückgeblieben waren, hinzukamen.

So kam es, daß diese Männer aus Eireann – und etliche von den nahen und fernen Küsten Albions und aus dem Land jenseits des Meeres –, die sich zur Feier der Sommersonnenwende versammelt hatten, für eine Streitmacht gewonnen werden konnten, die zur Vernichtung von Nemed MacAgnomain ausziehen sollte, vor allem nachdem sie sahen, daß Cromm Cruach, der Hohepriester des Steins, mit denen ritt, die dieses Unternehmen anführten.

Balor hatte zu Anfang gar keinen Plan, doch mit Hilfe dessen, was die kampferprobten Männer aus Eireann sagten, gelang es ihm, den Weg in seinem Geist bald deutlich vor sich zu sehen. Die Schicksalsmächte hatten ihm eine Möglichkeit eröffnet, als der Sturm Nemeds Flotte geteilt hatte. Den letzten Gerüchten zufolge befanden sich die meisten Schiffe der Flotte immer noch irgendwo im Süden in der Nähe des Landes, um Reparaturen durchzuführen. Einige andere hatte es durch den Sturm nach Norden verschlagen. Diese Schiffe wollte Balors Streitmacht angreifen, wenn sie nordwärts fuhren, bis sie an Land gingen und sich dem Wolf anschlossen. Balor hatte ihnen gesagt, daß das Dorf seines Vaters zu einer guten Festung ausgebaut worden war. Er hatte ihnen jedoch nicht gesagt, daß die Kämpfer des Clans MacLir kaum Bronze hatten, daß Krankheiten ihre Zahl halbiert hatten oder daß der Wolf nur noch ein Schatten des Mannes war, der er in den Tagen des Ruhms einmal gewesen war. Irgendwo im Norden an der Küste wurde Dana gefangengehalten, und er ließ den Gedanken nicht zu, daß sie bereits tot sein könnte. Er würde sie finden und sie nach Farnmoor zurückbringen, und dort würde er mit einer Armee gut bewaffneter Männer im Rücken seinen Vater dazu zwingen, wieder zum Wolf zu werden, damit sie Nemeds Streitmacht besiegen und endlich Rache im Namen des Clans MacLir nehmen konnten.

Es waren Wolken am Himmel, als Balor sich von Cethlinn verabschiedete.

»Ich werde dich niemals vergessen«, sagte er zu ihr. »Ich werde mich immer daran erinnern, wie du mir das Leben gerettet und dein Leben mit mir geteilt hast.«

Sie waren von ihren Pferden abgestiegen. Sie standen abseits, und das Gefühl der Verbundenheit, das sich zwischen ihnen entsponnen hatte, war zum Zerreißen gespannt, aber stark. »Du wirst zurückkommen«, sagte Cethlinn. Sie griff nach seinen Händen und hielt sie fest, als drohe sie zu ertrinken, wenn er ihr keinen Halt gab. Sie wollte ihm ihr Geheimnis nicht verraten. Sie konnte es nicht. Jetzt noch nicht. Er würde nur glauben, daß sie ihn verzweifelt zu halten versuchte. Er würde nicht glauben, daß sie wirklich schwanger war. Sie konnte nichts mehr sagen, was ihn noch von seinem Vorhaben abbringen könnte. »Du mußt zurückkommen! Hier liegt dein Schicksal.« Doch in Wirklichkeit flehten ihre Worte ihn an, nicht zu gehen, sondern zu bleiben. Und tief in ihr rührte sich ein kalter Wind der Vorahnung – er hatte sich von den Steinen abgewandt und damit für immer sein Glück verwirkt.

Ihr Vater beobachtete sie mit ruhiger Nachdenklichkeit, wie er es in diesen Tagen oft tat, und ging zu ihnen hinüber. »Niemand von uns kann jemals zurückkehren, Cethlinn. Wir reiten auf dem Wind des Schicksals. Und wohin er uns auch wehen mag, wir können immer nur vorwärts weiterziehen.«

»Sprichst du wieder in Rätseln, Sterngucker?« fragte Balor.

Beide Männer wurden von Erinnerungen überwältigt. Cromm Cruach lächelte, als er die Vergangenheit wachrief. »Das ganze Leben ist ein Rätsel, mein Junge. Eines Tages werden wir es vielleicht lösen. Aber jetzt scheint es, daß das Schicksal uns wieder einmal auf getrennte Wege geführt hat.«

Wolken zogen hoch über ihnen auf, dunkle Wolken, die von hohen Winden getrieben wurden, die nicht die Erde berührten. Dennoch wurde Cromm Cruach kalt, weil er sah, wie sie sich in die Gestalten wilder und gefährlicher Bestien verwandelten. Er sah Wolfsrudel, die über den Himmel hetzten, und zwischen den Wölfen trieb ein Falke auf dem Rücken des Windes dahin – kein Falke aus Wolken, sondern aus Fleisch und Federn, mit einem scharfen Schnabel und wachsamen Augen.

Cromm Cruach drehte sich zu Balor um und umarmte ihn. Und er wußte, daß es das letzte Mal sein würde, als er dachte: Möge der Segen des Steins dich nicht im Stich lassen … mögen die Zwölf Winde günstig in deinem Rücken wehen, denn die Welt wird dunkel, und Wölfe jagen über das Land. Ihr Ruf an dich ist stärker als der Gesang der Steine. Du mußt ihnen folgen. Bei ihnen liegt nun dein Schicksal, in Blut und Dunkelheit.

31

Sie stießen nach Norden vor. Lorcan führte sie zu der Stelle, wo er die Sümpfe verlassen hatte und auf das Meer gestoßen war. Sie sahen keine Schiffe mit roten und schwarzen Segeln, sondern nur die Spuren von Lagerfeuern, die vor langer Zeit gebrannt hatten. Balor und eine kleine Gruppe, die aus Findias, Gorias, Muri und Ogma bestand, rückten in den Sumpf vor, um nach der Stelle zu suchen, wo die Vergewaltigung der Frauen und der Mord an den Männern und Kindern aus Dragas Familie stattgefunden hatte. Findias war der Meinung, daß die Frauen vermutlich benutzt und dann getötet worden waren, da Frauen für eine Kampfgruppe nur hinderlich waren. Und wenn sie nach Alhorn im Norden unterwegs waren, würden sie sich dort wieder ihr Vergnügen zu einem billigen Preis bei den vielen Huren und Sklavinnen kaufen.

Durch den Gestank nach verwesendem Fleisch und dem Lärm der Aasvögel wurde Balors Gruppe bald zu der Stelle geführt. Zuerst entdeckten sie Ealas Leiche, die grausam verstümmelt neben den blutigen Überresten der Kinder lag. In unmittelbarer Nähe fanden sie die enthauptete Leiche des Rotbarts, den sie genauso wie die anderen nur aufgrund der Kleidung erkannten. Die Raubtiere und Aasfresser der Sümpfe hatten ganze Arbeit geleistet. Von Dana und Uiane war nichts zu sehen, und auch die Köpfe der Männer waren verschwunden; vermutlich hatten die Räuber sie als Trophäen mitgenommen.

Balor stand lange reglos über Dragas Leiche, während die anderen ein Grab für die Toten aushoben. Seine Reaktion auf das Ende des Rotbarts war anders, als er erwartet hatte. Er empfand keine Befriedigung, sondern ein großes

Bedauern. Warum spürte er keinen Haß auf den Mann, der Balor im Sumpf hatte vergraben wollen, um seine eigenen Ziele zu fördern? Warum erinnerte er sich nicht an die Durchtriebenheit und den Egoismus des Mannes, sondern nur an sein tiefes Lachen, seine strahlenden, wachsamen Augen und das Aufblitzen seiner weißen Zähne in dem roten Bart? Warum erinnerte er sich nur an die guten Zeiten, die Scheinkämpfe, mit denen sein Onkel die Jungen auf dem Übungsfeld herausgefordert hatte, und an die freundschaftlichen Zweikämpfe, die er halbnackt mit Knüppeln oder bloßen Händen gegen Fomor ausgetragen hatte, als die Macht seines großen, rotbehaarten Körpers von niemandem außer dem Herrn selbst hatte überwunden werden können?

Er dachte an ihn, wie er sich in jener Nacht in Alhorn Creugas im Feuerschein gestellt und ihn niedergeworfen hatte, um dann lachend für die Menge und die gescheckte Frau die Siegerpose einzunehmen.

Uiane ... wo mochte sie jetzt sein? War Dana bei ihr? Waren sie noch am Leben, oder waren sie getötet worden?

Er nahm den Anblick von Dragas geschändeter Leiche in sich auf. Kein Mann hatte einen solchen Tod verdient. Niemand. Außer Nemed oder die Männer, die dieses Verderben über Draga und seine Familie gebracht hatten.

»Sie sind bestimmt die Küste hinauf nach Alhorn weitergezogen«, sagte Findias. »Da sie die Frauen hier nicht getötet haben, vermute ich, daß sie sie zu ihrem Vergnügen und zum späteren Verkauf mitgenommen haben. Wenn die Frauen ihnen keine allzu großen Probleme bereiten, sind sie wahrscheinlich noch am Leben ... doch in welchem Zustand ... nun, das müssen wir herausfinden.«

In dieser Nacht träumte Balor, wie sich Draga kopflos aus seinem Grab erhob, und als er schweißgebadet erwachte, spürte er das Schwanken und Rollen des großen, bauchigen Schiffes der Männer aus Eireann. Sie segelten weiter, und bald nahm der Himmel das trübe, verwaschene Aussehen einer von Wolken verdeckten Dämmerung an. Sie sahen keine Schiffe außer denen ihrer eigenen Flotte. Am Morgen frischte der Wind auf. Sie setzten ihr breites Segel aus Leder, und Balor dachte an seinen Großvater, den er niemals kennengelernt hatte, an Manannan MacLir, dessen Name »Sohn der See« bedeutete, und an die Schiffe, die Fomor verbrannt hatte, als er sein Volk ins Landesinnere geführt hatte, um in den wilden Mooren Albions ein Leben des Friedens zu finden.

Sie kamen gut voran. Findias zeigte ihm die Landmarken, während sie sich entlang der Küste fortbewegten, und sagte ihm, wie die Strömungen vor jeder Landspitze und jeder Bucht verliefen. Balor wurde neugierig. Er fragte ihn, woher ein Mann aus Eireann diese Gewässer so gut kannte. Der Riese lachte, genauso wie die anderen Männer an Bord.

Muri spuckte leewärts. »Wir sind Seeräuber, wenn uns der Sinn danach steht, Junge. Piraten. Wir überfallen die Küstendörfer Albions, die offenen Handel mit Männern wie Nemed treiben … denn nur weil sie mit solchen Teufeln handeln, werden sie dazu ermutigt, sich hier herumzutreiben und auch über Eireann herzufallen, wenn sie übermütig werden.«

»Sag dem Jungen, was du dir bei dem Stein gewünscht hast, Mann«, drängte Findias.

Muri zuckte die Schultern und rieb sich den Bart, der wie angesengt aussah. »Ich habe mir gewünscht, eines Tages mit einer großen Flotte und mit gleichgesinnten Männern nach Alhorn zu segeln, um die gesamte Siedlung zusammen mit allen fremden Händlern bis auf die Grundmauern niederzubrennen. Doch zuvor werde ich die Stadt plündern und mein Schiff mit so vielen Reichtümern beladen, wie ich nach Eireann bringen kann, ohne daß es unterwegs versinkt.«

Balor dachte an Alhorn mit den schmalen Gassen und Gebäuden aus Holz und Reet, an Horsa, den Faktor des Handelspostens und Diener seines Mentors Nemed MacAgnomain, des Prinzen von Achaia, an seine schlechte Behandlung durch den Tuchhändler, an die erniedrigten Sklavinnen, an die Entehrung seines eigenen Volkes und daran, wie das Leben dort pulsierte, so wimmelnd und stinkend wie die Maden in einer offenen Abfallgrube von Farnmoor.

»Hilf mir, die Frauen meines Clans wiederzufinden, Muri, und ich schwöre bei den Zwölf Winden, daß ich selbst die Fackel für dich entzünden werde, mit der du dann die Siedlung in Brand steckst.«

»Ich werde dir helfen, sie zu finden, ob tot oder lebendig«, versprach Muri.

»Sie *werden* am Leben sein!«

Wieder spuckte der Mann, doch diesmal drehte er seinen Kopf nicht weit genug herum, so daß Speicheltropfen in seinem Bart landeten. Er verzog das Gesicht und wischte sie mit dem Handrücken ab. »Vielleicht wäre es besser für sie, wenn du ihnen den Tod wünschst, Junge, vor allem der Blonden, wenn sie wirklich so hübsch ist, wie du sagst.«

Sie sahen die scharlachrote Farbe des Segels, noch bevor sie das Schiff sahen. Es lag in einer schmalen Bucht auf dem Strand. Das Segel war auf dem Deck zusammengepackt, ein großer, länglicher Hügel aus Farbe. Es war Ebbe, und das Schiff lag hoch auf dem Trockenen. Zwei Männer waren an Bord und reparierten den Mast, während ein Dutzend weiterer am Wasser standen und aufs Meer hinausstarrten. Sie hielten Schwerter in den Händen, und der Mann, der an einer großen Feuerstelle hockte, hatte seine Waffe über die Knie gelegt. Ihm gegenüber drängten sich zwei Frauen aneinander – eine Blonde und eine Rothaarige.

Wenn es nach Balor gegangen wäre, hätte er sich sofort über Bord gestürzt, um möglichst schnell zu ihnen zu gelangen, doch Muri packte ihn an den Haaren und sagte ihm, er solle bleiben. »In diesem Spiel gibt es bestimmte Regeln. Wenn du sie nicht beachtest, wirst du nicht lange genug überdauern, um sie jemals zu beherrschen.«

Sie hielten sich in einiger Entfernung vom Ufer und machten keine Anstalten, an Land zu gehen. Auf diese Weise brachten sie ein gutes Stück Weg hinter sich, bis die Männer aus Eireann überzeugt waren, daß sich keine weiteren feindlichen Schiffe mit roten und schwarzen Segeln in der Nähe aufhielten. Dann wurden auf Findias' Befehl etwa zwanzig Männer nördlich der Bucht an der Küste abgesetzt. Sie sollten sich dem Lager von Nemeds Männern von der Landseite nähern, während Findias und eine handverlesene Truppe von Schwertkämpfern offen in die Bucht einlaufen wollten. Sie wollten sich als freundliche Pilger ausgeben, die von der großen Versammlung auf der heiligen Ebene im Süden heimkehrten, und darum bitten, gemeinsam eine Abendmahlzeit einzunehmen und die Nacht am Lagerfeuer zu verbringen. Wenn die Männer am Strand wegen der schweren Bewaffnung mißtrauisch wurden, sollten die zwanzig Kämpfer in ihrem Rücken die Frauen in Sicherheit bringen. Dann konnten Nemeds Leute erschlagen und für die Aasfresser zurückgelassen werden, wie sie es mit Dragas Familie gemacht hatten.

Die Männer aus Eireann freuten sich bereits auf die »kleinen Kampfübungen« und wollten das achaische Schiff beschlagnahmen. Nachdem sie Nemeds Zeichen abgeschlagen und das verhaßte rot-schwarze Segel zerfetzt haben würden, sollte es von Ruderern angetrieben werden, bis sie es in Alhorn mit einem neuen Segel ausstatten konnten. Man würde die Frauen aus Balors Clan retten und Vergeltung üben.

Balor wurde daran gehindert, mit Findias und seinen Männern in die Bucht zu rudern.

»Wenn die Frauen mit irgendeinem Zeichen verraten würden, daß sie dich kennen«, erklärte Muri, »wäre das Spiel verdorben. Nemeds Männer würden versuchen, sie als Schild zu benutzen. Sie würden niemals lebend den Strand verlassen, Junge. Glaub mir, so etwas habe ich schon erlebt.«

Balor funkelte ihn wütend an, weil er überzeugt war,

daß Muri log und ihn nur wegen seiner Unerfahrenheit von der Teilnahme ausschließen wollte. Er sagte es ihm.

Muri schüttelte traurig den Kopf. »Als vor vielen Jahren meine eigenen Schwestern geraubt wurden, rannte ich mit einer Handvoll Hitzköpfe los, die genauso jung wie ich waren, um sie zu rächen. Wir hatten Schwerter aus der Schmiede meines Vaters mitgenommen. Mein Vater selbst war zusammen mit meinen Schwestern gefangengenommen worden, so daß er uns nicht vor dem warnen konnte, was wir für ein heldenhaftes Unterfangen hielten. Tagelang verfolgten wir sie, die Männer Nemed MacAgnomains. Als wir sie fanden, stürzten wir uns sofort auf sie. Und meine älteste Schwester – die als einzige noch bei Verstand war, nach dem, was man ihnen angetan hatte – rief vor Freude unsere Namen. Sie wurde unverzüglich erschlagen. Meine Freunde und Verwandten wurden getötet, und ich wurde zum Gefangenen. Fünf lange Jahre war ich ein Sklave in Alhorn. Also erzähle mir nicht, was du tun möchtest, Junge! Wenn du wirklich der Sohn des Wolfes bist, dann sei ein Wolf! Sei weise und wäge ab, wann deine Zeit zum Kämpfen gekommen ist. Wenn du den richtigen Zeitpunkt wählst, hast du die Schlacht schon fast gewonnen.«

Niedergeschlagen tat Balor, was ihm gesagt wurde, ohne sich noch einmal zu beklagen, und schloß sich der Gruppe an, die sich der Bucht auf dem Landweg nähern sollten. Alles verlief genau nach Plan. Während er mit den anderen am Boden hinter einem dichten Gebüsch auf einer Anhöhe genau hinter dem Strand lag, konnte er alles beobachten. Und als er dann sah, wie Dana von Uaine am Arm zu einer unauffälligen Stelle ein kleines Stück vom Feuer entfernt geführt wurde, begann der Zorn in seinen Adern zu pochen. Er konnte die zerschundenen und geschwollenen Gesichter der Frauen erkennen, und unter ihrem zerrauften hüftlangen Haar, das ihre Nacktheit nur unzureichend verhüllte, war ihre Haut mit blauen Flecken übersät. Dana humpelte gebeugt wie eine alte Frau, während Uaine behutsam ihren sommersprossigen

Arm um die schmalen Schultern des Mädchens legte. Ihre Augen hatten den leeren Blick eines Menschen, dessen Seele den Körper bereits verlassen hatte. Was war ihr angetan worden, das sie äußerlich zu einer Greisin gemacht hatte?

Offenbar hatte Balor einen erstickten Laut der Qual von sich gegeben, denn der Mann neben ihm legte seine starke Hand auf seinen Unterarm. »Ruhig, Junge, halt es noch zurück. Nicht mehr lange, und du kannst es herauslassen, in einem blutigen Sturm … jetzt!«

Die anderen hatten das Zeichen gegeben. Balor hatte nichts davon bemerkt. Aber das spielte keine Rolle. Seine Gefährten schickten einen Regen aus Pfeilen auf den Strand, während sie gleichzeitig losrannten, unter lautem Geheul – ja, wie von Wölfen! Auch er schrie mit, und sein helles Kreischen hörte nicht auf, als er auf den Strand kam. Er hielt den Lehrer in einer Hand und seine Axt in der anderen. Später sagten sie ihm, daß er zu ihrer Verblüffung mit beiden Waffen gleichzeitig gekämpft hatte. Er raste, tanzte und schlug, während seine Energie anscheinend unerschöpflich war. Er kämpfte nicht gegen Männer; seine Feinde waren wilde Bestien, die ohne Rücksicht abgeschlachtet werden mußten. Er lachte, wenn sie ihn dazu aufforderten. Er jubelte, wenn sie durch seine Schläge entwaffnet wurden und flohen. Dann setzte er ihnen nach und enthauptete oder verstümmelte sie. Mehrere Male spürte er sie in seinem Rücken. Dann warf er sie über seine Schulter oder duckte sich und sprang zur Seite, und jedesmal ging er irgendwie unverletzt als Sieger hervor. Zumindest dachte er das.

Daß es vorbei war, bemerkte er erst, als Findias' gewaltiger Knüppel gegen seinen Rücken schlug und ihn in die Knie gehen ließ. Er stürzte lang hin, betäubt und plötzlich schwindlig, während er zu jenen aufblickte, die ihn umringten. Doch er sah nichts außer Rot – das ihm dickflüssig und warm in die Augen rann, aus der Wunde, die seine Kopfhaut und die Stirn über seinem linken Auge aufgerissen hatte. Langsam und benommen vor Erschöpfung stand er auf und wischte sich das Blut aus dem Gesicht, bis er die Männer aus Eireann sah, die ihn wie einen Fremden anstarrten. Er blutete aus Schnitten an den Armen und Beinen. Sein ganzer Körper war rot von seinem eigenen Blut und dem Blut der Männer, die er getötet hatte. Sein rechter Arm fühlte sich ungewöhnlich leicht an, und für einen Moment geriet er in Panik, als er befürchtete, er wäre schwer verletzt oder gar abgetrennt worden. Doch als er ihn ansah, stellte er fest, daß der Lehrer in Stücke gegangen war. Die Hälfte der Klinge fehlte, aber er hatte das Schwert trotzdem weiter benutzt, obwohl er sich nicht vorstellen konnte, wie.

»Bei den Schicksalsmächten, so etwas habe ich noch nie gesehen!« sagte Muri, der so beeindruckt war, daß er völlig vergaß, vor oder nach seinen Worten zu spucken.

»Ich habe es euch gesagt! Das Volk des Steins hat recht! Balor ist ein Zauberer!« rief Gorias.

»Habe ich ... viele ... getötet?«

»Bei der Mutter der Zwölf Winde, Junge, bis auf die zwei am Schiff und drei weitere, die sich an uns vorbei ins Meer stürzten, hast du sie alle getötet.«

Findias' Gesichtsausdruck war der eines Mannes, der gerade eine Vision gesehen hatte. »Zehn Männer. Zehn schwerbewaffnete Männer! Bei den Schicksalsmächten, Milchjunge, ich muß zugeben, daß Cethlinn recht hat. Du bist in der Tat der Mächtige!«

Die Worte verklangen unbeantwortet. Und niemand hörte Uaines Worte, als sie sich näherte, in einen kurzen Umhang gehüllt, den einer der Männer ihr aus Anstand gegeben hatte. Sie stand kühn und mit erhobenem Kopf da, beinahe trotzig, als wären ihre zahlreichen Wunden die Narben einer furchtbaren Schlacht, die sie tapfer überstanden hatte. Doch in ihrem Gesicht war eine Härte und Verbitterung, die vorher niemals darauf zu sehen gewesen war. Sie war eine Frau, die erlebt hatte, wie ihre Kinder ermordet und ihr Mann enthauptet worden waren. Sie würde nie wieder dieselbe sein, denn in ihr war etwas mit ihnen gestorben. Dennoch hatte sie überlebt, wie sie schon vieles überdauert hatte, und ihr Leid hatte Rache erfahren, was einen gewissen Trost für sie darstellte. Sie legte vorsichtig eine Hand auf Balors blutüberströmte Schulter. »Ich werde deine Wunden vernähen, Sohn des Fomor.«

»Nachdem ich Dana gesehen habe. Wo ist Dana?« Sie war verschwunden. Er konnte sie nirgendwo sehen.

Uiane antwortete mit unerträglicher Traurigkeit. »Sie hat sich im Schiff versteckt. Geh nicht zu ihr, Balor. Nicht bevor du dich ausgeruht hast. Sie ist ... nicht mehr so, wie du dich an sie erinnerst.«

Er lief zum Schiff, und niemand versuchte ihn aufzuhalten. Er sprang an Deck und landete fast auf ihr, als er sie zusammengerollt vor dem Segel entdeckte. Sie hielt etwas in den Armen, das wie ein Baby in Tücher gewickelt war. Sie wiegte es und summte beruhigend, die Melodie eines unbeschwerten Kinderliedes. Es dauerte eine Weile, bis sie zu ihm aufblickte. In den geweiteten nebelgrauen Augen war kein Anzeichen, daß sie ihn wiedererkannte, als sie ihm das Gesicht zuwandte, das trotz der blauen Flecke und Schürfwunden immer noch schön war.

»Psst! Du mußt ganz leise sein. Es geht ihm nicht gut, weißt du. Er braucht viel Schlaf.« Dann lächelte sie. Es war das wunderbare, strahlende Lächeln, das nur Dana lächeln konnte. »Hier. Sieh selbst, wie friedlich er schläft. Bald wird er uns zu unserem Ziel und in Sicherheit bringen.«

Sie zog die Tücher fort. Darunter lag Dragas Kopf.

Die folgenden zwei Tage kämpften sie sich gegen den Wind weiter nach Norden vor. Ihre Schiffe bewegten sich durch lange, hohe Wellen unter bewölktem Himmel. Mehrere Male stießen sie auf Schiffe mit roten und schwarzen Segeln, die allein oder in kleinen Gruppen unterwegs waren. Sie umzingelten sie, zwangen sie zur Aufgabe, nahmen alle Waffen an sich und versuchten, soviel wie möglich über die Pläne der Achaier zu erfahren, bevor sie die Männer töteten, die Leichen ins Meer warfen und ihre Schiffe übernahmen. Nach dem, was sie in Erfahrung bringen konnten, folgte ihnen im Abstand von mehreren Tagen eine Flotte von fast fünfzig Kriegsschiffen. Die ursprüngliche Zahl von etwa achtzig Schiffen, die sich aus Nemeds eigener Armada und einem Dutzend Schiffe von Vasallen zusammengesetzt hatte, war durch den schweren Sturm verringert worden, ohne die Kampfkraft der Flotte erheblich schwächen zu können. Als Treffpunkt war Alhorn ausgemacht worden, wo die Armee für den Marsch nach Farnmoor ausgerüstet werden sollte.

»Doch sie werden den Wolf nicht überraschen können, weil wir ihn zuerst erreichen, nicht wahr?« sagte Findias. »Der Milchjunge kennt den Weg zum Dorf und wird uns auf schnellstem Wege hinführen!«

»Ja, das werde ich. Aber wenn du mich noch einmal ›Milchjunge‹ nennst, wirst du dies alles nicht mehr erleben.«

Sie blickten sich abschätzend an. Die vergangenen Tage hatten beide Männer verändert. Findias hatte eine neue und gefährliche Seite an dem Jungen erlebt, der ihm Cethlinn ausgespannt hatte. Balor war durch das Blut der Schlacht und Danas Wahnsinn härter geworden, während das verwirrende und noch unklare Bewußtsein des Mannes in ihm erwachte und sich unter der Haut des Jugendlichen entwickelte.

Findias' kleine Augen musterten ihn, aber nicht ohne Anerkennung, denn er erinnerte sich an den Jungen, wie er auf dem Strand hinter der Bucht gewesen war, als sie die zwei Frauen gerettet hatten. »Balor ... der sein Schwert gut zu führen versteht. Wärst du damit zufrieden?«

Es war ein außergewöhnliches Kompliment, wenn man bedachte, daß es von dem ewig kritischen Riesen kam. Doch Balor blickte über das Deck zu Dana, die in Uaines Armen schlief und sich an die verhüllte und schreckliche Trophäe klammerte, die sie sich von niemandem wegnehmen ließ. »Ich bin erst zufrieden, wenn ich Nemed MacAgnomains Kopf in einem Sack sehe und weiß, daß sein Körper am Grund des Meeres verrottet.«

Nach einem Plan, den Muri entwickelt hatte, stürmten sie Alhorn bei Nacht. Sie kamen in mehreren Wellen vom Meer, vom Land und aus dem Innern der Stadt. Sie hatten bei Tag Kundschafter an der Küste abgesetzt, und als Findias die Signalfackel auf seinem Schiff entzündete, rückten die Männer gegen den Handelsposten vor und töteten die Wachen vor den Toren der Siedlung. Der rote Widerschein der Flammen erhellte die Nacht, und der Gestank von Rauch und Blut verbreitete sich. Und als es vorbei war, war die Erde mit verkohlten und blutenden Überresten bedeckt, und alle, die nicht den Tod gefunden hatten – die Diener und Sklaven und Bauern aus der Umgebung, die mit der Mahnung fortgeschickt wurden, nie wieder mit Fremden Handel zu treiben, die unter den Farben Rot und Schwarz auftraten –, taumelten benommen und stumm durch das Blutbad.

Muri grinste und sagte, daß hier nie wieder Schiffe mit Vorräten ausgerüstet werden würden. Und auch Nemeds Männer würden nicht genügend Proviant für ihren Vorstoß ins Land finden.

»Vermutlich werden sie die umliegenden Dörfer plündern«, sagte Findias. »Aber dadurch werden sie eine Weile aufgehalten und wir einen Vorsprung gewinnen, um den Wolf zu warnen, damit er sein Rudel auf das Kommende vorbereitet.« Er wandte sich an Balor und blickte ihn mit Augen an, die immer noch im Kampfrausch leuchteten. »Wie viele Männer hat er? Tausend? Oder doppelt so viele? Noch mehr? Bei den Schicksalsmächten, in den alten Zeiten hieß es, daß ihm mindestens zehntausend Männer folgten! Ach, inzwischen muß er der Herr über eine gewaltige Armee sein! Gemeinsam werden wir Nemed besiegen! Gemeinsam werden wir die Herren der ganzen Welt sein!«

Balor sagte nichts. Sie standen auf den Klippen über

dem Meer. Der Morgenwind trieb den Geruch nach Tod und Blut zurück auf das Land. Zu ihren Füßen durchstöberten seine Männer immer noch die Trümmer. Andere hatten Rinder und anderes Vieh geschlachtet und rösteten das Fleisch auf Spießen über großen Lagerfeuern. Gelegentlich war das Lachen einer Frau mitten im Getümmel zu hören. Lachen! Hatten die Frauen auch so in Gesellschaft der Männer gelacht, von deren Leichen sie nun umgeben waren? Er dachte an Dana und fragte sich, ob sie je wieder lachen würde. Lachen war eine Obszönität an diesem Schauplatz. Er drehte sich um und betrachtete die rauchenden Ruinen von Alhorn. Wie viele Männer hatte er in dieser Nacht getötet? Aus Rache. Nur aus Rache. Doch warum fühlte er sich jetzt so leer, nachdem seine wahnsinnige Raserei vorbei war? Wo war die süße Befriedigung der Rache? Wo war das Hochgefühl, das sich angeblich nach einer ruhmreich geschlagenen Schlacht einstellte?

Ruhm? War es das, was nun unter ihm lag?

Bei den Schicksalsmächten, es mußte doch noch mehr geben!

32

Von überall aus dem Moor ertönten die Hörner der Wachposten von Farnmoor wie die wilden Rufe von Hengsten unter dem bleiernen Himmel. Zwei Tage, bevor die Armee der Reiter und Männer zu Fuß in die Nähe des Dorfes kam, wußte Fomor MacLir bereits, daß sie kamen.

»Ich sage dir, es ist dein Sohn, Herr, der an der Spitze einer großen Versammlung von Männern reitet. Er hat sich sehr verändert. Er ist ein Mann mit Wundnarben und kein Junge mehr. Er sitzt auf einem großen, weißen Pferd, und neben ihm reitet ein Riese. Er sagt, er sei gekommen, um dem Clan MacLir Bronze zu bringen! Schwerter, Herr! Und er bringt zwei der Frauen von Draga mit. Und ich soll dir ausrichten, daß der Rabe fliegt und weiß, wo der Wolf seinen Bau hat. Was hat das zu bedeuten, Herr?«

Es war eine der wenigen Gelegenheiten, da der Häuptling sich nicht über Rinns unterwürfige Art ärgerte. Er saß bei seinen Frauen, die sich gerade um die Vorbereitung des Mittagsmahls kümmerten. Der schwere Geruch der fleischreichen Brühe hing im Raum und trug alle Düfte in sich, die von der Reichhaltigkeit der Ernte des Sommers sprachen. Elathan hatte den Vormittag mit ihm verbracht, sie hatten zusammen Pfeilspitzen aus Stein geschlagen. Als er die Neuigkeit gehört hatte, nahm Elathan seinen Dolch an sich und stand auf. In seinem Kopf tobten die unterschiedlichsten Gefühle. Glück, Zorn, Freude, Verärgerung, alle zu einer unmöglichen Mischung verwirbelt. Er rief laut den Namen seines Bruders und fragte sich, wie es möglich war, jemanden gleichzeitig zu lieben und zu hassen. Wenn Balor zurückkam, war er wieder nur der zweite Sohn. Wenn Balor zurückkam …

»Munremar wird seinen Tod verlangen!« rief Mealla mit tiefen Sorgenfalten im Gesicht.

»Tod …« Huldres Stimme war kaum hörbar. Sie hatte Babh gestillt. Sie sah auf das schlafende Kind, dann schweifte ihr Blick ab, durch den verrauchten, düsteren Raum, in weite Fernen einsamer und nebliger Visionen, die nur sie sehen konnte. Die kleine Bevin, die an der Herdstelle saß und mit ihrer kleinen Lederpuppe spielte, vergaß ihr Spielzeug und schauderte, als der Blick ihrer Mutter langsam in die Wirklichkeit zurückkehrte und ein angespanntes Zittern auf ihrem Gesicht erschien. »Tod … ja … ich kann ihn riechen. Er ist nah. Habe ich euch nicht davor gewarnt? Habe ich euch in all den vielen Jahren nicht immer wieder gesagt, daß ich sehe, wie er uns näherkommt? Meine Visionen werden sich bewahrheiten! Nicht der Rauch und die Funken, die der vergreiste alte Mann selbst hervorruft, der in der Verkleidung eines Propheten auftritt, um seinen Unterhalt zu sichern und sich die Hände nicht mit ehrlicher Männerarbeit schmutzig zu machen! Mein Sohn ist zurückgekehrt … der Rabe fliegt … und der Wolf kann sich nicht mehr verstecken!«

Fomor entließ Rinn und sagte ihm, er solle den Männern des Clans mitteilen, daß es unverzüglich eine Versammlung in der Ratshalle geben würde. Es würde noch Stunden dauern, bis Balor und seine Truppen das Dorf erreicht hatten. Es hieß, daß er von fast vierhundert Männern begleitet wurde, die allesamt schwer bewaffnet waren. Vierhundert Männer! Kamen sie als Verbündete, oder kehrte der Junge zurück, um blutige Rache zu nehmen? Nach den vielen Jahren der Dunkelheit und Krankheit waren nur noch knapp einhundert Männer des Clans MacLir übrig – und nur die Hälfte von ihnen war im besten Alter und zum Kampf tauglich. Sie hätten keine Chance, wenn sie unvorbereitet angegriffen wurden.

Fomor fühlte sich plötzlich sehr müde. Er wünschte sich, Rinn hätte ihm etwas über Dragas Schicksal mitteilen können und wie Balor an zwei seiner Frauen gekommen war. Zwei. Welche zwei? Bei den Zwölf Winden, er hoffte nur, daß Dana nicht darunter war. Sie würde zweifellos erneut für Unruhe unter den Männern sorgen, genauso wie in der Zeit, bevor ihr Vater mit ihr und den anderen in den Schneesturm geflohen war. Er hatte niemals verstanden, warum Draga sich zu diesem Schritt entschlossen hatte, doch sein Bruder hatte sich seit einiger Zeit kaum noch vernünftig verhalten. Fomor hatte Fährtenleser losgeschickt, um nach ihm zu suchen. Doch der Schnee war Dragas Verbündeter gewesen und hatte jegliche Spur der Flüchtigen verwischt. Mit der Zeit war wieder ein normales Leben eingekehrt. Danas zahlreiche Verehrer hatten sich mit anderen Frauen begnügt oder mit denen, die bereits in ihren Häusern wohnten. Von allen hatte der junge Heiler Dianket sichtlich am verzweifeltsten reagiert. Es war seltsam und traurig, denn er hatte niemals darauf hoffen können, das Mädchen wirklich für sich zu gewinnen.

Und jetzt war Balor zurückgekehrt. Ach, es war gut zu wissen, daß der Junge lebte! Und wie gut es sein würde, seinen Sohn endlich wiederzusehen! Aber nein. Es würde nicht gut sein! Hatte er nicht geschworen, Balor das Leben zu nehmen, wenn er je zurückkehren sollte? Ja. Bei den Steinen der Wahl. Vor Zeugen hatte Draga ihn dazu gezwungen, diesen Schwur zu leisten. Er mußte seinen Sohn töten oder selbst sterben. Ja. Das Clansgesetz schrieb eindeutig vor, welche Strafe jeden erwartete, der einen Schwur brach, der bei den Steinen der Wahl abgegeben worden war. Munremar würde dafür sorgen, daß er es nicht vergaß. Erst recht nicht, wenn es um den Tod Balors ging. Seit seiner Kindheit hatten die hellseherischen Fähigkeiten seines Erstgeborenen die armselige Begabung des alten Mannes in den Schatten gestellt. Der arme Munremar, der in die Rolle des Weisen geboren wurde und über keinerlei Weisheit verfügte – ein grausames Schicksal für einen grausamen Mann. Fomor wußte jetzt, daß er Munremar schon vor Jahren als Scharlatan hätte entlarven müssen. Doch seine Treue zum ehemaligen Diener seines Vaters, zu dem Menschen, der sein Leben gerettet und ihm in den Anfangsjahren in seine Position als Häuptling geführt hatte, war schon seit vielen Jahren der Grund, warum er dem alten Mann sein wahres Naturell verzieh.

Diese Gedanken gingen ihm durch den Kopf, als Mealla die goldene Halskette hervorholte und sie ihm auf die Schultern legte. War der Schmuck schon immer so schwer gewesen? Sie half ihm beim Anlegen seines ledernen Ehrengurts und reichte ihm seine zwei juwelenbesetzten rituellen Dolche und die großartige, langstielige Axt, die der Herr des Clans MacLir während aller Zeremonien als Zepter in der Hand hielt. Meallas Hände zitterten. Er legte die Dolche und die Axt in den Schoß und nahm ihre Hände in seine. Er wußte, daß sie an das Kind dachte, das endlich in ihr heranwuchs, er wußte, daß sie besonders jetzt große Angst vor der Zukunft haben mußte – die gute und treue Mealla, die so glücklich mit dem friedfertigen Leben gewesen war, die die Kinder einer anderen Frau wie ihre eigenen großgezogen hatte, die sich niemals beklagt hatte, sondern ihm immer wieder ermutigte, sogar jetzt. »Es wird alles gut für uns werden«, sagte er tröstend und zuversichtlich, obwohl in seinem eigenen Herzen eine große Leere war, wo eigentlich seine Zuversicht hätte sein sollen.

»Ja, hiermit wird alles für uns gut werden!«

Huldre war neben Mealla getreten. Sie hatte die kleine Babh in Bevins Arme gelegt, und während Fomor seinen Gedanken nachgehangen hatte, hatte sie seine Kriegstruhe geöffnet. Und jetzt stand sie vor ihm, wie sie auch vor so langer Zeit vor ihm gestanden hatte, wenn er in den Kampf gezogen war. Ihr Gesicht strahlte mit leidenschaftlicher Erregung und Entschlossenheit. Sie hielt die Arme ausgestreckt, und auf ihren Handflächen lag die nackte Bronze des Rächers.

»Es ist Zeit, mein Herr ...«, flüsterte sie und ging vor ihm in die Knie, um ihm das Schwert zu reichen.

Er starrte darauf. Auf Partholons Schwert. Die Waffe, die seinen Vater enthauptet und das ungeborene Kind aus dem Bauch seiner Mutter geschnitten hatte. Die Waffe, die er gestohlen hatte, um damit einen Rachefeldzug anzuführen, der jetzt aus der Vergangenheit zu ihm zurückschwappte. Der Rabe flog. Und er mußte wieder zum Wolf werden.

»Ja«, sagte er, als er das anerkannte, was sich nicht länger hinauszögern oder leugnen ließ – daß die Tage des Friedens für immer vorbei waren. Er nahm das Schwert von ihren Händen und wog sein Gewicht. Der Rächer. Sein Blick ruhte auf der polierten Vollkommenheit, während die kalte Bronze seiner Haut die Wärme entzog. »Es ist Zeit«, bestätigte er und spürte, wie die lange vergessene Verbundenheit mit dem Schwert in ihm erwachte und ihm neue Macht verlieh.

Huldre lächelte. Zum erstenmal, seit sie sich in den Mooren niedergelassen hatten, waren ihre Augen wieder klar. Keine Trübung und keine Furcht war mehr darin. »Es wird alles für uns gut werden! Der Rabe kommt. Wir werden uns ihm stellen und ihn töten, und die Zwölf Winde werden in unserem Rücken wehen. Ich spüre, wie sie sich erheben, um uns zu schützen. Wenn der Wolf uns führt, können wir nicht unterliegen.«

Ihre Zuversicht war ansteckend. Er sah sie nun auch in Elathans Gesicht, und sogar Mealla wirkte überzeugt. Die kleine Bevin küßte Babhs pummelige Wangen und sagte dem Baby, daß es nicht strampeln oder schreien solle – der Rabe käme zwar, doch der Wolf würde ihn fressen und alles würde wieder gut werden.

Er behielt diese Bilder im Gedächtnis, als er das Rundhaus des Häuptlings verließ und sich zu den Männern des Clans MacLir gesellte, die mit all ihren Waffen vor der Ratshalle versammelt waren. Die Spannung war geradezu greifbar. Sie hatten schweigend abgewartet, bis er erschien und sie das Schwert an seiner Seite sahen. Dann jubelten sie auf und riefen laut seinen Namen. Und während Elathan stolz und strahlend neben ihm stand, hoben sie zum Zeichen ihrer Ergebenheit die Waffen und bekräftigten johlend, stampfend und kreischend ihre Bereitschaft, in seinem Namen in den Kampf zu ziehen.

Eine ganze Weile lang rührte Fomor sich nicht. Die große, schwarze Leere in ihm breitete sich aus, als er den Rächer hoch erhob. Ihr Jubel wurde lauter, und er dachte: Ihr seid wahrlich die Kinder des Volkes der Axt. Das ist es, wonach euch in Wirklichkeit der Sinn steht, und was auch immer geschieht, ihr werdet es willkommen heißen … bis zum bitteren Ende, wenn alles zu spät ist. Dann werdet ihr euch erinnern, und dann werdet ihr den Verlust all dessen beklagen, was ich für euch erkämpft habe – in Frieden, ohne das Schwert.

»Obwohl ich nach dem Gesetz noch kein Mann bin, möchte ich mit dir in den Kampf ziehen, Vater, und Rache an jenen üben, die meine Vorfahren entehrten und es jetzt wagen, sich gegen mein Volk zu stellen!«

Das Feuer in Elathans Stimme war nicht zu leugnen. Es hatte keinen Sinn, es zu ersticken. Dann würde es nur im Groll weiterschwelen und schließlich mit heißer Flamme ausbrechen. »Gegen den Raben, gegen die Streitmacht von Nemed MacAgnomain, werden wir jede Hand gebrauchen, um diesen Kampf zu gewinnen.«

Sie betraten gemeinsam die Ratshalle. Und Fomor

lächelte, als er an Draga dachte. Ach, kleiner Bruder, warum bist du nur fortgelaufen? Schade, daß du jetzt nicht neben mir gehen kannst. Endlich wärst du zufrieden, nachdem ich mich nun deinem Kampfwillen beugen muß!

Sie versammelten sich entlang der Palisade, während die Reiter unter der Führung des Häuptlings hinausritten, um sich an den Schutzwällen aufzureihen und ihre Waffen zur Schau zu stellen. Die Männer, die Schwerter hatten, standen in der ersten Reihe und vermittelten den Eindruck, daß die übrigen genauso bewaffnet waren. Fomor wußte jedoch, daß Balor sich nicht täuschen lassen würde. Ihm war bekannt, daß sein Volk nur wenig Bronze besaß, also konnten sie nur durch ihr kriegerisches Auftreten die Männer beeindrucken, die Balor folgten. Daher hatten sie den blauen Waid und den roten Krapp aufgetragen, ihre Kriegsfarben, die sie größer und wilder und irgendwie übermenschlich aussehen ließen. Und Munremar stand in seinem federnbesetzten, zeremoniellen Gewand hoch oben auf der Palisade, so daß er wie ein dürrer weißer Vogel wirkte. Morrigan stand mit dem kleinen Cian in den Armen neben ihm und sagte, er sei ein Narr, wenn er glaubt, Balor wäre aus irgendeinem anderen Grund zurückgekehrt, als sein Volk vor der drohenden Gefahr zu warnen und mit seinem Clan dagegen zu kämpfen, wie er geschworen hatte.

Langsam rückten Balor und seine Anhänger näher, die Waffen in den Scheiden und die Arme zum allgemeingültigen Zeichen des Friedens erhoben. Huldre, die zwischen den ungeduldig drängelnden Neugierigen auf der Palisade stand, keuchte vor Stolz auf, als sie ihren Sohn an der Spitze der riesigen Armee reiten sah, auf einem großen weißen Pferd, während Dana ein Stück hinter ihm ritt … und für einen Augenblick sah sie nicht Balor, sondern Fomor, wie er vor einem halben Lebensalter gewesen war, ein Krieger mit einer bleichen Frau, die er mutig aus den Fängen ihrer Feinde befreit hatte.

Dann sprach Balor. Er sprach laut und deutlich und mit der Selbstsicherheit eines doppelt so alten Mannes. Er sprach von allem, was er seit seiner Flucht aus Farnmoor durchgemacht hatte, und er sprach von den Segnungen, die er vom Volk des Steins erhalten hatte, wie Lorcan ihn dort zum Aufgang der Mittsommersonne gefunden hatte, um ihm von Dragas Schicksal zu berichten. Dann hielt er inne, und Uaine trat vor, um zu schwören, daß alles, was er gesagt hatte, der Wahrheit entsprach. Ein ehrfürchtiges Raunen ging durch den Clan, als den Menschen das schreckliche Schicksal vor Augen stand, das den Rotbart und seine Familie heimgesucht hatte. Dann sahen sie fassungslos zu, wie Dragas Kopf aus dem Fetzen eines roten und schwarzen Segels hervorgeholt wurde, und während Dana mit leerem Blick starrte, hielt Balor ihre Trophäe hoch.

»Bedenkt das Schicksal Dragas, des Sohns des Manannan, des Bruders des Wolfes!« rief er. »Bedenkt das Schicksal des Clans MacLir, wenn wir uns jetzt nicht mit den Stammesbrüdern des Westens gegen Nemed MacAgnomain verbünden, nachdem sie mit mir hierher gekommen sind, um dem Wolf ihre Gefolgschaft zu schwören!«

Die Stille, die daraufhin eintrat, war erstickend. Es war Findias, der Riese, der sie brach, als er die versammelten Männer des Clans MacLir musterte und sie zählte, worauf sich ein ungutes Gefühl in seiner Magengegend ausbreitete. Wo waren die Tausendschaften? Wo waren die Wölfe, mit denen sein Vater einst über das Land gehetzt war? Zusammen mit den Männern aus Eireann und jenen, die sich ihnen nach dem Überfall auf Alhorn angeschlossen hatten, waren es immer noch weniger als fünfhundert Männer – und Nemed hatte fast zweitausend! »Wo ist dieser Wolf?« wollte er von Balor wissen, während er allmählich den Eindruck gewann, sich zu einem Unternehmen verleitet gelassen zu haben, aus dem er niemals als Sieger hervorgehen konnte.

Als dann eine Gestalt auf einem schwarzen Hengst

zwischen den Reihen der Männer hervorkam, die sich auf der erhöhten Böschung aufgebaut hatten, spürte der Riese, wie ihm sämtliches Blut aus dem Gesicht wich. Eine Vision, die sich aus der Vergangenheit erhoben hatte, ritt ihm entgegen.

In einem Mantel aus den Fellen der Wölfe, die auf jener schicksalhaften Jagd erlegt worden waren, als Balor Draga das Leben gerettet und beinahe sein eigenes verwirkt hatte, kam Fomor MacLir allein hervorgeritten. Und die Macht all dessen, was er je gewesen war, strahlte heller als das Gold seines Häuptlingsschmucks, war ehrfurchtsvoller als der Anblick des berühmten Schwertes, daß er schräg über die breite Brust gelegt hatte.

Als er sein Pferd vor seinem Sohn und Findias zügelte, musterten seine Augen unter den Wolfskopf langsam den Riesen und die Männer, die sich hinter ihm versammelt hatten, als wären sie die Halme eines Getreidefeldes, die er niedermähen und in den Zwölf Winden zerstreuen konnte.

Der Riese hielt den Atem an. Dieser Mann könnte zweifellos der Herr der ganzen Erde sein, wenn er es nur gewollt hätte. Dieser Mann konnte sie alle zweifellos seinem Befehl unterwerfen.

Und das tat der Häuptling, mit leiser, tiefer und gleichmäßiger Stimme, die wie das Flüstern eines Sturmes am fernen Horizont klang. »Ich bin der Wolf! Ich bin Fomor MacLir, der Sohn des Manannan vom Volk der Axt. Wenn ihr gekommen seid, um mir den Treueeid zu schwören, dann tut es jetzt. Dann werden wir gemeinsam die Streitmacht von Nemed MacAgnomain besiegen und seine Macht unter uns aufteilen, und wie in den Tagen des Ruhms werden wir gemeinsam die Herren der ganzen Welt sein!«

Seine Macht eroberte ihren Willen. Jeder Mann fiel vor ihm auf die Knie, und die Reiter stiegen von ihren Pferden, um dasselbe zu tun. Sogar Findias kniete nieder und verbeugte den Kopf in der Geste der Ergebenheit und völligen Unterwerfung. In seinen Gedanken war nun kein Zweifel mehr. Fomor MacLir war in seinen Augen zu einem Gott geworden. Unter seinem Befehl war alles möglich.

Und plötzlich kam Balor die Erkenntnis. Sein *Vater* war der Mächtige – der Herrscher über seine eigene Welt, zu seinen eigenen Bedingungen, und die Vision, die er selbst hatte, verlieh ihm den Mut und den Willen zur Führung. Er hatte sein Volk aus den blutigen Wirren der Welt geleitet, damit er es wagen konnte, die Dunkelheit für sie eine Weile gegen Licht einzutauschen, inmitten einer Welt der Kriege und wüsten Kämpfe, die für andere Männer Ruhm bedeuteten. Die Tage des Friedens waren für immer vorbei. Und Balor, der sich als Junge so sehr nach dieser Stunde gesehnt hatte, trauerte als Mann um diesen Tag.

Sie erhielten die Erlaubnis, das Dorf zu betreten. Fomor sah zu, wie sie sich in Bewegung setzten. Er hielt sein Pferd zurück und sagte Balor, er solle dasselbe tun. Uaine spürte sein Bedürfnis, unter vier Augen mit seinem Sohn zu sprechen, und hob behutsam die verwirrte Dana von ihrem Pferd, um mit ihr zur Palisade zu gehen, wo Dianket mit Blaheen und mehreren älteren Frauen versammelt war. Das Mädchen wurde sofort in liebevolle Arme geschlossen. Als Balor den jungen Heiler sah, wollte er sein Pferd antreiben, doch Fomor hielt ihn zurück.

»Dein Leben ist verwirkt, wenn du den Lebenskreis des Clans betrittst.«

Balor hörte fassungslos zu, wie Fomor erklärte, was in der Zwischenzeit geschehen war und daß der Weise in der vorausgegangenen Ratsversammlung darauf bestanden hatte, das Todesurteil nicht zu widerrufen, denn in dieser Zeit hing das Schicksal des Clans davon ab, ob der Häuptling bereit war, die Gesetze zu achten.

»Gesetze. Seit ich mich erinnern kann, hat Munremar immer wieder die Gesetze gegen mich ins Feld geführt.«

»Und du hast seiner Feindseligkeit immer wieder Nahrung gegeben, indem du dich über die Gesetze hinweggesetzt hast, wie du es sogar jetzt wieder im Begriff bist zu tun, während du uns das Geschenk unserer Rettung bringst.«

Der trübe Himmel lastete auf der Welt und den zwei Männern, die leise miteinander sprachen.

»Das ist mein besonderes Talent«, sagte Balor düster. »Gib mir ein Gesetz oder einen Schwur, und irgendwann werde ich irgendwie einen Weg finden, um es oder ihn zu brechen.«

Fomors Mund verzog sich zu einem flüchtigen Lächeln der Ironie. Er streckte seinem Sohn die Hand hin. »Trotz alledem haben dich viele vermißt, Gesetzesbrecher. Ohne dich war das Leben in Farnmoor nicht mehr dasselbe.«

Ihre Hände trafen sich, verschränkten sich und hielten sich fest.

»Meine Taten sind dafür verantwortlich, daß deine Feinde gegen das Dorf vorrücken, Vater. Du hättest schon vor langer Zeit auf das hören sollen, was der Weise über mich sagte. Ich habe euch allen Gefahr und Unheil gebracht. Aber ich kann dich in einem Punkt beruhigen: Wir haben unterwegs viele Schwerter erbeutet. Ihr werdet gut bewaffnet sein.«

»Im Kampf gegen wie viele Feinde?«

Er konnte sich kaum zu einer Antwort durchringen, doch da die Wahrheit ohnehin bald offenbar werden würde, zögerte er nur kurz. »Es heißt, es seien fast zweitausend.«

Fomor starrte ihn benommen an. »Und du kommst mit einer Armee von vierhundert Männern zu mir? Wissen die anderen um das Verhältnis?«

»Sie kommen, um an der Seite des Wolfes zu kämpfen, der einst der Herr der Westlichen Stämme war und es wieder sein wird.« Er faßte allmählich neue Zuversicht. Fomor hatte seine Hand zurückgezogen. Balor sah, daß sie nun auf dem Heft seiner Waffe ruhte. Auf dem Rächer. Sein Herz schlug bei diesem Anblick schneller. »Wir werden siegen, Vater. Du hast das Dorf gut befestigt, es wird einer Belagerung unbegrenzt standhalten können. Und Nemeds Männer werden nur über geringe Vorräte verfügen. Sie müssen Dörfer überfallen und sich von dem ernähren, was das Land ihnen bietet … dafür haben wir auf dem Weg hierher gesorgt.« Dann erzählte Balor ihm, wie sie in Alhorn gewütet hatten, wie sie sämtliche achaische Schiffe verbrannt hatten, die dort gelegen hatten, und wie sie auf der Fahrt nach Norden viele Schiffe gekapert hatten. Er bemerkte erst, daß er zitterte, als sein Vater ihm die Hand auf den Unterarm legte.

Fomor sah, wie die Augen des jungen Mannes sich von den Erinnerungen abwandten, die zu schrecklich für ihn waren. Ihre Blicke trafen sich. Fomor sagte ruhig: »Es wird keine Belagerung geben, mein Sohn. Die Wölfe sind im Jagdfieber. Die Männer, die du mitgebracht hast, werden nicht endlose Wochen lang hinter Erdwällen stillsitzen. Und auch die Männer deines Clans wurden schon vor langer Zeit von Dragas Kampflust angesteckt. Sie öffneten ihre Kriegstruhen und prahlten von vergangenen Heldentaten und schwärmten von dem, was sie tun würden, wenn sie endlich die Gelegenheit erhalten, sich wieder als Krieger zu beweisen. Das war lange bevor deine Männer von der Palisade aus gesichtet wurden. Eine Belagerung? Du könntest genausogut von ihnen verlangen, eine Kastration hinzunehmen.«

»Aber sie können sich nicht im Kampf Mann gegen Mann gegen zweitausend durchsetzen!«

»Nein, das können sie nicht. Aber sie können sterben, wie die Söhne des Volkes der Axt immer gestorben sind – im Kampf. Nemeds Streitmacht wird uns besiegen, Balor. Deshalb spreche ich jetzt mit dir, nicht nur als dein Vater, sondern als dein Herr, als Häuptling des Clans MacLir. Die Wachposten draußen im Land schätzen, daß der Rabe sehr nahe hinter dir fliegt – zwei Tage, vielleicht weniger. Das gibt uns beiden die Zeit, die wir dringend brauchen – damit ich einen halbwegs vernünftigen Schlachtplan ausarbeiten kann und damit du die Frauen und Kinder, den Heiler und ein paar andere aus dem Dorf bringst, durch das Moor, ohne Spuren zu hinterlassen, denen ein achaischer Hund später folgen könnte, um euch zu finden. Geh zum Berg. Such dort Zuflucht. Wenn hier alles vorbei ist ... und wenn es der Wille der Zwölf Winde ist, dann werde ich dich dort aufsuchen. Wenn ich nicht komme, darfst du nicht mehr zurückblicken. Verhalte dich weise, wie der Wolf, Balor. In dir liegt die Zukunft des Clans MacLir.«

33

Sie standen in den Trümmern von Alhorn, und Nemed hielt das Auge des Donar in seiner geballten Faust, als er ins Landesinnere starrte.

»Wie weit ist es noch von hier bis zum Dorf des Wolfes, Kröte?«

Der Zwerg achtete darauf, seinem erzürnten Herrn nicht zu nahe zu kommen. »Ein paar Tagesmärsche, mein Herr. Geradeaus nach Westen, dann geradeaus nach Norden und ganz zum Schluß ein klein wenig nach Westen.«

»Wir werden es in der Hälfte der Zeit schaffen – nein, in einem Viertel.«

Coman war übel, aber er sagte nichts. Seit sie das Feuer der brennenden Siedlung am Horizont gesehen hatten, hatte Nemed seine Männer ohne Gnade angetrieben. Sie hatten nichts gegessen. Sie hatten nicht geschlafen. Sie waren völlig erschöpft.

Das Gesicht des Achaiers zuckte. Ungezügelte Wildheit stand darin, als er sich zur großen Versammlung seiner Männer umdrehte und mit der Leidenschaft eines Besessenen zu ihnen sprach. »Ihr alle habt die Leichen und die verbrannten Schiffe gesehen, die wir auf unserer Fahrt hierher entdeckt haben. Es waren unsere Schiffe und unsere Gefährten! Sie wurden von jenen abgeschlachtet, die sich gegen uns verbündet haben und offenbar zu jenem stoßen wollen, den wir ausfindig machen und vernichten wollen.«

Ein Raunen ging durch die erschöpften Männer. Unter ihnen rauschte das Meer in der Bucht, wo die Knochen von Schiffen und Menschen verkohlt und stinkend im trostlosen Licht des bewölkten Tages lagen. Fliegen hatten sich zum Festmahl eingefunden, und Vögel stritten sich um die blutigen Fleischreste. Ihr Krächzen und Schreien war deutlich zu hören. Die Männer horchten bedrückt, und Nemed konnte ihre Stimmung sehr gut einschätzen.

»Die Feinde, die uns das angetan haben, wollten uns damit unsere Vorräte nehmen, weil sie glauben, wir seien schwach und wie sie von Dingen abhängig, die ihnen Kraft geben. Aber ich sage, daß wir stark sind. Wir werden weitergehen. Wir werden nicht mehr essen, bis wir das Blut des Wolfes trinken. Wir werden seinen Met saufen und die Leichen seiner Leute für die Aasfresser zurücklassen. Im Namen von Minardos, im Namen all jener, die in meinen Diensten gestorben sind, seit wir aus Achaia aufbrachen, verspreche ich jedem Mann, der ohne Klage zu mir hält, den Reichtum eines Lebens in Gold, mit Sklaven und Landbesitz! Welcher Mann ist mutig genug, mit mir zu gehen, dem Auge des Donar zu folgen und nicht mehr zurückzublicken?«

Er wartete nicht auf eine Antwort. Er drehte sich um und marschierte über das verwüstete Land los. Alle Männer erhoben sich und folgten ihm.

Und Coman, der Zwerg, trottete hinterher. Er fragte sich, wozu er noch als Führer gebraucht wurde, wenn das Auge des Donar den Mann anscheinend sicherer als das Licht des Nordsterns führte. Doch selbst wenn man ihm gesagt hätte, er solle zurückbleiben, wäre er trotzdem gefolgt. Der Tod folgte Nemed MacAgnomains Weg auf Schritt und Tritt, und Coman hatte sich schon immer am Geruch und der Farbe des Blutes gelabt.

»Aber der Herr hat mir befohlen zu bleiben! Du kannst nicht gehen! Heute abend wird es eine weitere, letzte Ratsversammlung geben, bevor die Männer sich bereitmachen, in den Kampf zu ziehen. Sie brauchen meinen Zauber, um sie gegen den Feind zu stärken!«

Morrigan hörte die Verzweiflung in der Stimme ihres Vaters. Doch sie wurde davon nicht berührt. Vorsichtig hob sie den Reisekorb an, in dem der kleine Cian lag, und schnallte ihn sich auf den Rücken. »Dann gib ihnen Zauber! Du bist der Weise, nicht ich.«

Sie standen im gemütlichen kleinen Haus, das das Mädchen von dem alten Falcon geerbt hatte. Rinn war bei den anderen jungen Männern, die ihre Waffen für den Kampf vorbereiteten. Das Mädchen stand reisefertig gekleidet und ungeduldig vor Munremar. »Du darfst nicht gehen«, drängte er seine Tochter. »Wer soll den Zauber für mich machen, wenn du nicht da bist?«

Er wirkte alt und gebeugt, als er flehend vor ihr stand. Wenn die Menschen des Dorfes ihn so gesehen hätten, würden sie nichts mehr mit dem Zauber eines so schwachen Mannes zu tun haben wollen. Morrigan war eine gute und hilfsbereite Tochter gewesen, doch jetzt erkannte sie endlich das Ausmaß seiner Selbstsucht, und es fiel ihr schwer, ihn nicht zu verachten.

»Zum letztenmal habe ich meinem Sohn den Met des Schlafes eingeflößt, damit ich dir helfen und den Anschein deiner Macht aufrechterhalten kann. Als du am heutigen Tage jedoch darauf bestanden hast, daß der Häuptling an seinem Schwur, Balor zu töten, gebunden bleiben muß – obwohl sein erstgeborener Sohn unter Lebensgefahr mit einer Armee zu uns gekommen ist, um uns vor unseren Feinden zu warnen –, da habe ich geschworen, daß ich zum letztenmal meine Hand erhoben habe, um dir zu helfen!«

»Aber Balor bringt Unglück! Das weiß jeder im Clan! Er selbst ist es, der das Verderben über uns gebracht hat! Wenn wir das Gesetz mißachten und ihn im Dorf willkommen heißen, wäre das eine Katastrophe für uns alle!«

»Nein. Nur für dich. Weil er dich nämlich durchschaut hat – als hinterhältigen, eifersüchtigen Intriganten, der einen anderen im Sumpf versenken will, weil dieser ein einziges Verbrechen begangen hat: über eine Fähigkeit zur Vision zu verfügen, die größer als deine ist! Und das traurigste daran ist, Vater, daß du nicht einmal weise genug warst, um zu erkennen, daß Balor nie etwas mit dieser Fähigkeit zu tun haben wollte. Dir deine Rolle als Priester streitig zu machen wäre das letzte, was er je gewollt hätte.«

Er blickte sie fassungslos an. Diese schwarzhaarige Frau mit den verbitterten Augen war eine Fremde. Wo war das kleine Mädchen, das so leicht zu beeinflussen gewesen war, das jederzeit seinem Willen gehorcht hatte? »Morrigan! Komm zurück zu mir, Tochter! Balor wird alle ins Verderben reißen, die ihm folgen! Er brachte Unglück, seit er sich zum erstenmal im Leib seiner Mutter bewegte ... und sie, die Huldre, wird auch dich in den Tod führen!«

»Pah! Du verachtest sie aus demselben Grund, aus dem du auch ihren erstgeborenen Sohn verachtest, weil sie nämlich über die Gabe der Vision verfügt und du nicht! Auf jeden Fall wird der Clan jetzt die Wahrheit ihrer Worte erkennen, weil sie diese Ereignisse vorhergesagt hat und du nicht!« Morrigan hob den Beutel auf, in dem sich Nahrung und Met und andere Dinge befanden, die sich für die lange und schwierige Reise als nützlich erweisen mochten. »Bete zu den Zwölf Winden, Vater, und zu den Schicksalsmächten und zur All-Mutter. Vielleicht werden sie nach all den Jahren deine Bitten erhören. Wer weiß, was geschieht, wenn ein Mann dazu gezwungen ist, auf seinen eigenen zwei Beinen zu stehen und der Wahrheit über sich selbst ins Gesicht zu blicken? Du könntest Kräfte entwickeln, von denen du noch nicht einmal geträumt hast! Aber ich stehe dir jetzt nicht mehr zu Diensten. Ich muß mich um meinen Sohn kümmern. Und ich werde mich an der Seite seines Vaters der Zukunft stellen. Es ist Zeit für mich, meinen eigenen Weg zu gehen.«

Diese Worte verwirrten ihn. Hatte sie nicht nur ihre Verantwortung gegenüber ihrem Erzeuger, sondern auch noch den Verstand verloren? »Der alte Falcon ist tot!« rief er ihr ins Gedächtnis.

Sie hatte bereits die Tür erreicht und drehte sich noch einmal zu ihm um. Diesmal empfand sie wirklich Mitleid für ihn, denn er war bleich, erschüttert und am Boden zerstört. »Sieh mit den Augen deines Menschenverstandes, Weiser. Deine anderen Töchter werden sich jetzt um dein Wohlergehen sorgen, denn sie sind beide kinderlos und sollen hierbleiben, um die Verwundeten zu pflegen, wenn es soweit ist. Aber diese Tochter, dieser kleine, schwarze Dorn im Auge des Clans hat dem Wolf einen Enkel geboren! Im Sohn dieser Tochter lebt das Blut des großen Manannan MacLir weiter! Diese Tochter hat Balor einen Sohn geboren ... und wenn die Zwölf Winde mich deshalb verfluchen sollten, dann werde ich, Morrigan, ihren Fluch erwidern! Ich habe keine Angst. Ich war schon einmal in der Anderen Welt und bin wieder zurückgekehrt. Ich habe dem Tod ins Auge gesehen. Jetzt werde ich weiterleben. Ohne dich. Und ohne Angst.«

Trotzdem hatte sie Angst. Sie verließ das Dorf und ging zu den Frauen und Kindern, die sich für die Reise zum Berg gesammelt hatten. Dianket stand neben Dana und der kleinen Bevin. Die kleine Tochter des Häuptlings saß auf Danas weißem Pony, und während Dianket das Tier am Zaumzeug hielt, kämmte Dragas Tochter gedankenverloren die lange Mähne des kleinen Pferdes. Sie sprach wie ein kleines Kind zu Bevin. Als Morrigan näherkam, blickte sie auf. Ihre Augen wurden groß und leer, als sie den Kopf neigte und fragte, ob sie sich schon einmal begegnet wären.

»Ich bin Dana. Mein Vater hat mir dieses schöne Pony aus einem fernen Land mitgebracht. Wenn ich eine erwachsene Frau bin, wird er mir ein großes weißes Pferd mit einem goldenen Horn auf der Stirn mitbringen. Das hat er mir versprochen. Aber ich habe damit keine Eile. Ich will gar nicht erwachsen werden. Es ist besser, wenn man klein ist. Man kann nicht mehr auf einem Pony reiten, wenn man zu groß geworden ist.«

Morrigan sah die Qual in Diankets Augen und wandte den Blick ab, damit sie nicht in Tränen ausbrach.

»Morrigan ...«

Sie erkannte seine Stimme, noch bevor sie ihn durch die Menge kommen sah.

»Balor!«

Doch es war nicht mehr der Balor, an den sie sich erinnerte. Seine Größe, seine Hautfärbung, sogar sein Gesicht – all dies erinnerte sie an Balor, doch es war leicht verändert, auf grausame Weise. Der Junge war verschwunden. Er war jetzt ein Mann. Er war nicht mehr wild und ungebändigt – trotz seines zerzausten Haars und seiner verdreckten und vom Kampf zerschundenen Kleidung –, sondern müde und zutiefst erschöpft.

Ohne daß es ihr bewußt wurde, hob sie langsam die Hände, um sein Gesicht zu berühren, während er die Hände zärtlich an ihr Gesicht legte.

»Du ... hast dich verändert ...«

Beide sprachen diese Worte gleichzeitig.

»Ich habe dich immer wieder gesehen ... an so vielen unwahrscheinlichen Orten ... immer bist du in meinen Gedanken gewesen ...« Seine Worte kamen ihm nicht leicht über die Lippen. Seine Augen verloren sich im kühlen Grün ihrer Augen, als er sich an eine Nacht erinnerte, in der diese voller Feuer und Mondlicht gewesen waren. Doch jetzt war ihre Kühle tröstend, und dann küßte er sie, genauso wie damals, ohne es zu wollen. Sie schlang ihre Arme um ihn und weinte leise, als sie das Gesicht an seine Schulter drückte. Er hörte sie sagen, daß sie ihn liebte, und da wußte er mit einem plötzlichen Schock und ohne Vorbehalt, daß er sie auch liebte – so tief, daß es keine Worte für ihn gab, es auszudrücken. Er hielt sie fest. Er küßte sie wieder und ließ sein Herz durch seinen Kuß sprechen.

Dann dachte er an Dana – und daß es seine Liebe zu Dragas Tochter gewesen war, die ihn die ganze Zeit am Leben erhalten hatte ... und obwohl es stimmte, daß auch Morrigan immer in seinen Träumen gewesen war, war es Dana, der immer sein Herz gehört hatte. Morrigan hatte sich während seiner Abwesenheit einen Mann genommen. Nicht Dana. Dana hatte gewartet. Auf ihn. Davon war er überzeugt. Und jetzt brauchte sie ihn. Nach allem würde sie nun doch zu seiner Frau werden.

Langsam und widerstrebend löste er sich von Morrigan und versuchte zu lächeln, als er ihr sagte, daß sie für immer die beste Freundin seines Herzens sein würde.

Der verletzte Ausdruck auf ihrem tränenüberströmten Gesicht berührte ihn so tief, daß er den Drang verspürte, seine Gefühle mit beiläufigen Worten zu überspielen. »Das Pulver, das du in deine Reisetasche gepackt hast … es hat mir das Leben gerettet, weißt du! Und auch die Kekse! Niemand kann so gute Kekse backen wie du, obwohl ich es früher nie zugeben wollte. Es scheint eine Ewigkeit zurückzuliegen. Und was habe ich da gehört, daß du bereits eine Witwe bist? Und die Mutter eines Sohnes? Du doch nicht! Das kann ich einfach nicht glauben!«

Er verstand nicht, warum sie so wütend wurde oder warum sie ihm so trotzig ihren kleinen, hübschen, dunkelhaarigen Sohn zeigte. Er wußte nur, daß ihm ihr heftiger Trotz gefiel. Er kam besser mit ihr zurecht, wenn sie wieder zur vertrauten, streitlustigen Gegnerin seiner Jugendzeit wurde.

»Was meinst du? Wem sieht er ähnlich?« wollte sie von ihm wissen.

Er sah das Kind an und zuckte die Schultern. Dann sagte er ihr die Wahrheit. »Er sieht aus wie du. Hast du ihn ganz allein gemacht?«

Einen Augenblick hatte er den Eindruck, sie wolle ihm das Baby ins Gesicht schleudern. Doch dann drückte sie es an sich und blickte ihn funkelnd an. »Er wird Falcon seinen Erzeuger nennen.«

Dann ging sie fort, und Dianket, der alles mitgehört hatte, kam näher und sagte Balor, er sei ein Dummkopf. Doch er hatte keine Zeit, es ihm näher zu erklären.

Dann kam Dathen herbeigaloppiert und riß so heftig an den Zügeln seines Pferdes, daß es herumwirbelte und protestierend wieherte. Es hatte Schaum am Maul und war schweißnaß vom langen und schnellen Ritt.

»Bei allen Zwölf Winden, Balor, wenn du diese Menschen in Sicherheit führen willst, dann tu es jetzt! Nemeds Streitmacht wurde gesichtet! Und die Gerüchte, die du hörtest, waren richtig – es sind tatsächlich zweitausend Männer! Bei der Mutter, geh jetzt! Sofort! Denn niemand weiß, ob wir sie hier aufhalten können!«

Sie zogen unter Balors Führung über das Land, und nie zuvor war es ihm schwerer gefallen, einem Befehl zu gehorchen als jetzt, wo er der Schlacht den Rücken zukehren sollte, die den Männern des Clans MacLir bevorstand. Dennoch machte er sich auf den Weg. Er ritt auf Sternguckers großem, weißem Pferd und erinnerte sich an den Traum eines kleinen Jungen vor langer Zeit.

Er war Balor, der Sohn Fomors, des Häuptlings des Clans MacLir. Er war ein großer, mächtiger Kämpfer, genauso wie sein Vater. Doch es war kein Einhorn, auf dem er ritt. Und er war auch nicht der Herr der Welt.

Und das hier war kein Traum. Als das Pferd den großen Kopf schüttelte und seine Flanken vor Erschöpfung unter dem Gewicht des Reiters zitterten, war es nicht die Hitze der Macht, die durch Balors angespannte Schenkel strömte. Es war die Hitze der Furcht. Er war endlich ein Mann und trug das volle Gewicht der Verantwortung eines Mannes auf den Schultern. Und er hatte Angst.

Huldre war besorgt. Sie wollte nicht hier sein. So hatte es nicht kommen sollen. Mealla beobachtete sie, wie sie durch das Ginstergestrüpp stapfte. »Was ist los, Huldre? Ist es nicht genau das, was du immer gewollt hast – mit den Zwölf Winden davonlaufen und Farnmoor hinter dir lassen?«

»Nicht ohne ihn.«

»Er hat versprochen, daß er uns folgen wird, wenn es ihm ohne Gefahr für uns und die Kinder möglich ist.«

Huldre blieb abrupt stehen. Sie konnte Meallas unerschütterlichen Optimismus nicht mehr ertragen. Sie legte die Hände an die Schläfen. Der tiefe, pochende Schmerz, der sie so oft plagte, war zurückgekehrt, zusammen mit den kalten, wirbelnden Nebelschwaden, die ihrem Herzen angst machten und sie ermahnten, zu laufen … zu fliehen … damit er sie nicht fand … und ihr noch einmal Schmerzen zufügte …

»Huldre?«

Sie stöhnte auf. Es tat weh, als Mealla ihren Arm berührte. Ihre rechte Hand wanderte zu ihrer Kehle und suchte nach dem Amulett. Doch das Amulett war schon lange fort. Das Auge des Donar erhellte nun jemand anderem den Weg. Und durch den Nebel sah sie, wessen Weg es war. Der Rabe. Nemed MacAgnomain. Es gab keinen Zweifel. Keine Vermutungen, sondern nur Gewißheit. In diesem Augenblick näherte er sich dem Dorf. Und seine zweitausend Männer und das Auge des Donar würden ihn zum Sieg führen. Das Auge des Donar. Wenn ich es ihm wegnehmen würde, könnte er nicht mehr siegen. Wenn ich es zu meinem Herrn bringen würde, wäre ihm der Sieg gewiß, genauso wie es vor langer Zeit war, als er mich aus Nemeds Gewalt raubte und den Clan Partholons tötete und der Wolf der Westlichen Stämme war.

»Huldre, wir müssen weitergehen. Komm jetzt.«

Huldre blickte auf. Es wurde dunkel. Ein Sturm braute sich in ihr und um sie herum zusammen und verzehrte das Licht des Tages. Wenn ich das Amulett stehle, könnte ich …

»Huldre, bitte! Wir sind hinter den anderen zurückgefallen. Wir müssen weiter … der Herr hat uns befohlen, das Dorf zu verlassen!«

»Ja, natürlich. Geh nur. Ich komme nach. Ich will nur ein wenig nach Luft schnappen.«

Mealla runzelte die Stirn. »Du siehst nicht aus, als wärst du außer Atem. Und die kleine Babh muß bald gestillt werden. Hör doch, wie sie in Blaheens Armen schreit.«

»Sag Blaheen, daß ich gleich kommen werde.«

Aber sie folgte den anderen nicht. Sie wartete, bis Mealla außer Sichtweite war, um dann in schnellem Lauf zum Dorf zurückzukehren. Sie wußte nicht, daß Mealla ihrer Spur folgte, und sie wäre auch nicht langsamer geworden, wenn sie es gewußt hätte. Sie hatten schon einen weiten Weg hinter sich gebracht, und sie mußte unbedingt nach Farnmoor zurückkehren. Dann mußte sie weiterlaufen, um nach dem Raben zu suchen. Sie mußte es für Fomor tun, denn wenn es ihr nicht gelang – und dieser Gedanke kam ihr jetzt zum erstenmal –, wollte sie ohne ihn nicht weiterleben. Das Ausmaß ihrer Liebe zu ihm erschütterte sie, als in der Ferne aus der Richtung des Dorfes grollender Donner zu hören war.

Doch es war kein Donner. Es war der Lärm einer anrückenden Armee.

Huldre geriet in Panik. In ihr breitete sich wieder die vertraute schwarze Leere aus. Der wirbelnde Nebel. Die Visionen des Blutes. Die Erinnerungen an Vergewaltigung und Schmerz und endlose Erniedrigungen. Sie erstarrte innerlich. Es war ein Strudel des Schreckens. Wenn sie zuließ, daß die Leere in ihr Gestalt annahm, würde sie ihren Verstand fortspülen. Es gab nur eine Möglichkeit, es zu verhindern. Sie mußte schneller laufen, sie mußte zum Dorf zurückkehren, sie mußte Nemed suchen und ihm das Auge des Donar aus den Händen reißen oder bei dem Versuch sterben.

Mit der Erkenntnis der Wahrheit kam die Qual. Der alte Munremar hatte die ganze Zeit recht gehabt ... es war ihr Amulett gewesen, das dieses Unheil über sie gebracht hatte. Sie war für alles verantwortlich. Sie und Balor. Wenn er doch nie geboren worden wäre! Wenn sie ihn doch nie dazu verleitet hätte, seiner Bestimmung zu folgen ... wenn ... Ihr stockte der Atem, als sie ihn plötzlich sah, einen Mann und Krieger, der seiner Streitmacht vorausritt und sie anführte, wie Huldre es schon immer vorausgesehen hatte. Balor, der bleiche Reiter, den die Männer des Clans einst den Wolfstöter genannt hatten.

»Nein!« rief sie und wußte, daß der Wolf, der getötet werden sollte, Fomor war. »Ich werde dir dein Glück zurückholen!« rief sie, während es ihr gleichgültig war, ob jemand sie hörte. Sie selbst hatte es gehört, und das genügte ihr.

Sie lief. Sie hetzte durch den Ginster und brach daraus hervor. Alles tat ihr weh, als sie durch das schenkelhohe Gestrüpp auf den fernen Weiden hastete, die im Sommer von Unkraut überwuchert worden waren. Dornen stachen in ihre nackten Beine, denn sie hatte ihr Hemd gehoben. Sie spürte den Schmerz nicht und achtete nicht auf die Zweige, die ihre Haut wie Peitschenschläge aufrissen.

Sie lief kopflos, und ihr Herz klopfte in ihrer Kehle. Sie stolperte zweimal, stand jedoch immer wieder auf und schlug mit den Armen nach Ästen, die sich ihr in den Weg zu strecken schienen, um sie aufzuhalten. Sie hatte den Rand der Sümpfe erreicht, und wenn sie angehalten hätte, um sich zu orientieren, hätte sie gesehen, wie nahe sie jetzt dem Dorf war. Bogenschützen standen überall auf der Palisade und den äußersten Befestigungswällen. Dahinter sammelte sich eine große Menge von Männern und Kriegern zu Pferde oder zu Fuß. Sogar im Regen waren die roten und schwarzen Farben des Hauses von Nemed MacAgnomain gut zu erkennen. Doch sie sah nichts mehr, als ihr plötzlich der Regen ins Gesicht schlug und sie alles nur noch verschwommen wahrnahm. Der Wind wehte ihr entgegen und trieb sie zurück. Sie achtete nicht darauf und hörte auch nicht die Rufe von Mealla, die sie zur Umkehr auffordern wollte.

Sie rannte weiter, sprang über Schlammlöcher und Pfützen, rutschte aus und stürzte immer wieder, wenn ihre Füße kaum Halt finden konnten. Sie lief, bis sie schwitzte. Sie lief, bis ihr übel wurde und sie anhalten mußte, um sich nicht zu übergeben. Sie blieb stehen, die Beine vom Schlamm verdreckt und blutend. Sie zitterte und schluchzte und war plötzlich verwirrt. Wer waren die vielen Männer, die vor ihr marschierten? Bewaffnete Männer. Und wer war der Reiter, der so langsam auf sie zukam?

»Huldre! Wenn dir unser aller Leben lieb ist, lauf!«

Sie fuhr herum. Was machte ihre Herdschwester hinter ihr? Und war das nicht die kleine Bevin, die der rothaarigen Frau dicht auf den Fersen war? Ja. Mealla schrie, sie solle zurückkommen. Wohin zurück? Das Dorf lag doch vor ihr!

Das Dorf. Es hatte einen Grund gegeben, warum sie zum Dorf gerannt war. Seltsam, als sie über das Land gehetzt war, mußte sie diesen Grund aus dem Kopf verloren haben. Wenn sie noch einmal auf die Siedlung blickte, würde er ihr vielleicht wieder einfallen.

Doch was sie dann sah, brachte ihr ganz andere Erinnerungen zurück. Der Reiter hatte sein Pferd vor ihr zum Stehen gebracht. Sie starrte zu ihm hinauf.

Die schwarzen Augen des Raben blinzelten nicht ein einziges Mal, als er lächelte und ihr seine Hand hinstreckte. »Endlich sehen wir uns wieder, Huldre aus dem Nordland«, sagte Nemed MacAgnomain. »Sieh. Ich trage jetzt das Auge des Donar. Komm, reite mit mir! Wir werden gemeinsam unter seinem Schutz stehen. Jetzt und für alle Zeiten.«

Was dann geschah, war unvermeidlich. In der anbrechenden Sturmdunkelheit ritt Huldre als Gefangene vor Nemed auf seinem Pferd, während die kleine Bevin und Mealla von seinen Männern ergriffen worden waren. Nemed zeigte sich im Licht der Fackeln auf der Palisade, knapp außerhalb der Bogenschußweite, und verlangte, daß der Wolf aus seinem Bau hervorkam, um sich dem Raben zu stellen, von Mann zu Mann, so daß er, Nemed, das Vergnügen genießen konnte, Fomor das Halsband des Sklaven umzulegen.

»Wirst du mein Volk verschonen, wenn ich es tue?« brüllte Fomor von der hohen Palisade hinab.

»Verschonen? Du hast auch niemanden verschont, als wir uns das letzte Mal begegneten, Fomor MacLir!«

»Ich war gekommen, um Rache zu nehmen, um mit eurem Blut die Ehre zurückzugewinnen, die dein Vater meiner Familie raubte, als ihr – er und du ... und alle Männer deines Clans – unser Heiligtum auf der Insel Tory schändetet und die unbewaffneten Männer erschlugt! Es war ein heimtückischer und gotteslästerlicher Überfall, den ihr anführtet, als ihr heiligen Boden entweihtet, einer schwangeren Frau den Bauch aufschlitztet, einen Mann vor seinen Söhnen erniedrigtet und die Kinder dann ins Meer und in ihren sicheren Tod warft!«

»Ich finde, du siehst noch recht lebendig aus, Wolf!«

»Dann kämpfe mit mir, von Mann zu Mann, und der Ausgang dieses Kampfes soll ein für allemal die Frage der Ehre zwischen uns beilegen!«

Niemals. Dieses Wort knurrte in zweitausend Kehlen und in denen fünfhundert weiterer Männer auf der Palisade. Doch es gab keinen Mann in beiden Lagern, der nicht darauf brannte, einen solchen Kampf zu sehen, um sich dann in die zwangsläufig folgende, größere Schlacht zu stürzen.

So geschah es.

Fomor trat allein, nur sein Schwert in der Hand, aus dem Tor in der Palisade hervor. Nur Dathen und Lomna Ruad begleiteten ihn mit all ihren Waffen.

Dann formierten sich Nemeds bewaffnete Männer zu einem Halbkreis, um alles beobachten zu können, während die Kämpfer des Clans MacLir von der Palisade herab in die wölfischen Gesichter blickten und voller Zuversicht in die Macht ihres Herrn lautstark seinen Namen riefen. Sie würden wie Hornissen ausschwärmen, wenn er fallen sollte. Sie würden Pfeile und Speere niederregnen lassen, und viele würden sterben, auch die Frauen und das Kind des Herrn, die die Männer Nemeds in Reichweite herangebracht hatten, in der trügerischen Hoffnung, sie könnten damit den Zorn der Krieger des Clans MacLir zügeln.

Dann trafen sich die zwei Männer, wie es schon einmal geschehen war, und eine ganze Weile musterten sie sich gegenseitig, während sich der lebenslange Haß in ihren Herzen ballte und ihr Blut heiß und schnell fließen ließ, bis der Haß hinter ihren Augen brannte und Fomor völlig vergaß, daß seine Frauen und die kleine Bevin zusahen. Für ihn gab es nur noch Nemed, den Mörder Manannans ... den grausamen Vernichter von Träumen und Menschenleben und allem, was Fomor in seinem Leben aufgebaut und gesichert hatte.

Es war leicht, einen solchen Feind zu hassen, nach der Befriedigung zu streben, ihn zu töten, selbst wenn ihm sein eigener Tod sicher war. Er begann ihn langsam zu umkreisen und wußte selbst nicht genau, wann er das erste Mal vorstieß. Sein Schwert schlug mit hellem Singen auf Bronze, doch zuvor hatte es Blut geschmeckt. Nemed schrie auf, mehr aus Verblüffung als vor Schmerz. Er blutete aus einer Wunde im rechten Oberarm, mit dem er das Schwert führte. Es war ein Schnitt, durch den ihn bald seine Kräfte verlassen würden. Nemed würde diesen Kampf abbrechen müssen, bevor Fomor die Gelegenheit erhielt, ihn für sich zu beenden.

Ein leichtes Erheben der Augenbraue unter Nemeds weißer Gesichtsnarbe genügte als Signal. Fomor spürte den Schlag von hinten fast im selben Augenblick wie Echur, der den Speerwerfer mit einem gut gezielten Pfeil niederstreckte. Trotzdem hatte der Mann seinen Speer mit der tödlich scharfen Bronzespitze tief in Fomors rechten Oberschenkel getrieben und Muskeln und Adern bis zum Knochen aufgerissen. Der Herr der MacLirs ließ sich auf sein linkes Knie sinken und war von den Schmerzen halb geblendet. Nemed sprang vor und brachte mit seiner Klinge einen Hieb quer über Fomors breiter Brust an.

Mealla schrie auf, und die kleine Bevin vergrub ihr Gesicht schluchzend in ihrem Rock.

Das Schwert des Achaiers schwang zurück und hinter diesem Hieb lag das gesamte Körpergewicht des Mannes. Fomor bewegte sich und wich dem Schlag aus, der ihn ansonsten enthauptet hätte. Er kam wieder auf die Beine und kämpfte um sein Gleichgewicht, während er, das Schwert mit beiden Händen umklammernd, einen so wütenden Angriff startete, daß Nemed erschrocken zurückwich und um Hilfe rief. Die Männer des Clans MacLir heulten protestierend auf. Die Kämpfer in Rot und Schwarz zögerten und beobachteten die Bogenschützen auf der Palisade und den immer noch zuckenden Speerwerfer, der einen Pfeil ins Genick erhalten hatte, nachdem er den Häuptling zu töten versucht hatte.

Doch es gab einen unter Nemeds Kämpfern, der durch seine geringe Körpergröße weniger gefährdet war, das Ziel eines Angriffs zu werden, weil er sich zwischen den Beinen seiner Kameraden bewegen konnte, ohne von der Palisade aus gesehen zu werden. Nachdem Coman sich Pfeil und Bogen von einem Mann ausgeliehen hatte, der zögerte, die Waffe selbst einzusetzen, stand er im Schutz der Körper, legte den Pfeil an die Sehne und faßte lächelnd sein Ziel ins Auge. Er war wegen seiner kurzen Arme und mißgebildeten Hände ein schlechter Bogenschütze, aber der Rücken Fomor MacLirs war ein großes Ziel.

Nachdem Comans Schuß ihn ins Herz getroffen hatte, stand Fomor noch einen Moment lang da – lange genug, um den Raben einen Feigling zu schimpfen, laut genug, daß jeder es hören konnte. Dann stürzte er wie ein gefällter großer Baum zu Boden. Und als er fiel, wurde es totenstill. Jeder, der auf seinen leblosen Körper sah, wußte, daß ein großer und ehrenvoller Mann nun für immer verloren war. Und jene, die ihn gefällt hatten, wußten, daß sie sich selbst durch diese Tat entehrt hatten.

Sogar Coman spürte es. Ihm wurde eiskalt, und er ließ den Bogen fallen, während er gleichzeitig den Blick aus den blassen Augen der Frau spürte. In seinem ganzen Leben hatte er noch nie solche Augen gesehen. Er machte ein Zeichen zur Abwehr des Bösen und lief. Er floh vor dem Gemetzel, das nun folgen sollte.

Niemand wußte genau, wie lange die Schlacht tobte. Nur wenigen gelang die Flucht und die Erfüllung von Fomors letztem Befehl. Sie sollten die Felder in Brand stecken und sein geliebtes Vieh schlachten, damit der Rabe und seine Männer nach der Vernichtung des Clans MacLir nicht über das Dorf herfallen und es plündern konnten. Jedes Nahrungsmittel, jeder Sack Getreide, jeder Krug Met und jede Blasenflasche mit Wasser war vergiftet worden. Das war die Rache des Wolfes nach seinem Tod, und wenn in den folgenden Tagen viele von Nemeds halb verhungerten Kriegern aufquollen und an Vergiftung starben und wenn Wölfe im fernen Moor heulten, schworen viele, daß es der Geist des Wolfes war, der den Raben auslachte.

Doch das sollte erst noch geschehen.

In der Sturmdunkelheit tobte der Kampf weiter. Coman flüchtete sich auf die Befestigungsanlagen. Im Licht der rauchenden Fackeln, die in bestimmten Abständen hoch oben an der Palisade angebracht waren, konnte er die Hitze des Gefechts gut überblicken. Seine Lenden wurden beim Anblick und Lärm des Todes hart. Er feierte das Gemetzel mit einem vergnügten, berauschten Tanz. Er hüpfte und wirbelte wie ein Affe, den er einmal vor langer Zeit im Handelsposten von Alhorn gesehen hatte. Er balancierte auf den Spitzen der Holzpfähle, schlug mit einem imaginären Schwert um sich und stach mit seinem kleinen Kupferdolch nach den Fackeln. Er hatte ihn von Nemed MacAgnomain als Belohnung für seine Entdeckung des Verstecks des Clans MacLir erhalten. Er jubelte und plapperte. Er war so erregt, daß er gar nicht weiter auf die bleichhaarige Frau achtete, die sich auf den Körper des niedergestürzten Wolfes geworfen hatte.

Der Wolf! Er, Coman, hatte den Wolf getötet! Er warf den Kopf zurück und heulte.

Er sah die blasse Gestalt nicht, die sich an ihn anschlich. Huldre trat so behutsam auf, wie sie es einst bei der Verfolgung von arglosen Mäusen getan hatte, die sich in die Vorratskammer des Häuptlingshauses vorgewagt hatten. Das Kind folgte ihr, während es vor Entsetzen über den tobenden Kampf die Augen weit aufgerissen hatte.

Coman hörte sie nicht. Er schlug sich auf die Schenkel und klatschte in die Hände, sah aber nicht, wie Huldre so leise und so gefährlich wie ein Luchs die Leiter hinaufstieg.

»Du genießt den Ausblick aus großer Höhe, wie ich sehe!«

Vor Schreck hätte er beinahe das Gleichgewicht verloren, als er sich zu ihr umdrehte. Sie ließ ihn nicht aus den Augen – diesen blassen, fremdartigen, geradezu überirdischen Augen. Doch jetzt waren sie nicht mehr blau, denn eine Windböe aus dem Norden blies neue Kraft in die Fackeln. Die Fackel genau rechts von ihm flammte hell auf und spiegelte sich tiefrot in den Augen der Frau. Genauso wie der blutrote Karneolstein, der im Auge des Donar glühte, blickten sie ihn brennend an. Er keuchte entsetzt, als ihm plötzlich ihre Absicht klarwurde.

»Nein!«kreischte er und schlug mit seinem Dolch nach ihr, als sie ihn an den Schultern packte und ihn hochriß, als wäre er ein kleines Kind.

»Ich werde dir den höchsten Genuß verschaffen!« sagte sie zu ihm und drehte ihn herum, so daß er auf den Boden vor der Palisade blicken konnte, der fast zwanzig Fuß unter ihm lag. Er wand sich in ihrem Griff, aber sie hatte ihn fest gepackt. »Schau her, Bevin! Das ist die Mißgeburt, die deinen Vater tötete. Sieh zu, wie man einer Kröte am besten den Tod bringt!«

Sie warf ihn von der Palisade. Und als er unten auftraf, hörte sie seine Knochen brechen und sah zu, wie er zuckend starb, nachdem er sich selbst mit Nemeds Dolch aufgespießt hatte. Für einen kurzen Moment fühlte sie sich besser, als sie jemals für möglich gehalten hätte, sich fühlen zu können.

Sie blickte auf die weite Welt unter und vor der Palisade, und über diese Welt wehte der Nordwind aus dem fernen Land heran, in dem sie geboren worden war. Ein Sturm braute sich zusammen. Schwere schwarze Wolkenbänke türmten sich über dem Hochland auf. Darunter sammelte sich eine furchtbare Dunkelheit. Und in diese Dunkelheit waren ihre Kinder geflohen, geführt von Balor, so, wie sie schon immer gewußt hatte, daß er es eines Tages tun mußte.

Ein neuer Wolf würde sich in Albion erheben. Doch der alte Wolf war tot. Nie wieder würde sie den warmen Atem seines Lebens und seiner Liebe spüren. Nie wieder.

Trotzdem konnte sie ihn jetzt spüren. Es war ein warmer Wind, der sie umwehte und die langen, mondbleichen Strähnen ihres Haars zurückkämmte. Der Windhauch tröstete und beruhigte sie. Denn es war der Atem ihres Herrn und seiner Liebe, der nun für immer von den Zwölf Winden getragen wurde und ihr zuflüsterte, keine Angst zu haben.

Ein schriller Ruf drang plötzlich an ihre Ohren. Sie blickte auf und sah einen Falken, der im Wind kreiste – ein Falke in der Farbe von Bernstein. Er schwebte auf reglosen Flügeln, und seine Augen leuchteten rot, als sie die letzten Lichtstrahlen der Sonne auffingen, die bereits hinter dem westlichen Horizont verschwunden war.

»Donar!«Sie rief den Namen des Gottes und wußte, daß der Gott jetzt bei ihr war, auch wenn Nemed noch ihren Talisman hatte. Die Welt unter der Palisade schien plötzlich in Flammen aufzugehen, wie sie es vor langer Zeit schon einmal gesehen hatte, als sie an derselben Stelle gestanden und zugesehen hatte, wie die Männer des Clans MacLir in der Morgendämmerung zur Wolfsjagd aufgebrochen waren. Damals hatte sie die Zukunft gesehen, die sie auch jetzt sah. In den Flammen der Dunkelheit gab es keine Zukunft mehr.

Dann nahm sie wieder den Schlachtlärm wahr. Sie hörte eine Männerstimme, Nemeds Stimme, die wütend ihren Namen rief. Und ein Kind zerrte panisch an ihrer zerfetzten Kleidung.

»Mutter! Sie kommen zu uns! Mutter … ich habe Angst. Ich … Mutter! Dein Gesicht!«

Sie tastete mit den Fingern danach. Erst jetzt spürte sie die Wunden. Der Zwerg hatte sie also doch mit seinem Dolch getroffen und ihr zwei tiefe Schnitte von den Schläfen bis zum Mund zugefügt. Doch es war ihr gleichgültig. Es gab ohnehin keine Zeit zum Verheilen der Wunden mehr.

Nur Sekunden waren vergangen, seit sie den Zwerg in den Tod geschleudert hatte. Bald würde Nemed sie erreicht haben. Er war schon auf der Leiter und brüllte sie an.

Sie ging in die Knie und tat etwas, das sie noch nie zuvor getan hatte und auch nie wieder tun würde, wie sie genau wußte. Sie umarmte stürmisch ihre kleine Tochter mit einer Liebe, die dem Mädchen für den Rest seines Lebens reichen mußte – falls sie für Bevin genügend Zeit gewinnen konnte, um ihr die Flucht zu ermöglichen. »Du mußt jetzt tapfer sein, meine Kleine. Du mußt fliehen. Donar aus dem Norden wird deine Schritte leiten, und die Zwölf Winde werden deinen Beinen Schnelligkeit verleihen.«

Wild küßte sie noch einmal das kleine Mädchen. Dann stand sie auf, riß ihr Kleid herunter, hob das Kind hoch, beugte sich über die Brüstung der Palisade und gab Bevin zu verstehen, daß sie am Stoff hinunterklettern und in Sicherheit springen sollte.

Das Mädchen zögerte nur einen kurzen Augenblick. Es hatte Angst zu gehen, doch noch mehr Angst zu bleiben. Und bestimmt würde die Mutter ihm folgen.

Huldre folgte ihrer Tochter nicht. Sie drehte sich um und riß eine Fackel aus der Halterung. Sie stellte sich auf. Nemed war jetzt auf der Palisade angelangt und hielt das Schwert des toten Wolfes in der Hand. Sein Körper glänzte feucht vor Schweiß und Blut, und seine Augen waren im Kampffieber weit aufgerissen.

Er starrte sie an und war halbblind vor Zorn. Fomor MacLir war tot, aber nicht er hatte ihn getötet, und er hatte nicht einmal Zeit gehabt, seine Leiche zu verstümmeln, denn die Männer des Wolfes hatten sich sofort in den Angriff gestürzt, nachdem ihr Herr gefallen war. Er hatte sich das Schwert – die Waffe seines ermordeten Vaters, Partholons Schwert – erst holen können, als der Ansturm seiner Männer den Clan MacLir zurückgeworfen hatte. Er hatte geschworen, das Schwert dem Mann zu entreißen, der seinen Vater getötet hatte, und ihn damit zu töten. Doch ein mißgebildeter Zwerg hatte ihm diese Genugtuung vereitelt.

Und die Frau hatte ihn nun um die Genugtuung gebracht, die Kröte umzubringen. Als einer seiner Männer ihn auf die Szene aufmerksam machte, die sich auf der Palisade abspielte, hatte er bereits befürchtet, sie würde sich anschließend in den Tod stürzen. Er hatte kaum hingesehen, als er dem toten Häuptling das Schwert aus der Hand gerissen hatte, und ihr zugeschrien, sie solle auf ihn warten. Es war ihm gleichgültig, was mit ihrem Kind geschah. Seine Männer würden das Mädchen später töten, wie sie auch all die anderen aufspüren würden, die offenbar auf Befehl des Häuptlings aus Farnmoor geflohen waren.

Das einzige, was jetzt zählte, war die Frau. Denn ihr Tod war zum Ziel seines Lebens geworden. Sie sollte von seiner Hand sterben, ihre Schönheit sollte von seiner Hand zerstört werden, die Welt des Wolfes, für den sie ihn aufgegeben hatte, sollte von seiner Hand vernichtet werden.

Er erzitterte beim bloßen Gedanken daran. Das Heft seines Schwertes glühte heiß in seiner Hand, die sich fest darum schloß. Es war leichter, als er es in Erinnerung gehabt hatte, und nicht so gut ausgewogen wie das Schwert, das er dafür fortgeworfen hatte. Er hielt es jetzt hoch, während er den Griff mit beiden Händen umfaßte. Hiermit, mit dem Schwert Partholons, würde Huldre aus dem Nordland sterben. Von seiner Hand.

»Endlich gebührt mir die letzte Rache«, sagte er mit einem milden Lächeln. »Wirf die Fackel fort, Huldre. Du kannst dein Schicksal nicht mit einer so primitiven Waffe aufhalten, nicht gegen das große Schwert Partholons. Dein Wolf ist tot. Sein Dorf liegt bald in Trümmern. Deine Schönheit wird verwesen, wenn ich das Leben, das du vorgezogen hast, mit diesem Schwert beendet habe.«

In der Sturmdunkelheit und im Fackelschein stand sie reglos da. Der Wind wehte ihr Haar nach vorn. Er konnte ihr Gesicht nicht sehen, aber der Anblick ihres Körpers genügte, um sein männliches Bedürfnis anschwellen zu lassen. Hinter ihm hatten mehrere seiner Männer die Palisade bestiegen. Er hörte das tiefe Knurren ihres Hungers nach Vergewaltigung und das anerkennende Keuchen angesichts ihrer Schönheit. Doch dies war seine Vergewaltigung. Und wenn er damit fertig war, würde das Schwert Partholons sie vergewaltigen. Endlich konnte er seine Rache befriedigen.

»Niemals ...« Das Wort war so leise, daß es zunächst wie ein Windhauch klang. »Deine Rache wird niemals befriedigt sein. Der Wolf ist tot, aber er starb nicht von deiner Hand. Dieses Dorf lag schon vor langer Zeit in Trümmern. Und du kannst mir meine Schönheit nicht mehr rauben.«

Mit einer Hand hielt sie die Fackel, und mit der anderen strich sie ihr Haar zurück. Sie hörte, wie er entsetzt den Atem einsog, als er ihre Wunden sah. Sie lachte ihn aus.

Wieder erfüllte ihn Zorn. An seiner Kehle wurde das Auge des Donar plötzlich glühendheiß und versengte seine Haut. Er griff danach und riß es herunter, um es der Frau vor die Füße zu werfen.

»Du hast mich jetzt lange genug verfolgt, Huldre aus dem Nordland. Jetzt werde ich dir das Leben nehmen!«

Als er mit der Waffe vorstieß, wich sie dem Schlag aus. Sie konnte jetzt überall um sich herum den Wind spüren. Es waren die Zwölf Winde, Fomors Götter. Ein Wolf antwortete auf das Heulen des Sturmes, und als Huldre seine Stimme hörte, hatte sie zum erstenmal, seit sie nach Farnmoor gekommen war, keine Angst.

Nemed fluchte laut. Er spürte Huldres Blick, als er die unhandliche Klinge aus dem Holz der Palisade zerrte und zum nächsten Schlag ausholte.

»Ein neuer Wolf wird sich in Albion erheben, Nemed MacAgnomain. Seine Kinder werden deine Knochen abnagen. Ich werde für immer mit diesem Wolf über das Land hetzen.«

»Das wirst du nicht!« brüllte er und hob das Schwert zum Hieb, als der Falke vom Himmel stürzte und seine Krallen mit solcher Gewalt in Nemeds Hand schlug, daß ihm das Schwert entfiel.

Huldre hielt die Fackel in beiden Händen und blickte durch die Flammen auf Nemed. »Der Wolf hat dich wieder einmal überlistet, denn er ist es, der als letzter heult, und das Schwert, das du genommen hast, ist nicht das Schwert Partholons. Und mein Leben war eins mit dem Fomor MacLirs ... und von eigener Hand werde ich jetzt meine Seele befreien, um mich wieder mit ihm zu vereinen, denn er wird für immer der Herr der Zwölf Winde sein. Und wohin du auch gehst, Nemed, wird er bis in alle Ewigkeit deinen Namen verspotten.«

Es geschah so schnell, daß er sie nicht aufhalten konnte. Sie zog die Fackel an sich und umarmte das Feuer, das sofort ihr Haar in Flammen aufgehen ließ. Sie atmete es ein und stand noch einen Moment auf beiden Beinen, bis sie zu Boden fiel. Sie hatte keine Furcht. Das Auge des Donar war in ihrer Hand, und Fomor wartete in Gestalt des Falken auf dem Rücken der Zwölf Winde auf sie.

Der Sturm kam aus dem Norden. Er kam über das Meer der Nebel, und er toste mit dem ganzen Zorn der Zwölf Winde. Der Falke flog ihm voraus, und als Balor ihn am Himmel fliegen sah, folgte er ihm. Er wußte, wohin er ihn führen würde. Die Nacht war angebrochen, doch im Licht der Blitze erkannte Balor seinen Weg. Den Weg zum Berg.

Als der riesige Felsen über ihm aufragte, führte Balor sein Volk in den schützenden Bauch des Berges, an einer Reihe mannshoher Steine vorbei, die den Eingang so gut verdeckten, daß niemand, der nicht wußte, daß hier eine Höhle war, sie je finden würde.

Doch Balor ging weiter, als wäre er diesen Weg schon einmal gegangen. In das dunkle Maul des Berges, in die Höhle, durch die sein Vater einst Wölfe verfolgt hatte, führte er sein Volk und wußte, daß Fackeln auf sie warteten, die ihnen den Weg erhellen würden. Fomor hatte sie zurückgelassen. Der Wolf war wirklich weise gewesen, und seine Umsicht war so groß, daß er eine Zeit vorausgesehen hatte, in der sie benötigt würden.

Das Kratzen von Feuersteinen war zu hören, dann flammte Licht auf. Dianket hatte eine Fackel entzündet und hielt sie hoch, um die Höhle zu beleuchten. Während die Frauen und Kinder erstaunt flüsterten, sah Balor, daß sie gar nicht in einer Höhle standen, sondern in einem großen, natürlichen Tunnel, der immer enger und dunkler wurde, dort, wo er immer tiefer in den finsteren Bauch der Unterwelt führte. Aus weiter Ferne war ein rastloses, wogendes Geräusch zu hören, wie von der Brandung, die gegen eine Felsküste schlägt.

Dianket trat an Balors Seite und lauschte. »Was ist das, Balor?«

»Das ist das Meer«, antwortete er, »das große, dunkle Meer.« Er wußte es genauso, wie Huldre es gewußt hätte, mit dem inneren Auge seiner Vision. Sie hatte ihm diese Gabe der Macht geschenkt. Jetzt nahm er ihr Geschenk an und wußte, daß sie irgendwann auf eine tiefe Meereshöhle stoßen würden, die sich zu einem felsigen Ufer hin öffnete. Und dort würde in der Dunkelheit ein großes Schiff auf sie warten, dessen grüne Segel eingeholt waren, das einzige Schiff, das Fomor MacLir damals nicht hatte verbrennen wollen. Dort lag in der Dunkelheit zwischen den verkohlten Trümmern einer einstmals großen Flotte Manannan MacLirs Schiff Wellenbrecher und wartete darauf, daß der Wolf der Westlichen Stämme in den neuen Tagen des Ruhms zu seiner alten Lebensweise zurückkehrte. Doch es war nicht der alte Wolf, der zurückkehrte. Ein neuer Wolf erhob sich in Albion. Balor erzitterte bei dieser Vision. Gleichzeitig haßte und begehrte er das, was das Schicksal ihm zugedacht hatte.

»Du hast die Macht«, stellte Dianket fest.

»Ja. Aber was zählt diese Macht, wenn sie mich hierher führte und mein Volk zu einem solchen Ende brachte?«

»Es ist kein Ende, Balor«, sagte Morrigan. »Es ist ein Anfang.« Sie trat nahe an ihn heran. »Es ist der Kreis der Bestimmung. Wenn das Schicksal einen Menschen ruft, muß er ihm folgen. Dein Vater wußte das, doch er entschied sich, seinen eigenen Weg zu gehen. Es war seine

Entscheidung, die Lebensweise seiner Vorfahren aufzugeben, durch die deine Sterne dir ein neues Schicksal wiesen, Balor. Ein Mann muß das sein, wozu er geboren wurde … und wenn er ein Wolf ist, dann muß er in der Haut eines Wolfes leben oder andernfalls sterben.«

Ihre Worte erinnerten ihn an die Worte seiner Mutter, die sie vor so langer Zeit in der Stille und Dunkelheit des Rundhauses des Häuptlings gesprochen hatte. Er sträubte sich gegen die Erinnerung und das, was sie bedeutete. »Der Wolf ist nicht tot! Er wird zu uns stoßen, wenn er den Raben besiegt hat. Und wenn es nicht geschehen sollte, was bringt dich auf die Idee, daß ich geeignet bin, in seiner Haut zu leben?«

Ihre Augen blickten völlig ruhig im Fackelschein. »Du bist sein erstgeborener Sohn. Du mußt einfach dazu geeignet sein.«

Dann verließ er sie und ging allein in den Sturm hinaus, um auf den Gipfel des Berges zu steigen. Dort stand er, das Gesicht im Wind, und wartete darauf, daß sein Vater ihm folgte.

Doch es war Dathen, der zu ihm kam, als er die Überlebenden der Schlacht von Farnmoor in die Sicherheit führte. Elathan und auch Tethra waren bei ihm. Vor dem Beginn des Sturms hatte Fomor die jungen Männer hinausgeschickt, um die Felder zu verbrennen und das Vieh zu schlachten, und Dathen befohlen, sie anschließend zum Berg zu führen. Auf diese Weise wollte er die Ehre und das Leben der jungen Männer retten. Sie waren unterwegs auf die kleine Bevin gestoßen, die sich im Ginster versteckt hatte, und hatten sie mitgenommen. Findias traf kurz darauf ein, zusammen mit Muri und Ogma und einer Handvoll weiterer zerschundener Männer.

»Alle anderen sind tot. Der Weise wurde auf seinem eigenen Altar geopfert. Und der Herr wurde durch Hinterlist getötet.«

Findias erzählte die Geschichte, und während er

sprach, stand Balor auf dem Gipfel des Berges, wo er einst zusammen mit seinem Vater gestanden hatte, und weinte. Der Wind wehte ihm hart und eiskalt entgegen, wo er einst warm und köstlich in das Gesicht eines kleinen Jungen geweht hatte, der zum erstenmal auf die weite Welt hinausgeblickt und nur Wunder und Ehre darin gesehen hatte.

»Ehre!« Er schleuderte das Wort dem Sturm entgegen. Er nahm das zerkratzte Schwert, das er benutzte, seit das Schwert, das Gorias ihm überreicht hatte, zerbrochen war. Er zog es aus der Scheide und schwang es herum, damit es am harten Granit des Berges zerbrach. Es schrie auf, als es zersplitterte, und sein Todesschrei hing noch lange seufzend im Wind.

»Wirst du jetzt in die Wildnis fliehen? Wirst du dein Volk jetzt zu einer neuen Bestimmung führen ... in den Frieden ... an einen Ort, wo die Raben dieser Welt dich niemals finden werden?« Es war Dathen, der behutsame und geduldige Ratgeber. »Am Ende finden die Raben immer ihr Opfer, Balor. Diese Wahrheit erkannte der Wolf zu spät. Jetzt herrschen die Raben über diese Welt. Über deine Welt und über unsere. Wirst du auf dem Rücken der Zwölf Winde vor ihnen davonlaufen und dich niemals umblicken, bis es zu spät ist? Oder wirst du die Zwölf Winde rufen, damit sie deinem Willen gehorchen, um dir zu nehmen, was dir in dieser Welt gehört – nicht im Namen der Rache, sondern der Gerechtigkeit?«

»Worte ...«

»Ein Mann muß mit irgend etwas anfangen. Eine Menge läßt sich auf Worten aufbauen, Balor, wenn die Fundamentsteine richtig gelegt werden. Der Wolf hat den Rest des Clans MacLir in deine Obhut gegeben, und in deine Hände legt er ... dies ...«

Dathen zog ein Schwert aus der Scheide an seinem Gürtel und streckte es Balor hin. Und als Balor es betrachtete, drehte sich die ganze Welt um ihn, während ihn ein Schluchzer des Erkennens erschütterte.

»Es ist der Rächer ... das Geschenk deines Vaters an

dich. Du bist jetzt der Wolf, Balor. Hiermit kannst du es wagen, eine bessere Welt zu schnitzen.«

Dathen legte ihm die Klinge auf die Handflächen, und dann verließ er ihn zusammen mit den anderen, damit er allein mit dem Schwert war. Und allein mit seinem Schicksal.

Es war so schwer wie das Gewicht der ganzen Welt, doch während einige Zeit verging und der Sturm weiter um ihn herum toste, wurde es seltsam leicht. Es lag vollkommen in seinen Händen, in der linken wie in der rechten, als wäre es nur für ihn geschmiedet worden.

Lange Zeit stand er mit dem Schwert im Regen. Bald würde der Rabe mit seinen Kriegern über das Hochland zum Berg kommen, doch sie würden die Menschen des Clans MacLir nicht finden. Denn bis dahin würde Balor sie bereits ans Meer geführt haben, zur wartenden Wellenbrecher, dem Schiff, das sie mit Hilfe von Dathen und Findias immer weiter nach Süden bringen würde, bis sie Zuflucht im Volk des Steins gefunden hatten. Und dort würde sich unter Sternen, die vom Himmel fielen, aus den Lenden eines Wolfes ein neuer Wolf in Albion erheben. Eines Tages würde er der Mächtige werden. Eines Tages würde der Rächer das Blut des Raben schmecken. Eines Tages. Aber noch nicht jetzt.

Jetzt war der Mächtige nicht mehr als ein Mann – ein junger Mann. Und er war zu müde, um ein Krieger sein zu wollen. Als der weiße Wolf ihn im Donnerschlag eines Blitzes anknurrte, der den Gipfel des Berges traf, machte Balor kehrt und ging davon.

Er stieg vom Felsen des Berges herab und betrat den Eingang der Höhle. Ein Baby weinte, und Morrigan wartete auf ihn.

Er ging zu ihr, den Rächer in der Hand.

ENDE

Anmerkungen des Autors

Dieser Roman fußt auf Überlieferungen und vorgeschichtlichen Funden aus Irland, Skandinavien und den Britischen Inseln. Im Gegensatz zu gängigen Vorstellungen, daß die Völker des nordwestlichen Europa wilde Höhlenbewohner waren, die sich in verlauste Tierfelle kleideten – während die Kulturen Asiens und des Nahen Ostens sich im Glanz der Zivilisation sonnten –, hat die Archäologie anhand von Radiokarbondatierungen nicht nur das hohe Alter, sondern auch die Vielfalt dieser Kulturen bestätigt, die von den Historikern des Römischen Imperiums als »barbarisch« verleumdet wurden.

Die große Grabkammer aus Megalithen in Newgrange in Irland ist älter als Stonehenge. Und Stonehenge wiederum ist älter als die Pyramiden des alten Ägypten. Schätzungsweise vierunddreißig Jahrhunderte vor Christi Geburt könnte das prähistorische Heiligtum bei Avebury in der Nähe der Salisbury Plains durchaus die erste Universität Europas gewesen sein. Der Steinkreis aus über hundert Monolithen, von denen jeder um die vierzig Tonnen wiegt, war dreizehnmal größer als der Sandsteinkreis des Heiligtums von Stonehenge. Beide waren bereits alt, als die Zivilisation von Mykene noch jung war.

Hinter Stonehenge steht gar kein besonderes Geheimnis. Es war ein großes Zentrum der Gelehrsamkeit und der religiösen Verehrung. Es wurde nicht aufgrund magischer Ereignisse aufgegeben, sondern weil eine Religion und Lebensweise, die sich auf die Sternenbeobachtung stützt, einen klaren Himmel benötigt. Aus Gründen, die wir vielleicht nie verstehen werden, bewölkte sich irgendwann in der frühen Bronzezeit der zuvor klare, trockene Himmel über dem nördlichen Europa. Das Klima veränderte sich, und deshalb mußte eine Kultur aussterben.

Die Vorfahren der Wikinger unternahmen seit der

Jungsteinzeit Raubzüge und Handelsfahrten in Irland, England und auf dem europäischen Kontinent. Seit dem Beginn der Geschichte kämpften Männer aus Eireann als Söldner in der Fremde und trieben intensiven Goldhandel mit Völkern von Ultima Thule im hohen Norden bis zum Mittelmeer und dem Schwarzen Meer im fernen Süden und Osten.

Zweitausend Jahre vor der Besetzung Judäas durch die Römer praktizierten steinzeitliche Ärzte in Dänemark erfolgreich die chirurgische Kunst des Trepanierens, der Schädeloperation. Die Astronomen und Mathematiker der Megalithkulturen wußten nicht nur, daß die Welt rund ist, sondern lehrten ihre Schüler bereits, daß die Atmosphäre »die Erde wie eine Eierschale einhüllt«. Auf dem Balkan begann die Bronzezeit zur selben Zeit wie im »fruchtbaren Halbmond«.

Die Völker des nordwestlichen Europa beherrschten zwar nicht die Kunst der Schrift, doch ihre mündlichen Überlieferungen haben bis zum heutigen Tag überlebt. Und trotz der Behauptungen römischer Historiker konnten die Archäologen nachweisen, daß diese »Wilden« nicht nur bessere Kleidung als Tierfelle trugen, sondern sogar ihre Fingernägel manikürten und sehr gut mit dem Webstuhl umgehen konnten. Ihre Frauen und Mädchen trugen Haarnetze, kurze Röcke und kurze Oberteile für den Sommer und fanden Gefallen an einheimischem und importiertem Schmuck. Federnbesetzte Umhänge waren unter Geistlichen sehr beliebt, und es sollte vielleicht einmal darauf hingewiesen werden, daß die alten Griechen die Kunst der Seifenherstellung von reisenden »Barbaren« aus keltischen Ländern erlernten.

Wölfe der Dämmerung basiert auf den »Wundersagen« der skandinavischen und irischen Mythologie, die von vielen Historikern inzwischen als »die früheste Stimme aus der Urzeit der westeuropäischen Zivilisation« anerkannt werden.

Balor, der Herr der Seeräuber Fomors, war ein Mann und nicht der verzerrte, zyklopische Teufel, zu dem der christliche Mythos ihn gemacht hat. Cethlinn mit den schiefen Zähnen, die ihm bis zum Ende treu ergeben war, gebar ihm eine Tochter, deren Sohn Lugh war, der Mächtige, der Meister aller Künste, der Herr des Lichts und die höchste Gottheit unter den großen keltischen Götterhelden, neben Morrigan, der Großen Königin. Die Ruinen von Balors prähistorischer Festung stehen immer noch auf den rauhen Klippen der Insel Tory, die etwa zehn Kilometer vor der Nordwestküste Irlands liegt.

Bronze war für die Menschen der Steinzeit ein unvergleichlicher Werkstoff. Die Legierung aus Kupfer und Zinn besaß eine Härte und Formbarkeit, die weder Stein noch weichere Metalle aufwiesen. Es war völlig natürlich, daß kriegerische Gesellschaften schnell die Vorteile der Bronze erkannten. Die ersten Schwerter waren verlängerte Dolche und verschafften dem Kämpfer eine größere Reichweite und eine neue Macht, die dem Krieg ein völlig anderes Gesicht verlieh. Als in den frühen Jahren der Bronzezeit die meisten Kriegsherren noch mit Waffen der Steinzeit ausgerüstet waren, mußten den Speerkämpfern und Bogenschützen die ersten Bronzeschwerter wie Zauberwaffen erschienen sein, da sie keine Ahnung hatten, wie oder woraus ein solches Schwert gemacht wurde. Das Langschwert war den Völkern dieser Zeiten noch unbekannt, da es erst in Umlauf kam, als die Stahlherstellung in der späten Eisenzeit perfektioniert wurde, auch wenn in den Conan-Comics und den populären Barbarenfilmen immer wieder Langschwerter aus Stahl verwendet werden.

Band 13 839

William Sarabande

Land der aufgehenden Sonne

Deutsche Erstveröffentlichung

Warakan wacht über die heiligen Steine, die Feder des Häuptlings im Haar. Doch Häuptling über welches Volk? Cha-kwena folgt dem weißen Mammut, Mah-ree an seiner Seite. Alle anderen sind entweder tot oder in unerreichbarer Ferne.

Erfüllt vom Haß, gelobt der junge Krieger, Rache an all jenen zu üben, die seinem Volk unermeßliches Leid zufügten, oder die Welt soll dazu verdammt sein, unterzugehen. Und wie es scheint, erhören die Götter die Worte des neuen Hüters der heiligen Steine. Denn plötzlich beginnt die Welt zu schmilzen, und tosende Flüsse drohen alles Leben mit sich zu reißen...

BASTEI LÜBBE

Sie erhalten diesen Band im Buchhandel, bei Ihrem Zeitschriftenhändler sowie im Bahnhofsbuchhandel.